HEYNE <

Zum Buch

Mit eisiger Miene saß Claire neben ihren Koffern und Hutschachteln an Deck der Cordilla und starrte zum Ufer. Stella musterte ihre ältere Schwester mitfühlend und nahm ihre Hand. Claire seufzte. Ein Zittern ging durch ihren Körper. Hatte sie wirklich so viel Angst? Vor der Überfahrt im Ruderboot oder vor ihrem Onkel?
»Wir halten immer zusammen, Claire«, flüsterte Stella. Zwar hatten sie früher nur wenig gemein, aber die Fremde würde sie zusammenschweißen. »Ich weiß, ich war nicht unbedingt immer für dich da, aber ab heute schwöre ich ...«
»Nicht ...« Claire begegnete ihrem Blick. In ihren Augen schwammen Tränen.
»Gestatte mir doch wenigstens ein Mal, ein Versprechen abzugeben, Schwester.«
»Schon gut. Ich wünschte nur, ich wäre ein klein wenig so wie du, Stella. Du warst immer ein Wildfang. Mutter hat oft versucht, es dir auszutreiben, aber ich glaube, für das Leben, das nun vor uns liegt, bist du weit besser gewappnet als ich. Wer hätte das gedacht.«

Zur Autorin

Rebecca Maly, geboren 1978, arbeitete als Archäologin und Lektorin, bevor sie sich ganz der Schriftstellerei widmete. Die Autorin kann sich nichts Schöneres vorstellen, als ferne Länder zu bereisen und deren Kultur kennenzulernen. In ihrer Freizeit genießt sie es, lange Ausritte in der Natur zu machen oder gemütlich mit ihren Katzen daheim zu lesen. Unter ihrem eigentlichen Namen Rebekka Pax hat sie bereits erfolgreich mehrere Romane veröffentlicht.

Lieferbare Titel
Im Tal des Windes

Rebecca Maly
Der Ruf des Sturmvogels

Roman

WILHELM HEYNE VERLAG
MÜNCHEN

Verlagsgruppe Random FSC® N001967
Das für dieses Buch verwendete
FSC®-zertifizierte Papier *Holmen Book Cream*
liefert Holmen Paper, Hallstavik, Schweden.

Originalausgabe 08/2013
Copyright © 2012 by Rebecca Maly
Copyright © 2012 dieser Ausgabe by
Wilhelm Heyne Verlag, München
in der Verlagsgruppe Random House GmbH
Redaktion: Friederike Arnold
Printed in Germany 2013
Umschlaggestaltung: Nele Schütz Design, München
unter Verwendung von Thinkstock
Satz: Buch-Werkstatt GmbH, Bad Aibling
Druck und Bindung: GGP Media GmbH, Pößneck
ISBN: 978-3-453-40968-2

www.heyne.de

*Für meiner Schwester Rafaela Pax,
ich bin sehr stolz auf dich.*

Kapitel 1
November 1859

Graue Wolken jagten über den Himmel. Stella klammerte sich mit einer Hand an die Reling, mit der anderen hielt sie das Wolltuch fest, das sie sich gegen den schneidend kalten Wind um den Kopf gebunden hatte. Hier in der Magellanstraße, am südlichen Ende der Welt, durfte auch eine Lady die Mode missachten, wenn sie sich nicht den Tod holen wollte.

Natürlich, Stella hätte auch unter Deck bleiben können, wie alle anderen Frauen und ein Großteil der Männer. Ihre Schwester Claire lag immer noch in ihrer Koje und las sicher in einem Heiligenbuch oder der Bibel. Sie war die ältere der beiden Newville-Schwestern und sehr fromm. Die Reise empfand sie als eine einzige Tortur, an deren Ende sie die Hochzeit mit einem Fremden erwartete. Doch noch mehr als ihren unbekannten Ehemann fürchtete sich Claire davor, überhaupt heiraten zu müssen, denn schon seit ihrem vierzehnten Lebensjahr wollte sie nichts lieber, als in ein Kloster einzutreten. Daraus wurde nun nichts.

Stella seufzte. Eigentlich war sie sehr froh, dass sie endlich ihrem strengen Elternhaus entfliehen konnte, wenn auch auf Kosten ihrer Schwester. Seit dem plötzlichen Tod ihres Vaters hatte sich die Welt rasant geändert. Stella kämpfte gegen die Tränen an und ihre Kehle schnürte sich zu, als sie daran dachte, wie sehr sie sich alle in ihrem Vater getäuscht hatten.

Und doch konnte sie ihm nicht böse sein. Statt der erwarteten Erbschaft hatte der Fernhändler aus Buenos Aires seiner Familie kein gut gehendes Geschäft, sondern einen Schuldenberg hinterlassen. Er hatte sich verspekuliert, und bei dem irrwitzigen Versuch, das Wenige, was noch blieb, durch Glücksspiel zu vermehren, hatte er den Rest des einst so erfolgreichen Fernhandelsgeschäfts der Newvilles auch noch durchgebracht. Kein Wunder, dass bei so vielen Sorgen am Ende sein Herz versagt hatte. Ihre Mutter betrauerte nicht nur ihren plötzlich verstorbenen Mann, sondern musste auch das Anwesen verkaufen.

Vor beinahe fünfzig Jahren waren Stellas Großeltern aus London nach Buenos Aires ausgewandert und hatten dort eine Dependance des erfolgreichen Familienunternehmens gegründet. Sie hatten lange gebraucht, um sich gegen andere Fernhändler durchzusetzen. Schließlich florierte das Geschäft mit Kakao, Kaffee, Gewürzen und Schmuckfedern exotischer Vögel, und die Newvilles bezogen ein prächtiges Anwesen am Stadtrand von Buenos Aires. Stella war dort aufgewachsen und hatte das Haus ihrer Großeltern geliebt. In der oft schwülen Hitze wurde der schattige Garten ihr liebster Rückzugsort. Er war ein kleines Paradies, mit Teichen, Vogelvolieren und exotischen Blumen. Mit Hingabe kümmerte sich Stella um die Rosensammlung ihrer früh verstorbenen Großmutter. Sie meinte, die Blüten jetzt noch riechen zu können, doch die Erinnerung verblasste schnell angesichts der kalten Luft Feuerlands. Hier schmeckte der Wind beständig nach Schnee oder salzigem Meer. Rosen, so wurde ihr bewusst, suchte sie in ihrer neuen Heimat wahrscheinlich vergeblich.

Stella wünschte, sie wüsste mehr über ihr Ziel. Einzelne Hinweise hatten sie den Briefen ihres Onkels entnommen, und sie hatte die Matrosen der Cordilla ausgefragt. Der Tenor war immer der Gleiche und bot wenig Grund zur Freude. In Tierra del Fuego beeinflussten drei Dinge das Leben aller Bewohner: kalter Wind, Schafe und schier endlose Einöde. Nicht unbedingt das, was sich Stella unter einer vielversprechenden Zukunft vorstellte. In ihren Träumen hatte sie sich immer an der Seite eines geliebten Mannes gesehen und dessen großes Haus geführt. Mit ihm ging sie zu Banketten, in ihrer freien Zeit betrieb sie eine eigene Rosenzucht. Und Kinder wollte sie haben. Wie musste sich ihre Mutter fühlen, die eigenen Töchter in ein fernes und ungastliches Land zu schicken?

Aber sie hatte keine andere Wahl gehabt.

Die Hilfe, die ihr Onkel Longacre, der ältere Halbbruder des Vaters, wie aus heiterem Himmel anbot, musste ihr wie ein Geschenk erscheinen sein. Er übernahm fortan die Vormundschaft für die beiden ledigen Schwestern und hatte für die ältere sogar schon einen Ehemann gefunden. Ob die Schwestern in ein ihnen völlig fremdes Land reisen wollten, war nebensächlich. »Solange ihr eine Zukunft habt«, pflegte die Mutter unter Tränen zu sagen, »ertrage ich auch das, und ihr Mädchen solltet dankbar sein.«

Und Stella war dankbar. Zwar tat ihr die Trennung weh, doch zum ersten Mal in ihrem Leben fühlte sie sich frei.

Seitdem ihr Vater tot und sie aus ihrem Heim ausgezogen waren, fühlte sie sich ohnehin an keinem Ort mehr zu Hause. Ihre Mutter hatte ein strenges Regiment geführt und vor allem der jüngeren Stella schien es an Gehorsamkeit zu mangeln, um auf das spätere Leben als Ehefrau vorbereitet zu werden. Stella war eine Träumerin, das wusste sie selbst. Mit Vorliebe steckte sie ihre Nase in Bücher, malte oder ließ auf langen Spaziergängen in der Natur ihren Gedanken freien Lauf. Die Jahre in der Klosterschule waren ihr wie eine schier endlose Gefängnisstrafe vorgekommen. Nach dem Ende der Schulzeit war sie glücklich gewesen, wieder bei den Eltern zu wohnen, ganz im Gegensatz zu Claire, die die Stille zwischen den Klosterwänden genoss und am liebsten auf immer dort geblieben wäre.

Claire sträubte sich heftig und weinte, als man sie aus dem Kloster holte und ihr von ihrer Verlobung mit einem wildfremden Mann erzählte, der am äußersten Südzipfel Südamerikas lebte. Aber sie fügte sich in ihr Schicksal, weil sie die ältere und somit als Erste an der Reihe war. Für sie, für jeden, der davon hörte, war Tierra del Fuego das Ende der Welt.

Seit dem Aufbruch aus Buenos Aires waren zwei Wochen vergangen. Während sie auf einem schnellen Klipper immer in Sichtweite von Argentiniens vielgestaltiger Küste südwärts reisten, war es merklich kälter geworden.

Vorbei waren die schwülheißen Nächte, schwer vom moderigen Geruch, der aus den braunen Fluten des Río de la Plata aufstieg und durch die Gassen wehte und die Einwohner der großen Stadt um den Schlaf brachte. Keine Straßenfeste mehr, wo sich Schwarze, Nachkommen der Indios und Matrosen vergnügten und die Stella so gerne heimlich beobachtete. Je ärmer die Menschen waren, desto mehr schienen sie jeden raren Augenblick zu genießen, der zum Feiern einlud. Und manchmal feierten sie einfach, weil die Welt sonst zu traurig und der Hunger zu groß war.

Stella fühlte sich zu diesen Menschen hingezogen, doch außer bei Armenspeisungen war es ihr untersagt, mit den Indios und den Sklaven zu verkehren. Die reichen Immigranten, zu denen auch die britischstämmigen Newvilles gehörten, wohnten in ihren eigenen, gut bewachten Vierteln, die sie nur sehr selten verließen. Die Reise nach Tierra del Fuego erschien Stella daher wie ein ihr bisher verwehrtes Abenteuer. Ihr ganzes Leben hatte innerhalb von Mauern stattgefunden. In den Augen ihrer Eltern war die Welt außerhalb der Villa oder dem schützenden Kloster gefährlich für junge Frauen. Wenn Stella das Viertel verließ, begleitete sie stets ein Diener oder Wächter auf Schritt und Tritt. Sie hasste es, sich ständig beobachtet zu fühlen. Ihren Freundinnen, die allesamt aus den besseren Kreisen Buenos Aires' stammten, war es nicht anders ergangen, doch die schienen sich nicht weiter daran zu stören.

Nun war sie frei, zumindest bis sie in Punta Arenas im äußersten Süden Chiles anlangten und Onkel Longacre sich der Schwestern annehmen würde. In zwei Tagen erreichte der schnelle Dreimaster den kleinen Hafen auf der Halbinsel Brunswick an der Estrecho de Magallanes. Die natürliche Wasserstraße verband Pazifik und Atlantik und ersparte den Schiffern die gefährliche Umrundung des Kap Hoorn. Doch auch während der fast fünfhundertsiebzig Kilometer langen Passage lauerten Gefahren. Stella hatte die Schiffsleute von tückischen Fallwinden, gefährlichen Strömungen und hohen Wellen reden hören und einiges schon selbst erlebt. Seitdem sie vor fünf Tagen an der Punta Dungeness vorbeigesegelt waren, einer Landspitze, die den Eingang zur Meerespassage markierte, hatten sie beinahe jede Jahreszeit erlebt. Nun war Punta Arenas nicht mehr weit. Die Magellanstraße füllte den Händlern der Siedlung die Kassen, denn sie versorgten die Kapitäne der schnellen Klipper mit Süßwasser und frischen Lebensmitteln, kauften ihnen einen Teil ihrer Waren ab oder boten einen Umschlagplatz für andere Güter. Seit im fernen Kalifornien Gold entdeckt worden war, gab es kaum noch genug Schiffe, um all die Menschen zu transportieren, die ihr Glück versuchen wollten.

Stellas Onkel erwartete sie in Punta Arenas. Er war einer der wohlhabendsten Kontoreigner des Ortes und hatte es von allen Mitgliedern der britischen Fernhandelsfamilie am weitesten gebracht.

Stella schloss die Augen. Der Wind des Südens riss das Tuch zurück und zerzauste ihre blonden Haare, die sie geflochten und hochgesteckt hatte. Möwen und Sturmvögel schossen pfeilschnell an den weißen, knarrenden Segeln der Cordilla vorbei. Die Geräusche waren Stella in den vergangenen Wochen vertraut geworden, ebenso die Gerüche von Teer, Kalfater und Bohnerwachs, und der Geschmack von Eis und Salz, den der Wind herantrug.

Als ein fernes dumpfes Grollen wie von einem zornigen Riesen ertönte, öffnete sie die Augen. Von den Bergen stürzte ein gewaltiger Gletscher in die graue See. Überall trieben kleine und große Eisbrocken im Wasser. Stella lief auf die andere Seite des Schiffes und beugte sich weit über die Reling. Genau in diesem Moment riss die Wolkendecke auf, und im plötzlich grellen Licht der Sommersonne strahlte der Gletscher wie ein riesiger blauer Edelstein. Ein gewaltiger Wasserfall ergoss sich aus einem Spalt ins Meer.

Stella kam aus dem Staunen nicht mehr heraus. Warum war denn keiner der anderen Gäste an Deck, um das einzigartige, von Gott erschaffene Wunder an diesem entlegenen Ende der Welt zu bewundern?

Gebannt betrachtete sie das zerfurchte Blau. Felsbrocken, so groß wie ein Haus, waren von den Eismassen fortgerissen worden und fanden nun ihr Grab in der See.

Immer lauter rauschte das Wasser, je näher das Segelschiff dem Gletscher kam. Die warmen Sonnenstrahlen setzten den Eismassen augenblicklich zu. Es knackte und knallte im Inneren, und dann brach ein großes Stück aus dem Eis und rauschte brüllend ins Meer. Aufgescheuchte Möwen erhoben sich aus den Fluten. Stella klammerte sich mit beiden Händen an die Reling. Die Welle prallte gegen die Bordwand, und das Segelschiff neigte sich zur Seite, bockte wie ein Pferd.

Ihr entfuhr ein leiser Schrei, doch auf der langen Fahrt von Buenos Aires in den Süden hatte sie schon weit heftigeren Seegang überstanden. Im Gegensatz zu Claire wurde Stella auch beim schlimmsten Sturm nicht seekrank.

Bald verschwand der Gletscher hinter einer Biegung. Doch Stella konnte sich an der vorbeiziehenden Landschaft nicht sattsehen. Die rauen Hänge waren mit sturmgebeugten Südbuchen bewachsen, deren sattes Grün die herbstlichen Temperaturen Lügen straften. Es war kalt im Süden, auch im Sommer. Laut ihrer Verwandten waren die Zeiten vorbei, in denen man im Sommer schwitzte und im Schatten Zuflucht suchte. Der raue Westwind blies fast jeden Tag, drückte die Bäume nieder und machte die Menschen wortkarg. Aber wie sonst sollte es auch am Ende der Welt sein, wenn nicht rau und stürmisch?

Ein helles Läuten erklang. Stella sah sich um und begegnete dem Blick des Schiffsjungen, der eine kleine Messingglocke in der Hand hielt. Sommersprossen bedeckten sein Gesicht. Er verzog seinen Mund zu einem breiten Lächeln.

»Sie tragen das Essen auf, Señorita Newville.«

Die Zeit war wie im Flug vergangen. Erst jetzt spürte Stella, wie hungrig sie war.

»Danke, ich komme sofort.«

Sie eilte hinter dem Jungen her in den Speiseraum. Alle anderen Gäste hatten bereits Platz genommen. Wie immer saß Claire allein an einem Zweiertisch, ein Gebetbüchlein vor sich. Sie blickte auf und strafte ihre jüngere Schwester mit einem tadelnden Blick.

Schlagartig wurde Stella bewusst, dass sie wahrscheinlich wie eine Vogelscheuche aussah. Das Tuch halb vom Kopf gerissen, hing ihr das blonde Haar in die Stirn. Nur schwerlich ließ sich ausmachen, wie ihre Frisur einmal ausgesehen hatte.

Stella ignorierte die Blicke der Gäste und plumpste wenig damenhaft auf ihren Stuhl.

»Schämst du dich nicht?«, sagte Claire in einem vorwurfsvollen Ton und klappte energisch ihr Büchlein zu. Was bedeutete, dass sie sich nicht weiter in ihre geistliche Lektüre vertiefen, sondern ihrer jüngeren Schwester einen Vortrag über das richtige Benehmen einer jungen Dame halten würde. Seufzend wappnete Stella sich. Doch dazu kam es nicht. Als die Kellner mit den ersten Speisen hereinkamen, erzitterte das Schiff. Es gab einen dumpfen Knall, der Klipper bekam einen heftigen Schlag und mehrere Tabletts fielen scheppernd zu Boden. Claire entfuhr ein spitzer Schrei. Die Gäste redeten wild durcheinander, während auf Steuerbord etwas am Segler vorbeischrammte. Stella spürte das Zittern und Schaben bis in den letzten Winkel ihres Körpers.

»*Por la gracia de Dios!*«, rief Claire aus und bekreuzigte sich totenblass. Stella lehnte sich über den Tisch und nahm die Hand ihrer Schwester. Die Finger waren dünn und zart wie bei einer Porzellanpuppe und genauso kalt. Claire wirkte noch zerbrechlicher als sonst.

»Keine Angst, das war sicher nur ein Eisbrocken, dem sie nicht mehr rechtzeitig ausweichen konnten.«

»Eis?«, Claire blinzelte verängstigt, und Stella beneidete sie einmal mehr um ihre langen, dunkelbraunen Wimpern und ihre graugrünen Augen, die ihrem Gesicht mit dem spitzen Kinn und der hohen Stirn ein wenig die Strenge nahmen.

»Ja, natürlich, Eis. Und wenn du die Nase nicht immer nur in deine Bücher stecken würdest, hättest du den wundervollen Gletscher gesehen, an dem wir vorhin vorbeigesegelt sind.«

Claire seufzte.

»Du hast ja recht. Aber es ist so eisig da draußen. Von zu Hause bin ich das einfach nicht gewöhnt.«

»Aber das ist jetzt unser neues Zuhause, und wir haben Sommer. Ich fürchte, du wirst dich daran gewöhnen müssen, heute scheint sogar die Sonne.«

»Na gut, ich verspreche, nach dem Essen mit dir an Deck zu gehen, aber du musst mir auch etwas versprechen.«

Stella sah sie fragend an.

»Ich versuche es.«

Claire beugte sich weit vor und flüsterte:

»Du musst mehr auf dich achten. Merkst du nicht, wie die Leute dich anstarren?«

Stella hatte es tatsächlich nicht bemerkt. Womöglich starrte sie auch niemand an. Claire war immer schon sehr darauf bedacht gewesen, nicht unangenehm aufzufallen und mit ihren Tugenden zu glänzen, und glich darin sehr ihrer Mutter. Unwillkürlich musste Stella lachen und hielt sich schnell die Hand vor den Mund.

»Was ist denn?«, erkundigte sich Claire. Sie wurden unterbrochen, als ein Kellner die Vorsuppe auftrug und ihnen Wasser einschenkte. Stella faltete die Stoffserviette auseinander und legte sie auf ihr Reisekleid. Sobald sie wieder allein waren, antwortete sie: »Erinnerst du dich noch an den Sommerball im Gartenpavillon bei den Hernandez?«

Jetzt lächelte auch Claire.

»Als dir dieser ... Wie hieß er noch gleich?«

»Roberto Naves«, kicherte Stella.

»Genau, als er dir sein Schokoladendessert über den Ärmel gekippt hat. Er ist knallrot geworden und sah so süß aus. Er hätte alles für dich getan, um es wiedergutzumachen, und du hast ihm eine Abfuhr erteilt«, sagte sie plötzlich ernst. »Ich verstehe das nicht. Er war nicht der erste ansprechende Mann, der dir den Hof macht, und du gibst keinem eine Chance.«

Stella rührte lustlos in ihrer Suppe.

»Ich will mich verlieben, Claire. Bis ich an nichts anderes denken kann als an den Mann, dem mein Herz gehört. Wie ein Fieber, das den Rest des Lebens anhält.« War das denn so schwer zu verstehen?

»Stella, du weißt, dass das nicht der Wirklichkeit entspricht. Das hast du aus deinen komischen Romanen, die du und deine Freundinnen immer lesen. Da drin steht nur Unsinn. Die größte Liebe, die eine Frau empfinden kann, ist die Liebe zu Gott. Alles andere geschieht, um Gott gefällig zu sein. Auch die Ehe bildet da keine Ausnahme.«

Zähneknirschend schwieg Stella, denn sie wollte nichts Falsches sagen. Es stimmte, wahrscheinlich musste sie denjenigen heiraten, den Onkel Longacre für sie auswählte, doch wenn er ihr die Wahl ließe, würde sie der Stimme ihres Herzens folgen. Was kümmerten sie Geld oder Erfolg, wenn der Mann sie liebte und sie ihn?

Der Westwind drückte die knorrigen Südbuchen fest gegen den Fels. Naviols Ohren waren erfüllt von dem Rascheln der

Zweige und dem Tosen der See. Doch das war gut so, denn der Herde Wildkamele – Guanakos –, die in einer flachen Senke weideten, ging es genauso, und sie würden ihren Verfolger nicht wahrnehmen.

Es war ein knappes Dutzend Tiere. Fast alle trugen bereits das dünnere rotbraune Sommerfell, nur an den Flanken der sehr alten Tiere und der im Frühjahr Geborenen hingen hier und da noch wollige Fetzen.

Naviol beobachtete sie genau, jede Bewegung ihrer langen Ohren, mit denen sie ihre Stimmungen ausdrückten. Wenn sich hin und wieder ein aschfarbener Kopf hob und die großen Augen die Landschaft absuchten, hielt der Jäger den Atem an. Er kannte das erfahrene Weibchen, das die Gruppe anführte, schon seit Jahren. Sie war schlau und wachsam, doch an diesem Tag waren die Geister auf Naviols Seite.

Langsam hob er den langen Bogen. Die Waffe schmiegte sich perfekt in seine Hand. Sie war von makelloser Perfektion, das Holz mit Steinschabern so geschliffen, dass beide Wurfarme die gleiche Wucht besaßen. Naviol war ein erstklassiger Bogenbauer und ein sehr guter Schütze. Die Feder streifte seine Wange, als er den Pfeil auf die Sehne legte und sie spannte.

Das junge Guanakomännchen, auf das er es abgesehen hatte, senkte den Kopf, um zu fressen, und setzte ein Vorderbein nach vorn, als wolle es dem Schützen die perfekte Schussbahn auf sein Herz ermöglichen. Naviol nahm die Einladung an und löste die Finger. Der Pfeil blitzte kurz auf, und schon brach das Guanako nach zwei Sätzen zusammen. Die Tiere rissen erschrocken die Köpfe hoch und flohen.

Wie jedes Mal, wenn die Jagd erfolgreich war, erfüllte Naviols Herz eine Mischung aus Freude und Trauer.

Er trat aus seiner Deckung und eilte zwischen weiß blühenden Büschen und borstigem Gras hindurch zu seiner Beute.

Die Augen des Tiers waren weit geöffnet, der Himmel spiegelte sich darin. Der Tod war schnell eingetreten. Der Pfeil hatte das Herz durchbohrt, und es ragte nur noch das befiederte Ende aus dem rotbraunen Fell hervor, das sich langsam mit Blut vollsog.

Naviol legte seine Waffen und den Fellumhang ab und machte sich daran, das Tier zu zerlegen. Obwohl die Arbeit schnell vonstattenging, hatte Naviol schon bald ungebetene Gäste. Vorwitzige Füchse schlichen zwischen den windzerzausten Lenga-Bäumen umher und bellten ungeduldig. Am Himmel kreiste ein Kondor, der bald Artgenossen anlocken würde. Hin und wieder fiel sein Schatten auf Naviol, und dem jungen Feuerlandindianer kam es vor, als berühre ihn die Seele des geflügelten Riesen.

Als es Mittag wurde, ließ sich Naviol ins Gras sinken, um ein wenig auszuruhen, bevor er den anstrengenden Rückweg zum Lager der Familie antrat. Auf der Innenseite des sorgfältig abgezogenen Fells lagen das Fleisch des Guanakos und die essbaren Innereien, daneben Knochen und graue Därme.

Mittlerweile gaben die Füchse Ruhe und verstanden, dass sie noch eine Weile warten mussten, bevor sie sich an den Resten gütlich tun konnten.

Naviols Blick ging in die Ferne, hinaus aufs Meer. Das Landstück, auf dem die Guanakos gegrast hatten, fiel steil zur Küste hin ab. Ein schmaler grauer Saum trennte das Land vom Wasser. An diesem Tag waren die Wellen nicht allzu hoch, doch der ewige Wind riss helle Gischtfetzen von ihren Kronen. Gleich mehrere Schiffe der Weißen kämpften sich durch die Fluten. Eines war ein schneller Segler, mit drei Masten und einem Bug, der an einen spitzen Vogelschnabel erinnerte. Es jagte an den anderen vorbei, flink wie eine Möwe.

Die anderen Boote machten Jagd auf gewaltige Wale, die die fremden Menschen Südkaper nannten. Naviol fragte sich, wofür sie all das viele Fleisch und Fett brauchten. Sein Onkel Olit, der hin und wieder für die Waljäger arbeitete, berichtete, dass sie das Fett in riesenhafte Behälter abfüllten und auf andere Schiffe luden. Sie brachten ihre Fracht über den endlosen Ozean in eine andere Welt, wo sie aus dem Öl Licht für die Hütten der Fremden machten. Es mussten viele Hütten sein, zahlreich wie die Sterne.

Naviol kam ins Grübeln. Ob es gut war, wenn die riesigen Meerestiere zu Licht wurden? Gefiel es ihren Seelen, zu leuchten? Er nahm sich vor, irgendwann einmal dorthin zu gehen, wo die Weißen die Tiere an Land brachten, um alles mit eigenen Augen zu sehen. Doch erst einmal musste er seine eigene Jagdbeute heimbringen, seine Sippe besaß kaum noch Vorräte.

Vielleicht hatten die Frauen Glück gehabt und ein paar Kammratten erbeutet, doch die kleinen Tiere reichten gerade einmal für eine Mahlzeit. Er band das frische Guanakofell mit dem kostbaren Inhalt zusammen, nahm seine Waffen und schulterte das schwere Bündel.

Sobald er ein paar Schritte gegangen war, landete der erste Kondor hinter ihm und verkündete lautstark, wem die Innereien und Knochenreste zustanden. Die Füchse boten ihm mutig Paroli, zogen schlussendlich aber den Kürzeren.

Naviols Weg führte durch pfadlose Wildnis. Am Horizont erspähte er die Guanakoherde, die zwischen blühenden Sträuchern graste, als hätten sie den Tod des Artgenossen längst vergessen. Naviol wünschte sich, selber so schnell vergessen zu können, und schob die wehmütigen Gedanken an seinen verstorbenen Bruder Wahi mit einem ärgerlichen Seufzen beiseite. Der jüngere war mit dem Krieger eines anderen Clans aneinandergeraten. Die Pfeilwunde in seiner Schulter war nicht tödlich gewesen, doch auf der Flucht vor seinem Gegner war er gestürzt. Wahrscheinlich hatte ein *Xo'on*, ein Schamane, seine Finger im Spiel gehabt und ihn verhext. Sonst wäre Wahi, der ein guter Läufer war, nicht den Geröllhang hinabgestürzt. Aufgrund seiner inneren Verletzungen war er nach drei Tagen gestorben. Bald jährte sich das Unglück und Naviol würde seinen Bruder gebührend mit Gesängen und Blut betrauern.

Mit raschen Schritten verließ er das Plateau und kam in einen dichten Wald sturmgebeugter Zypressen, deren Spitzen vom Wind wie abgeschnitten wirkten. Plötzlich senkte sich eine gespenstische Stille über ihn. Vereinzelt rief ein Vogel, ansonsten waren nur seine raschelnden Schritte und sein Atem zu hören.

Auf dem Boden entdeckte er die Pfotenabdrücke eines Pumas. Sie stammten von einem großen Tier, und Naviol hinterließ eine deutliche Spur aus frischen Blutstropfen. Energisch beschleunigte er seine Schritte. Eine Begegnung mit der Raubkatze war unwahrscheinlich, doch er wollte nichts riskieren. Die Geister waren in letzter Zeit wankelmütig. Aufmerksam prüfte er jedes Dickicht und jeden dickeren Ast, der seinen Pfad überspannte. Es kursierten immer wieder Geschichten von Angriffen. Doch seitdem die Fremden mit ihren Schafen im Land siedelten, waren die Pumas selten geworden, wie auch das Volk der *Selk'nam* und die Herden der Guanakos, von denen sie sich ernährten.

Naviols Familie lagerte an einem kleinen See, der sich aus dem Schmelzwasser der weiter westwärts gelegenen Berge speiste.

Ein kleines Rudel Hunde begrüßte den Jäger kläffend und

verstummte, als er sie mit einem Befehl zur Ruhe brachte. Heute hatte er ohne sie gejagt, doch wenn sich mehrere Männer des Lagers zusammenschlossen, nahmen sie immer die abgerichteten Hunde mit, die die Beute auf sie zutrieben. Als Nächstes begrüßten ihn fröhlich die Kinder.

Naviols Schwester hatte bereits vier zur Welt gebracht, von denen drei noch lebten. Das galt als großer Segen bei den *Selk'nam*.

Da es Sommer war, bestand das Lager nur aus einigen kegelförmigen Zelten aus Guanakoleder und Vorrichtungen aus Leder und Zweigen zum Schutz gegen den Wind, hinter denen sich die Männer schlafen legten. Mehrere frisch gegerbte Häute waren auf dem flachen Boden aufgespannt, während ein kleiner Junge aufpasste, dass die Hunde sich nicht darüber hermachten. Bis auf eine alte Frau und die kleinsten Kinder war das Lager verlassen. In Naviols Kindertagen waren sie weit mehr gewesen. Rätselhafte Krankheiten und Hunger hatten einen hohen Tribut gefordert.

Die alte Tante Uula begrüßte ihn, indem sie ihre Hände hob und immer wieder seinen Namen plapperte. Die Schale mit getrockneten Beeren in ihrem Schoß drohte umzukippen. Ihre Reaktion bedeutete vor allem eines: Naviol war bislang der Einzige, der mit Jagdglück gesegnet worden war.

»Uula, wo sind die anderen?«

Der freudige Ausdruck in ihrem runzeligen Gesicht verschwand. Sie stellte die Schale ab und stand mühsam auf. Unter ihrem Umhang traten die Knochen spitz hervor. Uula war eine stolze Frau, die ihren Körper noch immer mit Ocker färbte und sich mit Muschelketten schmückte. Als sie nun zu ihm trat und ihre knotige Hand auf seinen Arm legte, hatte er nur noch einen Wunsch: sie zu beschützen.

»Mein guter Neffe. Die Geister haben deinen Verwandten weniger Gunst gewährt als dir. Sie haben keine Beute heimgebracht. Vor einer Weile sind daher alle noch einmal losgezogen.«

Naviol nickte.

»Sie suchen nach Kammratten?«

»Ja, und vielleicht finden sie ja auch noch ein paar Vogeleier. Deine Beute wird ein Lächeln auf ihr Gesicht zaubern. Du bist ein guter Mann.«

Da er nun das Guanako-Fleisch mit allen teilen musste, würde es nur einen Tag lang reichen. Seufzend ließ Naviol seine Last von der Schulter rutschen und entspannte seine Glieder. Wenn es so weiterging, mussten sie bald die Hunde essen, oder er tat das, was schon viele Männer der *Selk'nam* das Leben gekostet hatte.

Die Schafe der fremden Menschen waren leichte Beute und wurden nur selten bewacht.

Die Fremden waren schuld daran, dass es immer weniger Guanakos gab. Sie töteten Wild, ohne es zu essen, rodeten und verbrannten die Wälder, und zurück blieben nur noch Vögel und Gras. Dann brachten sie ihre Herden, um es aufs Neue zu bevölkern, und behaupteten, das Land gehöre fortan ihnen und die Sippen der *Selk'nam* müssten wie die Guanakos und die Pumas verschwinden.

Der Sturm stieß das Schiff wie ein Spielzeug umher.

Selbst Stella wagte sich nicht an Deck. Sie saß in der Kabine, die sie sich mit ihrer Schwester teilte, und lauschte. Hin und wieder schrie der Schiffskapitän etwas, dann legte sich das Schiff ächzend zur Seite und die Schritte der Matrosen donnerten über die Planken, wenn sie seine Befehle ausführten. Die Männer, die Tag und Nacht in ihrem Ölzeug dem Sturm trotzten, taten Stella leid, und zugleich hatte sie die höchste Achtung vor ihnen. Wahrscheinlich wollten sie ihr Mitgefühl nicht einmal, denn sobald das Wetter rauer wurde, trat in ihren Blick ein besonderes Leuchten, als sei das Unwetter ihr wahres Element.

Stella stand auf, trat an das winzige Bullauge und spähte hinaus. Sie konnte so gut wie nichts erkennen. Über das dicke, salzverkrustete Glas lief beständig Wasser. Gischt, Regen oder beides?

»Alles trübe«, seufzte sie. »Grau darüber und grau darunter.«

»Warum schaust du dann überhaupt aus dem Fenster?«, entgegnete Claire missmutig.

Warum? Weil sie auf keinen Fall den Augenblick verpassen wollte, wenn es aufklarte. Sie behielt ihre Gedanken für sich, Claire hätte kein Verständnis für diese Mischung aus Vorfreude und wilder Unruhe, die in ihr tobte.

»Du warst schon immer so. Konntest, als du klein warst, kaum stillsitzen. Immer wolltest du herumlaufen und alles erkunden. Ich weiß nicht, wie oft ich losgeschickt wurde, wenn wir irgendwo zu Besuch waren und du plötzlich verschwunden warst.«

Stella drehte sich um und lehnte sich mit dem Rücken gegen die Wand.

»Eigentlich war ich immer einfach zu finden.«

»Ja, entweder in einem verwilderten Winkel im Garten oder in der Bibliothek. Oder du saßst mit weit aufgerissenen Augen vor einem Gemälde.«

»Dann weißt du doch, warum ich aus dem Fenster sehe, Claire«, entgegnete Stella lächelnd.

»Du bist nun mal eine Träumerin.«

»Ich habe mir immer gewünscht, mehr von der Welt zu sehen als Buenos Aires. Als ich klein war, habe ich mir vorgestellt, mich in Vaters Warenlieferungen zu verstecken und so heimlich an Bord eines Schiffes zu gelangen.«

»Was für eine verrückte Idee!«

»Und jetzt sind wir tatsächlich hier, ich kann es noch gar nicht glauben!« Stella seufzte und sah wieder aus dem Fenster. Draußen war Land zu sehen. Das Schiff war ganz in der Nähe von Punta Arenas, ihrem Zielhafen, der doch unerreichbar blieb.

Am Vorabend war es Stella gelungen, einen Blick auf eine lange Bergkette zu erhaschen. Unheimlich glommen die schneebedeckten Kuppen im gelblichen Licht des Sonnenuntergangs. Nun war davon nicht mehr geblieben als eine Erinnerung. Selbst der weite graue Strand und das buschige Dünengras waren hinter Regenschleiern verborgen.

Stella trat vom Fenster weg und sank mit einem Seufzen auf ihre Koje. Schon am Vortag hatten sie alles fertig gepackt. Durch die Taschen und Koffer war ihr winziger Unterschlupf, in dem sie zwei Wochen verbracht hatten, geschrumpft.

Verglichen mit den Quartieren der zweiten Klasse war ihre Unterkunft nahezu luxuriös. Die Wände waren getäfelt mit dunklem Holz, einzelne Leisten aufwändig vergoldet. Sie hatten ein Waschbecken und bekamen dreimal täglich frisches Wasser. Außerdem wartete auf dem Gang ein Junge darauf, ihre Wünsche entgegenzunehmen.

Onkel Longacre war für die Fahrtkosten aufgekommen,

und sie waren ihm beide dankbar, dass ihm seine bis dato unbekannten Nichten offenbar am Herzen lagen. Hoffentlich würden sie seine Erwartungen nicht enttäuschen.

Am Morgen hatten sie im Zimmer gefrühstückt, genauer, Stella hatte gefrühstückt, während Claire, grünweiß im Gesicht, zusah und mit ihrer Übelkeit rang.

Jetzt lag sie ausgestreckt auf ihrem Bett, die Hände über dem leeren Magen verschränkt, und starrte zur niedrigen Decke hinauf. Das Schiff knarrte und ächzte wie ein Tier, das Schmerzen litt.

»Willst du nicht wenigstens versuchen, etwas zu essen, Claire? Wenn du so weitermachst, wird dich dein Mann gar nicht sehen, weil du nicht nur dünn, sondern unsichtbar geworden bist«, neckte Stella ihre ältere Schwester.

Langsam öffnete Claire die Augen und funkelte sie wütend an.

»Ich wünschte, genau das würde passieren!«

»Hast du nicht gesagt, wenn Gott für dich vorgesehen hat, Shawn Fergusson zu heiraten, würdest du es akzeptieren?«

»Bete nicht um leichtere Lasten, sondern um einen stärkeren Rücken.«

»Claire, verschone mich bitte mit diesen Weisheiten. Hier geht es um dich!«

»Ja, bedauerlicherweise. Gott hat es gefügt, aber ich muss nicht darüber glücklich sein, oder?«, fauchte Claire und strich sich über die Stirn, als hätte eine Haarsträhne gewagt, sich aus ihrer strengen Frisur zu lösen, die sie unter einer Haube verbarg.

»Zeig mir noch einmal das Bild«, bat Stella versöhnlich. Ihre Schwester wies auf ihre Kommode. Eigentlich sollte Claire die ganze Zeit wie gebannt auf dieses Bild schauen und von ihrer Zukunft träumen, dachte sie. Ihr zukünftiger Ehegatte war ein gut aussehender Mann. Shawn Fergusson blickte den Betrachter ernst an. Die Augen wirkten hell. Waren sie blau, grün? Oder vielleicht so grau und geheimnisvoll wie das nebelige Land, in dem er lebte? Er trug sein Haar etwas länger, als es für gewöhnlich schicklich war, doch für einen Mann seines Formats gab es sicherlich Wichtigeres zu tun, als regelmäßig einen Barbier aufzusuchen. Immerhin gehörte ihm eine der größten Schaffarmen Patagoniens. Er war achtundzwanzig Jahre alt und der älteste von drei Geschwistern. Seine Eltern waren aus dem Norden von Chile nach Tierra del Fuego gezogen, als die Regierung die Kolonisierung des kargen Südzipfels vorantrieb. Das riesige Land, das sie einst für geringes Kapital erworben hatten, war ein Glücksgriff gewesen.

»Warum sucht ein Mann wie er wohl eine Frau von außerhalb? Sicher würden viele junge Damen ihn vom Fleck weg heiraten«, überlegte Stella.

»Onkel Longacre schrieb, dass es hier wenige Frauen gibt und sie ihm nicht zusagen.«

»Das kann ich mir nicht vorstellen.«

»Was kümmert es mich. Gott hat offenbar gewollt, dass es so kommt. Für unsere Familie ist es ein Segen.«

Claire schien nicht darüber reden zu wollen. Oder es wunderte sie wirklich nicht, dass Shawn Fergusson sich lieber eine Frau aus Buenos Aires nahm, als jemanden zu heiraten, den er kannte. Fand er tatsächlich keine Frau? Schreckte vielleicht die Kandidatinnen etwas an ihm ab? Ein unangenehmer Wesenszug oder ein düsteres Familiengeheimnis?

Darüber sollte nicht sie, sondern Claire sich Gedanken machen. Es ging um ihre Zukunft. Bald war sie die Verwalterin des Anwesens der Fergussons, und dieser Name hatte an diesem Ende der Welt Gewicht. Stella hoffte, dass sie genauso viel Glück haben und einen adäquaten Ehemann finden würde, vielleicht einen Freund oder Geschäftspartner von Fergusson, im gleichen Alter, gut aussehend und ebenso tüchtig.

Stellas Familie konnte nicht viel bieten, seitdem sich ihr Vater verspekuliert hatte und zwei der drei Handelsschiffe, an denen er Anteilseigner war, in einem Sturm gesunken waren. Von dem Fiasko, das danach folgte, und den Spielschulden würde nie jemand erfahren. In Buenos Aires wäre das Mäntelchen des Schweigens, das ihre Mutter so geschickt über alles gebreitet hatte, sicherlich irgendwann gelüftet worden, doch in diesem fernen Landstrich war der Name Newville unbefleckt geblieben. Der Fernhandel war ein risikoreiches Geschäft, das verstand jeder. Die Familie der Newvilles war beinahe genauso verzweigt wie ihre Handelsnetze. Was in England als kleine Kaufmannsfamilie begonnen hatte, war mit der Zeit zu einer Sippe von Fernhändlern herangewachsen, mit Kontoren in Europa, den Indischen Kolonien, Buenos Aires und an der Magellanstraße, dem Tor zum Pazifik. Das hatte sie einflussreich gemacht, und aufgrund der unschätzbaren verwandtschaftlichen Bindungen konnten Stella und Claire nun einer gesicherten Zukunft entgegensehen, obwohl ihr Vater bankrott gegangen war.

Auch wenn die beiden Schwestern nicht mehr wohlhabend waren, schienen Frauen an diesem abgelegenen Ende der Welt eine Seltenheit darzustellen, besonders diejenigen aus gutem Hause, die willens waren, im Süden ihr Glück zu suchen.

Im Gegensatz zu Claire hatte Stella wahrscheinlich Gelegenheit, ihren zukünftigen Gatten vor der Verlobung kennenzulernen. Aber was, wenn sich niemand fand?

Sie mochte gar nicht daran denken. Immerhin übernahm

nun ihr Onkel Bernard Longacre ihre Vormundschaft, und sie hatte ihn noch nie gesehen.

Wehmütig betrachtete Stella noch einmal das ebenmäßige Gesicht von Shawn Fergusson. Seine Kieferpartie und der etwas angespannte Mund ließen auf einen energischen Menschen schließen. Hoffentlich kam er mit Claires stillem und oft ein wenig griesgrämigem Wesen zurecht. Doch eigentlich zweifelte sie nicht daran. Ihre ältere Schwester wusste sich immer schon besser zu benehmen und würde ihr Bestes geben, auch wenn es hieße, über ihren Schatten zu springen und ihren Traum vom Klosterleben zu begraben.

Claire liebte die Abgeschiedenheit und Stille und mied für gewöhnlich den Umgang mit Menschen, besonders mit Fremden. Sie sagte dann gerne, dass die Leute von den Sünden und ihrer Gier korrumpiert worden seien und sie den richtigen Weg, der für Claire scheinbar aus Andacht und Frömmigkeit bestand, verlassen hätten. Selbst im Kloster, wo beide Mädchen zur Schule gegangen waren, hatte Claire die Stille gesucht. Die stickigen Räume der kleinen Bibliothek waren ihr Reich gewesen, während Stella jede Chance genutzt hatte, zwischen Unterricht und Andacht zum Spielen ins Freie zu fliehen oder im Klostergarten zu helfen. Stella fiel es schwer, still zu sitzen, sie wollte lieber in Bewegung bleiben. Einzig wenn sie zeichnete, vergaß sie die Zeit und alles um sich herum, dann war sie in einer anderen Welt, einer, in der alles möglich war.

Zwar haderte Claire noch immer mit ihrem Schicksal, doch spätestens wenn Kinder im Haus waren, taute ihre Schwester bestimmt auf. In Kindern lebe noch Gottes Unschuld, sagte sie immer. In der Klosterschule hatte sie sich aufopferungsvoll um die Neulinge gekümmert.

Stella legte das Porträt von Shawn Fergussons weg und setzte sich wieder neben das Bullauge.

In der Nacht legte sich das Unwetter endlich. Stella erwachte von der plötzlichen Stille. Das Boot knarrte nicht mehr, und der Wind strich durch Masten und Takelage wie durch Harfenseiten.

Eine Weile lag sie da und lauschte.

In ihren Ohren rauschte es.

Es war sehr dunkel und der Morgen noch weit entfernt. Durch das Bullauge fiel fahles blaues Licht, das die Konturen der hellen Bettwäsche nur erahnen ließ.

Stella hatte das Gefühl, als würde ihr das Herz aus der Brust springen. Nun gab es kein Zurück mehr. Eigentlich wollte sie versuchen, wieder einzuschlafen, doch dann hielt sie es nicht mehr länger aus.

So leise sie konnte, stand sie auf und sah hinaus. Zu ihrer Enttäuschung entdeckte sie nur eine weite schwarze Wasserfläche und niedrige Hügel in der Ferne. Das Schiff musste sich gedreht haben. Die schneebedeckten Berge und Punta Arenas lagen jetzt auf Steuerbord.

Stella schlüpfte in ihre Kleidung, frisierte sich auf der Gemeinschaftstoilette im Gang und ging an Deck, um dort den Morgen zu erwarten. Der Wind fuhr in die wollene Pellerine, die sie sich um die Schultern gelegt hatte. Ein Zittern unterdrückend, die Hände im weichen Stoff vergraben, sah Stella hinüber nach Punta Arenas. Sie wusste nicht viel über den Ort. Nur dass er ein wichtiger Zwischenstopp für viele Reisende war, die die Magellanstraße zwischen patagonischem Festland und der Isla Grande, der Hauptinsel der Region Feuerland, nutzten. Stella hatte sich vorgestellt, dass Punta Arenas ein wenig dem Hafenviertel von Buenos Aires ähnelte, wo sich im Schatten von Kontoren und schmucklosen Lagerhäusern eine zwielichtige Welt voller Spelunken und Hurenhäuser ausbreitete. Mitglieder ihrer Familie hatten sich allenfalls tagsüber dorthin begeben, denn die Licht- und Schattenseiten des Fernhandels lagen oft nur wenige Häuser auseinander. Punta Arenas sah vom Meer aus viel kleiner aus.

Stella horchte in sich hinein. War sie enttäuscht, weil sich ihre Erwartungen nicht erfüllten? Nein, dafür war die Neugier viel zu groß. Erst wenn sie den Ort mit eigenen Augen sah, sie endlich wieder Boden unter den Füßen hatte und sie den Menschen in ihrer neuen Heimat persönlich begegnete, würde sie ein Urteil fällen. Ohnehin war der Hafen nur eine Zwischenstation auf ihrem Weg zur Estanzia der Fergussons und dem kleinen Ort Baja Cárdenas.

Punta Arenas lag an einem lang gestreckten Strand mit graswachsenen Dünen. Am Ufer lagen kleine Fischerboote, sie sahen aus wie gestrandete Fische. Häuser säumten den Naturhafen. Helle Flecken in der Dunkelheit, in denen hier und da Licht glomm. Mit dem heraufziehenden Morgen wurden die Lichter zahlreicher. Die Ortschaft erwachte, während die Sterne am Himmel nach und nach verblassten.

Der Schnee auf den Bergen im Westen schimmerte erst gelb, floss wie Gold in die Täler und wurde dann feuerrot. Vom Wind zerfetzte Wolken glühten auf, als bekäme der Himmel Risse.

Möwen, die auf den Wellen oder in ihren Nestern in den Dünen geschlafen hatten, stiegen in die Luft und umkreisten das Schiff. Sturmvögel gesellten sich zu ihnen. Die Flügel der eleganten weißgrauen Tiere, die mühelos über den Wellen dahinschnellten, wirkten beinahe zu lang. Auf der Reise hatte Stella besonderen Gefallen an ihnen gefunden und sie oft stundenlang beobachtet, wenn sie die Flügel an den Körper legten und sich todesmutig in die grauen Fluten stürzten. Dann wünschte sie sich so frei und mutig zu sein wie sie. Schließlich rief die Glocke zum allerletzten Frühstück an Bord.

Die Schwestern Newville gehören zu den ersten der knapp zwanzig Passagiere, die eines der schwankenden Ruderboote besteigen durften, mit denen sie an Land gebracht wurden.

Mit eisiger Miene saß Claire neben ihren Koffern und Hutschachteln an Deck der *Cordilla* und starrte zum Ufer. Stella musterte ihre ältere Schwester mitfühlend und nahm ihre Hand.

Claire seufzte. Ein Zittern ging durch ihren Körper. Hatte sie wirklich so viel Angst? Vor der Überfahrt im Ruderboot oder vor ihrem Onkel?

»Wir halten immer zusammen, Claire«, flüsterte Stella. Zwar hatten sie früher nur wenig gemein, aber die Fremde würde sie zusammenschweißen. »Ich weiß, ich war nicht unbedingt immer für dich da, aber ab heute schwöre ich ...«

»Nicht ...« Claire begegnete ihrem Blick. In ihren Augen schwammen Tränen.

»Gestatte mir doch wenigstens ein Mal, ein Versprechen abzugeben, Schwester.«

»Schon gut. Ich wünschte nur, ich wäre ein klein wenig so

wie du, Stella. Du warst immer ein Wildfang. Mutter hat oft versucht, es dir auszutreiben, aber ich glaube, für das Leben, das nun vor uns liegt, bist du weit besser gewappnet als ich. Wer hätte das gedacht.«

Stella schwieg. Egal was für Worte des Trosts sie auch wählen würde, so wussten sie doch beide, dass Claire Recht hatte. Ein Grund mehr, zusammenzuhalten. Sie drückte fest Claires Hand.

Klatschend fiel das Beiboot den letzten Meter in die grüngrauen Fluten. Zwei Matrosen sprangen hinein, um das kleine Gefährt ruhig zu halten, während ein dritter das Gepäck entgegennahm und es zwischen den Bänken verstaute.

»Wie sollen wir nur je da runterkommen?«, stöhnte Claire beim Anblick der wackeligen Leiter aus Brettern und Seilen.

»Wenn es eine alte Frau wie ich schafft, sollte es für Sie kein Problem sein«, mischte sich eine resolute ältere Reisende ein. Die Frau, ihrer schwarzen Kleidung nach zu urteilen verwitwet, war Stella schon während ihrer Reise angenehm aufgefallen. Dass sie allein reiste, schien ihr nichts auszumachen. Jetzt hob sie den Rock, schwang ein stämmiges Bein über die Reling und fand auf der Leiter sofort festen Stand. »Sehen Sie, meine Damen, so einfach geht das.«

»Du zuerst«, flüsterte Claire.

Sofort war ein Matrose bei Stella, um ihr zu helfen. Er legte die Hände um ihre Hüften. Stella war es unangenehm, doch die Hilfe ablehnen?

»Hallo, nimm deine gierigen Finger weg. Es reicht, wenn du ihren Arm hältst«, schallte auch schon die Stimme der Witwe hinauf. »Los Mädchen, klettre herunter. Wenn einer der Kerle es wagt, Ihnen unter den Rock zu schauen, bekommt er es mit mir zu tun!«

Sichtlich um ihren Spaß betrogen, wandten die Matrosen im Beiboot den Blick ab.

Stella holte einmal tief Luft und setzte den Fuß über die Reling auf die Leiter. Die Wellen wurden ausgerechnet jetzt heftiger. Das an Seilen befestige Brett schabte an der Bordwand entlang. Jetzt oder nie! Beherzt hielt Stella sich fest, schwang auch das andere Bein hinüber und verhedderte sich kurz mit dem Rock. Vorsichtig setzte sie einen Fuß nach dem anderen auf. Zum Glück waren es nur sechs Tritte. Im Beiboot angelangt, ließ sie sich von einem jungen Mann auf die Sitzbank helfen.

»Das war doch ganz leicht«, sagte die Witwe und streckte ihr die Hand entgegen. »Molly Barcelo, freut mich.«

Stella stellte sich ebenfalls vor.

»Es freut mich, Ihre Bekanntschaft zu machen. Ja, an solche kleinen Abenteuer müssen wir uns in Tierra del Fuego wohl gewöhnen.«

Señora Barcelo lachte warm.

»Oh ja, es heißt nicht umsonst das Ende der Welt. Aber keine Sorge, das wird schneller gehen, als Sie glauben.«

Gemeinsam sahen sie zu, wie erst Claire und dann zwei Paare die wackelige Prozedur hinter sich brachten. Claire setzte sich sofort neben Stella auf die Bank. Ihr Gesicht hatte eine grünliche Farbe angenommen.

»Oh Gott, ich bin so froh, wenn wir endlich da sind«, stöhnte sie und nahm Stellas Hand.

»Waren Sie schon einmal in Punta Arenas?«, erkundigte sich Stella bei Señora Barcelo, die sich von nichts aus der Ruhe bringen ließ.

»Ich habe zwölf Jahre hier verbracht. Nachdem mein Mann verstarb, habe ich für zwei Monate meinen Bruder besucht, jetzt bin ich froh, wieder hier zu sein. Ich habe einen kleinen Laden direkt am Hafen.«

»Und den führen Sie jetzt allein weiter?« Stella traute ihren Ohren nicht.

»Natürlich. Sie glauben gar nicht, was eine Frau alles allein fertigbringt, wenn sie muss. Und ich will Ihnen etwas sagen. Mein Mann, Gott sei seiner Seele gnädig, ich habe ihn wirklich geliebt. Er war ein feiner Kerl, aber erst jetzt merke ich, wie gut ich auch allein zurechtkomme. Es ist, als wachse man mit der Gewissheit auf, nur mit einem Stock gehen zu können, und man versucht nie, ohne ihn zu laufen. Aber was soll ich sagen, das Schicksal hat es anders gewollt und siehe da, meine Beine tragen mich sehr wohl. Ich kann gehen, und niemand schreibt mir meinen Weg vor.«

In Señora Barcelos Blick mischten sich Trauer und Freude. Sie seufzte und schob ihre Hände in einen Pelzmuff, der wie ein flauschiges totes Tier auf ihrem Schoß lag.

Ihre Worte hatten Stella einen Moment lang nachdenklich gestimmt. Konnte man einen Menschen lieben und ihn zugleich wie einen Krückstock empfinden, der einem aufgezwungen wurde, hilfreich und lähmend zugleich?

»Ich glaube, ich verstehe nicht ganz, was Sie meinen«, sagte Stella, obwohl sie eigentlich nur hören wollte, dass die Witwe ihren Traum, den sie von der Ehe mit *dem Richtigen* hegte, nicht ins Wanken brachte.

»Ich wollte euch keine Angst einjagen«, schmunzelte Señora Barcelo und wurde wieder ernst. »Aber ich gebe euch einen Rat. Lernt auf eigenen Beinen zu stehen, damit ihr wisst, was ihr könnt, wenn es plötzlich nötig sein sollte.«

»Danke«, sagte Stella und musterte Claire, die jedoch von dem Gespräch nichts mitbekommen zu haben schien. Ihre ganze Aufmerksamkeit galt dem Wasser, das nun bedrohlich nah war, und der Strecke, die es zu überwinden galt, bevor sie endlich wieder festen Grund unter den Füßen hatte.

»Señoritas, Señores, ich wünsche Ihnen eine gute Weiterfahrt und Gottes Segen«, rief der Kapitän, der sich über die Reling beugte und seinen Hut lupfte.

Stella rief ihm gemeinsam mit den anderen Reisenden ihren Dank zu, und dann ging es endlich los.

Die Leiter wurde hochgezogen und sofort setzte sich das Beiboot in Bewegung. Wellen erfassten das kleine Gefährt, und es begann furchtbar zu schaukeln.

Eine Frau klammerte sich an ihrem Begleiter fest, der wiederum mit der rechten Hand die Sitzbank umklammerte und versuchte, sich nichts anmerken zu lassen. Dann drehte sich der Bug in Richtung Land und teilte die Wellen. Sofort ließ das Schaukeln nach, und Stella merkte erst jetzt, dass sie den Atem angehalten hatte. Eigentlich hatte sie gehofft, von der Witwe mehr über ihre neue Heimat zu erfahren, doch sie war zu aufgeregt und beobachtete, wie die Küste unaufhaltsam näher kam.

Das Boot wippte auf den Wellen, angetrieben von den Ruderschlägen sechs kräftiger Matrosen, die die Fahrt zu genießen schienen. Im Hafen verlangsamten sie die Geschwindigkeit. Ihnen kamen Fischerboote entgegen, kleine Frachtboote entluden die großen, schnellen Klipper, von denen noch drei weitere in der Bucht ankerten, oder brachten Vorräte und Wasser hinaus, damit sie ihren weiten Weg nach Nordamerika fortsetzen konnten.

»Mein Gott, ist das alles? Ist das Punta Arenas?«, stotterte Claire ungläubig und starrte auf die kleine Ansammlung von Holzhäusern und Lagerschuppen.

»Ein paar Hundert Menschen leben hier«, gab einer der

rudernden Matrosen zurück. Seine großen trägen Augen erinnerten an einen Fisch und blickten starr zur Cordilla zurück. »Es gibt eine Kirche für das Seelenheil, Bars fürs leibliche Wohl und …« Die letzten Worte gingen im Gelächter seiner Kameraden unter, doch Stella glaubte, etwas von leichten Mädchen verstanden zu haben.

Jetzt war wohl nicht der richtige Zeitpunkt, um Claire daran zu erinnern, dass die Hafenstadt nur eine Zwischenstation auf dem Weg zu ihrem endgültigen Ziel war. So wie Stella es verstanden hatte, reisten sie noch einige Tage über Land, bevor sie das Anwesen der Fergussons erreichten.

Das riesige Grundstück lag weiter im Landesinneren der Brunswick-Halbinsel an einem See: Perfekte Bedingungen für die Schafzucht, auf der sich der Reichtum ihres zukünftigen Schwagers gründete.

Sie machten an einem breiten Kai fest, wo eine Treppe nach oben führte und sie sich somit nicht von den Matrosen unter anzüglichen Blicken hinaufheben lassen mussten.

Die Bretter waren glitschig, voller Algen und Vogelkot. Claire hob ihren Rock und stieg die Stufen mit größtmöglicher Würde hinauf, während die Matrosen längst ihr Gepäck entluden. Achtlos wurden Koffer, Kisten und Hutschachteln aus dem Boot geworfen, die ein Matrose zu einem Haufen auftürmte.

Stella steckte den Männern ein paar Münzen zu. Als sie weiterhin die Hand aufhielten, hob sie energisch das Kinn.

»Ich glaube, es warten noch weitere Passagiere auf Sie, meine Herren.«

»Sicher, Señorita«, antwortete ein Seemann missmutig, tippte an den Hut und war mit zwei Sätzen im Boot. Mit raschen Ruderschlägen entfernten sie sich.

Kapitel 2
Im Hafen von Punta Arenas

Die Witwe hatte sich mit guten Wünschen verabschiedet, ihren Koffer genommen und war den Kai hinuntergeeilt, während die anderen Passagiere von Verwandten in Empfang genommen wurden, und bald waren alle fort.

Niemand beachtete die Schwestern.

Sobald auch die Matrosen abgelegt hatten und gegen die heranrollenden Wellen zurückruderten, brach Claire in Tränen aus.

»Komm, setz dich hier auf den Koffer, Claire. Onkel Longacre kommt sicher bald.« Stella reichte ihr ein weiteres Taschentuch.

»Glaubst du, er hat uns vergessen, oder weiß gar nicht, dass wir hier sind?«

»Er hat sich sicher nur verspätet. Vielleicht halten ihn dringende Geschäfte auf.«

Während sich Claire fasste und Zuflucht in einem Gebet suchte, hielt Stella Ausschau nach ihrem Verwandten. Es war wenig hilfreich, dass sie nicht wussten, wie er aussah.

Als Bruder ihres Vaters würde er ihm wahrscheinlich ähnlich sehen, oder? Weit und breit sah sie nur Hafenarbeiter, Männer, die Fässer umherrollten, beladene Karren schoben oder nur herumsaßen und scheinbar auf Arbeit warteten. Ihr raues, mitunter grimmiges Äußeres machte ihr Angst, die sie auf keinen Fall zeigen wollte. Schon früh hatte ihr Vater ihr eingebläut, falls sie durch ein Unglück plötzlich auf sich allein gestellt sei, sich ihre Unsicherheit nicht anmerken zu lassen. Zwielichtige Gestalten wussten genau, wann eine Frau Angst hatte, und fühlten sich magisch davon angezogen. Stella beherzigte seinen Rat und richtete sich auf. Es war helllichter Tag und es gab keinen Grund, sich zu fürchten.

Stella versuchte, keinen der Arbeiter direkt anzusehen und sie doch zugleich einzuschätzen. Eigentlich hatte sie ein gutes Gespür für Menschen. Denn sie brauchten wohl Hilfe, und diesmal würde nicht Claire mit ihren perfekten Umgangsformen sie retten.

Schließlich, als das Ruderboot mit den nächsten Passagieren schon die halbe Strecke vom Klipper zurückgelegt hatte, nahm Stella ihren ganzen Mut zusammen und sprach einen älteren Fischer an. Sein Gesicht war vom Leben auf See furchig wie verwitterter Stein, aber er hatte warme Augen.

»Entschuldigen Sie, wir warten auf unseren Onkel, Bernard Longacre, er soll in Punta Arenas ein Kontor unterhalten. Wissen Sie, wie wir ihn finden können?«

Der Alte grinste verschmitzt und fuhr sich durch den struppigen Bart.

»Longacre? Der dicke Longacre? Den kennt jeder hier.«

Der Alte stieß einen schrillen Pfiff aus, und Stella roch seinen fauligen Atem.

Ein dumpfes Rumpeln erklang, als ein Mann mit einem Karren über einen Bohlenweg eilte und auf den Pier einbog.

»Mein Sohn, Peter«, erklärte der Fischer.

Der junge Mann sah seinem Vater sehr ähnlich. Sein blondes Haar war von Salz und Sonne ausgeblichen. Die Ärmel des verschlissenen Wollpullovers hatte er sich bis über die Ellenbogen seiner sehnigen Arme geschoben. Fröhlich tippte er an die Kappe, während der Alte ihm sagte, nach wem die Schwestern suchten.

»Keine Sorge, wir werden Sie zu Ihrem Onkel bringen, Señoritas, es ist nicht weit.«

»Vielen Dank.« Das Lächeln, das Stella dem Alten und seinem Sohn schenkte, kam aus tiefstem Herzen und auch Claire fasste wieder Mut und trocknete unauffällig ihre Tränen.

Bald war das Gepäck auf den Holzkarren geladen und die Schwestern folgten den Männern über den Pier in den Ort. Vor der Kulisse der Berge, die weich durch das milchige Licht schimmerten, wirkten die Häuser winzig, wie willkürlich verstreutes Spielzeug eines Riesen.

Die Bezeichnung Stadt hatte Punta Arenas wahrhaftig nicht verdient. Die breiten Straßen waren schlammig und aufgeweicht, und nur hier und da erleichterten Bohlenwege vor den Gebäuden den Fußgängern das Vorankommen. Es schien, als gehöre der Raum zwischen den Gebäuden vor allem dem Vieh und seinen Hütern. Auch jetzt ritten Gauchos in kleinen Gruppen umher und in einiger Entfernung machte Stella mehrere Rinder aus, die zum Hafen getrieben wurden. Es roch durchdringend nach Kot und Unrat. Nach der langen Zeit auf See und der klaren, sauberen Luft war der Gestank beinahe unerträglich, und Stella kämpfte kurz gegen Übelkeit an.

»Señoritas, setzen Sie sich bitte auf den Karren«, sagte der junge Hafenarbeiter.

»Vielen Dank.« Das ließ Claire sich nicht zwei Mal sagen. Sie wartete, bis Peter einige Koffer zurechtgerückt hatte, und zwängte sich in die Lücke. Skeptisch betrachtete Stella den überladenen Karren und die dürren Arme des alten Mannes, der seinem Sohn ohnehin schon kräftig beim Schieben helfen musste. Seine Sehnen traten wie geflochtene Seile hervor, doch Stella hatte eher den Eindruck, als würden sie bei zu großer

Anstrengung reißen. Als Peter auch ihr Platz schaffen wollte, wiegelte sie ab.

»Vielen Dank, aber nach der langen Zeit auf dem Schiff vertrete ich mir lieber ein wenig die Beine.«

»Aber Señorita!«

»Nein, nicht nötig.«

»Wenn Sie wünschen. Aber seien Sie vorsichtig, wo Sie hintreten.«

»Ich werde achtgeben, danke.«

Stella ignorierte Claires tadelnden Blick, raffte ihre Röcke und stiefelte durch den Morast. Neugierig musterte sie die Holzfassaden der schlichten Gebäude der Krämer, Schmiede, Seiler und Schlachter. In Tonnen fingen die Menschen Regenwasser auf, das von moosbewachsenen Dächern herablief. Alles war nass. Was für ein Unterschied zu den glühenden Sommern von Buenos Aires. Statt staubiger Straßen Schlamm, Moos und moderndes Holz. Stella hatte das heiße Wetter nie gut vertragen, hier herrschte genau das andere Extrem vor. Zwischen den Häusern entdeckte sie immer wieder Pferche, oft randvoll mit Schafen. Die Tiere, die von den Engländern nach Tierra del Fuego eingeführt worden waren, schienen der wahre Reichtum der Region zu sein.

»Hat denn hier jeder Schafe?«, fragte Stella ungläubig und erntete von Peter ein Lachen, das in ein Keuchen überging. »Ja, da würde ich drauf wetten. Seitdem die chilenische Regierung die Besiedlung Tierra del Fuegos so energisch vorantreibt und Schafzüchter mit allerlei Vergünstigungen herlockt, lohnt es sich. Punta Arenas ist der Hauptumschlagplatz. Wer nicht davon lebt, arbeitet im Walfang oder im Fernhandel. Seitdem in Kalifornien Gold entdeckt wurde, nehmen auch immer mehr Passagierschiffe diesen Weg.«

»Und erstreckt sich Punta Arenas noch weit?«

»Nicht sehr. Wer es sich, wie Ihr Onkel, leisten kann, wohnt etwas weiter außerhalb, dort stinkt es nicht so, wenn der Wind auf Südwest dreht.«

»Es stinkt mehr als jetzt?«

»Ja, aus den Walfangbuchten, an guten Tagen bringen sie Dutzende Tiere an Land.«

»Peter, ich glaube nicht, dass sich die Damen ausgerechnet für die unangenehmsten Geschichten über ihre neue Heimat interessieren«, ermahnte der Vater ihn.

»Doch, mich interessiert alles!«, platzte Stella heraus. Sie hob ihre Röcke ein wenig mehr und sprang über eine Fahrrinne, in der sich eine tiefe Pfütze gebildet hatte. Das Manöver gelang ihr nicht ganz. Kaltes Schlammwasser spritzte auf ihre Waden und sie musste sich zusammenreißen, um nicht zu schreien.

Peter sah es und schmunzelte. Mit Schweißperlen auf der Stirn nahm er eine kleine Steigung in Angriff.

»Dort vorn ist es«, keuchte der Alte, der seinem Sohn auf den letzten Metern half, den Handkarren durch den Morast zu bugsieren. Das Haus, auf das er wies, hatte zwei Etagen und ließ auf einen gewissen Wohlstand schließen. Claires Miene hellte sich merklich auf. Das obere Geschoss stand auf mehreren verzierten Säulen, die Fenster waren zum Teil aus buntem Glas und neben der Eingangstür bewegten sich zwei glänzende Messinglaternen im Wind hin und her. Ein großes Schild ließ keinen Zweifel daran, wer das Sagen hatte: »B. Longacre Kontor« stand darauf in goldenen Lettern.

Claire schaffte es, vom Karren auf den gefegten Bohlenweg zu klettern, und sah weit mehr wie eine Dame aus als Stella, der Wasser und Schlamm in die Stiefel gedrungen und deren Rockschöße durchnässt waren.

»Warten Sie bitte hier, Señores. Mein Onkel wird Sie für Ihre Hilfe entlohnen und Ihnen sagen, was mit dem Gepäck geschehen soll«, wies sie die Männer an, klopfte energisch an die Tür und trat ein.

Stella verabschiedete sich von den Hafenarbeitern und folgte ihrer Schwester staunend und ein wenig beschämt ins Kontor. Nun übernahm Claire wieder die Führung. Stella fiel es bei Leuten der besseren Gesellschaft schwer, die richtigen Worte zu finden. Entweder redete sie zu wenig oder zu viel, und es wurde ihr als Respektlosigkeit ausgelegt, wenn sie neugierige Fragen stellte.

Dass es sich bei Bernard Longacre um einen nahen Verwandten handelte, machte für Stella keinen Unterschied. Er war dennoch ein Fremder, der wahrscheinlich hohe Erwartungen an seine Nichten stellte. Sie wollte ihn nicht enttäuschen, immerhin hatte er seinen Verwandten in der Not einen großen Dienst erwiesen.

Unterdessen war Claire an einen Tisch getreten. Ein junger Mann mit gepflegtem Backenbart musterte sie durch eine schlichte Goldrandbrille. In seiner dunkelblauen Hose und der modisch bestickten Seidenweste wirkte er im Vergleich zu den anderen Menschen in Punta Arenas wie eine Erinnerung an die alte Heimat.

Claire wurde beim Anblick eines zivilisierten Menschen zuversichtlicher. Schnell hatte sie sich und Stella vorgestellt. Er hieß Andrew Thale und war der Assistent ihres Onkels.

»Was für ein Unglück!«, rief er sogleich aus und bot ihnen sofort an, Platz zu nehmen. »Señor Longacre ist soeben zum Hafen geritten, um die Damen abzuholen. Ich schicke sofort jemanden hin, und dann bringe ich Ihnen Tee, Sie müssen erschöpft sein!«

Die Schwestern nahmen in Sesseln im hinteren Teil des Geschäftsraums Platz, während Señor Thale in den Hof lief und Befehle erteilte.

Sein Übereifer brachte Stella zum Schmunzeln. Wahrscheinlich hatte er eine Heidenangst vor seinem Arbeitgeber. Dann folgte die Ernüchterung. Vielleicht sollte sie den unbekannten Onkel auch fürchten, der Claires Heirat mit einem Geschäftspartner arrangiert hatte. Die Idee, dass er die Verbindung sicher nicht nur aus reiner Freundlichkeit eingefädelt hatte, damit der Familie seines verstorbenen Bruders eine Last von den Schultern genommen wurde, kam ihr erst jetzt.

Ich bin so naiv, dachte sie entsetzt. Wird er mich ebenfalls verschachern?

Claire saß einfach da, die Hände mit den weißen Spitzenhandschuhen sittsam im Schoß gefaltet, und starrte gedankenversunken auf ein gewaltiges Ölgemälde. Es zeigte ein dreimastiges, windschnittiges Schiff, ähnlich dem, das sie hergebracht hatte. Klipper waren die schnellsten Schiffe, die die Weltmeere befuhren und verderbliche Waren wie Tee und Gewürze aus den Kolonien nach Europa und überallhin brachten.

Betreten zupfte Stella ihre durchnässten Röcke zurecht, die auf dem Perserteppich dicke Flecken hinterließen.

Der Assistent ihres Onkels brachte ein Tablett mit Tee. Das Service war aus chinesischem Porzellan. Dem Duft nach zu urteilen war es Darjeeling, und Stella seufzte genießerisch. Erst nachdem er den Schwestern eingeschenkt hatte, wurde Andrew Thale etwas ruhiger und schien bereit, ihnen Auskünfte zu geben. Er arbeitete noch nicht lange für Longacre.

»Wir haben die Damen in einer Woche erwartet«, erklärte er, »dass es tatsächlich die Cordilla war, die heute Nacht vor

Anker ging, erfuhr Ihr Onkel erst, als Sie wohl bereits an Land gegangen waren.«

»Das ist nicht schlimm«, meldete sich Stella zum ersten Mal zu Wort und musterte ihr Gegenüber durch ihre gesenkten Wimpern. Andrew Thale gefiel ihr. Er war höflich, hatte eine angenehme Stimme, und die Fältchen in seinen Augenwinkeln verrieten, dass er gerne lachte. Wenn ihr Onkel ihn zu ihrem Verlobten bestimmen würde, könnte sie sich mit dem Gedanken anfreunden. Doch Señor Thale, ein einfacher Angestellter im Handelskontor, kam als Heiratskandidat bestimmt nicht infrage.

Abgesehen davon war erst einmal Claire an der Reihe, von Stellas Heirat war in dem Briefwechsel mit ihrem Onkel noch keine Rede gewesen.

»Señor Moss, kennen Sie den Verlobten meiner Schwester?«

»Aber Stella!«, zischte Claire erschrocken.

Der Blick des jungen Manns verdunkelte sich kurz, dann lächelte er dünn.

»Fergusson ist ein Ehrenmann mit tadellosem Ruf. Er kommt selten nach Punta Arenas, nur wenn es große Einkäufe zu erledigen gilt oder sie Vieh hertreiben. Ich bin ihm bislang nur einmal begegnet und habe ihn als harten Geschäftsmann, aber durchweg sympathischen Menschen kennengelernt. Ich kann nur Gutes berichten.«

Stella sah aus den Augenwinkeln, wie sich Claire entspannte und durchatmete. Offenbar meinte es das Schicksal gut mit ihr.

Mit einem Mal waren vor dem Haus donnernde Schritte auf dem Bohlenweg zu hören, und die Tür wurde aufgestoßen.

Bernard Longacre füllte den Eingang beinahe bis zur Gänze aus, und wo zuvor Licht durch die Glasscheiben der Tür gefallen war, wurde es nun dunkel. Der rundliche Kontorinhaber war ein Bär von einem Mann. Stella bezweifelte, dass er einen Boxkampf verlieren würde. Longacre war so ganz anders als ihr schmächtiger Vater.

Ein dunkler, wohlgepflegter Bart ließ Longacres Mund als schmalen Strich erscheinen. Er blieb stehen und musterte seine Nichten, die das Gefühl hatten, angesichts seiner Präsenz zu schwinden. Aber als er lachte und die Arme ausbreitete, fiel die Angst von ihnen ab.

»Willkommen, meine Lieben!«

Claire erhob sich zuerst und Stella beeilte sich, es ihr nachzutun und Longacre die Hand zu reichen.

»Was für wunderhübsche Señoritas meine Nichten sind, eine Zierde für Feuerland! Ganz Punta Arenas wird ab heute nur noch ein Thema kennen! Ich hoffe, ihr hattet nicht zu viele Unannehmlichkeiten auf der langen Reise, am besten bringe ich euch erst einmal nach Hause.« Er hörte gar nicht mehr auf zu reden, unterbrach sich selbst immer wieder und lachte fröhlich, um gleich darauf fortzufahren.

Stella kam das alles seltsam vor. Longacres Freude wirkte übertrieben, aufgesetzt. Sie kannten sich nicht und er benahm sich, als würde er seine geliebten Töchter nach langer Trennung wiedersehen. Vielleicht tat sie ihm Unrecht und ihr Onkel war nur ein herzlicher, fröhlicher Mensch. Doch auch Señor Thale beobachtete die Szene ungläubig und schien überrascht von dem Gefühlsausbruch seines Vorgesetzten. Stella nahm sich vor, vorsichtig zu sein, und lächelte artig.

Stella und Claire blieben zwei Tage in Punta Arenas, um sich auf dem Anwesen ihres Onkels von der anstrengenden Schiffsreise zu erholen. In der Zwischenzeit kümmerte Bernard Longacre sich um den Abschluss dringender Geschäfte und bereitete die Weiterreise vor. Während Stella es kaum erwarten konnte, ihre neue Heimat kennenzulernen, graute es Claire davor. Sie hatte Angst vor Pferden, auf die sie jedoch in den nächsten Tagen angewiesen waren.

Stella gab sich Mühe, Verständnis für ihre Schwester aufzubringen, die so gar nicht in das neue Leben in Tierra del Fuego zu passen schien. Sie spazierten gemeinsam durch Longacres weitläufigen Garten, der ausschließlich aus einigen knorrigen, schiefen Südbuchen und Buschrosen bestand. Einen Garten mit einer Rosenzucht konnte Stella wohl getrost von ihrer Wunschliste streichen. Alles Leben in Feuerland musste sich gegen Sturm und eisige Winter behaupten. Dennoch entdeckte Stella bei ihren Rundgängen die verborgene Schönheit der Natur. Sie versuchte, Claire dafür zu interessieren, die jedoch viel zu sehr mit ihrer Zukunft beschäftigt war. Nicht einmal die Fuchsien mit ihren leuchtend bunten Blüten, die fast überall wuchsen, konnten sie erfreuen.

»Komm, lass uns wieder hineingehen, mir ist kalt«, war Claires Antwort. Sie zog ihren kurzen Umhang fester um die Schultern und vergrub die Hände unter dem wärmenden Pelz.

»Unsinn Claire, so kalt ist es gar nicht. Die Sonne scheint. Viel schöner kann das Wetter hier gar nicht werden, wir sollten es genießen. Und bist du denn gar nicht neugierig auf die Umgebung?«

»Wir bleiben nicht in Punta Arenas«, antwortete Claire und atmete tief durch, als müsse sie sich sammeln. Dann schlug sie den Rückweg zum Anwesen ein, das eingebettet zwischen alten Lenga-Bäumen lag, die es vor den heftigen Winden abschirmten. Stella blieb nichts anderes übrig, als ihrer Schwester zu folgen.

»Ich lese ein wenig«, sagte Claire, sobald sie das Gebäude betreten hatten, und eilte die Stufen hinauf, die zum Gästezimmer führten. Ratlos blieb Stella im Flur stehen und betrachtete die zahlreichen Gemälde, wobei ihr Onkel eine deutliche Vorliebe für Seefahrtsdarstellungen hatte. Auf den goldgerahmten Ölbildern tobten Stürme, kenterten Schiffe oder kämpften tapfere Männer mit Walen und Seeungeheuern.

Eine Standuhr tickte, irgendwas in ihrem Inneren lief nicht ganz reibungslos, es klickte, klackte und schabte. Die Geräusche wurden mit der Zeit immer unangenehmer, als würden winzige Zahnräder direkt über Stellas Nervenbahnen kratzen.

Als plötzlich eine Tür geöffnet wurde, zuckte Stella erschrocken zusammen.

»Lo siento, Señorita, entschuldigen Sie, ich wollte Sie nicht erschrecken.«

Die Köchin Señora Munoz blieb in der Tür stehen. Sie hatte sich ein breites buntes Wolltuch um die Schulter geschlungen und trug einen Korb unter dem Arm.

»Ich war nur ein wenig in Gedanken«, sagte Stella und fühlte sich ertappt.

»Ich dachte, die Señoritas seien spazieren, sonst wäre ich nicht so unachtsam hereingetrampelt. Wir haben in diesem Haus nicht allzu oft Gäste.«

»Meiner Schwester ist es leider zu kalt draußen.«

»Aber es ist ein wunderbarer Tag.«

»Das habe ich auch gesagt. Sie brechen auf?«, erkundigte Stella sich vorsichtig.

Die Köchin sah an sich herab. Sie trug derbe Stiefel, die nicht zu ihrem üppig bunten Rock und ihrer sorgsamen Frisur passten.

»Ja, es ist Markt. Ich werde sehen, dass ich heute Abend etwas Anständiges auf den Tisch bringe.« Sie hielt inne und schenkte Stella einen mitfühlenden Blick. »Wenn Sie möchten, begleiten Sie mich doch.«

»Oh ja gerne, wenn es Ihnen nichts ausmacht?«

Señora Munoz lachte.

»Mir etwas ausmachen? Ganz im Gegenteil, mit einer hübschen jungen Frau als Begleitung werden sich die Händler darum reißen, mir die besten Preise zu machen.«

Sie gingen zu Fuß in den Ort. Señora Munoz benutzte dafür nicht den schlammigen Karrenweg, der an dem Anwesen vorbeiführte, sondern einen schmalen Trampelpfad durch die unberührte Natur.

»An den Wind muss man sich hier gewöhnen«, rief die Köchin lachend, als sich bei Stella wieder einmal eine blonde Haarsträhne aus ihrer Hochsteckfrisur löste. Hilflos breitete Stella die Arme aus und stimmte in ihr Lachen ein. Über ihnen vollführten Sturmvögel wilde Kapriolen und jagten sich kreischend erbeutete Fische ab.

»Wie lange sind Sie schon hier, Señora Munoz?«

»Ich? Schon immer. Meine Eltern gehörten mit zu den ersten Siedlern, die sich hier mit ein paar Schafen niedergelassen haben.«

»Oh, das muss sehr einsam gewesen sein.«

»Ja, das stimmt. Ich weiß es nur aus Erzählungen, aber damals gab es hier ausschließlich Walfänger und Wilde. Die Walfänger sind geblieben ...«

»Und die Eingeborenen?«

»Verschwunden. Wie Geister. Der Padre hat noch ein paar in seiner Kirche, aber es sind alte Leute, die kaum ein Wort reden. Ihnen in die Augen zu sehen ist unheimlich.«

»Unheimlich? Warum?«, erkundigte sich Stella neugierig.

»Es ist, als wären sie schon tot. Als hielten nur noch ihre jämmerlichen Leiber am Leben fest.« Sie tippte sich erst energisch auf die Brust, dorthin, wo das Herz war, und dann auf die Stirn. »Hier und hier, nichts mehr. Gott sollte sie endlich zu sich holen.«

»Und sie leben in der Kirche?«

»Nein, in einer Baracke daneben.«

»Und ihre Verwandten? Sie müssen doch Familie haben.«

Die Köchin zuckte mit den Schultern.

»Was weiß ich. Tot, erschlagen, aufgeknüpft wegen Viehdiebstahl. Es ist egal, sie sind die Letzten hier. Warum interessiert Sie das so? Es sind doch nur Wilde.«

»Ich weiß nicht. Tierra del Fuego ist ja jetzt meine neue Heimat.«

Sie gingen hintereinander über den schmalen Pfad. Stella schwieg nachdenklich und ließ ihre Finger durch das hohe Gras gleiten. Die weichen Halme wisperten mit tausend Stimmen.

Es ging bergab, und im Windschatten eines kleinen Tals erhoben sich Dutzende Lenga-Bäume, die wie durch ein Wunder von Holzfällern verschont worden waren. Die dicken Stämme waren vielleicht Hunderte von Jahren alt. An der Rinde und von den Ästen hingen lange graue Flechten wie Bärte herab, während die Kronen zu einem gemeinsamen Dach verschmolzen waren. In dem Wäldchen herrschte eine seltsame, fast greifbare Stille. Der würzige Harzgeruch war intensiv.

Direkt hinter dem Wäldchen lag der Ort. Sie kehrten auf den schlammigen Karrenweg zurück und gelangten bald ins Zentrum, wo direkt neben dem Hafen einige Händler und Bauern ihre Waren anboten. Jeder, der nicht gerade auf See war, schien sich zwischen den Buden zu drängen. Es herrschte ein buntes Durcheinander. Gauchos in ihren seltsamen Trachten und Frauen in farbenfrohen, weiten Röcken mischten sich unter die Tagelöhner und Träger, die auf Kundschaft warteten. Ein Barbier ging seiner Arbeit nach und benötige dafür nicht mehr als einen Hocker und ein Tischchen. Männer standen Schlange und unterhielten sich angeregt, während sie darauf warteten, seine Dienste in Anspruch zu nehmen. Daneben pries ein Kesselmacher lautstark seine Ware an. Kupfertöpfe glänzten rotgolden in der Sonne.

Stella sah sich um, während sie neben der Köchin herlief, die eifrig tratschte und feilschte. Verglichen mit Buenos Aires wurde wegen des harten Klimas nur eine geringe Auswahl von Obst und Gemüse feilgeboten. Es gab keine großen Höfe oder gar Plantagen. Die Menschen hier lebten vor allem von Kartoffeln, Kohl, Fleisch und Fisch.

»Mit dem Essen kann man eigentlich nur die Iren glücklich machen«, scherzte die Köchin, erklärte Stella aber, dass in Tierra del Fuego kaum Iren lebten, dafür umso mehr Spanier, viele Kroaten, einige Deutsche und Briten. »Der Rest sind Seeleute und Walfänger, die selbst nicht wissen, in welchem Heimathafen ihr Vater lebt, wenn sie überhaupt seinen Namen kennen.«

Stella nickte. In ihrem Elternhaus hatten sie ausschließlich die Sprache ihrer Vorfahren gesprochen und sonst Spanisch. Zwei säuberlich getrennte Welten, in denen nicht einmal die Dinge beim gleichen Namen genannt wurden.

Während Señora Munoz ungeduldig wartete, sah sich Stella die Auslagen eines Webers an. Er vertrieb Decken und Ponchos, ein Kleidungsstück, das hier beinahe jeder Mann und auch viele Frauen trugen. Die fettige Wolle fühlte sich warm an und hielt sicherlich Wind und Regen ab. Kurz spielte sie mit dem Gedanken, sich einen Poncho zu kaufen. Señora Munoz' Blick sprach Bände, und Stella stellte sich Claires Gesichtsausdruck vor. Eine Frau aus der Familie Newville konnte unmöglich solch ein Kleidungsstück tragen.

»Möchten Sie sich noch etwas ansehen? Ich muss bald mit dem Kochen anfangen, Señor Longacre ist sehr streng, wenn es um das Einhalten der Essenszeiten geht.«

»Nein, nein, gehen wir. Sie sollen meinetwegen keinen Ärger bekommen«, seufzte Stella, verabschiedete sich von dem Weber und eilte hinter der Köchin her.

An dem Morgen, an dem sie aufbrechen wollten, herrschte auf dem Anwesen ein wildes Durcheinander. Im Hof standen Pferde und Mulis, die das Gepäck der Schwester, Zelte und Proviant transportierten.

Stella war schrecklich aufgeregt, am liebsten hätte sie sich mitten ins Getümmel gestürzt und mitgeholfen, doch Claire ermahnte sie immer wieder zur Geduld, und nur ihr war es zu verdanken, dass sich Stella an diesem Morgen wie eine Dame benahm. Trotzdem steckte sie Claire ein wenig mit ihrer Vorfreude an, sodass diese beinahe ihre Angst vor den Pferden vergaß und angesichts der Reise heiterer gestimmt war.

Bis zur Estanzia Fergusson am Lago Ciencia waren sie bei

gutem Wetter zehn Tage unterwegs, und nicht jede Nacht konnten sie hoffen, bei freundlichen Farmern unterzukommen, sondern mussten in Zelten übernachten. In Stellas Augen ein echtes Abenteuer!

Bernard Longacre hatte zwei Männer als Führer angeheuert. Einer war ein ungewöhnlich großer, kräftiger Mann mit kurzem kohlschwarzem Haar und ebenso dunklen Augen. Er hatte hohe Wangenknochen, schien bärenstark, und wenn er sprach, was selten vorkam, tat er es mit bemerkenswert tiefer Stimme. Er gehörte zum Indianerstamm der *Yag'han,* wie Stella bald erfuhr. Die Männer nannten ihn Navarino. Als er kam, um das Gepäck der Schwestern zu holen, konnte Stella ihre Neugier nicht weiter im Zaum halten. In Hinblick auf das enttäuschende Gespräch mit Señora Munoz, in dem angeklungen war, es gebe so gut wie keine Eingeborenen mehr, war Navarino der eindeutige Gegenbeweis. Die *Yag'han* unterschieden sich von den kleinen Indios, die sie in Buenos Aires gesehen hatte, wie Tag und Nacht. Einzig die warme braune Hautfarbe und die dunklen Augen hatten beide Volksstämme gemeinsam.

»*Buenos dias.*«

»*Buenos dias,* Señorita,« erwiderte Navarino erstaunt, als hätte er nicht erwartet, dass sie ihn überhaupt beachtete.

»Ich bin Stella Newville. Du bist einer der Führer, der meine Schwester Claire und mich zum Lago Ciencia bringt?«

»Ja. Navarino, zu Ihren Diensten.« Obwohl er den Kopf gesenkt hielt, als er ihr leise seinen Namen sagte, überragte er sie bei Weitem.

»Navarino? Das klingt seltsam. Hat es eine besondere Bedeutung in deiner Sprache?«, fragte sie.

Der Indio schulterte mühelos ihre schwerste Tasche und

hob den Blick. Sofort wurde Stella klar, dass sie in ein Fettnäpfchen getreten war.

»Navarino hat keine Bedeutung. Mir bedeutet der Name nichts und auch meinen Leuten nicht. Navarino heißt eine Insel südlich des Beagle-Kanals. Es war meine Heimatinsel, bis eines Tages die Weißen kamen.«

»Und was geschah dann?«, erkundigte sich Stella vorsichtig.

»Das wollen Sie wirklich wissen, Señorita?«

»Ja bitte.«

»Die Besatzung brauchte Wasser und Nahrung, um ihre Schifffahrt fortzusetzen. Ihre Zähne bluteten schon, so schlimm hatte der Skorbut sie erwischt. Meine Familie gab ihnen, was sie verlangten. Dann haben die Weißen auf uns geschossen. Mein Vater starb. Was mit meiner Mutter ist, weiß ich nicht. Mich haben sie mitgenommen, als Ersatz für ihren Schiffsjungen, der gestorben war.«

Stella sah ihn ungläubig an.

»Das ... das tut mir leid.«

»Danke, aber Ihr Mitleid ändert nichts.«

»Bist du je zurückgekehrt?«

Er schüttelte den Kopf.

»Nein. Für sie bin ich gestorben. Mein altes Leben ist gestorben und mein Name mit dem Jungen, den sie einst geraubt haben. Die Geister würden mir zürnen.«

Navarino wandte sich ab und ließ Stella erschüttert stehen.

Der andere Führer, Pedro, war Sohn spanischer Einwanderer, dessen Farm zu wenig abwarf, sodass er etwas dazuverdienen musste, um seine vier Kinder ernähren zu können.

Er trat zu den Schwestern, als alles verstaut war.

»Señoritas, wir werden in Kürze aufbrechen. Ich habe zwei zuverlässige Tiere für Sie ausgesucht. Kommen Sie bitte mit.«

»Vielen Dank«, brachte Claire nur heraus und drückte kurz Stellas Hand. Sie folgten Pedro in den Hof, wo ihr Onkel bereits auf sie wartete.

»Das sind die falschen Sättel!«, platzte Claire heraus und brachte ihren Onkel zum Lachen. Pedro verkniff sich ein Schmunzeln.

»Wir sind hier in Punta Arenas, liebe Nichte, hier reiten selbst die Damen wie Männer und ihr werdet mir noch dankbar sein, dass das so ist!«, erklärte er.

»Das ist entwürdigend, ich weigere mich!«, protestierte Claire. Sie machte einen Schritt zurück und prallte gegen ein Maultier, das mit angelegten Ohren nach ihr schnappte. Pedro stieß das Tier gerade noch rechtzeitig weg. Nein, Claires Welt war das nicht.

»Liebe Nichte, wenn du nicht in diesem Sattel reiten willst, dann musst du zu Fuß gehen. Keine Frau in Feuerland reitet im Damensitz«, sagte Longacre und stemmte die Hände in die Hüften.

Stella dagegen freute sich. Früher war sie oft heimlich in den Pferdestall geschlichen und hatte sich rittlinks auf die Tiere gesetzt.

»Wirst sehen, so sitzt man bestimmt viel sicherer und bequemer, Claire«, ermunterte sie sie.

Claire nickte.

»Ich habe wohl keine Wahl. Mit Gottes Hilfe wird es schon gehen.«

»Welches Pferd ist denn für mich, Señor Pedro?«

»Nur Pedro, junge Dame. Die Fuchsstute. Guera hat etwas mehr Temperament, aber sie ist trotzdem brav.«

»Danke.« Stella fand das Tier wunderschön. Die Stute musterte sie neugierig mit ihren lebhaften braunen Augen.

Die kurz geschnittene Mähne stand hoch, und das goldbraune Fell fühlte sich an wie warmer Samt. Stella verliebte sich sofort in das Tier und hörte nur noch beiläufig zu, wie Pedro Claire mit ihrem lammfrommen braunen Wallach bekannt machte.

»Hallo Hübsche«, sagte sie leise und streichelte die Nüstern. Der Atem wärmte ihre Finger, während die Stute ihren Geruch aufnahm.

Navarino stellte für Stella die Länge der Steigbügel ein. Ihre vorschnellen Fragen schien er ihr verziehen zu haben. Entschlossen raffte sie ihre Röcke und ließ sich in den Sattel helfen. Einen Moment lang war es ungewohnt, bis sie die Kleidung zurechtgeschoben hatte, doch dann konnte sie es kaum noch erwarten, loszureiten. Auch Claire war aufgesessen und versuchte, sich nichts anmerken zu lassen, doch ihre zusammengezogenen Augenbrauen sprachen eine andere Sprache. Sie fühlte sich äußerst unwohl!

Dann setzte sich der kleine Treck in Bewegung. Navarino ritt voran, dann folgte Bernard Longacre auf einem kräftigen Rappen, seine Nichten und zum Schluss Pedro mit vier Mulis. Drei weitere Pferde liefen frei mit und wurden bei Bedarf zum Wechseln genutzt.

Pedro und Navarino hatten die bei den Gauchos dieser Region übliche Tracht an: *Bombachas,* weite gestreifte Hosen, dazu Hemd, Weste und einen Filzhut. Um die Mitte trugen beide einen bestickten Stoffgürtel, den *Tirador*. An Pedros Gürtel glänzten einige aufgestickte Münzen, und ein langes Messer ragte heraus. Da es warm war, hatten sie die aufgerollten Ponchos hinter ihren Sätteln verstaut. Besonders faszinierte Stella die ausgefallene Schuhbekleidung, die sogar Claire nicht entgangen war.

»Sehe ich richtig? Sind das nur halbe Stiefel?«, flüsterte sie Stella zu.

»Ich glaube schon. Aber sie haben ja auch keine richtigen Steigbügel, sondern klemmen sich diese Lederknoten zwischen die Zehen.«

»Stimmt, mit richtigen Stiefeln geht das nicht.«

Das seltsame Schuhwerk der Gauchos bestand aus runzeligem Leder und reichte von der Fußmitte bis weit über die Waden. Die *Espuelas* hatten sie sich mit Lederbändern darübergeknotet, wobei das Metall bis auf die Sporenrädchen schmutzig und grün angelaufen war.

»Vielleicht werde ich sie fragen, was es damit auf sich hat.«

»Ach Stella.«

»Nicht heute, versprochen.«

»*Gracias a Dios,* Gott schütze die Menschen vor deiner Neugier«, seufzte sie, sich am Sattel ihres Wallachs festklammernd. Als wolle sich das Tier einen Scherz mit ihr erlauben, stolperte es und Claire stieß einen spitzen Schrei aus. Die Männer drehten sich abrupt um.

»Ist etwas passiert, Señorita?«, rief Pedro besorgt.

»Nein, nichts«, antwortete Stella anstelle ihrer Schwester, deren Gesicht vor Scham rot angelaufen war.

»Pass auf deine Füße auf, du hast vier davon, du dummes Tier«, schimpfte Claire leise. Der Wallach zuckte mit den Ohren und ließ sie dann wieder hängen, was ihm das Aussehen eines müden, alten Esels verlieh. Stella grinste.

Kapitel 3

Punta Arenas lag bald hinter ihnen. Das Land stieg sanft an und ermöglichte einen guten Ausblick auf die kleine Siedlung, die doch so wichtig für den Fernhandel mit den schnellen Klippern war. Auch jetzt lagen wieder mehrere Dreimaster in der Bucht vor Anker. Bei zweien waren die Segel gerefft, und Stella machte mehrere Ruderboote aus, die zwischen Ufer und den Schiffen hin und her pendelten, um Güter auszutauschen.

Der Wind blies mit aller Kraft. An einem anderen Ort der Welt hätte man es wohl einen Sturm genannt, in Tierra del Fuego müsse man sich an den Wind einfach gewöhnen, erinnerte sich Stella an die Worte der Köchin.

Claire hielt ihren breiten, mit Seidenblumen bestickten Sonnenhut mit einer Hand fest, mit der anderen umklammerte sie Zügel und Sattelhorn.

»Hört der Wind denn niemals auf?«

»Nein, Señorita«, sagte Navarino sofort. »Der Wind legt über das Meer einen weiten Weg zurück, da macht er vor uns nicht halt. Aber später, wenn wir durch die Lenga-Wälder reiten, sind wir geschützt, und auch in den Bergen ist es oft ruhiger.«

»Das ist beruhigend«, rief sie dem Indio zu.

Stella grinste ihre Schwester an. Ihr eigener Hut war längst vom Kopf gerutscht und schlackerte an den Bändern in ihrem Nacken.

»Wenn wir ankommen, sehen wir aus wie zwei zerrupfte Krähen. Dein Verlobter jedoch wird unser Aussehen wahrscheinlich für ganz normal halten.«

»Stella!«, schimpfte Claire entrüstet, doch dann musste auch sie lachen.

Das büschelige Bartgras wurde von dem starken Wind zu Boden gedrückt und sah aus wie ein grüngelbes, säuselndes Meer.

Am liebsten wäre Stella mit ihrer Stute über die Hügel galoppiert, doch sie fühlte sich im Sattel noch nicht sicher genug. Außerdem schickte es sich nicht für eine Dame. Das Tier schien dennoch den innigen Wunsch seiner Reiterin zu spüren, tänzelte und zerrte an den Zügeln.

Claire wirkte neben ihr, als reite sie auf einem leblosen Klotz. Der Wallach trottete mit hängendem Kopf hinter Longacres Tier her und schien beinahe einzuschlafen. Dankbar streichelte Claire ihn. Ihre Angst schwand und sie rang sich sogar zu einem Lächeln durch. Schweigend ritten die Schwestern nebeneinander her, während sich die Landschaft langsam änderte.

Die sturmumtosten Dünen wurden zu violett blühenden Heiden mit vom Wind niedergedrückten Gehölzen. Vor allem Südbuchen und Johannisbeersträucher, einige mit zahlreichen grünen, unreifen Früchten.

Sie waren eine Zeit lang der Küste gefolgt und ließen nun endgültig die Estrecha de Magallanes hinter sich und ritten Richtung Inland. Vor ihnen lag die Brunswick-Halbinsel, die sie an ihrer schmalsten Stelle durchqueren würden. Es ging nordostwärts auf die schneegekrönten zerfurchten Berge zu, die in der Ferne zu erkennen waren.

Stunden vergingen, und es schien, als kämen sie ihnen keinen Schritt näher. Mittlerweile führte der Pfad durch lichte Wälder und an Weihern vorbei, wo Enten und Wasservögel brüteten. Weite Moorflächen leuchteten rot und dunkelgrün.

Das dicke Moos wuchs weich wie ein Kissen, doch das trog, in den schwarzen Tümpeln lauerte der Morast. Diese Landschaft besaß eine raue Schönheit, als sei sie noch nie von Menschenhand berührt worden.

Als sie am Mittag Rast machten, fühlte sich Stella bereits völlig erschlagen, und es glich einer Qual, wieder in den Sattel zu steigen. Diese Reise war doch etwas ganz anderes als die Ausritte, die sie hin und wieder in Buenos Aires unternommen hatten und eher an ein Teekränzchen zu Pferde erinnerten. Ausgerüstet mit einem üppigen Picknick waren sie durch Felder und Ortschaften geritten, hatten geschwatzt und gelacht. Stets begleiteten sie mindestens zwei Wächter. Stella überlegte, ob sie je länger als ein oder zwei Stunden im Sattel gesessen hatte. Dieser Ritt brachte sie an ihre Grenzen.

Hatte sie nicht immer von Abenteuern geträumt? Nun prallten ihre naiven Träume auf die Realität, aber sie würde durchhalten und nicht aufgeben. Kurz bekam sie Bedenken und fürchtete sich vor den nächsten Tagen. Doch sie konnten nicht zurückkehren. Die Männer würden allenfalls eine Pause machen, um Rücksicht auf die Frauen zu nehmen, doch das würde ihre Reise verzögern und sie noch länger in der Wildnis festhalten.

Um ihre Schwester zu ermutigen und vor den Männern keine Schwäche zu zeigen, ließ Stella sich nichts anmerken und biss die Zähne zusammen.

Am Nachmittag erreichten sie ein weites Tal, in dem die Südbuchen gefällt worden waren, um Weideland für zahllose Schafe und einige Dutzend Rinder zu schaffen. Überall plätscherten kleine Rinnsale und Bäche von den Hängen herab, um sich im Tal zu einem Fluss zu vereinen, der einen See speiste. An diesem Gewässer, blassblau gefärbt von den Sedimenten der Gletscher, lag die Estanzia, in der sie für die Nacht unterkamen.

»Die Bakermans sind Aussiedler in der ersten Generation«, erklärte Longacre seinen Nichten.

»Wissen diese guten Leute, dass wir kommen?«, erkundigte sich Claire, die nun einen verbissenen Gesichtsausdruck zur Schau trug.

Longacre lachte, dass sein leichtes Doppelkinn bebte. »Nein, nein, natürlich nicht, woher auch. Sie können ja nicht hellsehen, und wollte ich ihnen schreiben, könnte ich den Brief gleich selber mitbringen. Der Briefverkehr wird hier vor allem von Reisenden geregelt.«

»Oh, dann hoffe ich, dass wir nicht ungelegen kommen«, sagte Claire besorgt.

»Unsinn, Kind. Hier in Tierra del Fuego ist es eine Selbstverständlichkeit, Reisenden Obdach zu gewähren. Ich bin schon häufiger bei ihnen zu Gast gewesen und habe auch einige Kleinigkeiten dabei, mit denen ich ihnen ihre Freundlichkeit vergelten werde.«

»Dann sind es Christenmenschen, die sich an Gottes Gebot der Nächstenliebe halten.«

»Was sie glauben, weiß ich nicht, aber es sind gute Leute.«

Claire sprach dankbar ein Gebet, als das zweistöckige Farmhaus mit seinen zahlreichen Nebengebäuden und Viehpferchen endlich auftauchte. Mehrere alte Südbuchen säumten das Ufer und umstanden das Haus, zum Schutz vor dem Wind. An den Hängen weideten Schafe, und auf den üppigen Wiesen am See Rinder und einige Pferde.

Offenbar war ihre Reisegruppe schon früh entdeckt worden. Stella entdeckte eine Frau in einem dunkelgrünen Kleid, die auf die Veranda getreten war und ihnen zuwinkte.

»Wie es scheint, sind wir willkommen«, seufzte Claire erleichtert.

Und wirklich, die Bewohner der prachtvollen Estanzia freuten sich, sie zu sehen.

»Señor Longacre, welche Freude!«, rief ihnen die Hausherrin zu und eilte in den Hof. Ihr Kleid war schlicht und dem Landleben angepasst. Ein Wolltuch wärmte ihre Schultern. Erste graue Strähnen zogen sich durch ihr einst blondes Haar, und in dem Gesicht der Frau spiegelte sich ein entbehrungsreiches Leben, aber auch das Glück, das sie offenbar hier gefunden hatte.

Stella quälte sich aus dem Sattel und wäre beinahe gefallen, so sehr schmerzten ihre Knöchel von der langen Zeit in den Steigbügeln. Gemeinsam mit Claire, die leicht hinkte, trat sie zu ihrem Onkel.

»Darf ich vorstellen? Meine Nichten Claire und Stella, das ist die liebenswürdige Señora Bakerman, die immer ein warmes Bett für mich hat, wenn der Weg mich in die Gegend führt.«

»Aber das ist doch selbstverständlich. Oh ihr armen Mädchen, die Reise muss euch sehr zusetzen. Kommt rein.«

»Vielen Dank, ich dachte schon, der Tag würde niemals zu Ende gehen«, sagte Claire.

»Ich lasse ein Bad vorbereiten, danach sieht die Welt gleich viel rosiger aus.« Señora Bakerman sprach fehlerfreies Spanisch, jedoch mit einem harten deutschen Akzent.

»Aus welcher Ecke der Welt hat es Sie hierher verschlagen?«, formulierte Stella ihre Neugier möglichst höflich und folgte ihrer Gastgeberin über die Veranda ins Haus.

»Hört man es so sehr, ja?«, lachte Señora Bakerman. »Wir kommen aus Deutschland, aus Rostock. Mein Mann und ich sind direkt nach unserer Hochzeit aufgebrochen. Das ist nun zweiundzwanzig Jahre her. Es war schwer zu Anfang. Eine Zeit lang haben wir in Argentinien auf dem Festland gelebt und einen kleinen Laden gehabt. Als die chilenische Regierung die Kolonisierung Feuerlands vorangetrieben und tüchtigen Siedlern günstiges Land angeboten hat, haben wir die Chance ergriffen. Zwei meiner drei Kinder kamen hier zur Welt. Die Schafzucht war ein Glücksgriff und ernährt uns ausreichend. Ihr Onkel ist ein zuverlässiger Partner, meine Damen, seine Preise sind immer fair.«

Sie waren im Salon angelangt und bekamen von einer jungen Frau auf einem Tablett Erfrischungen gereicht. Die Flüssigkeit in den Gläsern war hellrot. »Wasser mit Johannisbeersirup, wir machen es selbst«, erklärte Señora Bakerman.

Stella probierte einen Schluck und musste sich zurückhalten, das Glas nicht in einem Zug zu leeren.

»Ich glaube, das ist das Beste, was mir heute passiert ist«, sagte sie anerkennend, doch Señora Bakerman hörte nicht zu. Sie wies das Hausmädchen an, die Gästezimmer und ein Bad vorzuberciten und für den Abend ein üppiges Mahl herzurichten.

Claire sah Stella erleichtert an. In diesem Augenblick verstanden sich die Schwestern ohne Worte. Die Estanzia schien das Paradies zu sein, von dem sie nach dem langen Ritt nicht einmal zu träumen gewagt hatten.

Draußen erklang der tiefe Bass ihres Onkels, der freudig den Hausherren begrüßte.

Sobald Señora Bakerman alle Aufgaben verteilt hatte, führte sie die Schwestern zu einem Tisch mit Tee und Gebäck, während sie ohne Unterlass redete.

»Ja, es wird schnell einsam hier«, sagte sie. »Meine beiden

Töchter haben geheiratet und leben nun zwei Tagesritte von uns entfernt. Nur unser Sohn Arno wohnt noch hier. Wir freuen uns daher über jeden Besuch, besonders von zwei so hübschen jungen Damen, die den ganzen weiten Weg von Buenos Aires auf sich genommen haben.«

Señora Bakerman ließ Stella und Claire kaum zu Wort kommen. Doch die beiden waren ohnehin sehr erschöpft.

Stella wurde schnell klar, dass Señora Bakerman sich sehr allein fühlte, und tauschte einen Blick mit Claire. So wenig sie einander glichen und so oft sie sich früher wegen Nichtigkeiten gestritten hatten, hier in der Fremde hielten sie zusammen.

Das Abendessen fand im Speisesaal der Estanzia statt, der den Vergleich mit einem reichen Stadthaus nicht scheuen musste. An den getäfelten Wänden hingen deutsche Landschaftsgemälde und Spiegel. Licht spendeten gleich drei funkelnde Kronleuchter an der Decke und Öllampen an den Türen und Fenstern. Nach dem langen Ritt hatte Stella das Gefühl, als sei sie in einer fremden, bezaubernden Welt mitten im Nirgendwo gelandet.

Claire hatte ihr geholfen, die passende Garderobe für das Essen auszuwählen, und so saß sie nun in einem eleganten, aber schlichten Kleid zwischen ihrer Schwester und ihrem Onkel. Das helle Blau des Seidenstoffes betonte ihre Augen. Claire hatte sich für einen ähnlichen Schnitt und ein dunkles Grün entschieden. Um ihren Hals lag das Kettchen mit dem kleinen Silberkreuz, das sie niemals ablegte.

Zwei junge Mädchen, fast noch Kinder, bedienten bei Tisch. Als sie fertig waren und in der Küche verschwanden, lüftete Señora Bakerman ihr Geheimnis.

»Das sind zwei arme Dinger. Die Eltern von Amy und Molly hatten von Anfang an Pech. Das Schiff, mit dem sie aus Dublin aufbrachen, war völlig überfüllt. Es brachen Seuchen an Bord aus und es herrschte großes Elend. Als sie endlich ankamen, stellten sie fest, dass das Land, das man ihnen versprochen hatte, schon jemand anderem gehörte.«

»Das ist ja schrecklich!«, entfuhr es Claire.

»Es wurde noch schlimmer. Sie schlugen sich einige Jahre mit Hilfsarbeiten durch, bis der Vater der Mädchen krank wurde und starb. Eine Freundin von mir gab der Witwe Arbeit, die Mädchen haben wir in Dienst genommen. Wenngleich sie noch viel lernen müssen, so haben sie jetzt immer einen vollen Magen und ein Dach über dem Kopf.«

»Gott wird es Ihnen vergelten. Sie sind eine herzensgute Frau, Señora Bakerman«, entgegnete Claire. Stella empfand das Lächeln der Gastgeberin als ein wenig selbstgefällig. Auf einmal erklangen Schritte im Flur. Die Frage, warum an der Tafel zwei weitere Gedecke standen, schien beantwortet.

»Entschuldigen Sie unsere Verspätung, aber wir wurden aufgehalten«, tönte es aus dem Flur. Eine der irischen Mägde führte zwei Männer herein. Während sie sich setzten, stellte Señora Bakerman sie vor.

»Señor Parkland und Señor Morales.« Es war sofort deutlich, dass die beiden Männer nicht in diese Tischgesellschaft passten. Ihnen haftete etwas Dunkles an, das auch ihre Kleidung und ihr gepflegtes Äußeres nicht gänzlich verbergen konnten. Während Morales' leicht dickliche Erscheinung ihm den Nimbus eines gutmütigen Onkels gab, war Parkland mit seiner wächsern bleichen Haut und den wasserblauen Augen eine fast schon geisterhafte Erscheinung.

»Die Herren sind Jäger. Sie sind seit einer Woche ebenfalls unsere Gäste«, ergänzte der Hausherr.

»Jäger? Die trifft man nicht oft in diesem Land der Schafe, Rinder und entwurzelten Menschen. Vielleicht möchten Sie zu unserer Unterhaltung von einigen Ihrer Abenteuer erzählen«, sagte Longacre.

Morales nickte nur.

»Später vielleicht«, antwortete Parkland knapp und strich seine Ärmel glatt, als wolle er Staub abbürsten. Sie setzten sich schweigend und mit großer Selbstverständlichkeit schräg gegenüber der Schwestern hin. Während Wasser und Wein gereicht wurde, hatte Stella genügend Zeit, die beiden Fremden zu mustern. Besonders Parkland machte ihr auf eine seltsame Weise Angst. Während er äußerlich fast schon zu ruhig war, zuckten seine hellen Augen beständig hin und her, als lauere er auf etwas.

Die Jäger beteiligten sich nicht am Gespräch, sondern aßen mit großer Ernsthaftigkeit, wobei ihre Tischmanieren zu wünschen übrig ließen, was allerdings nur auffiel, wenn man genau hinsah. Sie hielten das Tischsilber wie Werkzeuge, und Stella beobachtete, wie sie den jungen Mädchen immer wieder lüsterne Blicke zuwarfen.

»Wie ich von Señor Longacre gehört habe, kommen Sie aus Buenos Aires«, sagte Señor Bakerman. »Das ist eine weite Reise. Und, wie ist Ihr erster Eindruck von Feuerland?«

»Es ist kalt und ungastlich«, antwortete Claire ohne zu zögern und schämte sich sogleich für ihre direkten Worte.

Stella kam ihr schnell zur Hilfe.

»Mir gefällt es gut hier. Auch wenn es ein wenig kalt ist und man sich an den Wind erst gewöhnen muss. Die Landschaft ist majestätisch, wohin man auch sieht, als sei sie dem Geist eines Malers entsprungen.«

»Nein, nein, Ihre Schwester hat schon Recht, Señorita Stella. Tierra del Fuego ist ein ungastlicher und unzivilisierter Ort. Dennoch kann man hier sein Glück finden, wenn wir Siedler zusammenhalten«, erwiderte Señorita Bakerman und lächelte aufmunternd. »Mit vereinter Kraft und Gottes Beistand schaffen wir es.«

»Amen«, hauchte Claire und dachte wohl wieder an ihre bevorstehende Ehe. Eine Zeit lang schwiegen sie.

Schließlich erkundigte sich Longacre nach der Schafzucht seiner Gastgeber. Er entfesselte bei Señor Bakerman einen Redestrom, der dadurch, dass er in seine Muttersprache verfiel, härter und noch mehr nach Verwünschungen klang.

Longacre, der kein einziges Wort verstanden hatte, legte sein Essbesteck hin und hob fragend die Augenbrauen.

»Entschuldigen Sie, falls ich unwissentlich ein falsches Thema angeschnitten habe.«

»Wir haben im Winter und auch im Frühjahr viele Tiere verloren, doch das ist nun zum Glück ausgestanden.«

Da die Hausherrin geantwortet hatte, fühlte sich auch Stella dazu ermutigt, ihr Schweigen zu brechen.

»Die Winter hier müssen sehr hart sein, oder hat eine Krankheit unter den Tieren gewütet?«

»Die Winter sind nicht leicht, wirklich nicht, aber es geht schon.«

»Krankheit? Ja, so kann man es sicher auch nennen«, fuhr Bakerman dazwischen. »Dieses Ungeziefer hat ...«

»Nicht bei Tisch, mein Lieber.« Señora Bakerman legte ihrem Mann beruhigend die Hand auf den Arm. Dieser schnappte kurz nach Luft wie ein Fisch auf dem Trockenen und tupfte sich mit einer Serviette das Bratenfett vom Mund und aus dem Schnauzbart.

»Diese Angelegenheit hat uns sehr viel Ungemach gebracht, Stella. Aber das gehört jetzt der Vergangenheit an. Die Señores Parkland und Morales waren überaus erfolgreich. Wir werden in nächster Zeit sicherlich keine Probleme mehr bekommen«, sagte die Hausherrin und vermied so jede weitere Erklärung. Sie richtete ihren Blick auf die beiden anderen Gäste, die das Gespräch gelassen verfolgt hatten. Zweifellos wurde hier etwas unter den Teppich gekehrt.

Doch selbst ihr Onkel, der offenbar genau zwischen den Zeilen lesen konnte, schien das Thema zu meiden.

Das Gespräch wandte sich dem Essen und dem Wetter zu.

»Wenn man Bills Worten Glauben schenkt, dann haben Sie Glück. Wir bekommen ein paar relativ trockene Tage. Bill ist einer unserer Knechte, ein Mischling. Vom Wetter verstehen die Wilden etwas, wenngleich sie ständig etwas von Geistern und Hokuspokus faseln.«

»Arbeiten viele Eingeborene auf Ihrer Farm?«, fragte Stella. »Es scheinen sehr interessante Leute zu sein.«

Die plötzliche Stille am Tisch war mit den Händen zu greifen. Offenbar war man hier nicht gut auf die Ureinwohner Tierra del Fuegos zu sprechen. Señora Bakerman suchte nach Worten.

»Ich habe nichts mit den Wilden zu schaffen. Auf meinem Land haben sie nichts zu suchen, und ich nehme sie nur in Dienst, wenn es wirklich nicht anders geht.«

»Ich verstehe«, antwortete Stella, doch wirklich verstehen konnte sie es nicht. Navarino, der einzige Indio, mit dem sie bislang gesprochen hatte, war höflich, wenngleich verbittert gewesen, was in Anbetracht seiner Lebensgeschichte nicht verwunderte. In Buenos Aires hatten die Indios, ihre bunten Trachten, Feste und Märkte zum täglichen Bild gehört. Natürlich führten die weißen Siedler ein Leben fern von den ärmlichen Hüttendörfern der Eingeborenen, doch fast jeder beschäftigte Indios, sei es als Pferdeknechte, Tagelöhner, Gärtner oder Hausmädchen.

Stella und Claire konnten kaum noch die Augen offen halten, als schließlich der Nachtisch aufgetragen wurde. Sie sehnten sich nur noch nach einem Bett.

Als sich die Schwestern schließlich von der Tischgesellschaft verabschiedeten, bemerkte das kaum jemand.

Nach einer traumlosen Nacht war es früh Zeit zum Aufbruch. Der bleierne Himmel hing so tief, dass sich Stella eingeengt fühlte wie in einem Zimmer mit einer zu niedrigen Decke. Die dichten Wolken rasten dahin, um im Osten gegen die Bergflanken zu prallen. Die Gipfel lagen im Grau verborgen. Es war ein trostloser Morgen, und Stella begriff plötzlich, dass man dieses Land auch verabscheuen konnte. Jegliche Farbe schien aus den Pflanzen und der Umgebung gewichen zu sein.

Die Vorstellung, wieder den ganzen Tag im Sattel verbringen zu müssen, war grauenhaft. Noch immer tat Stella jede Faser ihres Körpers weh, jeder Schritt fiel ihr schwer. An den Oberschenkeln hatte sie mehrere wunde Stellen. Claire war genauso schlimm betroffen.

Sie hatten den Ratschlag einer Magd beherzigt, die ihnen

empfahl, lange, enge Wollunterhosen zu tragen, die bis über die Knie reichten und so Scheuerstellen verhinderten. Darüber trug Stella ihr Reisekleid vom Vortag und um die Schultern ein breites Wolltuch gegen den Wind. Bald würden sie aufbrechen.

Als Stella den Blick vom Fenster im Erdgeschoss abwandte und aus dem Haus treten wollte, ertönte ein markerschütternder Schrei.

Sie rannte hinaus.

Im Hof kämpfte Navarino gegen zwei bullige Hunde, die wie rasend zubissen. Der große *Yag'han*-Indianer blutete bereits aus mehreren Wunden und schlug verzweifelt mit einem Stock nach den Tieren.

»Hilfe, Hilfe!«, schrie Stella. Die Hunde beachteten sie gar nicht, sondern setzten ihrem Opfer weiter zu. Stella hatte das Gefühl, die Zeit verlangsame sich. Sie begegnete Navarinos Blick. Seine Augen waren vor Angst und Schmerz weit aufgerissen. Es schien, als wolle er ihr etwas zurufen, eine Warnung vielleicht. Dann brach er zusammen und die massigen Tiere stürzten sich wütend auf ihn.

Stella rief erneut um Hilfe und sah sich verzweifelt nach einem Stein um, einem Werkzeug, irgendetwas, womit sie die Hunde vertreiben konnte. Die Krallen der Tiere hinterließen tiefe Furchen im Schlamm.

Endlich kam jemand! Parkland und Señor Bakerman. Doch es war Morales, der sich nah an die Hunde heranwagte.

»Nein, Harry, Pete, nein! Hierher!«, brüllte er die Tiere an.

Die Hunde ließen tatsächlich von ihrem Opfer ab, wenn auch widerwillig. Als Morales sie noch einmal anschrie, zogen sie die Schwänze ein und trollten sich mit noch immer gefletschten Zähnen.

Stella war sofort bei dem Verletzten. Navarino schlug nach ihr. Er war in Panik und schien nicht zu merken, was um ihn herum geschah.

»Sie sind weg, du bist nicht mehr in Gefahr! Ich will dir helfen!« Sie fing seine Hand ab und drückte sie tröstend. Dann sah sie sich nach den anderen um. Erschüttert stand Claire mit Señora Bakerman auf der Veranda. Ihr Onkel trat zu ihnen. Parkland und Morales waren bei den Ställen. Grinste der Spanier etwa? Die Hunde lagen zu seinen Füßen, hechelten und stierten zu dem Verwundeten im Hof.

Wollte denn niemand helfen?

»Onkel! Wir müssen ihn ins Haus bringen. Er ist schwer verletzt!«

»Niemand wird einen Indio in sein Heim lassen«, ertönte plötzlich eine Stimme hinter Stella. Es war der andere Führer, Pedro. Er kniete sich neben sie und untersuchte Navarinos Wunden. Stella mochte gar nicht hinsehen, so viel Dreck und so viel Blut. Es schnürte ihr die Kehle zu. Der *Yag'han* lag jetzt regungslos da und sah sie an, während sie immer noch seine Hand umklammerte.

»Es wird alles gut«, stotterte Stella. »Pedro wird dir helfen.«

»Danke, Señorita, es geht.« Navarino sah sie noch immer ungläubig an, als sei sie ein wundersames Wesen. Sein Körper erzitterte, und er biss die Zähne zusammen.

»Stella, komm da weg!«, rief Longacre ungehalten.

Sie gehorchte nicht und schenkte auch dem heftigen Wortgefecht kaum Beachtung, das ihr Onkel offenbar mit Claire führte. Ihre Schwester mahnte zur Christenpflicht, doch die schloss nach Longacres Ansicht Wilde nicht mit ein.

Navarino entzog sich Stellas Berührung. Er hatte sehr wohl gehört, was auf der Veranda gesprochen wurde.

»Gehen Sie, Señorita, es ist besser für Sie … und für mich«, keuchte er.

Pedro half dem großen Mann auf. Navarino ächzte, doch er konnte mit Pedros Hilfe gehen.

Ratlos sah Stella ihnen nach, während die beiden mühsam zur Scheune gingen.

Claire kam zu ihr, drückte sie an sich. Noch zu geschockt über das soeben Erlebte, erwiderte Stella die Umarmung nicht.

»Wir müssen ihm helfen, Claire«, flüsterte sie.

»Ja, ich weiß nicht, was in diese Leute gefahren ist. Das Land muss sie zu Barbaren gemacht haben.«

»Was kann ich tun?«

Claire, die bei den Nonnen gelernt hatte, wie man Verwundete versorgte, verwandelte sich plötzlich in einen anderen Menschen.

»Bring Wasser und saubere Tücher, ich hole meine Arzneien«, sagte sie knapp. Stella raffte ihre Röcke und lief los, Claire eilte ins Haus.

Kurz darauf waren sie bei Pedro und Navarino in der Scheune. Der Indio saß auf einem Fass und untersuchte vorsichtig die Bissverletzungen an seinen Beinen. Sein Gesicht war aschfahl und Stella glaubte kurz, er würde gleich ohnmächtig werden. Nach einem Schluck Schnaps, den Pedro ihm zu trinken gab, kehrten Navarinos Lebensgeister zurück.

Behutsam wusch Stella seine Wunden. Die Zähne waren an vier Stellen ins Fleisch eingedrungen, aber nur am linken Oberschenkel so tief, dass Claire mit einer gebogenen Nadel und Rosshaar die Wundränder wieder zusammennähen musste. Navarino ertrug alles schweigend. Sein dunkler Blick ruhte unter halb geschlossenen Lidern auf Claire und ihren geschickten, flinken Händen.

»Er kann sich glücklich schätzen, dass Sie hier sind, meine Damen«, brummte Pedro, der seinen Freund an den Schultern aufrecht hielt. »Die Köter hätten ihn sonst zerfleischt, und sie hätten nicht mal einen Gedanken an ihn verschwendet, nur weil er ein Indio ist. Navarino hat es sich doch nicht ausgesucht ... entschuldigen Sie, Señoritas. Ich wollte nicht unhöflich sein.«

Stella schüttelte den Kopf.

»Nicht du musst dich entschuldigen. Dieser Morales und seine Bestien sind schuld. Er sollte sich wenigstens erkundigen, wie es dem armen Mann geht.«

Pedro lachte heiser auf und nahm selbst einen Schluck aus der Taschenflasche.

»Er und Parkland würden das niemals tun. Navarino kann froh sein, dass er noch lebt.«

Stella war sehr aufgewühlt und konnte noch immer nicht glauben, wie Menschen hier behandelt wurden. War es in Buenos Aires genauso gewesen und sie hatten es in ihrem wohlbehüteten Elternhaus nur nicht mitbekommen?

Natürlich stellte kaum jemand, den sie kannte, Indios mit zivilisierten Weißen auf eine Stufe, aber Hunde auf einen Mann zu hetzen, der nichts verbrochen hatte?

Navarino stöhnte auf und riss Stella aus ihren Grübeleien. All das Blut und die tiefen Wunden! Sie kämpfte mit der Übelkeit, während sie abwartete, bis Claire eine dicke Salbe auftrug. Gemeinsam legten sie die Verbände an.

Als die Schwestern schließlich in den Hof traten, ging alles seinen gewohnten Gang. Farmarbeiter brachten die Pferde aus dem Pferch, um sie zu satteln und das Gepäck aufzuladen. Wasserschläuche wurden gefüllt und Morales' Hunde liefen frei herum, als hätten sie nicht gerade einen Menschen halb tot gebissen.

Ihr Onkel und der Spanier waren aufgebracht, wütende Gesprächsfetzen wehten herüber.

»Sie müssen mir den Preis für meinen Führer ersetzen! Da geht kein Weg dran vorbei!«, forderte Longacre energisch.

»Unsinn, wenn er fest für Sie arbeiten würde, sähe die Lage anders aus, aber so? Einen neuen Führer finden Sie schnell, abgesehen davon reiten wir auch in Richtung Baja Cordenas. Wir können also genauso gut gemeinsam reisen. Dann brauchen sie nur einen Führer.«

Longacre schien sich geschlagen zu geben.

»Geben Sie gefälligst acht auf Ihre Köter. Wenn meinen Nichten etwas geschieht …«

Beruhigend legte Morales ihm die Hand auf den Arm.

»Die Hunde sind gut ausgebildet. Sie kennen den Unterschied zwischen zivilisierten Menschen und diesen halben Tieren, Señor.«

In diesem Moment bemerkten die Männer Stella und Claire, die dem Gespräch ungläubig gelauscht hatten und doch nicht wagten, ihre Meinung kundzutun. Bemüht lächelnd winkte Longacre sie zu sich. Claire nahm Stella bei der Hand und sie gingen zu ihm.

»Die Sitten hier sind rauer als in den hübschen Wohnvierteln von Buenos Aires. Habt ihr ihm helfen können? Wie geht es Navarino?«

Claire fand die Sprache zuerst wieder.

»Sie haben ihn übel zugerichtet. Er braucht mehrere Tage Ruhe. Wenn sich die Wunden nicht entzünden …«

»Es tut mir leid, Kind. Dein Verlobter wird nur ungern auf dich warten, weil du dich um einen Wilden kümmerst. Wenn wir ihn zurücklassen, können wir ihm gleich eine Kugel in den Kopf jagen. Entweder er kann mitreiten, oder …«

In diesem Augenblick kam Navarino aus der Scheune. Er humpelte und verzog das Gesicht vor Schmerz. Sein Pferd zerrte er an den Zügeln hinter sich her. Schweigend und mit angehaltenem Atem stieg er auf den Rand eines Brunnens und schwang sich auf den Pferderücken. Pedro brachte sein Gepäck, das aus zwei alten Leinensäcken bestand, und machte es am Sattel fest. Dann kümmerte er sich um die restlichen Tiere.

»Da seht ihr, er ist ein zäher Bursche«, sagte Longacre aufmunternd. »Und nun wascht euch und macht euch reisefertig, Mädchen. Wir haben heute noch einen langen Weg vor uns.«

Kapitel 4

Weit weg vom Lager wollte er es versuchen. Daher ging er nun schon den zweiten Tag nordwärts, geradewegs auf die große Bucht zu, wo die fremden Menschen mit ihren weißen Tieren lebten, zahlreich wie die Sterne, die den Mond umringen.

Er hatte weder seinen Eltern noch Ekina, der Frau, der sein Herz gehörte, gesagt, was er vorhatte. Sie glaubten, er sei nach Süden gezogen, um Guanakos zu jagen, doch er war im weiten Bogen um das Lager herumgelaufen. Im Süden gab es kaum noch Wild, die einzige Herde, die dort umherzog, zählte nur noch vierzehn Tiere, die sich jedoch nicht aufspüren ließen. Sie waren vorsichtiger geworden, weil ihnen die Menschen zu oft nachgestellt hatten.

Leise wie der Wind im Gras trabte ein Hund hinter Naviol her. Der schlanke Rüde war einer der wenigen, der während der letzten Tage verschont geblieben war. Die meisten waren geschlachtet worden, in den Kochfeuern und dann in den Mägen der hungrigen Kinder gelandet.

Naviol hatte das Fleisch nicht angerührt.

Es fiel ihm schon schwer, einen Hund zu töten, einen Gefährten dann auch noch zu essen, der mit ihm gejagt und nachts das Lager bewacht hatte, konnte er sich beim besten Willen nicht vorstellen. Dafür müsste er noch hungriger sein, er konnte viele Tage ohne Essen überdauern. Sein Körper hatte sich in den langen, dunklen Wintern daran gewöhnt.

Dennoch hatten sie früher weniger gehungert. Es hatte mehr Wild gegeben, und die Stämme an den Küsten waren häufiger mit den *Selk'nam* im Inland zusammengekommen, um Handel zu treiben. Kunstfertig gearbeitete Decken aus Guanakofellen und Fleisch im Tausch gegen Fische, Obsidian und Elfenbein. Nun waren viele Clans ausgerottet.

Mit den Weißen waren nicht nur der Hunger, sondern auch rätselhafte Krankheiten gekommen, gegen die die Schamanen und Heiler der Sippen machtlos waren. Bislang war seiner Familie dieses Übel erspart geblieben, doch die Götter waren wankelmütig. Warum sonst verschonten sie die Fremden, die ihre Gesetze nicht achteten, und straften stattdessen ihr eigenes Volk? Erwarteten sie etwa, dass die *Selk'nam* gegen die übermächtigen Fremden in den Krieg zogen und straften sie nun für ihre Feigheit?

Naviol zerrte seinen Umhang fester um die Schultern. Er fror, innerlich wie äußerlich. Die Zeiten hatten sich geändert, *Temaukél,* der höchste Gott, war verärgert, und scheinbar nichts konnte ihn besänftigen. Immer gieriger trennte er die Seelen vom Körper, und das Volk der *Selk'nam* schwand. Was er mit all den Seelen tat, konnte sich Naviol nicht vorstellen. Auch die Schamanen waren ratlos, ob die Götter oder die bösen Geister, die *Yosi,* hinter all dem steckten. Vor vielen Generationen, als der Gott *Kenós* aus einer flachen Ebene die Erde schuf, waren die Seelen der Urahnen zu Seen und Bergen geworden und darin aufgegangen.

Naviol hätte so gerne gewusst, was mit seiner Seele nach dem Tod geschah, was mit der seines Bruders geschehen war. In einem Fluss aufzugehen oder zu einem stattlichen Lenga-Baum heranzuwachsen, würde ihm gefallen.

Es würde die dunkle Zeit, die vor den *Selk'nam* lag, erträglicher machen. Dass sie kam, dessen war er sich sicher. Als würde sich die Seele wie ein See mit Eis überziehen.

Hätte er sich vor seinem Aufbruch nur mit der wärmenden Paste aus Fett und roter Erde eingerieben, die er in einem kleinen Behältnis bei sich trug! Zwar kam man der Seelenkälte dadurch nicht bei, doch die von außen eindringende Kälte ließe sich vertreiben. Zügig beschleunigte Naviol seine Schritte, um seine steifen Muskeln zu wärmen. Der Pfad wand sich kaum sichtbar zwischen Heidekräutern und Moos den Berghang hinauf. Zahllose Füße hatten seit Generationen diesen Weg geschaffen.

Sein Hund, den er aufgrund der Fellfarbe »Grauer« nannte, trabte hechelnd an ihm vorbei und erklomm den Grat.

Hier oben wuchs nur noch widerstandsfähiges Gras und knorrige Sträucher, die sich dicht an den Boden drückten.

Ihre Früchte waren reif und wohlschmeckend, doch Naviol hielt nicht an, um sie zu pflücken. Beerensammeln war Frauenarbeit, er würde den launischen Geistern keinen Grund geben, ihm zu zürnen. Sein Magen knurrte bei einem letzten Blick auf die roten Früchte, dann hatten sie den Grat erreicht.

Grauer hielt die Nase in den Wind. Naviol duckte sich hinter einen Felsen und sah hinab in das Tal, das sanft nach Norden hin abfiel.

Ein großer See ruhte endlos und weit in der Ferne. Wie ein Stück Himmel, das auf die Erde gefallen war. Die rasch dahinziehenden Wolken spiegelten sich darin.

Grauer bellte leise und legte die Ohren an. Ja, da waren sie, die weißen Guanakos der fremden Menschen. Der Wind stand gut. Sie würden den Jäger erst spät bemerken, doch wie Naviol aus den Erzählungen anderer Männer wusste, waren diese Wesen dumm. Sie fürchteten den Menschen nicht, ließen sich sogar mit bloßer Hand fangen. Es waren mehr Tiere in dem Tal, als Naviol zu zählen vermochte, zahlreich wie das Wollgras im Moor.

Eine Weile harrte er hinter dem Felsen aus, den folgsamen Hund neben sich. In einer Senke wuchsen hoher Farn und junge *Ñirre*-Bäume. Dort konnte er sich gut verstecken und die Beute zerlegen.

Noch sah er keinen Menschen weit und breit. Die Fremden bewachten die weißen Guanakos nicht ständig, doch auf ihren Pferden waren sie schnell. Naviol fürchtete sie, besonders wenn sie mit ihren schrecklichen Waffen schossen, in denen der Donner wohnte.

Geduldig aß er seinen letzten Proviant und wartete, bis die Sonne tief über den Bergen stand. Erst dann wagte er den Abstieg.

Die Schafe waren von den Hängen tiefer ins Tal hinabgezogen. Ihr Blöken erfüllte unangenehm die Stille. Während Naviol wie ein Schatten näher schlich, wurde ihm bewusst, dass er diese Tiere nicht mochte. Ihr Blick war leer, sie schienen nicht wirklich lebendig zu sein und hatten nichts gemein mit den lebhaften Guanakos, den gewandten Füchsen oder den schlauen Kammratten in ihren weitverzweigten Siedlungen.

Naviol befahl seinem vor Aufregung zitternden Hund, sich in eine versteckte Bodenmulde zu legen. Er selbst ging ohne jegliche Deckung auf eine kleine Gruppe von Schafen zu. Die Tiere hoben den Kopf, doch als er stehen blieb, um sie zu beobachten, senkten sie ihn wieder und fraßen weiter. Auch wenn ihm die Tiere unbekannt waren, machte er schnell die Weibchen mit ihren Jungen aus. Er entschied sich für zwei junge männliche Tiere, die etwas Abstand zu den Müttern mit ihren Lämmern hielten. Der erste Pfeil flog, als er nur noch wenige Schritte entfernt war, der zweite folgte, ehe die Schafe überhaupt wussten, was geschah.

Grauer schnellte aus seiner Deckung und riss ein angeschossenes Tier zu Boden, das andere war einfach eingeknickt, wo es gestanden hatte. Naviol trug beide Kadaver so schnell er konnte zu dem Farndickicht. Blutspuren ließen sich dennoch nicht vermeiden. Hastig zerlegte er die Tiere. Das Fell war weich und warm, aber er musste es zurücklassen. Die Gefahr, unterwegs Reitern zu begegnen, war zu groß. Niemand würde einem *Selk'nam*-Jäger glauben, dass die erbeuteten Tieren ihm gehört hatten.

Naviol arbeitete routiniert, und noch ehe die Nacht hereingebrochen war, lag alles zum Abtransport bereit. Innereien und Felle verscharrte er unter einem *Arrayán*-Strauch und bedeckte alles mit breiten Farnwedeln, die er in die Erde steckte.

Mit dem Fleisch in einer Ledertasche ging es über den Pass zurück nach Hause. Es war genug, um seine Verwandten zwei Tage lang satt zu machen.

Oben angekommen, sah Naviol noch einmal zurück. In großer Entfernung war in den Häusern am Ufer des Sees Licht zu sehen. Es war das Licht, das die Fremden aus den Walen machten.

So weit weg waren sie und behaupteten doch, dass alle Tiere des Tals ihnen gehörten. Es war ungerecht. Ihre Familie bestand vielleicht aus fünf oder zehn Menschen. Sie brauchten nicht so viele weiße Guanakos und konnten niemals so viele Tiere essen, selbst wenn sie ihre Verwandten einluden und tagelang Festessen veranstalteten, um ihre Götter zu ehren.

Nein, es war kein Unrecht, sich die Schafe zu nehmen. Und die Schamanen der Weißen fürchtete er nicht. Sollten sie ihn doch verfluchen, seine Amulette würden ihn schützen.

Naviol beschloss, bald wiederzukommen. Und dann würde er andere Männer mitbringen, damit sie mehr Tiere erbeuten und heimbringen konnten. Er war sich sicher: Im nächsten Winter mussten sie nicht mehr hungern.

Die Hälfte der Reise lag hinter ihnen. Vor sechs Tagen waren sie von Punta Arenas aufgebrochen und nun seit fünf Tagen in Gesellschaft von Parkland und Morales unterwegs. Stella konnte die beiden Männer nicht ausstehen, obwohl sie ihr stets höflich begegneten.

Etwas Böses haftete ihnen an, wie ein übler Geruch, und tatsächlich stank es aus einer ihrer Frachtkisten erbärmlich. Der Muli, der dazu verdammt war, sie zu tragen, tat Stella leid. Jeden Morgen beim Beladen bockte das Tier und wurde von Morales so lange angeschrien und geschlagen, bis es sich fügte. Der Rest der Reise verlief jeden Tag gleich.

Sie brachen früh am Morgen auf, ritten bis zum Mittag, ließen die Pferde ein, manchmal zwei Stunden grasen, während sie Proviant verzehrten und die stille Claire sich um den noch schweigsameren Navarino kümmerte.

Die Bisswunden verheilten durch ihre aufopfernde Pflege schnell, und Stella war sehr stolz auf ihre Schwester. Vor dem Unglück hatte sie nicht geahnt, was sie in ihrer Zeit im Kloster alles gelernt hatte. Glaubte sie doch, Claire hätte ihre Nase nur in fromme Bücher gesteckt und tagein, tagaus gelesen und gebetet.

Stella las selber gerne, doch lieber Abenteuergeschichten und Liebesromane, von denen ihre Mutter glaubte, dass sie ein junges Mädchen viel zu sehr aufregten und ihr einen falschen Eindruck vom Leben vermittelten. In Wirklichkeit hatten Paare nur in den seltensten Fällen das Glück, aus Liebe zu heiraten. Und Stella wünschte sich, sie hätte die Finger von jenen Büchern gelassen und lieber ihrer Schwester nachgeeifert. Dann könnte sie auch anderen Menschen helfen, statt von der wahren Liebe zu träumen, wie es sie womöglich nur in Büchern gab. Fernab der Zivilisation war es überlebenswichtig, sich mit Heilkunde auszukennen.

An diesem Abend lagerte die kleine Reisegruppe erstmals im Freien. Estanzias weißer Rancher, wo sie Obdach finden konnten, waren nur noch sehr selten anzutreffen.

Fast den gesamten Tag waren sie durch dichte windstille Wälder geritten. Es waren grüne Höllen aus *Lahuán*-Bäumen, Zypressen, und *Arrayán,* chilenischer Myrte, in denen es beständig knackte und tropfte und verborgene Vögel schaurige Rufe ausstießen. Überall wuchs Farn. Von den Bäumen hingen meterlange graue Flechten, die sich sacht bewegten. Moos überzog Steine, Baumstämme und den Boden mit dicken, weichen Polstern, die jedes Geräusch schluckten.

Die Pferde liefen wie auf Watte. Die kleine Reisegruppe war eingehüllt in eine eigene Klangwelt aus knarrendem Lederzeug, zischenden Schweifen, wenn die Pferde lästige Fliegen vertrieben, und leisem Schnauben.

Als die Sonne beinahe den Horizont berührte, wurde der Wald lichter. Es ging bergauf. Moosiger Waldboden wich festerem Grund. Zwischen Steinen und Geröll sammelte sich dunkler Schlamm. Es war eine andere Welt. Junge Bäume, nicht dicker als ein Kinderarm, wuchsen auf dem steinigen Hang. Sie waren umringt von zersplitterten Stämmen, die Opfer des Steinschlags geworden waren.

Müde stapften die Pferde das letzte Wegstück hinauf, und endlich erreichten sie eine kleine, windgeschützte Senke, in der ein Weiher wie ein dunkles Auge zum Himmel hinaufstarrte.

Stella rutschte erschöpft vom Pferderücken und befreite ihre Stute von dem schweren Gepäck und dem Sattel. Schon zu Beginn der Reise hatte sie beschlossen, sich nützlich zu machen und nicht wie in ihrem alten Leben herumzustehen und darauf zu warten, dass man sie bediente. Sie konnte selbst ihr Pferd versorgen und Trinkwasser aus dem Weiher schöpfen und brauchte niemanden, der ihre Schlafrolle ausbreitete.

Ihr Onkel hatte das schnell akzeptiert. Ohnehin war nach seinen Worten eine Frau in Tierra del Fuego nur so lange eine Lady, wie sie in ihrem eigenen Heim oder Gast war. Niemand zweifelte an ihrer Ehre oder ihrer Herkunft, wenn sie sich auf Reisen durch die Wildnis nützlich machte.

Beide Schwestern atmeten freier in der frostigen Luft des Südens, wenngleich Claires Furcht vor der Begegnung mit ihrem zukünftigen Ehemann beständig wuchs, je näher sie ihrem Ziel kamen.

»Ich bringe unsere Sachen rüber. Bist du so lieb und kümmerst dich auch um mein Pferd, Stella … Du weißt …«

Stella nahm ihr die Zügel ab.

»Ich weiß, du wirst nie warm mit den Tieren.«

Claire lächelte entschuldigend und tätschelte ihrem Reittier halbherzig den Hals.

»Sie sind und bleiben unberechenbar. Ich verstehe einfach nicht mit ihnen umzugehen.«

»Dafür kannst du anderes umso besser.«

Stella versorgte beide Pferde. Claire trug indes die Satteltaschen dorthin, wo Navarino gerade das Zelt für die Schwestern aufstellte. Bernard Longacre fand eine alte Feuerstelle und schichtete mitgebrachtes trockenes Holz auf, damit sie bald das Fleisch garen konnten, das sie auf der letzten Estanzia gekauft hatten. Es waren ein halbes Dutzend *Cuys,* Meerschweinchen, die Stella schon seit Kindertagen gerne aß. Allerdings hatte die Köchin der Newvilles die Tiere immer mit einer scharfen Soße aus Chili und bitterem Kakao serviert, hier mussten sie auf jegliche Gewürze verzichten.

Stella nahm die beiden Pferde am Zügel und führte sie zu Señor Parkland, der ihnen die Vorderbeine zusammenband, damit sie sich in der Nacht nicht vom Lager entfernten. Stella wagte es nicht, es selbst zu tun, da ihre Stute schon mehrfach versucht hatte, die Männer zu beißen und zu treten, sobald sie sich mit einem Seil näherten.

Um Parkland würde es ihr nicht leidtun.

Als er sie kommen hörte, richtete er seine wasserblauen Augen auf sie. Seine seltsam bleiche Haut war von der Kälte gerötet, bräunen konnte ihn die Sonne Feuerlands nicht.

»Ah, die junge Señorita«, sagte er und wischte sich die Hände an seiner speckigen Hose ab. »Sehr freundlich von Ihnen zu helfen.«

»Laden Sie ruhig erst ab, ich warte«, sagte sie schnell. Parkland war damit beschäftigt, den Muli von Last und Packsattel zu befreien. Das Tier konnte es kaum erwarten, die stinkende Fracht loszuwerden. Als Parkland innehielt, legte es die langen Ohren an.

»Was haben Sie nur da drin, es riecht grauenhaft.«

Parkland wich ihrem Blick aus und zuckte mit den hageren Schultern.

»Nichts für eine Lady. Das möchten Sie nicht wissen.«

»Es mir zu sagen kann nicht schlimmer sein als der Geruch«, entgegnete Stella und streichelte ihre Stute, während sie zusah, wie Parkland die Kisten ablud.

»Ein paar Jagdtrophäen, so etwas riecht nie gut, bevor es zugerichtet ist.«

Damit musste sich Stella wohl zufriedengeben. Auch ihr Vater war ein passionierter Jäger gewesen. Vor allem liebte er die Jagd auf Berglöwen, die als sehr gefährlich galt. Stella hatte es oft traurig gestimmt, wenn ihr Vater die so stolzen Tiere mit gebrochenem Blick und zu Bündeln verschnürt heimbrachte, um seine Sammlung um ein weiteres Stück zu ergänzen. Der Rauchsalon des Anwesens war mit glasäugigen Gespenstern überfüllt gewesen, die von den Wänden auf die Besucher herabstarrten. Jetzt lag ihr Vater unter der Erde und das weitläufige Anwesen beherbergte eine andere Familie.

»Mein Vater war auch ein leidenschaftlicher Jäger, Señor Parkland. Er sagte immer, hier in Feuerland gebe es die größten Pumas, stimmt das?«

Parkland zuckte mit den Schultern.

»Interessiert mich nicht, ob die hier größer sind.«

Ein Jäger, der sich nicht für das gefährlichste Wild des Landes interessiert?, dachte Stella verwundert.

Für Parkland war das Gespräch beendet. Er kniete sich hin, legte erst Claires Wallach die Beinfesseln an und dann Stellas Stute, die die Prozedur unter gutem Zureden über sich ergehen ließ. Stella zog beiden Tieren das Zaumzeug vom Kopf und sie bewegten sich mit kleinen, ungelenken Schritten vorwärts, um sich ihr Futter zu suchen.

Stella warf einen letzten Blick auf die Frachtkisten. Sie waren weder mit einem Schloss gesichert noch zugenagelt, sondern lediglich mit einem Seil verknotet. Zwischen den groben Brettern rieselte etwas Weißes heraus. War das Sand? Oder Salz?

Sie wandte sich ab. Es ging sie nichts an. Dennoch blieb ein nagender Zweifel, dass etwas Ungeheuerliches vor sich ging. Ihre Befürchtung wurde durch das Verhalten ihres Indio-Führers bestätigt. Navarino versuchte, die Angst und den Abscheu vor den beiden Jägern zu verbergen, doch es gelang ihm nicht allzu gut. Seine Gefühle gründeten tiefer und hatten nicht nur etwas mit dem Angriff der beiden Hunde zu tun, die ihn nun nicht weiter beachteten.

Stella gesellte sich zu Claire. So gut wie möglich richteten sie sich in ihrem Zelt ein. Erschöpft ließ sich Claire auf ihr Lager sinken, schloss die Augen und seufzte. »Ich bewege mich hier heute keinen Schritt mehr weg!«

»Musst du ja auch nicht, ich bringe dir gleich etwas zu essen«, bot Stella an und verdrängte ihre trüben Gedanken. Es gefiel ihr sofort in dem Zelt. Im Freien zu übernachten hatte den Vorteil, dass man nicht auf die Gastfreundschaft anderer Menschen angewiesen war und nach einem anstrengenden Reisetag keine höfliche Konversation betreiben musste. Die Wände ihres kleinen rechteckigen Heims auf Zeit waren aus gewachstem lichtdurchlässigem Leinen. An der Stange, die den First bildete, hing eine noch unangezündete Öllampe, und auf dem Boden lagen aufgerollt die Decken für die Nacht. Claire hatte sich auf eines der Bündel gesetzt und betrachtete das kleine Porträt von Shawn Fergusson.

»Ich habe so Angst, ihn zu enttäuschen«, flüsterte sie.

»Claire, wie solltest du ihn enttäuschen? Du bist perfekt. Du weißt, wie man einen großen Haushalt organisiert, bist fromm und kannst sogar Kranke versorgen. Und im Gegensatz zu mir weißt du dich zu benehmen.« Stella lächelte aufmunternd.

»Ach es ist nur … Ich habe das Gefühl, ich wäre besser in Buenos Aires geblieben und sie hätten dich geschickt, ich passe nicht hierher. Was will er nur mit einer Frau wie mir, die nichts vom Leben in seiner Heimat weiß?«

»Du brauchst nur ein bisschen mehr Zeit, Claire. Ich bin mir sicher, dass du sehr glücklich wirst.«

Claire nahm Stellas Hand und drückte sie. Es war eine stille Erneuerung des Versprechens, zusammenzuhalten. Stella ließ sich neben ihre Schwester sinken, und sie schwiegen. Vor dem Zelt unterhielten sich die Männer auf Englisch und Spanisch. Sacht strich der Wind über die Zeltbahnen und durch das Gras. Ab und zu schnaubten die Pferde, und das Knistern der Flammen war zu hören.

Es war ein seltsamer Friede, der mit dem Blau der Abenddämmerung kam.

»Oh Gott, ich schlafe gleich ein«, stöhnte Claire und richtete sich auf. Plötzlich waren vor dem Zelt Schritte zu hören. Sie hatten den Eingang nicht geschlossen. Stella erhaschte einen Blick auf abgetragene Gauchostiefel, aus denen gebräunte Zehen lugten. Über Claires Gesicht huschte ein Lächeln, das sogleich einem neutralen, sittsamen Ausdruck wich.

»Navarino?«, fragte sie weich.

»Ich bringe Ihnen Wasser, Señorita.«

»Vielen Dank.« Claire schob die Tuchbahn zur Seite. Der *Yag'han*-Indianer kniete sich hin und befestigte einen Wasserschlauch an der Zeltstange. Seine Hände waren groß und sehnig, wie alles an ihm. Die breiten Schultern drohten das abgetragene Leinenhemd beinahe zu sprengen.

Stella beobachtete, wie sich die Blicke Navarinos und ihrer Schwester begegneten und sie sich für einen Moment wie gebannt in die Augen sahen.

»Falls Sie noch etwas brauchen …?«

»Nein, nein, das ist alles«, erwiderte Claire hastig. Plötzlich schien es ihr wichtig, dass Navarino ging. Er nickte. Stella sah ihn seit ihrem Aufbruch von Punta Arenas zum ersten Mal lächeln, dann erhob er sich.

Der Zelteingang schloss sich wie ein Vorhang und die Schwestern blieben in betretenem Schweigen zurück. Es kam Stella vor, als sei sie Zeugin von etwas Verbotenem geworden. War Claire tatsächlich errötet? Wegen Navarino, einem Wilden? Oder spielte ihr das schwindende Licht der Dämmerung nur einen Streich?

Auch am darauffolgenden Abend waren sie gezwungen, im Freien zu kampieren. Stella war überzeugt, wegen des schrecklichen Vorfalls ein paar Stunden zuvor kein Auge zutun zu können. Noch immer fühlte sie sich wie gelähmt. Sie waren über eine Hochebene geritten, bestimmt von weitem Grasland, Heidekräutern und niedrigen Büschen. Es war das Reich von Kondor und Guanako. Letztere hatten sich auf den sanften Hängen zum Grasen versammelt, wo der beständige Wind lästige Insekten vertrieb.

Am Vormittag waren sie an mehreren Herden vorbeigeritten und Stella hatte mit Begeisterung den Jungtieren bei ihren übermütigen Spielen zugesehen, bis Morales, Parkland und ihr Onkel eine Wette abgeschlossen hatten, welcher von beiden Jägern mehr Tiere an einem Tag erlegte.

Als Claire lautstark protestierte und sagte, dass das eine Sünde gegen Gottes Schöpfung sei, lachte Parkland nur. Er teilte die Meinung der meisten europäischen Siedler auf Feuerland. Für ihn waren die Guanakos nicht mehr als große Ratten, die den Schafen und Rindern der Estanzias die Nahrung streitig machten.

Stella hatte ihren Onkel angefleht und sogar Pedro hatte die Stimme erhoben. Einzig Navarino blieb still. Nach dem, was er als Kind durchlitten hatte, hatte er wohl jegliche Hoffnung, die Weißen würden auf einen Eingeborenen Rücksicht nehmen, aufgegeben. Longacre hatte seinen Nichten versprochen, selbst nicht zu schießen, was ihn aber nicht davon abhielt, Parkland und Morales Gesellschaft zu leisten, Geld zu wetten und sich prächtig zu amüsieren.

Die Schüsse hallten laut wider.

Wie viele Tiere die zwei Männer töteten und verwundeten, wusste Stella nicht. Gemeinsam mit Navarino und Pedro ritten sie und Claire voraus, um das mörderische Treiben nicht ansehen zu müssen. Doch viel zu oft hatte sie sich umgewandt und gesehen, wie sich die Guanakos in ihrem Blut wälzten,

Jungtiere kläglich schreiend neben ihren toten Müttern standen und angeschossene Tiere über die Grasebene flohen.

An diesem Tag verlor sie jegliche Sympathie für Bernard Longacre. Blut war vielleicht dicker als Wasser, aber nicht dicker als das Blut, das aus purer Freude am Töten vergossen wurde. In ihren Augen machte es kaum einen Unterschied, dass er nicht selbst geschossen hatte. Die Gleichgültigkeit und die Ignoranz wogen beinahe genau so schwer. Seine Versuche ihr zu erklären, sie würden den Farmern einen Gefallen tun, indem sie die unnützen Esser von den Weiden entfernten, erkannte sie nicht an.

In der Nacht lag Stella lange wach in ihrem Zelt.

Ihr Onkel soff gemeinsam mit Parkland und Morales, der aus dem makabren Wettstreit als Sieger hervorgegangen war und unablässig prahlte. Immer wieder riefen sie sich in Erinnerung, wie Tiere auf groteske Weise gestürzt waren oder eine Kugel gleich Jungtier und Mutter zur Strecke gebracht hatte.

Die Schwestern hatten nicht mit den Männern am Feuer gesessen und gegessen und kaum mit ihnen gesprochen. Das Fleisch der erlegten Tiere rührten sie nicht an und begnügten sich mit Brotfladen vom Vortag und ein wenig Obst.

Stella bekam eine Gänsehaut, sobald sie an das Massaker dachte. Immer wieder verfolgten sie die Schüsse, der Blutgeruch und die Schreie der getroffenen Tiere. Claire lag neben ihr und betete, bis sie einschlief.

Und auch die Männer verstummten nach und nach und drifteten aus dem Alkoholrausch in den Schlaf.

Als draußen endlich alles still war, schienen die blauen Schatten der Zweige, die durch das Mondlicht auf die Zeltwände fielen, zu schaurigem Leben zu erwachen. Stella setzte sich auf, doch ihre innere Unruhe ließ sich nicht so leicht besänftigen. Leise, um Claire nicht zu wecken, schlich sie aus dem Zelt.

Die Nacht besaß einen besonderen Zauber, als wäre das Blutvergießen nie geschehen. Der Wind hatte sich beinahe vollständig gelegt, nur vereinzelt zogen Wolken über den Himmel, beleuchtet von einem silberweißen Vollmond. Noch nie war Stella eine Nacht so hell erschienen wie diese.

Der Saum ihres Nachtgewandes, über das sie nur einen weiten, wollenen Umhang gelegt hatte, berührte das vom Tau feuchte Gras, während sie sich langsam ihren Weg an den anderen Zelten vorbei bahnte, in denen die beiden Jäger und ihr Onkel ihren Rausch ausschliefen.

In der Feuerstelle glommen letzte Kohlen und nagten an den Überresten der Abendmahlzeit. Die brennenden Knochen stanken. Stella ging zu den Pferden, die grasten oder mit halb geschlossenen Augen dösten. Schnell entdeckte sie ihre hellrote Stute.

»Guera«, rief sie leise. Aufgrund der Fußfessel machte das Tier nur einige ungelenke Schritte auf sie zu.

Die Stute war Stella schnell ans Herz gewachsen.

Ihr eigenes Pferd hatte sie in Buenos Aires zurücklassen müssen, und obwohl sie sich vom Aussehen her deutlich unterschied, war Guera ihm im Wesen ähnlich. Der lebhaften Fuchsstute war es gelungen, dass Stella ihren Trennungsschmerz fast vergessen hatte.

Es tat unendlich gut, in die freundlichen Augen zu schauen, in denen weder Argwohn noch Hinterlist lauerten. Stella rieb Gueras Flanke und die kurz geschorene Mähne. Dann schlang sie die Arme um den Hals der Stute und schmiegte die Wange an das seidige Fell. Für einen Augenblick vergaß sie den blutrünstigen Irrsinn des vergangenen Tages und lauschte Gueras Atem und ihrem gleichmäßigen Herzschlag.

Die Stute schnaubte zufrieden, vielleicht war sie auch überrascht über so viel Zuneigung. Schließlich machte sie einen Schritt zur Seite, stieß Stella noch einmal freundlich mit dem Maul an und senkte den Kopf, um weiterzufressen.

Stella setzte sich auf einen von Wind und Wetter verwitterten Felsen und sah den Tieren eine Weile beim Grasen zu. Ihr Anblick war wie heilender Balsam, doch wirklich Frieden schenkte er ihr nicht.

Vor dem blutigen Zwischenfall hatte sie begonnen, ihren Onkel Longacre ein wenig zu mögen, wenngleich immer eine nüchterne Distanz geblieben war. Aber er war freundlich zu ihnen gewesen und hatte nie etwas versprochen, was er nicht halten konnte. Nun war er wieder zum Fremden geworden. Zu jemandem, den sie sogar verabscheute. Diesem Mann hatte Mutter das Schicksal ihrer Töchter in die Hand gelegt? Sie konnte nicht mehr recht glauben, dass Onkel Longacre überhaupt zu freundlichen Gefühlen fähig war. Stella fühlte sich haltlos.

In ihren Gedanken kehrte sie zurück nach Buenos Aires. In den vergangenen Jahren, während Claire die Zurückgezogenheit ihres Klosters genoss, hatte Stella das aufregende Leben als Tochter eines Fernhändlers geführt. Da ihre drei Brüder schon im Säuglingsalter gestorben waren, akzeptierte ihr Vater, dass er keinen Erben hatte, der das Geschäft übernehmen konnte. Das Kontor würde an seinen Schwiegersohn fallen. Stellas Wunsch, so viel Zeit wie möglich in den Lagerhäusern und seinem Büro zu verbringen, war daher nicht lange auf Ablehnung gestoßen. Und Stella hatte es genossen. Im Kontor vergaß sie, dass sie nicht frei durch die Straßen streifen durfte wie die ärmeren Kinder. Ihr Vater verstand, wie viel Stella die Stunden ohne Gouvernante und den strengen Blick seiner Frau bedeuteten. Immer gab es etwas zu entdecken. Verführerisch duftender Tee, exotische Gewürze oder bunte bestickte Seidenstoffe. Manche Waren füllten nur für wenige Tage die Regale des Lagers, andere für mehrere Monate. In der Erinnerung glaubte Stella noch immer den besonderen Geruch der Lagerhäuser wahrzunehmen, dieses wilde Durcheinander von Düften aus allen Ecken der Welt.

Die Händler und Fernfahrer, die in das Kontor kamen, waren Menschen nach ihrem Geschmack gewesen. Still hatte sie abseits gesessen und ihren Ausführungen und Abenteuern gelauscht, wenn sie ihrem Vater von ihrer letzten Fahrt berichteten.

Doch das alles gehörte der Vergangenheit an, und Stella führte selbst ein aufregendes Leben, statt Erzählungen anderer zu lauschen und sich fortzuträumen.

Allerdings fühlte sie sich nun ernüchtert und ertappte sich dabei, dass sie sich wünschte, es sei niemals so weit gekommen und das Leben hätte nicht diese Wendung genommen. Die Wirklichkeit war grausam. Doch was heute geschehen war, hatte eigentlich nichts mit dem Traum von einem besseren Leben zu tun, sondern mit den Menschen um sie herum. Die Anstrengung und die Entbehrungen machten ihr nichts aus. Und hatte sie nicht davon geträumt, mehr von der Welt zu sehen?

Könnte sie doch noch einmal ihrem Vater begegnen und ihm im gemütlichen Halbdunkel des Kontors von ihrer Reise berichten.

Nun war ihr Vater tot, das Kontor verkauft und das Geld zur Tilgung der Schulden verbraucht. Vor Trauer schnürte sich Stellas Kehle zu. Den Blick auf die Pferde gerichtet, ließ sie ihren Tränen freien Lauf. Niemand sah, dass sie die Fassung verloren hatte. Und selbst wenn, es war ihr egal.

Sie machte sich nichts vor. Der Abschied von ihrem Vater war genauso endgültig gewesen wie der von ihrer Mutter Wochen später. Claire und sie würden sie nie wiedersehen und nie wieder nach Buenos Aires zurückkehren. Sie hierherzuschicken war die letzte Hoffnung ihrer Mutter gewesen, für ihre Töchter zu sorgen.

Es nutzte nichts, mit dem Schicksal zu hadern. Stella hatte sich fest vorgenommen, es beherzt anzunehmen.

Wenngleich die fremde Welt kälter und grausamer war, als sie sich je erträumt hatte. Claire und sie würden zusammenhalten und sich ihr kleines Stückchen Glück erkämpfen.

Schließlich erhob sie sich, um zum Zelt zurückzukehren. Wenn sie den nächsten Tag überstehen wollte, brauchte sie dringend Schlaf.

Auf dem Rückweg kam sie an den Sätteln und dem Gepäck vorbei. Die stinkende Kiste der Jäger war auch darunter. Stella blieb zögernd stehen. Im Wind lag der süßliche Geruch von Tod.

Noch immer war es still. Der fast volle Mond spendete genügend Licht, die Sättel, die auf einem umgestürzten Baumstamm aufgereiht waren, schützten sie vor Blicken. Wenn Stella wissen wollte, was für eine geheime Fracht Parkland und Morales mit sich herumschleppten, so war dies eine günstige Gelegenheit, es herauszufinden.

Mit weichen Knien hockte sich Stella neben die Kiste.

Der Knoten ließ sich leicht öffnen. Sie war froh, dass der schwache Wind den Gestank nicht in ihre Richtung trieb. Ihre Finger zitterten. Ihr war nicht klar, warum. Schon oft hatte sie Tierhäute und die frisch geschossenen Trophäen ihres Vaters gesehen und zwar einen gewissen Widerwillen, aber keine Angst verspürt.

Leise öffnete sie den Holzdeckel. Ausgerechnet jetzt schob sich eine Wolke vor den Mond und erschwerte Stella die Sicht. Sie vermochte sich keinen Reim auf das zu machen, was sie vor sich sah.

Die Kiste war mit grobkörnigem Salz gefüllt, durchmischt mit einer feineren grauen Substanz. Asche vielleicht. Zwei Objekte ragten heraus.

Vorsichtig streckte Stella ihre Hand aus und glaubte, lange Haare zu ertasten. Sie schob ein wenig Salz zur Seite. Als die Wolke über den Mond hinweggezogen war, fiel das Mondlicht auf den schaurigen Inhalt der Kiste. Stella entfuhr ein Schrei und sie legte die Hand auf den Mund, um ihn zu ersticken, doch an ihren Fingern klebten Salz und menschliche Haare! Es gelang ihr gerade noch, sich zur Seite zu beugen, bevor sie sich übergab.

Sie würgte und konnte nicht aufhören. Ihr gesamter Körper krampfte sich zusammen, und unbeschreiblicher Ekel überwältigte sie.

In den Kisten waren abgeschlagene Menschenköpfe!

Stella nahm die nahenden Schritte erst wahr, als es für eine Flucht zu spät war. Sie wischte sich mit dem Ärmel über den Mund, richtete sich ruckartig auf und sah in das Gesicht von Navarino. Ausgerechnet Navarino, dessen Stammesgenossen womöglich dort in der Kiste lagen.

Ihm reichte ein kurzer Blick. Die Lippen zu einem schmalen Strich zusammengekniffen, half er ihr aufzustehen.

»Schon gut, Señorita, kommen Sie.«

Stellas Knie waren weich, doch es gelang ihr, nicht wieder einzuknicken.

»Das ist das Werk von Ungeheuern, das können doch keine Menschen tun«, stotterte sie.

Beide sahen sie auf die Köpfe hinab, die halb aus dem Salz-Asche-Gemisch herausschauten. Es waren ein Mann und eine Frau, ihr Alter ließ sich nicht schätzen.

»Männer wie Parkland und Morales gibt es hier viele, Señorita. Sie arbeiten für die Farmer und töten die Indios, die Jagd auf ihre Schafe machen. Für sie sind wir nur Tiere.«

»Was haben sie mit den Köpfen dieser armen Leute vor?«

»Ich weiß es nicht, aber Pedro sagt, sie verkaufen sie in die Länder weit hinter dem großen Wasser und an etwas, das ihr Museen nennt.«

»Nein, das darf nicht passieren.« Sie starrte auf die Köpfe. Bräunliche Haut und halb geschlossene Augenlider, zwischen den Wimpern klebte Salz. »Wir ... wir müssen sie begraben«, sagte Stella entschlossener.

»Das übernehme ich, Señorita. Ich bin zwar kein *Xo'on,* kein Schamane, aber ich denke, die Geister ihrer Ahnen werden sie auch so wiedererkennen. Zu niemandem ein Wort.«

»Aber wie kann ich ...«

»Sie können. Niemanden interessiert, was die Jäger tun, weder Ihren Onkel oder die Farmer und auch nicht den Mann in Punta Arenas, der die Gesetze macht. Niemanden.«

Navarino ließ Stellas Arm los, beugte sich über die Kiste und hob die beiden Köpfe hinaus. Vorsichtig wischte er das Salz ab, legte sie ins Gras und sah sich um. Anstelle der Totenköpfe tat er zwei Steine hinein.

»Ich verschließe die Kiste, geh und gib ihnen Frieden«, flüsterte Stella. Navarino nahm die Köpfe und ging ohne ein weiteres Wort davon.

Beherrscht setzte Stella wieder den Deckel auf die Kiste und band sie zu. Angst überfiel sie. Hastig bedeckte sie die verstreuten Salzkörner und ihr Erbrochenes mit Kies. Was würde geschehen, wenn Parkland und Morales herausfanden, was sie getan hatten? Es waren immerhin Mörder. Wahrscheinlich wagten sie es nicht, Stella etwas anzutun, doch Navarino war schon einmal nur knapp mit dem Leben davongekommen. Sie würden keine Skrupel haben, ihn zu töten!

Am Weiher wusch sie sich lange die Hände. Seife, die sie in ihrem Gepäck hatte, entfernte die letzten Geruchsspuren.

In ihre Angst mischte sich unglaubliche Wut, als Stella zu den Zelten zurückkehrte. Neben dem Zelt von Parkland und Morales blieb sie stehen. Darin hausten Menschen, die zu Monstern geworden oder schon immer welche gewesen waren. Warum wachten sie nicht auf und spürten, dass jemand hier draußen stand und sich wünschte, sie würden das Schicksal ihrer Opfer teilen?

Schließlich ging Stella in ihr eigenes Zelt und legte sich neben ihre schlafende Schwester.

Eine ganze Weile lag sie noch wach und lauschte in die blauschwarze Dunkelheit, ob Navarino wiederkam. Doch sie hörte nur den Wind, die Pferde und das Schnarchen der Männer.

Das Toben in ihrer Brust ließ zwar nach, aber die Angst hatte sie weiterhin fest im Griff. Immer wieder sah Stella die verzerrten Gesichter der Toten vor sich. Dennoch bereute sie nichts, wenngleich der grausige Anblick sie wohl den Rest ihres Lebens verfolgen würde.

Irgendwann überkam sie die Müdigkeit, und es fiel ihr immer schwerer, die Augen offen zu halten.

Die Zeltwände bewegten sich sacht. Wolkenschatten zogen wie große stille Tiere vorbei. Hatte sie bereits die Augen geschlossen? Bleiern schwer war ihr Körper und doch leicht.

Es war ein Zustand zwischen Wachsein und Schlaf, das Reich der stärksten Träume, und Stella glitt hinein, ehe sie sich dessen bewusst wurde.

Dumpfer Herzschlag. Ihr eigener? Nein. Es waren Trommeln. Trommeln in der Dunkelheit, die sich ein wenig lichtete. Über grasbewachsenen Kuppen und steilen Küsten zog Nebel auf. Der Geruch von Salz lag in der Luft. Ein Licht in der Ferne kam näher, es war ein Feuer. Weiß, als gäbe es an diesem Ort keine Farben. Ein knorriger, sturmgebeugter Baum gebar einen Mann. Er war eine seltsame Erscheinung. Die eine Hälfte seines Körpers war schwarz, die andere weiß bemalt. Punkte und Striche verwischten die Konturen seines Oberkörpers zu Schemen. Er war ein Schatten im flackernden Feuerschein. Stella versuchte in seiner Miene zu lesen, doch sein Gesicht war ausdruckslos wie eine Maske. Er streckte die Hände nach ihr aus und im Traum ging sie ohne Angst auf ihn zu. Sie nahm den Geruch von Fett und Mineralien wahr, der ihn umwehte. In seinen Augen spiegelten sich die Flammen des Lagerfeuers, während er seine Rechte auf ihre Schulter legte. Die Hand war warm. Seine Lippen bewegten sich nicht, und doch erklang plötzlich ein geheimnisvoller Singsang, als wolle er sich mit diesem Lied bei ihr für etwas bedanken. Der Fremde nahm Stellas Hand und legte etwas hinein, dann zerriss das Bild wie Nebelfetzen.

Jemand schüttelte sie, und unsanft wurde Stella aus der Traumwelt gerissen. Sie wollte dort bleiben. Sie hatte so viele Fragen.

»Stella, Stella wach auf, du willst doch noch etwas essen, bevor wir aufbrechen!«

Irritiert öffnete sie die Augen. Es war hell, der Morgen schon weit vorangeschritten. Dort, wo die Hand des bemalten Wilden gelegen hatte, berührte Claire sie.

»Meine Güte, du hast einen tiefen Schlaf, Schwesterherz.«

»Jetzt bin ich ja wach.« Stella setzte sich auf.

Etwas lag in ihrer Linken. Ihre Finger schlossen sich um einen kleinen Gegenstand. Sie wagte nicht, ihn anzusehen. Hatte sie es doch nicht geträumt? War sie dem Wesen tatsächlich begegnet?

Claire war bereits vollständig angekleidet und hatte sich auch schon das Haar für die Reise zu einem strammen Zopf geflochten und ihn aufgesteckt.

»Geh nur, ich beeile mich«, forderte Stella sie auf.

Sobald Claire das Zelt verlassen hatte, öffnete sie ihre Hand. Darin lag ein kleines weißes Objekt, das sich bei näherer Betrachtung als Vogel entpuppte. Ein hineingebohrtes Loch machte es möglich, die Schnitzerei aufzufädeln.

Stella überlegte nicht lange, nahm ihre Kette mit dem kleinen Silberkreuz ab und zog das Amulett auf. Es fühlte sich richtig an.

Hatte sie das Schmuckstück unbewusst aus der Kiste genommen? Gehörte es einem der Toten? War Navarino heimlich ins Zelt geschlichen, um es ihr zu bringen?

Vielleicht fand sie es nie heraus. Doch sie würde es hüten wie einen Schatz.

Kapitel 5

Die letzten Tage der Reise vergingen quälend langsam. Stella fiel es schwer, so zu tun, als wüsste sie nichts von dem grausigen Geheimnis der Jäger. Es waren stille Tage. Worüber sollte sie sprechen, wenn ihr Herz so schwer und so voller

Zorn war? Hin und wieder tauschte sie einen Blick mit Navarino. Sie durfte ihren Fund mit keinem Wort erwähnen, er konnte seinen Tod bedeuten.

Jede Nacht holte sie die Erinnerung wieder ein, und sie hatte schreckliche Albträume, in denen kopflose Geister ruhelos die Wildnis durchstreiften. Dann wieder starrten sie die zum Leben erwachten Köpfe aus leeren Augenhöhlen an und schrien gellend, bis die Menschenjäger aus ihrem Zelt stürzten und Stella angriffen. Mit rasendem Herzen wachte sie auf und hielt das kleine Vogelamulett umklammert. Das warme Elfenbein hatte eine beruhigende Wirkung auf sie. Auch jetzt, während sie an die vergangene Nacht dachte, berührte sie es unbewusst. Hastig schob sie es zurück unter ihren Kragen.

Morales war bislang nicht aufgefallen, dass sein Muli beim Beladen keine Probleme mehr machte, und Stella hoffte, dass er die Fracht nicht kontrollierte, bis sich ihre Wege endlich trennten. Der Gestank blieb. Er steckte im Salz, das die Körperflüssigkeiten aufgesogen hatte.

Allmählich veränderte sich die Landschaft.

Erst als sie einen langen, gewundenen Pass hinabritten, wurde Stella klar, in welch großer Höhe sie in den letzten Tagen ihren Weg zurückgelegt hatten. Nun ließen sie die karge Landschaft aus borstigem Gras und niedrigem Buschwerk hinter sich, während sich unter ihnen ein schier endloses grünes Meer ausbreitete. Aus dem dichten, von der Sonne beschienenen Wald stieg Nebel auf. Vogelschwärme bevölkerten den Himmel. Am Horizont und nach Westen hin türmten sich Berge auf, die Spitzen unter ewigem Eis verborgen. Schmelzwasserflüsse stürzten die Hänge hinab und vereinten sich im Tal zu einem breiten Fluss. Dort hinab führte ihr Weg, und am See, der sich aus diesem und zahlreichen anderen Flüssen speiste, lag auch das Ziel ihrer Reise. Die Estanzia der Fergussons.

Der harzige, satte Waldgeruch war überwältigend. Es war der heißeste Tag seit ihrer Ankunft in Punta Arenas, und die herabbrennende Sonne verstärkte den Harzgeruch der Antarktischen Scheinbuchen und trieb den Menschen den Schweiß aus jeder Pore. Tierra del Fuego schien nur Extreme zu kennen. Es wehte kein Lüftchen.

Sie hatten im Wald noch keine zwanzig Schritte zurückgelegt, als sich schon Stechfliegen und Bremsen auf die verschwitzten Pferde und ihre Reiter stürzten. Stella war zum ersten Mal an diesem Tag froh, dass ihr Reisekleid aus festem Stoff und mit langen Ärmeln und einem engen Kragen versehen war. Durch den Schleier an ihrem Hut war sie halbwegs geschützt. Sie verlegte sich darauf, die lästigen Insekten, die sich auf ihre Stute Guera setzten, zu erschlagen.

Navarino, der die Tracht der Gauchos abgelegt hatte und nur eine kurze, abgewetzte Hose trug, blieb verschont und erklärte Claire, dass sich die *Yag'han* mit einer Paste aus Fett und Kräutern zu helfen wussten.

Stella war nicht entgangen, wie Claire in den vergangenen Tagen immer wieder scheinbar zufällig Navarinos Nähe gesucht hatte. Dabei benötigten seine Verletzungen ihre Fürsorge kaum noch. Ihre Hilfe im richtigen Augenblick schien ein besonderes Band zwischen ihnen geknüpft zu haben.

Auch Navarino benahm sich seltsam. Er ritt, wenn möglich, vor oder hinter den Schwestern, als wolle er sie beschützen. Nur äußerst selten richtete er direkt das Wort an sie. Erst glaubte Stella, er wolle sichergehen, dass sie ihn nicht verriet, doch dann verstand sie und war bestürzt: Claire, auf dem Weg zu ihrem Verlobten, verliebte sich in einen Wilden, der ihre

Gefühle womöglich erwiderte. Aber das konnte, durfte nicht sein. Noch ein Grund mehr, froh zu sein, dass dies der letzte Tag ihrer Reise war. Claire würde Shawn kennenlernen und Navarino nach Punta Arenas zurückkehren. Das wäre für beide das Beste. So sehr sich Stella auch wünschte, die Wilden würden von den Siedlern besser behandelt, eine Liebesbeziehung zwischen ihnen war schlichtweg unmöglich.

Claire und Navarino hatten nicht gemerkt, dass Stella mit den Gedanken abgeschweift war, und unterhielten sich noch immer über die fliegenabwehrende Paste.

»Zeigst du mir die Pflanzen, die du zur Herstellung verwendest?«, fragte Claire ihn soeben leise.

Navarino nickte kaum merklich. Dennoch war Bernard Longacre das kurze Gespräch nicht entgangen. Seit Tagen beobachtete er Claire mit Argusaugen. Stella war nicht die Einzige, die Verdacht geschöpft hatte.

Er drängte sein Pferd zwischen sie und den *Yag'han*.

»Denkst du nicht, es gibt Besseres zu tun, als sich mit einem Wilden über Unkraut zu unterhalten, meine Nichte? Zum Beispiel, dir zu überlegen, wie du deinem zukünftigen Ehemann am besten gefallen könntest? Immerhin wirst du ihm heute Abend unter die Augen treten.«

»Ich … ich habe doch …«, stotterte Claire. Navarino hatte sofort sein Pferd angetrieben. Von ihm war keine Unterstützung zu erwarten. Was hätte er auch sagen sollen?

»Señor Fergusson wird sicher froh sein, dass sich seine Frau auf die Heilkunde versteht. Auf seiner abgelegenen Estanzia ist es sicherlich schwer, rechtzeitig einen Arzt zu rufen«, wandte Stella mutig ein. »Und ein Mittel gegen die Plagegeister könnten wir wohl alle gut gebrauchen.«

Longacre war sichtlich überrascht, dass Stella sich so vorlaut einmischte, und schnappte nach Luft. Eine passende Zurechtweisung fiel ihm scheinbar nicht ein.

Stella wollte ihm erst gar keine Gelegenheit geben, Claire weiter zu tadeln. Mit einem leisen Schnalzen trieb sie ihre Stute an und lenkte Guera neben den Wallach ihrer Schwester.

»Unser Onkel hat recht, lass uns überlegen, was du nachher anziehst. Vielleicht das blaue Kleid, das wir mit Mutter noch kurz vor der Abreise gekauft haben? Du siehst zauberhaft darin aus.«

»Ich … ja, vielleicht«, pflichtete Claire ihr zögernd bei. Und tatsächlich, Longacre gab sich damit zufrieden und ritt weiter, um die Schwestern ihren Frauengesprächen zu überlassen. Stella wagte nicht, Claire auf Navarino anzusprechen, und so plauderten sie darüber, welche Kleidung und welcher Schmuck für die erste Begegnung des zukünftigen Ehepaars schicklich war.

Abgesehen von den stechenden Plagegeistern, denen sie hin und wieder durch einen kurzen Galopp zu entkommen suchten, war der Ritt durch den flechtenbewachsenen Urwald wie eine Reise durch eine andere Welt.

An Kleinigkeiten war abzulesen, dass sie sich einer Region näherten, in der wieder mehr Menschen lebten. Jemand hatte sich die Mühe gemacht, den Pfad von nachwachsenden Schösslingen zu befreien. Unversehends tauchte ein Wasserlauf auf, der von einer moosbewachsenen Holzbrücke überspannt wurde. Die morschen Balken waren durch neue ersetzt worden.

Longacre wurde nicht müde, ihnen zuzurufen, dass dieses ganze Land bereits der Besitz der Fergussons war.

»Ich glaube, ich freue mich sogar ein wenig«, sagte Claire

und lächelte ihre Schwester scheu an. »Glaubst du, er ist ein netter Mann? Wird er Geduld mit mir haben?«

»Er wird dir die Welt zu Füßen legen, Schwester. Du bist bezaubernd, wenn du ihn so anlächelst wie mich jetzt. Wenn er nicht lieb zu dir ist, bekommt er es mit mir zu tun!«

Sie lachten. Es tat so gut zu lachen, und doch kam es Stella wie ein Abschied vor. Es war der letzte Tag einer langen Reise, auf der sie sich nähergekommen waren als in den vielen Jahren von Kindheit und Jugend zuvor.

Am Mittag wich der Wald gerodeten Flächen. Rohe, teils verbrannte Stümpfe ragten aus dem saftigen Gras hervor. Vereinzelt spross Farn, Fuchsienblüten leuchteten rot und violett in der Sommersonne und der intensive Duft von Nelkenwurz schwängerte die Luft. Noch immer hielten sich Nebelfetzen in den Senken. In weiten Wellen fiel das Grasland zu einem See hin ab, in der Ferne war ein Fjord zu erahnen. Am Seeufer standen kleine, schmucke Holzhäuser und aus den Schornsteinen stieg Rauch, der nach Torf roch. Auf den Wiesen weideten Schafe, wohlgenährte, wollige Tiere, die munter blökten.

Nach dem langen Ritt durch die Wildnis erschien es den Schwestern wie eine andere Welt. Sie kamen sich schäbig und ein wenig schmutzig vor, doch bald hatten sie die Gelegenheit zu baden und sich umzukleiden.

Und dann lag die Estanzia vor ihnen.

Es war eine große Farm, bestehend aus mehreren weiß gestrichenen Holzhäusern. Das Hauptgebäude mit den vier Säulen besaß eine breite Veranda und großzügige Fenster. Kein Zweifel, hier lebten die wohlhabendsten Menschen der Region. Das Gebäude lag unmittelbar in der Nähe des Sees auf einer kleinen Anhöhe. Graue, verwitterte Bruchsteinmauern umgaben einen weiten Garten dahinter. Stella war sofort in das Anwesen verliebt. Ein wundervoller Ort.

Auch Claire lächelte. Ja, hier ließ es sich aushalten.

Vor einem Nebengebäude waren Schafe eingepfercht und harrten darauf, geschoren zu werden. Vier Männer kümmerten sich um diese Arbeit, doch als sie die Neuankömmlinge bemerkten, ließ ein junger Bursche ein nur zur Hälfte geschorenes Schaf entwischen und rannte ins Haus.

Wollflocken trieben durch die Luft. Das blökende Tier hüpfte ungelenk davon und schleifte das bereits abgeschorene Vlies hinter sich her.

Claire lachte herzlich und ein Teil ihrer Anspannung schien von ihr abzufallen.

Sie ritten in den großen Hof, der von Pferdeställen und einer Scheune flankiert wurde. Stella konnte es kaum glauben, sie waren endlich da. Ihre Beine schmerzten vom langen Ritt, und wie immer, wenn sie aus dem Sattel stieg, hatte sie das Gefühl, ihre Fußgelenke seien krumm und nicht für das Laufen geschaffen. Als sie sich zu Claire gesellte, öffnete sich die Hintertür des Haupthauses, und eine junge Hausangestellte in schlichter grauer Kleidung hielt die Tür für die Hausherrin auf.

Señora Fergusson trat durch die Tür wie eine Königin. Herrisch befahl sie den Männern im Hof, sich um Pferde und Gepäck der Gäste zu kümmern. Erst dann schritt sie feierlich die Stufen hinunter und breitete die Arme aus. Die Geste wirkte einstudiert, das Lächeln in ihrem rotwangigen Gesicht aufgesetzt. Señora Fergusson trug ein schmal geschnittenes Kleid, das ihre schlanke und für ihr Alter noch immer ansehnliche Figur gut zur Geltung brachte, ihr dunkles, von grauen Strähnen durchzogenes Haar war kunstvoll und zugleich praktisch frisiert. Kein Zweifel, hier regierte eine echte Lady.

Stella schluckte. Es sah nicht so aus, als sei Claires zukünftige Schwiegermutter glücklich darüber, sich die Herrschaft über ihr kleines Reich bald mit der Ehefrau ihres Sohnes teilen zu müssen.

Mit schwungvollen Schritten näherte sie sich Bernard Longacre, der sie mit einer Verbeugung begrüßte und sie sogleich mit Komplimenten überschüttete.

»Ich darf Ihnen meine Nichten vorstellen, Claire und Stella«, sagte er. Die Schwestern traten vor und knicksten.

Señora Fergusson musterte beide mit einem undurchdringlichen Blick.

»Gerade gewachsen und gefällig«, urteilte sie knapp. »Wer von Ihnen ist Claire?«

Eigentlich sollte sie wissen, wer von uns beiden die ältere ist, dachte Stella missmutig. Immerhin hatte ihre Mutter ein sehr schönes Porträt anfertigen lassen, auf dem Claire gut zu erkennen war. Stella hatte blonde, Claire dunkelbraune Haare, das konnte man doch nicht verwechseln.

»Ich bin Claire«, sagte ihre Schwester und knickste noch einmal lächelnd. »Es ist wunderschön hier«, fügte sie hinzu.

Señora Fergusson unterzog sie einer zweiten, längeren Musterung und wies zur Tür.

»Kommen Sie erst einmal herein, Sie müssen von der langen Reise erschöpft sein. Mein Mann und mein Sohn sind in den Bergen. Wir haben Probleme mit ein paar Wilden, die offenbar Geschmack an unseren Schafen gefunden haben. Die Männer kümmern sich darum und werden am Abend wieder zurückerwartet.«

Erschrocken sah sich Stella nach Parkland und Morales um, die angeblich nur eine Nacht auf der Fergusson-Farm kampieren wollten, um am nächsten Tag weiterzuziehen und ihre

Dienste woanders anzubieten. Sie waren mit den Packtieren beschäftigt.

Aber womöglich benötigten die Fergussons die Dienste dieser Mörder nicht, weil sie die Indios selber erschossen. Was sonst könnte die Hausherrin damit gemeint haben, dass sie sich um dieses Problem *kümmerten?*

Nachdenklich folgte Stella den anderen. Die wunderschöne Landschaft und das vornehme Haus kamen ihr plötzlich wie der fadenscheinige Schleier vor, mit dem das mörderische Geschehen in diesem Land nur unzureichend verhüllt wurde.

Auch im Inneren des Anwesens wiesen die Möbel und geschmackvollen Leuchter, die Spiegel und Gemälde den Wohlstand der Familie aus. Stella schätzte, dass es in dem Haus über ein Dutzend Zimmer gab, die sich über zwei Etagen verteilten. Schließlich nahmen sie im Salon Platz. Señora Fergusson bot ihnen Tee an, während die Dienstmädchen für die Schwestern ein Bad vorbereiteten. Der Salon war mit kostbaren blauen Tapeten ausgestattet und beherbergte eine beachtenswerte chinesische Porzellansammlung. Die Schwestern nippten an dem heißen Getränk und aßen frische Mandelplätzchen.

In der peniblen, sauberen Welt von Señora Fergusson mussten sie sich wie zwei Vogelscheuchen ausnehmen, schoss es Stella durch den Kopf. Wenn doch nur endlich das Dienstmädchen käme, um ihnen Bescheid zu sagen, dass das Bad vorbereitet war! Besonders für Claire tat es Stella leid. Hoffentlich kam ihr Verlobter nicht so früh zurück, dass er sie in diesem Zustand zum ersten Mal sah.

Die weißen Guanakos waren so einfach zu jagen, als müssten die Männer sie nur von den Wiesen pflücken, so wie die Frauen die Beeren von den Sträuchern. Obwohl Naviol und seine Verwandten fast jeden Tag eines der Tiere schossen, entwickelten sie keine Scheu. Womöglich hatten die weißen Menschen die Vierbeiner mit eine Art Zauber belegt, doch darüber wollte Naviol nicht nachdenken, denn mit Zauberern hatte man besser keinen Streit.

Wichtig war, dass niemand mehr hungern musste. Die Frauen stellten die Jagd auf die kleinen, schwierig zu erbeutenden Kammratten ein und kümmerten sich um die Verarbeitung der Felle und die Ausbesserung der Zelte vor dem herannahenden Winter.

Wenngleich die anderen gerne ein schönes, weißes Fell getragen hätten, so drängte Naviol sie zur Vernunft. Sie durften sich nicht verraten. Und so schabten die Frauen die Haare mühsam von den Häuten und überließen die weißen Flocken dem Wind, der sie forttrieb wie die fedrigen Samen des Wollgrases.

Zwei Tage zuvor war die Entscheidung gefallen, das Lager zu verlegen, um näher an den Beutetieren zu sein. Nun kampierten sie gut verborgen in einem Wäldchen auf der anderen Seite des Bergkamms, der die Wildnis der *Selk'nam* vom Land der Reiter und ihrer Schafe trennte.

Naviol nahm seiner geliebten Frau Ekina das Versprechen ab, sich bei der Nahrungssuche vom Pass und dem Land der Weißen fernzuhalten und nie, auch wenn die Neugier groß war, den Hang zu erklimmen.

An diesem Tag hatten Naviol und sein Schwager Olit die frühen Abendstunden gewählt, um zu jagen. Den Pass hatten sie schon am Morgen überschritten, als die Dämmerung und der nächtliche Nebel sie wie ein schützender Mantel umgaben. Die Schafe waren fort. Ihre Hüter mussten sie weiter getrieben haben. Olit und Naviol folgten den Spuren und entfernten sich immer weiter vom Lager, bis sie die gewaltige Herde in einem anderen Tal wiederfanden.

Ob die Weißen etwas gemerkt hatten?

Sie konnten doch all die Tiere unmöglich zählen oder gar einzelne wiedererkennen. Naviol hatte kein gutes Gefühl. Es war, als hätte die Natur plötzlich Augen, als würden die zwielichtigen Geister der *Selk'nam* nur darauf warten, dass etwas geschah und sie eine weitere Seele vom Körper trennten.

»Lass uns eine Stelle für die Rast suchen und morgen früh jagen«, schlug Naviol vor und legte eine Hand auf sein Herz. »Es ist nicht gut.«

Olit, der ihm viele Jahre Erfahrung voraus und schon für die Weißen gearbeitet hatte, schüttelte den Kopf.

»Ein *Selk'nam* hat nie ein gutes Gefühl im Herzen, wenn Fremde im Spiel sind. Alles andere wäre verkehrt.«

Naviol senkte den Blick wie zur Bestätigung und schwieg.

»Denk daran, Neffe, wenn wir erst morgen wiederkehren, müssen sich die anderen mit einem leeren Magen schlafen legen.«

Olit hatte recht. Sie sollten so schnell wie möglich zwei Schafe erbeuten und heimkehren.

Ohne ein weiteres Wort zu verlieren, nahm Naviol seinen Bogen, legte einen Pfeil auf die Sehne und behielt einen zweiten in der Hand, falls der erste nicht gleich traf. Tief gebückt näherten sie sich der Herde durch eine kleine Senke, immer seitlich zum Wind, wenngleich es bei diesen Tieren kaum eine Rolle spielte.

Ein schmales Geröllfeld verhinderte, dass sie schnell vorankamen. Immer wieder mussten sie darauf achten, nicht in Spalten zu treten. Er würde bald neue Mokassins brauchen, wurde Naviol klar, die Sohle war schon sehr dünn und schützte kaum noch vor spitzen Steinen. Zu oft hatte er in letzter Zeit den steinigen Pass überquert, um Schafe zu jagen.

Der Wind frischte auf und riss Blätter und kleine Zweige von den Bäumen. Als sie eine gute Schussposition erreicht hatten, suchten sie die Umgebung noch einmal nach Reitern ab, doch in dem weiten Tal war außer ihrer Beute kein Leben auszumachen.

Augenblicke später lagen zwei Schafe im Gras. Eines trat noch mit den Hinterläufen, das andere lag still da. Es war ein fast lautloses Sterben. Die anderen Tiere der Herde nahmen kaum Notiz von ihnen, hatten sich nur einige Schritte entfernt und fraßen bereits weiter, als die *Selk'nam*-Jäger ihre Bogen schulterten und aus der Deckung traten.

Naviol versuchte, das ungute Gefühl abzuschütteln, das noch immer wie ein Stachel zwischen seinen Schulterblättern saß und sich nun verstärkte. Weshalb die Sorge, es klappte doch alles. Sie hatten zwei prächtige Tiere erlegt und kehrten noch heute Abend wieder auf die sichere Seite des Bergkamms zurück.

Naviol würde zu seiner Frau ins Zelt kriechen und erst am späten Vormittag wieder herauskommen. Er glaubte schon, den besonderen Duft von Ekinas Haut riechen zu können, als ihn plötzlich ein Geräusch innehalten ließ. Im nächsten Moment ertönte ein schrecklicher Knall, als breche der Himmel entzwei, und direkt vor ihm spritzte Kies auf.

Wie angewurzelt blieb Naviol stehen, als hätte ein Geist Besitz von seinem Körper ergriffen und halte ihn fest.

»Lauf Naviol, lauf!« Sein Onkel rannte, als ginge es um sein

Leben. Er schlug Haken, stürzte an den Schafkadavern vorbei ins nächste Dickicht und war wie vom Erdboden verschluckt.

Der Boden bebte. Die Vibration drang durch die Sohlen seiner verschlissenen Mokassins. Naviol schnellte herum. Und endlich sah er sie. Drei Fremde auf Pferden, die rasch wie der Wind heranflogen, über Gras und das *Arrayán*-Gestrüpp.

Jetzt rannte auch Naviol, doch es war zu spät, er hatte zu lange gezögert.

Die Fremden schrien etwas in ihrer seltsamen Sprache und es krachte wieder. Der Schreck riss Naviol von den Füßen, Farn schlug über ihm zusammen. Sogleich sprang er wieder auf.

Er durfte nicht auf den Pass zulaufen und so seine Familie verraten! Immer weiter und weiter rannte er. Dann holte das Pferd auf. Es war ein riesiges schwarzes Tier. Es schnaufte. Aus den Nüstern blies heißer Atem über seine Haut, die großen, aufgerissenen Augen starrten ihn an.

Verzweifelt riss Naviol sein Messer vom Gürtel, um zuzustoßen, als der Mann auf seinem Rücken etwas schrie. Das Pferd wich der Klinge aus. Aus den Augenwinkeln sah Naviol eine Art Keule heranrasen. Er konnte nicht gleichzeitig um sein Leben laufen und Haken schlagen. Es war zu spät. Sie traf ihn am Hinterkopf. Der Schmerz nahm ihm die Sicht und riss ihn von den Füßen. Er fiel, überschlug sich mehrfach und blieb liegen. Als Letztes sah er die riesigen Hufe des Pferdes, dann wurde seine Welt so schwarz wie dessen Fell. Naviol glaubte, die Geister lachen zu hören, während sie ihn mit spitzen Fingern packten und in das Reich der Bewusstlosigkeit zerrten.

Er war verloren, denn die Weißen würden ihn umbringen.

Naviols Kehle brannte, als hätte man ihm Feuer zu trinken gegeben. Sein Gesicht und seine Haare waren klatschnass, der Hinterkopf schmerzte von dem Schlag. Er wurde grob angefasst, seine Arme auf den Rücken gezwungen und zusammengeschnürt. Er versuchte, nach den Männern zu treten, doch es war, als hätte ihm der Schlag jegliche Kraft genommen. Jede Bewegung war zäh, als stecke er in einem Sumpf fest, seine Sicht war verschwommen.

Die Stimmen der Männer taten in seinen Ohren weh. Sie klangen zornig. Warum töteten sie ihn nicht?

Wollten sie ihn in ihr Lager schleppen und auffressen?

Es gab grauenhafte Geschichten von zerstückelten Leichen, von Weißen, die ganze Stämme abgeschlachtet und verstümmelt hatten. All das ging Naviol durch den Kopf und schürte seine Panik.

Sie nahmen Pfeile und Bogen und das kleine Messer, das er bei sich trug. Naviols Sinne kehrten vollends zurück, und endlich sah er die Fremden. Sie hatten ihre Körper vollständig in dicke Schichten gehüllt, nicht in Leder oder Fell, das erkannte er sofort. Ihre Gesichter waren hinter dichten Haaren verborgen, ganz anders als bei den *Selk'nam,* Kopfbedeckungen verschatteten die Augen. Es waren beängstigende Gestalten.

Sie zogen ihn auf die Beine, und er blieb unsicher stehen. Nur einer war so groß wie ein *Selk'nam*. Er schien ihr Anführer zu sein. Sein Haar war rotbraun wie das der Guanakos, die Augen leuchtend grün. Er hatte kräftige Hände und hielt noch immer den seltsamen Knüppel, mit dem er Naviol niedergeschlagen hatte. Jetzt drehte er ihn um. Er war gemustert mit Metallrohren und Haken. Wahrscheinlich war es einer der Zauberknüppel, in denen die farblosen Menschen den Donner einsperrten.

Naviol wurde von einem ehrfürchtigen Zittern erfasst, dann kämpfte er die Angst nieder. Er würde nicht in Demut vor ihnen kriechen, sie waren keine Götter.

Die Männer schienen zu beratschlagen, was sie mit ihm tun sollten, und Naviol war erleichtert, als er in den Augen des Fremden nur Ärger, aber keinen Hass entdeckte. Womöglich würden sie ihn nicht töten, nicht sofort.

Die *Selk'nam* bekriegten sich oft. Dabei ging es um Jagdgründe, Frauen, oder ein Schamane hatte eine andere Familie mit dem Fluch einer Krankheit belegt. Naviol stand still da, brauchte all seine Kraft, um sich aufrecht zu halten, und sah sich um. Keine Spur von seinem Onkel Olit. Weder konnte er dessen leblosen Körper im Gras ausmachen, noch war er wie Naviol gefangen genommen worden. Trotz seiner schrecklichen Lage war er erleichtert.

Zwischen den weißen Männern flogen die Worte hin und her, bis ein vierter Reiter eintraf. Er führte mehrere Pferde hinter sich her.

Naviol wich zurück, als sie ein Tier so nah an ihn heranführten, dass er die Wärme spüren konnte, die aus dem Fell aufstieg.

Der rothaarige Mann trat vor Naviol, wies auf seine eigene Brust und sagte: »Shawn Fergusson.« Er wiederholte die beiden Worte langsam, bis Naviol verstand. Es war sein Name. Stotternd versuchte er, die Laute nachzuahmen, denn das schienen sie von ihm zu erwarten. Die Männer lachten über seine Unbeholfenheit und verstummten auf einen Blick ihres Anführers hin.

Fergusson wies auf Naviol. Sein Wunsch war klar, doch durfte er den Fremden einfach so seinen Namen verraten? Gab er ihnen damit nicht Macht über seine Seele? Kurz zögerte er.

Immerhin hatte ihm der Fremde seinen Namen genannt. Vielleicht war es unter den Weißen ein Zeichen von Vertrauen, vielleicht wussten sie aber auch nichts über die Macht von Namen. Wenn dem so war, bestand für den *Selk'nam* keine Gefahr, wenn er Fergusson seinen Namen verriet.

»Naviol, Na-vi-ol«, sagte er schließlich, und auch der Rothaarige wiederholte den Namen mehrfach, bevor er nickte und auf das Pferd wies. Dann geschah alles sehr schnell. Die Männer packten Naviol und hoben ihn hoch. Im nächsten Moment saß er auf dem Tier. Er öffnete den Mund und wollte schreien, doch er brachte keinen Ton heraus. Die Männer hielten seine Beine fest, bis er aufhörte, um sich zu treten. Sie herrschten ihn an. Dann schnürten sie ihm die Beine unter dem Bauch des Pferdes zusammen und lösten die Fesseln an seinen Händen, um sie vorn an einem Knauf zu befestigen, an dem er sich festhalten sollte.

Naviol glaubte, sein Herz würde ihm aus der Brust springen und zerbersten, so schreckliche Angst hatte er. Er presste die Zähne so fest aufeinander, dass sie knirschten, während die Männer ihn mit weiteren Seilen festbanden, bis er nicht einmal mehr hin und her rutschen konnte.

Auf dem Tier war ein Sitz aus festem Leder mit Ringen und Schlaufen, der wie dafür gemacht war, Menschen darauf festzuschnüren. Das Tier selbst nahm kaum Notiz von ihm. In diesem Augenblick sehnte sich Naviol so sehr nach dem Tod wie nie zuvor in seinem Leben.

An das Pferd gefesselt harrte er aus und sah mit an, wie die Männer die beiden toten Schafe ausweideten und aufluden.

Der Mann, der sich Fergusson nannte, hatte einen Pfeil, Naviols Pfeil, herausgezogen und betrachtete ihn fasziniert. Hatte er etwa noch nie im Leben eine Pfeilspitze aus Obsidian gesehen? Er drückte die Fingerkuppe auf die Spitze und zog sie hastig wieder zurück. Kein *Selk'nam* wäre so töricht gewesen.

Würde die Angst ihn nicht umklammern wie eine eisige Hand, hätte Naviol gelacht. Diese Menschen waren dumm. Der Mann schien seinen Blick mit einem Mal zu spüren. Er sah zu seinem Gefangenen, hob den Pfeil, schob ihn schmutzig, wie er war, zu den anderen in den Köcher und machte ein unmissverständliches Zeichen. Die Waffen gehörten nun ihm. Naviols kostbarster Besitz wurde auf dem schwarzen Pferd des Mannes festgebunden. Aber was, dachte Naviol, nutzt mir mein Bogen, wenn ich tot bin?

Sein Leben war alles, was ihm blieb, und egal, was mit ihm geschah, er musste kämpfen!

Seine Frau Ekina brauchte ihn, die Familie brauchte ihn. Jetzt noch mehr als zuvor, denn Onkel Olit würde sie weit weg führen. In Sicherheit bringen vor den Weißen, die womöglich Jagd auf sie machten. Hoffentlich gelang es ihm.

Die Weißen stiegen alle auf ihre Pferde. Scheinbar wollten sie das Tal verlassen und er musste mit, ob er wollte oder nicht.

Die Tiere setzten sich in Bewegung, und Naviol hätte am liebsten geschrien, doch er besann sich, hielt sich vorsichtig an der Mähne des Pferdes fest und flehte den Gott *Temaukél* um Beistand an.

Nacheinander hatten Stella und Claire ein langes Bad genommen, ein Genuss sondergleichen! Señora Fergusson hatte sie danach in ein Zimmer geleitet, das sie bis zu Claires Hochzeit gemeinsam bewohnten. Es war im Gegensatz zum Rest des

Anwesens schlicht gehalten. Die Fenster wiesen auf den See hinaus, zwei gemütliche Sessel standen um ein Tischchen, auf dem Dinge lagen, mit denen sich junge Frauen gewöhnlich die Zeit vertrieben: Stickrahmen, Nähzeug und fromme Bücher.

Stella hatte das Gefühl, man hätte sie zurück in einen Käfig gesperrt. Zweifelsohne in einen großen, luxuriösen Käfig mit einem bequemen Bett. Jetzt konnte sie nicht mehr jeden Tag auf Gueras Rücken dieses wunderbare Land erkunden und würde es womöglich nie wieder dürfen.

»Meinst du, unser Onkel verkauft mir Guera?«

»Bitte, wen?«, fragte Claire, die die Reisekoffer hektisch durchwühlte.

»Die Stute, auf der ich geritten bin«, entgegnete Stella. »Was suchst du denn?«

Claire richtete sich auf und strich sich energisch eine Haarsträhne aus dem Gesicht.

»Stella! Jeden Moment werde ich dem Mann vorgestellt, mit dem ich den Rest meines Lebens verbringe, und du redest von irgendeinem Gaul! Tu doch wenigstens so, als würde es dich kümmern, was mit mir passiert.«

Claires Augen glitzerten. Stella kam sich plötzlich selbstsüchtig vor und schloss Claire in ihre Arme, die tonlos weinte.

»Du wirst ein wunderbares Leben haben und den Mann bekommen, den du dir wünschst, ganz bestimmt«, flüsterte Stella und streichelte ihren Rücken, bis das Zittern aufhörte. »Es tut mir leid, natürlich kümmert es mich, was mit dir passiert.«

Claire gewann ihre Fassung wieder und wandte sich erneut dem Gepäck zu.

»Hilfst du mir suchen?«

»Natürlich. Welches Kleid willst du anziehen?«

Eine halbe Stunde später hatte sich Claire in eine wunderschöne junge Frau verwandelt, in die sich Stellas Meinung nach einfach jeder Mann auf der Stelle verlieben musste.

Dann warteten sie. Claire saß am Fenster, hing ihren Gedanken nach und sah auf den Lago Ciencia hinaus, der sich in der Ferne in einem Nebelmeer verlor. In einer anderen Situation hätte sich Stella ausgemalt, was dahinter lag, doch jetzt warf sie nur hin und wieder einen hastigen Blick aus dem Fenster, während sie im Zimmer auf und ab ging wie in einer Gefängniszelle.

Die Schwestern schwiegen angespannt. Sie hatten so oft darüber geredet, dass es nichts mehr zu sagen gab. Er würde ihr Leben für immer verändern; ob zum Guten oder zum Schlechten, das wussten sie nicht.

Langsam senkte sich die Dämmerung über das Land. Im Haus wurden Kerzen und Lampen angezündet. Schon seit einer Weile wehte der Duft von Gebratenem herauf, begleitet vom Karamellaroma eines süßen Puddings.

Schließlich schien die Hausherrin beschlossen zu haben, dass es nicht schicklich war, ihre Gäste noch länger warten zu lassen, und ließ zum Essen rufen, das ohne Shawn Fergusson stattfinden würde.

Zerknirscht erhob sich Claire am Fenster.

Stella ließ Claire den Vortritt, während sie die Treppe hinunter in das Speisezimmer gingen. Die Hausherrin empfing sie neben der Tür. Claire hielt ihrem prüfenden Blick stand.

»Ich kann noch gar nicht glauben, dass ich endlich hier bin«, sagte sie. »Vielen Dank für den herzlichen Empfang.«

»Es tut mir leid, dass wir am ersten Abend ohne meinen Mann und meinen Sohn essen müssen. Ich hoffe, sie kommen bald.«

»Das hoffe ich auch«, stimmte Claire zu.

Stella folgte ihr zur Tafel, wo ihr Onkel bereits wartete. Er hatte sich ebenfalls gewaschen und umgezogen. Sein maßgeschneiderter Anzug saß trotz seines fülligen Körpers tadellos. Nun war er wieder ganz der Geschäftsmann. Diesmal standen jedoch nicht Güter oder Vieh zum Verkauf, sondern Claires Hand. Natürlich wusste Stella, dass die eigentlichen Verhandlungen schon längst unter Dach und Fach waren. Solange Claire keine groben Fehler machte, würde alles seinen Gang gehen und die arrangierte Ehe einen guten Abschluss finden.

»Du siehst bezaubernd aus, liebe Nichte«, sagte Longacre. Obwohl er es ehrlich zu meinen schien, klang es in Stellas Ohren, als preise er ihre Schwester als Tauschobjekt an.

Es war eine kleine Tischgesellschaft, die nur aus den Schwestern, ihrem Onkel und der Hausherrin bestand. Am Kopf der Tafel und links daneben waren zwei leere Plätze, die unberührten Teller muteten fast wie eine Anklage an.

Señora Fergusson schien davon unbeeindruckt. Während sie ihren Gästen von der Geschichte der Familie und ihren schottischen und norwegischen Wurzeln erzählte, wurde erst die Vorspeise und dann das Hauptgericht, glasierte Entenbrust, hereingetragen. Das Fleisch war zart, perfekt gebraten und schon der Duft ließ Stella das Wasser im Mund zusammenlaufen. Einen Augenblick lang schwiegen alle und genossen die ersten Bissen des Festessens. Longacre lächelte, betupfte sich mit seiner Serviette den Mund und rieb sich seufzend den Bauch.

»Hmm, meine liebe Señora Fergusson, allein diese Ente war die lange Reise wert.«

»Ja, es schmeckt wirklich köstlich«, sagte Claire und Stella wusste nichts mehr hinzuzufügen. Zu der Entenbrust gab es junge Kartoffeln und Erbsen, die zweifellos aus den Gärten der Fergussons oder von einem der kleinen umliegenden Gehöfte stammten. Der Rotwein war aus dem fernen Frankreich bis an diesen entlegenen Ort verschifft worden. Als der Hauptgang abgetragen wurde, richtete Señora Fergusson das Wort an ihre Gäste. Nachdem Longacre ihr von der Reise erzählt hatte, war Claire an der Reihe.

»Wie Sie sich sicherlich denken können, sind wir hier alle besonders neugierig, etwas von Ihnen zu erfahren, Claire. Möchten Sie nicht ein wenig über sich erzählen?

»Gerne.« Claire räusperte sich kurz.

Nur Stella merkte, wie nervös sie war, den anderen entgingen die winzigen Anzeichen.

»Wie Sie bereits wissen, betrieb mein Vater ein Handelskontor in Buenos Aires, das er von seinem Vater übernommen hatte. Mit sechs Jahren sandten mich unsere Eltern in das Kloster Santa Maria Magdalena am Rande der Stadt. Es hat mir dort sehr gut gefallen, sodass ich bis zu unserer Abreise bei den Schwestern gelebt habe. Meine Mutter hat mich alles gelehrt, was für die Führung eines großen Haushaltes nötig ist. Im Kloster habe ich mich mit Heilkunde beschäftigt und viel gelesen. Aber ich tanze auch gerne und wir hatten mit einigen Freundinnen einen Teekreis, in dem wir handarbeiteten. Gereist bin ich zuvor noch nicht, und auch Buenos Aires war mir oft zu hektisch.«

Die Hausherrin schien überaus zufrieden mit Ihrer zukünftigen Schwiegertochter.

»Und was haben Sie sich vorgestellt, was Ihre Aufgabe sein wird, hier in Baja Cordenas?«

Die Frage brachte Claire kurz aus der Fassung und sie blickte kurz zu Stella. War die Frage eine Falle?

»Ich weiß nicht viel über dieses Haus oder die Familie, Señora Fergusson. Mit Schafen kenne ich mich zu meinem Bedauern leider nicht aus. Aber ich bin sicher, wenn ich mich erst einmal eingelebt habe, kann ich meinen Teil zum Haushalt beitragen. Ich lerne schnell und gern, und Señor Fergusson sagt mir bestimmt, was er von mir erwartet. Ich werde versuchen, seinen Wünschen zu entsprechen.«

Stella sah ihre Schwester ungläubig an. Sie hatte es nahezu perfekt gemeistert, jeden möglichen Konflikt zu umgehen. Wenn sie so weitermachte, würde sie die Fergussons im Nu für sich einnehmen. Auch die Hausherrin schien von so viel Eloquenz überrascht und legte Claire lächelnd eine Hand auf den Arm.

»Ich wollte Ihnen keine Angst einjagen, meine Liebe. Ich denke, mein Shawn wird überaus zufrieden mit Ihnen sein. Die meisten Frauen hier sind entweder einfältig oder überheblich. Sie, Claire, sind anders und erfüllen seine Erwartungen.«

Claire blühte unter dem Lob regelrecht auf. Röte schoss ihr in die Wangen und ihr so oft angestrengter Gesichtsausdruck entspannte sich.

Vielleicht lag Stella mit ihrem ersten Eindruck auch falsch und Señora Fergusson war gar kein herrischer Drache. Claire schien auf jeden Fall den richtigen Ton getroffen zu haben. »Ich freue mich schon darauf, von Ihnen zu lernen, Señora Fergusson.«

»Es ist nicht so viel anders, als Sie womöglich denken, das verspreche ich Ihnen.«

Longacre, der wie Stella die Szene aufmerksam verfolgt hatte, setzte ein selbstzufriedenes Lächeln auf. Sein Plan schien aufgegangen zu sein.

»Ich habe gewusst, dass Claire gut in dieses Haus passt«,

sagte er und lehnte sich zurück, um sich über den runden Bauch zu streichen, in dem eine unglaubliche Menge Essen verschwunden war. »Bald habe ich noch einen Grund mehr, der Estanzia der Fergussons einen Besuch abzustatten.« Er lachte laut und alle fielen mit ein.

Es war Nacht geworden. Als die Köchin persönlich Karamellpudding und Johannisbeerkompott auftrug, waren vor dem Haus mit einem Mal Reiter zu hören. Die Pferde im Stall wieherten nach ihren heimkehrenden Artgenossen, die freudig Antwort gaben.

Señora Fergusson erhob sich, als draußen auch schon Licht entzündet wurde und laute Männerstimmen erklangen.

»Mein Gatte und mein Sohn, endlich«, erklärte die Gastgeberin und eilte zur Tür. Die Gäste blieben irritiert zurück, sahen auf die Tellerchen mit Pudding und Kompott und rührten sie nicht an. Stella strich ihre Serviette glatt, während Claire mit gefalteten Händen im Schoß wie erstarrt dasaß. Ihre Unterlippe bebte. Von der fröhlichen Stimmung war nichts mehr geblieben. Jetzt war der Augenblick da, der das Schicksal der Newvilles besiegelte. Bernard Longacres Miene war ernst geworden. Er erhob sich und legte Claire kurz die Hand auf die Schulter.

»Mach uns keine Schande, Mädchen.«

»Nein, nein, natürlich nicht«, entgegnete Claire mit zitternder Stimme.

»Gut, dass will ich auch meinen.« Bernard Longacre trat ans Fenster und spähte hinaus. »Sie haben einen Gefangenen gemacht, einen Wilden.«

Nun wollten auch die Schwestern sehen, was geschehen war. Claire sah Stella flehentlich an. Natürlich würde sie ihr

Beistand leisten. Gemeinsam eilten sie mit ihrem Onkel zur Tür.

Nach Monaten, in denen sie sich immer wieder ausgemalt hatten, was Shawn Fergusson für ein Mensch war, trat Claire ihm jetzt endlich gegenüber. Stella war genauso aufgeregt wie ihre Schwester und froh, nicht in ihrer Haut zu stecken.

Die Neuankömmlinge waren bereits abgesessen. Nur auf einem Packpferd hockte noch ein Mann. Es war der gefesselte Indio. Seine Haut glänzte rötlich im Licht der Laternen, vielleicht wegen der Paste, von der Navarino erzählt hatte. Um seine Schultern lag ein weiter Pelzumhang mit geometrischen Mustern, darunter war er bis auf einen Lendenschurz nackt.

Stella hielt den Atem an.

So hatte sie sich die Ureinwohner immer vorgestellt. Allerdings weder gefesselt noch mit ängstlichem Blick. Langsam wandte der Fremde den Kopf und sah sich im Hof um. Er wirkte beinahe entrückt, so vorsichtig waren seine Bewegungen.

»Wir haben den Viehdieb, Mutter. Ein anderer konnte entkommen, aber ich denke, der hat seine Lektion gelernt«, rief der Mann, in dem Stella sofort Shawn Fergusson erkannte. Fast hätte sie über den Anblick des Gefangenen den eigentlichen Grund ihrer Aufregung vergessen. Claire drückte fest ihre Hand. Dann ließ sie sie los und trat neben Señora Fergusson. Sie richtete sich auf, zupfte ihren Rock zurecht und fuhr sich durch ihr tadellos sitzendes Haar.

Erst jetzt bemerkte der junge Mann die Gäste und eilte sofort auf sie zu. Er trug die weiten Hosen der Gauchos, ein dunkelblaues Hemd und eine Weste und um die Mitte einen aufwändig bestickten feuerroten Tirador. Während er leichtfüßig die wenigen Stufen zur Veranda erklomm, zog er seine

Lederhandschuhe aus und schob sie neben einen glänzenden Dolch in seinen Gürtel. Er sah noch besser aus, als Stella es sich vorgestellt hatte. Selbst das dunkelrote Haar stand ihm gut, da er nicht wie andere eine helle Haut hatte. Sein Blick glitt über Claire hinweg und blieb an Stella haften, die das Gefühl hatte, nicht mehr atmen zu können, weil ihr Herz plötzlich so heftig schlug.

Sie senkte den Blick und wäre am liebsten sofort ins Haus geflohen. Es versetzte ihrem Herz einen Stich, dass sie bei diesem Mann von vornherein keine Chance hatte. Denn er war für Claire bestimmt.

»Die Damen Newville? Ein Pech, dass Sie ausgerechnet heute angekommen sind, trotzdem ist es für mich eine wunderbare Freude. Tut mir leid, dass ich Ihnen nicht in angemessenerer Weise entgegentreten kann.« Seine Stimme war nicht allzu tief, aber weich. Ein Timbre, dem man gern und lange lauschte.

Hastig wandte Stella sich zu Claire um. Sie sollte zuerst begrüßt werden. Hatte ihr zukünftiger Gatte die gleiche Wirkung auf sie? Eigentlich unvorstellbar, dass Fergusson sich eine Braut aus der Ferne bestellte, weil ihn hier in Chile keine haben wollte. Aus welchem unerfindlichen Grund auch immer er sich für diesen Weg entschieden hatte, es war Claires Glück.

»Señor Fergusson, ich freue mich, Sie endlich kennenzulernen«, sagte Claire scheu, knickste und hielt ihrem Verlobten die Hand zur Begrüßung hin.

Er nahm sie und hauchte einen Kuss darauf.

Claire errötete.

»Sie sind Claire Newville? Das Bild, das Sie mir zukommen ließen, hat nicht zu viel versprochen«, sagte er charmant. In Stellas Ohren klang es ein wenig unaufrichtig. Doch er hatte sich bereits ihr zugewandt, und sie hielt den Atem an, als er ihre Hand ergriff und einen Kuss andeutete. Seine Augen waren von einem betörenden Grün, wie sie es noch nie zuvor gesehen hatte. Es musste ein Erbe seiner schottischen Vorfahren sein.

Stella wollte ihn nicht weiter anstarren und richtete ihren Blick auf den unglücklichen Indio, der noch immer auf dem Packpferd ausharrte. Der kurze, unerlaubte Zauber ihrer Begegnung mit Shawn Fergusson zerbrach.

»Was werden sie mit Ihrem Gefangenen machen?«, fragte sie.

»Stella, was kümmert dich das«, herrschte ihr Onkel sie an, der sich bislang im Hintergrund gehalten hatte.

Doch Fergusson hatte die Frage gehört und sah Stella überrascht an. Sein Blick veränderte sich, als nehme er sie plötzlich anders wahr. Offenbar hatte er solch eine Frage nicht von einer Frau erwartet, vor allem nicht von einer Fremden. Die nun zusammengezogenen Brauen gaben seinem Blick etwas Dunkles.

»Ich weiß es nicht, bislang hatten wir noch nie mit so etwas zu tun. Natürlich sind hin und wieder einzelne Tiere verschwunden, aber er hier hat sich darauf verlegt, fast jeden Tag ein oder zwei Schafe zu töten. Das kann ich nicht tolerieren, sonst spricht sich das bald herum. Ich werde ihn erst einmal einsperren, und dann sehen wir weiter. Kommt darauf an, wie kooperativ er sich zeigt.«

»Sie werden ihm aber doch nichts antun!«

»Er hat eine Strafe verdient.«

Stella versuchte in seinem Gesicht zu ergründen, was er damit meinte, doch seine Augen waren wie ein Sog. Er erwiderte ihren Blick, und sie hatte für einen Moment das Gefühl, ihre Nähe habe den gleichen verwirrenden Effekt auf ihn wie seine auf sie.

»Ich bin kein Unmensch«, sagte er mit sanfterer Stimme.

»Mein Sohn ist sehr nachsichtig mit den Wilden, zu nachsichtig, wenn Sie mich fragen«, mischte sich ein älterer Mann ein, der sich gleich darauf als Señor Fergusson senior vorstellte. Außer seinem Backenbart war sein ehemals rotes Haar beinahe vollständig ergraut.

»Gehen wir doch alle zurück ins Haus«, sagte Señora Fergusson. »Wir werden mit dem Nachtisch warten, bis die Männer sich frisch gemacht haben. Dann können wir in Ruhe über alles reden.«

»Ich bin schon gespannt, wie unsere Geschäfte gelaufen sind«, sagte der alte Fergusson und legte Longacre brüderlich seine Hand auf die Schulter. »Auf dich ist immer Verlass.«

Während die Fergussons zuerst hineingingen, blieb Stella mit Claire zurück.

»Und? Wie gefällt er dir?«, flüsterte sie so leise wie möglich.

Claire sah sie einen Augenblick entsetzt an. Natürlich gehörte sich solch ein Benehmen nicht, aber da sie niemand beachtete, antwortete sie:

»Ich glaube, er ist ein ordentlicher Mann.«

»Das ist alles?«

Claire ließ sie stehen und beeilte sich, der einladenden Geste ihrer zukünftigen Schwiegermutter Folge zu leisten und an die Tafel zurückzukehren.

Durch das Esszimmerfenster beobachtete Stella, wie der Gefangene vom Pferd losgebunden und in ein Nebengebäude gebracht wurde. Die Arbeiter der Fergussons behandelten ihn anständig, nicht anders als einen Weißen, der sich des Diebstahls schuldig gemacht hatte.

Der *Selk'nam* ließ den Kopf hängen. Stella mochte sich nicht vorstellen, was in ihm vorging. Wussten die Indios überhaupt, dass die Schafe keine wilden Tieren waren, sondern jemandem gehörten? Wohl nicht.

Kurz darauf gesellten sich Shawn Fergusson und sein Vater zu ihnen. Sie hatten sich hastig umgezogen und nahmen ihre verspätete Mahlzeit ein. Shawn trug ein dunkelgraues Jackett zu einer schwarzen Hose, dazu ein weißes Hemd und eine schlichte Weste. Das Haar war noch immer zerzaust vom Wind und dem Tag im Sattel. Sein Vater trug die gleiche Kombination, allerdings in dunklem Braun. Er roch nach Rasierwasser, für eine Rasur hatte er allerdings keine Zeit mehr gefunden.

Stella fühlte sich, als schwirre ihr der Kopf vom Wein, doch so viel hatte sie nicht getrunken. Nur ein halbes Glas, davon waren ihr noch nie die Knie weich geworden. Claire saß neben ihr und schwieg. Die ganze Tischgesellschaft verhielt sich seltsam zurückhaltend, eine erwartungsvolle Stimmung lag in der Luft. Señora Fergusson erkundigte sich mehrfach, ob auch wirklich jeder versorgt sei.

»Ich hoffe, die lange Reise hat Ihnen nicht allzu große Unannehmlichkeiten bereitet?«, fragte Shawn schließlich an Claire gewandt.

»Nein, es ging erstaunlich gut. Am Anfang war es natürlich ungewohnt und anstrengend, doch so habe ich schon einiges von meiner neuen Heimat gesehen. Aber ich hätte es keinen Tag länger im Sattel ausgehalten«, antwortete Claire.

Shawn Fergusson lächelte mitfühlend und sein Blick fiel auf Stella. Bildete sie es sich nur ein, oder gefiel sie ihm tatsächlich? Stella verbot sich, sich solchen Hoffnungen hinzugeben oder sich in das Gespräch einzumischen und widmete sich, so schwer es ihr fiel, ihrem Nachtisch.

»Ich hoffe dennoch, dass Sie sich in den nächsten Tagen mit mir Baja Cardenas und die Ländereien ansehen. Es wäre eine schöne Gelegenheit, sich besser kennenzulernen.«

»Sehr gerne«, sagte Claire leise und sah schüchtern auf ihre Hände. »Es gefällt mir jetzt schon sehr gut.«

»Ich hoffe, Sie leben sich schnell ein. Wie ich hörte, lesen Sie gerne? Die Hausbibliothek steht Ihnen natürlich jederzeit zur Verfügung.«

Stella gab sich Mühe, den beiden keine weitere Beachtung zu schenken und konzentrierte sich auf die Erzählungen ihres Onkels, der von ihrer Reise und seinen Handelsgeschäften berichtete. Dennoch hatte sie das Gefühl, Shawn Fergussons weiche Stimme in jeder Faser ihres Körpers zu spüren.

Longacre und der Hausherr kamen schnell auf Geschäftliches zu sprechen. Man kannte sich und offenbar gab es auch schon wieder Käufer für die nächste Wollfuhre der Fergussons. Wenigstens machte Longacre keinen Hehl daraus, wie er auf die Idee gekommen war, seine Nichte mit einem der größten Wollproduzenten Tierra del Fuegos zu vermählen. Die Heiratsurkunde war wie ein Vertragssiegel, das seinem Kontor eine regelmäßige Belieferung mit bester Wolle garantierte.

Stella wusste nicht, worüber sie sich unterhalten sollte. Claire war Shawn mit geröteten Wangen auf seine Einladung hin in den Salon gefolgt, und Stella war mit den anderen zurückgeblieben, die sich über den Fernhandel und die Zollpolitik Argentiniens unterhielten. Deshalb entschuldigte sie sich und zog sich zurück.

Allein auf dem Zimmer, saß sie eine Weile am Fenster und sah hinaus in die Nacht. Bald würde es immer so sein. Claire würde die Abende mit ihrem Ehemann verbringen, während Stella über einem Buch oder einer Stickerei saß. Dabei hatte sie Handarbeiten noch nie leiden können.

Kurz wallte Eifersucht in ihr auf. Warum durfte Claire einen Mann wie Shawn Fergusson heiraten? Nur weil es üblich war, dass die Ältere zuerst unter die Haube kam? Aber Claire wollte doch gar nicht heiraten! Allerdings schien ihr Verhalten eine andere Sprache zu sprechen, so wie sie heute Abend errötet war, wann auch immer Señor Fergusson das Wort an sie gerichtet hatte. Aber welche Frau konnte diesen geheimnisvollen grünen Augen auch widerstehen, dachte Stella wehmütig.

Wenn Claire ihn nicht will, werde ich seine Frau, überlegte sie und wusste doch, dass es nur ein Wunschtraum war.

Naviol kauerte in einer Ecke. Sein Körper schmerzte von der angespannten Haltung. Die Pferde waren neben ihm hinter Brettern und Eisenstangen. Er hörte sie aufstampfen, wie sie schnaubten und das Futter zermalmten. Wie lange wollten sie ihn hier drin einsperren?

Es war ein eckiger Raum, groß wie zwei Winterzelte der *Selk'nam* zusammen, und doch hatte Naviol den Eindruck, kaum genug Luft zum Atmen zu haben. Die Weißen waren nicht allzu grob mit ihm umgesprungen. Sie hatten ihm die Fesseln abgenommen, bevor sie ihn hier eingesperrt hatten, und ihm Decken gebracht, mit denen er sich wohl eine Schlafstatt einrichten sollte. Auf dem Boden war Stroh, in einem Winkel stand ein leeres Gefäß aus Metall, ein Eimer.

Sie hatten ihm auch Nahrung und Wasser gebracht, doch Naviol rührte beides nicht an.

Eine Zeit lang waren Hunde vor seinem Gefängnis auf und ab gelaufen, hatten Witterung aufgenommen und laut geknurrt, sodass ihm das Blut in den Adern stockte.

Nun waren sie fort und er mit seinen Gedanken allein. Wusste Ekina bereits, was mit ihm geschehen war? Hatte Olit es ihr gesagt, oder würde er behaupten, Naviol sei tot? Vielleicht wäre es besser, denn was war ein *Selk'nam,* eingesperrt wie eine Kammratte in einem eingestürzten Bau, wenn nicht todgeweiht?

Kapitel 6

Die nächsten Tage vergingen wie im Flug. Claire war in Shawns Gegenwart schrecklich nervös, während ihr Verlobter ihr höflich die Estanzia und das Umland zeigte, immer begleitet von seinen Eltern, Stella und ihrem Onkel, die in einigem Abstand hinter ihnen herritten und ihre Mutmaßungen anstellten, wie glücklich diese Ehe werden würde.

Stella hatte den Eindruck, als schrumpfe ihre Schwester jeden Tag innerlich ein wenig mehr. Sie schien ihr Schicksal zu akzeptieren und freute sich offenbar darüber, in Shawn Fergusson einen eloquenten, rücksichtsvollen Mann zu bekommen, aber glücklich wirkte sie nicht.

Der vierte Tag nach ihrer Ankunft war der erste, an dem wieder so etwas wie Routine auf der Estanzia einkehrte. Die Arbeit, die im Frühsommer am intensivsten war, duldete keinen Aufschub mehr.

Stella erwachte weit vor Morgengrauen, als die ersten Gauchos ihre Pferde sattelten und bald darauf aufbrachen, um weitere Schafe zur Schur zusammenzutreiben. Erst als auf dem Hof wieder Ruhe eingekehrt war, fiel sie erneut in einen unruhigen Schlaf.

Am Morgen frühstückte sie gemeinsam mit Claire, danach gingen sie getrennte Wege. Claire wollte ihrer zukünftigen Schwiegermutter helfen, die schon seit Tagesanbruch auf den Beinen war, und Stella hatte sich zum Lesen in eine windgeschützte Ecke des Gartens zurückgezogen. Hinter ihr erhob sich eine Mauer aus Bruchstein, warm von der Sonne, die immer wieder hinter rasch dahinziehenden Wolken verschwand. Der unermüdliche Wind zerrte an Stellas breitem Strohhut, der ihre Blässe bewahren sollte. Einige neue Sommersprossen entdeckte sie am Abend beim Blick in den Spiegel sicherlich trotzdem. Bislang lag das Buch unberührt auf ihren Knien, und Stella zweifelte, dass sie sich auf ihre Lektüre konzentrieren konnte. Lieber saß sie mit geschlossenen Augen da, eine Decke auf den Knien, die wärmende Pellerine über den Schultern, und lauschte dem Wind und den Möwen, die den Lago Ciencia zu ihrem Heim erklärt hatten. Nachdenklich berührte sie die kleine Elfenbeinfigur, die neben dem Silberkreuz an ihrer Kette hing. Sie hatte keine seltsamen Träume mehr gehabt, seit Parkland und Morales die Estanzia verlassen hatten. Mit ihnen war auch die Angst geschwunden. Dennoch fühlte sie eine seltsame Nervosität.

Nach einer Weile ließ sich ihre innere Unruhe nicht mehr besänftigen, und Stella lief ohne festes Ziel die Gartenwege entlang, am Geräteschuppen vorbei, zum Teich und fand sich schließlich an einem kleinen Holztor wieder, das versteckt zwischen blühenden Büschen lag. Es hing schief in den Angeln. Als Griff und Verschluss diente ein abgewetztes Holzstück an einem kurzen Seil. Wenn Stellas Orientierungssinn sie nicht täuschte, führte der Ausgang zum See.

Mühsam schob sie die Tür auf und fand sich auf einem Trampelpfad wieder, umgeben von Farn, der sie fast überragte. Stella war ganz entzückt von ihrer Entdeckung und folgte dem verwunschenen Weg. Ein erdig-warmer Geruch lag in der Luft und die fein gegliederten Farnwedel raschelten im Wind. Vorsichtig teilte Stella sie und scheuchte einige Nachtfalter auf, die träge umherflatterten. Sogleich schoss eine Libelle heran, erbeutete eines der Insekten und raste mit lautem Surren davon. Überrascht sah Stella dem flinken Jäger nach und wollte ihren Augen nicht trauen. Im Schatten eines Schuppens, uneinsehbar vom Haupthaus oder vom See, stand Claire. Und sie war nicht allein. Navarino saß auf seinem hageren Pferd, vor sich auf dem Sattel ein Lamm.

Ihre Schwester und der Indio waren sich sehr nah. Zu nah, als dass es noch schicklich war. Ihr Umgang miteinander wirkte vertraut. Gebannt sah sie zu, wie Navarino aus dem Sattel stieg und dicht vor Claire stehen blieb. Er wirkte riesig neben der zierlichen Frau. Das Lamm in seinen Armen bewegte sich kaum. Claire trat noch ein wenig näher und streichelte dem Tier über den Rücken. Ihre Hand lag ganz dicht neben der Navarinos. Oder berührten sie sich gar?

Was tat Claire dort? War sie denn völlig von Sinnen? Wenn einer der Fergussons oder auch nur ein Arbeiter der Estanzia etwas mitbekam, war es aus! Zweifellos würde Shawn Fergusson nicht zögern und die Verlobung lösen. Eine Schande für die Familie Newville und das Ende einer glücklichen Zukunft, die nicht einmal begonnen hatte.

Energisch trat Stella aus dem Farndickicht. Sie musste etwas unternehmen. Claire durfte nicht alles für eine harmlose Schwärmerei aufs Spiel setzen.

Als sie sie bemerkten, fuhren sie wie ertappt herum. Navarino trat sofort einen Schritt zurück. Claires glühend rote Wangen waren ein stummes Schuldeingeständnis.

»Ach hier bist du, Schwester«, sagte Stella, als hätte sie keinerlei Verdacht geschöpft. »Ich habe dich schon gesucht.«

»Du ... du hast mich gesucht?«, stotterte Claire überrascht. Dann gewann sie ihre Fassung zurück und lächelte. »Schau nur, das Lamm. Wenn du ihm in die Augen siehst, wunderst du dich nicht mehr, warum es in unserem Glauben eine so wichtige Rolle spielt. Die sanften Augen, schau.«

Mutiger geworden hielt Navarino Stella das winzige Tier hin. Und wirklich, es war bezaubernd. Unter langen, dunklen Wimpern sahen sie große Augen an. Das winzige Mäulchen war braun gesprenkelt. Vorsichtig streichelte Stella die schmale Stirn. Das Lamm blökte kläglich.

»Wo ist seine Mutter?«, fragte sie erschüttert und bemerkte erst jetzt, dass sein Fell noch nicht einmal ganz trocken war.

»Sie ist tot. Es kam noch ein zweites Lamm, beide sind verendet. Ich bringe es jetzt in den Stall«, antwortete Navarino.

»Ja, mach das«, erwiderte Stella. Gemeinsam mit Claire sah sie dem *Yag'han* nach, der, sein Pferd hinter sich, mit großen Schritten auf die Estanzia zuhielt. Stella fasste ihre Schwester am Arm und geleitete sie in die entgegengesetzte Richtung, hinab zum Lago Ciencia, wo kleine Wellen den Kiesstrand umspülten.

Claire schwieg. Ihr Verhalten wirkte trotzig, ein Wesenszug, den Stella zuvor noch nicht an ihr bemerkt hatte.

»Was sollte das denn?«, fragte Stella schließlich.

»Was meinst du?«

»Du weißt genau, was ich meine. Du bist verlobt, und er ist ein Wilder!«

»Es gibt Menschen, die diese Bezeichnung weit eher verdient haben als Navarino!«

»Das weiß ich selber. Aber ich habe euch beobachtet, Claire. Wie ihr euch anseht. Du setzt alles aufs Spiel!«

»Ich setze überhaupt nichts aufs Spiel!«, gab Claire zornig zurück. »Es ist nichts. Ich weiß nicht, was du dir wieder einbildest. Das kommt von diesen Liebesromanen, die dir alles Mögliche vorgaukeln. Ich habe unserer Mutter ein Versprechen gegeben und meinen Traum aufgegeben, um in dieses eisige Land auszuwandern und einen Fremden zu heiraten. Glaubst du wirklich, ich kann mich so wenig beherrschen? Ich bin nicht so unvernünftig wie du, Stella. Navarino hat mir das Lamm gezeigt, als wir uns zufällig trafen. Ich werde die Frau eines Mannes, dessen Reichtum auf dem Handel mit diesen Tieren fußt, glaubst du nicht, ich sollte mal eines aus der Nähe gesehen haben?« Claire funkelte sie wütend an. Die Hände in die Hüften gestemmt, wartete sie auf Stellas Antwort, doch ihre Schwester schwieg. Claire hatte ihr den Wind aus den Segeln genommen.

Sie hatte recht. Navarino und sie hatten allenfalls Blicke getauscht, was nicht verboten war. Sie mochten die Eifersucht eines Mannes erregen, doch mehr nicht.

»Dann ... dann entschuldige ich mich«, sagte Stella, zog ihre Pellerine enger um die Schultern und wandte sich um, ohne Claires Antwort abzuwarten. Mit schnellen Schritten ging sie am See entlang, fort von der Estanzia, und ließ ihre Schwester zurück.

In den folgenden Tagen versuchte Stella, Claires Verhalten zu deuten. Sie hatte sie nicht mehr zusammen mit Navarino gesehen, der die meiste Zeit draußen bei den Herden verbrachte. Mied er sie, weil er sich ertappt fühlte? Oder hatte sich Stella alles nur eingebildet?

Shawn Fergusson verbrachte mit seiner zukünftigen Braut so viel Zeit wie möglich, doch Claire sah ihn kein einziges Mal so an, wie sie Navarino angesehen hatte. Dennoch war sie freundlich, lächelte, wenn es von ihr erwartet wurde, und versuchte, Shawn durch kleine Gefälligkeiten zu erfreuen. Es wirkte wie ein Schauspiel, mit dem keiner so recht glücklich war.

Stella hingegen genoss jeden Blick und jedes einzelne Wort, das ihr zukünftiger Schwager an sie richtete, und wusste zugleich, dass ihre Gefühle töricht waren und nicht sein durften. Er war nicht für sie bestimmt.

Das Land der Fergussons, das sie nun nach und nach kennenlernte, war für sie das schönste Fleckchen Erde in Tierra del Fuego. Die üppigen Wiesen waren durchzogen von Bächen und kleinen schilfbestandenen Tümpeln. In unzugänglicheren Tälern und den nahen Bergen wuchs unberührter Wald aus Lenga-Bäumen und Antarktischen Scheinbuchen. Die dicken Stämme waren verdreht wie die Körper erstarrter Naturgeister, die im nächsten Augenblick wieder erwachen konnten. Flechten bewegten sich im Wind, der durch die Zweige pfiff, und Wasser tropfte herab. Die unheimlichen Wälder erinnerten an eine dunkle, verwunschene Märchenwelt.

War Stella bisher immer mit großem Abstand hinter Shawn und Claire hergeritten, so konnte sie sich dieses Mal nicht bremsen. Ihre Stute Guera war ein feuriges Tier und begierig, sich zu bewegen. Stella liebte es, wenn ihr der Wind ins Gesicht blies, während sie sich ganz dem sicheren Tritt ihres Pferdes überließ. Wo der Boden nur mit Gras und Büschen bewachsen war, ließ sie die Zügel schießen, und die kleine Stute flog nur so dahin.

Zwar sah ihr Onkel sie missbilligend an, doch die Fergussons brachte ihr Verhalten nicht aus der Fassung. Hier, im rauen Süden, war Vieles leichter, die Regeln für Frauen nicht so streng wie in der Stadt. Am Vorabend hatte die Hausherrin sogar erzählt, dass sie während eines Unwetters den Männern einmal geholfen hatte, die Schafe von den Bergweiden herabzutreiben. Das lag lange zurück, doch sie war noch immer stolz darauf.

Stella löste sich von der Gruppe, preschte voran und galoppierte quer über eine Wiese, die vor einem lichten Wald endete. Die knorrigen Coigüe-Bäume mit ihren vielen abgestorbenen Ästen sahen aus wie verrenkte, bärtige Figuren. Stella zog die Zügel an und legte staunend den Kopf in den Nacken. Knarrend rieben sich die Bäume aneinander, und von irgendwoher war ein beständiges Klopfen zu hören.

»Ein *carpintero de Magallanes,* ein Magellanspecht«, erklang plötzlich Shawns Stimme neben ihr. Er hatte sich unbemerkt genähert. Fasziniert blickte Stella in seine grünen Augen. »Da oben ist er, siehst du den roten Kopf?«

Shawn streckte die Hand aus.

»Wo? Ich sehe ihn nicht«, sagte Stella enttäuscht. Shawn

lenkte sein Pferd näher an ihres heran, bis sich ihre Beine berührten, und lehnte sich zu ihr herüber.

»Schau an meinen Arm entlang nach oben, dort in der Astgabel sitzt er.«

Stella beugte sich vor. Sein Atem berührte ihre Wange und sie konnte nicht mehr klar denken. Hätte sie den Kopf ein wenig weiter vorgeneigt, hätte sie ihn küssen können.

Energisch schob sie den Gedanken beiseite und versuchte, den Vogel zu erspähen. Und tatsächlich, dort, auf einem schmalen Zweig, saß der Specht. Bis auf sein feuerrotes Kopfgefieder war er vollständig schwarz. Aufmerksam sah er zu den Menschen hinab, und als keine Gefahr drohte, widmete er sich wieder seiner Arbeit. Das Hämmern schallte weit über das Tal.

»Ein sehr schönes Tier, so einen habe ich nie zuvor gesehen.«

»Sie sind hier recht häufig, sonst hätte ich den Namen auch nicht gewusst«, sagte Shawn und lächelte verschmitzt.

»Komm, reiten wir zurück, die anderen warten sicherlich schon auf uns.« Er drückte kurz ihre Hand, wandte sein Pferd und ritt den Hang hinab. Stella war wie erstarrt. Ihr Handrücken glühte, wo er sie berührt hatte. Guera wartete nicht darauf, dass ihre Reiterin aus ihrer Fassungslosigkeit erwachte, sondern lief dem anderen Pferd hinterher.

»War etwas?«, wurde sie von ihrem Onkel unfreundlich empfangen.

»Sie hat einen Specht entdeckt«, antwortete Shawn für sie. »Wollen wir noch weiter? Mir knurrt langsam der Magen.«

Schnell waren sich alle einig, dass sie zur Estanzia zurückkehren wollten. Stella kam es vor, als hätte der kleine Vorfall einen Schatten geworfen, der ihr von nun an folgen würde. Der Blick von Señora Fergusson sprach Bände. Claire hingegen schien nichts bemerkt zu haben. Sie sah in die Ferne, als könnte sie irgendwo auf den Viehweiden Navarino erspähen.

In den folgenden Tagen ging es auf dem Anwesen hoch her. Shawns Mutter organisierte die Hochzeit, und zugleich stand die Schafschur an, sodass sich in den Nebengebäuden die Saisonarbeiter drängten, die sich um die anstrengende Arbeit kümmerten und verpflegt werden mussten. Jeden Tag wuchs der Berg an weißem Vlies, der sich in den Lagergebäuden stapelte. Pedro und Navarino waren von den Fergussons zusätzlich verpflichtet worden und nun bereits schon vor dem Morgengrauen emsig auf der riesigen Estanzia zugange.

Jeden Abend erstattete Claire Stella genau Bericht, was sie mit ihrem Verlobten unternommen hatte und worüber sie sprachen.

»Ich sollte Gott dankbar sein«, murmelte sie. »Er hat mir einen guten Mann geschickt.«

Eine glückliche Braut klang anders.

»Mit der Zeit wirst du ihn liebgewinnen«, entgegnete Stella, aber insgeheim war sie eifersüchtig.

Zunehmend hatte sie das Gefühl, im Haus der Fergussons eingesperrt zu sein. Die Reise nach Baja Cardenas hatte in ihr ein Fieber ausgelöst, und die Krankheit hieß Sehnsucht nach Bewegung und Weite. Sie wollte dieses neue, fremde Land kennenlernen, das so sehr zu ihrer Seele sprach. Weder die kühlen Temperaturen noch die Kargheit der Landschaft störten sie. Während Claire beständig fror und mit Erkältungen kämpfte, hatte Stella ihre Garderobe um lange Strümpfe und eine Hose unter den Röcken ergänzt. Würde man ihr nur gestatten, wie die Gauchos einen Poncho gegen Wind und Wetter zu tragen, bliebe sie noch länger draußen, doch das ginge zu weit, und das wusste sie. So machte sie, sooft sich jemand bereit erklärte, sie zu begleiten, kurze Ausritte über die Wiesen oder noch lieber in die nahen windgepeitschten Wälder auf den Berghängen. Am Waldrand blühten die letzten Lupinen in Gelb, Rosé und Violett, und Stella versuchte sich auszumalen, was für ein Farbenmeer sich im Frühjahr hier ausbreitete.

Bis dahin war es allerdings noch lang. Der Sommer hingegen, der eigentlich gerade erst begonnen hatte, schien im Denken der Fergussons fast schon wieder vorbei. Stella hatte schon gehört, dass die Südbuchenwälder golden und blutrot leuchteten, bevor der strenge Winter dem herbstlichen Farbenspiel ein schnelles Ende setzte.

Einen richtigen Winter hatte sie im subtropischen Buenos Aires nie erlebt und kannte ihn nur aus Erzählungen. In Feuerland war es an einem durchschnittlichen Sommertag so warm wie im Winter in ihrer alten Heimat. Wie kalt mochte es dann erst hier werden? Wie fühlte sich Schnee an? Für solche Überlegungen war es allerdings noch zu früh, und Stella genoss die warmen Tage.

Wenn niemand Zeit für einen Ausritt fand, versuchte sie andere Menschen zu meiden, vor allem Shawn Fergusson. Er sah sie immer so durchdringend an und nahm sie auf eine Weise wahr, die ihm nicht zustand. Und Stella erging es genauso. Sie spürte seinen Blick wie eine hauchfeine Berührung, ihr Herzschlag beschleunigte sich und die Röte schoss ihr in die Wangen.

Deshalb schlich sie sich fort, unternahm einsame Spaziergänge im weitläufigen Garten oder entlang des Seeufers. Die Hausherrin hatte ihr versichert, dass es für eine Dame ungefährlich sei, solange sie in der Nähe der Siedlung bleibe.

Claire und Stella gingen immer häufiger getrennter Wege.

Die Ältere, durch ihre freiwillige Zeit im Kloster gewohnt, sich klaglos unterzuordnen, ging Señora Fergusson zur Hand, die ihre zukünftige Schwiegertochter mit jedem Tag mehr zu akzeptieren und ins Herz zu schließen schien. Mit ihrer stillen, höflichen Art widerlegte Claire Señora Fergussons Befürchtung, dass ihre Schwiegertochter ihr die Stellung in der Familie streitig machen wollte. Stella bewunderte sie um diese Fähigkeit. Ihr wäre ihr Unmut wahrscheinlich häufig anzumerken gewesen.

»Du musst dich einfach in ihre Lage versetzen«, sagte Claire oft. »Stell dir vor, du würdest hier seit über zwanzig Jahren leben und diese große Hauswirtschaft führen. Am Anfang ist es ihr sicher auch schwergefallen. Sie hat sich alles erarbeiten und erkämpfen müssen. Dann, nach all den Jahren, heiratet ihr Sohn eine Fremde. Sie weiß doch nicht, mit welchen Erwartungen ich hergekommen bin. Denk doch mal an deine Freundinnen. Viele gehen davon aus, ab dem Tag ihrer Hochzeit die alte Hausherrin abzulösen.«

»Kann schon sein.«

Stella dachte an ihre eigene Zukunft, daran, dass sie womöglich bald in der gleichen Situation war und sich an einen fremden Mann und eine neue Familie gewöhnen musste. Dann nahm sie sich vor, mehr wie Claire zu sein und vielleicht schon vorher zu lernen, was einen Haushalt in Feuerland von ihrem alten Heim unterschied.

Nach gut zwei Wochen am Lago Ciencia fand die Hochzeit statt. Es war ein regnerischer, kalter Sommertag. Grau und tief hingen die Wolken und schienen bleiern auf dem Land und der Hochzeitsgesellschaft zu lasten.

Die Trauung fand in einer kleinen weißen Holzkirche statt, die sich leuchtend gegen die dunklen Wolken abhob. Die Fergussons hatten sie vor zehn Jahren gemeinsam mit Siedlern von Baja Cardenas errichtet. Verglichen mit anderen derartigen Bauwerken war San Matteo prächtig. Die Kirche besaß zwanzig Bankreihen, schmale hohe Fenster, und ein mächtiges Holzkreuz dominierte den kleinen Chorraum. Dutzende Bienenwachskerzen erleuchteten sie an diesem Tag festlich und verströmten ihren besonderen Duft. Auf dem Altar lag eine Spitzendecke, in die jemand die Namen des Brautpaares, Blumen und Segenswünsche gestickt hatte.

Die Kirche war voll besetzt. Hell und klar rief eine einzelne Glocke die Gläubigen zusammen. Stella saß allein in der ersten Reihe. Auf der anderen Seite des Mittelgangs hatten die Verwandten des Bräutigams Platz genommen. Die Newvilles wurden nur durch Stella repräsentiert, ihr Onkel würde die Stelle seines Bruders übernehmen und seine Nichte zum Bräutigam führen.

Die Menschen verstummten. Einen Augenblick lang war nur noch der Glockenschlag und das gespenstische Heulen des Windes zu hören. Dann erhob sich ein alter, bärtiger Farmer und setzte eine schlanke Blechflöte an die Lippen. Wie der Gesang eines zarten Vogels stieg die Melodie auf.

Shawn Fergusson betrat die Kirche und schritt bis vor den Altarraum. Ungläubig starrte Stella ihn an. Gemäß der Herkunft seiner Familie trug er einen blauen Schottenrock mit feinen roten, weißen und grünen Karos. Ein kurzer schwarzer Frack und eine Weste über einem weißen Hemd ergänzten seine exotisch anmutende Erscheinung.

Erwartungsvoll, doch mit ernster Miene wandte er sich um und sah zur Tür, wo nun jeden Moment seine Braut erscheinen würde. Wieder fielen Stella seine grünen Augen auf, die heute seltsam dunkel wirkten. Ihre Blicke begegneten sich, und sie fühlte einen Stich im Herz.

Leises Raunen ging durch die Menge und Shawn drehte sich hastig zum Mittelgang um. Claire trug ein wundervolles cremefarbenes Kleid. Echte Blüten schmückten Haar und Schleier. Ihr Gang war ein wenig steif, doch das fiel wohl nur Stella auf. Sie war eine atemberaubend schöne Braut und das dachte wohl auch ihr Bräutigam, der zu wachsen schien, je näher sie kam.

Bernard Longacre, in einem festlichen dunkelblauen Frack, führte sein Mündel zu ihm und legte Claires Hand in seine. Dann setzte er sich neben Stella.

Es war eine feierliche Zeremonie, so wie Stella sich ihre eigene immer ausgemalt hatte. Natürlich in einer größeren Kirche, mit mehr Gästen und bei strahlendem Wetter, aber im Grunde war das gar nicht so wichtig. Der Priester, ein früh ergrauter, schlanker Mann, fand genau die richtigen Worte. Nach einer kurzen Predigt und einem gemeinsamen Lied bat er das Brautpaar, sich zu erheben. Claire sah kurz über ihre Schulter zu Stella, dann legte sie ihre Hand in Shawns.

In Stella tobte ein wilder Orkan widersprüchlicher Gefühle. Sie freute sich für ihre Schwester. Gleichzeitig empfand sie eine tiefe Traurigkeit und Neid, dass nicht sie da vorn stand, Gefühle, die sie sich sofort energisch verbot.

»Gott schaut auch auf diesen entlegenen Winkel seiner Schöpfung«, intonierte der Priester feierlich, »und heute sicherlich mit besonderer Freude. Zwei rechtschaffene Menschen haben sich hier zusammengefunden, um den heiligen

Bund der Ehe zu schließen. Claire Newville, geboren in Buenos Aires, als älteste Tochter des Fernhändlers Daniel Newville und seiner Frau Christine, die heute leider beide nicht hier sein können.«

Stellas Gedanken schweiften ab. Zu ihrem toten Vater, wie er bleich und kalt im Bett gelegen und sie und Claire ihm das Versprechen gegeben hatten, ihm keine Schande zu machen. Auf Claire sah er nun sicherlich glücklich herab.

Die Verlobten wandten sich einander zu. Der Blick der Braut war verhüllt durch einen Schleier, dessen feiner Stoff sich bewegte, als sie sprach.

»Ich will dir treu und gehorsam zur Seite stehen, dich lieben und ehren bis ans Ende meiner Tage. So wahr mir Gott helfe«, gab Claire Shawn ihr Eheversprechen.

Stella kamen vor Rührung die Tränen. Obwohl Shawn lächelte, blieben seine Augen ernst und dunkel, während er Claire den Ring an den Finger steckte und sie es ihm gleichtat. Stella erahnte, wie Claire unter dem Schleier errötete, der alsbald von Shawn gehoben wurde.

Als der frischgebackene Ehemann seine Braut vorsichtig auf den Mund küsste, setzte die Musik erneut ein. Dann sprach der Priester seinen Segen.

Stella spürte, wie sich ihre Freude mit Bedauern mischte, und ihr wurde schwer ums Herz. Sie versuchte ihre Empfindungen zu ignorieren. Claire hatte es so gut getroffen, dass sie sich für die beiden freuen und auf Gottes Führung vertrauen sollte.

Unter dem Jubel der Festgäste schritt das Paar zur Tür. Als sie aufgestoßen wurde, blies der eisige Wind herein. Die Frauen drückten hastig ihre Hüte auf den Kopf und banden sie fest. Zwei kleine Mädchen in bauschigen Kleidern entschlossen sich, ihre Blumen lieber in der Kirche zu streuen, statt sie Tierra del Fuegos stürmischen Geistern zu überlassen, was zu einigen Lachern führte.

Shawn hatte Claire eine Hand um die Taille gelegt und nahm von seinen Eltern und Verwandten Glückwünsche entgegen. Endlich gelang es auch Stella, sich an den anderen vorbeizudrängen.

»Ich wünsche euch alles Glück der Welt, liebe Schwester. Du bist die schönste Braut, die ich je gesehen habe«, sagte Stella und umarmte Claire ganz fest. Und, etwas zögerlich, an Shawn gewandt: »Ich wünsche euch alles Gute. Werdet glücklich miteinander.«

»Vielen Dank, liebe Schwägerin, das werden wir, bestimmt.« Seine Umarmung war ein wenig steif, aber herzlich. Er vermied, ihr direkt in die Augen zu sehen. Als er Stella links und rechts auf die Wangen küsste, war ihr kurz schwindelig. Dann wurden sie auch schon von weiteren Gratulanten auseinandergedrängt.

Auf einmal ließen kräftige Schläge gegen die offen stehende Kirchentür die Gäste verstummen. Der alte Fergusson bat um Gehör.

»Meine liebe Familie, verehrte Freunde. Ich lade Sie alle zu uns nach Hause ein, wo reichlich Essen, Musik und Tanz auf uns wartet. Wer braucht schon Sonnenschein zum Feiern, wenn mir Gott so eine strahlende Schwiegertochter beschert hat.«

Die Gäste lachten und jubelten ihm zu. Draußen heulte der Wind wie zum Protest, wirbelte Blätter umher und drückte die Bäume nieder. Noch regnete es nicht, doch der aschgraue Himmel versprach nichts Gutes. Stella half Claire in die Kutsche und schlang ihren eigenen Umhang fester um die Schultern. Das schlechte Wetter minderte die ausgelassene Stimmung keineswegs. Fröhlich scherzten Männer und Frauen über den rauen Charakter ihrer neuen Heimat.

Stella setzte sich einem älteren Herrn gegenüber in eine offene Kutsche. Der Mann mit dem weißgrauen Rauschebart lachte, während Stella zitternd ihren Umhang noch enger um sich schlang und versuchte, ihren Hut festzuhalten. Einzelne Seidenblumen waren schon abgerissen.

»Gleich sehe ich aus wie ein gerupftes Huhn«, klagte sie, als sich auch noch die Frisur zu lösen begann.

»Ach ihr jungen Dinger. In Tierra del Fuego beklagt sich niemand über das Wetter. Jeder, der hier länger als ein Jahr verbracht hat, hadert nicht mehr mit Nässe und Wind. Und wir Männer haben nichts dagegen, wenn unsere Frauen ein wenig zerzaust aussehen. Sie sehen ohnehin so aus, nachdem sie in unseren Armen gelegen haben.«

Stella errötete und gab schmunzelnd ihre Rettungsversuche auf.

Nach einem üppigen Essen, bei dem vor allem Schaffleisch in jeder erdenklichen Variation verzehrt worden war, erhob sich Shawn schließlich. Er hielt ein leeres Glas in der Hand und klopfte mit einem kleinen Löffel dagegen. Der helle Klang brachte nach und nach die Gespräche zum Verstummen.

»Liebe Familie, liebe Freunde, liebe Gäste. Ich freue mich, dass ihr meiner Einladung so zahlreich gefolgt seid und nun mit mir dieses wunderbare Ereignis feiert. Ich habe vielen Menschen zu danken. Allen voran meinen Eltern, ohne sie wäre ich heute nicht hier. Ohne ihre jahrzehntelange unermüdliche Arbeit, die sie oft an Grenzen und darüber hinaus geführt hat, gäbe es diese wunderbare Estanzia nicht. Seit sie als junges Paar aus Schottland hergekommen sind, ist viel Zeit vergangen. Wenn ich sie betrachte, so sehe ich zwei zufriedene Menschen, die alles erreicht haben, was sie sich gewünscht haben. Ich hoffe, meine Frau Claire und ich werden in vielen Jahren genauso stolz zurückblicken können. Ich werde alles in meiner Macht Stehende tun, das verspreche ich.« Er sah lächelnd auf Claire hinunter, die seinen Blick scheu erwiderte. »Und meinem Vater verspreche ich, die Estanzia in seinem Sinne weiterzuführen.«

Fergusson prostete seinem Sohn zu. Er war sichtlich stolz.

»Ich habe einem Menschen besonders zu danken, und zwar unserem langjährigen Geschäftspartner Bernard Longacre. Er hat mich davon überzeugt, dass er für mich eine passende Frau finden würde, und er hat recht behalten. Danke Bernard, willkommen in unserer Familie!«

Stella, die direkt neben ihrem Onkel saß, sah ihn mit tiefer Genugtuung lächeln, dann hob er sein Glas.

»Ich wünsche euch alles Glück dieser Erde und Erfolg für die Zukunft.«

»Señor Longacre will dich nur daran erinnern, mit wem du deine Geschäfte zu machen hast!«, rief jemand dazwischen. Die Anwesenden lachten. Am lautesten lachte ihr Onkel. »Und? Was ist so falsch daran?«, rief er in die Runde. Stella verzog keine Miene.

»Nichts, Señor, was muss ich tun, um auch so eine schöne Frau zu bekommen?«, erwiderte ein hagerer Alter, dem schon einige Zähne fehlten. Stella schauderte. Das Fest nahm eine unangenehme Wendung. Natürlich ahnte jeder, wie diese Verbindung zustande gekommen war, aber musste man es quer über den Esstisch rufen, während der Bräutigam seine Rede hielt?

Claire wirkte, als sei sie auf ihrem Stuhl festgefroren. Sie sah auf den leeren Teller vor sich und schien zu hoffen, dass alles schnell vorbeiging.

Die Gäste waren wieder lauter geworden, und Shawn klopfte erneut gegen sein Glas.

»Ich denke, es ist genug gesagt worden. Wer noch immer nicht satt ist, der sollte sich beeilen. Denn nun wird getanzt!«

Jubelrufe antworteten ihm.

»Ich möchte alle bitten, mitzuhelfen, dann geht es schneller. Ich danke euch! Auf meine Gäste!«

Er hob sein Glas, Trinksprüche wurden ihm entgegengerufen. Auch Stella prostete ihm und Claire zu, die sich langsam aus ihrer Erstarrung löste.

Augenblicke später brach ein wildes Durcheinander aus. Lachend und scherzend halfen die Gäste mit, den Salon des Anwesens in einen Tanzsaal zu verwandeln. Während die Männer die Tische hinaustrugen, schoben die Frauen die Stühle an den Rand. Nun war mehr als genug Platz zum Tanzen. Das Orchester wies die kurioseste Besetzung auf, die Stella je gesehen hatte. Zwei Geigen, ein Violoncello, eine Flöte und ein Dudelsackspieler gaben mal klassische Tänze, mal ausgelassene ländliche Weisen zum Besten.

Nachdem Claire und Shawn den Eröffnungswalzer getanzt hatten, gab es unter den Gästen kein Halten mehr. Auch Stella tanzte. Zuerst mit ihrem Onkel, der sie mit Riesenschritten umherschob und laut über das Glück schwadronierte, bis sie ihm endlich entkommen konnte. Doch an ihrem Platz in der Nähe des Fensters blieb sie nicht lange unentdeckt. Ein junger Mann kam auf sie zu und bat sie so artig um einen Tanz, dass sie nicht ablehnen konnte. Sicherlich war der Abend schneller vorbei, wenn sie versuchte, sich zu amüsieren, statt Claire und ihren Angetrauten zu beobachten und gegen besseres Wissen auf einen Blick von ihm zu hoffen.

Stellas Tanzpartner hieß Benjamin Reynosa und war Krämer aus dem Nachbarort Punta Huarez. Sein Gesicht verriet, ebenso wie sein Bauch, mit dem er unfreiwillig immer wieder gegen Stella stieß, dass sein Geschäft ihm einen gewissen Wohlstand bescherte.

»Ich habe schon so viel von Ihnen gehört, Señorita Newville. Jeder Mann spricht nur noch von den Schwestern aus Buenos Aires und ich kann nur sagen, die Leute haben nicht übertrieben.«

Stella sah Reynosa an, doch das zu erwartende Kompliment hatte er scheinbar vor lauter Aufregung vergessen, und seine Worte konnten alles bedeuten. Das Lied endete, und ehe Stella es sich versah, fand sie sich in den Armen eines anderen Mannes wieder.

Zavier Apida war dunkel, groß und breitschultrig und ein fabelhafter Tänzer. Der Vorarbeiter der Fergussons, Chef über alle Gauchos und Hilfsarbeiter, war als Macho und Charmeur verrufen. Sogar Stella hatte schon gehört, wie Frauen von seinen Eskapaden mit Mägden und Witwen berichteten. Auch Stella konnte sich seinen Schmeicheleien nur schwer entziehen.

»Sie tanzen sehr gut, Señorita«, sagte er. »Eigentlich mache ich mir nicht viel aus derartigen Festen, doch der Blick in Ihre Augen … Ganz gleich, wie langweilig der Abend wird, dafür hat sich mein Kommen schon gelohnt.«

»Danke. Sie schmeicheln mir.«

»Und das mit dem größten Vergnügen. Die Gegenwart einer Frau wie Sie lässt das Herz jedes anständigen Mannes höher schlagen.«

Stella lächelte und verkniff sich die Frage, ob Zavier Apida der Gattung eines *anständigen* Mannes angehörte. Er war wohl eher ein Casanova.

»Ich begleite Sie gerne einmal auf einem Ausritt«, erbot er sich. »Leider herrscht derzeit Hochbetrieb, wie Sie sicherlich bemerkt haben.«

»Natürlich. Ich komme vielleicht auf Ihr Angebot zurück, vorher muss ich allerdings mit meinem Schwager sprechen.«

Apida sah kurz enttäuscht drein, dann nickte er.

»Selbstverständlich. Es wäre mir eine Ehre.«

Er konnte sie überzeugen, noch ein zweites und drittes Mal mit ihm zu tanzen. Die Konversation mit dem gut aussehenden Vorarbeiter plätscherte so dahin, war unterhaltsam und bedeutungslos. Eine gute Methode, sich abzulenken und zugleich von den Versuchen ernsthaft bemühter Freier verschont zu bleiben. Zumindest für eine Weile.

»Aller guten Dinge sind drei und nicht vier, Señor Apida«, ermahnte Stella ihn schließlich, als er nach dem dritten Lied weiterhin ihre Taille umfasst hielt. Er lachte, drückte ihr einen Kuss auf die Hand und entließ sie. Was in diesem Moment in seinem Kopf vorging, wollte Stella nicht wissen. Seine unheimlichen Glutaugen sprachen Bände. Er geleitete sie an ihren Platz und nötigte sie zu einer letzten Drehung, bis sie vor einem schüchternen blonden Mann zum Stehen kam. Um dem Vorarbeiter zu entkommen, der sich womöglich noch unterhalten wollte, zog sie den Fremden kurzerhand auf die Tanzfläche.

Apida trollte sich und kniff im Vorbeigehen einer Magd in den Hintern, dass sie vor Schreck beinahe ihr Tablett fallen gelassen hätte.

Während das Orchester einen langsamen Walzer anstimmte, entschuldigte sich Stella.

»Es tut mir leid, ich weiß, ich habe Sie überrumpelt und vermutlich gegen so ziemlich jede Regel von Sitte und Anstand verstoßen.«

»Nicht schlimm«, murmelte ihr Gegenüber und legte ihr vorsichtig die Hand auf die Hüfte. »Ich … ich tanze nur eigentlich nicht. Ich fürchte, ich bin schrecklich ungeschickt.«

»Keine Sorge, es ist ganz einfach, und hier in dem Durcheinander bemerkt uns sowieso niemand.« Unauffällig übernahm Stella die Führung und beging so einen weiteren Fauxpas. Als sie den milchgesichtigen Manuel Kramer schließlich wieder an seinen Platz begleitete, taten ihre Zehen höllisch weh. Wie oft er ihr in der kurzen Zeit auf die Füße getreten war, wusste sie nicht. So musste sich Schneewittchens böse Stiefmutter beim Tanz mit den glühenden Pantoffeln gefühlt haben. Doch es war keine Gelegenheit auszuruhen, denn genau in diesem Augenblick erschien der alte Fergusson an ihrer Seite. Ausgelassen und nach Wein riechend bat er um einen Tanz, den sie Claire zuliebe nicht ablehnen konnte.

»Wie gefällt Ihnen das Fest?«, rief er ihr viel zu laut zu. »Jetzt wird es erst richtig lustig!«

Ehe Stella etwas erwidern konnte, begann das Orchester eine Polka zu spielen. Einige Männer jubelten, Hüte flogen in die Luft und die Frauen kreischten, als sie auf die Tanzfläche gezogen wurden. Vorbei war es nun mit Walzern und braven Kreistänzen. Als wäre sie ihres eigenen Willens beraubt, jagte Stella über den glatten Holzboden des Salons. Eine Weile genoss sie den wilden Tanz, der ihr keine Zeit zum Nachdenken gab. Dann ließen ihre Kräfte nach. Einige Mazurkas und Quadrillen später entließ sie ihr gut gelaunter Gastgeber und stürzte sich gleich darauf mit einer anderen jungen Frau ins Gewühl.

Stellas Wangen glühten, ihr Herz raste, und sie glaubte, in dem eng geschnürten Mieder zu ersticken. Atemlos griff sie nach einem Glas Limonade, das ihr von einem Hausmädchen gereicht wurde. Der Kopf schwirrte ihr von all den Gesprächen und vielen neuen Namen, die sie sich merken musste. Und schon wieder fühlte sie aufmerksame Blicke auf sich ruhen, prosteten ihr junge Galane zu. Es schien, als wollte jeder ledige Mann der Region mit ihr tanzen, doch deren Komplimente flogen nur so an ihr vorbei. Sie waren austauschbar. Keiner konnte es mit Claires Gatten aufnehmen. Es schien, als kenne ihr Herz nur noch ihn, doch warum begriff sie nicht endlich, dass er der einzige Mann war, den sie nicht haben durfte?

Ihre gute Stimmung verflog. Stella stürzte ihr Getränk hinunter, griff nach einem Champagner in einem schlanken Glas und verließ den Salon. Ein kühler Luftstrom versprach Erfrischung, und bald fand sie sich auf der überdachten Terrasse des Anwesens wieder. Es hatte aufgehört zu regnen. Am Firmament funkelten hier und da Sterne zwischen den dahinziehenden Wolken hervor. Eigentlich war es eine schöne Nacht. Und sie sollte sich für ihre Schwester freuen. Stella legte den Kopf in den Nacken und atmete tief durch. Viel zu schnell trank sie ihren Champagner, und als das Hausmädchen mit einem Tablett erschien, tauschte sie das leere Glas gegen ein volles.

Im Hof feierten die Angestellten, Gauchos und Saisonarbeiter an einfachen Holztischen, die wohl nach dem Ende des Regens wieder aus den Scheunen getragen worden waren. Noch immer garten die Reste von drei jungen Schafen über offenen Feuern. Der Großteil war jedoch längst in den Mägen der Feiernden verschwunden. Über dieses Fest würde man noch lange reden.

Stella wurden die fröhlichen Menschen, ihr Lachen und

die Musik plötzlich zu viel. Sie stellte das Glas ab und eilte, beschwingt vom Champagner, in den Hof und weiter ins angrenzende Stallgebäude, wo die Pferde der Fergussons untergebracht waren. Der warme Geruch der Tiere, vermischt mit dem würzigen Heuduft, war wie Balsam für ihre aufgewühlten Gefühle. Stella blieb bei einem Wallach stehen und streichelte dem gutmütigen Tier über den breiten Kopf. Ihre Stute Guera war wie die meisten Pferde auf der Weide, um für die Tiere der Gäste Platz zu schaffen.

Die Musik und das ausgelassene Treiben der Menschen im Hof war weit weg. Nur das leise Schnauben der Pferde, das raschelnde Stroh und die mahlenden Kiefer waren zu hören.

Doch nein. Stella horchte auf. Sie war nicht allein. Jemand anderes hatte auch die Abgeschiedenheit gesucht. Ein Liebespaar vielleicht?

Ohne es zu wollen, lauschte sie. Es war weder Englisch noch Spanisch oder Kroatisch, sondern die Sprache der Eingeborenen. Seltsam exotisch und mit Klicklauten durchsetzt. Zwei Männer unterhielten sich.

Stella trat näher und sah Navarino an einer vergitterten Pferdebox stehen. Der *Yag'han* bemerkte sie. Einen Moment lang sah er sie an, dann winkte er sie zu sich. Eindringlich redete er auf sein Gegenüber ein, und Stella sah, mit wem er sprach. Es war der indianische Viehdieb.

»Señorita Newville, das ist Naviol«, sagte der ehemalige Führer, als trennten sie keine Gitterstäbe von dem Fremden, der sie mit aufgerissenen Augen anstarrte. »Bislang hat sich noch keine Frau hierherverirrt, entschuldigen Sie daher seine Unhöflichkeit.«

»Ist … ist schon in Ordnung«, stotterte Stella überrascht und entsetzt zugleich.

Der Wilde war von den Gitterstäben zurückgetreten und drückte sich an die Wand. Bis auf einen schmalen Schurz war er noch immer nackt. Die westliche Kleidung, die man ihm gebracht hatte, lag überall im Stroh verteilt. Er war sehr abgemagert. Alles an ihm, der Blick, die Körperhaltung, selbst sein Schweigen spiegelten seine schreckliche Angst wider, die die fremde Umgebung auf ihn ausübte.

»Wie lange wollen sie ihn noch einsperren?«

»Das weiß ich nicht, Señorita. Ich habe versucht, mit den Herrschaften zu sprechen, aber sie hören mich nicht an. Wenn sie ihn für immer einsperren wollen … Sie hätten ihn besser erschießen sollen.«

»Wie kannst du so etwas sagen, Navarino!«, fuhr sie ihn an.

»Das würde ich mir an seiner Stelle wünschen. Er wird ohnehin sterben, wenn er noch länger hier bleibt.«

Stella sah ihn ungläubig an. Er meinte es ernst. Ihr Entschluss war gefallen.

»Ich verspreche dir, ich rede mit Señor Fergusson, gleich morgen.«

Navarino nickte.

»Es ist ein Glück, dass ein Schiff Sie und ihre Schwester in dieses Land gebracht hat.«

»Setz nicht allzu viel Hoffnung in mich, Navarino, die Stimme einer Frau hat nicht viel Gewicht.«

Damit drehte sie sich um und ging.

Kapitel 7

Stella hielt ihr Versprechen. Doch erst zwei Tage nach der Hochzeit fand sich eine Gelegenheit, allein mit ihrem Schwager zu sprechen. Eigentlich hatte Stella zuerst mit Claire über den eingesperrten Indianer reden wollen, doch ihre Schwester hatte sich in ihre neuen Gemächer zurückgezogen und darum gebeten, erst einmal in Ruhe gelassen zu werden.

Hatte die Hochzeitsnacht sie derart mitgenommen? Stella stellte sich Shawn Fergusson als rücksichtsvollen Liebhaber vor. Nein, wahrscheinlich brauchte ihre sensible Schwester ein wenig Zeit, um sich an die neue Situation zu gewöhnen.

All das ging ihr durch den Kopf, als sie das Studierzimmer betrat. Auf ihr leises Klopfen hin hatte Fergusson sie hereingebeten. Sogleich weckte seine wohlklingende Stimme eine Fülle von Gefühlen in ihr. Stella glaubte, ihr Herz würde zerspringen, als sie vor den schweren Eichentisch trat, an dem ihr Schwager seine Papiere durchging.

Als er sie sah, lächelte er und legte seinen Füller zur Seite.

»Meine liebe Stella. Was für eine schöne Überraschung.«

Er nahm ihre rechte Hand und drückte sie sanft. »Womit kann ich dir dienen? Ist etwas mit Claire? Sollst du mich zu ihr bringen?«

Für einen Moment brachte Stella keinen Ton heraus. Warum kam er ihr so nahe? Sie schüttelte den Kopf, wich seinem Blick aus und räusperte sich.

»Nein, nein, meine Schwester weiß nicht, dass ich hier bin.« Oh Gott, wie das klang! »Ich … ich meine …«

Shawn lachte auf.

»Entschuldige, ich mache dich nervös, das wollte ich nicht.« Flüchtig fuhr sein Zeigefinger über ihre Wange. So schnell, dass Stella sich nicht sicher war, ob er sie überhaupt berührt hatte. Und doch hinterließ seine Berührung ein Prickeln auf ihrer Haut. Schon seit ihrer ersten Begegnung hatte sich ein seltsames Band zwischen ihnen gesponnen. Sie wusste, dass er sie gerne noch einmal berührt hätte, und fühlte, wie die Hitze ihr in die Wangen stieg. Nein, das durfte nicht sein. Was tat sie hier nur?

»Es geht mir genauso, Stella, aber ...«

»Ich bin gekommen, um über den Gefangenen zu sprechen«, brachte sie hervor und trat einen Schritt zurück. Sie stieß mit dem Rücken gegen ein Bücherregal.

Shawn hob überrascht die Augenbrauen.

»Der Wilde? Ich kann mir kaum vorstellen, dass er Schereien macht.«

Nun war Stella wieder ganz in ihrem Element. Ihr Zorn gab ihr die nötige Kraft, sich von Shawns Anziehungskraft zu befreien.

»Schereien? Nein, wie auch. Er wird sterben, wenn du ihn noch viel länger einsperrst.«

»Stella, was hätte ich denn machen sollen? Die anderen Farmer haben weit schlimmere Methoden. Ich töte keinen Menschen, auch keinen Wilden, nur für ein paar Schafe!«

»Für ihn ist Gefangenschaft noch schlimmer, als tot zu sein, sagt Navarino.«

»Navarino?«

»Der *Yag'han*-Führer, der uns hergebracht hat. Er arbeitet jetzt für dich.«

»Ach ja, der.« Seine Stimme wurde merklich härter. »Für

eine Frau pflegst du einen seltsamen Umgang. Gauchos und Wilde, ich bin mir sicher, deine Eltern würden das nicht gutheißen.«

»Meine Eltern sind aber nicht hier!«, entgegnete Stella zornig und fragte sich, warum sie ausgerechnet jetzt mit Shawn streiten musste. »Dieser Mann versteht doch gar nicht, dass er Unrecht getan hat.«

»Und du weißt, wie diese Wilden denken? Du bist doch kaum vier Wochen in Tierra del Fuego. Die paar Indios, die dir im Hafen und auf den Estanzias begegnet sind, haben so gut wie nichts mehr mit dem halb nackten Jäger im Pferdestall gemein. Sie denken nicht wie wir, sie verstehen nichts!« Aufgebracht fuhr Shawn sich durch die Haare.

»Du hast recht, ich habe keine Ahnung, wovon ich rede, und es ist sicherlich anmaßend für eine Frau in meiner Position, so etwas zu verlangen, aber siehst du nicht, wie viel Angst dieser Mann hat? Er hat nur ein paar Schafe getötet. Diese sogenannten Jäger Parkland und Morales haben auf dem Ritt hierher ein Wettschießen auf Guanakos veranstaltet. Sie haben Dutzende der schönen Tiere abgeknallt und die Kadaver einfach liegen lassen für Geier und Füchse. Sicher gab es Indios, die diese Tiere zum Überleben brauchten. Niemand hat die Männer verurteilt. Wie sollen die Wilden verstehen, dass sie keine Schafe erbeuten dürfen, um sie zu essen, wenn wir so mit ihren Tieren umgehen!?«

Stella hatte nicht gemerkt, wie sich ihre Hand um das kleine Elfenbeinamulett geschlossen hatte. Es war warm von ihrer Haut, die Berührung beruhigte sie und ließ sie klarer denken. Shawn ging vor ihr auf und ab.

»Ich weiß, ich weiß. Aber glaub mir, ich hatte in den letzten Wochen andere Sorgen.«

Ja, meine Schwester zu heiraten, dachte Stella traurig. »Glaubst du nicht, er war lange genug eingesperrt?«

»Womöglich. Wenn die Wilden dir wirklich so sehr am Herzen liegen, dann sag mir, was ich mit ihm machen soll, Stella. Entscheide du, denn ich weiß es nicht.«

Sie sollte entscheiden? Ihn einfach wieder gehen zu lassen, kam für Shawn wohl nicht infrage, aber auf immer einsperren?

»Er wird es wieder tun«, seufzte Shawn, ehe sie zu einem Entschluss gekommen war, »sobald ich ihn freilasse. Er versteht nicht, dass die Schafe kein Wild sind, sondern jemandem gehören.«

»Dann müssen wir dafür sorgen, dass er es versteht. Diese Leute sind nicht dumm. Man kann sie zivilisieren, sie können unsere Lebensweise annehmen, davon bin ich überzeugt. Navarino arbeitet auch mit den Scherern zusammen, warum sollte dein Gefangener es nicht lernen? Und irgendwann kann er seinen Verwandten davon erzählen. Niemand hätte mehr einen Grund, die Indios zu töten ...« Aufgeregt ging Stella auf und ab, bis Shawn ihr den Weg vertrat. Sein amüsiertes Lächeln raubte ihr den Atem.

»Gut.«

»Wirklich?«

»Ich verspreche es dir. Wir werden versuchen, aus diesem Dieb einen zivilisierten Menschen zu machen. Vielleicht behältst du mich dann in guter Erinnerung, wenn ihr zurück in Punta Arenas seid.«

Stellas Freude verwandelte sich schlagartig in Panik. Natürlich hatte sie gewusst, dass die Abreise ihres Onkels kurz bevorstand. Er durfte sein Geschäft nicht länger vernachlässigen. Aber sie? Konnte sie nicht bei den Fergussons bleiben? Ihr graute vor der Vorstellung, tagaus, taugein allein die Zeit auf

Longacres Anwesen totschlagen zu müssen, mit keiner anderen Gesellschaft als der Köchin und der Hausangestellten. Auf ihren Onkel zählte sie nicht mehr, denn seit der Jagd auf die Guanakos hatte er es sich bei Stella verdorben. Es wäre wie in Buenos Aires. Eingesperrt in einem Käfig, nur diesmal ohne Familie und Freunde.

»Dein Onkel will in zwei Tagen aufbrechen, wusstest du das nicht?«

»Doch«, antwortete Stella und nickte. Ja, natürlich hatte sie es gewusst, aber mit aller Macht verdrängt. Kurz bekam sie weiche Knie, dann fing sie sich wieder. Plötzlich stand Shawn dicht vor ihr und sah sie aus seinen grünen Augen an. Sein Atem strich warm über ihre Haut. Er roch so gut.

»Ich möchte auch nicht, dass du gehst«, sagte er weich. »Ich wünschte …« Was? Dass er sie hätte heiraten können statt die prüde Claire? Er war ein Mann, man hätte ihm diese Entscheidung verziehen, oder etwa nicht? Und wann war sie selbst so egoistisch geworden? Sie hatte Claire doch ein Versprechen gegeben!

Stella wusste, dass sie gehen sollte. Die Freilassung des Wilden hatte sie durchgesetzt. Was tat sie hier?

Shawn war so unwiderstehlich. Aber es durfte nicht sein. Trotzdem wollte sie nicht gehen, wollte nicht diejenige sein, die die unvermeidliche Distanz zwischen ihnen schuf.

Auch Shawn wich nicht zurück, und so standen sie eine Weile voreinander, während sich ihr Atem mischte und ihre Herzen immer schneller schlugen.

Stella schloss die Augen, weil sie ihn nicht länger ansehen konnte, ohne dem Blick Berührungen folgen zu lassen. Der Boden knarrte leise, als Shawn schließlich auf sie zutrat, um sie zu küssen. Seine Hand schloss sich um ihren Hinterkopf.

Ausgerechnet jetzt dachte sie wieder an Claire. Sie hatten einander versprochen, immer zusammenzuhalten.

Weich streiften seine Lippen die ihren, als sie ihn mit beiden Händen fortstieß und verzweifelt aus dem Zimmer floh.

Naviol strich dem Pferd über die weichen Nüstern. Mit der Zeit war die Angst vor den riesigen Tieren geschwunden. Die Stute neben ihm war zu einer Freundin geworden. Sie beobachtete ihn, drückte Kopf und Flanke gegen die Gitterstäbe, damit er sie kraulte, und ihre Reaktionen verrieten, wenn jemand das Gebäude betrat. Jetzt warnte ihn ihr leises Schnauben, und Naviol wich in den hintersten Winkel seines Gefängnisses zurück. Auch er hörte Schritte.

Der Mann trug schwere Stiefel.

Die Stute nickte erwartungsvoll, drehte sich einmal unruhig um sich selbst und schnaubte laut. Kein Zweifel, es war der Mann mit dem unheimlichen roten Geisterhaar und den grünen Augen. Fergusson. Er hatte Macht über Naviol und auch über alle anderen Menschen und Tiere, die hier lebten. Er war übermächtig, ein schier unbesiegbarer Gegner.

Am liebsten hätte Naviol sich noch kleiner gemacht, doch seine Feigheit ärgerte ihn mit jedem Tag mehr, und so schob er sich mit dem Rücken an der Wand hoch und blickte den Mann mutig an.

Fergusson blieb am Gitter stehen und sah zu Naviol hinein. Sein Blick wanderte verächtlich über das dreckige Stroh und die Schüsseln mit Nahrung, von der Naviol kaum etwas angerührt hatte. Dann unterzog er seinen Gefangenen einer ebenso gründlichen Musterung.

Naviol fragte sich, was die *Selk'nam* verbrochen hatten, dass die Götter sie mit diesen Wesen straften, die in ihr Land eingedrungen waren und einfach nahmen, was seit jeher ihnen gehört hatte. Es waren keine guten Gedanken, die die Götter gnädig und hilfsbereit stimmten. *Temaukél* würde ihm nicht beistehen, wenn er weiterhin so an ihm und seinen Anverwandten zweifelte. Doch der Zweifel fraß sich wie ein Wurm immer weiter durch seinen Körper, je länger er hier lebendig begraben war.

Was wollte Fergusson von ihm? So lange war kein Weißer bisher vor seinem Gefängnis stehen geblieben, selbst nicht, wenn sie ihm Essen brachten oder den Eimer mit Exkrementen entleerten.

Fergusson wandte sich ab und streichelte sein Pferd. Die Stute mochte ihren Herrn, daran bestand kein Zweifel. Dieser schien auf etwas zu warten. Naviol entspannte sich ein wenig, als er hörte, wie noch jemand den Stall betrat. Fergusson fuhr herum und sagte etwas. Der Indio hörte nur einen Namen heraus: Navarino, der *Yag'han,* der wie ein Weißer lebte und als Einziger Naviols Sprache verstand.

Etwas würde geschehen, wurde Naviol plötzlich klar, heute war ein besonderer Tag. Temaukél, *sieh jetzt zu mir herab und sieh mich freundlich an,* bat er.

Die Männer unterhielten sich kurz. Navarino wirkte erfreut und behandelte Fergusson mit größtem Respekt. Gemeinsam traten sie an die Gitterstäbe.

»Naviol, mein Bruder, komm näher, Señor Fergusson möchte mit dir reden, ich werde übersetzen.«

Unsicher folgte er der Bitte. Bislang hatte ihm der *Yag'han* noch keinen Grund gegeben, ihm zu misstrauen, und schlussendlich trennten sie noch die Gitter. So nah war er Fergusson nicht mehr gekommen, seitdem der ihn gefangen genommen hatte. Den Weißen umwehte ein frischer, fast beißender Geruch, als hätte er sich mit einem Kraut eingerieben. Naviol rümpfte die Nase.

»Señor Fergusson möchte dir einen Vorschlag machen«, begann Navarino und erklärte, dass Naviol fortan wieder frei sein sollte, aber frei wie ein Hund, der nie weit von seinem Herrn davonlief, selbst wenn er ihn fürchtete. Von Schuld war die Rede und dass sie nicht abgegolten sei.

Nach Auffassung des Mannes mit dem Feuerhaar reichte die Zeit, die Naviol hier eingesperrt war, als Wiedergutmachung für die Schafe nicht aus.

»Du wirst gemeinsam mit mir für ihn arbeiten«, sagte Navarino.

Naviol sah ihn verständnislos an.

»Hast du ihm denn auch Schafe gestohlen?«

Der *Yag'han* grinste und wurde sofort wieder ernst, weil er wohl wusste, wie schlimm Naviols Lage war.

»Die Welt dieser Leute ist ganz anders als unsere. Ihre Sitten sind dir so fremd wie einer Robbe das Fliegen. Ich lebe nach ihrer Art, meistens. Mit Señor Fergusson habe ich einen Tauschhandel vereinbart. Ich arbeite für ihn und er gibt mir Münzen dafür.«

»Münzen?«

»Etwas, was ich gegen andere Dinge wie zum Beispiel Feuerstein eintauschen kann.«

Naviol wusste nichts von Münzen, sie bedeuteten ihm nichts, aber frei sein, das bedeutete alles. Ohne sie flog die Seele davon und kehrte nicht wieder.

Naviol war verzweifelt. Er versuchte zu erklären, dass er Familie hatte, dass Menschen auf ihn angewiesen waren und sonst verhungerten. Bald wurde es Winter, und dann würden viele aus seiner Sippe ohne ihn sterben.

Bangen Herzens wartete Naviol ab, bis Navarino seine Worte für Fergusson übersetzt hatte. Dieser rieb sich nachdenklich über das Kinn und antwortete.

»Er sagt, wenn du gut arbeitest und machst, was man dir aufträgt, kannst du noch vor Einbruch des Winters nach Hause zurückkehren. Und vielleicht müsst ihr in Zukunft gar nicht mehr hungern, wenn ihr eure Lebensweise ändert.«

Naviol beobachtete den Weißen genau, während Navarino dessen Worte übersetzte, und er schien die Wahrheit zu sagen, denn aus Fergussons Augen sprachen weder Feigheit noch Arglist.

Und so wurde ein seltsamer Pakt geschlossen. Naviol schwor bei seinen Göttern *Temaukél* und *Kenos* und den Geistern, die alles sahen, dass er nicht weglaufen und alles tun würde, was Fergusson verlangte, während dieser bei seinem eigenen Gott schwor, Naviol gut zu behandeln und ihn, wenn er fleißig war, noch vor dem Winter ziehen zu lassen.

Naviol konnte es nicht glauben, als sich die Tür seines Gefängnisses tatsächlich öffnete. Mit einem wilden Aufschrei stürzte er hinaus in den Hof, wo die Arbeiter und Frauen sich erschrocken umdrehten, und rannte weiter. Der Wind empfing ihn wie einen lang vermissten Freund.

Naviol sog die frische Luft tief in seine Lungen, endlich Gras und Salz und der Harzduft der Bäume! Er sprang über ein Gatter und lief durch hüfthohes Bartgras, rannte und rannte, während die Schreie hinter ihm immer leiser wurden.

Bald brannte seine Lunge und die Erschöpfung biss ihm in die Seiten. Keuchend blieb er stehen. Es war, als zerrten die Geister an ihm, denen er sein Versprechen gegeben hatte. Mit hängenden Schultern wandte sich Naviol um.

Langsam ging er zurück.

Navarino kam ihm entgegen, während ein Weißer Lasso schwingend auf ihn zugaloppierte. Doch er wurde von Fergusson mit einem Pfiff zurückgerufen. Sie hatten gedacht, er sei geflohen. Doch nein ... Das Ehrenwort eines *Selk'nam* bedeutete, dass er sein Leben in die Hände eines anderen gelegt hatte. Wer es brach, musste damit rechnen, dass sein Handelspartner einen Schamanen beauftragte, um den Eidbrüchigen und oft seine ganze Sippe mit Krankheit und Tod zu strafen. Er wusste zwar nicht, ob die Fremden auch einen *Xo'on* hatten, aber er würde nichts riskieren. Ein Versprechen war ein Versprechen, und Naviol würde das seine halten.

Er hörte kaum zu, als Navarino ihn an der Schulter fasste und keuchend auf ihn einredete.

»Hast du den Verstand verloren? Das darfst du nie wieder tun, hörst du, sie hätten dich erschießen können.«

»Ja, ja, ich höre dich.«

»Ich bin nun verantwortlich für dich, Naviol, nur deshalb haben sie dich rausgelassen. Ich habe versprochen, über dich zu wachen wie ein Vater oder ein großer Bruder.«

Also folge ich dir wie ein Hund, dachte Naviol und war dem anderen trotzdem nicht böse. Besser Navarino als Fergusson, denn so konnte ihm der *Yag'han* erklären, wie es in dieser neuen, fremden Welt zuging.

Als sie den Hof erreichten, taten die Arbeiter so, als sei nichts Außergewöhnliches vorgefallen.

»Du wirst dich kleiden müssen wie sie«, sagte Navarino

knapp. »Sie wollen nicht, dass ihre Frauen nackte fremde Männer sehen. Ihr Gott mag es auch nicht.«

»Ich glaube nicht, dass es den Geistern gefällt, wenn ich so aussehe wie die Fremden.«

»Das ist ihnen gleich, Naviol, ihre Köpfe sind so eng, dass sie sich nicht vorstellen können, dass es außer ihrem Gott noch andere Götter gibt.«

Sie holten die Kleidungsstücke aus dem Stall, der so lange Naviols Gefängnis gewesen war. Als Nächstes sollte er sich waschen. Es kam ihm vor wie eine Beleidigung, als er neben Navarino zum See ging und der ihn an eine Stelle führte, wo dichte Büsche ihn vor den Augen Fremder schützten.

Das Wasser war eiskalt, doch Naviol wollte vor seinem Bewacher keine Schwäche zeigen und tat genau, was er sagte. Mit einem grauen, scharf riechenden Klumpen wusch er sich am ganzen Körper. Schaum bildete sich, ein weißer Film klebte auf seiner Haut. Würde er jetzt bleich werden wie die weißen Menschen?

Navarino gab ihm ein hölzernes Ding mit komischen Borsten. Damit rieb er sich ab, bis der Schaum verschwand und seine Haut brannte wie nach zahllosen Insektenbissen. Die neue Kleidung kratzte fürchterlich und er hätte sie sich am liebsten sofort wieder vom Leib gerissen.

Navarino zeigte ihm, wie man die knielange Hose schließen musste, damit sie nicht zu Boden fiel. Bisher hatte Naviol immer seinen Schurz und den schönen Umhang aus Guanakofell getragen, an dem seine Frau viele Tage genäht hatte. Den Umhang durfte er behalten. Es war das Einzige, was ihn noch mit seinem alten Leben verband, und bedeutete ihm daher umso mehr.

»Wir werden heute Zäune bauen«, sagte Navarino auf dem

Rückweg, »ich werde dir zeigen, was du machen musst, und dir die Worte der Weißen beibringen. Wir müssen lernen zu reden wie sie, denn sie sind zu dumm, um eine andere Sprache zu sprechen als ihre eigene. Aber erst einmal essen wir!«

Drei Tage lang hatte Stella Claire gemieden, was nicht schwer war, denn sie verkroch sich immer noch in ihrem Zimmer oder ging ihrer Schwiegermutter zur Hand, die sich scheinbar vorgenommen hatte, ihr den Ablauf der gesamten Hauswirtschaft innerhalb weniger Tage zu erklären.

Ihre Schuldgefühle, so glaubte Stella, konnte ihr jeder ansehen. Seit dem verbotenen Kuss in der Bibliothek ging sie wie auf Wolken und zugleich setzte ihr dieser Fehltritt schwer zu.

Der Tag, an dem sie angeblich abreisen sollte, war ereignislos verstrichen. Als sie von einer Hausangestellten gebeten wurde, sich mit ihrer Schwester im Salon einzufinden, hoffte sie auf gute Neuigkeiten.

Im Flur traf sie auf Claire und musste sich zusammennehmen, um so zu tun, als sei nichts Unrechtes geschehen. Mit einem gezwungenen Lächeln küsste sie sie auf die Wange. Claire wirkte im ersten Moment distanziert, doch plötzlich legte sie den Arm um Stella und drückte sie kurz an sich. »Weißt du, worum es geht?«

»Ich ahne es. Onkel will abreisen.«

Claire nickte.

»Ja, ich weiß, seine Geschäfte dulden nicht, dass er noch länger bleibt.«

»Ich soll mit zurück nach Punta Arenas.«

Abrupt blieb Claire am Treppenabsatz stehen.

»Nein, auf keinen Fall, das lasse ich nicht zu. Ich will hier nicht allein zurückbleiben.«

Stella wusste nicht, was sie antworten sollte. Sie wollte auch nicht weg, doch ihre Vernunft riet ihr etwas anderes. Sie sollte sich lieber von Shawn und Claire fernhalten, damit sie miteinander glücklich wurden. Natürlich würde ihr die Trennung sehr schwerfallen, aber es wäre besser so. Sie konnte sie ja ab und zu besuchen.

Wahrscheinlich würden Stellas Gefühle für ihren Schwager allmählich abflauen, und sie könnten einen normalen Umgang miteinander pflegen. Und doch sträubte sich alles in ihr dagegen, ihn nicht mehr jeden Tag sehen zu können.

»Ich werde mit Shawn reden«, sagte Claire energisch. »Er muss Onkel Longacre umstimmen!«

Stella schwieg, und ihre Schwester zog sie weiter mit sich die Treppe hinab in den Salon, wo die beiden Männer sie bereits erwarteten.

Shawn Fergusson lehnte sich an ein Bücherregal, während Bernard Longacre in einem Sessel saß, und sich erhob, als sie eintraten. Stella begrüßte ihren Onkel und beobachtete, wie Claire zögernd neben ihren Gemahl trat und er ihr einen Kuss auf die Stirn gab. Es war noch immer eine gewisse Distanz zwischen ihnen zu spüren. Shawn wich Stellas Blick aus. Er fühlte sich nicht wohl in seiner Haut, genau wie sie.

Ich sollte wirklich abreisen, überlegte Stella, sonst mache ich noch alles kaputt. Doch wenn die anderen für sie entschieden? Was dann? Dann war es Schicksal, oder nicht?

Bernard Longacre ergriff zuerst das Wort.

»Ihr wisst, warum wir euch hergerufen haben. Eure Eltern haben mir die Vormundschaft für euch übertragen, bis ihr verheiratet seid. Bei Claire sind es nur wenige Wochen gewesen, aber Stella, du stehst weiterhin unter meiner Obhut. In Punta Arenas wird es dir an nichts fehlen, das weißt du. In ein, zwei Jahren wird der richtige Mann um dich freien, dann ...«

»Nein, nein, bitte, Onkel!«, flehte Claire und ergriff Stellas Hand, während Stella dastand und die Lippen zusammenpresste.

»Auf dem Schiff hierher haben wir uns das Versprechen gegeben, uns nicht zu trennen«, beharrte Claire. »Wir haben doch niemanden.«

»Du hast jetzt mich«, sagte Shawn prompt und seine frisch angetraute Ehefrau errötete beschämt.

Longacre erhob sich seufzend.

»Ich habe mir so etwas schon gedacht. Und wirklich, mein Kontor ist nicht unbedingt der geeignete Ort für eine lebhafte junge Frau wie Stella, aber ich gedenke nicht, meine Pflicht zu vernachlässigen. Punta Arenas ist ein rauer Ort, aber ich verspreche dir, Stella, dass du keine Angst haben musst. Im Notfall stelle ich einen zuverlässigen Mann ein, der dich begleitet, wenn du aus dem Haus gehen willst.« Er lächelte aufmunternd. Doch für Stella bedeuteten seine gut gemeinten Worte genau das Gegenteil. Wieder ein neues Gefängnis. Es verschlug ihr die Sprache.

»Nun schau nicht so entsetzt, du wusstest doch, dass du wieder mit mir zurückfährst«, sagte Longacre entgeistert und stemmte die Hände in die Hüften. »Wie soll ich denn sonst einen passenden Mann für dich finden, hm?«

»Noch hat sie ja Zeit«, sagte Shawn beschwichtigend.

Claire sah ihren Onkel flehend an.

»Sie könnte doch hierbleiben.«

Nachdenklich zog Shawn die Brauen zusammen und sah Stella an.

Er weiß auch, dass es besser ist, wenn ich gehe, dachte sie, während sie mit jeder Faser ihres Körpers das Gegenteil ersehnte.

»Nun, was sagst du dazu, Bernard?«, wandte sich Shawn an den Onkel. »Es würde keine Umstände machen, wenn sie bleibt, und ich könnte mich unter den Estanzieros umhören, vielleicht finden sich sogar passende Kandidaten.«

»Bitte sag Ja«, bat Claire eindringlich, während Stella noch immer kein Wort herausbrachte.

»Na ja, in Punta Arenas gibt es tatsächlich vor allem Schankräume und Matrosen, die nach Monaten auf den Ozeanen nur zwei Dinge wollen: Schnaps und Frauen. Ich müsste um dein Wohlergehen fürchten, Nichte. Hier auf dem Land bei Señor Fergusson ist es sicher. Nur muss er sich bereit erklären, dir hier Unterkunft zu gewähren.«

Stella schluckte und drückte sacht Claires Hand, die den Druck energisch erwiderte.

Nun endlich sah Shawn auch Stella an.

»Du sagst überhaupt nichts, Schwägerin? Möchtest du hierbleiben, bei deiner Schwester? Du bist in der Familie willkommen, und Platz ist hier wahrlich genug.«

»Ich gebe die Vormundschaft natürlich nicht ohne Weiteres ab, aber falls Señor Fergusson einen Mann findet, der den Vorstellungen der Familie entspricht, dann höre ich gerne auf seinen Rat. Nun, Stella?«

In ihr tobten widerstreitende Gefühle. Sie könnte bei Claire und Shawn bleiben. Aber dann würde Shawn einen Ehemann für sie suchen. Dabei war ihr nicht wohl.

»Sag Ja, Stella! Worauf wartest du?«

Sie fühlte sich wie gelähmt. Als stünde sie am Rand eines Abgrundes. Unüberhörbar warnte sie ihre innere Stimme, und wenn sie noch einen letzten Funken gesunden Menschenverstand besaß, würde sie einen Schritt zurück machen, sich nicht dieser Gefahr aussetzen, doch nichts davon zählte.

»Stella?«

Es war falsch, so falsch. In Gedanken nahm sie Anlauf und sprang. Was sie in den Abgrund riss, war Claires verzweifelter Blick. Der stumme Appell, sie nicht allein zu lassen.

»Ja, … dann bleibe ich, gerne«, stotterte sie.

Claire nahm sie in die Arme und Stella ließ es einfach geschehen. Sie war gesprungen, sie stürzte sehenden Auges in ihr Unheil, und doch war da ein Glühen in ihr. Sie spürte Erleichterung, nicht Abschied nehmen zu müssen, und musste lächeln.

Shawn lächelte ihr heimlich hinter Claires Rücken zu. Dann schüttelte er Bernard Longacre die Hand, als hätten sie erfolgreich ein Geschäft abgeschlossen.

Kapitel 8

Der Sturm tobte nun schon einen halben Tag.

In der jämmerlichen Hütte, die die beiden britischen Forscher Constantin Moss und Doktor Holton sich als Notunterkunft gewählt hatten, war es kalt und klamm. Sie hatten das windschiefe Gebäude gerade noch rechtzeitig zwischen wucherndem Sauerdorn und Bartgrasteppichen entdeckt, bevor das Unwetter mit ganzer Macht losbrach.

Der Unterschlupf war Glück im Unglück, wenngleich Wasser ins Innere drang.

Die Vorräte gingen zur Neige, und sie hatten nicht mehr viel Öl für die Lampen und mussten sparsam sein. Da der Professor schlief, verzichtete Constantin ganz auf Licht.

Zwischen den Balken pfiff der Wind hindurch, und durch das löchrige Dach fiel ausreichend Tageslicht, sodass er sich der ganzen Erbärmlichkeit ihres Unterschlupfs bewusst wurde.

Constantin hockte auf seiner Pritsche im Dunkeln, aß die bitteren Beeren der Berberitze, um zumindest irgendetwas im Magen zu haben, und lauschte auf den Regen. Er hätte gerne gelesen oder seine Unterlagen durchgesehen, doch die Gefahr, dass die Papiere noch nasser wurden, wollte er nicht eingehen. Und er hätte mehr Licht gebraucht.

Sich in den Schlaf zu flüchten, gelang ihm nicht mehr, denn schon viel zu lange hatte er auf der harten Pritsche unter klammen Decken gelegen.

Professor Alexander Holton, sein Arbeitgeber und Mentor, schnarchte. Es war ein leises, aber nicht minder energisches Geräusch und passte perfekt zum Charakter des stillen, hageren Entdeckers, mit dem er nun schon fast ein halbes Jahr lang reiste und forschte. Für Constantin war dies der Beginn einer hoffentlich langen, erfolgreichen Karriere als Anthropologe und Botaniker, die ihn noch öfter aus dem heimatlichen London hinaus in die weite Welt treiben würde. Diese Reise, seine erste große, stellte schon jetzt alles in den Schatten, obwohl sie keineswegs glücklich verlaufen war. Doch so war es schon immer gewesen. Das Schicksal liebte es offenbar, Constantin Moss Steine in den Weg zu legen, die er allerdings beharrlich und stur umging oder notfalls darüber hinwegkletterte.

Constantin war als dritter Sohn eines Apothekers geboren worden, keine gute Ausgangssituation für einen Jungen, der mit Neugier und Wissenshunger gesegnet war. Schon mit dreizehn Jahren langweilten ihn die Kräuter- und Arzneikammern des väterlichen Geschäfts und er durchsuchte den Bücherschrank nach immer neuen und komplizierteren Rezepturen. Und dabei war eines von Anfang an klar: Sein ältester Bruder Oliver übernahm später das Geschäft des Vaters. Lennart, der mittlere, wurde zu einem anderen Apotheker in die Lehre geschickt, Constantin hingegen blickte in keine vielversprechende Zukunft. Dennoch tat sein Vater, was er konnte, um ihm eine gute Ausbildung zu ermöglichen und seinen Wissensdrang mit Büchern und Gesprächen zu fördern.

Wie ein Besessener suchte Constantin nach einer Möglichkeit zu studieren, wenn nicht als ordentlich eingeschriebener Student, dann wollte er durch andere Gelegenheiten in den Genuss der ein oder anderen Vorlesung kommen. Schließlich half ihm ein Zufall weiter.

Sein jetziger Mentor Alexander Holton war in die Apotheke gekommen und erkannte ihn als den jungen Mann, der die Hörsäle vorbereitete und den Dozenten die für ihre Experimente benötigten Materialien zusammenstellte.

So kamen sie ins Gespräch und Constantin versprach Holton, ihm die Medizin für dessen erkrankte Frau noch am gleichen Abend persönlich vorbeizubringen. Eine Woche darauf hatte ihn Holton als Assistent eingestellt. Ein weiteres Jahr unermüdlicher Arbeit verging und Holton wurde zu seinem Mentor. Er übernahm die hohen Studiengebühren und Constantin revanchierte sich mit unermüdlichem Fleiß. Beide Männer waren leidenschaftliche Forscher und verbrachten fast jede Nacht über ihren Studien. Naturwissenschaften und Völkerkunde hatten es Constantin besonders angetan.

Holton war ein guter Freund des berühmten Forschers Charles Darwin, dessen revolutionäre Lehren in den Fakultäten zu regen Auseinandersetzungen führten, bei denen mancher Hitzkopf sogar die Fäuste sprechen ließ.

Schon Jahre bevor Darwin sein berühmtes Buch veröffentlichte, hatte sein Mentor und damit auch Constantin Einsicht in Teile seiner Schrift zur Entwicklung der Arten erhalten.

Besonders faszinierten den jungen Mann neben den Forschungsergebnissen die umfangreichen Studienreisen Darwins, vor allem seine beinahe fünf Jahre dauernde Reise um die Welt. Darwins 1839 herausgegebener Reisebericht, der ihn auf einen Schlag bekannt gemacht hatte, war für Constantin wie ein Schatz, der ihm neue Möglichkeiten eröffnete. Er wollte diese fremden Welten mit eigenen Augen sehen. Besonders interessierte ihn Darwins Bericht über die Eingeborenen Feuerlands, für den Forscher die mit Abstand primitivsten Menschen, denen er auf seiner langen Schiffsreise mit der HMS Beagle begegnet war. Constantin hatte sie schnell zum Ziel seiner eigenen Forschung erkoren, und als dann die Gelegenheit kam, seinen Mentor auf einer Reise nach Südamerika zu begleiten, hatte er keinen Moment gezögert.

Freilich verlief alles etwas anders, als er es sich in seiner blühenden Fantasie erträumt hatte.

Von den Indios hatte er bislang kaum etwas gesehen. Die wenigen, die es in die Hafenorte trieb, arbeiteten als Trankocher in den Walfangstationen oder führten andere primitive Arbeiten aus. Ihre eigene Kultur und Sprache hatten viele wie störenden Ballast hinter sich gelassen.

Professor Holton konzentrierte sich ganz auf sein eigenes Fachgebiet: die Fauna. Und so verbrachten sie die Tage damit, Proben zu sammeln und Pflanzen zu zeichnen. Constantin wollte nicht undankbar sein. Es war allein Holtons Wohlwollen zu verdanken, dass er überhaupt hier war, und der Professor hatte ihm versprochen, dass noch genug Zeit für seine eigene Forschung blieb.

Die Finanziers, die das Geld für ihre Reise gestiftet hatten, hatte allesamt Holton ausfindig gemacht. Constantin hatte niemanden überzeugen können, dass die Stämme der *Selk'nam, Ona* und *Yag'han* es wert waren, erforscht zu werden.

Und so arbeitete Constantin als Holtons Assistent, und wenn der ihn nicht brauchte, präparierte und beschrieb er Vögel und kleine Säugetiere, sammelte Pflanzen und Gesteinsproben und befragte ihre wechselnden Führer über alles, was ihm wichtig erschien. Angefangen beim Wetter, über den Wechsel der Jahreszeiten und natürlich über die Ureinwohner, von denen es immer weniger gab.

Die Führer verstanden nicht, warum sie so weit gereist waren, um Pflanzen zu untersuchen, die niemandem nützten, Vögel zu begutachten, die zu klein waren, um sie zu essen, und Wilde zu studieren, die von allen nur als einfältig und dem Untergang geweiht beschrieben wurden.

Den Sommer über hatten sie die südlich der Magellanstraße gelegene Isla Grande bereist, während sie im Herbst das tierische und pflanzliche Leben des nördlich gelegenen Festlandes untersuchen wollten. Den Winter verbrachten sie auf einer Estanzia, deren Besitzer der Professor auf einer früheren Reise kennen und schätzen gelernt hatte. Constantin freute sich auf diese ruhigen Monate, in denen er endlich wieder in einem richtigen Bett schlafen würde, statt in halb verfallenen Hütten und klammen Zelten.

Zwischen hohen Mauern aus Findlingen, die den Wind abhielten und die spärliche Sonnenwärme speicherten, gediehen Obst und Gemüse prächtig. Stella erschien es immer wieder wie ein Wunder, wenn sie die kleinen Küchengärten besuchte. Seit der Hochzeit waren sechs Wochen vergangen und der Herbst stand vor der Tür. Äpfel, Pflaumen und Kirschen waren längst geerntet und die meisten Beete umgegraben. Rote und grüne Kohlköpfe, Kartoffeln und Kürbisse mussten noch geerntet werden, und Bohnen, die sich an Stangen empor- und an Steinmauern entlangrankten.

Eigentlich wollte Stella in der warmen Frühherbstsonne zeichnen, doch die Hügel schienen förmlich nach ihr zu rufen. Die Sonne brachte die schon rot verfärbten Blätter der Südbuchen und die gelben Farnwedel zum Strahlen. Nachdem sie eine Weile unkonzentriert versucht hatte, die Herbststimmung auf Papier zu bannen, drückte sie den Korken auf das Tintenfäßchen, klappte ihre lederne Kladde zu und eilte zurück ins Haus.

Es war still in den ehrwürdigen Mauern der Estanzia. Vorsichtig warf sie einen Blick in den Salon, wo Claire mit ihrem Stickrahmen saß, als sei es schon Winter. Sie bemerkte Stella nicht, die kurz überlegte, ob sie sich zu ihrer Schwester setzen und ein wenig mit ihr plaudern sollte. Doch damit wäre die Chance vertan, den schönen Tag im Freien zu genießen. Claire würde sicher nicht spazieren gehen wollen. Ihre Schwester hatte sich schnell mit ihrem neuen Leben arrangiert und vermisste das Reisen nicht. Wenn sie sich nicht gemeinsam mit Señora Fergusson um die Estanzia kümmerte, nutzte sie die wenige freie Zeit für Handarbeiten oder um zu lesen.

Shawn und Claire kamen gut miteinander aus. Sie behandelten einander respektvoll, aber Stella sah sie nur selten zusammen. Wenn es nach ihr ginge, hätte sie am liebsten jede freie Minute in der Nähe ihres Schwagers verbracht, doch sie bezwang diesen Wunsch und mied ihn.

Noch immer betrachtete Stella ihre Schwester, deren Silhouette sich dunkel gegen das Fenster abzeichnete. Hinter ihr gleißte der See in der Sonne, und nichts hielt Stella noch im Haus. Leise eilte sie die Treppe hinauf in ihr Zimmer.

Kurz darauf verließ sie das Anwesen über den Hinterausgang. Nun trug sie ihr braunes Reisekleid, Stiefel und ein wärmendes Wolltuch.

Ihre Stute Guera war in einem kleinen Pferch und kam zu ihr, als sie sie rief. Stella sattelte und zäumte sie auf. Längst hatte sie gelernt, so viel wie möglich selbst zu bewerkstelligen.

»Du freust dich sicher auch über ein wenig Bewegung«, flüsterte sie dem Tier in die gespitzten Ohren. Die Stute drückte das weiche Maul in ihre Hand und suchte nach einer Belohnung. Sie kannte Stella nur zu gut, die ihr seufzend ein Stückchen Brot hinhielt. »Winterfell bekommst du auch schon«, stellte Stella fest und fuhr durch den dichter werdenden Pelz auf der Flanke. »Wenn du mir nur sagen könntest, wie die Winter hier sind ... und was ich mit meinem Herz machen soll. Warum kann ich nicht endlich vernünftig sein?«

Die Stute schnaubte und sah Stella erwartungsvoll an, eine andere Antwort würde sie von Guera wohl nicht erhalten. Seufzend stieg sie in den Sattel, richtete ihr Kleid und schüttelte über ihr eigenes Benehmen den Kopf. Jetzt wurde sie schon so seltsam, dass sie mehr mit Tieren sprach als mit Menschen.

»Señorita Newville!« rief plötzlich jemand.

Sie wandte sich im Sattel um und erspähte den Vorarbeiter Zavier Apida, der mit großen Schritten auf sie zukam. In seiner Rechten schwang er nachlässig eine Bola, doch es sah nicht aus, als habe er vor, sie Guera zwischen die Beine zu werfen, falls sie losritt.

Apidas Gang war stolz, als sei er der wahre Herr über die Estanzia Fergusson. Vielleicht stimmte das sogar ein wenig.

Er blieb neben ihr stehen und nahm seinen Hut ab, unter dem seine schwarzen Locken hervorquollen.

»Ich freue mich, Sie zu sehen. Eine hübsche Frau zu Pferd lässt Männerherzen höherschlagen.« Er legte die Hand auf die Brust und lächelte breit, als wisse er genau, was die Frauen an ihm besonders mochten.

Stella ließ sich von seinem Charme nicht einwickeln. »Vielen Dank, nett von Ihnen.«

»Sie reiten aus?«

»Ja, wie Sie sehen.«

»Heute hätte ich Zeit, falls Sie Begleitung wünschen. Es wäre mir eine Ehre.«

Stella schüttelte hastig den Kopf.

»Nein, das ist freundlich von Ihnen, aber heute nicht. Ich möchte ein wenig nachdenken.«

»Dann morgen vielleicht?«, fragte er und ließ sich seine Enttäuschung nicht anmerken.

»Aber Señor Apida!«, sagte Stella in gespielter Entrüstung, lächelte und wünschte ihm einen schönen Tag. Ehe er etwas erwidern konnte, hatte sie bereits mit der Zunge geschnalzt, und Guera lief los.

Im flotten Trab ging es am Ufer des Lago Ciencia entlang. Stella wusste genau, wo sie hinwollte. Nach Westen, dorthin, wo die Hügel sanft anstiegen und in herbstlichen Farben leuchteten. Auf den schroffen Bergen dahinter glitzerte der erste Schnee in der Sonne.

Guera stieß in der frostigen Luft milchige Atemwolken aus, deren Feuchtigkeit auf dem Fell feine Perlen bildete. Die Gauchos der Fergussons hatten die Schafe bereits aus den Bergen herabgetrieben. Sie weideten auf den Hügeln zwischen Farn und schwarzem Gesträuch. Hier und da schreckte die Reiterin sie auf, und die trägen Tiere flohen blökend und mit ungelenken Schritten. Als Stella einen Grat erreichte und für einen Augenblick den Blick in die endlose Weite genoss, bemerkte sie eine kleine Gruppe Gauchos, die sich an einem Weiher versammelt hatten. Sie konnte die Männer nicht genau erkennen, doch einer löste sich aus der Gruppe und ritt auf sie zu. Sein Pferd war schwarz und nahm die Steigung mit großen Sprüngen. Stellas Puls beschleunigte sich. Warum war sie ausgerechnet hierher geritten?

Für eine Umkehr war es zu spät, und wenn sie ehrlich war, wollte sie auch nicht zurückreiten. Sie hatte diese Begegnung vielmehr ersehnt und sich in zahlreichen Träumen ausgemalt.

Die Stuten begrüßten einander mit freundlichem Schnauben.

»Das ist ein schöner Tag für einen Ausritt«, sagte Shawn und lächelte. Er trug die Tracht der Gauchos, weite Hosen, einen winddichten Poncho und einen breiten Filzhut, unter dem seine roten zerzausten Locken hervorlugten. Die *rebenque,* eine lange Peitsche, hatte er sich unter den Arm geklemmt.

Stella fluchte innerlich und richtete ihren Blick in die Ferne.

»Ja, wer weiß, wann wir das nächste Mal so viel Sonne bekommen«, erwiderte sie. »Gibt es viel zu tun?«

Er zuckte mit den Schultern.

»Nichts, was die Männer nicht auch allein bewerkstelligen könnten.«

Was sollte das bedeuten? Wollte er etwa nicht zu seinen Angestellten zurückreiten? Die Antwort auf ihre ungestellte Frage kam prompt. »Darf ich dich ein Stück begleiten?«

Wie hätte sie da *Nein* sagen sollen.

»Ja, sicherlich.«

»Wo wolltest du denn hinreiten?«

»Ach, ich hatte kein bestimmtes Ziel. Der Tag ist nur zu schade, um ihn drinnen zu verbringen.«

»Das kenne ich. Mich hätte auch niemand dazu bringen können, heute die Wirtschaftsbücher durchzusehen. Ich weiß einen Ort, der dir sicherlich gefallen wird, komm.«

Schweigend ritt Stella hinter Shawn her, den Blick auf seine breiten Schultern und den schmalen Streifen sonnengebräunter Haut zwischen seinem Halstuch und den Locken in seinem Nacken gerichtet. Sie wollte mit dem Finger darüberfahren und sein Haar teilen. Zugleich irritierte sie dieses Begehren, denn in solchen Momenten verspürte sie weder Scham noch ein schlechtes Gewissen, ihre Schwester in Gedanken zu hintergehen.

Den gewundenen Pfad durch die grasbewachsenen Hügel nahm sie kaum wahr. Vergilbte Blütenstände des Grases reichten ihr bis an die Unterschenkel.

Bald erklommen die Pferde wieder einen steinigen Hang, und Stella musste sich auf den Weg vor sich konzentrieren und die Stute um loses Geröll und scharfkantige Findlinge herumlenken. So weit nach Norden war sie noch nie geritten.

»Schau«, rief ihr Shawn zu, der bereits den höchsten Punkt erreicht hatte. »Hier bin ich schon als Junge gerne gewesen.

Er lächelte stolz. Dies war sein Land, in dem er geboren worden war und das er liebte.

»Wie alt warst du, als du zum ersten Mal hergekommen bist?«

»Oh, da muss ich überlegen. Ich glaube, ich konnte reiten, bevor ich laufen konnte, aber regelmäßig begleitet habe ich meinen Vater mit sieben. Ich erinnere mich, als sei es gestern gewesen, seitdem bin ich oft hergekommen. Damals hat es mir den Atem verschlagen.«

Stella zwang sich, ihren Blick von Shawns grünen Augen abzuwenden und sich umzusehen.

Auf der Kuppe blies ein heftiger Wind. Es roch nach Salz.

Stella traute ihren Augen nicht. Im Norden schnitt ein Fjord tief ins Land. Das Wasser war grau, gekrönt von weißer Gischt. Vom Berg aus fiel das Land sanft ab und verlor sich in einer weiten Marschlandschaft. Seen und mäandernde Flüsse ergossen sich in den Meeresarm.

»Der Seno Skyring, nach Südwest wird er ganz schmal und führt zwischen schroffen Bergen und Gletschern hindurch. Deshalb seid ihr von Punta Arenas aus über Land gereist, kaum jemand wagt sich mit einem Schiff durch die engen Passagen. Die Winde fangen sich zwischen den Steilwänden und treiben die Schiffe gegen die Felsen.«

Stella war das egal.

»Es sieht fantastisch aus. Ich hätte nicht geglaubt, dass wir so nah am Meer sind.«

»Der Lago Ciencia liegt weit im Norden der Isla Riesco. Anständige Karten gibt es kaum von der Region.«

»Man merkt, wie sehr du dieses Land liebst.«

Shawn lächelte.

»Ist das so offensichtlich? Ich kann mir nicht vorstellen, jemals wegzugehen. Ich bin hier verwurzelt wie ein Baum. Auch wenn das Klima woanders sicherlich angenehmer ist und man nicht ständig Gefahr läuft, vom Wind weggeblasen zu werden.«

»Ich verstehe genau, was du meinst. Warst du schon einmal fort?«

»Nein. Weiter als bis nach Punta Arenas bin ich nicht gekommen. Du bist also die Weitgereiste von uns beiden.«

Stella sah in die Ferne und verspürte kein Heimweh, nicht an solch einem wunderschönen Tag mit Shawn an ihrer Seite.

»Wenn du so sehr an dem Land hängst, warum hast du dann niemand von hier geheiratet?«

Shawn sah sie überrascht an.

»Ich habe die falsche Frage gestellt, es tut mir leid, du musst natürlich nicht antworten.«

»Die Antwort ist einfach. Es gibt nicht viele Frauen hier. Die meisten habe ich in den letzten Jahren kennengelernt. Und wie soll ich sagen ... Tierra del Fuego ist ein sehr junges Land und kaum jemand hat es für nötig gehalten, seinen Töchtern Bildung zukommen zu lassen. Hauslehrer sind selten und teuer. Ich wollte eine Frau, die ich nicht nur anschauen, sondern mit der ich mich auch unterhalten kann. Als dein Onkel Claire vorschlug, musste ich nicht lange überlegen. Natürlich ergeben sich aus dieser Verbindung Vorteile für unsere Familien, aber das muss ich dir nicht sagen.«

»Nein«, seufzte Stella.

»Es ist nur schade, dass Claire so wenig Interesse am Land hat. Natürlich freue ich mich, dass sie mit meiner Mutter so gut klarkommt und ihr auf der Estanzia hilft ...« Stella schwieg. Sie wollte ihrer Schwester nicht in den Rücken fallen.

Doch sie verstand, was Shawn meinte. So wenig wie Claire das Haus verließ, hätte es irgendwo auf der Welt stehen können.

Ihr Gespräch hatte eine Wendung genommen, die ihre Stimmung langsam eintrübte. Sie versuchte an etwas anderes zu denken, daran, dass sie ihre Schwester allein schon hinterging, weil sie hier mit Shawn war. Nicht weil sie etwas Unerlaubtes tat, sondern weil es ihr mehr bedeutete, als schicklich war. Mit einem Mal fühlte sie Shawns Blick auf sich ruhen, es war beinahe, als berühre er sie. Sie musste sich ablenken.

»Was ist das?« Stella hatte einen pinkfarbenen Fleck in einem See ausgemacht und wies mit der ausgestreckten Hand darauf.

»Flamingos, willst du sie sehen?«

»Gerne, wenn du noch so viel Zeit hast?«

Sein Blick sagte alles. Dies war ihr Tag, und wenn sie wollte, kehrten sie erst zurück, wenn es dämmerte.

Bald ritten sie durch Marschland, in dem Rinder grasten und zahllose Vögel zwitscherten. In unregelmäßigen Mustern bedeckten alte Möwennester den Boden. Die Küken waren schon längst flügge, hier und da lagen noch Eierschalen im Gras.

Nachdem Stella die rosafarbenen Flamingos bewundert hatte, erreichten sie einen breiten Sandstrand direkt am Fjord.

»Können wir schneller reiten?«, fragte Stella plötzlich. Das wunderschöne Fleckchen Erde lud geradezu dazu ein, die Pferde ihre Kraft erproben zu lassen. Sobald Shawn verwundert zustimmte, ließ Stella die Zügel schießen und Guera stob schnell wie der Wind davon. Die kleine Stute war in ihrem Element und auch Stella jauchzte vor Freude. So musste es sich anfühlen zu fliegen. Guera streckte sich und galoppierte furchtlos in einen Schwarm Sturmvögel hinein, die sich auf dem Sand ausgeruht hatten und nun erschrocken aufflogen. Stella schrie, jedoch nicht vor Angst. Es war ein irrsinniges Gefühl von Freiheit. Plötzlich war die Luft voller schlagender Flügel, einer streifte sie samtweich an der Wange, dann war das wilde Rennen vorbei. Shawn zügelte sein Pferd neben ihrem. Sein breiter Hut war ihm vom Kopf gerutscht und hing an den Bändern auf seinem Rücken, die Haare waren vom Wind zerzaust.

Er stieg ab und zog Stella aus dem Sattel hinab in seine Arme.

»Du bist ein verrücktes Weib!«, lachte er, wurde still und sein Blick verschmolz mit ihrem.

Stella hatte das Gefühl, den Boden unter den Füßen zu verlieren.

»Shawn, ich ... wir dürfen nicht.«

»Ich weiß.«

Er küsste sie, und diesmal hatte sie keine Kraft, sich zu wehren. Der Kuss zog sie wie in eine andere Welt, in der es nur sie beide gab. Weder Schuld noch Anstand spielten eine Rolle.

Stella legte die Hände in seinen Nacken, um endlich seine kurzen Locken zu berühren. Sie fühlte die Wärme unter seinem Poncho.

»Ach Stella, warum muss alles so schwierig sein. Seitdem du hier bist, denke ich ständig an dich. Ich habe versucht, dich nicht zu sehen«, seufzte er leise.

»Ich auch, aber du ...«

»Es geht nicht«, ergänzte er und sah sie ernst und forschend an. Seine Augen schienen ein besonderes Grün anzunehmen, das nur ihr allein gehörte.

Unweigerlich drängte sich das Bild von Claire in Stellas Bewusstsein, wie sie dort am Fenster mit ihrer Handarbeit saß und ihre Finger sich flink bewegten. Sie ahnte nicht, was für ein Unheil sich in diesem Augenblick am Ufer des Seno Skyring anbahnte. Aber war sie nicht selber schuld? Sah sie nicht, was für ein außergewöhnlicher Mann Shawn war? Warum verbrachte sie nicht mehr Zeit mit ihm?

»Komm, gehen wir ein Stück«, sagte Shawn. Er ergriff die Zügel der beiden Pferde und zog Stella mit sich. Der weite Sandstrand breitete sich schier endlos vor ihnen aus. Der Wind fuhr durch den Strandhafer und das Bartgras. Das unbändige Gefühl in Stellas Brust wurde vom Meeresrauschen übertönt. Eng aneinandergeschmiegt spazierten sie am Strand entlang. Stella hatte ihren linken Arm unter Shawns weiten Poncho geschoben. Geborgen in seiner Wärme, genoss sie es, die Bewegungen seiner Rückenmuskeln unter dem Leinenhemd zu spüren.

Sie hielten immer wieder inne, um sich zu küssen. Stella hatte das Gefühl, die Zeit würde stillstehen.

Auf einmal tauchte eine verfallene Hütte zwischen den Dünen auf. Die verwitterten, rund geschliffenen Stämme trotzten dem Wetter. Shawn schien den verwunschenen Ort zu kennen.

»Es ist ein altes Bootshaus«, sagte er mit sanfter Stimme. »Hier haben meine Brüder und ich als Kinder oft gespielt.«

Stella ließ die Hände über die zerfurchten Balken gleiten. Ungelenke Schnitzereien von Vögeln, Pferden und anderen Tieren hatte der Sand fast bis zur Unkenntlichkeit abgeschliffen. Auch jetzt traf er auf das Holz wie feine Nadeln.

Shawn hatte die Pferde angebunden und war schweigend hinter sie getreten. Sie lehnte sich zurück, ließ sich gegen seine starke Brust fallen, woraufhin er sie mit seinen Armen umschlang. Sie wollte ihn so sehr, dass alles andere in den Hintergrund trat. Selbst die Schuldgefühle gegenüber Claire. Hier war sie, an einem einsamen Strand, allein mit dem Mann, der ein unentrinnbares inneres Feuer in ihr entfachte. Genauso hatte sie es sich immer vorgestellt. Sie existierte, diese Leidenschaft, die sie aus den Romanen kannte. Und genau wie die Heldinnen konnte Stella sich nicht dagegen wehren. Sie hatte an ihre eigene Moral appelliert, fühlte sich schuldig und wie eine Verräterin, und doch wollte sie nichts sehnlicher als Shawn.

»Denke nicht schlecht von mir«, sagte er leise. Sie drehte sich um. Sanft berührte er ihr Haar. Auf einmal hatte er einen angestrengten Zug um den Mund und zog die Brauen zusammen. Ja, in ihm tobten die gleichen Gefühle. Am liebsten hätte sie seinen gequälten Gesichtsausdruck fortgeküsst.

»Ich würde nie schlecht von dir denken, Shawn.«

»Nur dieses eine Mal, nur heute.«

Sie nickte ernst.

»Nur heute, und dann tun wir so, als sei nichts geschehen.« Sie atmete innerlich auf. Ein Mal, damit die Leidenschaft sie nicht auffraß. Danach ging es ihr sicherlich besser. Wenn nicht, würde sie sich morgen darüber Gedanken machen.

Shawn fasste sie an der Hand. In diesem Moment wäre sie ihm überall hin gefolgt.

»Komm.«

Wie von allein fanden sie den Weg in die Hütte.

Der Boden war aus Sand, durch das löchrige Schindeldach fielen Sonnenstrahlen wie Lichtpfeile.

Shawn breitete seinen Poncho auf dem Boden aus und Stella kuschelte sich neben ihn. Durch die offen stehende Tür konnten sie den Fjord sehen, es war wie ein Fenster in eine andere Welt. Stella legte die Wange an Shawns Brust und lauschte seinem aufgewühlten Herzschlag, während sie mit schwindender Scheu seinen Körper erkundete.

»Es vergeht kein Tag, an dem ich nicht an dich denke, Stella Newville«, sagte Shawn leise, zog sie an sich und küsste sie leidenschaftlich. Dieser Kuss war anders, fordernder und barg ungleich mehr Versprechen. Stella schlang eng die Arme um ihn. Dieser Augenblick gehörte ihnen und durfte niemals enden. Shawn küsste sie, während er nacheinander Bänder und Haken löste, die ihr Kleid schlossen. Seine Hände hinterließen glühende Spuren auf ihrer bloßen Haut. Stella öffnete die Knöpfe seines Hemdes und ihr Verlangen wurde immer stärker, je weiter sie nach unten kam. Schließlich streifte Shawn das Kleidungsstück ab.

Seine Brust war muskulös, einige Sommersprossen hatten sich auf seine Schultern verirrt. Stella schmiegte ihre Wange an seine weiche Haut und küsste voller Begehren seinen Hals. Shawn liebkoste sie immer hemmungsloser, und auch in Stella erwachte eine heftige Sehnsucht, wonach, das wusste sie nicht so genau, nur dass darin eine unwiderstehliche Verheißung lag.

»Oh Gott, Stella«, stöhnte er plötzlich und hielt inne. Sie wollte, dass er weitermachte, hätte ihn am liebsten angefleht.

»Was ist?«

»Du ahnst nicht, wie viele Nächte ich wach gelegen und mir das hier gewünscht habe. Du raubst mir den Verstand, dein Duft, die Art, wie du dich bewegst, wie du mich ansiehst, wenn du glaubst, unbeobachtet zu sein. Ich habe so sehr versucht, dagegen anzukämpfen.«

Stella presste ihre Wange an seine Brust. Sein Herz schlug wie verrückt.

»Jetzt ist es wahr geworden, jetzt bin ich hier.«

»Ja, das ist ja das Furchtbare und zugleich das Schönste, was ich mir vorstellen kann.«

»Ich will nicht darüber nachdenken, Shawn, nicht jetzt, nicht heute«, entgegnete Stella.

»Du hast recht, kein einziges Wort mehr.« Stürmisch nahm er Stella in seine Arme, küsste ihre Schultern, ihr Schlüsselbein, liebkoste sanft ihre Brüste. Als seine Lippen tiefer wanderten, hatte auch sie jegliches Schuldgefühl vergessen.

Danach kuschelte sich Stella fest in Shawns Arme und beobachtete, wie ihrer beider Atem sich langsam beruhigte. Sie fühlte sich neugeboren und zugleich sehr verletzlich. Sie hatte Shawn Fergusson das Kostbarste geschenkt, was sie außer ihrem Herzen besaß: Ihre Jungfräulichkeit. Den kurzen Schmerz hatte sie im Rausch der Empfindungen beinahe vergessen. Noch immer schien jede Faser ihres Körpers zu glühen und sich nach einer erneuten Vereinigung mit ihm zu sehnen.

»Niemand wird davon erfahren«, sagte Shawn leise und streichelte ihr Haar. »Das ist unser Geheimnis, diese Hütte, dieser Strand sind wie ein Schatz, den wir hüten.«

Nein, ich will es in die Welt herausrufen, damit jeder weiß, wie glücklich ich bin, dachte Stella, doch im nächsten Moment überkamen sie Schuldgefühle und drohten ihr Glück zu ersticken.

Sie drückte sich noch enger an Shawn. Die Worte blieben ihr in der Kehle stecken. Nein, wie hatte sie nur hoffen können, dass dies mehr als nur ein einmaliges Treffen war.

Und doch wollte sie keinen Zentimeter von Shawn abrücken, der ebenso wie sie in Schweigen verfallen war.

Wahrscheinlich denkt er daran, dass er Claire betrogen hat, schoss es Stella durch den Kopf. Nein, der Gedanke an Claire durfte diesen zerbrechlichen und so kostbaren Augenblick nicht zerstören. Das Unglück war doch unwiederbringlich geschehen. Und Shawns Haut roch so gut, sie wollte ihn immer riechen, immer fühlen.

Sie schlang ihre Arme noch enger um seinen Oberkörper und seufzte leise. In diesem Augenblick verdunkelte sich der Himmel, und es zog frostig durch die Ritzen. Shawn deckte Stella mit seinem Poncho zu, als auch schon der erste Regenschauer niederging. Unter die Tropfen mischten sich Schneeflocken. Es würde ein Unwetter geben.

Der warme Tag war mit einem Schlag zu Ende.

»Kein Zweifel, es wird Herbst«, brummte Shawn unwirsch, als sei er unversehens aus einem schönen Traum geweckt worden. »Die Zeit kennt wohl keine Gnade. Ich wünschte, wir hätten noch eine Weile hier liegen bleiben können.«

»Ich auch. Ich will nicht zurück, Shawn. Das kann nicht alles gewesen sein.«

»Uns bleibt aber nichts anderes übrig. Der Gedanke macht mich schon jetzt ganz krank, aber ich bereue es nicht, keine einzige Minute.« Shawn küsste sie auf die Stirn, und es war wie ein Abschied. Stella fühlte, wie sie sich innerlich verkrampfte, als hätte sie Gift geschluckt, das schleichend seine Wirkung entfaltete. Es war zu spät für ein Gegenmittel, zu spät für Reue.

»Ich habe Angst, Shawn. Ich kann nicht einfach zurückreiten, meiner Schwester in die Augen sehen und so tun, als sei nichts geschehen.«

Sie merkte, wie sich sein Körper neben ihr versteifte wie der eines aufgeschreckten Tieres.

»Du darfst es Claire nicht sagen. Weißt du nicht, was du damit anrichten würdest?!«

»Ich, ich … nein, ich sage nichts. Shawn, ich weiß nicht, was ich tun soll.«

»Nichts. Benimm dich so wie immer, nichts anderes werde ich auch tun. In einigen Tagen hast du dich daran gewöhnt.«

Stella nickte, obwohl sie seinen Worten keinen Glauben schenkte. In der Ferne grollte Donner, und ein greller Blitz zuckte über den Seno Skyring und erhellte die nassen Berghänge.

Als die ersten eisigen Wassertropfen durch das undichte Dach fielen, setzte Stella sich auf. Sie schlang die Arme um ihren Oberkörper und sah sich in der plötzlich dunkel gewordenen Hütte um. Wo waren ihre Kleider? Der Zauber, der sie beide alles hatte vergessen lassen, war gebrochen. Sie zog sich an. Jede Schicht Kleidung, die sie sich überstreifte, war wie ein immer dichter werdender Panzer. An ihren Schenkeln klebte ein wenig Blut. Ohne sie anzusehen, reichte Shawn ihr ein Taschentuch. Es war dunkelblau und aus Leinen. Stella entdeckte seine Initialen, die ihre Schwester mit sicherer Hand hineingestickt hatte.

Erschrocken ließ sie es fallen, wischte hastig mit ihrem dunklen Rocksaum über ihre Schenkel und zog die weißen langen Unterhosen an. Shawn hatte ihr den Rücken zugekehrt, als schäme er sich plötzlich, und kleidete sich ebenfalls an. Es ging ein heftiger Regen nieder.

Eines der Pferde wieherte. Hatte Shawn sie nicht im Trockenen untergestellt? Dann waren plötzlich Schritte zu hören.

Stella, bislang nur im Untergewand, bedeckte panisch die Brust mit ihrem Kleid, als ein Mann in der Tür erschien. Im Gegenlicht erkannte sie nur den weiten Mantel und den vom Regen durchnässten Filzhut eines Gauchos.

»Oh, entschuldigen Sie, Señorita!«, stotterte er. »Señor Fergusson, ich wusste nicht, dass Sie es sind.« Der Mann wandte sich um, wollte gehen.

»Apida, bleib stehen.«

Ausgerechnet der Vorarbeiter der Fergussons, Zavier Apida, musste sie in dieser kompromittierenden Situation überraschen! Stella zog sich mit feuerroten Wangen in den hintersten Winkel der Hütte zurück und presste ihr Kleid an den Körper. Ihr weißes Untergewand schien im Hüttendunkel förmlich zu leuchten.

Shawn versperrte seinem Vorarbeiter, der nun wieder an der Tür stand, die Sicht und stellte ihn zur Rede, als sei er derjenige, der einen Fehler begangen hatte. »Was machst du hier, Apida?«

»Es fehlen wieder Schafe, ich wollte sie suchen, Señor. Die Spuren führten in diese Richtung. Ich glaube nicht, dass dieser Wilde, dieser Naviol, ehrlich ist. Als es anfing zu regnen … nun, jeder kennt das verfallene Bootshaus hier. Ich wollte mich unterstellen.«

Für einen Augenblick herrschte zwischen den Männern unheimliches Schweigen. Stella glaubte, dass sie sich anstarrten. Der Regen rauschte unvermindert laut.

»Die Señorita und ich haben uns auch nur untergestellt, hast du verstanden?«, sagte Shawn so leise, dass Stella ihn kaum verstand. Die Drohung, die unausgesprochen mitschwang, ließ Apida zu Boden blicken. Er verdrehte seine Handschuhe, bis das Leder ächzte.

»Selbstverständlich, Señor.«

»Dann lassen wir der Dame jetzt ihre Ruhe.« Shawn bot seinem Vorarbeiter eine Zigarette an und legte ihm die Hand auf die Schulter. Gemeinsam gingen sie zu dem undichten Unterstand neben dem Bootshaus, wo die Pferde angebunden waren. Hastig zog sich Stella das Kleid an. Ihre Finger zitterten, während sie versuchte, Bänder und Knöpfe so schnell wie möglich zu schließen. Ihre Frisur, die zum Glück nur aus einem hochgesteckten Zopf bestand, war schnell erneuert. Sie blickte an sich hinab, alles saß tadellos. Dennoch hatte sie das Gefühl, dass ihr die Schande mit glühenden Lettern ins Gesicht geschrieben stand.

Sie hörte Apida und Shawn draußen reden, als sei nichts vorgefallen. Sie sprachen über das Vieh, den bald hereinbrechenden Winter und ob man die Schafe bereits jetzt oder erst in ein, zwei Wochen auf die Weiden östlich des Lago Ciencia treiben sollte.

Bin ich unsichtbar geworden?, überlegte Stella niedergeschlagen. Von ihrem kurzen Glück schien nichts mehr geblieben. Dann erinnerte sie sich wieder an das, was man von dem Vorarbeiter erzählte. Angeblich hatte es Apida schon bei jeder Frau auf der Estanzia versucht und viele waren seinem Charme erlegen. In seinen Augen spielte es wahrscheinlich keine Rolle, wenn er seinen Vorgesetzten in einer romantischen Situation mit der Schwägerin überraschte. Oder Shawn versuchte, der Affäre absichtlich einen nebensächlichen Anstrich zu geben, damit Apida nicht auf die Idee kam, Druck auf Fergusson auszuüben oder sich Gefälligkeiten zu erschleichen.

Ja, so musste es sein. Natürlich bedeutete es Shawn etwas, sie hatte ihm etwas geschenkt, was kein anderer Mann je wieder von ihr bekommen würde, den größten Schatz, den eine Frau besaß, zumindest nach der Ansicht der Kirche.

Der Regen endete so plötzlich, wie er gekommen war, doch Stella konnte sich nicht überwinden, das morsche Häuschen zu verlassen. Schließlich rief Shawn nach ihr und steckte seinen Kopf zur Tür herein. Das Lächeln auf seinen Lippen gab ihr den nötigen Mut.

Apida war bereits aufgesessen, rauchte und ordnete nachlässig die Schlaufen seines Lassos.

Stella ließ sich von Shawn in den Sattel heben. Zärtlich drückte er ihre Hand und stieg selber auf.

Auf dem Ritt zur Estanzia verlor niemand ein Wort. Die Sonne schien wieder und die nasse Vegetation dampfte. Im Osten türmte sich die abziehende Gewitterwolke wie ein himmlisches Gebirge. Der Regenbogen über dem Seno Skyring konnte Stella kaum entzücken. Sie ritten durch das nasse hohe Bartgras und ihr Kleid sog sich mit Wasser voll. Als sie endlich die Estanzia erreichten, fror sie innerlich wie äußerlich.

Den Aufruhr im Hof bemerkte Stella erst spät. Señora Fergusson sprach hektisch mit einigen Reitern, die gerade im Aufbruch begriffen waren, und sie erblickte Claire, ausgerechnet!

Die Reiter stiegen ab. Claire und ihre Schwiegermutter umarmten sich kurz, als seien sie erleichtert. Señora Fergusson ging ins Haus, und Claire eilte zu ihrer Schwester.

»Mein Gott, Stella! Ich bin beinahe verrückt geworden vor Sorge«, rief sie.

»Es ist nichts passiert, Señora, alle sind wohlauf«, rief Apida, tippte an die Krempe seines Huts und übernahm von Stella ihre Stute Guera, um sie in den Stall zu bringen. Der Blick, den er Stella zuwarf und den außer ihr wohl niemand bemerkte, war anzüglich und belustigt. »Nein wirklich, es ist nichts passiert«, brummte er. »Jetzt verstehe ich, warum Sie meine Begleitung nicht wollten.«

Stella wusste nicht, wie ihr geschah, als Claire sie auch schon fest in die Arme schloss. Hatte sie etwa geweint?

»Ich hab alle verrückt gemacht mit meiner Sorge. Wo warst du denn, das Unwetter ...«, stammelte sie. »Die Männer wollten gerade los, um dich zu suchen.

»Wir haben uns untergestellt«, brachte Stella hervor. Sie wand sich aus Claires Armen und konnte ihr nicht in die Augen sehen.

»Du musst doch jemandem Bescheid geben, wenn du ausreitest. Wir haben nur durch Zufall bemerkt, dass dein Pferd nicht im Stall war. Das ist ein wildes Land, Stella. Was, wenn sich dein Pferd ein Bein gebrochen hätte, oder ein Puma ... nein, ich mag es mir gar nicht vorstellen! Versprich mir, dass du so etwas nie wieder machst!«

Stella nickte, den Blick noch immer gesenkt.

»Das Wetter war so schön, ich habe mir nichts dabei gedacht.«

»Ich bin wirklich erleichtert. Sei froh, dass Shawn dich rechtzeitig gefunden hat.«

»Claire, ich ...« Stella hielt es nicht mehr aus und eilte ins Haus.

»Lauf doch nicht davon.«

»Mir ist kalt, ich muss mir was Trockenes anziehen«, wies sie die Schwester ab, die ihr folgen wollte. Sie hastete in ihr Zimmer, versperrte die Tür und ließ sich auf das Bett fallen.

Die Tränen kamen von allein.

Kapitel 9

Navarino richtete sich auf, und es knackte in seinem Rücken. Er seufzte, als der schwache Schmerz nachließ. Sein Blick fiel auf die fernen Berghänge, von wo die Windböen unablässig ins Tal hinabjagten. Der Herbst färbte die Blätter der Bäume so rot wie das frische Blut der jungen Hammel, die sie am Morgen geschlachtet hatten. In der Scheune hatten sie die Tiere gehäutet und zerlegt. Unablässig wurden in der Küche des Haupthauses Würste gekocht. Im Räucherhaus brannte das Feuer. Navarino machte Pause von seiner blutigen Arbeit, und wie so oft richtete sich seine Aufmerksamkeit auf das Haupthaus, das selbst im Dämmerlicht des wolkenverhangenen Tages weiß zu leuchten schien. Heute würde er Claire Fergusson wohl allenfalls durch das Fenster sehen.

Im Gegensatz zu Stella Newville, die das Treiben auf dem Hof mit einer Mischung aus Abscheu und Faszination verfolgte, hatte sie sich wahrscheinlich in den hintersten Winkel des Anwesens zurückgezogen, um nichts mitzubekommen. Claire faszinierte ihn, wie er es bei einer Weißen nie für möglich gehalten hatte. Bislang hatte er die Frauen der Einwanderer nicht richtig wahrgenommen, doch Claire Fergusson war anders. Sie berührte sein Herz. Auch wenn er wusste, dass er seinen Gefühlen niemals Taten folgen lassen durfte, so hatte er ein Recht zu träumen.

Jede Begegnung, jedes freundliche Wort von ihr war kostbar. Immer wieder rief er sich ins Gedächtnis, wie sie sich gegen den Willen ihres Onkels um ihn gekümmert hatte.

Wie sie mit zarten Händen seine Wunden reinigte und mit ihm sprach, als sei er in ihren Augen nicht weniger wert, weil er aus einer anderen Welt stammte und mit einem anderen Aussehen geboren worden war. Womöglich gab es noch Hoffnung für die Eingeborenen Feuerlands, für *Yag'han, Selk'nam* und *Ona,* die im gleichem Maße schwanden, wie die Zahl der Fremden zunahm. Menschen wie die Newville-Schwestern konnten das ändern, doch sie waren eher die Ausnahme.

Navarino musste an seine Eltern und seine Sippe denken, an den schrecklichen Tag, als die Weißen kamen und alles zerstörten. Er erinnerte sich noch genau. Es war seltsam, so viele andere Erinnerungen waren über die Jahre verblasst, doch das Bild der zweimastigen geisterhaften Isolde, die vor der Küste ankerte, war klar wie die Spiegelungen in einem Bergsee an windstillen Tagen.

Erst hatten die Kinder Angst gehabt, doch dann wagten sie sich gemeinsam mit den Erwachsenen an den Strand hinunter. Seine Mutter hatte ihn an der Hand fassen wollen, doch er hatte sich ihr ärgerlich entzogen, hielt sich für alt genug, für beinahe schon erwachsen.

Wie sehr wünschte er im Nachhinein, er hätte ihre Hand gehalten. Es war das letzte Mal, dass sie ihn berührte, bevor ihre Seele durch mehrere Löcher in ihrer Brust entwich.

Seinem Vater war es gelungen, einen der Angreifer mit dem Speer zu töten. Dann war auch er getötet worden, wie seine Onkel, seine Großmutter und seine kleinen Geschwister.

Der Schmerz bohrte sich durch seine Brust wie der Schnabel eines Kondors. Die Geistervögel und die Füchse hatten seine Verwandten zu Grabe getragen. Hatten ihre Seelen ohne die richtigen Worte den Weg ins Jenseits dennoch finden können? Oder geisterten sie unruhig über die windumtosten Hügel der kargen Insel Navarino, deren Namen er trug, seit sein altes Leben gestorben war?

Er blickte sich um, als könne er die schattenhaften Gestalten auch jetzt noch sehen. Der Blutgeruch, der von den frisch geschlachteten Hammeln aufstieg, befeuerte die Erinnerungen wie Zunder. Navarino schauderte. Nein, er durfte sich nicht in der Vergangenheit verlieren. Energisch ballte er die Fäuste und sah auf. Er hätte gerne jemandem von seinen Verwandten erzählt.

Ob Claire ihm zuhören würde und verstand, was er fühlte? Womöglich. Doch die junge Weiße ging ihm aus dem Weg, seit sie Fergusson geheiratet hatte.

Sie war eine fromme Frau. In ihrem Verständnis war es eine Sünde, sich mit einem ihr nicht angetrauten Mann länger zu unterhalten, besonders wenn es ihm durch seine bloße Gegenwart gelang, ihre Augen zum Glänzen und ihre Wangen zum Erröten zu bringen.

Regelmäßig besuchte Claire die kleine Kirche in Baja Cardenas, in der sie getraut worden war. Hin und wieder ging Navarino auch dorthin, doch nur, um sie zu sehen, und wenn er viel Glück hatte, um mit ihr zu sprechen.

Er hatte das Recht, das Gotteshaus zu betreten, denn Navarino war getauft. Die Männer der Isolde brachten den von ihnen entführten Jungen im nächsten Hafen so schnell wie möglich zu einem Priester, damit er ihm das Zauberwasser der Christen über den Kopf goss. Ein Heide an Bord, so sagten sie, bringe Unglück. Und so wurde der Maat sein Pate und gab ihm den Namen David. Niemand hatte ihn je so genannt.

Navarino war unsicher, was er glauben sollte. Weder der Gott der Weißen noch die Götter seiner Ahnen waren je auf seiner Seite gewesen. Vielleicht wäre es für ihn leichter, wenn er einem von beiden sein Vertrauen schenkte. Doch Navarino hatte kein Vertrauen mehr, zu nichts und niemandem.

Er sah noch einmal zum Haus hinüber, doch Claire war weder am Fenster noch im Hauseingang zu sehen.

Augenblicke später tauchte Naviol auf. Der *Selk'nam* trug einen toten Hammel über der Schulter.

»Warum hast du so lange gebraucht?«, fragte er seinen Schutzbefohlenen auf Spanisch.

Naviol verzog den Mund und legte die Stirn in Falten. Er suchte nach Worten.

»Das Schaf ... weggelaufen ... durch Zaun«, stotterte er.

Navarino konnte nicht anders, als anerkennend zu lächeln. Er machte große Fortschritte. Jeder, der behauptet hatte, Naviol sei dumm und könne nicht lernen, was zum Arbeiten auf der Estanzia nötig war, wurde Lügen gestraft.

Gemeinsam hängten sie das tote Tier an zwei Haken und häuteten es ab. Es war für heute der letzte Hammel.

Naviol strich gedankenverloren über das fette Fleisch. Navarino ahnte, woran der andere dachte. Seine Familie wusste noch immer nicht, was mit ihm geschehen war, und ihnen fehlte seit Monaten ein Jäger.

Es war Zeit, dass Fergusson ihn nach Hause zurückkehren ließ oder ihm zumindest erlaubte, nach seiner Familie zu sehen. Immerhin galt es, sie zu beschützen.

»Ich helfe dir, mein Freund«, sagte er ermunternd. »Wir sprechen mit der jungen Señorita Newville, Fergusson hört auf sie, vielleicht kann sie ihn bitten, dich heimzuschicken.«

Naviol lächelte, sein Blick war mit einem Mal wieder lebendig.

»Ja, Señorita Newville wird uns helfen, sie ist gut, ich weiß es.«

Stella war froh, einen Grund zu haben, mit Shawn zu sprechen, wenngleich sie ihn diesmal direkt nach dem Abendessen und in Claires Anwesenheit um eine Unterredung bitten wollte.

Seit ihrem geheimen Treffen am See waren drei Wochen vergangen, und der Umgang mit Claire fiel ihr mittlerweile leichter. Diese ahnte nichts und bekam nicht mit, dass Stella ihren Ehemann mied. Ihre Schwester schien zufrieden mit ihrer jungen Ehe. Verliebt, das merkte Stella genau, war Claire jedoch noch immer nicht. Claire und Shawn gingen höflich miteinander um, Shawn bat sie häufiger um ihre Meinung, und sie stritten nie.

»Wäre ich doch endlich schwanger«, klagte Claire hin und wieder, aber das schien ihre einzige Sorge zu sein. Stellas Erwiderung, sie solle ihr junges Eheglück doch erst einmal ohne Kinder genießen, tat sie mit einem Kopfschütteln ab und entgegnete entrüstet, dass Kinder zu bekommen der Sinn einer Ehe sei, so habe Gott es gewollt.

Shawn hatte sich an sein Versprechen gehalten und suchte nicht mehr Stellas Nähe. Außerhalb der gemeinsamen Mahlzeiten sahen sie sich kaum. Sosehr sich Stella auch an den Tag in der Fischerhütte zurücksehnte, so erleichtert war sie, nicht in Versuchung geführt zu werden. Denn auch wenn sie sich für ihren Fehltritt schämte, war sie sich nicht sicher, ob sie sich an ihren Vorsatz halten würde. Ihr Begehren schwand nicht mit der Zeit, sondern wurde beständig stärker. In den Nächten träumte sie von Shawn, und oft fiel es ihr am Morgen schwer, aufzustehen und der Realität ins Auge zu blicken.

Nachdem nun das Essen abgetragen worden war, saßen wie so oft nur noch Claire, Shawn und sie am Tisch, und Stella fasste sich ein Herz.

»Shawn, ich würde gerne etwas mit dir besprechen«, unternahm sie einen Vorstoß. Ihr Schwager erstarrte und sah hastig zu Claire, die zwar merkte, dass etwas nicht stimmte, aber nur fragend von ihrer Schwester zu ihrem Ehemann blickte.

»Möchtest du unter vier Augen mit mir sprechen?«, presste er schließlich hervor, und Stella begann zu ahnen, was er fürchtete zu hören. Er glaubte, sie sei schwanger!

»Nein, nein, natürlich nicht«, wiegelte sie ab, »Claire interessiert es sicher auch.« Oh Gott, wie das wieder klang! Natürlich fand sie wie immer die falschen Worte. Shawns Lippen wurden zu einem schmalen Strich, seine Augen blitzten sie warnend an.

»Es geht um den Indio«, sagte sie schnell und fühlte, wie das Gewicht auf ihren Schultern weniger wurde. Erleichtert lehnte Shawn sich zurück und schenkte seiner Frau ein schmales Lächeln.

»Stimmt ja, die Newville Schwestern haben ein Herz für unsere Eingeborenen. Du hast sogar Navarino gepflegt, stimmt das?«

Claire nickte und senkte den Blick.

»Er war von Hunden angefallen worden und niemand half ihm. Onkel wollte nicht, dass ich es mache. Sie wollten ihn einfach blutend zurücklassen. Er wäre gestorben.«

»Ich bin froh, dass du das getan hast, meine Liebe, sonst könnte man meinen, die Menschen ließen Gottes Barmherzigkeit in diesem Land völlig außer Acht. Abgesehen davon ist Navarino ein guter Arbeiter. Gut, dass er nicht nach Punta Arenas zurückgekehrt ist. Aber es geht nicht um ihn, oder?«

»Nein, um Naviol«, bestätigte Stella und versuchte genau wiederzugeben, was die Indios ihr gesagt hatten. »Seine Familie braucht ihn im kommenden Winter dringend. Er muss nach Hause. Wenn seine Schuld nicht abgegolten ist, will er im Frühling wiederkommen, sobald die Basstölpel und Pinguine brüten, dann könnten sich seine Verwandten von den Eiern und den Vögeln ernähren.«

»Ich finde, er hat jetzt lange genug für dich gearbeitet, die paar gestohlenen Schafe hat er längst abgezahlt«, mischte sich Claire ein, sah ihre Schwester verschwörerisch an und griff nach Shawns Hand.

Jetzt musste auch er grinsen.

»Na, gegen eure vereinten Kräfte komme ich wohl kaum an. Naviol macht sich wirklich nicht so schlecht. Eigentlich könnte ich sogar mehr Männer wie ihn gebrauchen. Ich verspreche, ich lasse mir etwas einfallen.«

»Wenn es seiner Familie wirklich so schlecht geht, würde ich ihm gerne etwas Essen mitgeben. Ich bezahle es natürlich«, erwiderte Stella ernst. Naviol hatte wirklich sehr besorgt ausgesehen, als er von den schwindenden Guanakoherden berichtete. Ihre Erinnerung an das Blutbad, das die Männer unter den Tieren angerichtet hatte, war noch frisch, und irgendwie fühlte sie sich dafür verantwortlich.

»Meine liebe Schwägerin, du glaubst doch nicht ernsthaft, dass ich von dir Geld annehme«, sagte Shawn mit gespielter Entrüstung.

»Aber Stella hat recht, wenn sie Hunger leiden, sollten wir ihnen helfen.«

»Und das werden wir, ich verspreche es euch«, sagte Shawn feierlich. »Im Winter brauchen wir ohnehin weniger Arbeiter, da macht es nichts, wenn Naviol fehlt. Er soll heimkehren.«

Der Wind fegte eisig über die von schwarzem Gestrüpp und Sauerdorn bewachsenen Hügel, pfiff durch die kahlen Zweige sein eintöniges Lied und trieb die roten Blätter der Scheinbuchen vor sich her. Fröstelnd zog Constantin Moss seinen Kragen zurecht. Längst hatte er seine Tweedjacke gegen den alten Mantel eines Gauchos getauscht, der, wenngleich er auch stank, größtenteils dem Wind und dem Regen standhielt.

Seit mehreren Tagen schon folgten sie dem Küstenverlauf des Seno Otway, einem Fjord, der von der Magellanstraße aus tief ins Land schnitt und die Brunswick-Halbinsel von der Isla Riesco trennte. Zumeist ritten sie durch eine wellige Dünenlandschaft, die von Bartgras und Seggen geprägt wurde. Die meisten Vögel hatten die Region verlassen, und auch für Constantin und seinen Förderer war es längst Zeit, sich ein Winterquartier zu suchen.

Der Professor war seit seiner schweren Erkältung im Spätsommer nicht mehr ganz auf die Beine gekommen und saß zusammengesunken auf seinem Pferd. Seinen Schal hatte er sich um Hals und Kopf geschlungen. Quintero, der bärbeißige Führer der Forscher, ritt voran, pfiff hin und wieder eine kurze Melodie, um dann wieder für lange Zeit zu verstummen. Beständig kaute er Kautabak und spie braunen Speichel aus. Constantin war von dem Alten gleichzeitig fasziniert und angewidert. Sein langer Bart war ungepflegt. Auch die Kleidung war uralt und wurde nur durch den festen Glauben ihres Trägers zusammengehalten. Einzig seinem Facon-Messer und den *espuelas* ließ der alte Gaucho Pflege angedeihen. Die Sporen glänzten immer.

»Quintero? Wie weit ist es noch?«, rief Constantin dem Führer zu, der daraufhin nachlässig sein Pferd zügelte und wartete, bis er auf gleicher Höhe war.

»Sehen Sie die Kuppe da vorn, Señor?«

Constantin spähte durch den feinen Sprühnebel, bis er eine blasse Erhebung ausmachte. Krumme Bäume duckten sich in den Windschatten.

»Ja, ich sehe sie.«

»Von da aus brauchen wir nicht mehr lange bis zum Fitz-Roy-Kanal, wahrscheinlich erreichen wir die Furt noch vor dem Mittag.«

Wie sie den schmalen Fjord, der die Isla Riesco vom Festland Tierra del Fuegos trennte, überqueren sollten, war Constantin noch immer ein Rätsel. Ihr Führer schwieg sich darüber aus. Selbst im Sommer waren die Fjorde eisig. Was für Temperaturen sie im Herbst erwarteten, wenn nachts und oft auch am Tage Frost herrschte, mochte er sich nicht vorstellen.

Quinteros Einschätzung bewahrheitete sich. Sobald sie die Kuppe überquert hatten, konnten sie den Fitz-Roy-Kanal als dunkelblaues Band im Westen ausmachen. Gleich darauf schlängelte sich der Trampelpfad durch dichten Urwald. Die Baumkronen schirmten sie wie eine Glocke vom Wind ab, der über ihnen Blätter und Flechten von den Zweigen riss.

Am Mittag erreichten sie eine kleine Estanzia, die zwischen einigen *coihues* lag, die die Bezeichnung Baum nicht verdienten. Die Bewohner, eine Gruppe raubeiniger Männer, die aussahen, als hätten sie ihre Jugend auf den Meeren der Welt verbracht, bewirtschafteten das Stückchen Einöde.

Sie verlangten einen kleinen Betrag dafür, dass sie die drei Reisenden in ihrem Boot über den Kanal ruderten. Nach einer kurzen Rast und einem Imbiss wurden die Pferde von Sätteln und Lasten befreit, denn sie mussten die Strecke schwimmend zurücklegen.

Professor Holton war wie ausgewechselt. Aus dem müden

älteren Mann war wieder der energische Forscher geworden, der mit allen Wassern gewaschen war. Mühelos verschaffte er sich unter den Männern Respekt.

»Die Kisten dürfen auf keinen Fall nass werden!«, befahl er und überwachte die Männer, wie sie die Fracht, bestehend aus Präparaten und einem kostbaren Mikroskop, in ein Ruderboot packten, das auch schon bessere Zeiten gesehen hatte. Constantin kümmerte sich lieber selber um seine Aufzeichnungen und die wenigen Bücher, die er mitgenommen hatte.

Die erste Fuhre bestand aus dem Professor und zwei Pferden, die mit langen Seilen an den Halftern ans Boot gebunden wurden. Die Tiere sträubten sich und die Männer trieben sie mit Schreien und Schlägen in die grauen Fluten.

Constantin blieb am Ufer stehen, in der Hand eine Tasse mit wärmendem Mate. An das Getränk hatte er sich erst gewöhnen müssen. Der Sud aus gehackten Stechpalmenblättern war nicht mit dem guten Darjeeling zu vergleichen, den es meist in Holtons Gesellschaft gab, doch mittlerweile mochte er den intensiven Geschmack des grünen Gebräus und seine belebende Wirkung. Der schwarze Tee war ihnen schon vor Wochen ausgegangen und sie würden nicht so bald an Nachschub kommen.

Die Überfahrt verlief schneller, als er erwartet hatte. Obwohl das Wasser unruhig war und der Wind heulend die Gischt von den Wellenkämmen riss, konnte er schon bald aus der Ferne sehen, wie der Professor mitsamt Pferden und Gepäck ans Ufer gelangte.

Ein kaum merkliches Geräusch veranlasste ihn, sich umzuwenden. Ungläubig stellte er fest, dass sich einer der Bewohner der Estanzia hinter seinem Rücken an dem am Ufer gestapelten Gepäck zu schaffen machte. Der blonde Mann war halb von den Sätteln verdeckt und schien nicht zu bemerken, dass er beobachtet wurde.

»Hallo, was machen Sie da?«, rief Constantin und ging energisch auf ihn zu. Der Mann stand eilends auf, riss eine Satteltasche an sich und ergriff die Flucht.

Fluchend ließ Constantin seine Tasse fallen und nahm die Verfolgung auf. Von den anderen Männern war nirgends etwas zu sehen. Der Dieb war schnell. Constantin folgte ihm über einen schmalen Pfad, im Zickzack durch Seggen und verholzte Heidepflanzen, die sich als wahre Stolperfallen entpuppten. Er strauchelte mehrfach, dennoch holte er auf. Sein Zorn spornte ihn zu Höchstleistungen an und er rannte immer schneller. Es war die Tasche mit seinen Aufzeichnungen; alles, was er in den vielen Monaten der Forschungsreise in mühsamer Feinarbeit zusammengetragen hatte. Und irgendein Idiot klaute sie ihm einfach!

Den Gedanken, die Pistole zu ziehen, die er seit Monaten im Gürtel trug, verwarf er sofort wieder. Er würde nicht auf einen Menschen schießen, nicht für einen Stapel Papiere, und sei er noch so kostbar.

»Es sind nur Aufzeichnungen«, schrie er dem Dieb hinterher, der im Laufen die Tasche aufriss, eine Mappe herauszerrte und sie fortwarf. Als er ein Südbuchendickicht erreichte, holte Constantin ihn endlich ein. Mit einem zornigen Aufschrei fasste er den Dieb am Halstuch und riss ihn zu Boden. Der Mann stürzte direkt vor seine Füße. Es war keine Zeit mehr, auszuweichen. Constantin fiel und schlug mit der rechten Wange gegen einen Stein. Ein schneidender Schmerz jagte durch seinen Kopf und seinen Kiefer, und er verlor beinahe die Besinnung. Doch er ließ den Dieb nicht los, der wie wild um sich schlug.

Constantin rollte sich auf ihn und entriss ihm die Satteltasche. Die Hälfte der Papiere lag bereits verstreut um sie herum und wurde vom Wind weggeweht. Außer sich verpasste Constantin dem Dieb einen Faustschlag ins Gesicht. Am liebsten hätte er ihn richtig verprügelt, doch seine Aufzeichnungen waren wichtiger.

»*La madre que te parió!* Kannst du nicht etwas anderes klauen? *Boludo!*« Er rappelte sich auf und klaubte die Blätter aus dem Heidekraut. An den violetten Blüten der Pflanzen hatten sich Tau und Regenwasser gesammelt und durchnässten die Seiten sofort. Die Tinte zerfloss zu großen Klecksen, machte Schrift und kostbare Zeichnungen unkenntlich. »Alles dahin, verfluchter Idiot!«, schrie er.

Der Mann starrte ihn an, sprang schließlich auf und rannte davon. Constantin malte sich aus, wie es wäre, doch seine Waffe zu ziehen und dem flüchtenden Übeltäter in den Rücken zu schießen, dann bückte er sich wieder nach den Blättern.

Nichts war mehr zu gebrauchen. Nichts.

Mit hängenden Schultern, die Satteltasche und den durchweichten Blätterstapel an sich gepresst, kehrte er ans Ufer des Fitz-Roy-Kanals zurück.

Quintero schaute ihn mit einer abfälligen Mischung aus Mitleid und Verwunderung an, während er das restliche Gepäck ins Boot trug.

»Niemandem ist zu trauen, niemandem«, murmelte er vor sich hin, während er die Pferde mit Stricken aneinanderband. »Setzen Sie sich schon einmal ins Boot, Señor.«

Er klang, als spreche er mit einem Menschen, der ein wenig wirr im Kopf war. Constantin scherte sich nicht darum. Der Verlust seiner Aufzeichnungen saß wie ein kalter Stachel in seiner Brust, das Atmen fiel ihm schwer und er fror. Das Blut, das von seiner Wange lief, bemerkte er kaum.

Wie sollte er es dem Professor erklären, dass ausgerechnet die Zeichnungen von den Haut- und Schleierfarnen, von denen ihnen schon die Pflanzenproben verschimmelt waren, Opfer seiner Unachtsamkeit geworden waren? Hätte er doch nicht am Ufer gestanden und verträumt in die Ferne geschaut, sondern bei dem Gepäck gewartet!

»Und los geht's«, sagte Quintero und legte sich in die Riemen. Zwei Männer scheuchten die Pferde vorwärts und ließen ihre *rebenques* knallen, und schon waren sie im Fjord.

Das Boot schaukelte über die Wellen. Gischt, vom Wind aufgewirbelt, bedeckte die Haut mit einem nassen Salzfilm. Constantin sah sich um. Im Kielwasser des Bootes kämpften die Pferde mit zugekniffenen Nüstern und ängstlich aufgerissenen Augen gegen die Wellen. Auch sein Wallach war dabei.

Der Anblick des Tieres im eisigen Wasser war seltsam ernüchternd. Die halbe Strecke über den Kanal war bald geschafft. Constantin nutzte die restliche Zeit, um die nassen, verknitterten Dokumente einzupacken und sich das Blut von der Wange zu waschen. Das Salzwasser brannte in der Wunde und fühlte sich zugleich wie eine Reinigung an. Seit seiner Kindheit hatte er sich nicht mehr geprügelt.

Constantin lachte trocken auf. Wann war ihm je etwas in den Schoß gefallen? Dann würde er die Zeichnungen eben noch einmal anfertigen. Der Winter, der vor ihnen lag, war lang genug.

Knirschend schob sich das Boot auf den Uferkies. Die Pferde trabten an dem Gefährt vorbei aus dem Wasser, so weit es die Stricke zuließen, und schüttelten sich. Constantin wartete, bis Quintero das Boot verlassen und ein Stück weiter an Land gezerrt hatte. Die Unterlagen noch immer fest an seine Brust gepresst, stieg er aus.

»Was ist passiert?«, fragte Holton sogleich. »Hat es einen Unfall gegeben? Du blutest.«

»Das ist nichts.« Constantin holte zwei Mal tief Luft, dann fasste er die Katastrophe in Worte. »Die Unterlagen über die Farne sind ruiniert, jemand hat versucht, sie zu stehlen.«

Da Holton nichts erwiderte und ihn nur mit offenem Mund anstarrte, sprach Constantin weiter. »Er ist weggerannt, ich hinterher, die Zeichnungen sind herausgefallen, alles ist nass. Hätte ich nur besser achtgegeben …«

Holton griff nach der Mappe, die er im Arm hielt. Am liebsten hätte Constantin sie ihm nicht gegeben und sie wie ein trotziges Kind mit aller Kraft an sich gepresst. Holton schlug die Mappe auf, blätterte durch die verschmierten Seiten und klappte sie wieder zu.

»Verfluchter Dreckskerl. Was für eine Idiotie! Die Pest sollte man ihnen an den Hals wünschen.«

Constantin sah betreten in das zorngerötete Gesicht seines Mentors.

»Es tut mir leid. Ich weiß nicht, wie ich diesen Schaden je wiedergutmachen soll …«

»Du? Du musst überhaupt nichts wiedergutmachen. So wie du ausschaust, hast du sie mit deinem Leben verteidigt«, sagte Holton überraschend ruhig und legte ihm eine Hand auf die Schulter. »Komm, packen wir zusammen, damit wir hier nicht noch bis zum Abend herumstehen und feuerländische Tölpel verfluchen. Es gibt Schlimmeres als den Verlust von einigen Papieren.«

Constantin fühlte sich wie von einer schweren Last befreit.

Professor Holton erstaunte ihn über die Maßen. Keine Anklage, kein einziges vorwurfvolles Wort.

Sie mussten schnell aufbrechen. Gemeinsam wurden die Pferde gesattelt und beladen, und sie schlugen ein flottes Tempo an, damit sich die durchnässten, frierenden Tiere aufwärmen konnten. Die Reitpferde beherrschten alle den bequemen Passgang und so war die hastige Weiterreise nicht einmal unangenehm. Auf der Isla Riesco ging es über schmale Pfade westwärts auf die Berge zu. Das Land stieg bald an, die Kuppen waren überwachsen mit braunem Gestrüpp und Zypressenwäldern, doch in den Tälern entdeckte Constantin geschütztes, üppiges Weideland. Hier also verbrachten sie den Winter.

Quintero sagte, sie würden die Estanzia noch am selben Abend erreichen, wenn sie in gleichem Tempo weiterritten. Eine wunderbare Vorstellung.

Es dämmerte bereits, als sie zwei Reiter ausmachten, die eine kleine Schafherde vor sich hertrieben. Als sie näher kamen, sahen sie, dass es Indios waren. Der kleinere von beiden saß recht unsicher im Sattel und trug zu Hemd, Hose und Stiefeln einen kunstvoll genähten Umhang aus Guanakofell.

»Señores«, rief der Professor ihnen zu. »Wie weit ist es noch zur Estanzia Fergusson?«

Der größere der beiden, der sich nur durch seine Hautfarbe von den üblichen Gauchos unterschied, grüßte freundlich. »Sie sind bereits auf dem Land der Estanzia, meine Herren. Reiten Sie nur geradewegs nach Norden.«

»Vielen Dank, Señores«, sagte Holton und ritt in die ihm beschriebene Richtung. Quintero holte trabend auf, während Constantin den beiden Gauchos nachsah.

Der kleinere musste ein *Selk'nam* sein, Umhänge wie seinen

kannte er aus dem Museum. Die Hautstücke waren perfekt verarbeitet und bildeten ein kunstvolles geometrisches Muster. Wenn er nur so ein Kleidungsstück zurück mit nach England nehmen könnte!

Kurzerhand ritt er den Männern nach und versprengte beinahe ihre kleine Schafherde.

»Ich habe eine Frage, Señor!«

Der *Selk'nam* zog ungelenk an den Zügeln, hielt sein Pferd an und musterte ihn misstrauisch.

»Was?«

»Sein Spanisch ist nicht gut«, sagte der andere. »Womit können wir helfen?«

»Ich bin Forscher und interessiere mich für die Kultur der Eingeborenen. Ich würde gerne seinen Mantel kaufen.« Der Gaucho übersetzte, und als der Indio irritiert den Kopf schüttelte und über das rotweiße Fell fuhr, begannen sie eine rege Diskussion.

»Was sagt er?«

»Naviol verkauft den Umhang nicht. Aber ich habe ihm einen Vorschlag gemacht, wenn Sie damit einverstanden sind.«

»Ich höre.«

»Wenn Sie länger auf der Estanzia bleiben, wird er zurückkommen und ihnen einen anderen Mantel von gleicher Qualität bringen. Sein Preis sind vier Schafe, gesunde, tragende Muttertiere.«

Constantin hatte keine Ahnung, wie viel solch ein Tier kostete, doch er war davon überzeugt, es sich leisten zu können. Er nickte.

»Wir bleiben den Winter über als Gäste auf der Estanzia. Ich hoffe, Sie kommen vorbei und bringen einen Umhang mit. Ich würde auch gerne mit ihm reden und andere Dinge sehen, die sein Volk herstellt.«

Der Gaucho übersetzte wieder. Constantin gab beiden die Hand und ritt im Galopp zurück. So fand dieser unglückselige Tag doch noch ein vielversprechendes Ende.

Naviol wandte sich im Sattel um und sah dem Weißen nach. Als sein Pferd auf die Gewichtsverlagerung reagierte und nach rechts wendete, schrak er zusammen und riss an den Zügeln. Er fühlte sich noch immer sehr unsicher auf dem Rücken dieser riesigen Tiere, wenngleich es mit jedem Tag besser wurde und der Wallach lammfromm war. Warum die Pferde, die doch so viel größer und stärker als die Menschen waren, sich ihnen dennoch unterwarfen, war ihm ein Rätsel.

Aber nun kehrte er erst einmal zu seiner Familie zurück. Fergusson hatte sein Versprechen gehalten, zumindest nachdem ihn Señorita Newville daran erinnert hatte. Ihr und ihrer Schwester war wohl auch zu verdanken, dass Naviol nicht mit leeren Händen heimkehrte. Fergusson hatte ihm ein Dutzend alter Schafe überlassen. Böcke und Mutterschafe, die nicht trächtig geworden waren und den Winter mit seinen strengen Frösten wahrscheinlich nicht überstanden. Die Weißen aßen die alten Tiere nicht mehr, deren Fleisch zäh und intensiv im Geschmack war.

Für Naviol hingegen bedeuteten sie einen kleinen Reichtum. Sie würden die Tiere nach und nach schlachten, immer dann, wenn die Jagd erfolglos verlief. Die Schafe stellten eine gute Grundlage für harte Zeiten dar, und wenn die Geister ihm hold waren, so bescherte die Begegnung mit dem Fremden ihm noch weiteres Glück.

Was für ein seltsamer Mensch der Weiße doch war!

»Navarino, glaubst du wirklich, dass dieser Señor Moss mir im Tausch für einen Guanakoumhang Schafe gibt?«

Der *Yag'han* nickte.

»Ich habe schon früher von Männern wie ihm gehört. Sie sammeln Wissen und Dinge und bringen sie weit über das Meer zurück in ihre Städte, um dort anderen davon zu erzählen.«

Das machte Naviol nachdenklich.

»Und dort wollen die Menschen etwas über die *Selk'nam* erfahren? Ich kenne sie doch nicht, wir sind uns nie begegnet.«

Navarino zuckte mit den Schultern.

»Die bleichen Menschen sind seltsam, Naviol. Versuche nicht, sie zu verstehen, sondern mit ihnen auszukommen und das Beste für deine Sippe zu tun, damit auch sie weiterleben, denn die Fremden gehen nicht wieder fort.«

Es wurde allmählich dunkel, und sie sahen sich nach einem Lagerplatz um, wo sie die Nacht verbringen konnten. Für die Schafe sperrten sie mit einem Seil und Stöcken, die sie in den weichen Moorboden rammten, ein Stück Land ab, bevor sie sich im Schutz einiger welker Sauerdornsträucher schlafen legten. Naviol war wirklich froh, dass sich Navarino entschieden hatte, einige Wochen im Lager seiner Familie zu wohnen. Fergusson hatte über den Winter Arbeiter heimgeschickt, auch Navarino. Der wusste nicht wohin und so würde er die Gruppe als Jäger unterstützen. Für Naviol, dem der *Yag'han* ein guter Freund geworden war, war es eine Selbstverständlichkeit, ihn einzuladen, und es hatte auch einen anderen guten Nebeneffekt. So musste er die störrischen Schafe nicht alleine treiben und Navarino konnte ihm zeigen, wie die Tiere im Winter am Besten zu versorgen waren. Im Frühling würden sie dann gemeinsam zur Estanzia zurückkehren und wieder dort arbeiten.

Am nächsten Tag dauerte es beinahe bis zum Mittag, bis Naviol die Spur seiner Verwandten fand und erahnte, welchen Lagerplatz sie gewählt hatten. Sie waren weiter nach Westen gezogen, in einen von Weißen unbewohnten Landstrich, wo die hohen Massive der Kordilleren die Winterstürme abhielten und dichte Wälder Beute versprachen. Olit hatte sich wirklich vergewissert, dass sie nach den Schafdiebstählen nicht entdeckt wurden. Die Spuren waren nur noch für einen sehr geübten Fährtensucher zu erkennen, doch Naviol fand sie. Er hatte, seitdem er denken konnte, von seinem Onkel gelernt und mit ihm gejagt. Sie entdeckten Fell und zerbrochene Zweige, wo der erfahrene Jäger ein Guanako erlegt hatte, und folgten ihm, der durch das zusätzliche Gewicht, das er zu tragen hatte, tiefe Fußspuren in dem regendurchweichten Boden hinterlassen hatte.

Die Sippe hatte ihr Lager an einem kleinen Bachlauf aufgeschlagen. Naviols wild schlagendes Herz wollte ihm schier aus der Brust springen, als er nach Monaten endlich wieder die vertrauten Zelte sah und auch seine Verwandten, die geschäftig zwischen ihnen umhergingen.

»Warte du hier mit den Pferden«, bat er Navarino. »Ich will nicht, dass sie Angst vor mir haben.«

»Das haben sie ohnehin, Naviol. Wenn deine Leute so denken wie meine, bist du in ihren Augen ein Geist.«

Naviol schluckte, ließ sich vom Pferd gleiten und reichte dem anderen die Zügel. Er wusste, dass es genau so sein würde. Seine Frau und seine Anverwandten hatten womöglich schon eine Zeremonie für ihn abgehalten. Hastig zog er die Kleidung der Weißen aus und fühlte sich schon ein wenig besser.

Die ersten Schritte fielen ihm besonders schwer. Niemand bemerkte ihn, als sei er tatsächlich ein Geist.

Schließlich schlugen die Hunde an. Sein Jagdhund, Grauer, war der Anführer der Meute, die sich lärmend und mit gefletschten Zähnen näherte. Naviol war wie gelähmt, besann sich jedoch und stieß einen leisen Pfiff aus. Sofort veränderte sich das Verhalten der Tiere. Grauer duckte sich, wedelte mit dem Schwanz und trabte auf ihn zu. Glücklich winselnd sprang er an seinem lang vermissten Herrn empor und ließ sich die weichen Schlappohren kneten.

Einen Moment lang war Naviol von den Hunden abgelenkt, dann richtete er sich wieder auf.

»Ekina?«

Sein Ruf hallte ins Tal hinab. Er erkannte Olit und dessen Bruder Nako, die kampfbereit mit ihren Speeren dastanden.

Die Kinder hatten sich in die Büsche geflüchtet, die hinter den Unterständen und Zelten eine natürliche Begrenzung bildeten. Einige Frauen waren bei ihnen.

»Ekina, ich bin es, Naviol. Olit, Nako, wollt ihr mich nicht begrüßen? Die Fremden haben mich gehen lassen!«

Langsam, die leeren Hände als Zeichen seiner friedlichen Absichten nach vorn gestreckt, ging er auf sie zu, während die Hunde bis auf Grauer nach und nach das Interesse an ihm verloren und ihrer Wege gingen.

Eine Frau löste sich aus der Gruppe, ihr Haar dunkler als das der anderen, fast vollständig schwarz. Ihre sonst so geschmeidigen Bewegungen waren beinahe steif, doch sie kam langsam auf ihn zu. Sie ließ sich weder von ihrer Angst noch von Olit aufhalten, der vergebens nach ihrem Arm griff.

Sie blieb vor Naviol stehen, so nah, dass er nur die Hand ausstrecken musste, um sie zu berühren. In ihren grünbraunen Augen schwammen Tränen. Naviol spürte auch ein Brennen in seiner Kehle und schluckte.

»Ekina«, sagte er ein drittes Mal, nun sanft und leise, nur für sie hörbar.

Ihre Unterlippe zitterte, während sie mit den Worten rang. »Wo warst du, Naviol?«

Vorsichtig strich er ihr eine dunkle Strähne aus der Stirn. Ihr Haar war genauso weich, wie er es in Erinnerung hatte. »Das ist nun unwichtig, Frau. Ich bin zurück.«

Sie umarmten sich. Ekinas Hände wanderten wie selbstverständlich unter seinen Fellumhang auf seinen Rücken.

»Wie geht es euch?«, hauchte er in ihr Haar und drückte Küsse auf ihre weiche Haut.

»Wir haben große Angst um dich gehabt. Olit sagte, sie hätten dir sicherlich eine Schlinge um den Hals gelegt und dich erwürgt oder dir mit ihren schrecklichen Waffen ein Loch ins Herz gemacht.«

»Nein, nur eingesperrt haben sie mich, wie eine Kammratte in einem eingestürzten Bau.«

Nun hatten auch die anderen Mitglieder der Sippe ihre Angst verloren. Die Kinder kamen als Erstes, dann die Männer und Frauen. Olit schlug Naviol mit der Hand auf die Schulter und lachte, und alle stimmten mit ein, als hätten die Götter ihnen ein besonderes Geschenk gemacht, und das stimmte ja auch.

Schließlich verschaffte sich Naviol Gehör.

»Ich bin nicht allein gekommen, ein Freund, ein *Yag'han*-Krieger ist mit mir gekommen. Erschreckt euch nicht. Er trägt die Tracht der Fremden und hat die großen Tiere bei sich, die sie Pferde nennen.«

Alle starrten erwartungsvoll zum Hügel. Naviol rief nach seinem Freund. Navarino hatte nur darauf gewartet. Die beiden Pferde am Zügel, kam er den Hang hinab. Die Hunde begannen zu toben, machten die Pferde scheu und hätten sich beinahe auf sie gestürzt, wenn die Jäger sie nicht zurückgerufen hätten.

»Ich musste für den Mann mit dem roten Geisterhaar arbeiten«, erklärte Naviol an Olit gewandt, »doch er hat mir auch etwas dafür gegeben. Schafe, die weißen Guanakos. Wir werden sie essen, wenn die Geister uns keine gute Jagd bescheren. Diesen Winter wird der Hunger kein Gast in den Zelten der *Selk'nam* sein.«

Olit lobte ihn, doch Ekinas stolzes Lächeln bedeutete Naviol am meisten. Vielleicht war die Zukunft doch nicht so dunkel wie in seinen Träumen.

Naviol klappte das steife Lederstück zurück, das die Zelttür bildete, und kroch hinein. Ekina folgte ihm und verschloss es. Naviol sah sich in dem Dämmerlicht, das durch Wände und Rauchöffnung hineindrang, um und atmete tief ein. Es sah aus, als sei er nie weg gewesen, obwohl das Zelt nun mehrere Tagesreisen weiter westlich stand. Alles war vertraut, die Ecke, in der Ekina Kräuter und Vorräte aufbewahrte, die Kochsteine neben dem Feuer, der Geruch. Naviol streckte sich und berührte eine Halskette aus kleinen Wirbelknochen, die Ekina zwei Winter zuvor für ihn angefertigt hatte. Sie hing über der Schlafstelle.

»Ich habe nie geglaubt, dass du tot bist«, sagte sie mit sanfter Stimme und musterte ihn, als suche sie nach kleinen Veränderungen. Naviol kniete vor ihr und konnte sich an ihr nicht sattsehen.

»Vielleicht haben unsere Seelen sich trotz der Entfernung berührt.«

»Das glaube ich auch. Olit sagte, du seist tot und wir sollten die *Yosi* darum bitten, deinen Geist ins Jenseits zu führen, aber ich wollte nichts davon hören.«

Naviol nahm ihre Hände in seine.

»Eine Zeit lang habe ich gedacht, ich würde von innen Stück für Stück sterben, doch dann wurde es besser. Jetzt bin ich wieder bei dir und fühle mich heil.«

Sie beugte sich vor und ließ ihre Hände prüfend über sein Gesicht und die Schultern gleiten.

»Bist du noch der, den ich habe fortgehen sehen?«

»Ja und nein. Ist das denn so wichtig? Ich habe jeden Tag gebetet, wieder zu dir zurückzukommen.«

»Dann ist es nicht wichtig.« Sie beugte sich vor, um ihn zu küssen. Er kam ihr zuvor.

Als sie sich schließlich voneinander lösten, seufzte er. »Die Zeit bei den weißen Menschen hat Spuren in mir hinterlassen, Ekina, und ich weiß nicht, ob ich je wieder voll und ganz auf den Pfaden der *Selk'nam* wandern kann. Ich glaube, die *Yosi* haben mich aus einem bestimmten Grund dorthin geschickt. Willst du an meiner Seite bleiben, auch wenn wir unbekannte Wege gehen?«

Sie sah ihn prüfend an und nickte.

»Ja, denn ich bin deine Frau und du würdest nie etwas tun, von dem du glaubst, dass es mir schaden würde.«

»Nein, niemals.«

»Dann leg dich zu mir und lass uns einen Moment lang alles vergessen. Danach erzählst du mir von deiner Reise.«

»Ja, Frau«, erwiderte er lächelnd und spürte sogleich ein überwältigendes Verlangen. Wie sehr hatte ihm das gefehlt.

Kapitel 10

Die Estanzia war am Seeufer aufgetaucht wie ein leuchtend weißer Schneefleck im grauen Geröll. Unwirklich und irgendwie fehl am Platz. Constantin hatte es für gefährlich gehalten, noch weit nach Einbruch der Dunkelheit zu dem fremden Anwesen zu reiten. Als er seine Zweifel äußerte, tat Professor Holton sie mit einem Lächeln ab.

»Unsinn, die Fergussons sind anständige Leute. Sie erschießen keine Fremden und erst recht nicht uns. Der alte Fergusson und ich sind schon fünfzehn Jahre befreundet. Sicher erwarten sie uns bereits seit Tagen. Wir sind spät dran.«

Und so war es dann auch.

Der Patriarch begrüßte sie überschwänglich, die Köchin bereitete ihnen noch kurz vor Mitternacht ein warmes Mahl und die Quartiere waren längst vorbereitet.

Während Holton im Haupthaus ein Zimmer bezog, bekam Constantin das Gästehaus zugeteilt. Es war ein kleiner Holzbau mit hohem Steinfundament, das nach Süden hin um einen Raum mit großen Fenstern erweitert worden war. Hier, in diesem lichten Zimmer, konnten sie im Winter ihre Forschungen durchführen. Constantin war begeistert. Ein solch luxuriöses Winterquartier hatte er sich selbst in seinen kühnsten Träumen nicht ausgemalt.

Der Morgen nach der Ankunft war allerdings ernüchternd. Zwischen den Steinwänden hielt sich die Kälte wie in einem Eiskeller. Als Constantin versuchte, den Kamin anzufeuern, wäre er beinahe erstickt.

Nun stand er vor dem Häuschen und starrte zu dem mit Holzschindeln gedeckten Dach hinauf, wo sich nur eine dünne Rauchsäule einen Weg in die frostklare Morgenluft bahnte. Die weitaus größere Menge quoll aus den Fenstern und der weit aufgerissenen Tür.

Ein Glück, dass er die Zeichnungen noch nicht auf dem Tisch ausgebreitet hatte, wo er sie eigentlich durchsehen, und, was noch zu retten war, trocknen wollte. Nach diesem erneuten Unglück wären sie auch noch mit einer Rußschicht bedeckt gewesen.

Constantin sah sich um. Die Estanzia war einen kurzen Fußweg entfernt. In einigen Zimmern brannte zwar Licht, und schon bei Dämmerung waren einige Gauchos aufgebrochen, doch weit und breit war kein Arbeiter zu sehen, der ihm helfen könnte.

Dann versuchte er es eben selbst. Es konnte schließlich nicht so schwer sein, einen verstopften Kamin wieder frei zu bekommen.

Kurz darauf erklomm Constantin, bewaffnet mit einem Besen und einem langen Stecken, eine Findlingsmauer, um von da aus auf das Dach des Häuschens zu gelangen. Es war leichter als gedacht, und so kniete er bald auf dem First neben dem Kamin und schob den Besenstiel in die Öffnung. Der Rauch brannte in den Augen. Constantin unterdrückte mühsam einen Hustenreiz. Er durfte gar nicht erst husten, sonst konnte er nicht mehr aufhören.

Ja, da steckte etwas im Kamin und gar nicht so tief. Constantin schob seinen Ärmel so hoch er konnte und tastete ins Dunkel. Als etwas Weiches seine Finger streifte, zuckte er instinktiv zurück und der Schrecken fuhr ihm in die Glieder. Beinahe hätte er das Gleichgewicht verloren. Er hielt sich mit beiden Händen am Kamin fest und versuchte, sich zu sammeln. Seine Knie waren weich geworden.

Constantin atmete tief durch. Eine schlechte Idee, denn der Rauch brannte wie Säure und er konnte den Husten nicht länger zurückhalten.

»Guten Morgen!«, rief plötzlich eine klare Frauenstimme von unten. Constantin wischte sich mit dem Ärmel über die tränenden Augen. Nur verschwommen nahm er die schlanke Gestalt wahr, die vor dem kleinen Haus stand und zu ihm heraufsah.

»Guten Morgen«, entgegnete er irritiert und blinzelte ein paarmal.

»Sind Sie Constantin Moss, der Forscher? Was machen Sie denn da oben?«

Die junge Frau gefiel ihm sofort.

»Ich versuche herauszufinden, was meinen Kamin verstopft, … und ja, ich bin der Forscher. Mit wem habe ich die Ehre?«

»Oh«, sagte sie nur und lächelte zerknirscht. »Stella, Stella Newville. Haben Sie schon herausbekommen, woran es liegt?«

»Nein, aber gleich.« Constantin streckte noch einmal die Hand in den Kamin, diesmal darauf gefasst, das weiche Etwas zu spüren. Was ihn so erschreckt hatte, war kein Lebewesen, sondern Federn, wie er nun ertastete. Federn und Stöcke. »Ich glaube, da unten ist ein altes Nest!«, rief er Stella zu und hustete.

»Kann ich Ihnen irgendwie behilflich sein?«

»Nein, nein, danke. Ich habe es gleich!«

Constantin schob auch die zweite Hand hinein, verschwand fast kopfüber im Kamin und versuchte, das Nest zu fassen zu bekommen. Es steckte sehr fest, doch so leicht gab er sich nicht geschlagen und verstärkte seine Bemühungen. Endlich hörte er Äste brechen. Mit einem Ruck riss er das Nest endgültig heraus. Ein riesiger Schwall schwarzen Qualms, vermischt mit Federn und Rußflocken, folgte, als hätte er die Tore zur Unterwelt aufgestoßen.

Constantin verlor den Halt. Er hörte die junge Frau schreien, als er auch schon auf dem Hintern über die Holzschindeln schlitterte und vergeblich versuchte, sich an ihnen festzuhalten. Dann war das Dach plötzlich zu Ende. Er landete mit den Füßen voran auf dem morastigen Boden, knickte ein und kniete schließlich vor ihr, die Hände im Schlamm versunken. Atemlos starrte er auf ihre bestrumpften Knöchel und den grünen Saum ihres Kleides, der nun ebenfalls voller Ruß und Erde war.

»Señor Moss?«, fragte sie gepresst.

»Es … es geht mir gut«, stotterte er ungläubig.

Im nächsten Moment prustete Stella Newville los. Sie bog sich vor Lachen, zog ein Taschentuch aus dem Ärmel, um ihre hübschen roten Wangen dahinter zu verbergen, und wandte sich ab. Sie lachte noch immer.

Constantin starrte auf seine im Moorboden eingesunkenen Knie, auf seine verschmutzten Hände und sein zerrissenes Hemd. Ihm tat nichts weh. Er war unverletzt, und das nach einem Sturz vom Dach. Aber wie er aussah! Schmatzend gab der Boden seine Knie frei. Er erhob sich taumelnd und wischte sich die Hände erfolglos an der Hose ab. Und dann konnte auch er nicht mehr an sich halten. Die Erheiterung bahnte sich einen Weg durch seinen Bauch, und er fiel in ihr Lachen mit ein.

Stella streckte ihm ihr besticktes Taschentuch hin.

»Ich glaube, das rettet mich jetzt auch nicht mehr«, lehnte Constantin ab, während er nicht umhinkam, ihre strahlenden Augen zu bemerken. »Die Regentonne ist eher das Richtige.«

Noch immer kichernd folgte Stella ihm zu der Wassertonne. Constantin klatschte sich mit beiden Händen das Wasser ins Gesicht und wusch sich, bis er glaubte, halbwegs wieder sauber zu sein. Sein vom Vortag verletzter Kiefer schmerzte.

»Und?«, fragte er Stella schließlich, während er pitschnass und tropfend vor ihr stand. Sie musterte ihn mit kritisch zusammengezogenen Brauen.

»Sie bluten an der Wange.«

»Oh, meine Wunde ist wohl wieder aufgegangen. Sie stammt von gestern.«

»Gestern? Fallen Sie jeden Tag von einem Dach, Señor Moss?«

Machte sie sich über ihn lustig? Aber ja, sicherlich sah er aus wie eine Vogelscheuche im Regen.

»Eigentlich bin ich hergekommen, um Sie zum Frühstück ins Haupthaus zu bitten. Ich gehe morgens, so das Wetter es erlaubt, oft spazieren und dachte mir, ich hole Sie persönlich ab, statt eine der Mägde zu schicken.«

»Oh«, erwiderte Constantin. »Ich fürchte, es wird ein wenig dauern, bis ich mich in einen präsentablen Zustand gebracht habe. Ich komme nach, sobald ich kann, oder möchten Sie warten?«

»Ich warte gerne, wenn es Sie nicht stört.«

»Keineswegs. Immer herein in die gute Stube.«

Neugierig betrat Stella das Gästehaus. Der junge Forscher gefiel ihr. Mit ihm und dem graubärtigen Professor schien der kommende lange Winter doch nicht so langweilig und eintönig zu werden, wie sie befürchtet hatte.

Während Constantin Moss in einem kleinen Zimmer verschwand, sah Stella sich im Wohnraum des Gästehauses um. Sie war erstaunt, wie hell es in dem fensterreichen Anbau war. Auf zwei Schreibtischen lagen mehrere Kladden. Die Ledereinbände waren zum Teil aufgeweicht. Eine war geöffnet, und einige von Wasserflecken ruinierte Zeichnungen lugten heraus. Wo die Bleistiftzeichnungen noch nicht mit Tusche nachgezogen und deshalb nicht durch Feuchtigkeit ruiniert waren, entfaltete sich ihre ganze Schönheit.

»Sie sind ja gar kein Forscher, wie man Sie angekündigt hat. Sie sind ein Künstler«, rief sie aus.

Der junge Mann schien sie nicht gehört zu haben. Stella bezähmte ihre Neugier. Nein, sie würde nicht die Papiere durchblättern. Ansehen, was offen herumlag, war eine Sache, aber Unterlagen zu durchwühlen hielt selbst eine Stella Newville, die sich nicht immer an die Etikette hielt, für unangebracht. Schnell, um nicht weiter in Versuchung geführt zu werden, wandte sie sich ab. Erst jetzt bemerkte sie den Ruß auf den Tischen und Stühlen. Es musste geschehen sein, als Señor Moss den verstopften Kamin reinigte.

»Hier ist alles voll Ruß«, sagte Stella mehr zu sich selbst, als der Wintergast der Fergussons in den Flur trat.

»Ich fürchte, um mich ist es nicht besser bestellt.«

Er trug ein graublaues Hemd und eine dunkelgraue zerknitterte Weste. Mit seinen schwarz verfärbten Händen versuchte er umständlich, sich ein Tuch umzubinden. Auch sein Gesicht war noch immer schmutzig und aus seinem Haar tropfte Wasser. Stella musste sich bemühen, nicht wieder zu lachen.

»Eigentlich sollte ich mich rasieren«, brummte Constantin Moss und rieb sich durch den dunkelblonden Bart, den er sich anscheinend während seiner langen Forschungsreise hatte wachsen lassen. Stella fragte sich, wie der Mann wohl darunter aussah. Sicherlich viel jünger.

Constantin betrachtete sich kurz in einem kleinen halb blinden Spiegel im Flur. Er war alles andere als zufrieden mit sich, doch das ließ sich so schnell nicht ändern. Die anderen waren bestimmt schon ungeduldig.

Wenn den Fergussons eines wichtig war, dann die gemeinsamen Mahlzeiten am Sonntag. Claire ließ sich oft allein zur Frühmesse fahren und war schon seit einer Weile zurück. Der Rest der Familie wechselte an den Sonntagen ab, mal ging es in die Kirche, mal wurden kleinere Ausflüge unternommen oder man ging auf die Jagd. Heute standen die beiden Forscher im Mittelpunkt, jeder war neugierig auf ihre Geschichten.

Ein lang gezogenes Knurren durchbrach die Stille. Er wandte sich fragend zu Stella um.

»Señorita, war das Ihr Magen?

»Ich fürchte, ja.«

»Dann kommen Sie, beeilen wir uns, ich will nicht schuld daran sein, wenn Sie verhungern.«

Lachend verließen sie die kleine Hütte. Der Himmel hatte schon wieder eine bedrohliche Farbe angenommen, nachdem am Morgen noch alles nach einem kalten, aber klaren Herbsttag ausgesehen hatte. Stella hob ihren Rock und sprang geschwind über eine schlammige Pfütze auf die Bohlen des Weges. Ihr seltsamer Begleiter sah mit zusammengezogenen Brauen zum Himmel hinauf.

»Daran kann ich mich nicht gewöhnen«, brummte er. »Das ist schlimmer als in England, und dabei sagt man eigentlich, wir hätten schlechtes Wetter.«

»Es ist nicht immer so nasskalt, aber ich weiß auch noch nicht, was uns erwartet, es ist mein erster Winter.«

»Und ich dachte schon, ich hätte Tierra del Fuego persönlich gegen mich aufgebracht.«

Stella schmunzelte.

»Mir hat es hier vom ersten Tag an gefallen. Es ist zwar rau, aber viel klarer, endlos … und irgendwie befreiend.«

Constantin musterte sie erstaunt, als hätte sie etwas völlig Unerwartetes gesagt. Wahrscheinlich traute er solch eine Aussage einer Frau nicht zu. Warum Männer dachten, Frauen seien dümmer als sie oder gar einfältig, hatte Stella nie verstanden. Shawn war einer der wenigen, der anders war, das hatte sie ziemlich schnell bemerkt. Ach Shawn, beim Gedanken an ihn wurde ihr warm ums Herz, und eine plötzliche Sehnsucht erfasste sie.

»Kommen Sie, beeilen wir uns, sonst fangen sie ohne uns an.«

Der erste Schnee fiel acht Tage nach seiner Heimkehr. Er kam überraschend und wie jedes Jahr viel zu früh. An einigen Bäumen hingen noch die Blätter, die nun mit einer weißen Schneeschicht bedeckt waren, und die Äste und Wipfel beugten sich unter der Last. In der Nacht hörte man manchmal ein Splittern wie von morschen Knochen, wenn sie brachen.

In dem kleinen Zelt war von der Kälte kaum etwas zu spüren. Solange der Wind nicht so stark blies, hielt sich die Wärme des kleinen Feuers im Inneren. Naviol hatte Ekina fest in seine Armen geschlossen und lauschte auf ihren Atem. Auf dem Lager aus dicker Moosschicht, eng in weiche Felle gekuschelt, erinnerte er sich an die Zeit auf der Estanzia wie an einen längst vergangenen Traum. Es war ein Leben in einer anderen Welt gewesen. Scheinbar gab es nicht nur die Welt der Lebenden und der Toten, sondern auch die der Weißen, die fast ebenso unbegreiflich war wie das Jenseits. Ja, er hatte gelernt, ihre Worte zu sprechen, gelernt, in ihren Häusern zu leben und sogar auf Pferden zu reiten.

Sollte so die Zukunft der *Selk'nam* aussehen?

Für Navarino, der ihm zum Freund und Vertrauten geworden war, schien daran kein Zweifel zu bestehen. Entweder sie lebten mit den Weißen und auf ihre Weise, oder sie würden untergehen.

Ein Gedanke, der Naviol schon viele schlaflose Nächte bereitet hatte. Er konnte sich nicht vorstellen, Ekina in die Welt der Weißen mitzunehmen, sie in dieser seltsamen Kleidung zu sehen, die die Frauen der Fremden trugen und die sie eher wie aufgeplusterte Drosseln aussehen ließ als wie menschliche Wesen. Sie hätte Angst, womöglich mehr Angst als er.

Er schmiegte sich noch enger an seine Frau. Er drückte ihr einen Kuss in den Nacken und ließ seine Lippen dort ruhen.

Es war ein unglaubliches vertrautes Gefühl. Geborgen in ihrer Wärme fand er endlich Ruhe.

Naviol schrak hoch. Obwohl er lange geschlafen haben musste, war der Morgen noch nicht heraufgezogen. Nervös lauschte er in die Dunkelheit. Ja, da waren Schritte. Vielleicht jemand, der sich erleichtern musste?

Nein, eigentlich war ihm der Gang jedes Einzelnen aus seiner Sippe so vertraut, dass er deren Schritte nicht mehr wahrnahm. Naviol setzte sich langsam auf und merkte, wie sich Ekina im Schlaf versteifte. Sie war noch im Reich der Träume, doch auch sie hatte die Bedrohung wahrgenommen.

Er griff nach seinem Bogen. Weil Fergusson ihm seinen alten abgenommen und nie wieder zurückgegeben hatte, behalf er sich mit einem Ersatz, der immerhin mehr taugte als die Bögen der meisten anderen Männer.

Wieder vernehmbare Schritte, mindestens von zwei Menschen. Naviol wandte sich vorsichtig um. Seine Füße verursachten auf den Fellen, die den Boden bedeckten, fast kein Geräusch.

Mit zwei Fingern hob er die Zeltklappe an und lugte durch einen schmalen Spalt hinaus. Die Nacht war klar, der Mond halb voll. In seinem Licht leuchtete die Welt geisterhaft bläulich. Die Zelte standen dicht beieinander.

Um diese Jahreszeit schlief niemand mehr im Freien, wenn er nicht musste, und so war das Lager nahezu perfekt geeignet für Überfälle. Gleich drei Sippen waren mit Naviols Gruppe verfeindet, seine Vorsicht war also begründet.

Alles wirkte ruhig, selbst der Wind hatte sich gelegt. Wahrscheinlich hatte er alles nur geträumt, und die Geister hatten ihm einen Streich gespielt. Grauer, Naviols Hund, lag zusammengerollt vor dem Zelt und blinzelte seinen Herrn müde an, der ihm mit der Hand durchs Fell fuhr.

»Hörst du nichts, mein Freund?«, flüsterte Naviol. Der Hund hob den Kopf und gähnte, seine Fänge glänzten im Dunkel. Gerade als Naviol sich wieder hinlegen wollte, spitzte der Rüde die Ohren und wandte den Kopf zu dem niedrigen Hang hinter dem Lager.

Ein tiefes Knurren stieg aus seiner Kehle. Überall im Lager wachten nun die Hunde auf, knurrten und kläfften verhalten. Einige sprangen bereits auf, die Köpfe drohend gesenkt.

»Naviol?«, flüsterte Ekina verschlafen.

»Bleib liegen, mach dich ganz flach«, raunte er ihr zu, während sein Puls sich beschleunigte, und die Aufregung seine Sicht klärte und jedes Geräusch verstärkte.

Naviol verließ geduckt und mit gespanntem Bogen das Zelt und ging hinter dem knotigen Stamm einer uralten Weide in Deckung. Die laut kläffenden Hunde weckten jetzt auch den letzten Schläfer.

Da, eine Bewegung auf dem Kamm! Naviol zog die Sehne zurück und die Feder des eingelegten Pfeils berührte seine Wange. Er war bereit. Sollten sie nur kommen. Es war nicht das erste Mal, dass das Lager angegriffen wurde. Seine Schwester war vor Jahren entführt worden, als Naviol zu jung war, um für sie zu kämpfen. Sein Bruder war bei einem Angriff umgekommen. Zu Beginn des Winters kam es häufig zu Überfällen, wenn eine Sippe nur wenig oder keine Vorräte für die dunkle Zeit besaß und kaum Hoffnung hatte, den Frühling noch zu erleben. Frauen wurden zu jeder Jahreszeit entführt. Die Krieger suchten nach jungen tüchtigen Mädchen für ihre eigenen Zelte. Doch seine Ekina bekamen sie nicht! Lieber starb er, als sie einem anderen zu überlassen.

Die Hundemeute stürmte los.

Auf dem Hügel ertönte ein Schrei, der Naviol das Blut in den Adern gefrieren ließ. Doch es war nicht der Ruf eines Kriegers, kein Angriffsschrei. Es flehte jemand um Hilfe.

Naviol sprang auf und rannte los, den Pfeil noch immer auf der Sehne.

»Grauer, zurück, hierher!«

Er stieß den Pfiff aus, der die Hunde auf der Jagd von dem Beutetier zurückrief. Widerwillig folgten sie.

Und dann sah er sie. Auf der Kuppe standen drei, nein vier Gestalten. Es waren *Selk'nam,* doch keine Krieger. Eine Frau drückte ein kleines Mädchen an sich, das fürchterlich weinte. Ein Junge von vielleicht zehn Jahren reckte Naviol unentschlossen seinen Speer entgegen. Der einzige Mann war beinahe schon ein Greis und blutete an der Hüfte. Die Fremden waren ihm unbekannt.

Die Hundemeute umkreiste sie wild kläffend. Naviol verscheuchte die Tiere, indem er ihnen mit dem Bogen drohte, und sie gaben klein bei. Mittlerweile tauchten auch Olit und Navarino auf.

»Tut uns nichts, Krieger«, sagte die fremde Frau mit vor Angst und Erschöpfung bebender Stimme.

»Was wollt ihr hier, wer seid ihr? Ihr seid auf Gavos Land!«, rief Olit und reckte seinen Speer.

»Sieh doch, wie erschöpft sie sind, Onkel«, sagte Naviol. Panisch blickten die Neuankömmlinge über ihre Schultern, als würden sie verfolgt.

»Weiße Männer«, keuchte der verwundete Alte. »Sie haben all unsere Verwandten ermordet, wir haben als Einzige überlebt.«

Zornig musterte Naviol die deutlichen Fußspuren, die die Flüchtenden hinterlassen hatten. Denen konnte sogar ein Halbblinder folgen.

»Ihr lockt den Tod hierher und erwartet Gastfreundschaft?«

»Bitte, wir wissen nicht, wohin!«

Constantin legte die Tuschefeder zur Seite und bewegte die schmerzenden Finger. Er hatte die Feder so fest gehalten, dass er eine tiefe rote Stelle an seinem Zeigefinger hatte. Während er über die schmerzende Stelle rieb, sah er von seinem Schreibtisch auf und zum Fenster hinaus.

Auf dem Lago Ciencia waren Schaumkronen zu sehen. Es tobte ein selbst für Feuerland ungewöhnlich heftiger Sturm. Dennoch stand eine einsame Figur am Ufer und kämpfte gegen die heranrasenden Böen an.

Er wusste genau, wer es war. Stella Newville.

Wie gerne hätte er jetzt seine Arbeit liegenlassen, um zu ihr hinauszugehen. Diese Frau hatte ihn von Anfang an in ihren Bann geschlagen. Seither hoffte er jeden Tag auf eine erneute Begegnung mit ihr, doch die Arbeit fesselte ihn zumeist an das Gästehaus. Er wollte so schnell wie möglich die verlorenen Zeichnungen ersetzen, um sich endlich seinen eigenen Studien zu widmen. Daher blieb ihm meist nichts anderes übrig, als von Stella Newville zu träumen und auf die kurzen Momente zu hoffen, wenn sie sich im Haupthaus der Estanzia begegneten. Professor Holton war ein guter Beobachter. Ihm war nicht entgangen, was seinen Schützling umtrieb.

»Sprich mit ihr, Constantin«, hatte er schelmisch grinsend vorgeschlagen. Mit ihr sprechen, als ob das so einfach wäre. Solange sie ihn nicht interessierten, fiel es Constantin leicht, mit Damen Konversation zu betreiben, in Stellas Nähe jedoch brachte er kaum ein Wort heraus, dabei schien sie nicht abgeneigt.

Constantin seufzte. Warum musste er auch nur so schüchtern sein? In zwei Tagen aßen sie wieder gemeinsam mit der Familie Fergusson.

»Dann spreche ich mit ihr«, murmelte er.

»Hast du etwas gesagt?«, fragte Holton. Seine Stimme war belegt, als hätte er geschlafen.

»Was? Nein, nichts.«

»So langsam mache ich mir Sorgen um dich«, brummte der Professor, rückte seinen Stuhl nach hinten und erhob sich mit knackenden Gelenken. »Ist das die junge Señorita Newville da draußen in dem Sturm?«

»Ja.«

»Dann wundert mich nichts mehr. Sprich endlich mit ihr, bring es hinter dich!«

Der Spaziergang war noch kürzer ausgefallen, als Stella geplant hatte. Am Ufer des Lago Ciencia fegte der Wind ungehindert in Böen über das Land. Schon von Weitem kündigten sie sich mit lautem Heulen an und schlugen mit voller Wucht zu. Stella war mehrfach beinahe von den Füßen gerissen worden.

Schließlich kapitulierte sie, drehte dem Wind den Rücken zu und ging zurück. Sie kam nur langsam voran, weil der Wind ständig die Richtung wechselte, sie voranschob und im nächsten Augenblick wieder zurückriss.

Als Stella die erste Steinmauer erreichte, duckte sie sich dahinter, um kurz zu verschnaufen. Sie zog ihren Mantel zurecht und band sich das Tuch fester um den Kopf. Ihre Wangen fühlten sich von der Kälte taub an.

Hinter die Mauer geduckt eilte sie weiter. Das erste Gebäude war ein alter Stall, der nicht mehr für Vieh genutzt wurde und nun der Unterbringung von Brennholz diente. Stella war überrascht, als sie dort ein schwarzes angebundenes Pferd sah. Shawns Stute! Ihr Herz schlug sofort höher. Er musste hier irgendwo sein. Sie überlegte, auf direktem Weg weiterzugehen. Schließlich wollten sie einander meiden. Doch es war zu spät. Shawn trat soeben aus dem Nachbargebäude und steuerte auf den Stall zu. Als er Stella entdeckte, verlangsamten sich seine Schritte kurz. Dann fasste er sich und kam zu ihr.

»Entschuldige, Shawn, ich …«

»Du gehst bei diesem Wetter spazieren?«, fragte er ungläubig. Seine grünen Augen funkelten, während er sie musterte. Ihre Knie wurden weich. Sie nickte, brachte kein Wort heraus. Warum hatte er nur solch eine unwiderstehliche Wirkung auf sie?

Erst jetzt bemerkte sie den Hammer in seiner Hand.

»Ein Eisen ist locker«, erklärte er und trat zu Stella, die neben der Stute stand.

»Ich sollte ins Haus gehen.«

»Nein, bleib, bitte.«

Stella sah zu, wie er einen Nagel aus seiner Tasche zog und

damit das hintere rechte Hufeisen befestigte. Als er sich wieder aufrichtete, standen sie dicht voreinander.

Nah genug für einen Kuss, dachte Stella. In diesem Augenblick wünschte sie sich nichts sehnlicher, als Shawn noch ein einziges Mal zu küssen. Sie fühlte seinen Atem auf ihrem Gesicht. Und eigentlich sollte sie einen Schritt zurück machen, stattdessen lehnte sie sich vor, und dann war es geschehen. Sein Mund berührte ihren, und es war noch schöner als beim ersten Mal. War ihr kurz zuvor noch kalt gewesen, so glühte sie nun.

»Stella, was machst du nur mit mir«, stöhnte Shawn schließlich. Er griff in seine Westentasche und legte etwas in ihre Hand. Es war ein Schlüssel.

»Wofür ist der?«

»Für das neue Lagerhaus. Es ist der Einzige. Willst du dort auf mich warten?«

Wollte sie? Sie waren so lange standhaft geblieben. Andererseits, was machte es für einen Unterschied, wenn sie sich noch einmal trafen.

»Nur noch ein einziges Mal«, flüsterte sie, ohne ihn anzusehen. Der Schlüssel war warm von seiner Haut.

»Ich komme gleich nach. Gib acht, dass dich keiner sieht.«

Der Geruch von frischem Holz und fettiger Schafwolle schwängerte die Luft. Das in diesem Jahr fertiggestellte neue Lagerhaus für Wolle war ein kleines Paradies. Zwischen meterhoch gestapelten Vliesballen befand sich ihr Versteck.

Stella schmiegte sich noch etwas enger an Shawn, eingekuschelt unter weichen Decken auf einem Lager Dutzender

Vliese. In seinen Armen konnte sie alles vergessen, vor allem, dass ihr Glück ein Glück auf Zeit war.

Es war so wunderbar, den Kopf an seine Schulter zu legen, eingehüllt in seine Wärme, und von seinen starken Armen gehalten zu werden. Sie fühlte sich wie in einem Rausch und ihr Kopf wurde ganz leicht. In diesem Augenblick gab sich Stella der Illusion hin, es könne immer so sein, und malte sich aus, wie ihr Leben dann verlaufen würde. Vielleicht in einer kleinen Hütte, fernab der Estanzia und den anderen.

»Ich liebe dich«, wisperte sie, überzeugt, dass dies das Gefühl war, von dem sie so oft gelesen hatte.

Shawn seufzte, zog sie fester an sich und drückte ihr einen Kuss auf die Stirn.

»Ach Stella, was tun wir nur? Wir versündigen uns.«

Das war nicht die Antwort, die sie erhofft hatte.

Langsam, schleichend wie ein Gift, machte sich Unsicherheit in ihr breit. Holte er sich bei ihr womöglich nur, was er von der prüden Claire nicht bekam? Stella dachte an die Erzählungen ihrer Mutter. Der Mann war von Gott mit einem starken Trieb geschaffen worden, während die Frau die Aufgabe hatte, duldsam zu sein. Duldsam in jeder Hinsicht. Wie sonst sollten sie ertragen, Männer zu heiraten, die sie nicht liebten, und ein Leben lang für sie und deren Kinder zu sorgen? Claire entsprach so ganz dem Wesen ihrer Mutter und deren Vorstellungen.

Stella konnte diese Anforderungen nicht erfüllen. Sie hatte sich schon immer anders empfunden.

Wie eine Schwalbe unter Tauben, hatte ihre Amme immer gesagt. Oder vielleicht eher wie ein Sturmvogel.

Stella legte die Hand um ihre Halskette, an der das kleine Schmuckstück aus Elfenbein hing. Es drückte die Sehnsucht und den unbändigen Lebenswillen aus, den sie in sich verspürte. Nein, sie war nicht wie die anderen Frauen, vielleicht war sie auch deshalb so gern mit Shawn zusammen. Im Gegensatz zu Claire empfand sie die Vereinigung mit einem Mann weder als schmutzig noch als teuflisch. Wie konnte etwas so Wunderbares überhaupt teuflisch sein?

»Wann treffen wir uns wieder?«, fragte sie leise, während ihr Herz raste. Sie hatte das Gefühl, vor Aufregung beinahe zu sterben.

»Wir sollten uns nicht mehr treffen.«

Seine Antwort versetzte ihr einen Stich, sie wollte es doch so sehr. Ihn jetzt wieder wochenlang so zu behandeln, als sei er beinahe ein Fremder für sie, wäre viel erträglicher, wenn sie bereits wusste, wann sie sich das nächste Mal trafen.

»Shawn, ich muss dich wiedersehen. In einer Woche, vielleicht wieder hier?«, schlug sie vor, nahm den flehenden Unterton in ihrer Stimme wahr und schämte sich vor sich selbst.

Er fuhr mit seinem Zeigefinger über ihre Schulter und ihren Rücken hinab, was ein betörendes Prickeln auf ihrer Haut hinterließ.

»Ich habe nicht viel Zeit, Stella.«

»Aber wir haben uns zwei Mal getroffen, macht das jetzt noch einen Unterschied?«

»Ich ... ich weiß es doch auch nicht, Stella. Nein, es macht wahrscheinlich keinen Unterschied. Es ist falsch, was wir tun, aber ich kann meine Gedanken nicht kontrollieren. Wenn ich dich sehe, stelle ich mir immer vor, wie es wäre, mit dir zusammen zu sein! Das Wolllager hatte ich seit Tagen als mögliches Versteck im Hinterkopf. Es sollte ein Traum bleiben, und dann stehst du auf einmal vor mir.«

Stella schluckte.

»Ich fühle mich schrecklich wegen Claire, ich will ihr nicht weh tun.«

»Wenn ich mich häufiger davonstehle, werden die anderen Verdacht schöpfen, und du willst doch auch nicht, dass wir entdeckt werden.«

Nein, eigentlich nicht, aber ihr Herz wollte nicht vernünftig sein. Die ganze Welt sollte wissen, das Shawn und sie zusammengehörten, was allerdings fatale Folgen hätte. Wahrscheinlich schickte man sie dann mit Schimpf und Schande zurück nach Punta Arenas. Ihr Onkel würde sie verstoßen, eine Heimreise nach Buenos Aires wäre ihm womöglich das Geld nicht wert. Oder er verheiratete sie an irgendeinen Seemann, der ihm gerade über den Weg lief, um die Schande von der Familie abzuwenden.

»Nein, ich will natürlich nicht, dass sie es herausfindet. Aber ich werde die Stunden zählen, bis ich dich wieder für mich allein haben kann, Shawn.«

»Die Stunden zählen? Das klingt sehr langweilig«, spottete er, doch Stella war nicht aufgelegt für Scherze.

»Was soll ich denn deiner Meinung nach sonst tun?«, gab sie zurück, setzte sich auf und griff nach ihrer Kleidung, die sie über einen Balken gelegt hatte.

»Ausreiten, während es regnet, schneit und stürmt, ist sicherlich keine gute Idee. Zum Lesen fehlt mir die Ruhe, und immer wenn ich Claire sehe, läuft es mir kalt den Rücken herunter. Sie ist meine Schwester, Shawn, meine einzige Schwester! Und ich hintergehe sie auf schlimmste Weise.«

»Du hast von vornherein gewusst, worauf du dich einlässt, genau wie ich«, sagte er nüchtern und kleidete sich ebenfalls an. »Du könntest dem Professor vielleicht ein bisschen helfen. Du bist eine aufgeweckte junge Frau, und der alte Freund meines Vaters scheint nicht mehr ganz so munter wie früher. Vielleicht kannst du ihm helfen, seine Proben zu sortieren oder Abschriften anzufertigen.«

Stella musterte ihn irritiert, bis er zu ihr kam und sie in den Arm nahm. »Als er das letzte Mal hier war, war ich noch ein Junge. Ich habe im Winter jede freie Minute bei Doktor Holton verbracht. Es war eine wunderbare Zeit, an die ich mich gern erinnere. Leider muss ich mich jetzt um mein eigenes Geschäft kümmern, sonst wäre ich sicherlich ständig unten im Gästehaus und würde ihm über die Schulter sehen.«

»Dann meinst du deinen Vorschlag ernst?«

»Ja, natürlich, ich will doch nicht, dass du vor einer Sanduhr sitzt und Stunden zählst.«

Er lachte, Stella verzog den Mund. Noch immer war ihr nicht klar, ob er sie verspottete oder ihr etwas Gutes tun wollte. So oder so, sie würde über seinen Vorschlag nachdenken. Tatsächlich hatte sie sich schon seit der Ankunft der Forscher gefragt, was sie in dem kleinen Gästehaus anstellten. Der Anstand hielt sie bislang ab, sie unter einem Vorwand zu besuchen und sich die Arbeitsräume anzusehen.

»Sprichst du mit ihm, Shawn?«

»Noch heute, wenn du magst.«

Er küsste sie versöhnlich auf die Nasenspitze, und sie drückte sich ein letztes Mal an ihn und vergrub die Finger in seinen Locken.

Am nächsten Morgen verließ Stella gleich nach dem Frühstück das Haus. Es war ein eisiger Herbstmorgen. Der Wind blies so heftig, dass die Eiszapfen wie schiefe wirre Zöpfe von den Dächern hingen. In der Nacht war Regen gefallen, der nun als gefrorene Schicht Bäume, Sträucher und Erde bedeckte. In der Sonne würde es wunderschön aussehen, dachte Stella. Doch die Sonne schien schon seit Tagen nicht, und schwarze Wolken ballten sich am Himmel und sanken beständig tiefer. Sie lasteten auf dem Land und den Gemütern der Menschen.

Fest in ihren pelzgefütterten Mantel gehüllt, die Hände in warmen Fäustlingen, stapfte sie über den harschgefrorenen Schlamm. Der Bohlenweg, der sonst die Häuser verband, glich einer spiegelglatten Eisfläche.

Ein wenig aufgeregt war sie schon. Der Professor und sein junger Assistent waren in den vergangenen Tagen nur selten zum Essen in die Estanzia gekommen. Sie waren noch immer Fremde. Shawn hatte ihr allerdings versichert, dass Professor Holton sofort eingewilligt hatte, Stella eine Führung durch seine Arbeitsräume zu gewähren, nachdem er es am Vortag vorgeschlagen hatte.

Das Gästehaus lag zwischen mehreren alten Antarktischen Scheinbuchen, an deren schwarzen Ästen noch ein wenig Herbstlaub hing. Lange hielten die Blätter den Stürmen des Südens nicht mehr stand, die abwechselnd Schnee und Regen oder beides brachten.

Aus dem von Constantin Moss so mühsam gereinigten Schornstein stieg eine helle Rauchfahne, die sofort davongetrieben wurde. Sie dachte an ihre erste Begegnung, sein zerzaustes Haar und das rußverschmierte Gesicht, und musste lächeln. Womöglich hätte sie schon viel eher herkommen sollen.

Zögernd trat Stella auf die Schwelle, die aus einem flachgeschliffenen Findling bestand, und klopfte.

»Constantin! Die Tür!«, hörte sie den Professor rufen. Stella überkamen Zweifel. Hoffentlich kam sie nicht ungelegen. Sie ballte die Fäuste und nahm sich vor, nicht enttäuscht zu sein, wenn man sie wegschickte. Immerhin arbeiteten die Männer gerade und sie besuchte sie, um sich die Zeit zu vertreiben. Sie ahnte, wie es in deren Augen aussehen musste. Eine gelangweilte junge Dame, die Ablenkung suchte. Es war eine dumme Idee gewesen, besser sie ginge, bevor jemand kam. Doch es war zu spät.

Die Tür ging knarrend auf und sie blickte in das erstaunte Gesicht von Constantin Moss, der sie von Kopf bis Fuß musterte. Schließlich lächelte er, als hätte ihm jemand ein besonderes Geschenk gemacht.

»Was für eine Überraschung!«

»Ich wollte nicht stören«, entschuldigte sich Stella unsicher, als Constantin nicht zur Seite trat, um sie einzulassen. Er hatte keinen Besuch erwartet, doch das machte ihn auf eine besondere Art sympathisch. Er trug einen grauen Pullover aus dicker Schafswolle und Stulpen über den Unterarmen.

»Señorita Newville, Sie stören doch nicht, kommen Sie herein.«

Stella trat in die warme, behagliche Hütte. Im Gegensatz zu ihrem ersten Besuch sah das Gebäude mittlerweile bewohnt aus. Überall standen Kisten und Glasbehälter, die zu erkunden ihr sicher große Freude bereiten würde.

»Kann ich Ihnen etwas anbieten? Einen Tee vielleicht?«

»Du könntest der Dame aus der Garderobe helfen, Constantin. Wo hast du denn dein gutes Benehmen gelassen? In London, fürchte ich.«

Stella kicherte, als der junge Mann ihr mit hochrotem Kopf aus dem Mantel half, und begrüßte Professor Holton artig mit Knicks. Er wedelte ihre dargebotene Hand mit einer Geste weg.

»Entschuldigen Sie, aber Sie können sicher darauf verzichten, dass ich Sie mit meiner Hand berühre. Die Arbeit, die ich gerade verrichte, ist alles andere als sauber.«

»Oh, natürlich, wenn Sie meinen.«

»Ja«, sagte er in neutralem Tonfall, doch sie sah, wie sich sein Mund zu einem Lächeln verzog.

Neugierig lugte Stella in den Raum hinter ihm, wo ein regloser, kleiner Vogel auf einem Tisch lag. Nein, nicht nur reglos, das Tierchen war tot. Metallbesteck glänzte im hellen Licht zweier Kerzen, daneben lag goldglänzendes Stroh in einer Schale. Constantin Moss war, nachdem er Stellas Mantel aufgehängt hatte, in die kleine Küche gegangen. Er fluchte leise, Wasser platschte auf den Boden. Dann klapperte Geschirr.

Holton wischte sich die Hände an seiner Schürze ab und sah seinen Gast aufmunternd an.

»Señor Fergusson meinte, Sie seien eine aufgeweckte junge Frau, die ins Haus gesperrt vor Langeweile umkommt. Ist es wahr? Interessieren Sie sich für Naturwissenschaften? Das ist höchst ungewöhnlich.« Er zuckte mit den Schultern und machte eine einladende Geste. »Wenn Sie wollen, können Sie uns gerne ein wenig zur Hand gehen. Doch schauen Sie sich erst einmal alles an, womöglich ändert sich Ihre Meinung schneller, als Sie es für möglich halten.«

Stella sah sich unsicher um. Holton wartete gutmütig auf ihre Antwort. Hier übernahm niemand für Stella das Reden. Sie räusperte sich.

»Eigentlich habe ich keine Ahnung von Naturwissenschaften, aber der Teil mit der Langeweile und der Neugier stimmt.«

Holton nickte und fuhr sich amüsiert durch seinen dichten

grauen Bart. Das tat er wohl häufiger, denn die Haare standen wirr in alle Richtungen, wie die Federn eines halb gerupften Vogels.

»Na, wir werden sehen. Kommen Sie erst mal mit. Ich gebe Ihnen eine kurze Führung, die zumindest Ihrer Neugier gerecht werden sollte.«

Stella überlegte kurz, ob Neugier in Holtons Augen wohl gut oder schlecht war. Gut, entschied sie, denn das machte doch einen Forscher aus. Nur durch seine Neugier konnte er neue Entdeckungen machen, nur sie trieb diese beeindruckenden Männer an die entlegensten Orte, ins ewige Eis oder zu Kannibalen im Dschungel.

Holton war ein wenig kleiner als sie, doch seine Persönlichkeit schien über derartige Äußerlichkeiten erhaben. In seinem alten abgewetzten Jackett ging er vor ihr her wie ein König, der seinen Hofstaat musterte.

Auf den Tischen vor den Fenstern hatte ein seltsames Durcheinander Platz gefunden, nach einem System geordnet, das sich Stella nicht erschließen wollte. Frische und getrocknete Pflanzen, Steine und Vogelfedern. Dazwischen erblickte sie Mikroskope, Kladden, Bücher, Flaschen und Gläser und eine begonnene Tuschezeichnung.

Es roch nach Kräutern und Chemikalien. Während sie die in Formalin konservierten Tiere eher abschreckten, faszinierten sie wie bei ihrem ersten Besuch die Zeichnungen besonders. Eine nicht vollendete Zeichnung bildete das danebenliegende Pflanzenblatt perfekt ab und hob doch die Charakteristika hervor, die das Gewächs von ähnlichen Arten unterschied. Stella hatte gar nicht bemerkt, dass sie schon seit einer Weile stehen geblieben war.

»Constantin zeichnet unsere Präparate«, erklärte der Professor. »Leider hatten wir Pech und haben viele Zeichnungen durch Wasserflecken verloren. Uns läuft die Zeit davon.«

»Oh, tut mir leid, das zu hören. Aber bei einem Land wie Tierra del Fuego kann so etwas wohl passieren. Hier vergeht ja kaum ein Tag, an dem es nicht regnet, hagelt oder schneit.«

»Wir hatten eher ein Problem mit Einwohnern mit langen Fingern«, mischte sich Constantin ein, der leise zu ihnen getreten war und nun unsicher die angefangene Zeichnung zur Seite schob, als geniere er sich vor Stella.

»Sie ist wirklich sehr schön. Die Details sind perfekt ausgeführt und die Art, wie Sie die Feder einsetzen, um die Struktur darzustellen, ist beneidenswert«, sagte Stella anerkennend.

Constantin räusperte sich, und Stella sah, wie er errötete. Ohne den Bart sah er gut aus, sehr sogar.

»Das klingt, also verstünden Sie etwas vom Zeichnen?«, erkundigte sich Holton.

Stella zuckte mit den Schultern, eine unpassende Geste für eine Frau, die sie sich schon seit Längerem abgewöhnen wollte.

»Señor Moss ist ein Künstler, verglichen mit ihm sind meine Zeichnungen Kinderkrakeleien … ich versuche mich hin und wieder an kleinen Arrangements und Stillleben. Die Stimmung von Landschaften einzufangen will mir nicht so recht gelingen. Unsere Eltern haben meine Schwester und mich zur Erziehung in ein Kloster geschickt. Ich habe immer die Bilder in den Heiligenbüchern bewundert. Eine Nonne hat mir gezeigt, wie ich sie abzeichnen muss, von da an habe ich oft Stunden damit verbracht.«

Die Männer tauschten einen Blick, und Stella ahnte mit klopfendem Herzen, was sie gleich vorschlagen würden.

»Wenn Sie es mal versuchen möchten, würden wir uns freuen«, sagte Holton schließlich. »Constantin könnte Ihnen alles Nötige erklären. Sie würden ihm wirklich eine große Freude machen. Eigentlich ist er nicht mitgekommen, um meine gesamten Präparate abzuzeichnen, denn er hat sich ein eigenes Forschungsziel gesetzt, dem wir bedauerlicherweise noch gar nicht nachgehen konnten.«

»Oh, worum handelt es sich denn?«, erkundigte sich Stella mehr aus Höflichkeit als echtem Interesse. In ihrem Kopf wechselte sich gerade ein aufregender Gedanke mit dem nächsten ab. Sie würde lernen, richtig zu zeichnen! Ihre Eltern hatten ihrer Bitte nach einem Lehrer nie nachgegeben, weil sie es für vergeudetes Geld hielten, das künstlerische Talent ihrer Tochter zu fördern.

»Ich möchte die Ureinwohner dieses Landes erforschen.«

»Oh, wirklich?«

»Ja, aber leider sind wir eher Wilden begegnet, die entweder bereits Opfer unserer Zivilisation geworden sind oder bei unserem Anblick sofort Reißaus nahmen, und nun sind wir erst mal für einige Monate hier.«

»Die Menschen haben ja auch allen Grund, die Weißen zu fürchten«, erwiderte Stella mit unterdrücktem Zorn, und Constantin Moss hob fragend die Brauen.

»Das klingt, als hätten Sie einiges erlebt und auch schon richtige Eingeborene getroffen. Möchten Sie uns mehr darüber erzählen?«

»Das geht am besten bei einer Tasse Tee«, schlug Holton vor und richtete damit die Aufmerksamkeit aller auf den Wasserkessel, der schon seit einer Weile kochte.

Constantin zuckte zusammen.

»Ja, natürlich, der Tee!« Wenig später hatten es sich die drei in Sesseln bequem gemacht. Stella bekam die einzige Tasse, die nicht angeschlagen war, und berichtete, was sie auf ihrer Reise zum Lago Ciencia erlebt hatte. Doch sie erzählte weder von den Schädeln der ermordeten Indios, wie sie es Navarino versprochen hatte, noch von ihren seltsamen Träumen in der darauffolgenden Nacht.

Die Geschichte von Naviol, der die Estanzia nur einen Tag vor der Ankunft der Forscher verlassen hatte, schien Constantin besonders zu interessieren.

»Womöglich ist er der Schlüssel, auf den ich die ganze Zeit gehofft habe«, überlegte er leise. »Aber nun ist er weg.«

Stella schwieg. Sie war froh, dass sie Shawn überredet hatte, Naviol gehen zu lassen. Er war der traurigste Mensch, den sie je kennengelernt hatte. Allein der Anblick, wie er gebeugt hinter Navarino über den Hof ging, als sei er dessen Schatten, und klaglos alle Arbeiten verrichtete, die man ihm auftrug, tat ihr in der Seele weh.

Jetzt war er wieder bei seiner Familie und ein glücklicher Mann. Er hatte so gestrahlt, als er aufbrach und auch noch die alten Schafe geschenkt bekam, die Shawn allenfalls noch an die Hunde verfüttert hätte, weil das Fleisch so zäh war.

»Vielleicht kommt er ja im Frühjahr zurück, um für Señor Fergusson zu arbeiten. Er hatte sich noch nicht ganz entschieden.«

Auf einmal lachte Constantin.

»Professor, ich glaube, wir haben den Wilden getroffen! Und wenn er sich an unsere Abmachung hält, sollte er bald wieder hier sein! Was für ein Glück im Unglück.«

»Amen!«, lachte Holton und hob seine Tasse, als wolle er mit diesem seltsamen Trinkspruch anstoßen.

Stella lächelte zögernd. Ja, hier bei den Forschern könnte es ihr gefallen. Dann könnte sie Shawn besser aus dem Weg gehen, denn genau das sollte sie tun. Im Licht eines neuen Tages sah sie klarer. Eigentlich wusste sie immer, was sie tun *sollte*, sobald sie ihn nicht sah. Er war Claires Mann, würde es immer bleiben. Sie durften nicht weitermachen wie bisher und noch mehr Schuld auf sich laden. Es war unrecht und vor allem ein Verrat an ihrer Schwester, der sie geschworen hatte, immer für sie da zu sein.

Stella nahm sich vor, so oft wie möglich herzukommen, den Forschern zu helfen und sich viel Wissen anzueignen. Wenn sie sich in diese neue Aufgabe stürzte, könnte sie leichter Shawn vergessen, und einen kleinen Anteil daran würde vielleicht auch Constantin haben, dessen schüchternes Lächeln einen besonderen Punkt in ihr traf, der Shawn bislang verborgen geblieben war.

Kapitel 11

Kommt, nun ist es nicht mehr weit!«, rief Naviol und trieb seinen Wallach wieder an. Ekina saß hinter ihm auf dem bloßen Rücken des Pferdes und hatte die Arme fest um seine Mitte geschlungen. Das Tier trug außerdem die wenigen Dinge, die sie ihr Eigen nannten. Die Zelthäute und Felle waren zu Bündeln verschnürt. Hinzu kamen noch zwei Taschen mit Proviant.

Naviol hatte seine Frau gezwungen, mit ihm auf das Tier zu steigen. Er wollte sie in der drohenden Gefahr immer bei sich haben. Wenn die Weißen angriffen, würde er nicht ohne sie fliehen.

Die Leute seiner Sippe und die Flüchtlinge, die sie aufgenommen hatten, waren erschöpft vom langen Marsch und den kalten Nächten, in denen sie auf Feuer verzichtet hatten, um die Mörder nicht durch den Lichtschein anzulocken.

Nun war der Abend nicht mehr fern, und sie mussten sich einen sicheren Rastplatz suchen, der sich leicht verteidigen ließ. Schließlich fanden sie eine geschützte Stelle in einer bewaldeten Senke, durch die ein kleiner Bachlauf führte.

»Schlachtet ein Schaf«, entschied Naviol.

Seitdem sie auf der Flucht waren, hatten sie jeden Abend ein Tier getötet, und seine Herde, sein kleiner Reichtum, war um die Hälfte geschrumpft. Doch das war nun unwichtig. Sie mussten bei Kräften bleiben, wenn sie ihren Verfolgern entkommen wollten.

»Wir machen das Feuer zwischen den Sträuchern, da wird es niemand sehen«, sagte Ekina leise und drückte Naviols Hand, nachdem sie abgestiegen waren. Er sah ihr nach. Obwohl die Erschöpfung schwer auf ihren Schultern lastete, war ihr Gang geschmeidig. Er begehrte sie, selbst jetzt.

Die *Selk'nam* gingen leise zu Werke. Kaum ein Wort fiel, während das Lager vorbereitet wurde.

Zwei Männer packten ein Schaf, das blökend protestierte, und warfen es auf die Seite. Während einer dem Tier die Schnauze zudrückte, stieß der andere ihm ein Messer ins Herz. Das Tier zuckte, doch es war ein lautloses Sterben. Die Männer drehten es so, dass das Blut in die Bauchhöhle floss. Sie würden es später herausschöpfen und eine Suppe daraus kochen. Nichts sollte verschwendet werden.

Naviol band sein Pferd an einem Strauch an, wo es sogleich gierig zu fressen begann.

Navarino, der eigentlich nur bei ihnen überwintern wollte, war nun unentbehrlich geworden. Der *Yag'han* trat zu ihm und ließ seinen Blick über die kleine Flüchtlingsgruppe schweifen.

»Du solltest noch einmal mit den Ältesten reden, Naviol. Die Kinder und die Alten können das Tempo nicht mehr lange durchhalten. Wir sollten auf Fergussons Land ziehen, dort seid ihr sicher.«

»Du weißt, was sie davon halten«, seufzte Naviol. »Mir selbst gefällt der Gedanke auch nicht, aber ...«

Navarino legte ihm eine Hand auf die Schulter und Naviol sah auf.

»Diese weißen Männer haben kein Herz. Es sind Monster. Sie werden nicht einfach aufgeben. Ganz gleich, wie weit ihr davonlauft. In ihren Augen seid ihr nur das Geld wert, das sie für eure Leichen bekommen«, presste er hervor und fügte leiser hinzu: »Ich habe welche gesehen, die Dutzende Ohren aufgefädelt an ihrem Sattel hängen hatten, für jedes bekommen sie einen Schilling. Wenn sie euch alle töten, sind sie reich! Vielleicht verkaufen sie auch Teile der Toten in die Welt, aus der sie gekommen sind. Die Seelen werden in der Fremde umherirren und nie zur Ruhe kommen, willst du das für deine Verwandten, für Ekina, für dich?«

»Nein, natürlich nicht. Aber die Alten glauben mir nicht, sie denken, wir können uns hinter einen Felsen ducken und dort ausharren, bis der Sturm vorübergezogen ist.«

»Dieser Sturm wird nicht enden, nicht wie sonst.«

Naviol nickte, er wusste, dass Navarino die Wahrheit sprach, und in seinem Herz brannte der Zorn über die Unvernunft der Alten. Andere Zeiten waren angebrochen, und er zweifelte daran, dass es richtig war, den Ältesten in dieser Situation weiterhin die Führung zu überlassen. Doch das war der Weg, den *Temaukél* und *Kenos* für die *Selk'nam* vorgesehen hatten. Hatten die Götter schon damals gewusst, dass die Weißen kommen würden und mit ihnen eine Zeit, in der das Wissen der Alten ihre Kinder und Kindeskinder nicht mehr retten konnte?

»Sprich du mit ihnen, sag ihnen alles, was du weißt, vielleicht hören sie auf dich«, sagte Naviol erschöpft und Navarino nickte.

Einen Augenblick spähten sie beide nach Süden, in die Richtung, aus der ihre Verfolger kommen mussten. Das letzte Waldstück hatten sie schon seit einer Weile hinter sich gelassen. Nun war das Land weit und flach, bedeckt von niedrigen Sträuchern und den mehrjährigen Stauden des Bartgrases, das nach den Nachtfrösten gelb geworden war. In einer klaren Nacht hätten sie einen weiten Blick. Doch am Himmel zogen Wolken dahin, und der aufgehende Mond war nicht mehr als eine schmale Sichel. Sie konnten nur hoffen, dass die Menschenjäger aufgrund der schlechten Sicht keinen nächtlichen Angriff wagten.

»Ich werde versuchen, sie zu überzeugen, aber vorher zeige ich dir, wie man damit umgeht«, sagte Navarino und nahm sein Gewehr aus dem Futteral am Sattel. Ungläubig sah Naviol ihn an. Er wusste, dass der *Yag'han* einen der magischen Stöcke besaß, mit dem die Weißen tödliche Kugeln verschossen, doch er hätte im Traum nicht geglaubt, eine derartige Waffe je auch nur zu berühren.

»Die Menschenjäger wissen nicht, dass wir ein Gewehr haben. Während ich mit den Ältesten rede, wirst du auf der Kuppe Wache halten. Wenn sie kommen, feuerst du. Du musst nicht treffen. Das ist nicht wichtig. Es reicht, wenn sie den Knall hören. Ich eile dir dann sofort zur Hilfe. Aber ich glaube nicht, dass sie den Angriff fortsetzen. Auch die Weißen fürchten die Gewehre und werden es sich zwei Mal überlegen, ob es so klug ist, ihr Leben für ein paar Ohren zu riskieren.«

Naviol zog die Brauen zusammen und beobachtete mit Faszination und Grauen, wie sein Freund die Waffe lud. Scheinbar waren keine besonderen Rituale nötig, um die Magie zu erwecken. Weder musste man bestimmte Worte sprechen noch den Geistern der Weißen kleine Geschenke machen.

»So, fertig«, erklärte Navarino.

»Und wie kommt der Donner hinein?«, erkundigte sich Naviol verwundert. Das interessierte ihn am meisten.

»Das kann ich dir nicht erklären. Ich denke, der Donner wohnt immer in der Waffe.«

Navarino zeigte ihm, wie er das Gewehr halten musste und wo der kleine Hebel war, mit dem man das tödliche Geschoss losschickte.

Stolz und unsicher zugleich erklomm Naviol die kleine Kuppe und duckte sich hinter einem knorrigen Sauerdorn, der vom Wind fest an einen Felsen gepresst worden war und nun ein Teil des Gesteins zu sein schien. Naviol legte das Gewehr in eine Felsrinne und sah über den Lauf hinweg ins Tal, wo das blaue abendliche Dämmerlicht langsam der Nachtschwärze wich.

Olit hatte einen Wachposten nicht weit von ihm bezogen. Er musterte Naviol und seine merkwürdige Waffe, der fühlte, wie die Distanz zu seinem Onkel immer größer wurde. Wie ein Riss in einem ausgetrockneten Flussbett, der jeden Tag weiter aufklaffte. Sie wurden einander fremd, als sei Naviol von seinen Verwandten nicht nur für tot erklärt worden, sondern hätte tatsächlich eine Zeit in der jenseitigen Welt zugebracht.

Auf der Estanzia war er ein anderer geworden. Zuerst ohne es zu merken, dann ohne es zu wollen. Doch es war geschehen. Naviol würde nie wieder der Gleiche sein. Nie wieder der einfache, aber stolze Jäger. Es war ein Makel. Aber einer, der ihn stärker machte, wie eine Narbe, die von einer erfolgreichen Schlacht kündete.

Mittlerweile wusste Naviol nicht mehr zu sagen, ob er gerne zu der Zeit vor seiner Gefangennahme zurückgekehrt wäre. Er hatte vieles nicht gewusst. Die Weißen waren ihm so rätselhaft vorgekommen wie die Ahnen aus den Geschichten der Alten. Jetzt wusste er, dass sie keine Zauberwesen waren, sondern Menschen. Menschen, die anders aussahen und anders lebten und glaubten, besser zu sein als die Kinder Tierra del Fuegos.

Sie würden einen Weg finden, mit ihnen zu leben. Es war gut, dass sein Schicksal diesen Weg genommen hatte. Seine Erfahrungen würden der Sippe in Zukunft helfen, wenn sie nur die nächsten Tage überstanden.

Dann konnte Naviol auch akzeptieren, dass er in der Sippe fortan ein Außenseiter war, als sei er selbst ein Weißer geworden.

Olit und Naviol starrten in die Ebene hinab. Es regte sich nichts.

Aus dem Lager ertönten Stimmen herauf. Trotz der Entfernung klangen sie zornig. Navarino hatte als Außenstehender eine schwierige Position. Doch wer sonst sollte die Alten überzeugen, wenn nicht jemand, der sein ganzes Leben mit dem Feind verbracht hatte?

Naviols Magen knurrte und sobald ihm der intensive Geruch von Schaffleisch in die Nase stieg, wurde sein Hunger noch schlimmer. Schritte waren zu hören. Ekina stieg den Hang hinauf.

»Du bist hungrig?«, sagte sie leise. Es war mehr eine Feststellung als eine Frage.

Naviol nickte.

»Wir haben das Fleisch gerecht unter allen aufgeteilt. Du bist ein großzügiger Mann, Naviol.«

»Ich handle, wie es mich meine Ahnen gelehrt haben.«

»Und ich bin froh, dass es so ist.«

Seine Frau stellte das glatt geschliffene Guanako-Schulterblatt, das sie zum Tragen benutzte, auf einem Stein neben ihm ab. Unschlüssig betrachtete Naviol das Fleisch, dann wieder das Gewehr in seinen Händen. Er sollte seine Stellung besser nicht verlassen.

»Bleib, wo du bist«, sagte Ekina, lächelte aufmunternd und hockte sich neben ihn. Mit einem kleinen Eisenmesser, das er ihr von der Estanzia mitgebracht hatte, schnitt sie einen Streifen Fleisch ab und reichte es ihm. Es war zäh, aber würzig. Sicher wäre es weit besser gewesen, wenn sie genug Zeit gehabt hätten, das faserige Fleisch des alten Tieres lange zu kochen. So kaute er eine Weile auf dem halbrohen Stück herum. Es rutschte wie ein Stück Leder durch seine Kehle, doch der Hunger ließ ihn nach mehr verlangen.

Ekina teilte das Mahl mit ihm. Sie hatte noch etwas Besonderes mitgebracht. Ein kleines Beutelchen mit getrockneten Beeren. Süßsauer und fruchtig vertrieben sie den muffigen Fleischgeschmack.

Zum Schluss trank Naviol etwas Wasser. Dann kehrte Ekina zurück zu den anderen Frauen, und er war wieder allein.

In der Ferne bellte ein Fuchs. Ein zweiter antwortete. Mittlerweile war es dunkel, und Naviol fiel es schwer, Olit zu erkennen. Die Ebene hatte sich zu einer einheitlich schwarzen Fläche gewandelt. Wenn die Weißen nicht über besondere

Kräfte verfügten, kämen sie in der Dunkelheit nur schwerlich voran und würden nicht unbemerkt bleiben.

Nach einer Weile löste ihn Navarino ab. Auch ihm war es nicht gelungen, die Ältesten zu überzeugen, dass sie Shawn Fergusson um Schutz auf seinem Land bitten sollten.

Naviol legte sich enttäuscht schlafen, bis er in den frühen Morgenstunden erneut den Hang erklomm und von seinem Freund das Gewehr übernahm. Schnee fiel und hellte die Landschaft langsam auf. Als die Dämmerung kam und der Atem schemenhaft zu erkennen war, hörte Naviol plötzlich ein Geräusch.

Es kam von der anderen Seite des Lagers. Eine Weile zögerte er noch, dann nahm er das Gewehr und schlich, sich immer in Deckung haltend, hinüber.

Die dicken Schneeflocken trieben in breiten Schleiern über das Land und erschwerten die Sicht. Auf einmal wusste Naviol, woher die Geräusche kamen. Die alte Uula mühte sich durch das Bartgras und hockte sich schließlich hin, um sich zu erleichtern.

Naviol fühlte sich unbehaglich, doch er konnte seine Verwandte nicht unbewacht lassen. Hin und wieder spielte der Verstand Uula einen Streich und sie verlor die Orientierung. Diesmal erhob sie sich und ging in die richtige Richtung zum Lager zurück.

Der Donner war ohrenbetäubend.

Naviol glaubte zu fühlen, wie sein Herz aussetzte.

Uula sah zum Himmel hinauf, wo die Wolken eine eintönige graue Fläche bildeten. Aber es braute sich kein Gewitterhimmel zusammen und auch kein Donner hatte die Stille zerrissen. Mit einem Ruck löste Naviol sich aus seiner Starre.

»Lauf!«, rief er der Alten zu. »Lauf, Uula!«

Verständnislos sah sie zu ihm auf, tat zwei Schritte und dann krachte es wieder.

Lautlos sank die Großmutter zusammen. Ihre Knie gaben zuerst nach, dann kippte sie vornüber. Ihr weißes Haar bedeckte ihr Gesicht.

Mit vor Wut zitternden Händen hob Naviol das Gewehr, spähte über den Lauf, wie Navarino es ihm erklärt hatte. Im Lager wurden Schreie laut und die Männer, mit Bögen, Pfeilen und Speeren bewaffnet, stürmten aus den Zelten.

Da, eine Bewegung. Naviol konnte den Angreifer noch immer nicht klar erkennen.

»Schieß doch, schieß einfach in die Luft!«, schrie Navarino ihm zu.

Naviol drückte ab, das Gewehr stieß ihn in die Schulter und der Knall betäubte seine Ohren. Der Schatten, auf den er gezielt hatte, taumelte, doch er fiel nicht. Er hatte gehofft, dass Navarinos Worte wahr würden, doch die Angreifer flohen weder, noch stellten sie das Feuer ein.

Zu dritt hatten sie das kleine Lager der Indios umstellt. Der Donner kam aus allen Richtungen und Naviol konnte nichts tun. Er wusste nicht, wie man ein Gewehr lud, und als er noch einmal den Abzug gedrückt hatte, war der Donner nicht erneut geweckt worden.

Dann endlich war Navarino bei ihm. Er riss ihm das Gewehr aus der Hand und warf Naviol seinen Bogen und einen Köcher Pfeile zu.

»Tu, was du kannst!«

Das brauchte er ihm nicht zweimal zu sagen. Vertraut schmiegte sich der Bogen in seine Hand. Er und die Waffe wurden eins. Naviol zog die Sehne bis zur Wange und ließ den Pfeil fliegen. Der Mann, den er bereits mit dem Gewehr verwundet hatte, schrie auf. Der Pfeil steckte in seiner Brust, ein zweiter schickte ihn zu Boden.

Aus dem Lager klangen die Schreie der Verwundeten herauf.

Naviol wäre am liebsten hinuntergerannt. Was war mit Ekina? Lebte sie? Ging es ihr gut?

Verzweifelt schoss er auf die Angreifer. Die Mündungsfeuer ihrer Gewehre verrieten sie. Auch Navarino, Olit und zwei weitere Krieger schossen, doch niemand traf.

Es war eine Pattsituation. Schusswechsel lösten sich mit Phasen gespenstischer Stille ab, in der das leise Rascheln des fallenden Schnees zu hören war.

Es wurde Mittag, bis Navarino erneut schoss und traf. Der Menschenjäger schrie lange und durch seine zermürbenden Schmerzensschreie wendete sich schließlich das Blatt. Eine Weile geschah nichts, dann ritt ein Mann in sicherer Entfernung davon. Am Zügel führte er zwei reiterlose Pferde mit sich.

Sie hatten gesiegt, vorerst.

Olit harrte auf dem Wachposten aus, und die anderen kehrten ins Lager zurück. Ekina lief Naviol weinend entgegen und presste ihn fest an sich. Ihre Schwester war angeschossen worden, und neben der alten Uula hatte die Sippe an diesem Tag drei Mitglieder verloren.

Während die Sonne ihren höchsten Stand erreichte, hallte lautes Wehklagen über die verschneite Bartgrassteppe. In flachen Gräbern fanden die Toten ihre letzte Ruhe. Ihre Geister würden allenfalls die Seelen ihrer Mörder plagen.

Sie verließen den Pfad, der in die Berge führte. Diesmal hatte die Unterredung nicht lange gedauert. Erfüllt von tiefer Trauer stimmten die Ältesten für Naviols Vorschlag.

Die *Selk'nam* gaben ihren Stolz auf und zogen nach Nordosten zum Meeresarm, den die Weißen Seno Skyring nannten. Sie flüchteten zu Fergusson wie ängstliche Küken unter die Flügel ihrer Mutter, ohne zu wissen, ob der Weiße sie überhaupt willkommen hieß.

Naviol ritt voran. Er war nicht stolz, dass seine Stimme plötzlich mehr Gewicht besaß, nicht um diesen Preis. Die Verantwortung lastete schwer auf ihm. Er konnte nur hoffen, dass man sie nicht fortschickte. Wie gern hätte er Navarinos Zuversicht besessen. Der *Selk'nam* war sich seiner Sache sicher. Besonders Señorita Claire schien für ihn der Inbegriff der Hoffnung zu sein. Über das Warum schwieg er sich aus. Nur dass sie ihre Freundschaft zu den Indios bereits bewiesen hatte, wurde er nicht müde zu wiederholen.

Bislang hatte Navarino immer recht behalten, und hoffentlich würde es dieses Mal nicht anders sein.

Es war einer dieser Tage, an dem die Zeit einfach nicht verstreichen wollte. Nachdem Stella den Vormittag bei den Forschern zugebracht hatte, um sich im Zeichnen zu üben und Holtons Geschichten aus seiner Heimat London zu lauschen, saß sie nun bei Claire und stickte.

Wenn Stella eines nicht leiden konnte, dann war es Sticken, doch es schien ihr die einzige Möglichkeit, Zeit mit ihrer Schwester zu verbringen. Sie saßen vor dem Kamin im Rauchsalon. Das Feuer knisterte. Obwohl der flackernde Schein das Zimmer in ein heimeliges gelbliches Licht tauchte, wurde es nicht richtig warm. Irgendwoher zog es immer im riesigen Haus der Fergussons.

Stella hatte sich eine Decke über die Beine gelegt und auch die Füße, die in Pantoffeln steckten, fest darin eingeschlagen.

Draußen heulte der Wind und rüttelte an den Fensterläden, eine Scheibe klirrte und das hohe, unstete Geräusch zerrte an den Nerven.

»Gott sei jenen gnädig, die jetzt dort draußen unterwegs sind«, seufzte Claire und bekreuzigte sich. Ihre flinken Finger nahmen die Arbeit sofort wieder auf.

»Ja, es schneit noch immer. Wie es überhaupt irgendein Wesen da draußen aushält, ist mir ein Rätsel.«

Claire hatte ihre Handarbeit beiseitegelegt und starrte wehmütig aus dem Fenster.

»Wie es Mutter jetzt wohl geht?«

»Vermisst du sie auch so?«, fragte Stella leise und fühlte die Wehmut schwer wie Blei auf sich lasten.

»Ich will einfach nicht wahrhaben, dass wir sie nie wiedersehen werden! Wenn wenigstens ein Brief kommen würde! Bis zum Frühling ist es noch so lang.«

»Bei dem Sturm wagt sich niemand durch die engen Fjorde. Es kommt mir unsinnig vor, überhaupt Briefe zu schreiben. Im Frühling, wenn wieder ein Bote nach Punta Arenas reiten kann, um sie aufzugeben, gibt es bestimmt wieder viel Neues zu berichten.«

»Vielleicht erwarte ich dann sogar schon mein erstes Kind«, seufzte Claire.

Stella, die gedankenverloren in den Kamin gestarrt hatte, zuckte erschrocken zusammen und fuhr herum. Sie hatte das Gefühl, als wiche mit einem Mal die Farbe aus ihrem Gesicht.

»Du ... du bist schwanger?«

»Wäre das denn kein Grund zur Freude?«, fragte Claire irritiert. Stellas Reaktion war ihr nicht entgangen.

Während Stella verzweifelt nach Worten suchte, schoss ihr durch den Kopf, wie es wäre, wenn sie ein Kind von Shawn erwarten würde.

»Doch, das wäre eine wunderschöne Überraschung«, stotterte sie. »Dann bin ich Tante.«

»Tante Stella, das klingt doch gut.«

Stella zwang sich zu lächeln. Als sie wieder ihren Stickrahmen zur Hand nahm, stach sie sich kräftig in den Zeigefinger.

»Au, verdammt.«

»Aber leider ist es noch nicht so weit«, seufzte Claire traurig. Etwas schien sie zu bedrücken.

Stella, die ohnehin das Gefühl hatte, sich nicht mehr auf ihre Handarbeit konzentrieren zu können, stand auf, schenkte Tee nach und setzte sich neben Claire.

Schon sehr lange hatten sie nicht mehr unter vier Augen miteinander gesprochen. Denn Stella mied solche Gespräche, weil dann die Schuldgefühle umso schwerer auf ihr lasteten und sie glaubte, jeder könne ein feuerrotes Kainsmal auf ihrer Stirn sehen.

Aber sie durfte Claire mit ihren Sorgen nicht länger allein lassen.

»Leg einen Moment den Stickrahmen zur Seite und sag mir, was dein Herz bedrückt, liebe Schwester.«

Claire seufzte, nippte an ihrem Tee und starrte ins Feuer. »Ach, wahrscheinlich bilde ich mir alles nur ein.«

Sie schwieg eine Weile und Stella wartete geduldig. Claire ließ sich nie drängen, schon früher als Kind nicht. Im Gegensatz zu ihr nahm sich ihre ältere Schwester immer genug Zeit, um ihre Gedanken zu ordnen, bevor sie sie aussprach.

»Ich weiß, ich bin nicht die beste Ehefrau, mir fehlt es wohl an Hingabe, und vielleicht vermag ich auch nicht immer über meinen Schatten zu springen und ihm die Zärtlichkeit zu geben, die sich ein Mann von seiner Ehefrau wünscht. Aber … aber ich achte Shawn, und ich tue wirklich alles, um meiner Aufgabe gerecht zu werden, selbst wenn es mir schwerfällt.«

»Sicher tust du das«, gab Stella leise zurück und schluckte. Die Richtung, die das Gespräch nahm, gefiel ihr nicht.

»Ich glaube, Shawn meidet mich. Nicht nur nachts. Er weiß, dass ich … dass …« Sie hielt inne und atmete einmal tief durch. »Ich empfinde wenig Freude, im Bett seine Ehefrau zu sein, Stella, aber ich wünsche mir so sehr ein Kind, und ich finde, wir sollten es versuchen, auch wenn es nicht sofort klappt.«

Stella wusste nichts zu erwidern. In all der Zeit hatte sie sich mit Shawn nur zwei Mal getroffen und die kostbaren Stunden der Zweisamkeit genossen. Sie sehnte sich nach seinen Berührungen, danach, wie er sie sanft und zugleich mit ganzer Kraft liebte. Doch sie wollte auf keinen Fall ein Kind von ihm bekommen!

Und nun saß sie hier mit ihrer Schwester, mit deren Mann sie Unzucht trieb, und versuchte, sie zu trösten. Es war absurd.

»Sicher ist alles in Ordnung, Claire. Shawn hat einfach viel zu tun. Ich habe gehört, dass dies die Freude eines Mannes schmälern kann.«

»Wahrscheinlich hast du recht und ich mache mir zu viele Gedanken. Es ist nur … neulich habe ich ihn gesucht, ich weiß gar nicht mehr, warum. Jeder, den ich gefragt habe, sagte, er sei auf dem Hof, sogar sein Pferd stand ungesattelt im Stall, ich habe es selbst gesehen. Aber von ihm fehlte jede Spur. Ich habe überall nachgesehen, er war wie vom Erdboden verschluckt.«

Stella durchfuhr es abwechselnd heiß und kalt. Ja, sie wusste, wo Shawn gewesen war. Mit ihr im Wolllager, und Claire hätte sie gefunden, wenn es nicht abgeschlossen gewesen wäre. Sie mussten vorsichtiger sein.

»Glaubst du, er hat eine Geliebte?«

»Shawn?«, erwiderte Stella überrascht und schluckte. »Nie im Leben!«

»Warum bist du dir dessen so sicher? Du weißt, was man über Männer sagt, besonders über junge.«

Stella spürte, wie ihr die Röte ins Gesicht stieg. Sie musste hier weg. Oh Gott, wenn Claire die richtigen Schlüsse zog. Es war offensichtlich, oder nicht? Die Röte ein deutliches Schuldeingeständnis.

Claire interpretierte ihre erhitzten Wangen offenbar anders.

»Oh, es tut mir leid, kleine Schwester, ich sollte nicht über solche Dinge mit dir reden. Du als unverheiratete Frau musst das ja als einschüchternd empfinden.«

»Ich kann mir nicht vorstellen, dass dein Mann …« Stella brachte den Rest der Lüge nicht über die Lippen. »Entschuldige mich.«

Hastig erhob sie sich und ging zum Fenster.

Der graue Lago Ciencia erstreckte sich weit in die schneebedeckte Landschaft hinein. Er war noch nicht zugefroren und der Wind wirbelte immer wieder Gischt auf. Kein beruhigender Anblick. Wie sollte sie nur weitermachen? Einerseits fühlte sie sich hier auf der Estanzia am See wohl und wollte nicht fort, andererseits war sie in einer unglücklichen Position. Sie war mit der Hoffnung hergekommen, sich zu verlieben und zu heiraten, wie Claire eine Familie zu gründen. Stattdessen lebte sie als geduldeter Gast im Haus ihres Schwagers und vergalt ihnen die Gastfreundschaft, indem sie ihre Ehe zerstörte. Sie fühlte sich furchtbar. Zu ihrem Onkel nach Punta Arenas konnte sie jetzt im Winter nicht zurückkehren. Somit hatte sie keine andere Wahl, als hierzubleiben. Aber konnte sie Shawn widerstehen? Was sie auch tat, es war falsch. Sie dachte nur an sich und ihre Bedürfnisse, war ihrer Schwester gegenüber illoyal, und Shawn würde an Ansehen verlieren, wenn man sie entdeckte. Aber sie brauchte sie beide, Claire und Shawn. Dieser Zwiespalt würde sie auf Dauer innerlich zerreißen.

Claire kam zu ihr, der dicke Persianerteppich dämpfte ihre Schritte.

»Habe ich etwas Falsches gesagt?«, fragte Claire vorsichtig und berührte Stella an der Schulter.

»Du? Nein. Claire, ich …« Stella wusste selbst nicht, was sie sagen wollte. Sich etwa entschuldigen?

»Du bist nicht glücklich hier, oder?«

Stella scheute die Wahrheit und flüchtete sich in eine Gegenfrage.

»Bist du es denn?«

»Glücklicher, als ich erwartet habe. Auf der Cordilla hatte ich so viel Angst, auf dem Ritt hierher noch mehr. Ich wollte nicht heiraten, wie du weißt. Aber die Fergussons sind eine herzensgute Familie, Shawn ist ein guter Mann. Ja, ich denke, ich bin glücklich. Aber du hast meine Frage nicht beantwortet.«

»Ich dachte, ich könnte ihr entgehen«, gestand Stella. »Ich weiß nicht. Ja und nein. Ich bin gerne hier, ich mag das Land und mit deiner neuen Familie hast du es wirklich gut getroffen. Am liebsten würde ich bleiben, aber ich bin nur Gast und so fühle ich mich auch. Also nicht unwillkommen, aber …«

Claire nickte und legte ihr eine Hand um die Schulter.

»Ich weiß genau, was du sagen willst. Du möchtest dein eigenes Leben führen. Warte nur ab, bald ist der Frühling da und vielleicht triffst du dann einen netten Mann.«

Stella verbot sich, an Shawn zu denken. Kurz sah sie Constantin vor ihrem inneren Auge, wie er schüchtern lächelte. Doch der junge Forscher würde im Frühjahr weiterziehen.

»Siehst du das?«, sagte Claire mit einem Mal. Stella, froh über die Ablenkung, kniff die Augen zusammen und spähte in das Schneetreiben.

»Wer kommt da?«

Es waren nicht mehr als Schemen. Gebeugt bewegten sie sich am Seeufer entlang, während sie gegen den eisigen Wind ankämpften. Ein Reiter löste sich aus der Gruppe und trabte auf die Estanzia zu.

»Die Ärmsten! Los, geben wir in der Küche Bescheid, sie sollen etwas Warmes für sie zubereiten. Und wir brauchen Schlafplätze.«

»Vielleicht im Heuschober?«

»Ja, Stella. Das ist eine gute Idee. Lass uns erst mal schauen, wer uns an diesem ungastlichen Tag besuchen kommt.«

Als sie kurz darauf eingehüllt in warme Mäntel und Schals den Hof betraten, trabte der Reiter soeben durch das Tor. Er war kein Unbekannter.

»Navarino!«, rief Claire erfreut und eilte ihm entgegen. Der Indio schwang sich bereits aus dem Sattel, bevor sein struppiges Pferd stehen geblieben war.

Er trug zwei Ponchos übereinander und einen breitkrempigen Hut, unter dem sich sein abgekämpftes und erschreckend hageres Gesicht verbarg.

»Señora Fergusson, ich freue mich, Sie zu sehen.«

»Ich mich auch«, erwiderte Claire leise und Stella glaubte,

wieder dieses besondere Leuchten in ihren Augen zu sehen, das allein der *Yag'han* hervorzuzaubern wusste.

Auch in Navarinos Blick trat für einen Augenblick ein warmer Glanz, um von einem verbitterten Ausdruck abgelöst zu werden.

»Wir brauchen Ihre Hilfe.«

»Wer ist wir?«, mischte sich Stella ein.

»Naviols Leute. Menschenjäger sind hinter ihnen her, es gab einen Kampf, Tote und Verletzte. Nur bei einem Weißen sind sie nun in Sicherheit.«

»*Vaya por Dios,* das sind ja schreckliche Nachrichten! Wir werden eine Lösung finden! Diese Männer müssen festgenommen und ihrer gerechten Strafe zugeführt werden. Doch erst kümmern wir uns um die armen Leute!«

Stella tauschte einen Blick mit dem Indio, beide dachten sie das Gleiche. Diese Menschenjäger würden niemals gefasst oder bestraft werden, denn in Tierra del Fuego stand keine Strafe auf das Töten von Eingeborenen.

Claire rief einen Arbeiter zu sich, der aus dem Stall trat. Er sollte mithelfen, die Neuankömmlinge zu versorgen und sich sicherheitshalber bewaffnen, falls die Verfolger von Naviols Sippe sich doch noch heranwagen sollten.

Der Mann war alles andere als erfreut, Indios helfen zu müssen, doch er kannte die Einstellung seines Vorgesetzten und murrte nur kurz.

Naviol führte sein erschöpftes Pferd am Zügel. Aus dem dicken Winterfell des Tiers rann der Schweiß, der im eisigen

Wind sofort verkrustete. Er hatte seinen Arm um Ekina gelegt, deren Schritte immer langsamer wurden. Seit das riesige Haus der Fergussons in Sichtweite gekommen war, wuchs die Angst der Menschen wieder. Mancher äußerte seinen Zweifel, ob es richtig war, ausgerechnet Weiße um Hilfe zu bitten.

»Sie werden helfen, sie müssen«, wiederholte Naviol leise. Er führte den kleinen Zug an und sah sich aufmunternd nach seinen Verwandten um. Olit humpelte verbissen vorwärts, während er Ekinas Schwester stützte. Sie war blass. Noch immer rann Blut aus ihrer Schussverletzung.

Die Ältesten riefen ihre Ahnen um Beistand an, als sie endgültig den Pfad am Ufer verließen und auf die Estanzia zugingen. Im Hof standen viele Menschen. Sofort erkannte Naviol die beiden Schwestern und die ältere Hausherrin mit dem strengen Gesicht. Fergusson mit dem roten Geisterhaar war nicht zu sehen und auch sein Vater fehlte. Doch zwei Arbeiter kamen ihnen entgegen, die Naviol kannte.

»Wir sollen euch helfen«, sagte der eine ohne Umschweife.

»Danke. Habt vielen Dank.« Naviol übersetzte schnell, dass die Fremden helfen würden und niemand Angst zu haben brauche. Die Gauchos nahmen den Alten ihre Bündel ab und führten die Indios über den Hof zum Heuschober, wo sie offenbar unterkommen sollten. Naviol wandte sich an seine Frau.

»Komm, Ekina, du sollst sie kennenlernen«, sagte er und trat vor die Schwestern.

Stella lächelte aufmunternd, als Naviol mit einer Frau zu ihnen kam. Mittlerweile wusste sie, wie unsicher die *Selk'nam* gegenüber Weißen waren, und sie wollte ihr auf keinen Fall Angst machen. Die Fremde war auf ihre Weise hübsch. Sie hatte glattes blauschwarzes Haar und trug einen dicken, wunderschön gemusterten Umhang aus Guanakofell. Darunter war sie fast nackt. Stella erahnte rot gefärbte Haut, die mit verwischten Linien und Punkten aus weißer Farbe verziert war. Die Muster wiesen wie Pfade auf ihre kleinen Brüste.

Unschlüssig, wie sie eine Wilde begrüßen sollte, streckte ihr Stella die Hand hin.

»Willkommen, ich bin Stella Newville.«

Die Indiofrau wich vor ihr zurück, doch Naviol legte einen Arm um ihre Schulter und sprach leise auf sie ein.

»Das ist Ekina, meine Frau«, erklärte er stolz und sie gab Stella die Hand. Auch Claire wurde vorgestellt.

Die Hausherrin, Shawns Mutter, hielt sich im Hintergrund, sodass Naviol nicht in die Verlegenheit kam, Ekina auch mit ihr bekannt zu machen. Señora Fergusson reichte einer Wilden sicher nicht die Hand, war sie doch ohnehin nicht damit einverstanden, wie freundlich ihr Sohn die Ureinwohner behandelte. Dass sie nun gleich eine ganze Sippe zu Gast hatte, gefiel ihr sicherlich ganz und gar nicht.

»Gibt es etwas, das ihr besonders nötig braucht?«, erkundigte sich Claire. »In der Küche wird bereits Essen gekocht und wir suchen Decken und warme Kleidung zusammen.

Naviol sah sie erfreut an.

»Essen ist gut. Decken sind gut, keine Kleidung, sie werden sie nicht anziehen.«

»Aber friert ihr denn nicht?«, fragte Claire ungläubig.

Naviol schüttelte energisch den Kopf.

»Nein. Wir Kinder von der Erde, alles gut, nicht kalt.«

»Gut, dann nur Decken.«

»Ekinas Schwester, Blut«, erklärte Naviol und sah auf der Suche nach den richtigen Worten zum bleigrauen Himmel hinauf.

»Blut? Ist sie verletzt?« Claire sah ihn beschwörend an. Navarino, der hinzukam, nickte.

»Ja, sie ist verletzt. Zwei Frauen und ein Kind sind angeschossen worden. Können Sie uns helfen? Uuna, die kräuterkundige Frau der Sippe, liegt seit gestern in kalter Erde.«

»Ich hole nur meine Arzneien, geh, Navarino, und erkläre ihnen, dass sie keine Angst haben sollen. Wir tun, was wir können.«

Bei Anbruch der Dämmerung hatte sich der Heuschober in ein provisorisches Lager verwandelt. Mittlerweile waren auch Shawn Fergusson und sein Vater eingetroffen, die einer anderen Estanzia einen Besuch abgestattet hatten, um über Zuchttiere zu verhandeln.

Die *Selk'nam* kauerten in kleinen Gruppen auf Decken und Fellen und sahen die Fremden mit großen Augen an. Sie hatten die kräftige Suppe, die die Küchenmagd für sie gekocht hatte, kaum angerührt, und an das Brot wagte sich bis auf Naviol und seine Frau niemand heran.

Gemeinsam mit Claire versorgte Stella die Verletzten. Wenn sich die Wunden nicht entzündeten, schwebte niemand in Lebensgefahr. Nun, da die größte Aufregung vorbei war, wurde Stella von Müdigkeit überrollt. An Schlaf war dennoch nicht zu denken, dafür hatte sie das Schicksal der Menschen zu sehr mitgenommen.

Auch Professor Holton und Constantin Moss hatten sich, vom Tumult auf dem Hof aufgestört, in der Scheune eingefunden. Dem Jüngeren gelang es kaum, seine Freude zu verbergen. Der Schicksalsschlag der *Selk'nam* war sein Glück im Unglück. Endlich bekam er die Gelegenheit, die Bekanntschaft von Eingeborenen zu machen, die bislang kaum oder gar keinen Kontakt mit der Zivilisation gehabt hatten. Nach anfänglichen Versuchen, sich zu unterhalten, was durch die Sprachbarriere unmöglich war, begnügte er sich damit, still in einer Ecke zu sitzen und die Menschen zu zeichnen.

Kapitel 12

»Das haben wir jetzt von deiner übertriebenen Freundlichkeit!«, schimpfte Fergusson Senior an seinen Sohn gewandt. Stella zuckte zusammen und am Tisch trat augenblicklich Stille ein.

Shawn wurde erst blass und dann rot im Gesicht. Sicher hätte er seinem Vater am liebsten im gleichen Tonfall geantwortet. Er nahm sich zusammen. Dennoch krampfte sich seine Hand um die Essgabel. Stella bewunderte ihn für seine Selbstbeherrschung. Alle starrten ihn gebannt an, keiner dachte ans Essen.

»Es ist immerhin einmal ihr Land gewesen, auf dem sich unser Reichtum gründet, Vater. Ich denke, wir haben zumindest die Pflicht, dafür zu sorgen, dass sie nicht bald völlig von Gottes Erde verschwunden sind, mehr will ich doch gar nicht.«

»Vielleicht ist es Gottes Wille?«, gab der Vater zurück.

»Das zu entscheiden, liegt außerhalb unserer Macht.«

Stella wusste, sie durfte sich in diese Unterhaltung nicht

einmischen. Es war ein Streit zwischen Vater und Sohn, zudem war sie nur Gast in diesem Haus und auch noch eine Frau.

Sie beobachtete ihre Schwester, der die Worte auf den Lippen zu brennen schienen. Noch konnte sich Claire zurückhalten.

Während Fergusson seinem Sohn vorrechnete, was es kosten würde, einundzwanzig Wilde den ganzen Winter über durchzufüttern, rang Claire die Hände und sah Shawn beschwörend an.

Er durfte die Hilfsbedürftigen nicht einfach wieder in den eisigen Winter hinausschicken, denn sonst würde Stella die Etikette vergessen und laut für die Flüchtlinge eintreten.

Es gab nur eines, was für Claire wichtiger war als der Anstand und die Gehorsamspflicht gegenüber ihrem Ehemann, und das waren die Werte, nach denen sie jahrelang im Kloster gelebt hatte.

»Wir haben so viel altes Vieh, das den Winter kaum noch übersteht. Denk nur an die Arbeitspferde.«

Stella schluckte. Die Indios sollten ihre Pferde essen? Andererseits würden die Tiere den rauen Winter nur überleben, wenn sie ausreichend Futter bekamen und im Stall standen.

Señor Fergusson brummte.

»Es ist deine Sache. Ich habe dir die Verantwortung über die Estanzia übertragen, dann muss ich wohl auch damit leben, wenn du sie zugrunde richtest.«

»Dein Rat ist mir sehr wichtig, Vater.«

Shawns Beschwichtigung schien Erfolg zu haben. Einen Moment lang herrschte Schweigen und sie widmeten sich dem Abendessen. Schließlich räusperte sich Claire.

»Ich möchte etwas vorschlagen.«

»Wir sind ganz Ohr, meine Liebe«, bat Shawn seine Frau weiterzusprechen.

Claire wechselte einen kurzen Blick mit Stella, die fragend die Brauen hob.

»Wir sind nicht die einzigen Einwohner von Baja Cardenas, überall entlang des Lago Ciencia sind größere und kleinere Höfe und viele kommen sonntags in die Kirche. Ich möchte den Padre bitten, für Naviols Familie Geld zu sammeln, wenn jeder etwas gibt … wir müssen uns ihrer nicht allein annehmen. Es heißt doch nicht umsonst: Selig sind die Barmherzigen; denn sie werden Barmherzigkeit erlangen.«

Señora Fergusson verzog missbilligend den Mund.

»Es sind Wilde und Heiden, wer spendet schon sein mühsam erspartes Geld Heiden? Es gibt genug gute Christenmenschen, denen das Schicksal ebenfalls übel mitgespielt hat. Wenn es nach mir ginge …«

»Mutter!«

»Ich weiß, meine Meinung zählt nicht mehr, seitdem deine brave, fromme Frau mit ihren Gebeten und Bibelsprüchen hier ist.«

Stella blieb beinahe das Essen im Hals stecken. Bislang hatte sie gedacht, zwischen Claire und ihrer Schwiegermutter herrsche friedliches Einvernehmen. Claire versteifte sich ein klein wenig auf ihrem Stuhl und tat so, als hätte sie die Bemerkung nicht gehört.

»Warten wir ab, wie sich der nächste Tag entwickelt«, schlug Shawn vor. »Ich habe Apida und Benito angewiesen, heute Nacht besonders aufmerksam zu sein, falls es stimmt, was Navarino behauptet und sie noch immer verfolgt werden. Ich kann mir allerdings nicht vorstellen, dass diese Männer einen Angriff auf eine Estanzia dieser Größe wagen, nur um das magere Kopfgeld für ein paar Indios einzustreichen. Da haben sie es leichter, wenn sie sich eine andere Gruppe aussuchen.«

»Ich bete darum, dass du recht behältst«, pflichtete Claire ihrem Mann leise bei. Shawn streichelte ihr Handgelenk und sah dabei seine Mutter an. Ein deutliches Zeichen, dass er auf der Seite seiner Frau stand.

Stella verspürte einen Stich im Herz und begrub sofort den törichten Wunsch, er möge sich auch einmal öffentlich zu ihr bekennen.

Mit einer höflichen Entschuldigung zog sie sich in ihr Zimmer zurück. Als sie die Treppe hinaufging, überkam sie einmal mehr das Gefühl, dass sie nicht hierher gehörte. Sie kam sich vor wie ein Anhängsel. Auch wenn dieser Gedankengang sicherlich unsinnig war, so klangen ihr noch immer Señora Fergussons Worte im Ohr, die nicht noch mehr Mäuler durchfüttern wollte. Vielleicht wäre sie längst woanders glücklich geworden, wenn sie damals mit Longacre zurückgeritten wäre.

Der Wind heulte um das Haus und fing sich im Kamin. Constantin lag wach in seinem Bett und starrte aus dem winzigen Fenster. Zugluft bewegte die offenen Vorhänge. Schnee, durchmischt mit Hagelkörnern, klatschte gegen die Scheiben. Er war zu aufgewühlt, um die nötige Ruhe zu finden.

Die Ankunft der *Selk'nam* war ihm wie ein Wunder erschienen. Als habe das Schicksal ihn doch noch erhört; an einen lenkenden Gott zu glauben, fiel ihm seit seiner Jugend schwer. Hatte er seine Zukunft doch immer gern selbst gestaltet, statt sich auf fromme Gebete zu verlassen.

Die Indios hatten auf ihn zuerst wie verängstigte Tiere gewirkt. In ihrer spärlichen Kleidung und ihrer stummen Angst standen sie da und wagten nicht einmal die Scheune zu betreten, in der sie nun Unterschlupf gefunden hatten.

Constantin hatte sofort versucht, mit den Neuankömmlingen zu reden, und schalt sich im Nachhinein für seine Ungeduld. Schnell war ihm klar geworden, dass er ihr Vertrauen gewinnen musste. Wenn er sie bedrängte, sahen sie in ihm nur einen Feind. Und wer erzählte einem Feind schon von seinem Glauben und seinen Gebräuchen?

Die Indios Navarino und Naviol, die er wiedererkannt hatte, besaßen beide eine Intelligenz, die mit der eines ungebildeten Weißen durchaus vergleichbar war. Kamen diese Wilden also erst einmal in Kontakt mit der Zivilisation und wurden nicht von ihr korrumpiert, zeigte sich, dass sie über Potenzial verfügten.

Vielleicht hatte Darwin unrecht und sie war gar nicht die primitivsten Menschen, die ihm auf dieser Seite des Erdballs begegnet waren! Constantin wurde ganz aufgeregt. Die *Selk'nam* lebten zwar einfach, aber nur in den Augen Außenstehender. Sie brauchten nicht mehr, weil sie sich perfekt an das Leben in Tierra del Fuego angepasst hatten. Sie mussten sich nicht weiterentwickeln! Wo ein Europäer erfror, konnte ein Indio nur mit einem Umhang, den er sich um den nackten Körper schlang, und einer fettigen Paste auf der Haut überleben. Faszinierend!

Weil er ohnehin keinen Schlaf mehr fand, entzündete Constantin eine kleine Lampe und ging, in einen warmen Morgenrock gehüllt, durch das dunkle Haus in die Arbeitsräume. Im Kamin glommen letzte Glutreste, im Raum hing schwerer Rauchgeruch. Der Wind hatte den Qualm wieder zurück in das Haus gedrückt, doch Constantin konnte sich nicht durchringen, die Fenster zu öffnen, um frische Luft hereinzulassen.

Wie magisch angezogen ging er zu dem Tisch, an dem Stella Newville mehrmals die Woche Platz nahm und sich von Professor Holton und ihm erklären ließ, wie die Präparate richtig zu zeichnen waren. Sie war intelligent und wissbegierig. Constantin liebte es, sie zu beobachten. Zu sehen, wie sie ihre hübschen Brauen zusammenzog und die Nase kräuselte, wenn sie angestrengt zuhörte oder manchmal auflachte, wenn ihr etwas seltsam vorkam.

Stellas Freude war wie einen Sonnenstrahl, der in eine finstere Höhle fiel, sodass alles plötzlich hell und die Konturen schärfer wurden. Ja, manchmal kam ihm sein Leben wie eine dunkle Höhle vor. Aber außerhalb dieser dunklen Höhle gab es unendlich viel zu entdecken. Seine Reise nach Feuerland war erst der Anfang, das wahre Abenteuer wartete noch auf ihn.

Jeden Tag wartete er sehnsuchtsvoll darauf, dass Stella zu ihnen kam. Wenn sie nicht da war, musste er beständig an sie denken, und in ihrer Anwesenheit hatte er nur noch Augen für sie. Ja, er glaubte, sie sogar mit geschlossenen Augen fühlen zu können, ihre Präsenz hatte eine schier magische Wirkung auf ihn.

Constantin drehte die Feder in der Hand, mit der Stella am liebsten zeichnete. Sie war ihm so nah und zugleich doch so unerreichbar. Die meisten Frauen schienen ihn kaum wahrzunehmen, geschweige denn sich für ihn zu interessieren. Wenn sein Traum wahr werden würde und noch viele Forschungsreisen vor ihm lägen, wäre eine Frau an seiner Seite womöglich störend. Bislang hatte er sich immer als unverheirateter

Mann gesehen. Die Begegnung mit Stella hatte so viel in ihm aufgerüttelt.

Jetzt würde er sie wahrscheinlich häufiger sehen, denn wie es schien, hatten auch die Schwestern ein besonderes Interesse an den Eingeborenen. Ohne ihr Eingreifen wären die Wilden womöglich von der Estanzia vertrieben worden.

Sobald der Morgen graute, zog sich Constantin an und machte sich, ausgerüstet mit einem kleinen Proviantvorrat, Notizbuch und Stift, auf den Weg zur Scheune.

Der morgendliche Regen hatte den zuvor gefallenen Schnee in eine matschige Pampe verwandelt, und binnen weniger Schritte waren seine Schuhe durchnässt.

Es war noch immer nicht richtig hell, und die Gebäude der Estanzia wirkten in der Dämmerung wie große schlafende Tiere, die sich in der Kälte zusammengekauert hatten. Umso mehr verwunderte es Constantin, den kleinen ledernen Windschutz zu sehen, den die *Selk'nam* direkt hinter dem Heuschober errichtet hatten. Es roch nach Feuer, Qualm stieg auf.

Constantin verließ den Bohlenweg und bereute es sogleich, als er bis zum Knöchel im Morast einsank. Vorsichtig setzte er seinen Weg fort.

Die Indios hatten seine lauten und ungeschickten Schritte schon längst bemerkt. Eine Pfeilspitze schob sich an dem Windschutz vorbei und ließ Constantin innehalten. Sein Herzschlag beschleunigte sich sofort, und ihm wurde abwechselnd heiß und kalt.

»Ich ... ich komme in friedlicher Absicht, ich habe Essen mitgebracht«, stotterte er, doch niemand schien ihm zuzuhören oder ihn zu verstehen.

Hinter dem ledernen Sichtschutz war ein Disput losgebrochen. Constantin unterschied mindestens drei verschiedene

Männer, und obwohl die Situation lebensgefährlich war, kam er nicht umhin, die seltsamen Klicklaute zu bewundern. Seine Kehle könnte nie solch einen Ton hervorbringen.

Die Pfeilspitze verschwand. Nach einem Moment der Stille erhob sich einer der *Selk'nam*. Es war der, den Stella Naviol genannt hatte.

»Kommen Sie, Señor«, sagte er mit starkem Akzent und winkte ihn heran.

Naviol hielt seinen Fellumhang mit einer Hand vor der Brust geschlossen, die Füße und Unterschenkel steckten in hohen Mokassins. Er stand reglos da, wirkte im Vergleich zum Vorabend wieder stolz und über jede Furcht erhaben. So hatte sich Constantin die Wilden immer vorgestellt.

Naviol reckte ihm zur Begrüßung nach Art der Weißen die Hand entgegen. Doch er machte es nicht ganz richtig. Es war die Linke. Constantin schüttelte sie nach kurzem Zögern und stellte sich noch einmal vor.

»Ich erinnere mich«, sagte Naviol. »Sie wollen Umhang gegen Schafe tauschen.«

»Ja, stimmt. Aber ich würde auch die *Selk'nam* gerne kennenlernen.«

»Seltsamer Wunsch ... für fremden Mann«, erwiderte der Indio nachdenklich und musterte ihn mit zusammengezogenen Brauen, als nehme er ihn erst jetzt richtig wahr.

Constantin wich dem prüfenden Blick aus, nickte den beiden anderen Kriegern zu und betrachtete deren schlichten ledernen Windschutz, die Decken und Waffen, die sie in ihr provisorisches Lager mitgenommen hatten.

»Warum habt ihr hier geschlafen und nicht im Heuschober? Da drin ist es doch trocken und viel wärmer.«

»Die Wände sind dick, sie machen die Ohren zu.« Naviol

gestikulierte. »*Yosi* sehen uns nicht, wenn in den Wohnungen der Weißen versteckt. *Yosi* vergessen uns. Wenn Männer hier, sie den Weg zur Sippe sehen und verlassen uns nicht.«

»*Yosi?* Wer ist das?«

Ungläubig riss Naviol die Augen auf.

»*Yosi* sind Geister, sind deine Verwandten, von lang, lang her. Weiße Menschen haben *Yosi?* Oder gehen, tot, tot?«

»Wir nennen sie Seelen. Sie sind bei Gott.«

»Götter sehen durch *Yosi, Temaukél* und *Kenos,* sehen uns. Sehen uns hier unter dem Himmel.«

Der *Selk'nam* wies noch einmal auf sich und die Krieger, den Himmel und die Scheune mit ihren dicken Wänden und schüttelte den Kopf. Was für Naviol selbstverständlich schien, war für Constantin eine ganz neue Denkweise. Die Idee, Gott könnte seine Gläubigen innerhalb steinerner Gebäude nicht mehr erreichen, kam ihm ziemlich abwegig vor. Zwischen der Glaubenswelt der *Selk'nam* und dem Christentum schien es kaum Parallelen zu geben, und er, Constantin, würde als Erster darüber schreiben. Doch dafür musste er Naviols Vertrauen gewinnen.

»Ich würde gerne mehr über diese Geisterwesen erfahren, doch später. Ich habe Essen mitgebracht.«

Constantin reichte Naviol ein Päckchen. Es war Brot, Käse und ein Stück Schinken, fast alles, was er in dem kleinen Gästehaus aufbewahrt hatte. Der Indio klappte das Stofftuch auseinander und betrachtete das Mitgebrachte skeptisch. Den Käse tippte er vorsichtig mit dem Finger an. Auch die anderen Männer erhoben sich nun, um das Geschenk des Fremden zu untersuchen. Naviol reichte ihnen die Nahrungsmittel und bekam sie wieder zurück. Constantin war enttäuscht, dass keiner der Männer bislang etwas probiert hatte.

»Sie kennen nicht Essen von Fremden«, erklärte Naviol.

»Das hier macht krank, niemand isst.« Er nahm das Stück Käse und drückte es seinem verdutzten Gegenüber in die Hand.

»Es macht euch krank?«

Naviol wies auf seinen Unterleib.

»Dort.«

»Das ist seltsam.«

»Komm mit, Señor Moss.«

Irritiert folgte Constantin dem Indio auf die Vorderseite des Heuschobers. Die Tür stand zur Hälfte offen. Davor waren die Reste eines Lagerfeuers zu sehen, wo die Flüchtlinge am Abend ihr Essen zubereitet hatten. Ein Hund durchsuchte die Asche nach etwas Essbarem und Naviol erteilte ihm einen leisen Befehl. Das Tier gehorchte augenblicklich. Es war gut abgerichtet.

»Dein Hund?«, erkundigte sich Constantin.

»Ja, der beste. Guter Jäger.«

In der Scheune war es dunkel. Das einzige Licht fiel durch kleine Aussparungen in den Wänden und die offen stehende Tür. Es roch nach Heu und Menschen, die ihre Haut mit Fett und Erde gegen die bittere Kälte schützten, sich aber nicht allzu oft wuschen. Die meisten *Selk'nam* waren schon wach und sahen den fremden Besucher mit glänzenden Augen an. Einen Moment lang empfand Constantin die exotischen Gesichtszüge der Indios als unheimlich. Aber er gewöhnte sich schnell an den Anblick und lächelte.

Naviol führte ihn in einen hinteren Winkel, der durch eine Matte abgetrennt war, die über einem Balken lag.

»Ekina«, sagte er leise und beugte sich hinter den Sichtschutz. Eine weibliche Stimme gab Antwort und gleich darauf lernte Constantin Naviols Frau kennen. Zögernd nahm sie das Essen an und aß auf Drängen ihres Mannes von dem Brot und dem Schinken.

»Sie macht Umhang, Schafe tauschen du«, erklärte Naviol, zog eine kunstvoll genähte Decke aus Guanakofellen aus einem Bündel und reichte sie Constantin. Der berührte das dichte rotweiße Haarkleid und bewunderte die geometrischen Muster, zu denen die einzelnen Häute zusammengefügt worden waren. Was sie wohl bedeuteten?

»Was wollt ihr jetzt tun, Naviol?«

Der Indio seufzte und sein Gesicht nahm einen traurigen Ausdruck an. Stockend erzählte er, wie die *Selk'nam* früher gelebt hatten, frei und unabhängig, ohne Kenntnis von den Weißen und deren Krankheiten. Jetzt fanden sie kaum noch genug Tiere in der Wildnis, um ihre ohnehin schon reduzierten Clans durchzubringen. Weiße, die Jagd auf sie machten und sie abschossen wie schädliches Wild, wären ihr Untergang.

Constantin hörte sich alles an, ohne Naviol zu unterbrechen. Ja, er hatte im Museum selbst schon Haut und Kopf eines Indios untersucht. Das Präparat hatte neben Echsen, Vogelbälgern und Berglöwenfellen gelegen. Doch es war ein Mensch gewesen. Dieses Mitbringsel eines Forschers hatte mit den *Selk'nam,* denen er nun gegenübersaß, nichts gemein. Ein sinnloser Mord, begangen für die Wissenschaft.

Professor Holton und er waren von Anfang an einer Meinung gewesen. Sie würden keine Präparate mitnehmen, die aus Menschen gefertigt worden waren. Sie auf einem Markt zu kaufen wäre, als hätten sie die Ermordung eines Wilden selbst in Auftrag gegeben.

Dass die Weißen die Kopfgeldjagd auf die Indios guthießen, wurde ihm erst jetzt in seiner ganzen Tragweite klar. Offenbar beauftragten viele Großgrundbesitzer Menschenjäger damit, alle Eingeborenen auf ihrem Land zu töten oder zu vertreiben. Die Fergussons bildeten eine rühmliche Ausnahme. Deshalb war Naviol wegen der Jagd auf die Schafe »nur« gefangen genommen worden, deshalb war er mit seiner Familie jetzt hierher geflohen. Auf Fergussons Land waren sie vor Verfolgern sicher.

»Und nun?«

»Ich weiß nicht«, sagte Naviol. Die Ratlosigkeit stand ihm ins Gesicht geschrieben. »Die bösen Männer kommen nicht hierher. Im Frühjahr sie werden wiederkommen, sie oder andere. Frauen, Kinder nicht sicher, sie beschützen oder jagen, nicht beides. Wir keine Gewehre. Weiße keine Angst vor *Selk'nam*.«

»Das ist nicht gut.«

»Nein, nicht gut. Wir tot oder Hunger. Und *Yosi* helfen nicht.«

»Es muss eine Lösung geben.«

»Menschen gehen nicht gern, wo keine Pfade, lieber folgen Spur von Sippe als Spur tief von weißem Mann.«

Ja, den *Selk'nam* fiel es schwer, sich der Zivilisation anzunähern, doch hatten sie eine andere Wahl, wenn auch die kommenden Generationen in diesem Land leben wollten? Nein, wohl nicht. Constantin sah dem Indio an, dass er sich bereits Gedanken über die Zukunft gemacht hatte, aber er wartete, bis Naviol von sich aus sprach.

»Vielleicht wir können bleiben hier.«

»Auf der Estanzia?«, fragte Constantin ungläubig. Das würde Fergusson nie gestatten. Doch er wollte dem Indio nicht einen Tag, nachdem seine Familie knapp mit dem Leben davongekommen war, die Hoffnung rauben.

»Nicht hier.« Naviol schüttelte energisch den Kopf. »Fergusson viel Land, nicht alles gut für Schafe, da können wir wohnen. Die Männer können Arbeit lernen, wie ich, die Frauen sammeln Beeren, jagen Kammratten ... dann wir werden leben.«

Constantin bedauerte, dass auch Naviol seine alte Lebensart aufgeben und sich den Weißen anpassen wollte, doch wie sollte er sonst sein Überleben und das seiner Familie sichern? Ein Grund mehr, die Kultur der *Selk'nam* zu dokumentieren, solange sie noch unverfälscht war.

»Wenn du mir von euren Sitten und Gebräuchen erzählst, helfe ich dir und gebe dir Schafe. Diejenigen, die ich dir versprochen habe und noch mehr.«

»Du sprechen wahr?«

»Ja.«

»Ich verstehe nicht, warum du kommst von weit über dem Wasser, um Naviol kennenzulernen. Aber ich sage alles, was ich weiß.« Mit feierlicher Miene streckte Naviol ihm wieder die linke Hand hin, und Constantin schlug ein.

Vier Tage nach der überraschenden Ankunft der *Selk'nam* auf der Estanzia Fergusson machte sich die kleine Menschengruppe erneut auf den Weg. Stella war stolz, dass sie Shawn gemeinsam mit Constantin Moss und Navarino überzeugt hatte, den Eingeborenen ein Stückchen Land an der Küste des Seno Skyring zu überlassen. Jeder, der dorthin wollte, musste unweigerlich das Land der Fergussons durchqueren, und so waren Naviols Leute verhältnismäßig sicher vor Verfolgung.

Shawn hatte seine Gauchos zu anderen, kleineren Gehöften geschickt, um auch die Nachbarn in Kenntnis zu setzen, dass die Indios mit seiner Zustimmung dort lebten. Wer wollte, konnte die Männer für Arbeiten anheuern.

Stella ritt mit der kleinen Gruppe. Es war für den Frühwinter ein erstaunlich schöner Tag. Frostig kalt, jedoch fast windstill. Eiskristalle überzogen die Bartgrasbüschel wie weißes Puder, das in funkelnden Schauern herabrieselte, wenn Menschen und Pferde sie streiften. Stella genoss jeden Augenblick. Das leise Klirren des Pferdezaumzeugs und das Knirschen der Hufe auf dem gefrorenen Boden. Der warme Geruch ihrer Stute hüllte sie ein. Claires Behauptung, die Tiere würden stinken, konnte sie nicht nachvollziehen. Hin und wieder schob sie eine Hand unter Gueras Mähne, um sie zu wärmen. Mit ihr ritten Shawn Fergusson, die beiden Forscher und zu ihrer Überraschung auch Claire, die mit Navarino die Nachhut bildete.

Shawn schien nicht zu ahnen, dass seine Frau dem Indio besonders zugetan war. Stella war das nur recht. Für eine kurze Zeit konnte sie sich so in der Illusion wiegen, alles sei in Ordnung und nichts Unrechtes daran, Shawn heimlich zu treffen, weil Claires Gefühle ohnehin einem anderen gehörten.

Sie ritten fast den gleichen Weg wie damals, als sie sich zum ersten Mal Shawn hingegeben hatte. Die kleine Hütte, in der sie ihr erstes Liebesabenteuer erlebt hatte, musste ganz in der Nähe sein. Sobald der Strand des Fjords in Sicht kam, richtete Stella sich ein wenig in den Steigbügeln auf, doch nein, sie war zu weit weg und nicht zu sehen.

Constantin Moss bemerkte ihren suchenden Blick und lächelte breit. Mit einer knappen Handbewegung lenkte er sein

Pferd näher an Guera heran. Stella hatte längst gemerkt, dass das Herz des jungen Forschers für sie schlug, aber sie war sich noch nicht sicher, ob ihr die Vorstellung gefiel. Er war sympathisch und sah auch recht gut aus, eigentlich brachte er all die Eigenschaften mit, die sie an einem Mann zu schätzen wusste. Er behandelte sie stets aufmerksam und respektvoll, besaß Humor und war immer bereit, sich ihre Überlegungen anzuhören. Sie verbrachte gern Zeit bei den Forschern, und das lag nicht nur am Zeichnen. Constantin war beinahe schon wie ein Freund für sie, aber er würde wieder fortgehen. Alles in Stella sträubte sich dagegen, erneut Gefühle für einen Mann zu entwickeln, mit dem sie keine gemeinsame Zukunft hatte. Zwei Mal sehenden Auges in ihr Unglück laufen, nein, dass kam für sie nicht infrage.

»Waren Sie schon einmal hier?«, fragte Constantin plötzlich.

Stella errötete, doch woher sollte er ahnen, weshalb sie diesen abgelegenen Strand kannte und sich ihre Wangen erhitzten. Constantin schien ihre Reaktion misszuverstehen.

»Ja, ich war schon einmal hier«, sagte Stella schnell. »Der Seno Skyring und der Strand sind wunderschön. In den Marschen gibt es rosafarbene Vögel im Herbst, können Sie sich das vorstellen?«

»Flamingos, aber ja, sie bevorzugen salzige, stehende Gewässer. Es gibt noch viele andere interessante Wasservögel, die jedoch oft kleiner und nicht so leicht zu beobachten sind.«

»Ich finde es beeindruckend, was Sie alles über dieses Land wissen, obwohl Sie zum ersten Mal hier sind«, gestand Stella.

»Ich habe diese Reise zwei Jahre lang akribisch vorbereitet. In London habe ich wohl jedes Präparat aus Tierra del Fuego gesehen und alles über diese Region gelesen.«

»Sie haben sich also einen Traum erfüllt?«

»Ja, obwohl vieles nicht so gekommen ist, wie ich es mir vorgestellt hatte. Was ich hier schließlich fand, hat selbst mich überrascht.«

»Was denn?«

Constantin zögerte und lenkte seinen Wallach noch ein wenig näher.

»Sie, Señorita Newville. Sie sind wie ein Wunder.«

»Sagen Sie so etwas nicht, ich bin eine ganz normale junge Frau.«

»Nicht für mich, nicht, wenn Sie sich durch meine Augen sehen könnten.«

Stella wusste nichts zu entgegnen. Wie von allein schweifte ihr Blick zu Shawn, der in einigem Abstand vor ihnen ritt und mit seinem Vater in ein Gespräch vertieft war. So etwas hatte Shawn noch nie zu ihr gesagt. In diesem Moment wünschte sie sich, wirklich zu wissen, was Constantin in ihr sah.

Der Gedanke ließ ihr Herz schneller schlagen, und sie hatte für einen Augenblick das Gefühl, Shawn untreu zu sein. Wie absurd! Zugleich hätte sie gerne gewusst, was Constantin dachte. Wie stellte er sich seine Zukunft vor? Hatte darin überhaupt eine Frau Platz, oder gar eine Familie? Ihm diese Fragen direkt zu stellen, wäre sehr unhöflich.

»Ich … ich wollte Ihnen nicht zu nahe treten, Señorita.« Betreten sah Constantin auf seine Hand, die die Zügel führte. Sein Pferd kaute unruhig auf dem Zaumzeug. Die Tiere spürten immer, wenn ihre Besitzer nervös waren.

»Nein, Constantin, ganz im Gegenteil, ich fühle mich durch Ihre Worte sehr geschmeichelt. Sie sind sehr freundlich, danke.«

Das schien nicht die Reaktion zu sein, die er sich von ihr gewünscht hatte.

»Constantin.«

»Nein, ich verstehe schon«, sagte er traurig. Er ließ sein Pferd antraben und schloss zu den *Selk'nam* auf. Eine alte Indiofrau erschrak vor dem Reiter, doch er bemerkte es nicht einmal. Stella seufzte, war kurz unentschlossen, dann jedoch folgte sie Constantin. Sie sagte nichts. Dass sie wieder neben ihm ritt, reichte aus, um ihren jungen Verehrer zum Lächeln zu bringen.

Kapitel 13
Vier Monate später

Constantin trug den einzigen guten Anzug, den er auf die Reise nach Tierra del Fuego mitgenommen hatte. Durch die lange Reise hatte er Stockflecken bekommen, doch er hoffte, das würde Señor Fergusson im abendlichen Dämmerlicht nicht allzu sehr auffallen.

Es war ein ungewöhnlich warmer Frühlingstag gewesen, und nun leuchtete die rötliche Sonne ein letztes Mal auf. Auf dem Rückweg zum Gästehaus würde er frieren, doch daran mochte er jetzt noch nicht denken, es war unwichtig.

Constantin merkte, wie seine Schritte immer langsamer wurden, als laufe er durch zähen Schlamm. Im Gegensatz zu seinen Beinen schien es seinem Herzen nicht schnell genug zu gehen. Ihm graute vor diesem Gespräch. Er war sich nicht einmal sicher, was Stella über ihn dachte, geschweige denn, ob sie ihm auf die gleiche Weise zugetan war. Obwohl es ihm Mut machte, dass sie den Freier am Vortag freundlich, aber bestimmt abgewiesen hatte, fühlte er sich tief verunsichert. Der

Fremde war ein wohlhabender und zudem gut aussehender Mann. Im Vergleich zu ihm war Constantin ein Niemand, ein mittelloser Forscher aus England, der seine ganzen Hoffnungen darauf setzte, von der Akademie anerkannt zu werden und eine Professur zu bekommen. Lieber hätte er gewartet, bis er einen anständigen Lebenslauf vorzuweisen gehabt hätte, doch das Schicksal meinte es niemals gut mit ihm.

In spätestens einer Woche würde er mit Holton seine Forschungsreise fortsetzen. Bis dahin wollte er die Sache zu einem guten oder notfalls auch schlechten Ende bringen. Was er brauchte, war eine Entscheidung.

Die Stufen zur Haupttür der Estanzia waren ihm noch nie so hoch vorgekommen. Er strich ein letztes Mal seinen verknitterten Anzug glatt und klopfte. Im Haus hallten Schritte. Eigentlich hätte er einfach hineingehen können, das Anwesen war in den letzten Monaten zu einem Zuhause geworden, doch heute wählte er lieber den förmlichen Weg.

Die Haushälterin Emilia öffnete und blickte ihn erstaunt an.

»Señor Moss, die Tür ist offen.«

Die gutmütige Frau, deren rundliche, stets gerötete Wangen von einem guten, jedoch rauen Leben am südlichen Ende der Welt kündeten, hatte ihre ruppige Art im Haus der Fergussons nicht abgelegt. Früher hatte sie eine Anstellung in einer Seemannsstube gehabt.

»Ich möchte Señor Fergusson sprechen.«

»Den jungen oder den alten?«, erkundigte sich Emilia, die Hände in die üppigen Hüften gestützt.

»Äh ... den jungen«, gab Constantin unsicher zur Antwort.

»Er ist in seinem Arbeitszimmer, zumindest war er es eben noch, als ich ihm Tee gebracht habe. Wo das Arbeitszimmer ist, wissen Sie?«

Constantin nickte. Sein Mut war verflogen, und das schon nach der Begegnung mit der Haushälterin. Mit herabhängenden Schultern ging er an Emilia vorbei in den langen Flur und hoffte, nicht Stella zu begegnen. Das Haus wirkte leer. Wahrscheinlich hatten sich die Frauen schon in die Schlafzimmer zurückgezogen. Als er sich im Vorbeigehen im Spiegel ansah, kochte die Wut in ihm hoch. Er lief wie ein geprügelter Hund. Energisch vertrieb er die zweifelnden Gedanken und straffte sich. Wenn er auftrat, als habe er keine Hoffnung auf Erfolg, wies Fergusson ihn sicher sofort ab.

Constantin klopfte und sogleich klang von drinnen Shawns Stimme. Dem Großgrundbesitzer war die Überraschung anzusehen, als Constantin hereinkam und die Tür hinter sich schloss.

»Ich würde gerne mit Ihnen reden.«

»Aber bitte.« Shawn bat ihn, Platz in einem gemütlichen Sessel zu nehmen, und goss Cognac in zwei Schwenker.

»Wie laufen Ihre Vorbereitungen für Ihre Reise? Benötigen Sie noch etwas? Und scheuen Sie nicht, mich um etwas zu bitten, mein Vater unterstützt seinen Freund Señor Holton immer gerne.«

»Danke, aber wir haben alles. Selbst das Wetter scheint es gut mit uns zu meinen, aber deshalb bin ich nicht hergekommen.«

Fergusson reichte ihm ein Glas, sie stießen an und Constantin räusperte sich, als das Getränk weich und brennend durch seine Kehle floss.

»Also, was liegt Ihnen auf dem Herzen, was Sie beim Abendessen nicht besprechen wollten?«

»Es geht um Stella.«

Bei der Erwähnung des Namens schien seinem Gegenüber

der Atem zu stocken. Fergusson stellte sein Glas unsanft auf einem Tischchen ab und fixierte den Forscher wie ein Adler seine Beute.

Unsicher erwiderte Constantin seinen Blick.

»Stella? Was ist mit ihr?«

»Ihre Anwesenheit in den letzten Monaten war eine ausgesprochene Bereicherung für uns. Ich habe ihre Gegenwart sehr genossen und ich hoffe, sie auch in Zukunft nicht missen zu müssen. Mit Ihrer Erlaubnis würde ich Miss Newville gerne um ihre Hand bitten.«

Fergusson stand abrupt auf und ging im Zimmer auf und ab. Constantin verstand seine Reaktion nicht. Warum brachte ihn diese Frage so auf, und warum dauerte es so lange, bis er antwortete?

»Ist die junge Dame schon jemand anderem versprochen?«, erkundigte er sich zögernd.

»Nein.«

»Dann gehört ihr Herz einem anderen?«

Ferusson gab ein missmutiges Schnauben von sich und ließ sich wieder in den Sessel fallen.

»Woher soll ich wissen, was in Stellas Kopf vorgeht? Bislang hat sie jeden Bewerber abgewiesen. Weiß sie überhaupt, dass Sie interessiert sind?«

Constantin seufzte und hob ratlos die Schultern.

»Ich hoffe es. Zumindest wollte ich zuerst zu Ihnen kommen, bevor ich mit ihr spreche.«

»Wenn es Ihnen ernst ist, Señor Moss, dann müssen Sie Stellas Onkel Bernard Longacre fragen. Er hat ein Kontor in Punta Arenas und die Vormundschaft für meine Schwägerin. Am besten schicken Sie ihm einen Brief. Aber ich warne Sie, die Familie hat hohe Erwartungen an einen Bewerber.«

Constantin schluckte und sah auf seine Hände. Ja, er war verglichen mit Fergusson arm und konnte nichts vorweisen.

»Werden Sie ein gutes Wort für mich einlegen?«

Fergusson fuhr sich durch das rote Haar, das immer ein wenig unordentlich aussah, und musterte den Bittsteller.

»Ich will für meine Schwägerin nur das Beste. Wenn sie also Ihre Bitte erhört, dann ja. Sie sind sympathisch und ich denke, Sie wissen, wie man eine Frau behandelt. Doch machen Sie den zweiten Schritt nicht vor dem ersten.«

»Nein, ganz gewiss nicht, ich werde zuerst mit Stella reden.«

Fergusson erhob sich. Für ihn schien alles Wichtige gesagt und die Unterhaltung beendet. Constantin trank den Rest des Cognacs, erhob sich und gab Fergusson zum Abschied die Hand.

Auf dem Weg zurück zum Gästehaus fühlte er sich keineswegs erleichtert, wie er es erwartet hatte, sondern war noch aufgewühlter als zuvor. Jetzt musste er alles daransetzen, Stellas Herz zu gewinnen, und er hatte nur noch eine Woche Zeit. Dann brachen sie auf und er würde Stella womöglich nie wiedersehen.

Er wusste noch gar nicht genau, wie er vorgehen wollte. Sollte er sie zu einem Ausritt einladen oder lieber in der gewohnten Umgebung des Gästehauses mit ihr sprechen, wenn sie wieder zum Zeichnen kam?

Beides schien ihm nicht richtig. Der Ausritt allein mit ihm konnte schnell als Unschicklichkeit gedeutet werden, und auf Holtons Anwesenheit, der ihm sicher diesen Freundschaftsdienst erweisen würde, verzichtete er lieber.

Die Dämmerung senkte sich wie ein blasses Tuch über den Seno Skyring. Von dem Farbenspiel des Sonnenuntergangs war nichts zu sehen. Eine dicke Wolkenschicht bedeckte den Himmel.

Naviol war auf einen gewaltigen, rund geschliffenen Felsen geklettert, in dessen Schatten sie das Lager der Sippe aufgeschlagen hatten. Die Zelte bildeten einen Halbkreis, an dessen östlichem Ende eine kleine Holzhütte stand, die er zusammen mit Navarino und dem Forscher Moss errichtet hatte. Es war die Wohnung des *Yag'han,* der es vorzog, bei ihnen und nicht mit den Gauchos zu wohnen. Den weiteren Weg, den er morgens und abends zur Estanzia zurücklegen musste, nahm er gerne in Kauf. Das Häuschen fügte sich erstaunlich gut in das Lager ein, wahrscheinlich weil es auch von *Selk'nam* erbaut worden war und die Segnung der *Yosi* erhalten hatte.

Soweit die zunehmende Dämmerung es zuließ, spähte Naviol an dem Schindeldach vorbei zum Ufer. Von den Frauen fehlte noch immer jede Spur. Ekina war am Morgen mit ihrer Schwester losgegangen, um am Strand nach Muscheln und Krebsen zu suchen.

Naviol war zur Guanakojagd in die Berge geritten, doch bis auf einen Fuchs und eine Gans hatte er keine Beute gemacht. Es war spät. Ekina müsste längst zurück sein. Vielleicht waren sie bis zum Marschland gegangen, um nach ersten Brutvögeln Ausschau zu halten, die verfrüht aus ihren Winterquartieren zurückgekehrt waren.

Naviols Ungeduld steigerte sich ins Unerträgliche.

Er hob den Blick zum Himmel und bat *Temaukél* und *Kenos,* nach seiner Frau Ausschau zu halten. Dann kletterte er den Felsen hinab.

»Noch immer nichts?«, erkundigte sich Navarino.

»Nein, nichts.«

»Das ist nicht gut.«

Naviol war aufgefallen, dass sein Freund Ekinas unverheiratete Schwester mochte. Der *Yag'han* wusste besser als er, dass seine Gefühle für Claire Fergusson aussichtslos waren. Ajam hingegen war eine tüchtige Frau, alt genug, um das Leben mit einem Mann zu teilen, und Navarino gefiel ihr. Es wäre eine gute Entscheidung für beide. Eine Bindung wie Naviol und Ekina sie hatten, war auch unter den *Selk'nam* selten. In der Sippe waren sie die Einzigen, bei denen die Entscheidung der Alten mit den Gefühlen der Ehepartner übereinstimmten.

Naviol musterte seinen Freund. Der Blick des *Yag'han* sagte alles. Er machte sich ebenfalls Sorgen und wollte nicht länger im Lager ausharren.

»Reiten wir ihnen nach, noch sind die Spuren gut zu erkennen!«, entschied Naviol daher.

»Ich hole die Pferde.«

Naviol eilte zu seinem Zelt, griff Pfeilköcher, Bogen und Speer und sprang mit einem Satz auf den Rücken seines Wallachs.

»Grauer, komm!«, rief er seinen Spürhund. »Such Ekina!«

Der Hund schoss voran, die Nase dicht über dem Boden. Naviol hämmerte seinem überraschten Pferd die Fersen in die Flanken. Das Tier war von ihm allenfalls Schritt gewöhnt, denn dem *Selk'nam* waren die Pferde noch immer nicht ganz geheuer. Sobald der Wallach einen großen Satz vorwärts machte, vergrub Naviol seine Hand in der Mähne. Für einen Augenblick glaubte er, er würde vom Pferderücken gerissen, doch er klammerte sich mit den Schenkeln fest.

Navarino galoppierte an seiner Seite und beugte sich weit aus dem Sattel, um die Spur der Frauen im groben Sand zu erkennen. Die Pferde jagten dahin, schienen den Ritt als Wettkampf anzusehen. Grauer rannte noch viel schneller und Naviol war wieder einmal froh, den Hund zu haben.

An einigen Felsen verlor sich die Spur kurzzeitig. Die Frauen hatten mit Holzwerkzeug Muscheln von den Steinen geschlagen. Naviol ritt vorsichtiger über den glatten Fels, suchte nach Zeichen und fand nur eine Stelle, wo Ekina und Ajam Pause gemacht hatten. Seeigelschalen lagen zerbrochen auf dem Fels. Die Frauen hatten sie aufgeknackt und das köstliche Innere herausgeschlürft, das musste schon zur Mittagszeit geschehen sein.

Naviol lenkte sein Pferd zurück auf den weichen Sand. Das letzte Abendlicht brach sich in den Wellen eines schmalen Bachlaufs. Er hatte sich ein tiefes Bett in den weichen Grund gegraben. Die Fußspuren der Frauen führten am Ufer entlang ins Landesinnere.

Zwischen den hohen Bartgrasstauden mussten sie langsamer reiten und Naviol spürte, wie ihn erneut Angst erfasste. Er schwitzte in der sich rasch abkühlenden Luft. Der Hund verschwand immer wieder aus dem Sichtfeld und er musste ihn zurückrufen, um ihm folgen zu können.

»Ekina!«, rief er immer wieder den Namen seiner geliebten Frau. Antwort gab einzig der Wind, der durch die scharfen Halme blies. Mit jedem zurückgelegten Wegstück wurde Naviol kälter ums Herz, während seine schreckliche Befürchtung zur Gewissheit wurde und er überzeugt war, Ekina nicht mehr lebend wiederzusehen.

Noch immer folgten sie dem Bachlauf durch ein dichter werdendes Dickicht, bis die Sträucher mit einem Mal Schilf wichen. Die Hufe der Pferde sanken tiefer ein, aus dem Moorboden stieg ein modriger Dunst auf. Sie hatten einen der vielen Seen erreicht, die das Land durchzogen. Vögel stoben auf und kreisten über ihren Schlafplätzen.

Im Osten stieg das Land leicht an und auf dem trockeneren Grund wuchs Gras. Es war eine der entlegensten Schafweiden der Estanzia Fergusson.

»Wo können sie nur sein?«, sagte Navarino, stellte sich in die Steigbügel und versuchte, in der Dunkelheit Einzelheiten zu erkennen. Der Hund watete immer wieder ins Wasser hinein und reckte die Schnauze in die Luft, doch er fand die verlorene Spur nicht wieder.

»Hier entlang, ich glaube, ganz in der Nähe ist ein Brutplatz. Die ersten Enten und Gänse sind schon zurück, vielleicht haben die Frauen nach Eiern gesucht.«

Langsam ritten sie durch das Schilf und riefen nach den Frauen.

Auf einer Wiese zeichneten sich Nester des Vorjahres als dunkle Flecken ab. Grauer lief im Zickzack zwischen ihnen umher und trieb einige Gänse ins Wasser.

»Ekina, Ajam, wo seid ihr!«

Der Hund schlug an. Naviol kannte kein Halten mehr, er ließ sich vom Pferderücken gleiten und rannte dorthin, wo Grauer verschwunden war und nun winselte.

»Naviol?«, erklang eine schwache Frauenstimme.

Freude und Angst tobten in seiner Brust. Warum klang sie so schwach.

»Ekina, wo bist du?«

Er schob den Hund fort und duckte sich, sodass er in das knorrige Dickicht sehen konnte. Da war sie, Ekina!

Sie hatte sich eng in ihren Umhang eingewickelt und kauerte unter den Ästen, als verstecke sie sich.

»Was ist passiert, warum seid ihr nicht zurückgekommen?«

Sie schüttelte den Kopf und presste die Lippen aufeinander. In Dunkeln konnte er es nicht genau erkennen, doch sie weinte!

»Hast du sie gefunden? Ist Ajam bei ihr?«

Naviol wandte sich kurz zu seinem Freund um, der die Pferde an den Zügeln hielt.

»Wo ist Ajam, Ekina? Ist ihr etwas passiert?«

»Ich ... ich weiß nicht«, stotterte Ekina. Auf einmal bebte ihr Körper, als hätte sie heftigen Schüttelfrost.

»Ich gehe sie suchen, sie muss hier irgendwo sein«, sagte Navarino entschlossen, band die Pferde an einem Busch fest und eilte davon.

Naviol kroch zu Ekina ins Dickicht und griff nach ihren zitternden Händen. Sie zuckte zurück, doch dann sackte sie zusammen und Naviol zog sie aus ihrem Versteck. Fest schloss er sie in die Arme. Sie lehnte den Kopf an seine Schulter und es tat unendlich gut, sie einfach nur atmen zu hören.

»Du lebst, ich hatte plötzlich solche Angst, aber du lebst«, stammelte er.

Als der Mond kurz aus der Wolkendecke hervorlugte, entdeckte Naviol zahllose Schrammen und Blutergüsse auf Ekinas Armen und Händen. Auch die Knie waren aufgeschürft, und ihm kam ein schrecklicher Verdacht. Sie war nicht gestürzt oder anderweitig verunglückt, dies war das Werk von Menschen!

Fassungslos drückte er sie noch fester an sich und berührte ihr seidiges Haar, in dem sich Blätter und kleine Zweige verknotet hatten.

»Tut dir etwas weh? Ekina, sag doch etwas.«

»Ich will nach Hause, Naviol.«

»Natürlich.«

»Nicht an den Fjord, in unsere Berge.«

Naviol erhob sich und half seiner Frau, aufzustehen.

»Du weißt, es geht nicht.« Dass sie hier in Sicherheit waren, brachte er nicht über die Lippen, denn offenbar stimmte es nicht.

Ekina rührte sich nicht vom Fleck und schlang die Arme um ihn.

»Verlass mich nicht, Naviol!«

»Ich? Das würde ich nie tun, du bist mein Leben.«

»Nicht mehr«, schluchzte sie.

Im Mondlicht schimmerte das Weiße in ihren Augen bläulich, die Iris erinnerte an zwei schwarze übervolle Seen. Sie sah ihn beschwörend an, wand sich aus seinen Armen und stolperte rückwärts.

Als sie ihren Umhang aufmachte und er das Blut und Sperma sah, das ihr die Schenkel hinunterlief, traf ihn die Verzweiflung wie ein Blitzschlag, und er sank mit einem Aufschrei in die Knie. Der Moorboden gab unter ihm nach, und er wünschte, er würde ihn verschlingen.

Ekina stand da und starrte mit leerem Blick auf ihn hinab, während der Wind an dem Guanakoumhang zerrte und ihren geschundenen Körper noch weiter entblößte.

»Wer hat das getan?!«, schrie Naviol und war mit einem Satz auf den Beinen.

Als Ekina zurückwich, bezwang er sich, sie nicht an den Schultern zu fassen und zu schütteln.

»Ich bin schmutzig«, sagte sie leise, ihre Stimme von einer unheimlichen Leere erfüllt.

Ekina wandte sich von ihm ab, zog den Umhang von ihren Schultern und watete ohne zu zögern in den eisigen See, doch sie schien die beißende Kälte nicht zu spüren. Naviol rang mit sich, wollte sie aufhalten. Sollte sie versuchen, sich das Leben zu nehmen, würde er sie sofort aus dem Wasser ziehen.

Bis zu den Oberschenkeln eingetaucht begann Ekina, sich mit langsamen Bewegungen zu waschen. Immer wieder schöpfte sie Wasser und wusch sich zwischen den Beinen.

Fassungslos starrte Naviol sie an. Erst jetzt begriff er das ganze Ausmaß. Er hatte es einfach nicht wahrhaben wollen, weil es nicht sein durfte, nicht seine Ekina!

Schließlich drehte sie sich um und ging bedachtsam zurück an Land. Aus ihren Mokassins rann das Wasser. Naviol nahm seinen Umhang und legte ihn Ekina um die Schultern. Nichts, was an die Schandtat erinnerte, sollte sie noch berühren.

Während er Ekina zu den Pferden führte, beherrschte er sich, sie nicht weiter zu drängen. Doch er schwor sich, gleich bei Morgendämmerung zurückzukehren und die Verfolgung aufzunehmen. Er würde nicht eher ruhen, bis er die Brust des Mannes, der ihr das angetan hatte, mit seinem Speer durchbohrt hatte, und wenn es das Letzte war, was er in diesem Leben tat.

»Ich kann nicht zurück«, wisperte Ekina.

»Doch, ich bringe dich so schnell wie möglich ins Lager.«

»Naviol, nicht, du willst mich nicht mehr, wenn du wüsstest ...«

Er küsste sie auf die Schläfe.

»Scht. Ich weiß, und ich bringe dich heim. Du bist meine Frau.«

Bei seinen letzten Worten schluchzte sie auf, und er hob sie anstandslos aufs Pferd.

»Naviol, Naviol!«

Erst jetzt erinnerte er sich wieder, dass er mit Navarino hergeritten und Ekina nicht allein auf Nahrungssuche gegangen war.

Navarino hatte Ajam gefunden. Reglos lag sie in seinen Armen, die wenige Kleidung, die sie getragen hatte, hing ihr in Fetzen vom Leib. Navarinos Blick war starr, die kantigen Züge des *Yag'han* wie aus Stein gemeißelt.

»Ist sie tot?«

Navarino schüttelte den Kopf. Naviol eilte zu ihm, und es reichte ein Blick, um zu wissen, dass Ajam mit dem Tod rang. Die Verbrecher, Naviol war sich mittlerweile sicher, dass es mehrere gewesen waren, hatten die junge Frau mit Messern traktiert. Sie blutete aus mehreren Wunden, von denen Navarino einige notdürftig abgebunden hatte.

»Ich bringe sie zur Estanzia. Señora Claire wird ihr helfen.«

»Nein!«, schrie Ekina auf. »Nicht zu den Fremden!«

Navarino fuhr herum. »Dann stirbt sie. Eure Heilerin ist in der Geisterwelt, sie kann nicht helfen.«

»Dann muss Ajam auch hinübergehen, nur bring sie nicht zu den Fremden.«

Naviol half Navarino, die Ohnmächtige aufs Pferd zu heben, bevor sie beide aufstiegen und forttritten von dem Ort des grauenhaften Geschehens.

Mittlerweile war es dunkel, und die Pferde bewegten sich nur langsam vorwärts. Sosehr Naviol sich auch wünschte, schnellstmöglich das Lager zu erreichen, sie konnten den Frauen keine schnellere Gangart als Schritt zumuten.

Am Strand mussten sie zumindest nicht befürchten, dass die Tiere stolperten und stürzten.

Naviol hielt Ekina fest in den Armen. Wenn er sie nicht so gut kennen würde, hätte er geglaubt, sie sei in einen Erschöpfungsschlaf gefallen. Doch sie war wach. Still wie ein verängstigtes kleines Tier, das keinen Fluchtweg mehr kannte und sich mit seinem Schicksal abgefunden hatte.

»Ich liebe dich«, flüsterte er.

Ekina sog bebend den Atem ein, und er glaubte, seinen Namen zu hören. Oh, womit hatten die *Selk'nam* die Geister nur so erzürnt, dass sie immer neues Leid über die Menschen brachten? Naviol wollte beten, doch es ging nicht. Zu wem denn? *Temaukél* und *Kenos?* Zu den eigenen Anverwandten? Warum sollten sie ihn jetzt erhören, nachdem sie zugelassen hatten, dass die Frauen vergewaltigt wurden? Was für einen Sinn hatte das noch? Er fühlte sich verlassen und fror.

Navarino ritt neben ihm. Ihre Blicke begegneten sich. Naviol sah nur das Weiße in seinen Augen aufblitzen.

»Sie ist noch immer ohnmächtig?«, erkundigte er sich.

»Ja«, gab Navarino grimmig zurück. Seine Stimme war heiser vor Verzweiflung und unterdrücktem Zorn. Der Eindruck hatte also nicht getäuscht, Navarino mochte Ajam, auch wenn die weiße Señora sein Herz gestohlen hatte und das womöglich für immer. Naviol erinnerte sich an ein Gespräch mit Ekina. Seine Frau hoffte, der *Yag'han* würde dauerhaft bei der Sippe bleiben und Ajam zur Frau nehmen. Sie konnten einen zusätzlichen Jäger gut gebrauchen und Navarino war ein zuverlässiger Freund.

Endlich zeichneten sich die Zelte in der Dunkelheit als schwarze Kegel ab. Es roch nach Holzfeuern, jemand lief ihnen mit einer Fackel entgegen. Es war Olit. Sie zügelten die Pferde, bevor er herangekommen war.

»Und du willst sie wirklich zur Estanzia bringen?«, fragte Naviol. Ihm gefiel der Gedanke nicht, doch ihm war auch klar, dass sie jemanden brauchten, der sich mit Verletzungen auskannte. Die Sippe hatte die alte Uuna und ihr unerschöpfliches Wissen verloren.

»Ja, ich reite weiter. Versuch nicht, mich davon abzuhalten.«
»Das werde ich nicht. Sei vorsichtig.«

Navarino trennte sich von ihm, kurz bevor sie das Lager erreichten, und schlug den Pfad ein, der durch die Bartgrassteppen zur Estanzia führte.

Das Donnern hallte durchs Haus. Stella schrak aus dem Schlaf hoch und setzte sich auf. Hatte sie einen Albtraum gehabt, tobte ein Sturm?

Der Wind heulte ums Haus. Sie hatte die Vorhänge am Abend nicht zugezogen. Der Mond stand als schmale Sichel am Himmel, und die Sterne waren zu sehen.

Im Untergeschoss ertönten Schritte. Die Haushälterin fluchte heftig, als sie sich in der Dunkelheit an etwas stieß.

Es donnerte wieder, und jetzt wurde Stella klar, dass jemand laut an die Haupttür klopfte. Wer konnte das sein?

Sie stand auf und spähte aus dem Fenster. Ein mageres Pferd wartete im Hof, das struppige Fell glänzend vor Schweiß. Stella kannte das Tier. Es gehörte Navarino.

Unbewusst tastete sie mit der linken Hand nach dem kleinen Vogelamulett an ihrem Hals. Sobald sie es berührte, lief ihr ein kalter Schauer den Rücken hinunter.

Etwas Schreckliches musste geschehen sein! Waren die Menschenjäger der kleinen Sippe doch gefolgt und hatten das Land der Fergussons unbemerkt durchquert?

»Komm morgen wieder, die Herrschaften schlafen«, drang die mürrische Stimme der Haushälterin herauf.

»Aber wir brauchen Señorita Claires Hilfe!« Navarino klang

verzweifelt. Etwas stimmte ganz und gar nicht. Offenbar ließ Navarino sich nicht so einfach abweisen. Stella hoffte, dass er hartnäckig blieb.

Sie zog ihren Morgenmantel über, während sie die Treppe hinuntereilte.

»Emilia, was ist hier los?«

Die Haushälterin drehte sich zu ihr um. Offenbar hatte Navarino einen Fuß in die Tür gestellt, um zu verhindern, dass Emilia sie ihm vor der Nase zuschlug. Ihr Gesicht war rot vor Zorn.

»Er soll morgen wiederkommen. Niemand kann um diese Uhrzeit einfach herkommen und verlangen, dass ich die Herrschaften wecke. Erst recht keiner von denen.«

»Ich bin ja jetzt da. Was ist passiert, Navarino?«

Der Indio sah sich um. Erst jetzt bemerkte Stella, dass jemand reglos in einen Fellumhang gehüllt auf der Veranda lag.

»Ajam, sie ist überfallen worden, Señorita, und ich weiß nicht, was ich tun soll. Sie ist schwer verletzt.«

»Bring sie herein.«

»Aber Señorita Stella!«, entrüstete sich die Haushälterin, trat aber zur Seite, als der riesige Indio die Verletzte hochhob und über die Schwelle trug.

»Steh nicht einfach herum, hol ein paar saubere Tücher und Verbandszeug«, herrschte Stella die dickliche Frau an, die kurz nach Luft schnappte und davoneilte.

»Komm, Navarino, wir bringen sie hoch zu mir.«

»Danke.«

Stella ging mit einer Lampe voraus, die im Flur gestanden hatte, und hielt die Zimmertür auf. Nach kurzem Zögern breitete sie die Tagesdecke über ihr Bett. Es sollte nicht so wirken, als halte sie die Indiofrau für schmutzig, doch Emilia würde ihr die Leviten lesen, sollte sie die weiße Spitzenbettwäsche auf ewig mit Blutflecken ruinieren.

»Leg sie hierher.«

Während Navarino die Frau vorsichtig ablegte, entzündete Stella alle Kerzen und Lampen, die sie auf die Schnelle finden konnte. Bald war das Zimmer von warmem gelbem Licht erfüllt. Stella leuchtete der Indiofrau ins Gesicht. Ihre Pupillen bewegten sich unter den Lidern. Sie war trotz ihrer dunklen Hautfarbe beängstigend blass.

»Was ist passiert, Navarino?«

»Sie war Muscheln sammeln, sie und ihre Schwester. Als die Frauen am Abend nicht wiederkamen, haben wir sie gesucht. Ich habe sie so gefunden. Sie wacht nicht auf, sie spricht nicht. Ich glaube, nein, ich bin mir sicher, dass sie …«

Der Indio starrte der jungen Frau ins Gesicht. »Sie ist vergewaltigt worden, Señorita, und man hat versucht, sie umzubringen.«

Stella stockte der Atem.

»Um Gottes willen!«

Navarino schlug den Umhang aus Guanakofell zurück. Erst jetzt waren die zahlreichen Schnitte auf ihrem Körper zu erkennen. Stella hatte das Gefühl, dass sie gleich das Bewusstsein verlor. Ihre Knie wurden weich und sie stützte sich an der Wand ab, weil sich das Zimmer plötzlich zu drehen begann. Was musste die arme Frau alles durchgemacht haben?

»Können Sie ihr helfen?«

»Claire kann es. Wenn sie es nicht schafft, schafft es niemand.«

Navarino nickte und atmete tief durch. Er legte das Schicksal dieser Frau in ihre Hände. Die Haushälterin, die gerade Verbandszeug und eine Waschschüssel hereintrug, hielt beim

Anblick der geschundenen Indiofrau inne, und augenblicklich machte ihre missbilligende Haltung einem Ausdruck von Mitgefühl Platz.

»Würdest du meine Schwester holen? Wenn du keinen Ärger willst, gehe ich sie selber wecken, Emilia.«

»Nein, ich gehe schon, Señorita.«

Sobald Stella wieder mit Navarino allein war, untersuchte sie die Frau vorsichtig. Sie scheute sich, den geschundenen Körper zu berühren, doch ihr blieb nichts anderes übrig. Der Indio half ihr, den Guanakoumhang aufzuknoten. Auch an den Schultern waren Stichwunden, die zum Glück bereits aufgehört hatten zu bluten.

»Wer hat das getan? Was für ein Monster tut einer Frau so etwas an?«, sagte Stella ungläubig.

»Weiße, und sie werden dafür bezahlen.«

»Ist es auf dem Land von Fergusson passiert?«

»Ja, nicht weit vom Seno Skyring.«

Stella wagte nicht auszusprechen, was ihr gerade durch den Kopf ging. Wenn es Weiße gewesen waren, arbeiteten sie wahrscheinlich für ihren Schwager. Womöglich hatte sie schon mit ihnen gesprochen! Unter den Gauchos fanden sich viele raue Männer, doch keinem der fest angestellten Arbeiter traute sie solch eine Grausamkeit zu.

»Wo bleibt Claire nur?«, sagte Stella, um ihre Gedanken auf etwas anderes zu lenken.

In diesem Augenblick ertönten leise Stimmen im Flur, und Claire schlüpfte ins Zimmer. Sie hatte ihrem Ehemann offenbar nicht Bescheid gesagt. Mit beiden Händen umklammerte sie die kleine Tasche, in der sie ihre Arzneien aufbewahrte. Sie stellte keine Fragen, sondern musterte die auf dem Bett liegende Indiofrau.

»Wir waschen sie und säubern die Wunden, dann vernähe ich die Schnitte. Wir können nur beten, dass sie sich nicht entzünden und ihre inneren Verletzungen nicht zu schwer sind. Ob ihre Seele es übersteht ...«

»Ihre Seele?«

»Wir haben einige Frauen im Konvent behandelt, die überfallen worden sind, Stella. Sie waren nie wieder die Gleichen. Ein Mädchen hat es nicht ertragen und sich trotz ihres Glaubens das Leben genommen.«

Navarino stieß einen tiefen Seufzer aus, der in einem verzweifelten Wortschwall in seiner Muttersprache endete.

»Kann ich irgendwie helfen?«

»Nein, Navarino. Ruh dich aus. Wenn du die Frau besser kennst und sie dir etwas bedeutet, dann wache später an ihrem Lager und verstoße sie nicht für das, was ihr angetan wurde.«

»Das würde ich das niemals tun.«

Der *Yag'han* ließ die Schwestern mit Ajam allein.

»Komm, verlieren wir keine Zeit«, sagte Claire. Gemeinsam wuschen sie die Indiofrau von Kopf bis Fuß. Mehrfach musste die Haushälterin neues Wasser holen, bis auch der letzte Rest der roten Fettpaste, Schlamm, Blut und Sperma abgewaschen war. Stella kämpfte mit einer Mischung aus Mitleid und Ekel.

Claire vernähte die tiefen Schnittwunden und Stella verband sie sorgfältig. Die *Selk'nam*-Frau war noch immer nicht aus ihrer Bewusstlosigkeit erwacht.

Als der Morgen dämmerte, lag Ajam, mit einem alten Nachthemd von Stella bekleidet, warm eingepackt unter einer Schicht Decken. Navarino hatte wie versprochen die erste Wache an ihrem Bett übernommen.

Es war zu spät, um sich noch einmal hinzulegen, und so setzten sich die Schwestern in die Küche an den Tisch, wo normalerweise die Angestellten ihre Mahlzeiten einnahmen. Stella kochte für sich und Claire Matetee. Das Getränk der einfachen Leute hatte sie auch schon gerne in Buenos Aires getrunken.

Mit dem warmen Becher in der Hand genossen sie für einen Moment die Stille, die um diese Uhrzeit noch in der Estanzia herrschte. Als sich ihre Blicke schließlich trafen, wusste Stella sofort, welche Frage Claire auf den Lippen brannte. Sie erzählte ihr alles, was sie von Navarino über den Überfall gehört hatte, und auch von ihrem schrecklichen Verdacht.

»Wenn es wirklich Weiße waren, dann ...«

»... sind es wahrscheinlich Männer von hier gewesen«, schloss Claire bleich vor Entsetzen.

»Kannst du dir vorstellen, dass Gauchos die beiden Frauen überfallen haben und danach einfach heimgeritten sind, als sei nichts geschehen?«

»Ajam hatte so viele Messerstiche, sie wäre verblutet, wenn Navarino sie nicht gefunden hätte. Wer ist die andere Frau?«

»Naviols Frau. Navarino meinte, sie habe keine weiteren Verletzungen gehabt. Vielleicht konnte sie weglaufen.«

»Sie würden die Männer also wahrscheinlich wiedererkennen.«

Stella nickte.

»Hoffentlich. Die dürfen nicht einfach so davonkommen.«

»Wir müssen herausfinden, wer es war, und dann muss Shawn sie ... verdammt!«

»Stella, dein Ausdruck!«

»Entschuldige, aber was wird dann geschehen? Dein Mann

kann sie vielleicht feuern und von seinem Land vertreiben, aber mehr nicht. Wenn es niemanden interessiert, dass die Indios ermordet werden und die Farmer sogar ein Kopfgeld für jedes abgeschnittene Ohr bezahlen, was sagen sie dann, wenn die Männer der Vergewaltigung beschuldigt werden? In Punta Arenas werden sie uns auslachen und diese Verbrecher am Ende sogar beglückwünschen, so sieht es doch aus, Schwester.«

Wütend trank Stella von ihrem Tee und hätte sich in ihrer Hast beinahe verschluckt. Claire sah sie mit bleicher Miene an und brauchte mehrere Anläufe, bevor sie herausbrachte:

»Was sollen wir nur tun? Gott wird ihre Seelen richten und sie werden ihre Zeit in der Hölle verbringen und zehnfach dafür leiden, was sie den armen Frauen angetan haben, aber dass sie in diesem Leben dafür nicht bestraft werden, das gefällt mir gar nicht.«

»Mir auch nicht, Claire.«

»Doch erst mal ist wichtig, dass Ajam überhaupt wieder gesund wird, ich mache mir auch Sorgen um Naviols Frau. Wir sollten hinreiten und nachsehen, findest du nicht?«

Stella stimmte sofort zu.

»Aber nicht allein, Constantin wird uns sicher begleiten.«

Sie standen auf und umarmten sich.

Und zum ersten Mal seit Monaten fühlte Stella sich wieder mit ihrer Schwester verbunden. Vorbei die Eiszeit, die zwischen ihnen geherrscht hatte. Nein, sie hatten ihr Versprechen nicht vergessen. Wenn es darauf ankam, hielten sie zusammen und zogen an einem Strang.

Kapitel 14

Naviol hatte die Nacht damit zugebracht, Ekina in den Armen zu halten und hilflos zu lauschen, während sie mit ihren Albträumen rang. Manchmal half es, wenn er vorsichtig ihren Nacken küsste. Dann wieder versuchte sie ihn urplötzlich abzuwehren, schrie und schlug nach ihm, bis er sie weckte und sie sich weinend an ihn schmiegte.

Als die Dämmerung heraufzog, stieg Naviol auf die windumtoste Felskuppe hinter dem Lagerplatz. Er opferte ein wenig Kammrattenfleisch, um Götter und *Yosi* um Schutz und Heilung für Ekina zu bitten. Zögernd sah er nach Osten, wo das Verbrechen geschehen war und der Sonnenaufgang die frostig kalten Bartgrassteppen blassgolden färbte.

Der Zorn, der in ihm aufstieg, wärmte und verbrannte ihn zugleich wie glühende Kohlen. Trotz der morgendlichen Kälte rann ihm der Schweiß von der Stirn, rann in den Nacken und verklebte den feinen Pelz seines Guanakoumhangs.

Nein, er konnte nicht im Lager ausharren und auf Navarino warten, oder auf die Jagd gehen, damit Ekina genug zu essen hatte. Naviols Herz kannte keine Vernunft mehr. Es gab nur eine Sorte Wild, dem er nachstellen wollte. Die Männer mussten sterben. Er würde auf grausame Weise Rache nehmen, wie noch nie zuvor in seinem Leben.

Sich selbst zur Ruhe gemahnend, kehrte er zum Zelt zurück. Ekina war wieder eingeschlafen. Leise durchsuchte er die Vorräte und legte ihr etwas zu essen hin, damit sie nicht aufstehen musste. Dann deckte er sie zu, bis nur noch ihr Gesicht aus den Fellen hervorschaute.

Am liebsten hätte er all ihr Leid auf sich genommen, für

sie hätte er alles ertragen. Wenn ein Schamane dieses Wunder vollbringen könnte, würde er ... aber ach, was würde er nicht alles tun, wenn die Geister ihn nur ließen.

Leise nahm er seinen Köcher von einem Haken und füllte ihn mit allen Pfeilen, die er besaß. Auch sein Speer und das große Eisenmesser, das er von Señor Moss eingetauscht hatte, nahm er mit.

Er wählte nur leichtes Gepäck, eine Decke und wenig Proviant, Wasser gab es zu dieser Jahreszeit im Überfluss.

Als er aus dem Zelt schlüpfen wollte, regte sich Ekina unter den Decken und wisperte seinen Namen im Halbschlaf. Zuerst wollte er sie ignorieren, doch dann wurde ihm mit einem Schlag klar, dass er sie womöglich zum letzten Mal sah.

»Ich bin bei dir, ich werde immer bei dir sein«, flüsterte er, strich ihr das Haar aus der Stirn und ließ seine Hand kurz auf ihrer ruhen.

»Geh nicht.«

Ekina ergriff seine Hand.

»Geh nicht, Naviol!«, wiederholte sie drängender und öffnete die Augen. Sie waren tränenverhangen. Ekina besaß die schönsten Augen, in die er je geblickt hatte.

»Ich gehe nur jagen.«

»Das stimmt nicht.« Ohne seine Hand loszulassen, richtete sie sich weiter auf. Sie verzog den Mund, versuchte, ein Stöhnen zu unterdrücken. »Lüg mich nicht an, Naviol.«

»Ich lüge nicht. Ekina, du kennst mich seit unserer Kindheit.«

Sie nickte langsam, streckte die Hand aus und berührte seine Wange.

»Und genau deshalb weiß ich, dass du nicht nach Guanakos jagst. Geh nicht.«

»Wenn du meinst, mich so gut zu kennen, Ekina, dann weißt du, dass ich nicht hierbleiben kann.«

»Auch wenn du gehst, kannst du das, was sie mir angetan haben, nicht ungeschehen machen. Wenn du sie tötest, tötest du weder meine Erinnerung, noch heilst du meine Wunden. Du bringst dich in Gefahr wegen etwas, das nicht mehr zu ändern ist, Naviol! Sie haben Gewehre. Ich weiß, wie tapfer du bist. Mir hast du nie etwas beweisen müssen, aber all deine Tapferkeit nützt dir nichts gegen die Waffen, die diese Feiglinge haben. Wenn du stirbst, sterbe ich auch. Ich kann nicht ohne dich leben.«

Ihre Worte erschütterten Naviol bis ins Mark. Obwohl er wusste, dass sie recht hatte, konnte er nicht anders, er musste gehen. Der Hass war wie eine Harpunenspitze, die sich tief in sein Fleisch gebohrt hatte, ganz gleich, was er tat, wie sehr er dagegen ankämpfte, er war mit dem daran befestigten Seil verbunden, das ihm keine andere Wahl ließ, als den Pfad der Rache zu beschreiten.

»Ich liebe dich, Ekina, mehr als alles andere. Ich kehre bald zurück. Wenn nicht, sehen wir uns auf der anderen Seite wieder.«

Ekina schwieg. Sie hatte alles gesagt, was es zu sagen gab. Er wischte ihr die Tränen von den Wangen und gab ihr einen letzten Kuss auf den Mund.

Die Kälte des Morgens war wie ein Tor in eine andere Welt, aus der er erst zurückkehrte, wenn er seine Hände in Blut getaucht hatte. Ohne auf die anderen Sippenmitglieder zu achten, ging er zu seinem Pferd, zäumte es auf und schwang sich auf seinen Rücken.

Ein letztes Mal blickte er zurück auf sein Zelt. Hörte er leises Weinen? Oder bildete er es sich nur ein? So oder so, es gab es kein Zurück mehr.

Zornig schlug er dem Pferd die Fersen in den Bauch. Das Tier, von der groben Behandlung überrascht, machte einen ungelenken Satz nach vorn und verfiel sofort in einen Trab.

Im Galopp ging es den Strand hinunter, und zum ersten Mal verstand Naviol, warum manche Menschen es genossen, derart schnell zu reiten. Angst hatte für ihn heute keine Bedeutung. Seine Seele schien von seinem Körper losgelöst. Der dumpfe Rhythmus der Hufe trieb ihn wie der Trommelschlag eines *Xo'on* immer weiter vorwärts. Wie ein zorniger *Yosi* würde er die Männer verfolgen, sie erst in den Wahnsinn und dann in den Tod treiben!

Die Verbrecher sollten sich am Tage beobachtet fühlen und in der Nacht nicht mehr ruhig schlafen können. Er würde ihre Ängste verkörpern und sich daran weiden, bis der Tod durch seine Hand ihnen wie eine Erlösung vorkam.

Naviol sah immer wieder Ekinas Blick vor sich. Er fühlte sich schuldig und wünschte, er könnte sich zweiteilen. Ein Teil bliebe bei seiner Frau, während sein zorniges Ich die Verbrecher jagte und für ihre Taten bestrafte.

Bald darauf fand er den schmalen Bachlauf, der sich aus den Marschen in den Seno Skyring ergoss. Es war leicht, den eigenen Spuren bis zum See zu folgen, die Hufe der Pferde waren tief in den weichen Boden eingesunken.

Am See, dort, wo er Ekina gefunden hatte, begann er mit der Spurensuche. Sie musste eine ganze Weile im Schutz des Gestrüpps ausgeharrt und öfters die Position verändert haben, da das Blut kleine dunkelbraune Flecke im Sand hinterlassen hatte.

Naviol bezähmte den aufwallenden Zorn in seiner Brust. Für diese Jagd brauchte er vor allem Ruhe, nur so konnte er die Aufgabe erfüllen, die die Geister offenbar für ihn vorgesehen hatten. Ekina war von weiter oben am Hang in großer Panik quer durch dorniges Gestrüpp und Rietgras in ihr Versteck geflohen. Für ungeübte Augen war wohl kaum etwas zu erkennen, doch Naviol sah ihren Weg deutlich vor sich, als hätte jemand eine rote Linie auf den Boden gemalt. Zweige waren geknickt, andere aneinandergedrückt worden. Durch ihre Fußtritte hatten sich Sprünge im gefrorenen Gras gebildet.

Naviol ließ sein Pferd und die meisten seiner Waffen zurück. Die Täter waren sicher längst fort. Er würde sich umsehen und entscheiden, wohin er ritt.

Ekina hatte sich an einem kleinen Pferch aufgehalten, in dem die Gauchos hin und wieder die Schafe aus den Marschen zusammentrieben.

Hier musste es geschehen sein. Überall Spuren von Stiefeln auf der platt getrampelten Erde. Wo sie die Frauen überwältigt hatten, war kein Sand mehr, sondern gefrorener Boden. Naviol wurde übel, als er sich hinhockte und die Stelle genauer untersuchte. Er fand ausgerissene Haare. Die Frauen hatten gekämpft und verloren. Blut und eine zerrissene Kette bezeugten ihren Widerstand.

Es stank nach Urin. Naviol riss sich zusammen, er musste Hinweise finden, die die Männer überführten. Er musterte die Erde und das vom Herbst übrig gebliebene trockene Laub, und tatsächlich, blinkte dort nicht etwas? Naviol hob den kleinen Gegenstand auf, ein abgebrochenes Sporenrad. Doch was nützte ihm das Stückchen Metall, es konnte schon ewig hier liegen.

Er betrachtete es genauer, entdeckte kleine Verzierungen

und roch schließlich an seinem Fund. Säuerlicher Pferdeschweiß.

Naviol fand einen Platz, wo drei Pferde gestanden hatten. Er versuchte sich so gut er konnte einzuprägen, welche Hufeisen sie trugen, wo ein Nagel fehlte oder ein anderer zu weit herausstand, und suchte auch hier so lange den Boden ab, bis er wusste, dass es zwei braune und ein schwarzes Tier gewesen waren. Eine Feuerstelle verriet, wo die Männer Mate gekocht und die Hoden frisch kastrierter Hammel gebraten hatten. Sie waren wohl ursprünglich hergekommen, um die Jungtiere zu entmannen. Ein weiterer, wichtiger Hinweis, der ihn zu den Männern führte. Er musste auf der Estanzia nur die richtigen Fragen stellen, ohne den Verdacht auf sich zu lenken. Fergusson würde ihn umbringen oder, noch schlimmer, für den Rest seines Lebens einsperren, wenn er herausfand, wer seine Gauchos getötet hatte. Naviol stieg wieder zum See hinab und schwang sich auf sein Reittier.

Den Hufspuren zu folgen war nicht schwer. Die Männer waren am Abend nicht weit geritten und hatten in einer von Sauerdorn bestandenen Senke für die Nacht ihr Lager aufgeschlagen. Die Asche in der Feuerstelle war sogar noch ein wenig warm.

Naviol machte sich nicht die Mühe, den Ort genauer zu untersuchen. Sie konnten nicht viel Vorsprung haben. Womöglich bekam er bald Gelegenheit, seinen Racheschwur in die Tat umzusetzen.

Ein wenig fürchtete er sich vor dem Moment, den Männern zu begegnen. Nicht, weil sie ihn töten könnten, sondern weil er Angst hatte, sie zu kennen. Auf Fergussons Estanzia hatte er nach und nach viele Gauchos kennengelernt. Einige waren

Mischlinge und sahen nicht auf ihn herab wie die anderen Arbeiter. Mit manchen hatte er sich sogar etwas angefreundet. Doch schlussendlich spielte das keine Rolle. Wer immer sich an Ajam und Ekina vergangen hatte, würde sterben!

In der Estanzia war es beinahe zum Eklat gekommen, als Shawns Eltern von den Geschehnissen der vergangenen Nacht erfuhren.

»Das hast du jetzt von deiner Gutmütigkeit, Shawn«, urteilte Fergusson senior grimmig und zerteilte das Rührei auf seinem Teller in winzige Stückchen.

»Sie werden jetzt wegen jedem Dreck angelaufen kommen und die Hand aufhalten. Hier etwas zu essen, dort ein Stückchen Land, und eh du dich versiehst, hast du alles zugrunde gerichtet, was ich mir hart erkämpft und im Schweiße meines Angesichts aufgebaut habe.«

»Was den beiden Frauen zugestoßen ist, ist keine Lappalie, Vater, mich wundert, dass du so etwas auf deinem Land tolerierst.«

»Es sind nur Wilde, und wer weiß, wie viel davon wahr ist. Sie sind listige Füchse, das muss man ihnen lassen.«

Claire und Stella wechselten einen zornigen Blick.

»Niemand erfindet so etwas!«, sagte Stella. »Ajam ist mehr tot als lebendig, vielleicht stirbt sie!«

»Und wer auch immer das getan hat, läuft frei herum. Ich habe Angst um mein Leben!«, ergänzte Claire.

Die Männer starrten die Schwestern ungläubig an, doch es war Señora Fergusson, die schließlich das Wort ergriff.

»Über solch ein Thema wird bei Tisch nicht gesprochen. Eigentlich gehört sich so etwas für junge Damen überhaupt nicht.«

Stella schnaubte wütend. Sie wollte sich nicht schon wieder mundtot machen lassen, doch eh sie antworten konnte, machte Shawns Vater eine wegwerfende Handbewegung.

»Ein paar Männer haben sich eben mit den Indioweibern vergnügt und haben ein bisschen über die Stränge geschlagen, ja und? Was geht uns das an? Ich will nicht, dass solche Diskussionen an meinem Tisch geführt werden, das ist ein ordentliches Haus. Und diese Frau verschwindet von hier!«

»Dann können Sie mich auch gleich fortjagen, Señor Fergusson«, erwiderte Stella aufgebracht und stand auf. Wahrscheinlich war es längst Zeit, dass ich von hier verschwinde, dachte sie zornig, ohne in diesem Moment über die Konsequenzen nachzudenken.

»Stella!« Sie ignorierte die Ermahnung ihrer Schwester und ging hoch erhobenen Hauptes hinaus.

Sie hörte noch, wie Claire versuchte, die Wogen zu glätten, dann fiel die Flügeltür hinter ihr ins Schloss.

Beinahe wäre sie mit Constantin zusammengestoßen, der gerade aus dem Flur trat, der zur Küche und der Speisekammer führte.

»Oh, Señorita Newville, was für eine Freude, guten Morgen«, sagte er hastig.

»Gut? Was soll an diesem Morgen denn gut sein?«, fuhr sie ihn an.

Constantin stand da wie ein begossener Pudel. Offenbar hatte er gerade in der Küche Lebensmittel abgeholt. Das frische Brot in seinem Arm dampfte sogar noch ein wenig. In einem Korb lagen Ziegenkäse, Schinken und einige Äpfel.

»Entschuldigung, manchmal habe ich das Gefühl, in diesem Haus zu ersticken«, sagte Stella und atmete mehrmals tief durch.

»Ist etwas geschehen? Kann ich Ihnen irgendwie helfen?«

»Gestern sind zwei Indiofrauen von Weißen überfallen und beinahe umgebracht worden, und das ist dem Patriarchen offenbar nicht mehr als ein Schulterzucken wert.«

»Ich verstehe Ihre Aufregung. Wo sind die Frauen jetzt?«

»Ajam ist hier, Navarino hat sie in der Nacht hergebracht. Naviols Frau hat es scheinbar nicht ganz so schlimm erwischt. Ich will gleich ins Lager reiten und nach ihr sehen. Claire sollte hierbleiben und sich um Ajam kümmern.«

»Wenn Sie möchten, begleite ich Sie.«

Stella sah auf das Essen, das er trug.

»Ich lasse das Frühstück ausfallen, geben Sie mir zehn Minuten.«

Sein Eifer brachte Stella zum Lächeln.

»Vielen Dank für Ihr Angebot, ich nehme es gerne an. Aber essen Sie in Ruhe. Ich warte im Hof auf Sie.«

Als sie aufbrechen wollten, brach gerade die Sonne durch den Morgennebel. Der Dunst löste sich in geisterhafte Fetzen auf. Zurück blieb eine Welt, funkelnd wie Kristalle. Der Tau überzog Wiesen und Gebäude, tropfte von den Zweigen und durchnässte Stellas Kleidersaum auf dem kurzen Weg in den Hof. Als sie zu Constantin und Navarino gehen wollte, die sie beide begleiteten, traten auf einmal Claire und ihr Ehemann auf sie zu.

»Denkst du, du kommst allein zurecht?«, fragte Claire und reichte ihr ein Beutelchen mit Arzneien.

»Ja, ich denke schon. Du solltest nicht von Ajams Seite weichen.«

»Werde ich nicht.«

Shawn Fergusson beobachtete die Schwestern mit kritisch zusammengezogenen Brauen und schwieg. Ihm war anzusehen, dass ihn der Streit mit seinem Vater mitgenommen hatte.

»Shawn, was gedenkst du zu tun?«, fragte Stella.

Er zuckte mit den Schultern.

»Dafür sorgen, dass Vater eure Patientin nicht vor die Tür setzt.«

»Das hat Stella nicht gemeint«, sagte Claire und ergriff beschwichtigend Shawns Arm. »Es geht um die Männer, die Ajam das angetan haben.«

»Was soll ich da tun, es ist passiert. Mehr als die Männer ermahnen, sich von den Indios fernzuhalten, kann ich nicht. Und woher wollt ihr überhaupt wissen, dass sie von der Estanzia stammen? Wir sind nicht die einzigen Einwohner von Baja Cardenas.«

»Aber es ist auf eurem Land passiert«, sagte Claire energischer. »Warum sollte jemand so weit auf den Besitz vordringen?«

»Um ein paar unbewachte Frauen zu finden, zum Beispiel.«

»Wer hat dort gestern gearbeitet?«, fragte Stella ohne Umschweife.

Shawn fuhr sich durch das dichte dunkelrote Haar und warf Stella einen zornigen Blick zu. Erstaunt bemerkte sie, dass seine Nähe sie merkwürdig kaltließ. Vielleicht hatte es etwas mit der neuen Verbundenheit zu tun, die sie gegenüber ihrer Schwester empfand, oder es lag an Constantin, der sie aufmerksam beobachtete.

»Ich weiß nicht, wer dort gearbeitet hat. Apida, der Vorarbeiter, teilt die Leute ein«, antwortete Shawn.

»Dann frag ihn.«

»Ich lasse mir nur ungern Vorschriften von einer Frau machen, Schwägerin«, knurrte er und wollte sich schon abwenden, doch Claire blieb stehen und hielt ihn am Arm fest. »Dann bitte ich dich. Du wirst deiner Ehefrau doch nicht diesen kleinen Gefallen abschlagen.«

Shawn schnaubte zornig, entwand sich ihrer Hand und stapfte über den schlammigen Hof davon. Die Schwestern sahen ihm nach. Claire seufzte. »Er ist in einer schwierigen Situation. Er stellt sich entweder gegen seinen Vater oder gegen mich.«

»Er muss trotzdem mit Apida reden!«, sagte Stella.

»Und das wird er. Ich spreche noch einmal mit ihm, wenn er sich ein wenig beruhigt hat.«

Stella umarmte Claire.

»Du schaffst das.«

»Ja, und nun los, ich mache mir Sorgen um Naviols Frau. Wenn es schlimm ist und du doch Hilfe brauchst, schick Navarino, mich zu holen.«

»Ja, versprochen.«

Stella sah Claire nach, die ihrem Mann ins Haus folgte. Erstaunlich, wie gut sie doch mit Claire zurechtkam, wenn sie gemeinsam ein Ziel verfolgten.

Sie ging zu Constantin und Navarino, der gerade aufstieg. Guera war fertig gesattelt und begrüßte ihre Reiterin freundlich schnaubend, während die ihre Ausrüstung in der Satteltasche unterbrachte. Constantin wartete neben ihr und half Stella in den Sattel. Sie konnte sehr wohl allein aufsteigen, doch es entsprach dem guten Ton, sich den Steigbügel halten zu lassen und eine Hand zur Unterstützung anzunehmen. Rebellion, so hatte Stella mit der Zeit festgestellt, war nicht immer angebracht, und Constantin genoss es sichtlich, seiner Pflicht als Gentleman nachzukommen. Stella ließ ihm diese kleine Freude.

Sie ritten schnell und redeten nicht viel. Wo der Boden nicht allzu sehr verschlammt war, galoppierten sie. Mit jedem zurückgelegten Wegstück wurde der Geruch nach salziger Meeresluft intensiver und am Himmel entdeckten sie Seevögel. In Stella wuchs die Unruhe. Was würde sie in dem Indiocamp vorfinden?

Stimmte es, was Navarino sagte, und der anderen Frau ging es verglichen mit Ajam recht gut?

Zuerst trafen sie auf einen kleinen Jungen, der die wenigen Schafe der Indios hütete. Das Kind versteckte sich in einem Dickicht, als sie näher kamen. Navarino rief ihm etwas zu und der Kleine traute sich heraus.

Kurz darauf breitete sich der Seno Skyring vor ihnen aus, der sich gleich einem graublauen Arm tief ins Landesinnere erstreckte. Hier war vom Frühling kaum etwas zu merken. In den Marschen wuchsen fast keine blühenden Pflanzen, trotzdem sangen die Vögel.

Ein großer Felsen am Strand markierte den Siedlungsort. Der Duft von Herdfeuern lag in der Luft und schien sie gleichsam aufzuwärmen.

Navarino ritt voran, um den Menschen ihren Besuch anzukündigen. Als Stella und Constantin schließlich in das Lager ritten, waren nur wenige *Selk'nam* zu sehen. Diejenigen, die mit Navarino gesprochen hatten, wandten sich demonstrativ ab.

Mehrere Frauen bereiteten Meeresfrüchte zu, ein Mann häutete ein kleines Tier, das Stella noch nie gesehen hatte.

»Da vorn ist das Zelt von Naviol und Ekina«, sagte Navarino, der bereits abgestiegen war, und wies auf eine der größten Behausungen. Die Klappe des Zeltes war geschlossen, aus der Rauchöffnung stieg dünner grauer Qualm, der vom Wind sofort weggeblasen wurde.

Sie banden die Pferde neben dem kleinen Blockhaus an, das Navarino sich gebaut hatte.

»Es ist besser, wenn Sie hier warten, Señor Moss«, sagte Navarino. »Wenn ich mit Ekina gesprochen habe, können Sie nachkommen.«

Constantin stellte keine Fragen, sondern nickte nur. Mit klopfendem Herzen, die Tasche mit Arzneien fest an sich gedrückt, folgte Stella dem *Yag'han* zum Zelt.

Navarino kratzte mit den Fingernägeln über das Leder der Zelttür und rief etwas, wovon sie nur die Namen der beiden Bewohner verstand.

Eine schwache Frauenstimme antwortete, und sie unterhielten sich leise durch die Zelttür.

»Was ist?«, erkundigte sich Stella, als Navarino seufzte und sie ratlos ansah.

»Sie will nicht, dass wir reinkommen, und Naviol ist nicht da. Aber ich kenne sie, es geht ihr wirklich nicht gut.«

»Dann lass mich vorbei. In ihrer Situation fällt es ihr sicher leichter, mit einer Frau zu sprechen.«

Stella nahm ihren Mut zusammen, hob die Klappe und schlüpfte in das Zelt. Ekina lag im Zwielicht auf einem Lager aus Moos und Fellen und hatte sich die Decke bis zum Kinn hochgezogen, obwohl das Feuer in der Mitte das Zelt stark erwärmte.

Es roch nach Krankheit. Metallischer Blutgeruch mischte sich mit säuerlichem Schweiß. Ekinas Augen waren verkrustet, auf ihrer Stirn stand Schweiß und verklebte ihr dunkles Haar.

Kurz kochte Wut in Stella hoch. Wie konnten die anderen Sippenmitglieder Ekina in dieser Situation allein lassen? Doch womöglich hatte sie auch ihre Verwandten fortgeschickt, die ihren Wunsch, allein zu sein, respektierten.

»Ich bin hergekommen, um zu helfen, Ekina. Du erinnerst dich doch sicher an mich, Stella Newville von der Estanzia.«

Ekina öffnete die Augen ein wenig weiter und ihr Blick klärte sich etwas.

»Nein, nein«, stöhnte sie und hob eine Hand, um Stella wegzustoßen. Ihre Haut glühte vor Fieber.

»Navarino?«

»Ja, ich bin noch da, Señorita.«

»Sag ihr bitte, dass ich nur helfen will. Sie hat hohes Fieber, ich werde versuchen, es zu senken.«

Navarino redete auf Ekina ein, die schließlich seufzend nachgab und den Kopf abwendete. Mit aufgerissenen Augen starrte sie auf die Zeltwand und sah wahrscheinlich Dinge, die Stella sich in ihren schlimmsten Albträumen nicht vorstellen konnte.

Navarino brachte ihr Wasser aus dem Seno Skyring, damit sie kühlende Wadenwickel machen konnte, um Ekinas Fieber zu senken. Widerstandslos ließ die Indiofrau alles über sich ergehen. Jemand hatte bereits eine Schnittwunde versorgt, vielleicht hatte sie es auch selbst gemacht, denn offenbar hatte das Fieber erst vor kurzer Zeit eingesetzt. Stella blieb bei Ekina sitzen, die in einen unruhigen Schlaf fiel. Hin und wieder tauschte sie die nassen Stoffbinden aus, doch das Fieber wurde schlimmer. Als Ekina wieder erwachte, flößte sie ihr einen starken Sud aus Kamille und fiebersenkendem Salbei ein.

Ekina wurde zusehends schwächer und mit einem Mal bekam sie Krämpfe.

Stella wusste nicht, was sie tun sollte, doch Ekina schien zu ahnen, was mit ihr geschah. Sie begann zu weinen und wiederholte immer wieder ein Wort, das der herbeigerufene Navarino mit »Nein« übersetzte.

Die Krämpfe traten immer regelmäßiger auf und Stella begriff mit einem Mal, was los war.

»Ich glaube, sie ist schwanger. Frag sie!«, flehte sie Navarino an. Weinend nickte die Indiofrau. Sie würde ihr Kind verlieren.

»Niemand soll davon erfahren«, ließ sie Stella durch Navarino wissen. Also musste sie allein damit fertig werden. Dabei hatte sie so gehofft, eine der Indiofrauen könnte ihr beistehen.

Es war einer der seltenen Momente, in denen Stella betete und Gott bat, er möge ihr die nötige Kraft schenken.

Ekinas Wehen kamen immer schneller. Sie ertrug sie stumm, bis die Schmerzen zu heftig wurden. Stella gab ihr ein Stück Leder, auf das sie beißen konnte, um die Schreie zu ersticken. Hin und wieder, wenn Ekinas Wehen einen Augenblick lang nachließen, drangen die Geräusche von draußen herein. Stimmen, das leise Rauschen der Brandung, Wind, der durch die kahlen Zweige der Scheinbuchen fuhr.

Schließlich verstärkten Ekinas Krämpfe sich schlagartig. Stella half ihr, sich breitbeinig hinzuknien, und als das Blut kam, ging ein heftiger Stoß durch ihren Körper. Später wickelte Stella den winzigen leblosen Leib in ein Fell. Ekina weinte und zitterte, doch sie ließ sich von Stella nicht abbringen, ihren Göttern und Geistern im Herdfeuer Opfer darzubringen. Dann sank sie zurück auf ihr Lager. Stella wusch und versorgte sie, und als das Fieber sank, ließ sie die Indiofrau allein.

Es kündigte sich bereits die Dämmerung als gelblicher Schimmer am Horizont an.

Navarino half Stella, das Fell mit dem kleinen Körper in der Tundra zu begraben.

»Naviol hat nicht gewusst, dass sie schwanger war«, sagte er mit belegter Stimme, während er mit einem hölzernen Grabstock eine kleine Grube aushob.

»Deshalb will sie nicht, dass jemand davon erfährt. Sie will ihm den Schmerz ersparen.«

»Ja«, antwortete Navarino knapp. »Er ist mein Freund, aber auch ich werde schweigen, wenn sie es wünscht.«

Navarino nahm Stella das kleine Bündel ab und legte es in die schwarze, feucht glänzende Moorerde. Sofort sog das Fell sich mit der dunklen Brühe voll und Stella musste sich abwenden, als Navarino das kleine Grab wieder zuschaufelte. Den Blick auf die goldenen Wolken der Abenddämmerung gerichtet, sprach sie ein leises Gebet, und es schien ihr, als nähmen die Gänse, die über sie hinwegflogen, die kleine Seele mit sich.

Schweigend stand Navarino neben ihr und sah den Vögeln nach, die wie ein Keil in einer geraden Linie ostwärts flogen. Er seufzte tief, und Stella durchbrach die traurige Stille:

»Wieder begraben wir jemanden aus deinem Volk, weil Weiße Unrecht getan haben. Und wieder hüllen wir uns in Schweigen, findest du das richtig, Navarino?«

Er schüttelte den Kopf.

»Die Geister oder Götter oder euer einer Gott werden wissen, warum sie das haben geschehen lassen.«

»Meinst du?« Stella berührte den kleinen Elfenbeinanhänger an ihrem Hals. »Ich wünschte, wir könnten diese Männer zur Rechenschaft ziehen, sodass sie endlich ihre gerechte Strafe erhalten.«

»Sie sind ein guter Mensch, Señorita, und ich wäre froh, wenn es mehr Fremde wie Sie gäbe. Aber niemanden interessiert, was hier geschieht.« Navarino hob die Hand, wohl um ihren Arm zu berühren, ließ sie jedoch wieder sinken.

»Kommen Sie, wir sollten vor Einbruch der Dunkelheit zurück auf der Estanzia sein.«

Stella nickte und folgte dem *Yag'han* durch die Wildnis aus Gras, Heidekraut und knorrigen Sträuchern zurück zum Lager. Bei jedem Schritt versanken ihre durchweichten Stiefel im Morast, und sie spürte ihre Zehen nicht mehr. Stella fühlte sich so hilflos. Für Menschen wie Naviols Sippe war der Weg in diesem Land offenbar vorgezeichnet und es gab nur zwei Möglichkeiten: einen schnellen oder einen langsamen Tod.

Navarino hatte sich der fremden Kultur unterworfen, doch zu welchem Preis? Sein Blick ließ Stella immer wieder erschauern. Darin lag eine so tiefe Traurigkeit, dass nicht einmal Claire etwas daran ändern konnte.

Als sie das Lager erreichten, war auch Constantin wieder da. Stella hatte seine Abwesenheit gar nicht bemerkt und ihr war wegen der Sorge um Ekina tatsächlich entfallen, dass er sie und Navarino begleitet hatte.

»Ich war mit Olit unterwegs«, sagte er. »Er hat mir erklärt, wie und wofür sie die Pfeile und ihre anderen Jagdutensilien benutzen, es war wirklich sehr lehrreich.«

»Also hat sich der Ausflug für Ihre Studien gelohnt?«, fragte sie bitter.

»Ja, aber … Es tut mir leid, habe ich etwas Falsches gesagt?«

»Entschuldigen Sie. Es war nicht so gemeint, die Sache nimmt mich nur sehr mit.«

»Natürlich, das verstehe ich. Wie geht es Naviols Frau?«

»Nicht gut, aber sie wird es überstehen.«

Constantin nickte ernst, als wisse er nicht, was er sagen sollte.

Während Navarino die Pferde sattelte, sah Stella noch einmal nach Ekina. Die Indiofrau war in einen tiefen Erschöpfungsschlaf gefallen und ihr Fieber sank weiter. Bald schon würde sie auf dem Weg der Besserung sein.

Von Naviol fehlte noch immer jede Spur. Stella hatte das Paar schon häufiger zusammen gesehen und war sich sicher, dass sie keine Zweckgemeinschaft verband, sondern echte Liebe. Warum also war Naviol in dieser schweren Zeit nicht bei ihr?

Als Navarino Guera zu ihr führte, konnte sie nicht umhin zu fragen:

»Warum ist Naviol nicht bei seiner Frau? Sollte er so spät nicht längst wieder hier sein?«

Navarino ließ den Blick über das kleine Zeltlager schweifen.

»Naviol ist fort.«

»Was soll das heißen, er ist fort?«

»Señorita, er jagt.«

»Und lässt seine arme Frau allein hier zurück?«

»Nicht allein, ihre Verwandten sind da.«

»Stella, ich denke, ich weiß, wo Naviol ist«, sagte Constantin plötzlich leise und berührte sie am Arm. Sein ernster Blick sprach Bände, und nun verstand Stella, was Navarino wirklich gesagt hatte. Naviol jagte die Männer, die seine Frau überfallen hatten. Einen Moment lang klopfte ihr Herz wie wild. Der *Selk'nam* würde die Männer, wenn er sie erwischte, wohl nicht fesseln und zum nächsten Gefängnis bringen. Aber sollte sie ihn deshalb verurteilen?

Constantin musterte sie.

»Ich wüsste nicht, was ich in seiner Situation tun würde, Stella, aber reden wir nicht mehr davon.«

»Nein, zu niemandem ein Wort«, stimmte sie zu. »Vor allem nicht zu meiner Schwester.«

»Ich verstehe«, sagte Constantin. Navarino schwieg.

Constantin sah sich immer wieder um. Stella war völlig in Gedanken versunken und folgte ihnen in größerem Abstand, als wollte sie jedes Gespräch vermeiden. Er ließ sich seine Enttäuschung nicht anmerken.

Am Morgen hatte er sich noch gefreut, Stella zum Lager der *Selk'nam* begleiten zu dürfen, wenngleich der Anlass denkbar traurig war.

Dann hatte sie fast den gesamten Tag im Zelt bei Ekina verbracht, und er hatte versucht, nachdem er des Wartens müde geworden war, die Zeit so gut wie möglich zu nutzen. Nun ritt er neben Navarino, der verbissen dreinblickte und ebenso in sich gekehrt war wie Stella.

»Navarino, kann ich dich etwas fragen?«

Der *Yag'han* schreckte wie aus einem Traum auf und nickte.

»Was möchten Sie wissen, Señor?«

»Ist Naviol wirklich aufgebrochen, um die Täter zu suchen?«

»Warum stellen Sie ausgerechnet die eine Frage, die ich nicht beantworten möchte?«

»Ich kann Stillschweigen bewahren. Das schwöre ich, bei allem, was mir heilig ist.«

Navarino murmelte etwas. Constantin verstand die Worte »… nicht viel sein …«, und gab sich Mühe, sich die Beleidigung nicht anmerken zu lassen.

»Ja, Naviol ist den Männern gefolgt.«

»Und warum du nicht?«

Navarino schnaubte verärgert.

»Weil er nicht gewartet hat. Ich hoffe, er kehrt zurück. Ihm jetzt zu folgen ...«

»Ist das, wie soll ich es ausdrücken, Teil der Tradition? Habt ihr die Pflicht, eure Frauen zu rächen?«

Der *Yag'han* zügelte sein Pferd und sah ihn mit zusammengekniffenen Brauen ungläubig an.

»Es hat doch nichts mit Traditionen zu tun, ob man ein Unrecht bestraft oder nicht. Würde ein Weißer nicht genauso reagieren? Verteidigt ihr eure Frauen und Kinder nicht mit dem Leben, wenn sie angegriffen werden? Und wenn sie verletzt oder getötet werden, sorgt ihr nicht dafür, dass es nie wieder geschieht?«

Constantin war die Frage unangenehm. Navarino sprach die Wahrheit.

»Was wird Naviol tun, wenn er die Männer findet?«

»Das Richtige, und ich hoffe, Ihnen ist Ihr Heiliges heilig genug, um sich an Ihr Versprechen zu erinnern«, erwiderte Navarino. »Kommen Sie, beeilen wir uns. Gleich kann man nichts mehr sehen.«

Navarino trieb sein Pferd mit einem Schnalzen an und setzte sich an die Spitze.

Mit der Abenddämmerung kamen die Wolken. Weder Mond- noch Sternenlicht durchdrang die dicke Schicht, doch Naviol hatte die Männer trotzdem gefunden. Es waren drei. Apida, der Vorarbeiter, war erst kurz vor Einbruch der Dunkelheit dazugestoßen. Die anderen beiden wurden Zack und Harrison gerufen. Naviol kannte alle drei und war erleichtert. Keiner von ihnen hatte sich ihm gegenüber je freundlich gezeigt. Es würde ihm nicht leidtun, sie zu töten.

Zack war dürr und knorrig wie ein Baum aus dem Hochgebirge. Er hatte ein zerfurchtes Gesicht, den grauen Bart stutzte er so gut wie nie. Naviol hatte ihn nur sehr selten sprechen hören und dann nur das Nötigste.

Harrison war mindestens zehn Jahre jünger, breitschulrig und groß, beinahe wie ein *Selk'nam*. Naviol hatte gesehen, wie er mühelos halbwüchsige Rinder bezwang. Seine wasserblauen Augen waren ihm schon bei der ersten Begegnung unheimlich gewesen.

Keiner der drei Männer machte einen Hehl daraus, dass sie die Eingeborenen verachteten. Zuerst war es Naviol nicht aufgefallen, weil er die Sprache der Fremden nicht beherrschte, doch mit den Monaten verstand er ihre Witze und Hänseleien. Navarino ignorierte die Späße der Männer und Naviol nahm sich ein Beispiel an ihm, denn was hätte er sonst tun sollen?

Sein Pferd hatte er einige Hundert Schritt entfernt zurückgelassen und lag nun auf der Lauer. Solange sie zusammenblieben, würde er sie nicht angreifen. Sosehr auch der Hass in ihm kochte, Naviol wollte nicht leichtsinnig sein.

Er würde alles daransetzen, seinen Eid zu erfüllen und lebendig zu Ekina zurückzukehren.

Sie ausgerechnet jetzt allein zu lassen, war schlimm genug. Niemals wiederzukehren, unvorstellbar. Deshalb musste er geduldig sein und ausharren, bis seine Gelegenheit kam.

Die Stelle, die er sich als Beobachtungsposten ausgesucht

hatte, war weit genug weg, sodass ihn die Männer nicht bemerken würden. Der Wind trieb hin und wieder ihre Stimmen herüber, und er verstand einzelne Worte, kurz darauf war wieder nur das Singen der Böen im kahlen Gesträuch zu hören.

Die Männer aßen, rauchten und lachten. Naviol war schon kurz davor, sich schlafen zu legen, als ihm die Geister ein besonderes Geschenk machten und der Wind Bruchstücke eines Gesprächs herübertrug.

Es war Apida, der sprach.

»Señor Fergusson will eine neue Pferdekoppel auf der Estanzia haben. Es sind nicht mehr genug Pfosten und Hölzer da. Zack, du wirst morgen nach einem Wald mit geeigneten Bäumen suchen. Nächste Woche machen wir dann Holz.«

»Geht in Ordnung, Señor. Wo soll ich dann hin?«

»Zur Estanzia, sprich mit Fergusson ab, ob er einverstanden ist.«

Naviol sah, wie Zack nickte und vom Kautabak gefärbten Speichel ins Feuer spuckte. Der Wind drehte wieder und das Wispern der Gräser war zurück. Die Männer unterhielten sich weiter, doch er sah nur, wie sich ihre Münder bewegten. Naviol hatte genug gehört. Zack würde als Erster für seine Taten büßen.

Vorsichtig schlich Naviol zurück. Das Heidekraut verbarg seine Spuren, als wäre er nie dort gewesen. Versteckt unter knorrigen Büschen legte er sich zur Ruhe.

Er schlief kaum. Die Nacht verging schleppend. In den rauschenden Zweigen schienen die Stimmen unruhiger *Yosi* zu singen. Ob sie ihn beobachteten?

Auch Ekina schien ihn vorwurfsvoll anzusehen, sobald er die Augen schloss. Ihr Leid hatte sich auf die Innenseite seiner Lider gebrannt wie die glühenden Eisen der Viehhüter in die Haut der Rinder. Am liebsten hätte er seine Seele zu ihr geschickt, wie es manche Schamanen vermochten, und sie in der Nacht im Arm gehalten. Stattdessen lag er eingewickelt in das klamme Fell seines Umhangs und fieberte dem Morgen entgegen. Als endlich die Dämmerung heraufzog und die ersten Vögel schüchtern ihre Morgengesänge anstimmten, fühlte er sich dennoch ausgeruht.

Die Fremden schienen es nicht eilig zu haben. Naviol beobachtete von einem versteckten Posten aus, wie sie frühstückten, und überprüfte derweil seine Waffen. Er brauchte nicht hinzusehen, während seine Finger wie von allein die Befiederung der Pfeile richteten und die Festigkeit der steinernen Spitzen überprüften. Die Sehne des Bogens war frisch mit Robbenfett eingestrichen, *Temaukél* und *Kenos* hatte er bereits um Beistand gebeten und ihnen Opfer dargebracht.

Als die Männer endlich aufbrachen, harrte er aus, bis Zack kaum noch zu erkennen war. Das Land war denkbar ungeeignet, um jemandem unbemerkt zu folgen. Es war weit, wellig und beinahe baumlos.

Naviol wagte es nicht zu reiten, doch er war ein schneller Läufer, und aus der Entfernung würde das Pferd vielleicht wie ein herumwanderndes Rind aussehen. Falls Zack sich überhaupt umblickte. Der Mann ahnte die Gefahr nicht, in der er schwebte.

Trotz des kalten Windes kam Naviol schnell ins Schwitzen. Er band seinen Umhang auf dem Pferd fest und verfolgte, das Tier am Zügel hinter sich herziehend, im Laufschritt Zacks Spur. Der Mann ritt geradewegs nach Süden auf einige bewaldete Hügel zu, die sich in der klaren Frühjahrsluft bläulich abzeichneten. Hin und wieder verlor Naviol seine Beute aus den Augen, doch die frische Hufspur war gut zu erkennen.

Als es Mittag wurde, tauchten die ersten Südbuchen zwischen den Sträuchern auf. Im Schutz der Hügel wuchsen sie nicht mehr krumm und knorrig, sondern schossen in die Höhe, sodass die Weißen sie für ihre Zwecke nutzen konnten.

Zack ritt durch mehrere Täler, dicht bewachsen mit Südbuchen und riesenhaften Zypressen, die von den *Selk'nam* aufgrund ihrer Dicke und ihres Alters »Großvaterbäume« genannt wurden. Der Gaucho kannte sich aus und kam schnell voran. Da ihm die Bewaldung Schutz bot, holte Naviol bald auf.

Am Mittag band der Mann sein Pferd auf einer Schonung mit jungen Bäumen fest. Ihre glatten grauen Stämme waren dick wie die Arme eines kräftigen Mannes, genau das, was die Weißen für ihre Zäune brauchten.

Naviols Puls beschleunigte sich. Hier würde es geschehen. Sein Pferd zurücklassend, schlich er mit Pfeil und Bogen näher.

Er hätte Zack mit einem einzigen Schuss töten können. Hier und jetzt seinem Leben ein Ende bereiten, doch das war zu leicht. Er würde sich Zeit lassen, wie er es den Geistern geschworen hatte. Wie immer auf der Jagd, breitete sich eine angespannte Stille in ihm aus. Sie war der Vorbote des Todes.

Er spannte den Bogen. Der Mann wandte ihm die rechte Seite zu. Langsam und mit jahrelang perfektionierter Präzision löste Naviol die Finger.

Das Geschoss überbrückte die Distanz mühelos, war nicht mehr als ein Schemen vor dem leuchtenden Frühlingsgrün des Waldes.

Zack schrie auf. Sein angebundenes Pferd riss den Kopf hoch und versuchte vergebens fortzulaufen.

Naviol trat aus der Deckung, den nächsten Pfeil bereits auf der Sehne, und ging auf den Gaucho zu, der wütend und verzweifelt probierte, sich zu befreien. Der Pfeil hatte seine rechte Hand durchschlagen und steckte im Oberschenkel fest. Derart gefesselt konnte er seine Pistole nicht ziehen. Naviols Plan schien aufzugehen.

»Du?«, fauchte der Gaucho.

»Ja, ich, Naviol.«

Zack stolperte rückwärts.

»Ich wusste, dass man euch Lumpenpack nicht trauen kann.«

Naviol folgte dem Weißen ruhig. Er versuchte immer noch, seine Hand zu befreien. Jedes Mal, wenn er an dem Schaft zog, trat ein Schwall Blut aus der Beinwunde aus und er verzog vor Schmerzen das Gesicht. Auf einmal probierte er mit der Linken die Pistole zu ziehen. Mitten in der ungelenken Bewegung bohrte sich ein weiteres Geschoss in seinen Körper. Die Wucht riss Zack zu Boden. Der Pfeil steckte in seiner Schulter. Naviol hatte sorgfältig gezielt. Weder war ein wichtiges Organ verletzt, noch eine große Arterie getroffen.

Keuchend lag Zack im Laub und zum ersten Mal befiel ihn Angst.

»Was ... was willst du von mir?«, stotterte er.

»Deinen Tod«, erwiderte Naviol ehrlich. »Aber später.«

Eine Weile starrte er auf den Mann hinab, der es aufgegeben hatte, sich zu wehren, und seinen Blick grimmig erwiderte. Zack wusste, dass er keine Chance hatte.

In der Luft lag der Geruch von aufgewühlter Erde, Blut und Schweiß. Als Naviol einen weiteren Pfeil aus seinem Köcher zog und auf die Sehne legte, färbte sich Zacks Hose dunkel. Den Mann derart zu erniedrigen, verschaffte Naviol einen gewissen Triumph, doch die ganze Situation war nicht so befriedigend, wie er gehofft hatte.

»Jetzt weiß ich«, keuchte Zack, »warum du hier bist. Wegen der Eingeborenenschlampen, mit denen wir uns vergnügt haben, oder?«

»Meine Frau.«

»Welche von beiden? Ich sag dir, die hatten noch nie so viel Spaß im Leben wie mit uns, du hättest es sehen sollen.«

Naviol biss die Zähne zusammen. Er wusste, warum Zack auf einmal darüber sprach. Er ahnte, dass er ihm einen langsamen Tod zugedacht hatte, und fürchtete sich. Wenn er Naviol nur genug reizte, würde der ihm einen Pfeil ins Herz jagen, dann wäre alles schnell vorbei.

Doch sosehr ihm Zacks Worte auch wehtaten, Naviol erfüllte ihm diesen Wunsch nicht.

Plötzlich sandten ihm die Geister Bilder aus seiner Erinnerung. Ajams mit Wunden übersäter Körper, der leblos in Navarinos Armen lag, und Ekina, immer wieder Ekina. Ihre Augen, aus denen die Weißen das Licht gestohlen hatten. Ihr geschundener Leib, der nur erahnen ließ, wie ihre Seele aussah. Die Männer hatten nicht nur Ekinas, sondern auch Naviols Zukunft zum Teil zerstört, nichts würde mehr so sein wie früher.

Zack und die anderen Männer zu töten brachte zumindest den Zorn in Naviol für eine Weile zum Schweigen. Die Vorstellung, dass sie irgendwo unbehelligt ihr Leben lebten und womöglich anderen Frauen das Gleiche antaten, war unerträglich.

Der nächste Pfeil bohrte sich in Zacks linkes Bein und zerschmetterte die Kniescheibe. Der Schrei des Gauchos schreckte mehrere Stachelkopfstärlinge auf. Naviol sah den kleinen schwarzen Vögeln nach und atmete tief durch. Ein kalter Schauer kroch seinen Rücken hinunter und setzte sich wie eine bleierne Kugel in seinem Magen fest. Mittlerweile wimmerte Zack.

»Töte ... mich, um Gottes willen.«

»Noch nicht.«

Kapitel 15

Am Morgen verpackte Constantin Ausrüstung und Präparate möglichst wasserfest in Kisten. Währenddessen kreisten seine Gedanken nur um eine Frage: Wie sollte er das Gespräch mit Stella am besten anfangen? Wie ihr klarmachen, was er für sie empfand?

Würden seine tiefen Gefühle sie überzeugen? Dass er bereit war, ihr alles, was er besaß, zu Füßen zu legen?

Er glaubte nicht, dass Stella eine dieser Frauen war, die Geld und das Prestige einer guten Familie über ihr eigenes Glück stellten. Aber sah sie in ihm überhaupt ihr Glück? Nahm sie ihn überhaupt wahr?

Es gab nur einen Weg, das herauszufinden.

Constantin zog sich um, rasierte sich und machte sich auf die Suche nach ihr. Sie wollte, soweit er wusste, im Garten der Estanzia zeichnen.

Constantin betrat den Obstgarten durch ein kleines hölzernes Tor. Die Bruchsteinmauer, die um den Garten verlief, war von den verholzten Ranken einer Kletterpflanze überzogen.

Die *clavel del Campo Anaranjado* blühte orange, erinnerte er sich, doch von den Blüten war noch nichts zu sehen. Stella hatte vor nicht allzu langer Zeit einige getrocknete Exemplare der Pflanze gezeichnet.

Sein Herz schlug höher beim Gedanken an sie. Stundenlang hatte er sie heimlich beobachtet, während ihre schlanke Hand über das Papier huschte und ihre Lippen sich hin und wieder kräuselten, wenn sie sich besonders konzentrierte. Während des Winters war ihre Haut blasser geworden und die Sommersprossen verschwunden. Doch nun im Frühling nahm die Sonne wieder an Kraft zu.

Constantin kannte Stellas Lieblingsplatz und malte sich aus, wie sie mit ihrem breitkrempigen Strohhut auf der Bank saß und auf den Gartenteich sah. Sein Herz schlug schneller, je näher er kam, doch der Platz war verwaist. Nur ein braun gefiederter Karakara suchte im Gras nach Insekten und flog kreischend auf.

Er fühlte sich ernüchtert, als hätte ihm jemand einen Eimer kaltes Wasser über den Kopf gekippt.

Doch war das nicht Stellas Kladde da auf der Bank?

»Stella? Stella, bist du hier?«

Keine Antwort. Er hob das Zeichenbuch mit dem geprägten Ledereinband auf und drückte es kurz an sich. Die Sonne hatte das Buch gewärmt, es musste also schon eine ganze Weile hier liegen. Ob sie es vergessen hatte?

Er würde sie suchen und es ihr bringen. Ja, das war eine gute Idee, ein Gespräch mit ihr zu beginnen.

Mit der Kladde unter dem Arm machte er sich auf den Weg zur Estanzia und klopfte an die Hintertür. Er trat ohne zu zögern ein, doch von Stella fehlte jede Spur. Er überraschte die Haushälterin Emilia, die im Flur auf der Treppe saß und die Sonne genoss, die durch das Fenster fiel.

»Oh, entschuldigen Sie, ich habe wirklich nur ganz kurz ...« Sie sprang auf und richtete fahrig ihre Schürze.

»Emilia, jeder darf einmal Pause machen, selbst so eine fleißige Seele wie Sie«, sagte Constantin lächelnd, doch Emilia ließ sich nicht so leicht beruhigen. Auf ihre Wangen traten unregelmäßige rote Flecken.

»Was kann ich für Sie tun, Señor Moss? Was ...«

»Nichts oder zumindest nicht viel. Ich suche Señorita Newville.«

»Oh. Ich glaube, sie ist im Garten.«

»Bedauerlicherweise nicht.«

Erstaunt zog Emilia die Brauen hoch.

»Nein?«

In diesem Augenblick erklangen oben Schritte, und beide hoben den Blick. »Das ist sicherlich Señora Fergusson.«

Gleich darauf erschien Claire am oberen Treppenabsatz.

»Was ist das denn für eine kleine Versammlung?«, sagte sie gut gelaunt.

»Señor Moss ist auf der Suche nach Ihrer Schwester. Im Garten ist sie nicht.«

»Stella versteht es, unauffindbar zu sein. Versuchen Sie Ihr Glück doch bei den Pferdeställen oder an den Weiden. Das Wetter scheint ja recht gut zu sein. Vielleicht ist sie dort.«

»Vielen Dank. Ich empfehle mich.«

»Einen guten Tag, Señor Moss.«

Er suchte zuerst in den Ställen, wo Navarino ausmistete, während andere die Ställe vorbereiteten, wo wegen des späten

Frosts die Mutterschafe mit ihren schwachen Lämmern untergebracht werden sollten.

Navarino begrüßte ihn.

»Einen guten Tag, Señor Moss. Wie weit sind Sie mit Ihren Reisevorbereitungen?«

»Es läuft gut, danke.« Mittlerweile kam Constantin seine Suche schon ein wenig lächerlich vor. »Kannst du mir sagen, wo ich Señorita Stella finde? Sie hat ihr Buch liegen lassen.« Als müsste er sich rechtfertigen, hielt er das Zeichenbuch hoch. Wie töricht sein Verhalten war!

Navarino grinste breit. Die Zähne leuchteten wie ein weißer Halbmond in seinem dunklen Gesicht. Der *Yag'han* schien zu ahnen, wie es um Constantins Herz stand. War es denn so offensichtlich?

»Ich habe sie vor einer Weile gesehen, Señor.«

»Wo?«

»Auf dem Pfad, der zum Lenga-Wäldchen führt. Ihre Stute steht dort auf der Weide.«

»Vielen Dank!«

Gut gelaunt verließ Constantin die Stallungen. Endlich. Die leuchtend grünen Wiesen waren genauso für sein Vorhaben geeignet. Außerdem waren sie dort unbeobachtet.

Der Weg führte ein Stück am Lago Ciencia entlang, machte eine Biegung und verlief den Hang hinauf.

Bald entdeckte Constantin Stellas Stute unter den anderen Pferden. Das Tier hatte einen hellen rötlichen Farbton und war daher leicht zu erkennen. Von Gueras Herrin fehlte allerdings jede Spur.

Enttäuscht ging er weiter. Wo sollte er jetzt noch suchen?

Wahrscheinlich hatte das alles sowieso keinen Sinn. Er hatte sich da in etwas hineingesteigert, was nur in seiner Fantasie existierte.

Plötzlich glaubte er, Stellas Stimme zu hören. Jetzt schien ihm sein Verstand endgültig Streiche zu spielen. Er hielt inne.

Da war es wieder, Stella kicherte. Wie magisch angezogen folgte er dem wunderbaren Klang und näherte sich einem alten Schuppen, in dessen Windschutz ein verwilderter Apfelbaum wuchs, an dem schon vereinzelt rosafarbene Blüten zu sehen waren. Etwas weiter weg stand ein schwarzes Pferd dösend in der Sonne. Constantin kannte das Tier, es gehörte Fergusson. Ein schrecklicher Verdacht stieg in ihm auf und verursachte ihm Übelkeit, als hätte er einen Schlag in den Magen bekommen.

Er wollte nicht, doch er musste es wissen. Vielleicht waren die beiden ja nur zufällig aufeinandergetroffen. Tief in seinem Herzen wusste er, dass es nicht so war.

Leise trat er an den Schuppen heran, um durch einen Spalt zwischen zwei Holzlatten hineinzusehen.

»Nicht so stürmisch, Shawn«, hörte er nun deutlich Stellas Stimme.

»Ich hab nicht so viel Zeit«, kam gleich darauf die Antwort. Kleidung raschelte. Constantin entdeckte zwei eng umschlungene Körper. Der Anblick tat weh und zugleich konnte er nicht anders, als auf Stellas makellose Brüste zu starren, die ihr Schwager nachlässig und viel zu grob berührte, während er rhythmisch in sie hineinstieß. Stella hatte die Augen geschlossen und drehte den Kopf mal auf die eine, mal auf die andere Seite.

Es sah aus, als wolle sie geküsst werden und sehne sich nach mehr Zärtlichkeit, doch Fergusson bekam davon nichts mit. Er zog Stella enger an sich, während er mit ihren Röcken kämpfte, die sie nicht einmal ausgezogen hatte. Als Fergusson keuchend den Höhepunkt erreichte, wandte sich Constantin angewidert ab.

Er merkte kaum, wie ihm Stellas Kladde aus der Hand rutschte. Es war ihm gleich. Es schien, als hätte seine Welt mit einem Schlag alle Farbe verloren. Deshalb lehnte Stella jeden Verehrer ab!

Niemals hätte Constantin Stella, die für ihn immer etwas Überirdisches an sich gehabt hatte, einen derart tiefen Fall zugetraut.

Wütend und zutiefst enttäuscht stapfte er zurück zur Estanzia. Zum ersten Mal in seinem Leben hatte er den Wunsch, etwas zu zerstören oder jemanden zu schlagen. Das war doch eine schreiende Ungerechtigkeit! Fergusson hatte Claire, eine wunderbare Frau, warum musste er sich zusätzlich an ihrer Schwester vergehen?

Noch bevor er das Gästehaus erreicht hatte, redete er sich ein, dass Stella in ihrer jugendlichen Leichtsinnigkeit nicht wusste, was sie tat. Auf der anderen Seite war sie eine intelligente, energische Frau, weshalb dieser Gedankengang der Logik nicht lange standhielt, so gern er sich auch in solche Überlegungen geflüchtet hätte.

Was war er nur für ein Dummkopf gewesen!

Ein eitler Dummkopf, der sich seine Welt zurechtbog, wie sie ihm am besten gefiel. Keiner von Stellas Blicken war von Bedeutung gewesen. Ihre Aufmerksamkeit war nichts als Höflichkeit und die Fragen, die sie ihm gestellt hatte, wurzelten nicht in einem besonderen Interesse an ihm als Person.

Alles Einbildung. Alles vergebens.

Zornig schlug Constantin mit der Faust gegen den Türrahmen. Der Schmerz schoss wie ein Blitz bis in seinen Ellenbogen. Ein Zischen drang durch seine zusammengepressten Lippen.

»Was bin ich nur für ein Idiot?«, fluchte er, rieb sich die Knöchel, öffnete die Tür und war schrecklich erleichtert, Holton nicht anzutreffen, der vermutlich in der Estanzia war und den letzten Tag mit seinem langjährigen Freund verbrachte. Constantin warf seine Jacke auf das Chaos aus Kisten und Truhen und ließ sich in den einzig freien Sessel fallen.

Die Flasche Scotch, die ihm ausgerechnet Shawn Fergusson zum Abschied geschenkt hatte, übte plötzlich eine besondere Anziehungskraft aus. Grimmig starrte Constantin sie an, stand ruckartig auf und nahm sie vom Kaminsims. Kurz war er unentschlossen, ob er sie durch das Fenster werfen oder öffnen sollte, dann zog er den Korken heraus und nahm einen kräftigen Schluck.

Die Welt war grauenhaft, was sprach dagegen, sie sich ein wenig schöner zu trinken? Den Gedanken, wie er sich morgen früh fühlen würde, schob er beiseite.

Stella lag allein in der Hütte und starrte hinauf zu den Dachsparren. Durch die Lücken zwischen den Holzschindeln fiel Licht. Wie viele dieser verdammten Schuppen standen eigentlich auf Shawns Land? Sie waren alle gleich. Kalt und zugig mit löchrigen Dächern.

Stella lauschte. Shawn war mit dem Sattelzeug seines Pferdes beschäftigt. Sie hörte, wie er ruhig und liebevoll mit dem Tier sprach. Heute hatten sie kaum ein Wort miteinander gewechselt. Noch nie hatte Stella so deutlich gespürt, dass sie sich nicht mehr treffen durften. Auch die Vorfreude auf das heimliche Stelldichein hatte merklich nachgelassen, und jetzt, danach, blieb nichts als ein schaler Beigeschmack. Es war vorbei. Etwas fehlte plötzlich, etwas, das sie wie zwei Magneten angezogen hatte. Shawn war dies auch nicht entgangen. Traurig war sie dennoch.

Energisch wischte Stella ihre Tränen von den Wangen. Warum weinst du, törichte Gans, dachte sie trotzig. Das hast du davon, dich mit einem verheirateten Mann einzulassen. Irgendwann ist es vorbei, besser so als im Streit. Sie strich sich mit dem Finger über die Lippen. Früher hatten sie von Shawns hungrigen Küssen und den Bartstoppeln gebrannt. Und heute? Hatte sie auch nur einen einzigen Kuss bekommen, der diese Bezeichnung überhaupt verdiente?

Vor der Hütte erklang Hufschlag. Das Pferd galoppierte an und entfernte sich rasch, bis nur noch das stete Rauschen des Windes zu hören war.

Erst jetzt raffte Stella sich auf und zog sich an. Sie glättete die staubigen, verknitterten Unterröcke. Shawn scheute sich auch nicht davor, sie einfach zu zerreißen, wenn ihn erst einmal die Lust gepackt hatte und es ihm nicht schnell genug ging. Was die Haushälterin wohl denken musste, wenn sie die Wäsche machte? Sicherlich vermutete sie, dass Stella sich heimlich mit einem Mann traf, doch mit wem, das ahnte niemand.

Als sie fertig angezogen war und so gut es ging ihr Haar geordnet hatte, schob sie vorsichtig die Tür auf und lugte hinaus.

Sie musterte die grünen Koppeln und die grasenden Pferde. Die Tiere waren zuverlässige Wächter. Jeder Reiter wäre mit einem Wiehern empfangen worden. Nun hoben sie die Köpfe, als Stella die Tür öffnete und in den noch immer sonnigen Frühlingstag hinaustrat. Sie versuchte, etwas von der heiteren Stimmung in sich aufzunehmen, doch es wollte ihr nicht recht gelingen. Dabei hatte sie sich so sehr darauf gefreut, endlich Tierra del Fuego im Frühling zu erleben. Shawn. Was tat er, was dachte er in diesem Moment, dachte er an sie, oder an Claire? War ihm genauso bewusst, dass sich heute etwas geändert hatte?

Bislang waren ihre Treffen immer gleich verlaufen. Wenn sie ihn nicht sah, nahm sie sich vor, mit ihm beim nächsten Mal über ihre Gefühle zu reden, doch dann war ihr die wenige Zeit, die sie zusammen verbrachten, zu kostbar und sie schwieg.

Sie brauchte seine Zärtlichkeit beinahe wie die Luft zum Atmen. In Shawns Armen erlag sie kurz der Illusion, ein Zuhause zu haben, einen Platz, wo sie hingehörte. Doch so war es nie gewesen, seit sie als Gast auf der Estanzia wohnte. Statt Nähe zu finden, hatte sie sich immer weiter von den anderen entfernt, erst von ihrer Schwester und jetzt auch von Shawn. Die ganze Zeit war sie einer Illusion aufgesessen.

Es gab keine gemeinsame Zukunft. Vielleicht fand sie einen Ehemann. Dann würde sie Shawn gar nicht mehr sehen oder ihren Mann betrügen. Eine schreckliche Vorstellung.

Viel zu oft kreisten ihre Gedanken um Claires Mann, ob sie wollte oder nicht. Aber damit war jetzt Schluss. Die Heimlichtuerei hatte eine verheerende Wirkung und fraß sie von innen her auf. Sie musste jetzt an ihr eigenes Wohl denken, diese unglückliche Affäre hatte keine Zukunft. Hoffentlich verlief sie einfach im Sande. Dann brauchte sie mit Shawn nicht darüber zu sprechen, dafür fühlte sie sich zu schwach.

Seufzend schlug Stella den Weg in Richtung Estanzia ein, strauchelte und wäre beinahe gefallen. Als sie sich bückte, um nachzusehen, über was sie gestolpert war, entdeckte sie ihre Kladde, die neben dem Schuppen auf dem schmalen Pfad lag.

»Aber das ist doch …« Sie hob sie auf.

Stella konnte sich nicht daran erinnern, ihr Zeichenbuch mitgebracht zu haben. Aber in letzter Zeit war sie so unkonzentriert, dass sie ständig etwas vergaß. Nachdenklich folgte sie dem Pfad hinab zum Wasser, und weil sie noch nicht zurückwollte, suchte sie sich einen trockenen Felsen am Ufer des Lago Ciencia und setzte sich.

Leise umspülten die Wellen den Kies. Kleine Vögel rannten auf und ab und pickten nach Insekten. Es war ein friedlicher Anblick, aber sie war zu aufgewühlt.

Als Stella sich schließlich wieder erhob, stand die Sonne schon tief über dem See, und die zerzausten Scheinbuchen am Ufer warfen lange Schatten. Sie hatte sich selbst ein Ultimatum gestellt. Ab sofort würde sie sich nicht mehr mit Shawn treffen. Wenn sie ihm bis zum Sommeranfang noch immer hinterhertrauerte, würde sie ihn bitten, sie nach Punta Arenas zurückzuschicken. Spätestens dort, mit einer unüberbrückbaren Entfernung zwischen ihnen, würde sie von ihm loskommen.

Nun war ihr ein wenig leichter ums Herz, und sie machte sich auf den Rückweg. Mit dem Gefühl, einen entscheidenden Schritt getan zu haben, schreckte sie nicht einmal vor einer Begegnung mit Claire zurück.

Sie erreichte den Hof. Überall standen Pferde. Es waren die Arbeitstiere der Gauchos, ungewöhnlich viele, es mussten mindestens zwei Dutzend sein. Überrascht blieb Stella im Schatten der Scheune stehen. Shawn hatte seine Arbeiter zusammengerufen. Neben ihm stand sein Vorarbeiter Apida.

»Fehlt noch jemand?«, hörte sie ihn fragen.

»Nur Zack, ich hatte ihn losgeschickt, um nach passenden

Bäumen für die neuen Zäune zu suchen. Er ist noch nicht zurück. Und dieser Indio, Naviol.«

»Naviol braucht nicht hier sein. Aber gut. Ich bin mir sicher, Zack wird auch so davon erfahren.« Shawn räusperte sich. »Also Männer, wie ihr euch denken könnt, gibt es einen bestimmten Grund, weshalb ich euch gerufen habe.«

Die Gauchos standen in kleinen Gruppen zusammen. Ihr Murmeln verebbte, als sie die ernste Miene ihres Patrons bemerkten. Unruhig traten sie von einem Fuß auf den anderen und schoben die Hände in die Gürtel.

»Wie jeder von euch weiß, habe ich einer Gruppe Indios erlaubt, am Ufer des Seno Skyring zu siedeln. Und ich denke, meine Worte waren klar. Diese Menschen stehen unter meinem Schutz, sie werden weder vertrieben noch belästigt.«

Die Männer murrten. Sogar aus der Entfernung sah Stella ihnen an, wie wenig ihnen der Befehl ihres Patrons behagte. Nur Navarino, der die meisten Männer fast um einen halben Kopf überragte, sah zufrieden drein und scherte sich nicht um die wütenden Blicke, die ihm die anderen Gauchos zuwarfen.

»Scheinbar haben einige von euch nicht recht verstanden, was ich damit meinte«, sagte Shawn und musterte die Männer der Reihe nach. »Es ist mir völlig gleich, was ihr davon haltet, aber solange ihr für mich arbeitet und euch auf meinem Grund und Boden bewegt, wird keine Indiofrau angerührt! Zwei sind von weißen Männern vergewaltigt worden, eine ist beinahe gestorben. So etwas gibt es auf der Estanzia Fergusson nicht. Wenn ich herausfinde, wer es war, dann kann derjenige seine Sachen packen und gehen. Habe ich mich klar ausgedrückt?«

Die Männer murrten. Einzelne nickten und sagten: »Ja, Patron.«

»Cacháı? Habt ihr Señor Fergusson verstanden?«, knurrte

Apida und stemmte die Hände in die Hüften. »Dann geht zurück an eure Arbeit.«

Stella hatte genug gehört. Sie ging ein Stückchen den Weg zurück und auf das Haupthaus zu. So merkte niemand, dass sie Zeugin der Unterhaltung geworden war. Einige Gauchos grüßten sie höflich. Andere schwangen sich wütend auf ihre Pferde und jagten im scharfen Galopp davon. Shawns Befehl erhitzte die Gemüter, doch Stella war froh, dass er so klare Worte gefunden hatte.

Während sie die Stufen zum Eingang hinaufstieg, beschloss sie, Ajam ein wenig Gesellschaft zu leisten. So würde vielleicht auch niemandem auffallen, wie lange sie weg gewesen war.

Leise klopfte Stella an.

Fremde Worte drangen durch die Tür des Gästezimmers; die Stimme der Indiofrau war erstaunlich tief, und Stella gefiel der Akzent.

Als sie eintrat, saß Ajam aufrecht im Bett. Ihr Blick wirkte gehetzt, doch als sie sah, dass ihre Besucherin allein war, fiel ein Teil der Spannung von ihr ab.

»Ich wollte dich besuchen«, sagte Stella, und weil Ajam ihre Sprache nicht verstand, machte sie ein Handzeichen, ob sie lieber schlafen wolle.

Ajam schüttelte langsam den Kopf und winkte Stella herein. Sie setzte sich zu der Indiofrau auf die Bettkante. Da war noch immer diese Leere in Ajams Blick, die wohl nie wieder ganz verschwinden würde.

»Hat Claire heute schon die Verbände gewechselt?«, fragte Stella und wies, während sie den Namen ihrer Schwester nannte, auf Ajams Arm.

Die *Selk'nam* schüttelte den Kopf.

»Nnn ... ein«, brachte sie hervor.

»Dann werde ich das machen.«

Erst jetzt bemerkte Stella, dass Ajam eine Hand unter der Decke verborgen hielt, während sie mit der anderen scheinbar unbeteiligt mit der Spitzenkante der Bettdecke spielte. Als Ajam klar wurde, dass Stella ihr Geheimnis bemerkt hatte, wurde ihr Gesicht hart. Die hohen Wangenknochen sahen plötzlich aus, als seien sie aus Stein. Zuerst begann ihr Arm zu zittern, dann der ganze Körper.

»Was hast du da unter der Decke, Ajam? Ich nehme es dir nicht weg.«

Was versteckte die Indiofrau da vor ihr? Einen kleinen Talisman vielleicht, doch dafür würde sie hier niemand tadeln, allenfalls Claire würde missbilligend das Gesicht verziehen. Ob sie gestohlen hatte? Die Indios verstünden nicht die Bedeutung von Besitz, hatten ihr Shawn und auch Constantin erklärt.

»Ajam, es ist nicht schlimm«, versuchte es Stella noch einmal. Als die junge Frau sich nicht rührte, ja nicht einmal blinzelte, zog Stella die Bettdecke zurück.

Plötzlich ging alles sehr schnell. Ajam erwachte aus ihrer Starre, eine Klinge blitzte auf. Stella wollte schreien, aber sie brachte keinen Ton heraus. Sie sprang auf und stolperte rückwärts.

Ajam saß mit bebender Brust im Bett, das Messer auf Stella gerichtet, und weinte stumm.

Eine Weile herrschte Stille, dann hob Stella beschwichtigend die Hände, und die Indiofrau ließ langsam die Hand mit der Klinge sinken.

»Du hast Angst, dass es wieder passiert, doch du bist hier sicher, Ajam, ich verspreche es dir. Niemand wird dir etwas tun.«

Vorsichtig trat sie wieder an das Bett. Ajam wickelte die Waffe in ein kleines Tuch und drückte sie mit beiden Händen an sich. Die Geste war deutlich, sie würde sie nicht hergeben.

»Woher hast du das Messer?«, fragte Stella mit zitternder Stimme. Ihr Herzschlag klopfte wie wild.

»Ajam, wer hat es dir gegeben?«

»Navarino«, erwiderte Ajam leise.

»Gut, wenn du dich damit besser fühlst, behalte es.«

Sie musste sich zwingen, ruhig zu bleiben. Auf einem Tischchen hatte Claire alles bereitgestellt, was zur Versorgung der Patientin nötig war. Stella nahm die Salbe und ausreichend frische Verbände. Als sie sich Ajam wieder zuwandte, hatte diese das Messer weggelegt. Sie schien sich wieder gefasst zu haben.

Schweigend entfernte Stella die alten Verbände. An manchen Stellen waren sie vom Blut verklebt, und Stella befeuchtete sie vorsichtig, um sie abzulösen, ohne die Krusten wieder aufzureißen. Claire war eine gute Lehrmeisterin, und seit sich Stella ehrlich bemühte, brachte ihr die ältere Schwester gerne alles bei, was sie zu wissen wünschte.

Ajam beobachtete sie die ganze Zeit und Stella wünschte, sie würden die gleiche Sprache sprechen. Navarino übersetzte hin und wieder, doch was Ajam wirklich brauchte, war ein Gespräch unter Frauen. Wenn sie schon momentan keinen Kontakt zu ihren Verwandten hatte, so würde es ihr sicher guttun, wenn sie sich mit Claire oder Stella austauschen könnte.

Als Stella ihre Arbeit fast beendet hatte, hob Ajam mit einem Mal die Hand. Sie hielt inne. Die Indiofrau hatte das Amulett entdeckt, das sie um den Hals trug. Behutsam berührte Ajam die Figur und flüsterte etwas in ihrer eigenen Sprache. Auf einmal breitete sich ein schwaches Lächeln auf ihrem Gesicht aus, und sie lehnte sich seufzend in die Kissen zurück.

Ein Klopfen an der Tür ließ sie zusammenschrecken. Ajam griff blitzschnell nach ihrem Messer.

»Wer ist da?«

»Ich bin es, Claire.«

»Meine Schwester«, erklärte Stella, wenngleich Ajam sie sicher nicht verstand. »Claire, Señorita Fergusson.«

Claire trat ein und schloss sofort die Tür.

»Ich habe gehofft, dass ich dich hier finde, Stella.«

Stella entging der seltsame Tonfall ihrer Schwester nicht. Claire sah schlecht aus. Bleich, ja fast grün, und unter ihren Augen waren dunkle Schatten.

»Geht es dir nicht gut?«

»Doch, doch. Komm, ich helfe dir. Und dann muss ich mit dir reden.«

»Mit mir reden? Ist etwas passiert?«

»Sag ich dir gleich«, erwiderte Claire geheimnisvoll und wandte sich lächelnd ab. Gemeinsam wechselten sie den letzten Verband und halfen Ajam in ein Nachthemd, das die Indiofrau nur mit einem gewissen Widerwillen anzog.

»Navarino hat ihr ein Messer gegeben, sie versteckt es im Bett. Erschrick dich also nicht. Ich hab ihr gesagt, sie kann es behalten.«

»Du hast was?«, fragte Claire ungläubig.

»Sie hat Angst, Claire. Ich möchte nicht wissen, wie es uns an ihrer Stelle ergehen würde. Sie fühlt sich sicherer damit. Es kommt doch ohnehin keiner hierher, abgesehen von uns und Navarino.«

»Na schön, aber wenn sie jemanden verletzt?«

»Nur wenn ihr jemand Böses will, und dann hat derjenige es auch verdient.«

Sie wechselten einen Blick. Die Männer, die sich an den Frauen vergangen hatten, liefen noch immer frei herum. Shawns Bemühungen, herauszufinden, wer an dem Tag auf der entlegenen Weide gearbeitet hatte, waren im Sande verlaufen. Claire hatte ihr davon erzählt. Niemand schien sich erinnern zu können oder zu wollen. Die Gauchos waren eine eingeschworene Gemeinschaft und Shawn schien nicht in der Lage, ihr Schweigen zu durchbrechen.

»Ist vielleicht besser so. Soll sie das Messer behalten«, sagte Claire schließlich und erkundigte sich mit Handzeichen bei Ajam, ob sie Hunger oder Durst habe. Als die Indiofrau den Kopf schüttelte, verabschiedeten sie sich, und Stella folgte Claire aus dem Zimmer.

»Komm mit.«

»Wohin, was ist denn?«

»Irgendwohin, wo wir allein sind.«

»Gehen wir in den Wintergarten«, schlug Stella vor, der die Geheimniskrämerei ihrer Schwester immer seltsamer erschien.

Claire eilte voraus, die Wendeltreppe hinunter und durch die Bibliothek in den Wintergarten, der die gesamte Kraft der Sonne auffing und an einem schönen Tag wie heute nicht zusätzlich beheizt werden musste.

Stella blieb vor einem gemütlichen Sofa stehen, als Claire schon ihre Hände ergriff und sie verschwörerisch ansah.

»Nun, was ist so wichtig?«

»Ich weiß nicht, wie ich anfangen soll. Also, es ist so, ich blute diesen Monat nicht und letzten war es auch schon ganz schwach.«

Stella brauchte einen Augenblick, um zu begreifen, dann umarmte sie ihre Schwester und drückte sie fest an sich.

»Du bist schwanger! Ich freue mich ja so für dich!«

»Ich freue mich auch, du glaubst gar nicht, wie. Ich hab so darum gebetet und jetzt endlich …«

Kurz versetzte die Neuigkeit Stella einen Stich. Sie würde nie ein Kind von Shawn bekommen, und für einen Augenblick war sie eifersüchtig. Aber das Gefühl verschwand so schnell, wie es gekommen war.

Claires Glück war ansteckend. Endlich ging ihr Traum in Erfüllung. Als sie sich voneinander lösten, strich Stella Claire über den flachen Bauch. Sie konnte das Wunder noch gar nicht begreifen. »Noch ist nichts zu sehen, aber in einigen Wochen …«

»Ja.« Claire strahlte über das ganze Gesicht, ihre Augen glänzten.

»Ich hab doch gesagt, du musst dir keine Sorgen machen«, sagte Stella.

»Ein Herbstkind.«

»Und ich werde Tante.«

Noch einmal umarmten sie sich fest. Dann setzten sie sich auf das Sofa.

Claire wirkte wie ausgewechselt. Stella wunderte sich, warum ihr das nicht schon früher aufgefallen war. Doch in letzter Zeit hatten sie genug andere Sorgen gehabt.

»Hast du schon mit deinem Mann darüber gesprochen?«

Claire schüttelte den Kopf und sah auf ihre gefalteten Hände, die sich verkrampften.

»Seine Mutter meint, es sei noch zu früh.«

Betroffen schaute Stella sie an. »Sie sagt, die Chance es zu verlieren, sei noch zu hoch. Ich soll es ihm erst in ein paar Wochen sagen.«

»Wie lange weiß sie es schon?«

»Eine Weile.«

»Claire, ich bin deine Schwester, und du sprichst zuerst mit deiner Schwiegermutter?«, ereiferte sich Stella.

Claire sah sie ungläubig an.

»Ach, auf einmal interessiert es dich, wie es mir geht?«

»Was soll das denn heißen, natürlich interessiert es mich!«

»Ich habe nicht das Gefühl. Du bist doch kaum hier. Du interessierst dich weder für die Estanzia noch wie mir es geht, in einer arrangierten Ehe zu leben. Bei dir dreht sich immer alles nur um dich. Du kümmerst dich um nichts. Entweder du reitest allein ohne Begleiter aus, oder du bist bei diesen Wissenschaftlern.«

»Ich arbeite für Señor Holton! Und abgesehen davon war es Shawns Idee.«

»Wie auch immer. Das ist zum Glück bald vorbei, sie reisen ja übermorgen ab.«

»Ich dachte, dir gefällt es, wenn ich zeichne, Claire. Ich bin gut, sagt Señor Moss, ich …«

»Hör dich nur reden, immer nur ich, ich, ich, und dann wunderst du dich, dass ich dich nicht in alles einweihe, was mich bewegt.«

Stella rang nach Atem, wusste aber nichts zu erwidern.

»Claire, ich …«

Claire seufzte.

»Abgesehen davon hast du noch kein Kind zur Welt gebracht. Señorita Fergusson hat fünf geboren und immerhin drei großgezogen. Es kam mir einfach richtiger vor, mich an eine erfahrene Frau zu wenden, verstehst du das?«

Stella nickte zögernd. Auch wenn sie Claires Haltung verstehen konnte, hatten sie ihre Anschuldigungen tief getroffen, vor allem, weil sie der Wahrheit entsprachen. Sie interessierte sich wirklich kaum für die Haushaltsführung der Estanzia und die Schafzucht. Und Gesprächen, was für Probleme Claire mit ihrem Gatten hatte, ging sie so weit wie möglich aus dem Weg.

»Es tut mir leid, Claire«, sagte sie daher nur und ließ die Schultern hängen. Nach einer Weile seufzte die ältere und legte ihr den Arm um die Schultern. »Aber ich finde, du bist trotzdem schon viel reifer geworden, seitdem wir hier sind. Du kümmerst dich so um Ajam.«

»Wirklich?«

»Ja, Stella, und ich verstehe nicht, warum noch keiner der netten Herren, die Onkel Longacre herschickt, um deine Hand angehalten hat. Du bist ein bezauberndes Wesen, dich muss man einfach gern haben.«

Das Gespräch nahm eine Wendung, die Stella nicht gefiel. Die Männer hatten nicht um ihre Hand angehalten, weil sie ihnen schon vorher zu verstehen gegeben hatte, dass sie sie nicht interessierten.

»Ich will sie nicht. Entweder waren sie dumm oder schrecklich langweilig. Mit einer Krämerseele wie Señor Allen würde ich mich zu Tode langweilen.«

»Sag so etwas nicht, Stella!«

»Es ist doch nur Spaß, und du weißt genau, was ich meine.«

»Vielleicht, vielleicht auch nicht. Was denkst du über Señor Moss? Ich glaube, er hat einen Narren an dir gefressen und langweilig ist er sicher nicht.«

»Señor Moss?«, fragte Stella ungläubig.

»Er ist nicht unbedingt das, was Mutter unter einer guten Partie versteht, aber ich könnte mir vorstellen, dass ihr miteinander glücklich werdet.«

»Und du meinst, er mag mich wirklich? Also ...« Sie geriet

ins Stottern. »Ich weiß, dass er mich mag, aber ich dachte, es sei völlig aussichtslos. Ich wollte ihm keine Hoffnungen machen. Schließlich hat er kaum Geld, und ...«

»Stella!«

»Was denn?«

»Er verehrt dich und bekommt kaum ein Wort heraus, wenn er sich mit dir unterhält.«

»Aber er hat sich nie geäußert. Und er bleibt ja auch nicht hier. Wir haben uns an Bord der Cordilla ein Versprechen gegeben, Claire, dass wir uns wenn möglich nicht trennen. Constantin kommt aus London, und dahin wird er zurückkehren.«

»Aber ich zwinge dich doch nicht, dein Versprechen zu halten und dein Glück aufs Spiel zu setzen. Du müsstest mich besser kennen. So selbstsüchtig bin ich nicht, dass ich so etwas von dir verlange«, empörte sich Claire. »Ich will, dass du glücklich wirst, und wenn Señor Moss dich glücklich macht, muss ich das akzeptieren.«

Stella starrte sie an. Claire war unglaublich. Plötzlich schämte sie sich noch viel mehr, dass sie sie hintergangen hatte. Mit Shawn, den sie nicht haben konnte, Shawn, der jetzt Vater werden würde.

»Ich habe Constantin nie eine Chance gegeben«, sagte sie. Vielleicht hatte sie einfach Angst. Es war eine Sache, von der Ehe zu träumen, eine andere, eine Entscheidung für den Rest des Lebens zu treffen.

»Aber du magst ihn?«

»Natürlich mag ich ihn.«

»Kannst du gut mit ihm reden? Freust du dich, wenn du ihn siehst? Ist er aufmerksam und achtet dich?«

Stella nickte nachdenklich, als erwache sie aus einem Dämmerzustand. Womöglich hatte sie den richtigen Mann seit Monaten vor der Nase gehabt und es nicht gemerkt, weil die Lust sie Shawn in die Arme getrieben hatte.

»Vielleicht solltest du mit ihm reden, bevor er abreist.«

Stella seufzte. Ja, wahrscheinlich hatte Claire recht. Constantin hatte seine Hoffnung sicher längst aufgegeben, so oft wie sie ihm die kalte Schulter gezeigt hatte. Aber allein um der schönen Zeit willen, die sie miteinander verbracht hatten, wollte sie ihn noch einmal sehen.

»Manchmal sind Männer schüchtern, Stella. Aber wenn er dir gefällt, könnte ich ja für euch bei Shawn ein gutes Wort einlegen. Dann kann er sicherlich auch Onkel Longacre überzeugen. Irgendwann musst du heiraten, Stella. Du möchtest doch sicher eine eigene Familie gründen.«

»Ja schon, aber ...«

»Stella. Fällt es dir denn wirklich so schwer, erwachsen zu werden?«

Sie senkte den Blick.

»Ich denke darüber nach.«

»Aber nicht zu lange, sonst ist er weg und deine Chance dahin.«

Der alte Zack war tot. Naviol starrte auf den verrenkten Leichnam hinab, bis sich das Bild eingebrannt hatte, und die Ruhe in seinem Herzen Einzug hielt. Jetzt galt es, die Spuren zu verwischen.

Einen Pfeil nach dem anderen löste er aus dem Toten, wischte sie ab und schob sie in den Köcher zurück.

Ein Moortümpel wurde Zacks Grab. Das schwarze Wasser schloss ihn für immer in seine Arme.

Es war später Nachmittag, als Naviol schließlich die kleine Schonung verließ. Es hatte eine Weile gedauert, das Pferd des Gauchos einzufangen, doch nun folgte es ihm vertrauensvoll. Naviol wählte einen Pfad, der in einen Felsbruch führte. Ein Ort, den allenfalls Füchse und Karakaras aufsuchten. Die Weißen mieden ihn. Es gab dort weder für sie noch für ihr Vieh etwas zu holen.

Naviol hatte überlegt, das Pferd freizulassen, doch die Tiere waren schlau. Womöglich lief es zur Estanzia zurück, und alles kam ans Licht.

Es tat ihm in der Seele weh, doch er musste das gute Tier töten. In der Abgeschiedenheit der Felsschlucht schoss er ihm mit der Pistole seines ehemaligen Herrn in den Kopf und zerschlug ihm danach mit einem Stein das Vorderbein. Falls man den Kadaver fand, sollte es so aussehen, als habe der Gaucho dem Tier den Gnadenschuss gegeben, bevor er seinen Weg zu Fuß fortsetzte und selbst Opfer eines ungewissen Schicksals wurde.

Auf dem Weg in die Schlucht waren Naviol die frischen Spuren eines Pumas aufgefallen. Große Tatzenabdrücke und ein Baum, an dem das Tier regelmäßig seine Krallen wetzte. Die Raubkatze würde den Kadaver noch in dieser Nacht finden, und so widerstand Naviol dem Drang nicht, für seine Sippe einen Teil des frischen Fleischs herauszuschneiden. Die Stücke waren etwas dunkler als von einem Guanako, doch er glaubte kaum, dass es einem Weißen auffiel, sollte er zufällig jemandem begegnen. So konnte er auch die Blutspuren erklären, die er womöglich an seiner Kleidung übersehen hatte.

Angetrieben von der Sorge um Ekina, ritt Naviol so schnell

es der weiche Boden und das schwindende Licht zuließen. Er musste zu Ekina zurückkehren und sich um sie kümmern. Die anderen Männer würden ihm dennoch nicht entkommen. Er kannte ihre Namen und wusste, wo sie zu finden waren. Einer nach dem anderen sollten sie büßen, und wenn er es geschickt anstellte, würde man keinen Verdacht schöpfen.

Kurz bevor die Dämmerung einsetzte, erreichte er das Lager am Seno Skyring. Sein erschöpftes Pferd führte er am Zügel.

Die Hunde schlugen an, aber Naviol lief achtlos an ihnen vorbei. Die Gestalt eines Mannes zeichnete sich in der Dunkelheit ab. Sternenlicht schimmerte auf einem Gewehrlauf. Navarino.

»Naviol! Endlich«, rief er. »Hast du sie gefunden?«

»Ich weiß, wer es war. Zack hat schon dafür bezahlt.«

»Wer noch?«

Naviol nannte die Namen der anderen Männer. Aber er wollte jetzt nicht darüber reden, sondern zu seiner Frau.

»Morgen erzähle ich dir alles. Ich hätte Ekina nicht alleinlassen dürfen.«

Navarino nickte und legte ihm die Hand auf die Schulter. »Natürlich. Ich kümmere mich um dein Pferd. Geh nur zu ihr.«

»Danke. Ich habe Fleisch mitgebracht, es ist für alle.«

»Wir verteilen es morgen früh. Geh.«

Naviol drückte dem *Yag'han* die Zügel in die Hand und rannte die letzten Schritte zu seinem Zelt.

Als er sich davor hinkniete, hörte er von drinnen Bewegung.

»Ekina, ich bin es.«

»Naviol?«

Er schlug die Zeltklappe zurück. Kaum war er bei ihr,

schlang Ekina ihre Arme um ihn, und er presste sie an sich. Sog tief ihren Geruch ein, fühlte ihr Herz gegen seine Brust schlagen. Jetzt war er wieder ganz er selbst. Blut und Rache waren für heute nicht mehr seine Begleiter.

»Wie geht es dir?«, fragte er vorsichtig. Die Frage überhaupt zu stellen, kam ihm auf gewisse Weise falsch vor. So als dürfe er sie nie danach fragen.

Ekina barg ihre Wange an seiner Schulter.

»Jetzt wieder ein wenig besser. Leg dich zu mir, Naviol, und halte mich.«

Und genau das tat er.

Nachdenklich trat Stella vor das Haus. Der heutige Tag hatte ihr Leben gehörig durcheinandergewirbelt. Zuerst das Treffen mit Shawn, dann Claires Schwangerschaft und ihre Bemerkungen über Constantin. Sie hatte den Engländer nie als möglichen Kandidaten in Betracht gezogen. Doch nun wollte sie dem jungen Forscher noch eine Chance geben. Denn eines stimmte: Sie genoss seine Gegenwart, sehr sogar, und dass er bald aus ihrem Leben verschwand, betrübte sie. Er war zu einem guten Freund geworden, einem festen Teil in ihrem Leben. Womöglich genau das, wonach sie gesucht hatte.

Constantin war allein im Gästehaus, denn der Professor hatte es sich mit Shawns Vater im Salon gemütlich gemacht. Sie feierten ihren Abschied, der womöglich für immer war. Es war Holtons letzte große Reise, er würde die weite Schifffahrt von Europa nach Südamerika nicht noch einmal wagen. Die entbehrungsreiche Tour über Steppen und Berge zehrte schon jetzt an ihm. Warum Constantin nicht bei ihnen war, konnte Stella nur vermuten. Der junge Forscher war immer sehr taktvoll. Wahrscheinlich war es ein Akt der Höflichkeit, damit die alten Freunde unter sich sein konnten.

Stella kuschelte sich in den warmen Wollumhang und grub die linke Hand tief in die Pellerine. Die Frühlingsnächte waren noch immer frostig. Auf der Treppe und dem Geländer glitzerten Eiskristalle im Licht, das durch die Fenster der Estanzia fiel.

Stella hatte eine kleine Öllampe mitgenommen, mit der sie sich den Bohlenweg zum Gästehaus erleuchtete. Sie schaukelte hin und her, und das Licht zerschnitt die Nachtschwärze.

Im Gästehaus brannte Licht. Zögernd lugte Stella durch ein Fenster. Sie sah Kisten und Bündel, ein Teil der Möbel war bereits mit Tüchern verhängt. Fast sah es aus, als seien die Bewohner schon frühzeitig abgereist.

Im Kamin brannte schwach ein Feuer, das sie bis draußen riechen konnte. Im Licht eines dreiarmigen Leuchters schimmerte ein Glas und eine Flasche, und dann bemerkte sie Constantin, der in einem Sessel saß. Vielleicht hatte er es sich gemütlich gemacht, um zu lesen?

Sollte sie ihn überhaupt stören? Sie wischte die Zweifel und ihre eigene Schüchternheit beherzt beiseite. Es gab nur diese eine Chance, die Wahrheit über sie beide herauszufinden!

Sie klopfte und beobachtete durch das Fenster, wie sich Constantin ungewöhnlich schwerfällig erhob. Er wirkte kurz orientierungslos, bevor er zur Tür ging.

»Holton, es ist doch nie abgesperrt«, hörte sie ihn sagen, als er sie öffnete. Überrascht wich Constantin einige Schritte zurück, und sie hatte augenblicklich das Gefühl, nicht willkommen zu sein.

»Sie?«

»Ich … ich wollte mich verabschieden«, stotterte Stella, von dem schroffen Empfang überrascht. »Falls ich ungelegen komme …«

Schweigend trat Constantin zur Seite und ließ sie herein. Er roch nach Alkohol. War er betrunken? Sie hatte ihn immer nur Wein zum Essen trinken sehen, oder einen einzelnen Drink mit den Männern im Salon.

Auf einmal spürte Stella seine körperliche Nähe sehr deutlich, und das irritierte sie. Gleichzeitig hatte sie das Gefühl, Constantin zu stören. Beinahe abfällig musterte er sie von oben bis unten, und Stella wurde die zunehmend drückende Stille immer unangenehmer. Es war keine gute Idee gewesen herzukommen.

»Haben Sie schon alles vorbereitet?«

»Ja, wir brechen morgen früh auf.«

»Möchten Sie mich nicht hereinbitten?«, fragte Stella. Sie standen immer noch im Flur.

»Sie kennen sich doch hier aus«, gab er kühl zurück.

»Ja, das stimmt wohl.« Stella war versucht, auf dem Absatz kehrtzumachen und hinauszustürmen, und so betrat sie nur widerstrebend das Wohnzimmer.

»Es hat mir große Freude gemacht, für Sie und Señor Holton die Zeichnungen anzufertigen, und ich habe viel gelernt, dafür wollte ich Ihnen danken. Ich werde Sie vermissen.«

Constantin ging zu dem Tischchen vor dem Kamin, schenkte sich aus einer Flasche nach und leerte sein Glas in einem Zug.

»So, Sie werden mich also vermissen? Den Eindruck habe ich aber nicht. Sie haben doch genug zu tun.«

»Was soll das denn bedeuten?« Stella fühlte Wut in sich aufsteigen.

»Auch ein Glas?« Er ging zu einem Schränkchen, kehrte mit einem frischen Glas zurück, füllte es und reichte es ihr, ohne ihre Antwort abzuwarten. Stella roch an der goldbraunen Flüssigkeit und zog die Nase kraus.

»Sie sind doch betrunken.«

»Na und?«, gab er bissig zurück und stieß sein Glas gegen ihres. »Prost.«

Stella sah zu, wie er trank, kippte das Getränk und nahm angewidert einen Schluck. Mehr als die Hälfte schaffte sie nicht. Ihr Hals brannte so sehr, dass sie husten musste.

»Das ist ja widerlich!«, keuchte sie, sobald sie wieder zu Atem gekommen war.

»Sie gewöhnen sich dran. Los, runter damit, und tun Sie nicht so, als seien Sie die Unschuld in Person.«

»Ich bin nicht hergekommen, um mich von Ihnen beleidigen zu lassen, Señor Moss«, gab sie energisch zurück.

»Warum sind Sie dann hier?«

»Ich dachte, Sie hätten mir vielleicht etwas zu sagen, aber wahrscheinlich habe ich mich geirrt. Ich hätte nicht herkommen sollen.«

Constantin trat erstaunlich anmutig an sie heran, etwas näher, als es schicklich war, und strich ihr eine Haarsträhne aus der Stirn. Obwohl sich in seinem Blick Zorn und Enttäuschung widerspiegelten, hatte seine Berührung etwas Magisches.

»Ja, ich dachte, ich hätte Ihnen etwas zu sagen, und heute morgen hätte ich alles für Ihren Besuch gegeben. Aber nun … nun nicht mehr. Ich habe mich in Ihnen getäuscht, Stella, es tut mir leid.«

Schimmerten da Tränen in seinen Augen? Er wandte sich zu schnell ab. Ihr kam ein schrecklicher Verdacht, der sich mit dem Alkohol zu einer brennenden Kugel in ihrem Magen zusammenballte. Wusste er von Shawn?

»Emilia hat gesagt, Sie hätten heute Vormittag nach mir gesucht. Stimmt das?«, fragte sie. Angeblich hatte er ihr etwas geben wollen, doch was?

Rastlos ging Constantin im Zimmer auf und ab und blieb am Kamin stehen. Er atmete heftig. Sein Brustkorb hob und senkte sich, als wäre er gerannt.

»Ich wollte mit Ihnen reden, ja, über uns. Ich habe im Garten nach Ihnen gesucht, aber da lag nur Ihr Zeichenbuch.«

Stella blieb beinahe das Herz stehen. Sie schlug eine Hand vor den Mund. So war das Buch zu der Hütte gekommen.

»Oh Gott.«

»Ich denke, wir müssen das nicht weiter ausführen.«

»Wie viel haben Sie gesehen?«, flüsterte Stella. Ihre Wangen glühten. Ein besseres Schuldeingeständnis konnte sie ihm nicht liefern. Sie schämte sich so schrecklich.

»Ich habe genug gesehen, um zu wissen, dass sich unser Gespräch erübrigt.«

»Aber Constantin, ich habe doch nicht geahnt, … ich …« stotterte sie. »Ich weiß nicht, was ich sagen soll.«

»Besser, Sie sagen nichts.«

Stella wünschte, sie wäre nie hergekommen. Mehr als ihr eigenes Schamgefühl berührte sie die Enttäuschung, die sich in Constantins Gesicht abzeichnete.

Doch jetzt einfach kneifen? Nein. Lief sie nicht schon die ganze Zeit weg? Wich Problemen aus und entschuldigte sich für Verfehlungen, wenn es längst zu spät war? Diesmal würde sie dazu stehen.

»Sie sind ein guter, ehrlicher Mann, Señor Moss. Ich

wünschte, ich hätte Sie früher kennengelernt. Leider kann ich nichts mehr an dem ändern, was Sie beobachtet haben.« Stella schluckte und starrte aus dem kleinen Fenster, hinter dem sich die Nachtschwärze gleich einer Mauer erhob. »Sie haben eine bessere Frau verdient als mich.«

Sie wartete auf eine Antwort, doch der junge Mann blieb stumm. Sie hörte nur ihren Atem und das leise knisternde Kaminfeuer.

»Sie schweigen?«, fragte sie mit bebender Stimme.

Constantin nahm seine ziellose Wanderung durch das Zimmer wieder auf. Gläser klirrten.

Die Dielen vibrierten unter ihren Füßen, als er auf sie zutrat. Und wieder spürte sie unweigerlich seine körperliche Nähe.

»Es lässt sich nichts ändern, Stella. Ich wünschte nur, ich hätte eine bessere Erinnerung an Sie mit nach England nehmen können.«

Er reichte Stella ihr Glas, und sie nahm es, ohne ihn anzusehen. Diesmal stürzte sie das Getränk in einem Zug hinunter. Durch das Brennen in ihrer Kehle vermochte sie die Tränen zurückzuhalten, zumindest vorerst.

»Ich sollte gehen«, sagte sie schließlich, wandte sich um und reichte Constantin ihr leeres Glas. Warum waren ihr nie zuvor seine blaugrauen Augen aufgefallen? Wie der Himmel Feuerlands, endlos und tief.

»Es tut mir leid«, sagte Stella leise. Wenn er nur wüsste, wie sehr!

»Mir auch.«

»Dann wünsche ich Ihnen eine gute Reise und viel Erfolg, ich werde Sie nie vergessen.«

Constantin nickte langsam.

»Werden Sie mir schreiben?«

»Ich weiß es nicht. Es wäre wahrscheinlich für uns beide besser, wenn ich es nicht täte.«

»Ja, ich weiß. Schreiben Sie mir dennoch?«

Als Constantin nicht antwortete, besann sie sich endlich. Er wollte sie nicht und hatte auch jeden Grund dazu.

Es war aus, ihre Chance vertan, bevor sie sie erkannt hatte.

Stella atmete tief durch. Geh, du dumme Gans, dachte sie und riss sich endlich los. Hastig ging sie zur Tür, sie wollte nicht vor seinen Augen ihre mühsam aufrechterhaltene Fassung verlieren. Doch sie hatte nicht mit der Wirkung des Alkohols gerechnet. Ungelenk stieß sie mit der Hüfte gegen den Sessel, blieb mit dem Rock an der Armlehne hängen und plumpste auf die Knie. Wie wild drehte sich alles und ihr war einen Moment lang schlecht.

»Oh mein Gott, es tut mir leid!«

Constantin fasste sie am Arm und zog sie auf die Beine. Stella sah zu Boden, der immer noch schwankte. Zögernd hielt sie sich an Constantins Arm fest.

»Bin ich betrunken?«

»Ich fürchte, ja. Unverantwortlich von mir.«

»Bin selber schuld«, nuschelte Stella und wieder zogen Constantins blaugraue Augen sie in ihren Bann, während sein Gesicht immer näher kam, als zöge auch ihn eine seltsame Kraft an. Sein Atem war weich auf ihrer Haut. Stella schloss die Augen, um sich dem Gefühl ganz hinzugeben. Sie erwartete, Constantins Lippen auf ihren zu spüren, auch wenn sie eigentlich eine Ohrfeige verdient hätte.

Ihr Körper schien anderer Meinung zu sein. Sie wollte Constantin an sich ziehen. Doch er blieb stehen, das Gesicht nah an ihrem. Schließlich öffnete sie die Augen und erwiderte seinen Blick.

Als könne er die Situation plötzlich nicht länger ertragen, fasste er sie bei den Schultern und schob sie von sich. Sein Blick war verletzt und verletzend.

»Sie sollten gehen«, knurrte er, während sie ihm am liebsten ihre ganze Verzweiflung entgegengeschrien hätte. Doch Stella brachte kein Wort heraus. Sie riss ihm die Pellerine aus der Hand, die er ihr in einer steifen Geste hinhielt, drückte den Wollumhang an sich und eilte hinaus.

Die Öllampe hochhaltend, lief sie über den kleinen Hof zum Bohlenweg. Sie wusste, dass Constantin ihr nachsah, konnte seinen Blick spüren, wie zwei Pfeile, die sich ihr genau unter den Schulterblättern in den Rücken bohrten.

Verdammter Mistkerl, hätte er sie nicht wenigstens küssen können, bevor er sie in die Kälte hinausjagte? Natürlich! Damit sie wusste, was ihr alles entging, weil sie nicht Constantin gewählt hatte, sondern mit ihrem Schwager Unzucht trieb.

Verdammt!

Als sie die Stufen der Veranda erreichte, konnte sie die Tränen nicht länger unterdrücken. Hoffentlich begegnete sie niemanden, vor allem nicht Claire, die in ihrem Glück schwelgte.

Der Flur war verlassen und die Haushälterin hatte für die Nacht schon die meisten Lichter gelöscht. Stella rannte die Treppe hinauf, erreichte ihr Zimmer und wollte nur noch auf ihr Bett fallen und in aller Ruhe weinen.

Am nächsten Morgen waren Constantin und Professor Holton fort. Sie mussten schon vor Morgengrauen aufgebrochen sein. Stella ging nicht hinunter zum Frühstück, sondern stand stundenlang am Fenster und starrte zu dem verlassenen Gästehaus hinüber. Nebel trieb vom Lago Ciencia herauf und hüllte alles in eine klamme Stille. Sie würde Constantin nie wiedersehen.

Constantin wandte sich im Sattel um und sah zurück. Die Estanzia Fergusson war schon längst nicht mehr zu sehen. Sie gehörte der Vergangenheit an, ein beendeter Abschnitt seines Lebens, ebenso wie Stella Newville.

Noch immer brummte ihm der Schädel vom Scotch. Nachdem Stella gegangen war, hatte er die Flasche allein geleert.

Mit Professor Holton hatte er seit dem Aufbruch nur die nötigsten Worte gewechselt. Sein Mentor wusste auch ohne Worte, was Constantin so sehr bedrückte.

»Wollte der Indio uns nicht hier irgendwo treffen?«, erkundigte sich Holton. Constantin wurde erst jetzt bewusst, dass sie den kleinen Fluss, der sich weiß und schäumend seinen Weg aus den Bergen hinab suchte, bereits erreicht hatten.

»Ja, ich denke, das ist die Stelle.«

»Ich verstehe noch immer nicht, warum dieser Naviol nicht morgens zur Estanzia kommen konnte.«

Constantin zuckte mit den Schultern. Der Indio hatte darauf bestanden, sich erst hier den Forschern anzuschließen und sie zu den heiligen Plätzen der *Selk'nam* und zu einer befreundeten Sippe, die an der Küste lebte, zu führen. Navarino, der sie begleitete, nutzte die Pause, um die Pferde und Mulis zu tränken.

Constantin stieg ab und führte seinen Wallach selbst zum

Wasser. Während das Tier geräuschvoll soff, ließ er den Blick schweifen.

Der Ausblick von hier oben war atemberaubend, die Luft so klar, dass er das Gefühl hatte, bis in die Unendlichkeit schauen zu können. Licht und Schatten wechselten sich blitzschnell ab und ließen die Hügel in zahlreichen Grünschattierungen schimmern. Constantin dachte im ersten Augenblick nur an eines: Wäre er nur mit Stella hier und könnte gemeinsam mit ihr diesen Anblick genießen. Dann kam der Zorn und überschattete die Erinnerung an sie. Warum konnte sein dummes Herz nicht einfach still sein? Es war doch das Herz eines Wissenschaftlers. Warum zog es nicht genauso nüchtern seine Schlüsse?

Das entfernte Wiehern eines Pferdes ließ ihn aufhorchen. Dort kam ein Reiter. Naviol. Es hätte noch gefehlt, wenn ihn nun auch noch der *Selk'nam* enttäuscht hätte.

Die Hälfte seiner wenigen Ersparnisse war für Vieh draufgegangen, mit dem er den Eingeborenen für seine Dienste bezahlen wollte. Fergusson hatte die Anweisung, dem Indio die Tiere erst nach Abschluss der Expedition auszuhändigen.

Gehetzt trieb Naviol sein schweißnasses Pferd im Galopp den Hang hinauf.

»Verzeihen Sie, Señores!«, rief er schon von Weitem.

Navarino sprang in den Sattel und ritt seinem Freund entgegen. Die Eingeborenen führten ein hastiges Gespräch. Erst glaubte Constantin, Navarino ermahne Naviol wegen seiner Unpünktlichkeit, doch es schien um etwas anderes zu gehen.

Naviol entschuldigte sich mehrfach und setzte sich an die Spitze des kleinen Zuges.

Sein Herz war leicht. Er hatte es getan. Ein weiterer Vergewaltiger war tot. Jetzt fehlte nur noch Apida. Doch an ihn war schwer heranzukommen, und der Mann war listig wie ein Feuerlandfuchs. Naviol musste jetzt besonders vorsichtig vorgehen, damit Señor Fergusson das Verschwinden der zwei Gauchos und seines Vorarbeiters nicht bemerkte. Niemand durfte wissen, wer hinter dem Verschwinden der Arbeiter steckte. Sollte er doch entdeckt werden, würde Naviol sich das Leben nehmen.

Harissons Ende war schnell gekommen, und Naviol hoffte, für niemanden überraschend. Der Hüne trank oft und viel und auch am vergangenen Abend saßen wieder einige Gauchos zusammen. Naviol hatte sie beobachtet und ausgeharrt, bis der Alkohol den Männern den Verstand vergiftet hatte und sie aufbrachen.

Harrison wohnte nicht auf der Estanzia, sondern in der nahen Siedlung am Lago Ciencia in einer kleinen Hütte, gemeinsam mit seinem Bruder und dessen Frau, die schneller Kinder gebar, als sie sie von der Mutterbrust entwöhnen konnte.

Naviol war ihm gefolgt. Der Gaucho hatte es unter dem Spottgelächter seiner Kumpane erst beim dritten Versuch geschafft, aufzusteigen, so betrunken war er. Das Pferd, das den Heimweg kannte, war von allein losgelaufen, während der Reiter auf seinem Rücken zusammensackte und im Halbschlaf vor sich hindöste.

Der Pfad führte durch Buschland, das so steinig war, dass sich niemand die Mühe gemacht hatte, die knorrigen Pflanzen zu roden, um Weideland daraus zu machen. Das Pferd bemerkte den Verfolger bald. Es schnaubte laut, doch dem Reiter entgingen die Warnsignale. Er zog nur grob an den Zügeln und brabbelte betrunken vor sich hin. Als das Dickicht sich zu einem Wasserlauf hin öffnete, hatte sich das Pferd wieder beruhigt und spitzte nur hin und wieder die Ohren, wenn

Naviol die Distanz ein wenig verringerte. Mittlerweile war er sich sicher, dass der Gaucho ihn erst bemerken würde, wenn es bereits zu spät war.

Als das Pferd zögerte, durch die Furt zu gehen, gab der Mann ihm die Sporen, und es war mit einem Satz im eisigen Wasser. Darauf hatte Naviol nur gewartet. Er holte aus und warf seinen Speer mit der stumpfen Seite.

Der Gaucho wurde in den Rücken getroffen. Er keuchte, als ihm der Aufprall die Luft nahm, und kippte aus dem Sattel.

Das Pferd preschte mit angelegten Ohren davon. Naviol sah dem Tier kurz nach. Diesmal machte es nichts, wenn andere das Pferd fanden, es passte sogar zu dem Tod, den er für Harrisson vorgesehen hatte.

Der Gaucho lag im knietiefen Wasser und ruderte ziellos mit den Armen. Bevor er auf die Beine kam, war Naviol bei ihm, packte den Mann an den Haaren und drückte seinen Kopf unter Wasser. Der Fluss, der Schmelzwasser aus den Bergen führte, war eisig. Naviol hatte das Gefühl, seine Beine würden augenblicklich taub. Harrisson kämpfte nur mit der Hälfte seiner Kraft und versuchte, Naviol zu packen, doch das Tierfett, mit dem sich der *Selk'nam* gegen die Kälte eingerieben hatte, machte die Haut glitschig, und er rutschte immer wieder ab.

Nach einer Ewigkeit gab der Mann endlich Ruhe.

Naviol keuchte vor Anstrengung. Weiße Atemwölkchen trieben mit dem Wind davon. Er verharrte und lauschte in die Nacht. Bis auf das Murmeln des Flusses war alles ruhig.

Naviol nahm seinen Speer und richtete sich auf. In feierlichen Worten rief er die Flussgeister an, die Seele des weißen Mannes zu fressen. Er sollte nie, nicht einmal im Jenseits, Ruhe finden. Eine Eule schrie und flog lautlos an ihm vorbei. Ein Zeichen, dass seine Bitte erhört worden war?

Naviol hatte der Eule nachgesehen, bis sie mit dem Nachthimmel verschmolz. Dann war er nach Hause gegangen, ohne sich ein einziges Mal nach Harrissons leblosem Körper umzublicken.

»Es ist nicht gut, betrunken durch eine Furt zu reiten«, sagte er schlicht, als Navarino ihn fragte.

Die Mundwinkel des *Yag'han* verzogen sich zu einem Lächeln und er stellte nüchtern fest:

»Er hat schon immer zu viel getrunken.«

»Niemand wird überrascht sein.«

»Nein, niemand.«

»Naviol, du hast verdient, dass man dich *K'Mal* nennt, so ist es doch nach dem Brauch deines Volkes Sitte.«

In Naviol regte sich Stolz, den er sogleich unterdrückte. Nur weil den Frauen ein Unglück widerfahren war, hatte er den Pfad des Blutes beschritten.

»Ja, wir nennen unsere besten Kämpfer *K'Mal*. Du ehrst mich.«

»Ich spreche nur die Wahrheit, die Geister sind meine Zeugen.«

Kapitel 16

Stella saß am Fenster und las, zumindest versuchte sie es. Immer wieder schweiften ihre Gedanken ab, und sie dachte an heute Morgen, als Claire auch den anderen von ihrer Schwangerschaft erzählte. Sie hatte so gestrahlt. Und Stella fühlte sich einmal mehr wie eine Außenseiterin.

Es klopfte an der Tür. Sie zuckte zusammen, und das Buch wäre ihr beinahe aus den Händen gerutscht.

»Herein.«

»Störe ich?« Es war Shawn.

»Nein, nein, natürlich nicht.« Stella wurde bei seinem Anblick abwechselnd heiß und kalt. Shawn hatte sie noch nie in ihrem Zimmer aufgesucht. Es musste einen besonderen Grund für seinen Besuch geben. Über zwei Wochen war es her, seit sie sich zuletzt getroffen hatten. Seither hatte sie sich von ihm ferngehalten und es war ihr noch nicht einmal schwergefallen. Nicht ihn vermisste sie, sondern die Leidenschaft, die sie miteinander erlebt hatten. Warum war er hier? Wollte er sie etwa lieben? Gleich hier?

Schon beim Gedanken an ihr letztes Treffen vermeinte sie, seine Hände auf der Haut zu spüren, und doch regte sich Widerstand in ihr. Ihre Beziehung hatte keinen Bestand mehr. In ihren Umgang hatte sich eine seltsame Distanz eingeschlichen.

Leise machte Shawn die Tür zu. Sobald sie vor fremden Blicken sicher waren, eilte Stella auf ihn zu und umarmte ihn. Shawn erwiderte ihre Umarmung nicht und schob sie von sich.

»Ich muss mit dir reden, Stella.«

Sein Blick sagte alles, und seine Worte schnürten ihr die Kehle zu.

»Ich weiß«, wisperte sie.

»Stella, so kann es nicht weitergehen.«

Stella nickte. Wenngleich sie sich in den letzten Wochen und Monaten innerlich immer weiter von Shawn entfernt hatte, schmerzte die Gewissheit.

Shawn musterte sie, als warte er auf einen Gefühlsausbruch.

Erklärend und zugleich mit einer an Hilflosigkeit erinnernden Geste hob er die Hände. Es fiel ihm schwer. Wahrscheinlich hatte er lange mit sich gerungen.

»Jetzt, da ich bald Vater werde, dürfen wir uns nicht mehr sehen.«

»Ich hätte dich sowieso um kein Treffen mehr gebeten«, sagte sie ehrlich. »Ich habe aber nicht den Mut aufgebracht, mit dir darüber zu reden.«

»Warum nicht?«, fragte Shawn nun sanfter, erleichtert, dass sie nicht auf die Barrikaden ging.

»Ich glaube, ich hatte Angst, dass es mehr wehtun würde, wenn wir darüber reden, vielleicht auch, dass ich wieder schwach werde, wenn ich mit dir allein bin.«

Shawn nickte und begann, im Zimmer auf und ab zu gehen.

»Mir ist der Gang hierher auch nicht leichtgefallen, aber ich will dich nicht mit einem Mal anders behandeln, ohne dass du weißt, warum.«

»Das ist lieb von dir.« Stella schlang die Arme um ihren Oberkörper, ihr war plötzlich kalt geworden. Obwohl sie sich zusammenriss, bemerkte Shawn ihre aufsteigenden Tränen.

»Du darfst jetzt nicht weinen, Stella.«

»Ich werde nicht weinen«, erwiderte sie trotzig. »In gewisser Weise bin ich auch erleichtert. Vor allem wegen Claire, ich werde ihr endlich wieder in die Augen sehen können.«

»Ich glaube, sie hat schon vor einer Weile Verdacht geschöpft, aber sie freut sich so sehr auf das Kind, dass sie sich keine weiteren Gedanken gemacht hat.«

Stella nickte. Claire durfte nie etwas erfahren. Es gab Dinge, die konnten selbst Schwestern einander nicht verzeihen.

Stella starrte zu Boden. Als Shawn die Hand nach ihr ausstreckte, wich sie zurück. Nein, sie durften sich nicht mehr berühren. Fortan wollte sie aufrichtig sein, sich und anderen gegenüber. Trotzdem verspürte sie den törichten Impuls, ihn ein letztes Mal zu küssen, ihn ein letztes Mal zu lieben.

Als sei es ein Ritual, wie wenn man vor einem Umzug noch einmal durch ein leeres Haus geht und über die Wände streicht. Sie wollte Spuren hinterlassen in seinen Erinnerungen und seiner Seele.

»Ich werde nie vergessen, was wir miteinander hatten«, sagte sie leise. »Aber ich werde versuchen, die Erinnerungen so gut wie möglich in mir zu verschließen.«

»Ich auch«, sagte Shawn. »Komm, setzen wir uns.« Er wies auf eine Récamiere und setzte sich. Stella nahm ein Stück von ihm entfernt Platz.

»Ich denke, es ist für uns alle besser, wenn du nicht auf ewig hier wohnen bleibst«, sagte Shawn vorsichtig. Seine Worte waren wie ein Schlag ins Gesicht. Stella sah ihn ungläubig an und kämpfte mit den Tränen. Natürlich war ihr Aufenthalt in Baja Cardenas nur eine Lösung auf Zeit, und sie hatte sich schon länger eher geduldet gefühlt, doch so plötzlich vor die Tür gesetzt zu werden, war ein kleiner Schock.

»Ich soll zurück zu meinem Onkel? Ich werde Stillschweigen bewahren über das, was zwischen uns gewesen ist. Wenn du möchtest, schwöre ich es dir.«

»Niemand sagt, dass du nach Punta Arenas zurücksollst, und ich fordere auch keinen Schwur von dir. Ich weiß, dass ich das nicht brauche.«

Shawn lehnte sich zurück und wartete, bis sie mit einem Taschentuch ihre Tränen getrocknet und ihre Fassung zurückerlangt hatte. Sein Gesicht wirkte unbeteiligt, doch Stella wusste, dass er seine wahren Gefühle wie hinter einer Maske verbarg.

»Wenn du mich nicht zurückschickst, was dann?«, fragte sie schließlich.

»Wir finden einen Ehemann für dich.«

»Bitte?«

»Das war von vorneherein mit deinem Onkel abgemacht, Stella. Aber ich gestehe, dass ich nicht mit ganzem Herzen bei der Sache war. Es gefällt mir nicht, dich ziehen zu lassen, aber es muss sein, für unser aller Wohlergehen. Ich werde einigen Freunden und Handelspartnern schreiben, die nach einer geeigneten Partie suchen.«

»Du jagst mich doch davon.«

»Nein, Stella, das würde ich nie tun.«

Sie sprang auf. Am Fenster blieb sie stehen und starrte hinaus auf den Lago Ciencia. Über das Wasser peitschten Böen. Sie musste an Constantin denken, wie so oft in letzter Zeit. Er hatte sie gewollt, und je mehr sie in den vergangenen Tagen in sich hineinhorchte, desto sicherer war sie sich ihrer Gefühle für ihn, doch die Chance war vertan. Mit ihm hätte sie glücklich werden können. Warum hatte er sie ausgerechnet mit Shawn in dieser verfänglichen Situation gesehen? Aber es geschah ihr recht. Sie hatte sich versündigt, und das war nun die Strafe dafür.

Sie hörte Shawn aufstehen und leise neben sie treten. Schweigend sah er hinaus. Er würde also einen Ehemann für sie suchen. Einen, den sie weder begehrte, wie einst Shawn, noch jemanden, für den ihr Herz schlug, wie für den stillen Constantin.

»Wie lange?«

»Bald, Stella, es ist besser so.«

Die Stille zwischen ihnen wurde unerträglich. Sie hatten sich nichts mehr zu sagen.

»Geh jetzt bitte, lass mich allein.«

Shawn sah sie ratlos an und wandte sich ab. Er ging seltsam gebeugt, sein Gang war schleppend. An der Tür drehte er sich noch einmal um.

Er öffnete den Mund, suchte erfolglos nach Worten. Dann ging er hinaus.

Stella rührte sich nicht von der Stelle. Sie fühlte sich unendlich leer, aber auch auf eine seltsame Weise leicht. Shawn hatte ihr die Entscheidung abgenommen. Sie brauchte keine Schuldgefühle zu haben, weil sie ihn verletzt hatte.

Und nun wollte Shawn sie verheiraten. Natürlich. Das war immer der Zweck ihrer Reise gewesen, doch bislang war ihr eine Heirat wie ein weit entfernter Schatten erschienen, der ihr auf der Estanzia Fergusson nichts anhaben konnte. Und sie wusste sehr wohl, dass Shawn einige Freier weggeschickt hatte, bevor sie auch nur einen Blick auf Stella geworfen hatten. Doch jetzt war sie nicht mehr seine Geliebte und ihre Zukunft angsteinflößend und ungewiss.

Zwei Wochen nach dem schrecklichen Überfall auf die Indiofrauen war Ajam so weit genesen, um in das Lager am Seno Skyring zurückzukehren. Stella war jeden Tag bei ihr gewesen und hatte ihre langsamen Fortschritte beobachtet. Ihr Körper war geheilt und ihre anfängliche Abgestumpftheit verschwunden. Sobald sie stark genug war, um das Bett zu verlassen, verbrachte sie Stunde um Stunde am Fenster und sah hinaus.

Stella hätte sich zu gerne mit ihr unterhalten. Aber was Ajam wirklich brauchte, war die Nähe ihrer Familie.

Als Olit kam, um sie abzuholen, weigerte Ajam sich beharrlich zu reiten. Stella begleitete die Indios auf Guera.

Mit jedem Schritt, den sich Ajam von der Estanzia entfernte, schien es ihr besser zu gehen, und als sie endlich das Lager am Seno Skyring erreichten, glaubte Stella, einen völlig anderen Menschen vor sich zu haben.

Die Indios begrüßten sie herzlich. Ekina umarmte ihre Leidensgenossin immer wieder.

Als sie sich gemeinsam niedersetzten und die Frauen von den Kochfeuern zubereitete Speisen herantrugen, wusste Stella, dass es Zeit war zu gehen.

»Nein, bleiben«, sagte Ekina und machte eine einladende Geste. Naviols Frau sah schon wieder viel besser aus. Es war gut, dass Ajam nun bei ihr war. Mit Ekinas Hilfe würde auch sie den Weg zurück ins Leben finden.

»Danke für die Einladung, Ekina. Ich komme gerne an einem anderen Tag zu Besuch. Heute reite ich zurück.«

Ekina widersprach nicht. Beide Frauen hoben zum Abschied die Hand, dann war Stella auch schon im Sattel und trieb Guera mit einem Schnalzen an.

Nach und nach fiel es Constantin leichter, an Stella zu denken. Mittlerweile waren drei Wochen vergangen und der Hass auf sie hatte sich in Enttäuschung verwandelt. Er brachte sogar ein wenig Verständnis für sie auf, doch verzeihen konnte er ihr noch nicht.

Mit Elan stürzte er sich in die Arbeit. Die Reise westwärts stand unter einem guten Stern. Das Wetter blieb sommerlich, wenngleich ab und an ein kalter Wind blies und kurze Regenschauer niedergingen. Constantin hatte die Kleidung aus London endgültig gegen die Tracht eines Viehtreibers getauscht. Sein alter Mantel, der ohnehin nie für das Klima Feuerlands geeignet gewesen war, lag irgendwo auf der Estanzia Fergusson. Nun trug er feste hohe Stiefel, weite bestickte Hosen, *bombachas,* und einen Poncho aus fettiger Schafwolle. Der neue Mantel lag aufgerollt hinter seinem Sattel. Constantin fühlte sich wie ein neuer Mensch und trotz dem unglücklichen Ausgang seiner Liebe sogar ein wenig heimisch in diesem rauen Land.

Auf Fremde musste ihre Reisegruppe einen ungewöhnlichen Eindruck machen. Da war Naviol, in den Augen vieler nicht mehr als ein nackter Wilder, der bis auf einen Schurz und den Guanakofellmantel allenfalls Fett und Erdfarben auf dem Leib trug. Navarino in der Tracht eines *vaqueros,* den nur seine dunkle Haut und die markanten Züge als Eingeborenen verrieten, Constantin in beinahe gleicher Aufmachung und schließlich Professor Holton, noch immer ganz der englische Gentleman mit gepflegtem grauen Bart und aufrechter Haltung.

Anfangs ritten sie durch weites, beinahe baumloses Land, auf dem der Wind beständig in einer Stärke pfiff, die sie in England als Sturm bezeichnet hätten. In dieser Gegend wuchsen nur anspruchslose Kräuter und hartes, dürres Gras, das den Pferden manchmal bis an den Bauch heranreichte. Obwohl das Land mit dem unendlichen Horizont öde wirkte, gedieh das Vieh. Während sie kaum eine Menschenseele sahen, begegneten ihnen überall Schafe und halbwilde Rinder, die wohl nur zwei Mal in ihrem Leben einen Gaucho zu Gesicht bekamen. Das erste Mal, wenn die Besitzer ihnen ihr Brandzeichen verpassten, das zweite Mal, wenn es zur Schlachtung ging.

»Nein, Señores, bitte. Das ist kein Ort für Naviol und mich«, flehte Navarino eines Nachmittags, als in der Ferne eine reiche Estanzia auftauchte und Professor Holton vorschlug, die Gastfreundschaft der Rancheros in Anspruch zu nehmen.

»Wir könnten womöglich sogar ein heißes Bad nehmen«, seufzte der alte Mann und schloss träumerisch die Augen.

Constantin, der sensibler für die Nöte ihrer einheimischen Begleiter war, lenkte sein Pferd neben Navarino.

»Habt ihr hier schlechte Erfahrungen gemacht?«

Der Indio lachte trocken und rückte seinen breiten Filzhut zurecht. Dann spuckte er aus, als habe er einen üblen Geschmack im Mund.

»Keiner von unserem Volk, dem sein Leben lieb ist, reist durch diesen von weißen Teufeln verseuchten Landstrich. Mit Ihnen wagen wir es, Señores, weil wir sicher sind, aber wären wir allein, würden wir diesen Weg nur im äußersten Notfall einschlagen, und nur in der Nacht.«

»Und das bedeutet?«

»Dass Sie ohne uns zur Estanzia reiten müssen. Naviol und ich warten westlich von hier auf Sie, dort, wo die Berge beginnen. Aber Sie werden selbst sehen.«

Von da an schwieg Navarino mit grimmiger Miene, während er mit gehetztem Blick immer wieder in Richtung der Estanzia sah, als sei sie verflucht oder eine Geistererscheinung.

Schließlich näherte sich der Reitweg einer halb verfallenen Hütte, in deren Windschatten sich eine dichte Strauchvegetation aus Kletten und Dornbüschen gebildet hatte. Die verwitterten Balken waren von der Sonne ausgeblichen.

Dunkle Klumpen baumelten vom First wie ein Windspiel hin und her. Auch an der Außenwand hatte jemand größere und kleinere Gegenstände aufgehängt.

Navarino wies auf das Gebäude.

»Dort, sehen Sie es sich an und entscheiden Sie, ob sich unsere Wege hier trennen.«

Constantin, der den seltsamen Schuppen schon von Weitem gesehen hatte, trieb sein Pferd an und ritt näher. Die anderen folgten ihm.

Zuerst wollte sich sein Verstand keinen Reim auf die dunkelbraunen, verschrumpelten Klumpen machen. Es schienen Lederstücke zu sein, einige schon sehr alt. Der Gestank von fauligem Tod haftete ihnen an. Als Constantin schließlich die Hand nach einem Stück ausstreckte, das sich an einem Faden im Wind drehte, erkannte er plötzlich, was er vor sich hatte.

Er schrie auf. Sein Pferd erschrak und stieg. Er wäre beinahe gestürzt, wenn er es nicht hart herumgerissen und zum Stehen gebracht hätte. Ungläubig starrte er Navarino an.

»Das kann nicht sein!«

»Doch. Sie machen Jagd auf uns und hängen ihre Trophäen hier auf. Den Männern schneiden sie die Ohren ab, den Frauen die Brüste. Manche leben noch, wenn sie es tun. Diese Leute sind Bestien. Auf ihrem Land lebt seit der Zeit der Großväter niemand mehr von unserem Volk. Dennoch jagen sie uns, manchmal nehmen sie dafür einen Tagesritt auf sich. Wenn Sie also die Gastfreundschaft dieser Leute in Anspruch nehmen wollen, dann ohne uns.«

Constantin kämpfte mit der Übelkeit. Er hatte eine der getrockneten Frauenbrüste berührt und widerstand nun dem

Drang, die Hand an der Hose abzuwischen. Das würde die Toten noch weiter herabsetzen als die Zurschaustellung ihrer Körperteile.

»Mir fehlen die Worte. Ich hoffe, Gott wird diese Männer richten«, sagte Holton bestürzt.

Constantin wandte sich zu seinem Mentor um, der aschfahl geworden war und seinen Hut an die Brust drückte. Auf der Stirn glänzten Schweißtropfen. Ein Blick genügte, und sie wendeten ihre Pferde. Heute Nacht würden sie im Freien schlafen. Mit diesen Verbrechern an einem Tisch zu sitzen, war unvorstellbar.

Ihre eingeborenen Begleiter schwiegen. Naviol hatte seinen Mund zu einem schmalen Strich zusammengepresst und sah mit zusammengezogenen Brauen in die Ferne, während Navarino sich trabend an die Spitze gesetzt hatte und sich kein einziges Mal umsah, bis sie am Abend ihren Lagerplatz an einem kleinen Weiher erreichten.

Stella verließ die Estanzia, um spazieren zu gehen. In letzter Zeit war sie immer stiller geworden. Oft kehrte sie in Gedanken in ihre alte Heimat Buenos Aires zurück. Dann sehnte sie sich plötzlich nach der schwülen Hitze der Sommer, die sie früher immer verabscheut hatte. Was hatte sie in der vornehmen Kleidung geschwitzt! Selbst im Hochsommer hatte ihre Mutter auf Unterröcke und Korsage bestanden, wenn Stella das Haus verlassen wollte. Noch lieber erinnerte sie sich an ihre Kindheit, wo sie sich so frei gefühlt hatte.

Sie hatte im Handelskontor ihres Vaters gespielt, ein wunderbares Reich voller Schätze aus der ganzen Welt, das die Fantasie eines kleinen Mädchens beflügelte. Ihr Vater war ein fabelhafter Erzähler gewesen. Mit seiner tiefen, weichen Stimme berichtete er abenteuerliche Geschichten, die er von seinen Handelspartnern gehört hatte. Für Stella war jede ein kleiner Schatz. Mutige Entdecker, wilde Tiere und uralte Städte.

Stella blinzelte und wischte die Tränen weg. Wieder einmal wurde ihr bewusst, wie sehr sie ihren Vater vermisste, mehr noch als ihre Mutter. Für sie spielte es keine Rolle, dass er die Familie ruiniert hatte. Er hatte es nicht mit Absicht getan. So viel geschah, ohne dass man es wirklich wollte.

Sie seufzte und sah auf. Wie von allein hatten sie ihre Schritte zum Gästehaus geführt. Das Arbeitszimmer der Forscher hatte eine ebenso magische Wirkung auf sie gehabt wie das Warenkontor ihres Vaters. Nun gehörte beides der Vergangenheit an.

Zögernd betrat Stella das kleine Haus. Es roch nach kalter Asche, genau so unbewohnt wie vor der Ankunft der Gäste im Herbst.

Wie sehr wünschte sie sich, dass sie eher mit Claire über Constantin gesprochen und ihn erhört hätte! Mit jedem verstreichenden Tag vermisste sie ihn mehr.

Melancholie erfasste Stella, und sie strich über die Möbel, auf denen sich schon Staub angesammelt hatte. Sie schrieb Constantins Namen auf den Tisch, wo der junge Forscher gesessen hatte, um ihn gleich darauf wieder wegzuwischen. Es nutzte nichts, ihm nachzutrauern. Er würde nicht wiederkommen, dafür hatte sie ihn zu sehr enttäuscht. Seit ihrer Ankunft war so viel schief gelaufen.

Wieder war Stella wütend auf sich selbst, aber dieser Zorn war sinnlos.

Sie ging zum Kamin. Constantins leere Scotchflasche stand noch auf dem Sims. Wie betrunken sie gewesen war. Stella berührte ihre Lippen. Fast hätten sie sich geküsst. Sie zog den Korken aus der leeren Flasche und roch daran. Plötzlich erregte etwas ihre Aufmerksamkeit, und sie stellte die Flasche zurück. Da lag ein Stück Papier in der Feuerstelle, ganz hinten, wo die Flammen nicht hinkamen. Stella bückte sich. Es sah aus wie ein Brief. Neugierig fischte sie ihn mit dem Schürhaken heraus und klopfte vorsichtig die Asche ab.

Sie kannte die Handschrift. Es war ein Brief von Constantin. Als Stella die Adresse entzifferte, stockte ihr der Atem, und ihre Brust zog sich zusammen. Bernard Longacre in Punta Arenas, ihr Onkel. Das konnte nur eines bedeuten. Mit zitternden Fingern öffnete sie den Umschlag und faltete das Papier auseinander. Nur an einer Stelle, wo der Rand verkohlt war, fehlte ein Stück.

Es war nicht richtig, Constantins Brief zu lesen. Er war nicht für sie bestimmt, und er hatte ihn verbrennen wollen. Dennoch überflog die sie Zeilen und ließ sich in einen Sessel fallen, um den Brief noch einmal in Ruhe zu lesen.

Constantin hatte es wirklich gewollt. Er stellte sich ihrem Onkel förmlich vor und bat um die Erlaubnis, Stella heiraten zu dürfen. Die Zeilen verschwammen vor ihren brennenden Augen.

Am Morgen verzehrten die Forscher und ihre eingeborenen Begleiter rasch ein karges Frühstück aus Rauchfleisch, getrockneten Äpfeln und dem Rest eines gewöhnungsbedürftig schmeckenden Brotes, das Naviol aus dem Mehl eines gelb blühenden Krautes gebacken hatte.

Noch immer war die Erinnerung an die grausigen Trophäen an der Hüttenwand frisch, und sie sprachen nur wenig.

Sie ritten geradewegs auf eine schroffe, mit ewigem Schnee bedeckte Bergkette zu. Ihnen standen kalte Tage und Nächte bevor, wenn sie die Pässe überquerten, um zur Magellanstraße zu gelangen. Doch zuerst mussten sie noch einige Meilen Grasland durchqueren, um zum Fuß der Berge zu gelangen. Constantin konnte es kaum erwarten, das Gebiet der Menschenschlächter hinter sich zu lassen, hatte er doch das Gefühl, jeder Schritt seines Pferdes berührte blutgetränkte Erde. Naviol hätte darauf eine passende Antwort gewusst: *Yosi*, die Geister der Ermordeten, waren noch hier. Ihr gewaltsamer Tod und die fehlenden Körperteile hielten sie an dem Ort, an dem das Verbrechen geschehen war.

Hier in Feuerland war Constantin eher geneigt, den Geschichten der Eingeborenen Glauben zu schenken, was er vor Antritt der Reise nicht für möglich gehalten hätte. Aber hätte er je mit solchen Grausamkeiten gerechnet? Wenn es Seelen gab, dann war die Vorstellung, dass sie nach solch einem Tod ruhelos umherstreiften, nicht mehr allzu abwegig. Constantin fröstelte. Er steckte die Zipfel seines Ponchos unter dem *tirador* fest, einem Stoffgürtel, doch es half nichts. Die Kälte, die ihn plagte, kam von innen und ließ sich nicht so leicht vertreiben.

»Reiter!«, rief Navarino plötzlich.

»Wo?«

»Aus Süden.«

Ja, jetzt sah Constantin sie auch. Zwei Gauchos auf kräftigen Pferden waren aus einer Senke aufgetaucht und galoppierten nun auf die Forscher und ihre Begleiter zu. Sie zügelten ihre Pferde.

Constantin bemerkte aus den Augenwinkeln, wie Navarino seinen Poncho zurückschob und den Knauf seines Revolvers entblößte. Waren sie in Gefahr? Oder wollte er nur demonstrieren, dass sie bewaffnet waren? Wieder wurde ihm klar, wie wenig er über die Gepflogenheiten dieses Landes wusste, selbst wenn es die europäischen Einwanderer betraf.

Die Sitten waren rau, ein Menschenleben nicht viel wert, erst recht nicht das eines Eingeborenen.

Vielleicht hätte er sein eigenes Gewehr nicht auf einem der Mulis verstauen sollen, die Zelte und Gepäck schleppten. So besaß er nur sein *facon*, ein langes Gaucho-Messer, das in seinem Gürtel steckte und mit dem er bislang vor allem Brot und Schinken zerteilt hatte.

Die Gauchos waren nun schon fast bei ihnen. Sie ritten Seite an Seite, und ihre mit Münzen verzierten Gürtel und das Zaumzeug glänzten in der fahlen Morgensonne Feuerlands.

Der linke Mann, der auf einem Braunen ritt, tippte grüßend an den Filzhut und entblößte ein gelbes, lückenhaftes Pferdegebiss.

»*Buenos dias,* Señores!«

»*Buenos dias*«, übernahm Professor Holton die Führung des Gesprächs. Der zweite Reiter zügelte seinen Falben und nickte nur knapp. Constantin fiel es schwer, das Alter des hageren Mannes zu schätzen, dessen wettergegerbtes Gesicht von Aknenarben zerfurcht war. Die Augen des Gauchos, hell und wieselflink, gefielen ihm nicht. Er richtete sie beständig auf die beiden Indios, die bislang weder den Gruß erwidert noch einen Ton über die Lippen gebracht hatten.

Navarino stützte für alle gut sichtbar seine Hand auf die

Pistole. Pistolen besaßen auch die beiden Fremden, und bestimmt konnten sie mit ihren Waffen genauso geschickt umgehen wie der *Yag'han* aus dem Süden.

»Man sieht selten jemand in diese Richtung ziehen«, sagte der Aknenarbige, »vor allem keine anständigen Männer in derart schlechter Gesellschaft.« Er spuckte aus und machte eine Kopfbewegung in Richtung der Indios.

»Wo wollen Sie denn hin, wenn man fragen darf?«, sagte der andere.

»Mein Name ist Holton. Señor Moss und ich sind Naturwissenschaftler und Völkerkundler. Wir erforschen dieses bemerkenswerte Land. Wohin uns unsere Arbeit führt, ist unsere Sache, und wen wir in unseren Dienst nehmen, ebenfalls«, sagte der Professor in einem ruhigen, aber bestimmten Tonfall und sah die beiden Gauchos abwechselnd an.

Constantin kannte diesen Blick und hatte ihn während des Studiums und als Assistent respektieren gelernt. Holton duldete keine Diskussion. Als Student hatte er es hin und wieder doch versucht und war oft in einer Flut wissenschaftlicher Beweise und Fakten ertrunken, die so erdrückend war, dass er am liebsten unsichtbar geworden wäre. Schließlich blieb nur der Rückzug, demütig und ergeben wie ein Köter mit eingekniffenem Schwanz. Dennoch war Constantin seinem Mentor immer dankbar gewesen, denn gerade in diesen Momenten geizte er nicht mit Wissen.

In der Bartgrassteppe Tierra del Fuegos würden Holton die Ergebnisse jahrelanger Forschung keinen Dienst erweisen, nicht im Streit mit zwei Vaqueros, mit Viehtreibern, die wahrscheinlich noch nie im Leben ein Buch in der Hand gehalten hatten, geschweige denn lesen konnten. Doch noch war die Situation nicht eskaliert.

»Forscher?«, sagte der Reiter auf dem Falben. Er blickte zu seinem Kumpan und beide lachten.

»Was ist daran so witzig?«, mischte sich Constantin ein und trieb seinem Wallach ein paar Schritte vorwärts. Nun war er gleichauf mit Holton, ohne Navarino die Sicht zu versperren oder ins Schussfeld zu geraten, falls die Situation außer Kontrolle geriet.

Die Gauchos verstummten.

»Warum wir lachen? Wenn Sie tatsächlich so clever sind, meine Herren, verstehe ich nicht, warum Sie sich mit solch einem Pack abgeben.«

»Diese Wilden sind allesamt dreckige Diebe und Lügner. Dümmer als Schafe und nur für eines gut …«

»Lassen Sie mich raten«, knurrte Constantin nun. »Um sie zu ermorden und ihre Körper zu schänden!«

»Oh, Sie haben unsere Warnung an der Hütte gesehen. Da ist noch Platz.« Die Gauchos lachten.

Holton rutschte unruhig im Sattel hin und her. Ihm wurde ebenfalls klar, dass er hier mit Argumenten nicht allzu weit kam. Ein Streit unter Wissenschaftlern war etwas anderes, als mit zwei Pistoleros über den Wert von Menschenleben zu verhandeln, die in deren Augen weit weniger galten als das Vieh, das sie hüteten.

»Ich bin schneller als Sie«, sagte Navarino leise und Constantin lief ein eiskalter Schauer über den Rücken. Die Situation drohte vollends zu entgleisen.

»Lassen Sie es doch drauf ankommen.« Der Gaucho mit dem Pferdegebiss schlug langsam seinen Poncho zurück, platzierte die Hand auf dem Pistolengriff und grinste.

»Das reicht«, sagte Holton energisch. »Sie haben mit uns nichts zu schaffen und wir nichts mit Ihnen. Kommt, wir reiten weiter. Señores, *buenos dias.*« Er trieb sein Pferd an, doch er war der Einzige, der losritt.

»Dafür ist es jetzt zu spät«, knurrte der Gaucho. »Ich lasse mich nicht von einem Dreckfresser bedrohen.«

Constantin hatte das Gefühl, etwas unternehmen zu müssen, und lenkte sein Pferd schnell zwischen Navarino und den Fremden.

»Niemand zieht hier eine Pistole und erschießt irgendwen. Die Indios arbeiten für uns. Sie haben kein Recht ...«

»Keine Pistolen?«, fragte der Aknenarbige und kniff die Brauen zusammen.

Constantin hörte, wie Navarino hinter seinem Rücken aus dem Sattel sprang.

»Mir recht, Bastardo.«

Der *Yag'han* löste seinen Pistolengurt und reichte ihn Constantin. Der Gaucho hängte seinen Gurt an den Sattel, bevor auch er vom Pferd sprang. Er zog seinen Poncho über den Kopf und wickelte sich den Stoff um den linken Arm. Eine Auseinandersetzung war nicht mehr zu vermeiden. Navarino wappnete sich wie sein Gegner, dann zog er mit der rechten Hand sein Facon-Messer, das er hinten im Gürtel trug. Die lange Klinge blitzte auf.

Constantin hatte schon von Messerduellen unter Gauchos gehört, doch nun würde er lieber darauf verzichten, eines zu sehen.

Naviol schloss zu ihm auf, den Blick stolz auf seinen Freund gerichtet, der in leicht geduckter Haltung und mit federnden Schritten seinen Gegner zu umkreisen begann.

Langsam bewegte Navarino den linken Arm mit dem Poncho hin und her, wie um den anderen zu irritieren.

Die Augen zu schmalen Schlitzen verengt, fuchtelte der

Gaucho mit seinem Messer herum. Die Männer taxierten sich.

Constantin hielt gebannt den Atem an, und für einen Moment hörte man nur die raschelnden Schritte im Bartgras. Navarinos Vorstoß kam plötzlich und elegant wie der Angriff einer Schlange, aber der Vaquero schlug ihm seinen Poncho ins Gesicht, tauchte unter einem weiteren Hieb Navarinos hinweg und richtete sich hinter ihm auf. Nur ein hastiger Sprung rettete den Indio davor, das Messer von unten in die Lungen gerammt zu bekommen.

»Na? Bereust du es schon?«

»Nein«, knurrte Navarino.

»Du solltest aber Angst haben. Dein Ende wird nicht schön.«

»Die Ahnen verlangen nach deinem Blut, fühlst du nicht ihren Hass? In der Erde, im Gras, in jedem Luftzug, den du atmest?« Navarino stieß dem anderen vor die Brust und fügte dem Mann am Arm eine Schnittwunde zu. Der Gaucho schrie wütend auf. Constantin verstand augenblicklich, dass der *Yag'han* nicht das Ziel gehabt hatte, den anderen zu töten, das wäre in dieser Position auch nicht möglich gewesen. Es ging um das erste Blut, das eine besondere Bedeutung besaß.

Der pferdegesichtige Gaucho versteifte sich kurz im Sattel, als fürchte er, dass sein Kumpan in dem Duell den Kürzeren ziehen könnte. Constantin behielt ihn im Auge.

Navarino bewegte sich ungeheuer flink, lockte den Gaucho wiederholt aus seiner Deckung. Der Mann bemerkte seine Fehler, fluchte, wiederholte sie jedoch immer wieder.

Es sah aus, als spiele der Indio mit ihm. Constantin erinnerte sich an Navarinos Erzählungen. Wie er als Kind unter Seeleuten aufgewachsen war, einem sehr rauen Menschenschlag.

Er hatte vom ersten Tag an kämpfen müssen, um nicht als minderwertig angesehen, sondern als einer von ihnen akzeptiert zu werden.

Sicher war es dort auch zu Handgreiflichkeiten und blutigen Auseinandersetzungen gekommen. Ja, der *Yag'han* wusste, dass er diesem überheblichen Menschenschänder, der vermutlich niemals dieses Fleckchen Land verlassen hatte, überlegen war. Der Gaucho hingegen glaubte, nur einen Wilden in westlicher Kleidung vor sich zu haben, der erst vor kurzer Zeit seine traditionellen Steinwaffen abgelegt und zum Messer gegriffen hatte.

Oh, wie er sich irrte!

Constantin sah zu Naviol, in dessen Züge sich bereits ein triumphierendes Grinsen einschlich. Holton beobachtete das Geschehen mit grimmiger Miene.

Der Gaucho, mittlerweile glänzte sein fettiges Haar vor Schweiß, täuschte einen Angriff an, und Navarino trat ihm vor das Bein. Der knickte kurz ein und der Angreifer nutzte den Moment der Schwäche, um sein Messer zur Seite zu schlagen.

»Navarino, Vorsicht«, entfuhr es Constantin, da durchtrennte die Spitze des Facon bereits den Stoff auf Navarinos Brust. Der Indio keuchte, sah kurz auf das Blut, das sich rasch ausbreitete, und riss sein Messer hoch. Der Schmerz schien ihn zu verwandeln. Statt langsamer zu werden, bekamen seine Bewegungen beinahe etwas Übernatürliches. Er tänzelte um den Gaucho herum und versuchte, ihn aus der Deckung zu locken. Sein Gegner geriet immer mehr in die Defensive.

»Mach ihn endlich fertig, Tonio!, schrie der Gaucho und lenkte sein Pferd näher. »Stech ihn ab!«

Von den Schreien angefeuert, wagte der einen Ausfall. Navarino wich dem Messer aus, das ihn bloß am Arm streifte. Dann ging alles blitzschnell. Er schlug dem anderen seinen Poncho ins Gesicht und trat zu. Der Gaucho verlor die Balance und Navarinos Messer grub sich in die Kehle des Mannes. Er zog sie so schnell zurück, dass Constantin erst glaubte, seinen Augen nicht trauen zu können. An der Klinge des Indios klebte kaum Blut.

Es war, als halte die Welt einen Augenblick lang den Atem an. Der Wind pfiff. Das erregte Schnauben der Pferde und der schrille Gesang eines kleinen braunen Vogels, der auf den Ästen eines verdorrten Strauchs wippte, vereinten sich zu einem seltsamen Chor.

Der Gaucho, der von seinem Kumpan Tonio genannt worden war, stand nur da und stierte Navarino an, der sein Messer an einem Tuch säuberte und langsam in die Scheide zurückschob.

»Reiten wir, Señores«, sagte er kühl, nahm Constantin den Pistolengurt aus der Hand und schwang sich aufs Pferd.

Erst jetzt sank Tonio auf die Knie. Der andere Gaucho sprang aus dem Sattel, um ihm beizustehen, als er der Länge nach hinschlug. Blut sprudelte aus der Wunde.

»Du widerlicher Dreckskerl«, knurrte der Gaucho.

Die Pistole erschien wie aus dem nichts in seiner Hand. Er hatte schnell gezogen, doch Navarino war auch ihm überlegen. Die Kugel schlug direkt neben den Knien ein. Der Schuss schallte in Constantins Ohren, während er versuchte, sein Pferd wieder unter Kontrolle zu bringen.

»Wirf das Schießeisen weg, sofort«, rief Navarino.

Widerwillig schleuderte der Gaucho die Waffe ins Gras, und sie gaben ihren Pferden die Sporen.

Constantin sah nicht zurück. Sie galoppierten, bis das Fell

ihrer Pferde schweißdurchtränkt war und es Holton immer schwerer fiel, sich im Sattel zu halten. Seine Arthrose setzte ihm zu. Navarino, der wieder die Führung übernommen hatte, zügelte seinen Wallach.

»Wir sind weit genug weg.«

»Was ist nur in dich gefahren?«, fuhr ihn Holton mit schmerzverzerrtem Gesicht an. »Sie werden dich nicht einfach so davonkommen lassen.«

»Dann sei es so«, gab Navarino zurück.

»Die *Yosi* werden dankbar sein, der Mann hatte es verdient«, warf Naviol ein.

»Du gefährdest unsere ganze Unternehmung mit deinem Rachedurst, Navarino, ist dir das klar?«

Der Indio senkte den Blick.

»Ich bitte um Verzeihung, Señor Holton. Ich konnte nicht klar denken in jenem Moment. Ich habe nur an all die Männer, Frauen und Kinder gedacht, deren Körperteile dort an der Hütte hingen. Der Hass hat mich überwältigt. Ich verstehe, wenn Sie mich nicht länger beschäftigen wollen.«

»Ach Unsinn!« Holton machte eine wegwerfende Handbewegung und schnalzte. Sein Pferd setzte sich in Bewegung. Für ihn war die Unterhaltung beendet.

Constantin seufzte erleichtert, aber Holtons Worte hatten eine unbestimmte Angst in ihm ausgelöst.

Was, wenn die Gauchos auf Rache sannen? Was, wenn sie ihnen folgen würden?

Kapitel 17

Die Uhr im Flur tickte laut, die angespannte Atmosphäre war mit Händen zu greifen.

»Er ist klein und hat Fischaugen. Und schau dir seinen Bart an. Ja, genau wie ein schleimiger dicker Wels, der im Schlamm wühlt!«, zischte Stella.

Claire drückte beide Hände auf die leichte Wölbung ihres Bauchs und seufzte ungehalten.

»Shawn will nur dein Bestes, Schwester.«

»Mein Bestes? Indem er mich an diesen hässlichen Zwerg verschachert?«

»Jetzt komm wieder rein. Unsere Eltern haben uns besseres Benehmen beigebracht.«

Stella verschränkte die Arme, sie wusste, dass ihr Verhalten kindisch war. Doch sie hatte es satt, immer gute Miene zum bösen Spiel zu machen. Kurt Diekenburg war der dritte Bewerber, der sich innerhalb der letzten Woche auf der Estanzia eingefunden hatte und der mit Abstand grauenhafteste Kandidat. Eine Kröte unter Fröschen. Auf den Prinz hoffte Stella wohl vergeblich. Und eigentlich wollte sie keinen anderen als Constantin, der irgendwo in der Wildnis war, Farn sammelte und sie wahrscheinlich längst vergessen hatte.

»Schwester, bitte!«

»Du hast gut reden, Claire, dir kann ja nichts mehr passieren, du hast ja schließlich Shawn.«

»Ja, aber ich habe in Buenos Aires auch nicht gewusst …«

»Nein, stimmt, aber offenbar besitzt Onkel Longacre ein besseres Urteilvermögen als dein Mann. Und ich komme nicht wieder rein. Du kannst Shawn bestellen, dass ich erst dann wieder zu einem dieser scheußlichen Dinner erscheine, wenn seine Gäste nicht einer Beleidigung gleichkommen.«

Claire riss entsetzt die Augen auf und schlug Stella ins Gesicht. Stellas Wange brannte wie Feuer. Wie konnte ihre Schwester es wagen! Am liebsten hätte sie zurückgeschlagen, aber das brachte sie nicht über sich.

»Du bist genauso schrecklich wie er«, fauchte sie. »Ihr könnt es kaum erwarten, mich los zu sein, damit eure kleine Familie perfekt ist. Ich bin ein Schandfleck auf der Estanzia Fergusson, sprich es ruhig aus, ich ...«

Als Stella in Claires Augen blickte, blieben ihr die restlichen Worte im Halse stecken. Mein Gott, sie hatte sich verplappert! Claire, die vor einigen Monaten vermutet hatte, ihr Mann könne eine Geliebte haben, schien eins und eins zusammenzuzählen. Fassungslos starrte sie ihre Schwester an.

»Was soll das heißen? Hast du ... du und Shawn?«

»Ich ... ich gehe jetzt«, stotterte Stella, drehte sich abrupt um und ging zur Tür.

»Stella, warte, wie hast du das gemeint? Stella, komm zurück!«

Sie war schon aus dem Haus und die Veranda herunter, als sie hörte, wie die Tür hinter ihr wieder aufgerissen wurde.

»Wir müssen reden, Schwester, komm zurück!«

Stella hielt ihren Rock mit beiden Händen fest und rannte weiter, so schnell sie konnte. Nein! Sie wollte nicht reden, sie wollte auch nicht lügen, und wenn sie jetzt ihren Streit mit Claire fortsetzte, würde sie am Ende alles eingestehen und damit ihre Ehe zerstören und ihre eigene Zukunft gleich mit. Welcher Mann wollte schon eine Frau, die ihre Jungfernschaft an ihren eigenen Schwager verschenkt hatte?

Stella fand sich am Pferdestall wieder. Die Nähe der Tiere

beruhigte ihre aufgewühlten Gefühle, und als sie Guera wiehern hörte, fiel ein Großteil ihres Zorns von ihr ab. Die Stute stand in einem Paddock und trabte erregt am Zaun auf und ab.

Stella rief sie zu sich und streichelte ihre weichen, warmen Nüstern.

»Was meinst du? Sollen wir von hier verschwinden?«, flüsterte sie Guera zu. »Wir reiten Constantin einfach nach und ich entschuldige mich bei ihm, von mir aus falle ich vor ihm auf die Knie. Ich bin eine dumme Gans gewesen. Meinst du, er könnte mich trotzdem lieb haben?«

Guera wackelte mit den Ohren, um eine Fliege zu vertreiben.

»Bedeutet das jetzt Ja oder Nein?«

Schritte näherten sich. Stella drehte sich um und dachte schon über die richtigen Worte nach, falls Claire jemanden vom Hauspersonal geschickt hatte, um sie wieder in den Salon zurückzubringen, doch es war weder ihre Schwester noch einer der Angestellten. Der Vorarbeiter Apida tippte an seine breite Hutkrempe.

»Einen guten Tag, Señorita Newville.«

»Guten Tag,« erwiderte sie hastig. Apida war ihr ein wenig unheimlich. Seine kohlschwarzen Augen funkelten selbstsicher. Er wusste genau, welche Wirkung sein kantiges Gesicht mit dem dennoch weichen Mund auf Frauen hatte, selbst Stella konnte sich dem nicht ganz entziehen.

»Sie haben wohl wirklich kein Glück mit Männern«, brummte er, wies mit dem Kopf in Richtung Haupthaus und lehnte sich gegen den Zaun des Paddocks.

»Es sind ehrbare Männer«, erwiderte sie nach kurzem Zögern und dachte: Sie sind ehrbar, aber ich nicht. Eigentlich sollte ich froh sein, dass sich überhaupt noch jemand für mich interessiert.

»Ach, ehrbar!« Apida machte eine wegwerfende Handbewegung. »Schafe und Krämerseelen sind das. Nichts für eine Frau mit Ihrem Temperament, Señorita. Verzeihen Sie, ich will Sie nicht beleidigen, aber an der Seite eines solchen Mannes werden Sie verkümmern wie eine Blume nach dem ersten Frost.«

Stella schluckte und musterte den sehnigen Vorarbeiter. Er ahnte ja nicht, wie sehr er ihr aus der Seele sprach. Doch leider befreiten sie auch Apidas verständnisvolle Worte nicht aus ihrer misslichen Lage.

»Ich, ich bin nur eine Frau, die Entscheidung …«

»Ja, ja, ich weiß. Sie können nur eine begrenzte Anzahl Freier ablehnen. Die eigentliche Entscheidung liegt bei Señor Fergusson, der über unser aller Wohl und Weh bestimmt.«

Stella nickte und kraulte Guera gedankenverloren den Hals.

»Wenn mein Ansehen gut genug wäre, würde ich sofort um ihre Hand anhalten, und ich wüsste, wie ich Sie glücklich machen könnte.«

Überrascht sah Stella den Vorarbeiter an. Erlaubte er sich einen Spaß mit ihr? Sie wartete auf ein schelmisches Lächeln, weitere unbedachte Worte, doch nein, Apida meinte, was er sagte. Stolz wie ein aufgeplusterter Gockel reckte er die Brust vor. Sein Lächeln konnte dennoch nicht darüber hinwegtäuschen, dass er etwas Düsteres an sich hatte.

Die Art, wie er sie musterte, wurde ihr immer unangenehmer, und sie bekam eine Gänsehaut.

»Ich bin mir sicher, dass die Frau, die Sie zum Altar führen, sehr glücklich wird«, sagte sie schnell. »Würden Sie so freundlich sein und mir bitte mein Pferd satteln? Ich möchte ausreiten.«

Apida war sichtlich überrumpelt, verzog jedoch den Mund zu einem Lächeln. Seine Augen blieben kalt.

»Aber sicher, Señorita.«

Stella war sich im Klaren, dass der Vorarbeiter ihrer Bitte eigentlich nicht Folge leisten musste. Für die Pferde waren die Arbeiter oder der Stallbursche zuständig.

Apida kam ihrem Wunsch nach, weil sie ihn darum gebeten hatte.

Einer Dame eine Bitte abzuschlagen kam einer groben Unhöflichkeit gleich.

Abgesehen davon wollte sie, dass Apida etwas verstand. Wenngleich er von ihrem Verhältnis mit Shawn Fergusson wusste, so berechtigte es ihn nicht dazu, nun auf Augenhöhe miteinander zu verkehren.

Stella beobachtete aus einiger Entfernung, wie Apida Guera hastig putzte und die Stute schnell sattelte. Als er das Pferd zu ihr führte, sah sie kurz gekränkten Stolz in seinen Augen aufblitzen, der sogleich einem neutralen, freundlichen Gesichtsausdruck wich.

»Ich helfe Ihnen hinauf«, sagte er knapp.

Stella stieg auf, ordnete ihr Kleid und dankte ihm.

»Reiten Sie nicht zu weit, es wird bald dunkel.«

»Das werde ich nicht. Danke, Señor.«

Als sie mit Guera vom Hof trabte, fühlte sich Stella wie ein Vogel, der sich aus einem Käfig befreit hatte.

Bald werde ich für immer in einen Käfig eingesperrt sein, dachte sie bitter. Wenn sie sich doch wenigstens den Wächter ihres Gefängnisses selbst aussuchen könnte ….

Die Nähe, die sich in den vergangenen Wochen zwischen Stella und ihrer Schwester eingestellt hatte, war seit dem Streit im Flur einem tiefen Misstrauen gewichen. Aus Angst, von Claire zu einem Gespräch gedrängt zu werden, hatte Stella sich wieder zurückgezogen. Nur zu den Mahlzeiten, wenn die ganze Familie zusammenkam, ließ sie sich blicken, sonst schlich sie wie ein Geist durch das Anwesen, war so oft wie möglich im Freien und mied jede Begegnung.

Claire beobachtete sie unablässig wie ein Schaf, das plötzlich zum Wolf geworden war. Aber sie behelligte sie nicht mehr. Als sich eines Abends beim Essen plötzlich ihr Kind zum ersten Mal im Bauch rührte, strahlte sie, wie nur werdende Mütter es können. Und dieses Leuchten, um das Stella sie beneidete, ließ alles andere in den Hintergrund treten, sogar den schlimmen Verdacht.

Doch kurz darauf wurde Stellas neu erworbene innere Sicherheit auf eine harte Probe gestellt. Während sie in ihrem Zimmer saß und las, wurde sie unfreiwillig Zeugin eines Gesprächs.

Direkt vor ihrer Tür war Shawn auf seine Frau getroffen. Stella stockte der Atem.

»Gerade ist eine Nachricht von den Yanceys gekommen«, sagte Shawn.

»Und? Was sagen sie?«, fragte Claire.

»Nichts. Weder ihr Sohn noch ihr Neffe haben Interesse, deine Schwester kennenzulernen. Sie hätten Gerüchte gehört ...«

»Gerüchte?«

Stella war bei dem aufgeregten Ausruf ihrer Schwester aufgestanden und auf Zehenspitzen näher zur Tür geschlichen.

»Nichts Schlimmes, nur dass Stella ... sagen wir ... wählerischer ist, als ihr zusteht.«

Stella hörte Bewegungen vor der Tür. Stoff raschelte. »Shawn, du musst mir die Wahrheit sagen, versprich es mir«, drängte Claire plötzlich. »Liegt es an dir, dass sie alle Männer abweist?«

Stella glaubte, ihr Herz würde jeden Augenblick vor Angst stehen bleiben.

Shawn blieb ruhig.

»An mir? Nein, warum sollte ich sie darin bestärken, die Bewerber abzulehnen? Abgesehen davon sehe ich deine Schwester allenfalls bei den Mahlzeiten und auch nur, wenn sie die Güte hat, uns Gesellschaft zu leisten. Nein, sie ist einfach nur launisch und ...«

»Verantwortungslos. Eine Zeit lang habe ich geglaubt, sie hätte sich mit einem Mann eingelassen.«

»Mit einem Mann?«, fragte Shawn ungläubig.

Mittlerweile hatte Stella weiche Knie, und ihr Herz hämmerte so laut, dass sie die nächsten Worte kaum verstand. Doch die Gereiztheit in Claires Stimme entging ihr nicht.

»Ja genau, mit einem Mann. Vielleicht mit dir?«

»Mit mir? Claire, bist du völlig von Sinnen? Wie kommst du darauf?«

Ihre Schwester schluchzte auf, und Shawn sprach leise auf sie ein. Wahrscheinlich nahm er sie in den Arm. Durch die Tür verstand sie seine geflüsterten Worte nur bruchstückhaft. Er schwor Claire, dass nichts geschehen sei, und er sie liebe und achte. Er log. Aber sie war erleichtert. In seiner Situation hätte sie es nicht geschafft, Claire in Sicherheit zu wiegen.

»Die Schwangerschaft setzt dir zu, Liebes«, sagte Shawn sanft.

»Ja, vielleicht. Ich fühle mich, als müsste ich in einem Moment lachen und im nächsten weinen.«

»Das gibt sich bestimmt bald.«

»Ich hoffe es. Stella raubt mir noch den letzten Nerv. Sie ist meine Schwester, und ich liebe sie, aber manchmal wünschte ich, sie hätte eine eigene Familie und käme nur hin und wieder zu Besuch.«

»Ich verspreche dir, bis zur Geburt unseres Kindes ist sie unter der Haube, und wenn wir einen passenden Mann für sie aussuchen müssen.«

Das reichte. Stella hatte genug gehört. Sie presste eine Hand auf den Mund, weil sie am liebsten laut geschrien hätte. So war es also. Auch Claire wollte sie loswerden. Sie würden sie an irgendwen verheiraten, damit sie aus dem Weg war und Claire mit Shawn ihren Traum von einer Familie leben konnte.

Es gab keine weiteren Zwischenfälle. Die kleine Reisegruppe durchquerte eine schroffe Gebirgslandschaft, und Holton erweiterte seine Sammlung von Farnen, Flechten und Moosen um einige interessante Exemplare. Constantin ging ihm dabei zur Hand, war in Gedanken jedoch schon bei den Küstennomaden, auf die sie bald treffen würden.

Sie lebten ausschließlich vom Meer, ganz im Gegensatz zu Naviols Sippe, die sich fast nur von dem ernährte, was sie an Land jagte und sammelte. Zwischen den beiden Sippen bestand seit mehreren Generationen eine besondere Verbindung.

»Er ist mein Meeresbruder«, hatte Naviol erklärt. »Schon

unsere Großväter trafen sich zwei Mal im Jahr, um zu tauschen.«

Constantin erfuhr, dass viele Familien solche Abkommen hatten. Dadurch konnten die Einheimischen in Notzeiten auf Nahrungsreserven zurückgreifen, zu denen sie sonst keinen Zugang hatten. Dieses komplexe System gegenseitiger Abhängigkeit war für beide Seiten von großem Nutzen.

Die Bewohner Tierra del Fuegos waren also keineswegs so primitiv, wie Charles Darwin es proklamierte, sondern hatten Strategien entwickelt, um in ihrem rauen Lebensraum bestmöglich zu existieren.

Constantin ritt jeden Tag viele Meilen an Naviols Seite, um ihn über alles auszufragen, was ihm in den Sinn kam. Seit Naviol klar geworden war, dass der Forscher aus dem fernen London ernsthaftes Interesse an seiner Kultur hegte, erzählte er freimütig von Traditionen, Handwerk und dem komplizierten System ihres Glaubens.

Jeden Abend übertrug Constantin sein neu gewonnenes Wissen im Licht stinkender Tranlampen in sein Notizbuch. Irgendwann, so hoffte er, würde daraus eine vollständige Abhandlung über die Eingeborenen Feuerlands.

»Es ist gut«, hatte Naviol eines Abends gesagt und sich neben Constantin gehockt, während dieser schrieb. Schließlich hatte er Navarino hinzugerufen, damit er Naviols Worte übersetzte und der *Selk'nam* sich nicht auf seine eigene, bruchstückhafte Sprache verlassen musste.

»Ich glaube, die Geister haben dich aus einem bestimmten Grund hierhergerufen, Señor Moss«, ließ er ihn wissen.

»Du meinst, deine Geister haben mich hergeführt?« In Constantins Stimme schwang Staunen und ein wenig Belustigung mit.

»Ja. Es gibt Veränderungen in unserer Welt. Ich habe es gespürt und in Träumen gesehen. *Temaukél* und seine *Yosi* haben die *Yag'han* und die *Selk'nam* vergessen. Wir beten und sie hören uns nicht, wir tanzen und sie sehen uns nicht. Sie schicken Krankheiten, die unsere *Xo'on*, die Heiler, nicht kennen, und Menschen, die von weit her kommen, um uns unser Land und unser Leben wegzunehmen.

Dich haben sie hergebracht, damit du Zeichen machst und in den Zeichen die Erinnerung an uns erhalten bleibt. Deine Zeichen werden noch von uns singen, wenn keine Nachfahren mehr da sind, um unser zu gedenken.«

Constantin suchte nach Worten. Er wünschte, er könnte Trost spenden, Hoffnung geben. Aber jede Antwort, die ihm in den Sinn kam, schien falsch zu sein, denn er war sich sicher, dass der Indio recht hatte.

Für die Rancheros waren die Eingeborenen gleichzusetzen mit dem Feuerlandfuchs und dem Puma. Schädlinge, die es auf ihr Vieh abgesehen hatten, und sie wurden ebenso rücksichtslos gejagt. Bis ein Umdenken stattgefunden hätte, wäre es wahrscheinlich schon zu spät. Selbst Männer wie Shawn Fergusson, die einer kleinen Sippe Ureinwohner Schutz gewährten, konnten das Morden auf Dauer nicht verhindern.

»Ich werde mein Möglichstes tun, Naviol, das verspreche ich«, sagte er schließlich, denn lügen wollte er nicht. Außerdem war der Indio ein aufmerksamer Zuhörer und hätte ihn sofort entlarvt.

Naviol nickte, den Blick in die Ferne gelenkt.

»Ich weiß. Ich danke Ihnen, Señor Moss.«

Während Claires Bauch anschwoll wie eine reifende Frucht und sie mit glückstrahlenden Augen durch die Welt ging, lehnte Stella weiterhin einen Freier nach dem nächsten ab und verärgerte damit die ganze Familie.

Bereits mehrfach hatte sie die anderen darüber reden hören, sie unverheiratet zu ihrem Onkel nach Punta Arenas zurückzuschicken. Zweifellos erfuhr dann auch ihre Mutter davon, und nicht nur sie. Was für eine Schande für die gesamte Familie!

Stella wusste nicht, was sie tun sollte. Ein Freier war unangenehmer als der andere, und in einem besonders schlimmen Moment spielte sie sogar mit dem Gedanken, ihrem Leben ein Ende zu setzen. Der Mut, in den eisigen Lago Ciencia zu gehen, fehlte ihr ... noch. Ob sie wirklich eine ewige Verdammnis in der Hölle fürchten musste? Vielleicht sollte sie doch eine begrenzte irdische Hölle der ewigen vorziehen.

Tief in finstere Grübeleien versunken, merkte Stella erst gar nicht, dass sich jemand ihrem Lieblingsplatz im Garten näherte, wohin sie sich zurückgezogen hatte. Es waren die schweren Schritte eines Mannes.

Sie atmete tief durch und wappnete sich, doch als sie aufsah, erblickte sie zu ihrer Überraschung Apida. Er war durch das Seitentor hineingekommen und lief nun direkt auf sie zu.

»Zavier Apida?«

»Señorita Newville, gut, dass ich Sie hier antreffe.«

Sie erhob sich und ließ ihr Buch, in dem sie ohnehin keine einzige Seite gelesen hatte, auf der Bank liegen. Der Vorarbeiter entblößte lächelnd seine makellosen Zähne.

»Sie haben nach mir gesucht? Weshalb?«

»Eine Überraschung, Señorita.«

Sie musterte ihn skeptisch. Er war frisch rasiert, der schmale Schnurrbart sorgfältig gestutzt. Im Gegensatz zu vielen anderen Gauchos legte der Vorarbeiter Wert auf sein äußeres Erscheinen.

»Nun kommen Sie, ich verspreche Ihnen, Sie werden nicht enttäuscht sein.«

»Und es ist wirklich nichts geschehen? Guera geht es gut?«

»Ihrer Stute fehlt es an nichts.«

»Nun denn, ... ich habe wohl keine Wahl.«

Zögernd blickte Stella zur Estanzia hinüber. Niemand war zu sehen, niemand, der beobachtete, dass sie mit Apida mitging. Aber was sollte schon passieren? Es war hellichter Tag, auf der Estanzia arbeiteten viele Menschen und Apida war ein enger Vertrauter von Shawn und dessen Vater. Dennoch wurde sie ein seltsames Gefühl von Bedrohung nicht los, als sie mit dem Vorarbeiter aus dem Garten ging.

Apida war groß und seine Jacke spannte über den breiten Schultern. Als er sich nach ihr umsah, glich sein Blick dem einer Katze, die eine ahnungslose Maus beobachtete, die längst in der Falle saß. Stella fühlte sich unbehaglich, obwohl Apida sie bislang immer höflich behandelt und ihr keinen Anlass gegeben hatte, ihn zu fürchten.

Sie überquerten den Hof. Apida grüßte einen Arbeiter und wies ihn an, die Wassertröge aufzufüllen. Dann betraten sie den dämmrigen Stall. Der Duft von Stroh und warmem Fell beruhigte Stella sogleich.

»Rosa, gute Rosa«, rief Apida mit einem Mal. Seine Stimme hatte einen weichen, tiefen Ton angenommen.

Leises Schnauben war die Antwort. Der Vorarbeiter blieb an einer Box stehen und sah hinein.

»Hier Señorita, das wollte ich Ihnen zeigen.«

»Du meine Güte, ist das winzig«, flüsterte Stella ungläubig. Im Stroh lag ein pechschwarzes Fohlen, noch ganz nass von der Geburt. Die Stute stand bereits wieder und leckte ihr Junges trocken. Stella hatte noch nie zuvor ein neugeborenes Fohlen gesehen. Es sah ungeheuer zerbrechlich aus. Die Hufe waren noch hell, viel zu lang und weich, um darauf zu stehen. Der dünne Hals zitterte, als das Fohlen versuchte, den Kopf hochzuhalten.

»Vielen Dank, dass Sie mich hergebracht haben«, flüsterte Stella.

»Ich wusste, es würde Ihnen gefallen. Sie sind in letzter Zeit viel zu oft traurig.«

»Ist das so offensichtlich?«

»Ich wollte Ihnen nicht zu nahe treten.«

»Nein, nein, das tun Sie nicht.«

Stella wandte den Kopf und erwartete, in Apidas Augen Mitgefühl zu erblicken, doch alles, was sie sah, war kalte Berechnung. Vielleicht tat sie ihm unrecht, immerhin war es dunkel im Stall und sie hatte in letzter Zeit nur noch schlecht über Männer gedacht.

»Schauen Sie, es versucht aufzustehen.«

Fasziniert beobachtete Stella, wie das Fohlen seine langen Vorderbeine ausstreckte, sich abstützte und wieder ins Stroh zurücksank.

»Oh, das war wohl nichts. Streng dich an, Kleiner.«

»Das wird noch eine Weile dauern, Señorita. Möchten Sie einen Tee, während wir warten?«

Stella nickte und bemerkte kaum, wie Apida losging, um die Getränke zu holen. Als der Vorarbeiter zurückkehrte, war der kleine Rappe zum dritten Mal umgefallen und schaute erschöpft zu seiner Mutter empor, die es liebevoll abschleckte und nicht von seiner Seite wich.

»Sollten wir ihm nicht helfen? Das kann man ja kaum mit ansehen«, seufzte Stella.

»Nein, lieber nicht. Lassen wir der Natur ihren Lauf.«

»Wenn Sie meinen. Sie haben sicher schon mehr als ein Fohlen zur Welt kommen sehen.«

»Oh ja, viele. Aber an das erste erinnere ich mich bis heute.«

Stella nahm Apida den Becher mit dampfend heißem Mate ab. Ihre Hände berührten sich. Ein Zufall, beruhigte sie sich und sog den Duft ein, der aus dem Becher stieg.

Stella wusste nicht, wie viel Zeit verstrichen war, bis das Fohlen endlich sicher auf seinen Beinchen stand und den Euter der Stute gefunden hatte.

Als Apida sie einlud, zu Stute und Fohlen hineinzugehen, zögerte sie nicht. Der Vorarbeiter beruhigte das Muttertier und führte Stellas Hand zur bebenden Flanke des Fohlens.

»Fühlen Sie, wie kräftig sein kleines Herz schlägt«, flüsterte er dicht an ihrem Ohr.

»Es ist ein Wunder«, antwortete sie leise und war sich kaum bewusst, wie nah ihr der fremde Mann gekommen war. Seine Brust berührte ihren Rücken, seine Hand hielt noch immer die ihre, doch das bezaubernde Fohlen hatte sie in seinen Bann geschlagen.

»Wie soll der kleine Hengst denn heißen?«, fragte sie.

»Sie suchen einen Namen aus, Señorita.«

Stella kniete sich neben das Fohlen und rückte von Apida ab. Als das Tier ihr den Kopf zuwandte, entdeckte sie ein kleines weißes Abzeichen auf der Stirn.

»Also, wie wollen Sie ihn nennen?«

»*El copo,* nach der kleinen Flocke auf seiner Stirn.«

»Wunderbar!«, sagte Apida erfreut. »Dann mach deiner Besitzerin keine Schande, kleiner El Copo.«

Stella glaubte, ihren Ohren nicht zu trauen. Er sollte ihr gehören?

»Aber Señor, das kann ich unmöglich annehmen!«

»Müssen Sie aber. Ich bin kein Mann, der Blumen schenkt. Nehmen Sie das Fohlen als Zeichen meiner Wertschätzung.«

Überwältigt küsste Stella den Vorarbeiter auf die Wange.

»Vielen Dank! Ich weiß gar nicht, womit ich das verdient habe, aber …«

»Dann habe ich Ihre Gunst?«

Seine Ausdrucksweise irritierte sie, doch der seltsame Laut, den das Fohlen in diesem Moment ausstieß, lenkte sie ab. Die Stute antwortete mit einem weichen Schnauben.

»Entschuldigen Sie mich, Señorita, ich habe etwas mit Señor Fergusson zu besprechen. Soll ich Sie zum Haus begleiten?«

»Wenn ich darf, bleibe ich noch ein wenig hier.«

»Natürlich. Die Stute ist sanftmütig, bleiben Sie nur.«

Was hatte sich alles geändert, seitdem Naviol seinen Küstenfreund Yako zuletzt aufgesucht hatte. Es fühlte sich an, als seien Jahre ins Land gezogen, und doch war es nur einen Sommer und einen Winter her.

Sein Pferd war mit Bündeln von Guanakofellen beladen, mit Heilkräutern, die nur in den Bergen wuchsen, und Schmuck aus Fellen und Zähnen. Beim letzten Mal hatten sie die Geschenke für die Küstensippe selbst auf dem Rücken getragen oder mit einfachen Schleppen hinter sich hergezogen, dieses Mal saß er auf einem Pferd.

Er betete zu den Göttern, dass sie Yakos Sippe antrafen, wenngleich er immer mehr zweifelte, ob *Kenos* und *Temaukél* überhaupt noch zuhörten. Er mochte seinen Freund von der Küste, den er seit seiner Kindheit kannte, lang bevor das *Klotheken*-Ritual sie zu Männern machte.

In diesem Jahr war alles anders. Anstelle seiner Frau und seiner Sippe begleiteten ihn die weißen Männer und Navarino. Es war sicherer so. Olit und die Alten hatten ihm zugestimmt, dass die Sippe unter dem Schutz Fergussons gut aufgehoben war.

Aber wenn er an Ekina dachte, wurde ihm das Herz schwer. Die weißen Vergewaltiger hatten einen Teil des Lichts geraubt, das in ihr wohnte, und es würde nie wieder zurückkommen. Zwei waren durch seine Hand gestorben und nur Apida lebte noch. Um ihn kümmerte er sich nach seiner Rückkehr. Naviol glaubte nicht, dass sich die Gauchos der Estanzia noch einmal an den Frauen vergreifen würden. Dazu waren die Worte ihres Patrons zu deutlich ausgefallen, wie Navarino berichtet hatte.

Dennoch war die Angst sein ständiger Begleiter. Dunkel wie ein Schatten, der nie ganz verschwand.

Auch jetzt sah er sich beständig um, während er allein den schmalen Pfad entlangging, der zum Sommerlager seines Meerfreundes führte. Holton, Moss und Navarino waren zurückgeblieben und warteten, bis Naviol sie holte.

Sein Meerfreund hatte die Weißen bislang gemieden und auch Pferde waren ihm fremd. Es würde einige Überredungskunst kosten, ihn von ihrer Harmlosigkeit zu überzeugen.

Trotz der Sorgen, die ihn quälten, genoss Naviol es, endlich wieder hier zu sein. Er mochte den scharfen Wind der Küste, der so herrlich nach Salz roch, und das tiefe Grollen der Gletscher, wenn Teile davon abbrachen und die Welt einen Augenblick lang den Atem anhielt.

Der Pfad verlief in Sichtweite des Wassers. Grau mit weißen Gischtkronen breitete es sich vor ihm aus und verschmolz in der Ferne mit dem Nebel, hinter dem sich felsiges Land verbarg. Seevögel kreischten, riefen sich etwas zu.

Naviols Schritte wurden wie von allein immer schneller, als würden sich Yakos und seine Seele gegenseitig anziehen.

Gewandt erklomm er eine felsige Kuppe, wo nur die Lücken in den graugrünen Flechten verrieten, dass hier häufiger Menschen entlanggingen, und dann sah er sie.

Zwei kleine Kanus schnitten durch die Wellen und kamen zügig auf das Ufer zu.

Naviol stieß einen Pfiff aus und winkte.

Paddel wurden grüßend in die Luft gereckt, und während die Gefährten auf eine kleine Bucht in der Nähe des Lagerplatzes zusteuerten, sprang Naviol leichtfüßig die Felsen hinunter und rannte den Rest des Weges.

Gleichzeitig mit den Kriegern erreichte er die Bucht. Es war tatsächlich sein Küstenfreund Yako, sein Bruder Viit und ihr Vater, der von allen nur »Schiefe Nase« genannt wurde. Er hatte sie sich bei einem Kampf mit einem Wal gebrochen, als er noch jung war. Da sich die Sippen verkleinert hatten, konnten sie es mit den großen Tieren nicht mehr aufnehmen und hielten sich an Robben und Seevögel.

»Naviol! Ein guter Tag, dich zu sehen!«, rief Yako vom Boot aus. Er hatte eine breite Stirn und glattes, kinnlanges Haar. Seine Augen waren klein und flink und wirkten stets, als würde er sie gegen den Wind zusammenkneifen.

»Mein Freund, *Temaukél* schenke dir reiche Beute«, erwiderte Naviol die Begrüßung. Die Männer schienen alle wohlauf zu zu sein, was hoffentlich auch auf die anderen Mitglieder der Sippe zutraf.

»Wir haben zwei Robben erlegt, das reicht für ein gemeinsames Festessen«, verkündete Schiefe Nase.

Jetzt entdeckte auch Naviol die beiden rundlichen Körper, die an Schnüren hinter den Booten hertrieben. Yako sprang aus dem Boot ins knöcheltiefe Wasser, watete ans Ufer und umarmte seinen Freund herzlich. Dann erst schien ihm aufzufallen, dass Naviol allein gekommen war, und sah sich erstaunt um.

»Ich bin allein hier, ja. Ohne meine Sippe.«

»Allein?« Das Lächeln verschwand aus Yakos Gesicht. »Hast du schlimme Nachrichten, mein Bruder?«

Naviol nickte.

»Ich werde berichten, aber nicht jetzt. Meine Frau lebt, und Olit und seine Familie auch. Sie sind jetzt in Sicherheit. Wie ist es euch ergangen?«

»Das Frühjahr war hart, die Tiere haben sich vor uns verborgen, doch wir haben es überstanden. Ein Kind ist geboren worden und hat die Welt direkt wieder verlassen. Die Brust, die es nähren sollte, war leer. Ein anderes ist schon im Mutterleib gestorben. Aber alle Menschen, die schon bei deinem letzten Besuch fest auf der Erde standen, gehen noch immer lebendig umher.«

»Das ist mehr, als wir uns wünschen können. Die *Yosi* waren gut zu euch.«

Naviol begrüßte auch die anderen Männer und half ihnen, die schweren Robben an Land zu ziehen. Erst als auch die Boote sicher unter Strauchwerk verborgen waren, richtete Naviol erneut das Wort an seinen Freund.

»Yako. Ich sagte, dass meine Sippe nicht hier ist, aber ich habe Freunde mitgebracht und ich bitte dich um deine Gastfreundschaft.«

Der junge Mann zog die Brauen zusammen, was seinem rundlichen Gesicht einen merkwürdigen Ausdruck verlieh. »Deine Freunde sind auch meine Freunde, Naviol. Natürlich sind sie willkommen.«

»Auch wenn es weiße Männer sind?«

»Weiße Männer! Sie bringen nur Unglück, sie erzürnen die Geister und machen uns krank, Naviol. Wie kannst du sie hierherbringen?«

»Diese sind anders. Ich verdanke ihnen viel. Es sind gute Menschen. Der letzte Jahreslauf war schwer für meine Sippe. Ohne die weißen Freunde gäbe es vielleicht auch mich nicht mehr.«

Yako schnaubte abfällig.

»Und du willst sie in unser Lager bringen? Das kann ich nicht allein entscheiden. Wartet hier, ich werde mich mit den Alten beraten.

»Ich verstehe. Ich bringe sie hierher und wir warten. Aber ich gebe dir mein Versprechen, dass du von ihnen nichts zu befürchten hast.«

Yako machte eine abfällige Geste, die so gar nicht zu seinem ansonsten freundlichen Wesen passte.

»Bevor die Sonne den Alten Vater berührt, sind wir zurück.«

Naviol betrachtete den Bergrücken, der aussah wie ein von den Jahren gebeugter Mensch, und seufzte ergeben. Das Licht fiel noch fast senkrecht vom Himmel. Yako ließ sie womöglich sehr lange warten.

Sie schieden ohne Abschiedsworte. Naviol ließ sich Zeit auf

dem Rückweg, so musste er Señor Moss, aber vor allem Señor Holton nicht erklären, warum Yakos Sippe sie nicht sofort begrüßte.

Kapitel 18

»Stella? Shawn will mit dir sprechen.«
Dieser Morgen begann nicht vielversprechend. Stella erhob sich von der Fensterbank, wo sie gesessen und mal wieder einen Brief an Constantin geschrieben hatte, den sie nie abschicken würde.

Claire war ohne ihre Antwort abzuwarten ins Zimmer gekommen. Mittlerweile passten ihr nur noch weite Kleider, die sie extra nähte. Unbewusst strich sie sich über den Bauch, sodass die Wölbung noch deutlicher hervortrat. Stella kam es wie eine Provokation vor. Es war ungerecht, von ihr so etwas zu denken. Claire war einfach nur glücklich über das Kind, das in ihrem Leib heranwuchs, doch Stella konnte nicht anders.

»Was will er denn? Hat ein weiterer Mann wie zufällig den Weg hierher gefunden?«, fragte sie bissig.

Claires Miene verfinsterte sich augenblicklich.

»Nein, nicht dass ich wüsste. So wie du dich aufführst, würde es mich wundern, wenn wir dieses Jahr überhaupt noch Gäste bekommen.«

Stella schnaubte zornig und zwang sich, den Mund zu halten. Es nützte nichts, sich zu streiten. Seitdem sie zufällig das Gespräch zwischen Claire und Shawn belauscht hatte, wusste sie, woran sie war. Bis zur Geburt des Kindes sollte sie verheiratet und aus dem Haus sein. Wahrscheinlich fürchtete Shawn immer noch, dass ihre Affäre durch Zufall aufgedeckt wurde. Abgesehen von Apida konnte sie noch jemand anderes beobachtet haben und sein Wissen zu seinem Vorteil nutzen. Für Claire allerdings schien der Verdacht, den sie kurz gehegt hatte, aus der Welt geräumt.

»Also gut«, seufzte sie. »Dann los.«. Sie würde zu Shawn gehen und hören, was er ihr zu sagen hatte.

Claire folgte ihr, scheinbar besorgt, als hinge eine unausgesprochene Drohung in der Luft, von der Stella noch nichts wusste.

»Er ist im Salon«, sagte Claire knapp, als sie den Weg zu seinem Arbeitszimmer einschlagen wollte.

»Im Salon?« Das klang offiziell. Stella überlegte fieberhaft, was sie sich vielleicht noch hatte zuschulden kommen lassen. Jeder Schritt fiel ihr schwerer. Als sie schließlich den Salon betrat und sah, dass sich die gesamte Familie Fergusson versammelt hatte, wurde ihr mit einem Schlag alles klar. Sie hatten hinter ihrem Rücken eine Entscheidung getroffen.

»Stella, wir müssen mit dir reden, setz dich bitte«, sagte Shawn.

Stella ließ sich auf einen Stuhl sinken und musterte die Anwesenden. Señora Fergussons missbilligendes Gesicht, daneben ihr Mann, stoisch und unverrückbar wie ein Fels. Claire hatte, wie um zu beweisen, wer zu wem gehörte, eine Hand auf die Schulter ihres Mannes gelegt. An ihrem Ringfinger blitzte golden der sichtbare Beweis ihres Bündnisses. Shawns Blick war fest und undurchdringlich.

Auf einmal verstand Stella nicht mehr, warum sie sich je mit ihm eingelassen hatte.

»Mir ist zu Ohren gekommen, dass mein Vorarbeiter dir

ein Fohlen geschenkt hat, ist das wahr?«, wollte Shawn wissen und lenkte das Gespräch damit in eine Richtung, die Stella nicht erwartet hatte.

Sie nickte verblüfft und zugleich erleichtert.

»Ja, ein Rappfohlen. Die Mutterstute gehörte doch ihm, oder …?«

Shawns Mundwinkel zuckten.

»Die Stute gehört ihm und das Fohlen damit auch. Hast du es angenommen?«

»Ja, … ja, habe ich«, stotterte Stella.

»Und Señor Apida hat sich dir gegenüber gut benommen?«

»Wie ein Gentleman. Ich weiß nicht, was diese Fragen sollen.«

»Das wirst du gleich erfahren. Ich habe mich mit meinen Eltern beraten und mit meiner Frau. Es gab Schriftverkehr mit deinem Onkel. Er überlässt mir … uns die Entscheidung.

Stella, du warst anmaßend, du hast keinem der Herren, die mit ernsten Absichten hergekommen sind, auch nur eine Chance gegeben. Alle guten Bewerber sind aus dem Rennen oder gar nicht erst gekommen, weil ihnen einiges über dich zu Ohren gekommen ist.«

»Weil ihnen …«

»Ich bin noch nicht fertig, unterbrich mich also nicht.«

Stella erschrak. Shawn hatte noch nie mit ihr in diesem herrischen Befehlston gesprochen, mit dem er normalerweise seine Arbeiter zurechtwies.

»Ich habe mir den Kopf zerbrochen, wer für dich noch infrage käme, doch Tierra del Fuego ist nicht allzu groß. Es ist ein Land der Walfänger und Schafzüchter, in dem nicht unbedingt zuhauf Ehemänner für die junge Dame Newville zu finden sind. Mir fällt niemand mehr ein, Stella, und so haben wir eine Lösung gefunden, die dir wahrscheinlich nicht gefällt, die du aber akzeptieren wirst.«

Stella hatte das Gefühl, als bilde sich eine Eisschicht um sie und erdrücke sie langsam.

»Was ... was soll das bedeuten?«

Sie musterte die Familie Fergusson, ihre Schwester, die die Seiten gewechselt hatte und nun mit entschlossen geballten Fäusten das Wort ergriff.

»Du wirst Señor Apida heiraten.«

»Niemals!«, platzte Stella heraus und sprang auf. Als Shawn ihr den Weg zur Tür versperrte, wich sie zurück. Wie ein Tier saß sie in der Falle.

»Das kann nicht euer Ernst sein, den Vorarbeiter?«

»Er ist ein guter Mann, er hat dich respektvoll behandelt und dich reich beschenkt«, entgegnete Shawn, und sie glaubte, einen Hauch von Berechnung in seinen Augen aufblitzen zu sehen, die sagten: *Und er kennt unser kleines Geheimnis, Stella. Bei ihm ist es sicher ...*

Claire streckte versöhnlich die Arme nach ihr aus.

»Du kannst hierbleiben, Stella. Ich hatte wirklich Angst, dass du weit wegziehst, aber so müssen wir uns nie trennen. Genau, wie wir es einander auf dem Schiff versprochen haben.«

Sie meinte es ernst. Für ihre Schwester war es schließlich die perfekte Lösung. Stella würde nicht mehr auf der Estanzia leben, sich ihr eigenes Leben aufbauen, war aber trotzdem nicht aus der Welt. Die Sache hatte nur einen Haken: Sie musste Apida heiraten. Wenn es doch nur Constantin gewesen wäre ...

Stella ließ zu, dass Claire ihre Hand ergriff und sie fest drückte.

»Wir werden unsere Kinder gemeinsam aufwachsen sehen, sie werden miteinander spielen, miteinander lernen.« An diese Vorstellung schien sich ihre Schwester zu klammern wie an ihre Hand, die sie beinahe schmerzhaft zusammendrückte.

Stella fehlten noch immer die Worte. Auch wenn sie sich weigern wollte, dieser Zukunftsvision auch nur den Hauch einer Chance zu geben, regte sich der Gedanke in ihr, dass eine Heirat mit Apida noch das geringste Übel darstellen würde. Es stimmte, sie wollte die Estanzia und das Land, das ihr vertraut und zur neuen Heimat geworden war, nicht verlassen und mit einem Wildfremden weit wegziehen.

»Weiß Señor Apida von euren Plänen?«, fragte sie gefasster. Womöglich wollte er sie gar nicht.

»Selbstverständlich. Er hat mich um Erlaubnis gebeten, und im Vergleich zu den Männern, die sich in den letzten Monaten für dich interessiert haben, scheinst du ihm am wenigsten abgeneigt zu sein«, sagte Shawn freimütig. »Ich kenne ihn schon aus Kindertagen, Stella. Apida ist keine schlechte Wahl.«

»Nur dass ich ihn nicht ausgewählt habe«, flüsterte Stella kaum vernehmlich und dachte an seinen Ruf als Frauenhelden, an den feurigen Blick des Vorarbeiters und das Unbehagen, das sie in seiner Nähe befiel.

Scheinbar willenlos wie ein Schaf, das zur Schlachtbank geführt wurde, folgte sie Claire, als diese sie zum Sofa geleitete. Irgendjemandem musste sie ihr Eheversprechen geben, wenn sie nicht mit Schimpf und Schande davongejagt werden wollte.

»Señor Apida wird sich freuen«, sagte Shawn knapp. »Die Hochzeit sollte noch im Sommer stattfinden. Wir sorgen dafür, dass dir das Fest zur Ehre gereichen wird.«

Claire küsste Stella auf die Wange.

»Wunderbar, endlich. Ich helfe dir, versprochen, und ihr zieht hierher. Du musst nicht im Ort wohnen, sicher könnt ihr euch ganz in der Nähe ein Häuschen bauen.«

Stella nickte nur und sah auf ihre Hände. Also hatte sich ihr seltsames Gefühl bewahrheitet. Sie hätte von Anfang an darauf hören und das Fohlen nicht annehmen, Apida gar nicht in den Stall folgen sollen. Doch vielleicht war Apida gar keine so schlechte Wahl. Natürlich war er ihr irgendwie unheimlich und verunsicherte sie mit seinen undurchdringlichen Blicken, aber wer ihr ein Pferd schenkte, hatte wohl kaum etwas dagegen, wenn sie ausritt und weiterhin ihre Freiheit in der endlosen Weite von Tierra del Fuego genoss. Apida war kein dicklicher Landbesitzer, der andere für sich arbeiten ließ. Er stand mit beiden Beinen im Leben, und sie hatte gesehen, wie sanft er mit dem neugeborenen Pferd umgegangen war. Würde er auch zu ihr so liebevoll sein? »Soll ich ihn herrufen, oder möchtest du deinem Verlobten unter vier Augen sagen, dass du angenommen hast?«, erkundigte sich Shawn.

»Ich ... ich werde es ihm selber sagen«, erwiderte sie leise und erhob sich. Alle Blicke waren auf sie gerichtet waren. »Ich danke euch allen für eure Geduld mit mir.« Stella knickste hastig, sah niemanden an und eilte zur Tür.

»Apida wartet auf der Veranda, Schwägerin«, rief Shawn ihr hinterher.

Stella nahm ein Schultertuch von der Garderobe, zögerte einen Herzschlag lang und trat hinaus. Wenn dort nur Constantin und nicht der Vorarbeiter auf sie warten würde! Energisch schüttelte sie den Gedanken ab.

Apida stand tatsächlich auf der Veranda und drehte sich erwartungsvoll um, als er die Tür hörte.

Er trug einen dunklen Anzug mit passender Weste und richtete sich auf, als sie näher trat.

»Señorita. Ich freue mich, Sie zu sehen.«

»Die Freude ist ganz meinerseits«, erwiderte sie und hoffte, dass es aufrichtig klang und nicht so leer, wie sie sich fühlte.

»Ich vermute, Sie wissen nun Bescheid?«

Stella nickte und zwang sich, ihm in die Augen zu blicken, die wie zwei schwarze Seen voller dunkler Geheimnisse auf sie wirkten. Fürchtete sie wirklich den Mann dahinter oder nur das Fremde?

»Señor, ich fühle mich durch Ihr Angebot geehrt. Sie wissen so wenig von mir, und was Sie wissen, beschämt mich.«

Apida richtete seinen Blick kurz in die Ferne.

»Ich schweige über das, was ich am Strand gesehen habe, aber ich verteufle es auch nicht. Wenn es nicht geschehen wäre, hätte ein einfacher Mann wie ich keine Chance bei Ihnen. Ich verspreche, bei mir ist Ihr Geheimnis sicher, das habe ich auch schon dem Patron geschworen.«

Obwohl Stella seine Ehrlichkeit kränkte, fiel ihr ein Stein vom Herzen. Vor Apida musste sie dieses Geheimnis nicht hüten, als hinge ihr Leben davon ab. Jeder andere Mann hätte ein Märchen aufgetischt bekommen, warum sie keine Jungfrau mehr war. Ehrlichkeit als Basis für ihre Ehe war sicher nicht das Schlechteste.

Apida ergriff ihre Hand. Als Stella zusammenzuckte, ließ er sie sofort los, doch sie zwang sich, ihre Hand wieder in seine zu legen.

»Nun, wie lautet Ihre Antwort?«, erkundigte er sich.

»Sie lautet Ja, Señor.«

Zärtlich berührte Apida ihre Hand.

»Sie machen mich sehr glücklich, Señorita.«

»Stella. Ich denke, Sie sollten mich bei meinem Vornamen nennen, nun, da wir verlobt sind.«

»Mit dem größten Vergnügen, Stella. Und Sie sagen fortan Zavier, bitte.«

»Zavier«, wiederholte sie und entlockte ihm ein weiteres Lächeln. Diesmal war es triumphierend, er strahlte die Freude eines Siegers aus. »Ich mag es, wenn Sie meinen Namen sagen.«

»Ja«, erwiderte Stella. Sie verspürte den Wunsch, ihm zu sagen, dass sie keine Gefühle für ihn hegte, doch seit wann hatte so etwas je bei einer arrangierten Ehe eine Rolle gespielt?

»Señor ... entschuldigen Sie ... Zavier, ich würde mich gerne zurückziehen, das alles kommt für mich ein wenig plötzlich. Ich muss meine Gedanken ordnen.«

»Sicher.« Er hob ihre Hand an den Mund und küsste sie. Seine Lippen waren fest und warm, der Schnurrbart streifte ihre Haut. Ehe Stella wusste, ob ihr die Berührung gefiel, ließ er ihre Hand los, verbeugte sich und ging die Stufen hinunter in den Hof, wo sein Pferd angebunden war.

Sie beobachtete Apida, ihren zukünftigen Verlobten, wie er den Sattelgurt stramm zog und sich auf den Rücken seines Rappen schwang, der womöglich der Vater des kleinen Fohlens war, des Unterpfandes ihrer Verbindung.

Als Apida längst davongeritten war, setzte sich Stella auf eine Bank, lehnte den Kopf zurück und zwang sich, in die fahle Sonne Feuerlands zu starren, bis ihre Augen schmerzten und Tränen ihre Wangen hinabliefen.

Nun war sie also verlobt.

Eine dichte Wolkendecke machte es schwer zu erkennen, wann die Abenddämmerung einsetzen würde. Im Zwielicht schimmerte das Wasser des Fjords. Als sie hergeritten waren, brach die Sonne noch hin und wieder durch die Wolken und die Gletschermilch, die sich aus den Bergen ins Salzwasser ergoss, verfärbte sich türkis.

Constantin stand am Ufer. Der Wind zog und zerrte an der Kleidung. Sein Blick verlor sich im Nebel, die Gedanken in der Vergangenheit. Er verspürte ein seltsames Heimweh und dachte an die Apotheke seines Vaters. Vielleicht war es das diesige Wetter, das ihn an die Metropole an der Themse erinnerte. Beinahe meinte er, den besonderen Geruch, eine Mischung aus Chemikalien und getrockneten Kräutern, wahrnehmen zu können.

Mürrisch schob er die Erinnerungen beiseite. Er würde noch früh genug nach London zurückkehren, und ob er je wieder einen Fuß auf Tierra del Fuegos Boden setzen durfte, stand in den Sternen.

Navarino hatte ein kleines Feuer entzündet und für alle Mate gekocht. Naviol, er und Professor Holton waren um die niedrig züngelnden Flammen versammelt und wärmten sich. Constantin sah seinem Mentor genau an, wie schlecht gelaunt er war. Holton wartete nicht gern, wenngleich er akzeptierte, dass ihm manchmal nichts anders übrig blieb.

»Deshalb muss es mir nicht gefallen«, sagte er, wenn Constantin ihn hin und wieder ein wenig damit aufzog. Der freundschaftlichere Umgangston hatte sich erst auf ihrer Reise eingestellt, und Constantin genoss es sehr, dass der Professor ihn wider Erwarten nicht mehr als Student, sondern als Partner ansah.

Constantin trat zu den anderen, und Naviol reichte ihm einen Becher mit dampfendem Mate.

»Sie müssen jetzt bald kommen, Señores«, sagte er entschuldigend.

»Ich weiß nicht, was es da so lange zu beraten gibt, entweder heißt es Ja oder wir ziehen weiter. Es wird woanders auch noch *Selk'nam* geben, die du studieren kannst«, brummte Holton mürrisch.

Naviol wollte zu einer Erwiderung ansetzen, doch Constantin brachte ihn mit einem leisen Lachen zum Schweigen.

»Ich weiß, warum Ihnen Pflanzen so viel lieber sind.«

»Stimmt.«

»Mich reizt die Botanik vielleicht gerade deshalb nicht«, entgegnete Constantin freimütig und schlürfte etwas Mate, der noch immer ziemlich heiß war. Auch wenn er äußerlich ruhig blieb, rumorte die Ungeduld in ihm. In den Ästen der verkrüppelten Küstensträucher sangen bereits die Vögel.

»Sie kommen«, flüsterte Naviol plötzlich und erhob sich gewandt wie eine Raubkatze aus der Hocke.

Zuerst sah Constantin weder etwas, noch hörte er menschliche Schritte. Die Indios bewegten sich lautlos, wenn sie wollten. Gebannt sah er dorthin, wo Naviol die Fremden vermutete. Und tatsächlich, nach und nach traten vier Männer und eine uralte Frau auf die Lichtung. Alle hatten sich die Körper mit Farbpaste verziert. Mal waren es Streifen, mal Punkte in Rot, Weiß und Schwarz. Die Männer trugen ein gefaltetes Stück Leder um die Stirn gebunden, allesamt hatten sie sich reich mit Schmuck behängt. In den dunklen, breiten Gesichtern blitzten die weit aufgerissenen Augen, in denen sich eine Mischung aus Angst und Neugier widerspiegelte.

Niemand schien zu wissen, was er sagen sollte. Die *Selk'nam* starrten abwechselnd auf die weißen Besucher und die Pferde, wobei es Constantin vorkam, als seien die Tiere für sie weitaus faszinierender als die Menschen.

Schließlich war es Naviols Hund Grauer, der das Eis brach.

Er lief schwanzwedelnd auf einen der jüngeren Krieger zu und stieß ihn fröhlich mit der Schnauze an. Der Mann gab seine starre Körperhaltung auf und kraulte das Tier kurz.

Constantin vermutete, dass das Yako, Naviols Meerfreund war.

Mit gewichtiger Miene schritten die Eingeborenen durch das kleine provisorische Lager. Angeführt von Naviol, dem das Gebaren der Neuankömmlinge offenbar ein wenig unangenehm war, gingen sie zuerst zu den Pferden, die sich von den aufgeregten Menschen nicht aus der Ruhe bringen ließen. Yako hielt seinen Speer so fest, als sei er jeden Augenblick zum Angriff bereit.

Constantin betete, dass die Tiere ruhig blieben, nicht auszudenken, wenn eines oder gleich mehrere aufgrund eines Missverständnisses verletzt werden würden. Naviol geleitete Yakos Sippenmitglieder geschickt zu seinem Wallach, der mit einem gelassenen Gemüt gesegnet war. Als jeder dem Tier über das Fell gestrichen und Mähne und Schweif berührt hatte, war die Neugier gestillt, und sie wandten sich dem Gepäck ihrer weißen Besucher zu. Doch als sie die Kisten öffnen wollten, verlor Holton die Geduld.

»Es ist genug, Naviol«, sagte er beherrscht, trotzdem erschraken die *Selk'nam*. Betreten sahen sie zu ihm hinüber und rückten zusammen, um sich zu beraten.

Der Wind trieb die Stimmen fort, und Constantin vernahm nur die Klicklaute, die die Sprache der Eingeborenen so besonders machte. Würde er sie je entschlüsseln und aufschreiben können?

Die Beratung fiel kurz aus. Naviol trat mit Yako zu ihnen, und Constantin klopfte vor Aufregung das Herz bis zum Hals.

»Ja, ihr könnt bleiben«, sagte er schlicht und stellte seinen

Begleiter vor. Die anderen Mitglieder der Sippe wollten vorerst ungenannt bleiben. »Sie glauben, die Namen geben euch Macht über sie. Namen sind für uns sehr bedeutsam«, erklärte Naviol.

»Dann folgen wir ihnen?«

»Ja. Ich habe gefragt und auch für die Pferde ist Platz. Gehen wir.«

Die nächsten Tage vergingen wie im Flug. Der junge Yako teilte sein Wissen mit Constantin genauso gern wie Naviol.

Er lud den Forscher ein, ihn überallhin zu begleiten. So wurde Constantin Zeuge einer Seehundjagd, wobei die schwimmenden Tieren mit Harpunen erlegt wurden. Einen Tag später erbeuteten die Jäger mehrere Gänse. Sie wurden mit Pfeil und Bogen getötet oder mit Netzen gefangen, doch am meisten faszinierte Constantin die Verwendung eines steingefüllten Säckchens an einer langen Schnur. Es erinnerte Constantin an die Bolas der Gauchos, die allerdings statt mit einem mit drei Gewichten bestückt waren. Die *Selk'nam* wechselten oft ihre Jagdgebiete, weil plötzlich Weiße auftauchten oder mit einem Mal Schafe dort weideten, wo zuvor eine ertragreiche Vogelkolonie gewesen war. Noch konnten sie den Fremden ausweichen, doch die unberührte Wildnis schrumpfte mit jedem Tag weiter.

Abends ergänzte Constantin seine Aufzeichnungen und fertigte von allen Waffen und Gebrauchsgegenständen, die er nicht mitnehmen konnte, Beschreibungen und Zeichnungen an.

Nach und nach begannen auch die anderen Mitglieder der Sippe, ihm zu vertrauen, und er konnte ihnen mit Naviols Hilfe die lang ersehnten Fragen stellen. Tagsüber dachte Constantin kaum an Stella, aber in den Nächten durchlebte er jede ihrer Begegnungen aufs Neue und malte sie sich in den schönsten Farben aus.

Warum fiel es ihm so schwer, sie zu vergessen?

Nein, er wollte und konnte sie nicht vergessen. Sie sollte für immer in seinem Herzen bleiben, als Erinnerung an das Glück, in das sich ein tiefer Schmerz mischte.

Wieder ging ein ereignisreicher Tag zu Ende. Heute war fast die gesamte Sippe unterwegs gewesen. Sie hatten Schneegänse und Möwen gejagt. Während Frauen und Kinder Eier und die Früchte der Roten Krähenbeere sammelten, erlegten die Männer die Tiere. Sogar Constantin hatte erfolgreich eine Gans geschossen, und zwar nicht mit dem Gewehr, sondern wie ein *Selk'nam* mit Pfeil und Bogen.

Der Reiter, den sie am Morgen gesehen und der die *Selk'nam* in Angst und Schrecken versetzt hatte, war längst vergessen. Sie hatten sich im Gras versteckt und den Fremden vorüberziehen lassen.

Nun waren sie auf dem Rückweg zum Lager. Naviol lief neben Constantin her und war stolz auf seinen weißen Lehrling, der seine Gans über der Schulter trug. Er selbst hatte gleich vier Tiere erlegt.

»Du solltest hier bei uns bleiben, Señor Moss!«, sagte er. Mit traumwandlerischer Sicherheit bewegte er sich durch das kniehohe Gestrüpp, während er Constantin den Trampelpfad überließ.

»Ich, hierbleiben? Wirklich? Ohne euch würde ich verhungern, und wenn ihr mir helft, stelle ich so lange dumme Fragen, bis du dir die Ohren zuhältst.«

Naviol legte den Kopf in den Nacken und lachte.

»Das wird niemals passieren. Du wirst guter Jäger und wir suchen eine hübsche *Selk'nam*-Frau. Ihr bekommt viele, viele Kinder.« Er hielt alle zehn Finger hoch.

Jetzt musste auch Constantin lachen. Er in einem kleinen ledernen Kegelzelt mit einer nackten Indiofrau an seiner Seite. Was für eine absurde Vorstellung. Und doch: Eigentlich brauchte er für seine Studien viel mehr Zeit in diesem Lager, in diesem faszinierenden Land.

Er sah sich nach seinem Mentor um. Holton war in den vergangenen Tagen ungewöhnlich schweigsam gewesen. Er bildete mit Navarino die Nachhut, und Constantin glaubte zu sehen, dass er hinkte. Schon zuvor waren ihm die tiefen Furchen aufgefallen, die ihm der Arthroseschmerz ins Gesicht gegraben hatte.

Er wünschte, er könnte seinem Freund helfen, doch gegen das Alter war kein Kraut gewachsen. In London hätte der Apothekersohn ihm etwas Schmerzlinderndes gegeben, in Tierra del Fuego hingegen müssten sie mit dem vorliebnehmen, was die Heiler der Eingeborenen herstellten. Und Holton hielt sie alle für Scharlatane und Giftmischer.

»Holton ist krank«, sagte Naviol, dem Constantins besorgter Blick nicht entgangen war.

»Die Knochen schmerzen ihn. Das wird uns allen bevorstehen, wenn wir alt werden.«

Naviol nickte, während sein Blick zwei kleinen Kindern

folgte, einem Mädchen und einem Jungen, nicht älter als sechs Jahre, die ausgelassen Fangen spielten. Das Mädchen wirbelte einen Streifen Rohleder umher, an den sie große Gänsefedern geknotet hatte, die raschelnd im Wind flatterten. Es waren glückliche Kinder.

Wehmut überkam Constantin und er dachte an seine eigene Jugend zurück, an seine strenge Eltern und den noch strengeren Hauslehrer. Kein Tag verging ohne Schläge oder Strafaufgaben. Die Kinder der *Selk'nam* waren frei und lernten alles, was für das Leben in ihrer Welt wichtig war.

»Noch einmal Kind sein«, seufzte Constantin und entlockte Naviol ein wissendes Grinsen.

Das Mädchen fiel hin, der Junge entriss ihr das Federband und weiter ging die wilde Jagd. Diesmal rannten sie auf ein Dickicht zu.

Plötzlich knallte ein Schuss.

Constantin zuckte zusammen und sah sich nach Navarino und Holton um. Sie waren die Einzigen, die moderne Waffen trugen. Hatten sie unverhofft weitere Beute gemacht?

Aber keiner von ihnen hatte geschossen. Das Mädchen brüllte wie am Spieß, von dem Jungen fehlte jede Spur.

»Runter!« Constantin riss Naviol zu Boden. Er hörte, wie auch die anderen Deckung suchten. Menschen schrien.

Eine Zeit lang geschah nichts. Der heulende Wind überdeckte die Geräusche möglicher Angreifer. Neben Constantin lag Naviol und presste die Wange in den Schlamm. Er keuchte, sein Brustkorb bebte wie ein Blasebalg und aus seinen Augen sprach Panik. Er hatte dies alles schon einmal durchlebt, und die Erinnerung brachte das blanke Entsetzen zurück.

Constantin fasste ihn an der Schulter. Er brauchte den *Selk'nam* jetzt.

»Naviol, deine Sinne sind besser als meine. Wo sind sie?«

Der Mann blinzelte, kämpfte die lähmende Angst nieder.

»Da, wo Kinder hingelaufen sind, vielleicht vor uns ... auf Weg. Vögel sind geflogen, erschrocken. Ich habe nicht gedacht ... ich ...«

»Danke.«

Constantin, der sein Gewehr für die Jagd mitgenommen hatte, lud eilends seine Waffe und wunderte sich selbst darüber, wie ruhig er blieb. Seine Hände zitterten nicht. Das änderte sich allerdings, als der Junge, der zuvor beim Spielen so plötzlich verschwunden war, zu schreien begann.

In die *Selk'nam,* die zuvor ruhig und in Deckung geblieben waren, kam Bewegung. Eine Frau antwortete dem Kind, wahrscheinlich die Mutter. Für sie musste es Folter sein, nicht bei ihm sein zu können.

Constantin spähte durch das Gestrüpp. Wer waren die Angreifer und vor allem wo? Offenbar waren sie durch die Kinder dabei gestört worden, in ihrem Hinterhalt den perfekten Moment für einen Angriff abzuwarten. Die *Selk'nam* hatten nur eine Chance: Geduldig abwarten und beim Hereinbrechen der Dunkelheit versuchen zu entkommen.

Waren es Menschenjäger?

Wussten sie, dass die Küstennomaden von zwei Weißen begleitet wurden?

Der Junge schrie wieder und diesmal entstand ein Tumult links am Rand einer kleinen Senke. Offenbar mussten mehrere die Mutter festhalten, um sie daran zu hindern, zu ihrem Kind zu laufen.

»Wer ist dort? Wer wagt es, auf Kinder zu schießen und versteckt sich nun feige? Zeigen Sie sich!«, ertönte Holtons

Bass. Constantin hoffte, dass nur er die Unsicherheit aus seiner Stimme heraushörte.

Es kam keine Antwort.

»Lass mich, Navarino«, sagte Holton leiser. Constantin wollte seinen Augen nicht trauen. Sein Mentor hatte die Deckung verlassen und war aufgestanden, hoffte, dass sich die Angreifer zurückziehen würden, wenn sie merkten, dass die *Selk'nam* nicht allein waren.

»Lasst diese Leute in Frieden und verschwindet!«, rief er. Als nichts geschah, ging er mit ausgestreckten Händen auf die Stelle zu, wo der Junge schrie.

Constantin hielt den Atem an. Alle Augen waren auf Holton gerichtet. Er erreichte den Jungen und zog ihn hoch.

Hatten sich die Schützen etwa schon zurückgezogen? Constantin war hin und her gerissen. Sollte er seinem Mentor helfen, das weinende Kind in Sicherheit zu bringen oder war es wichtiger, ihm Feuerschutz zu geben?

Constantin war kein Kämpfer, er war Wissenschaftler, das wurde ihm wieder einmal klar. Holton hatte den angeschossenen Jungen unter den Armen gepackt. Er konnte aus eigener Kraft nicht gehen und schleifte die Beine nach. Als sie die Senke beinahe erreicht hatten, sprang die Mutter auf und lief ihnen entgegen.

Als hätten sie nur darauf gewartet, eröffneten die Angreifer das Feuer. Die erste Kugel traf die Frau in die Brust und sie brach lautlos zusammen. Der nächste Schuss galt dem Jungen, der in Holtons Armen erschlaffte. Plötzlich setzte etwas in Constantin aus.

Er schrie. Schrie seinen Hass und seinen Zorn heraus. Schrie, weil er den Männern, die Frauen und Kinder erschossen, das Leben und den Triumph nicht gönnte.

Wie durch einen Schleier bemerkte er, dass er nicht allein war, während er ungeachtet der Gefahr auf die Schützen zurannte. Die Sträucher schienen sich vor ihm zu teilen, wo er zuvor noch gestolpert war.

Es waren vier Männer, einer zu Pferde.

Kugeln sirrten durch die Luft. Constantin schoss und verfehlte den Reiter. Er hatte noch nie im Laufen die Waffe benutzt. Da waren die Männer der *Selk'nam* geübter. Zischend wie Schlangen ergoss sich eine wahre Flut von Pfeilen auf die Weißen. Das Pferd wurde in die Schulter getroffen, der Reiter riss es herum, doch Navarino schleuderte seine Bola, die sich um die Läufe wickelte. Das Tier knickte ein, mehr Pfeile flogen und der Reiter sackte im Sattel zusammen.

Constantin blieb stehen, legte an, sah über den Lauf und erkannte den Gaucho von der Ranch wieder, wo die menschlichen Trophäen gehangen hatten.

Er zögerte nicht und drückte ab. Schießpulverdampf vernebelte kurz die Sicht, dann sah er, dass die Kugel ihr Ziel getroffen hatte.

Doch der Gaucho war nicht tot, er stand aufrecht und schoss weiter, während sich Blut über den Stoff an seinem linken Arm ausbreitete.

Constantin lud nach, so schnell er konnte, während um ihn herum die Luft von Schreien und Schüssen zerrissen wurde.

Dass er selbst bislang noch nicht getroffen worden war, glich einem Wunder.

Der verwundete Gaucho erschoss einen *Selk'nam*-Krieger aus nächster Nähe mit der Pistole. Wie durch einen unsichtbaren Schlag wurde der Kopf des Indios zurückgerissen. Für ihn kam jede Hilfe zu spät.

Plötzlich donnerten Pferdehufe an Constantin vorbei.

Ein Gaucho ritt, ein zweites Pferd am Zügel, auf den Mann zu, den sich Constantin zum Gegner auserkoren hatte. Der sprang in den Sattel und hieb seinem Braunen die Sporen in den Bauch, dass es dem Tier die Haut aufriss.

Blind vor Schmerz raste das Pferd genau auf Constantin zu, der ohne nachzudenken an seinen Gürtel griff. Bislang hatte er mit der Bola, die ihm Navarino angefertigt hatte, nur geübt.

Er warf sie dem Pferd in die Vorderbeine. Die Schnur wickelte sich nur um eine Fessel. Als der Braune an ihm vorbeigaloppierte, blieb ein Gewicht an einer Wurzel hängen und die Flucht endete abrupt. Der Gaucho wurde aus dem Sattel katapultiert, und Constantin war sofort bei ihm und schlug ihm das Gewehr wieder und wieder ins Gesicht, während der Gaucho vergeblich versuchte, seine Pistole zu fassen zu bekommen. Schließlich brach er zusammen und blieb liegen.

Constantin stand da und rang nach Atem. Fassungslos starrte er auf den Menschen herab, den er getötet hatte, und fühlte eine seltsame Leere in sich wachsen. Als hätte der Gaucho einen Teil seiner Seele mit sich genommen.

»Oh Gott, vergib mir.«

Vielleicht ist es für jeden so, der noch ein Gewissen besitzt, dachte er. An seinen Händen war Blut, Constantin wischte es ab. Am liebsten hätte er das Gewehr weggeworfen, doch sein Überlebensinstinkt siegte. Denn noch tobte der Kampf, es erklangen Schreie und Schüsse. Überall lagen Verwundete und schienen Gott um Hilfe anzurufen, wie er zuvor die höhere Macht um Vergebung angefleht hatte.

Constantin riss sich vom Anblick des Toten los, ein Bild, das sich für immer eingebrannt hatte, und rannte zu den anderen.

Navarino rang mit einem Gaucho. Der *Yag'han* war unbewaffnet, der andere hielt ein Messer umklammert, das Navarino ihm abzunehmen versuchte. Immer wieder trat er nach den Beinen des Fremden, der geschickt auswich. Navarino blutete aus mehreren Wunden, Schweiß klebte ihm an der Stirn, rann ihm in die Augen. Er blinzelte. Ein Zeichen von Erschöpfung?

Constantin wusste nicht, was er tun sollte. Einen Schuss abzugeben wagte er nicht, weil die Männer sich zu schnell bewegten.

Doch er musste handeln, und zwar sofort.

Wieder fasste er das Gewehr am Lauf und ließ es mit aller Kraft auf den Rücken des Weißen krachen, der den Arm sinken ließ. Sogleich umklammerte Navarino die Hand, die das Messer hielt.

Der Fremde fluchte und steckte mehrere Schläge und Tritte ein, bevor beide Kontrahenten zu Boden gingen.

Navarino fiel so unglücklich, dass er die Kontrolle verlor und plötzlich unten lag. Constantin hieb dem Fremden das Gewehr gegen die Schläfe, aber der Mann war aus einem anderen Holz geschnitzt. Dieser Schlag hätte die meisten ins Reich der Träume geschickt, er hingegen wurde nur noch wütender. Mit blitzenden Augen sah er zu Constantin auf. Das Blut, das von seiner Stirn rann und ihm den Blick verschleierte, schien er nicht zu bemerken.

Er schnellte herum.

Der Tritt riss Constantin zu Boden, und er schlug hart mit dem Kopf auf. Der Gaucho hob seine Hand mit der Klinge. Es war zu spät, um auszuweichen. Brennender Schmerz explodierte in seiner Schulter, riss ihm einen Schrei aus der Kehle und jeden klaren Gedanken aus dem Kopf.

Schemenhaft sah Constantin, wie Navarino sich aufrappelte. Dumpfe Schläge folgten, das Geräusch von brechenden Knochen. Constantin atmete kurz und flach, jeder Atemzug pulsierendes Feuer. Der Messerschaft, der aus seinem Körper ragte, bebte und über ihm begann sich der Himmel zu drehen. Die Äste der Bäume waren wie Netze, die vergeblich versuchten, die Wolken festzuhalten. Immer schneller umkreisten sich Blau und Grau und schwarze Gitter, während Constantins Körper sich schwerer und schwerer anfühlte. Ein Sog griff nach ihm, um ihn zu begraben.

Er würde sterben und Stella in diesem Leben nicht mehr wiedersehen.

Jetzt, im Angesicht des Todes, wünschte er sich, er hätte die Kraft besessen, ihr den Fehltritt zu verzeihen.

Constantin riss die Augen auf, so weit er konnte. Sie brannten. Doch er würde sie nicht von allein schließen, nicht solange noch Wille und Leben in ihm waren.

Dennoch trübte sich das Himmelsblau langsam ein und wurde grau, als stehle jemand das Licht und die Farben.

Constantin wollte nach Navarino rufen, wissen, ob wenigstens er den Kampf überlebt und als Sieger hervorgegangen war, doch sein Mund war so trocken.

Schließlich kam jemand. Naviol, und sein Freund, dessen Name ihm nun entfallen war. Warum erinnerte er sich nicht mehr an den Namen?

»Señor Moss? Hören Sie mich?«

Ja, er hörte ihn, aber seine Stimme war versiegt, ausgetrocknet, wie ein Bachlauf. Sie stießen ihn an. Warum nur? Jede Bewegung schien das Feuer in seiner Schulter weiter anzufachen. Er sah, wie sich eine Hand um den Messergriff schloss. Dann wurde er ohnmächtig. Kurze Zeit später holte ihn eine Bewegung zurück. Sie trugen ihn. Constantins Kopf hing herunter. Er sah Gras vorbeihuschen, Heidekraut, die Füße seiner Helfer.

»Lasst mich liegen, ich sterbe«, wollte er rufen. Warum schleppten sie ihn umher? Was nutzte das. Sie blieben stehen, als hätten sie sein stummes Bitten erhört. Plötzlich sah Constantin in das Gesicht seines Mentors. Er lag im Gras, neben dem toten Jungen. In Holtons Stirn klaffte ein winziges Loch. Wo die Kugel ausgetreten war, hatte sie ihm den halben Schädel weggerissen.

Die Indios trugen ihn weiter. Constantin hörte leise rauschendes Wasser, Stimmen und Klageschreie. Die Trauer um seinen toten Freund wollte nicht kommen, nur Schwärze und die Sehnsucht nach ihr, nach Stella.

Kapitel 19

Navarino rannte, so schnell ihn seine Füße trugen, doch zwischen dem Geröll waren immer wieder moosüberwachsene sumpfige Löcher, und er besaß längst nicht mehr genügend Konzentration und Trittfestigkeit. Seine Schuhe glichen wassergetränkten Lumpen, die auseinanderzufallen drohten.

Sein Wallach trabte schnaufend hinter ihm her. Das Tier war am Ende seiner Kräfte, das Fell schweißverklebt.

»Komm, es ist nicht mehr weit«, keuchte Navarino, als er endlich eine Ebene aus Bartgras erreichte, das bereits den Sommer ankündigte und sich gelb verfärbte.

In der Ferne konnte der *Yag'han* den graublauen Lago

Ciencia ausmachen, der den rötlichen Abendhimmel reflektierte. Die Sonne ging gerade unter. Er würde es vor Einbruch der Nacht nicht mehr zur Estanzia Fergusson schaffen. Navarino nutzte die Sprache der Weißen, um heftig zu fluchen, doch heraus kam nicht mehr als abgehacktes Zischen. Seine Lungen brannten zu sehr.

Stella stand an der Box des schwarzen Fohlens und kraulte ihm die lockige Mähne. Es gelang ihr nicht, dem Tier böse zu sein, mit dem sich Apida ihre Gunst erschlichen hatte. Wie auch, es war nicht El Copos Schuld. Der Gedanke, in drei Jahren, wenn das Pferd ausgewachsen war, am Strand des Seno Skyring entlangzugaloppieren, hatte etwas Tröstliches.

Vielleicht war sie deshalb hergekommen, um ein wenig zu träumen.

Sie seufzte und gab der Stute noch ein Stück trockenes Brot.

»Bis morgen, ihr beiden.«

Die Stute schnaubte leise und senkte wieder den Kopf. Stella nahm die Laterne vom Haken und ging.

Es war ein ungewöhnlich warmer Abend für Feuerland, selbst der ewige Wind trug den mineralischen Geruch von aufgeheizten Steinen und den würzig-süßen Duft der blühenden Vegetation heran.

Stella blieb einen Augenblick stehen, um die Schönheit der hereinbrechenden Sommernacht zu genießen.

In der Estanzia brannte Licht, und doch schien sie wie aus einer fernen Welt zu kommen. Hier draußen gab es nur sie und die Laterne, deren Schein einen Kreis um sie bildete.

Stella blickte nach oben, konnte jedoch durch das Licht die Sterne nicht gut erkennen. Sie stellte die Lampe ab und lehnte sich an die noch von der Sonne warme Stallmauer.

Nun konnte sie den Himmel des Südens in seiner ganzen Pracht sehen. Im Westen über den Bergen hingen einige Wolken. Wie Diamantsplitter funkelten Abermillionen Sterne am Firmament.

Stella dachte an Constantin.

Wie sie ihn vermisste! Der dumpfe Schmerz, der sie jedes Mal bei der Erinnerung an ihn überkam, war an diesem Abend besonders stark. Sie starrte weiter hinauf, versuchte Sternbilder zu erkennen und schlang die Arme um ihren Oberkörper. Das Alleinsein machte ihr manchmal schwer zu schaffen.

Wind rauschte in den Zweigen der Apfelbäume, deren Früchte noch grün und nicht größer als Kinderfäuste waren. Noch bevor sie reif waren, würde sie verheiratet sein und musste jede Nacht in Zavier Apidas Bett verbringen. Stella zuckte zusammen, als es neben ihr raschelte. Als könnte er ihre Gedanken lesen, kam Apida um die Hausecke und stellte sich neben sie.

»Oh Gott, du hast mich aber erschreckt.«

»Das wollte ich nicht«, sagte er weich. Als er an seiner Zigarette sog, erhellte die aufglühende Spitze kurz sein markantes Gesicht. »Ich habe noch mit den Männern die Arbeit für morgen besprochen, als ich das Licht sah. Ich wusste sofort, dass du es bist, Stella.«

Sie lächelte, wollte ihm nicht zeigen, wie sehr seine Anwesenheit sie störte. Stella hatte sich vorgenommen, ihrem zukünftigen Ehemann so freundlich wie möglich gegenüberzutreten. Vielleicht konnte sie ihn mit der Zeit sogar gernhaben.

»Ich war noch bei El Copo, er macht sich gut.«

»Ja, das dachte ich mir.«

Apida warf seine Zigarette ins feuchte Gras, wo sie kurz wie ein Leuchtkäfer zwischen den Halmen glomm und mit einem leisen Zischen erlosch.

Als er seine Hand auf ihren Arm legte, hielt sie still, obwohl sie einen inneren Widerwillen verspürte. Hatte Apida nicht das Recht, ihr nahe zu sein? Bald durfte er sich noch viel mehr erlauben. Besser sie gewöhnte sich gleich daran. Während seine Hände langsam zu ihren Schultern hinaufwanderten, begann ihr Herz vor Angst wie wild zu pochen.

»Komm, ich möchte dich nur umarmen, nur ein wenig halten.«

»In Ordnung.« Sie legte den Kopf auf seine Schulter und atmete seinen würzigen Geruch ein. Es war eine Mischung aus Leder, Tabak und Schweiß.

Apida berührte ihren Hinterkopf. Seine rauen Finger fuhren ihren bloßen Nacken entlang. Die Berührung jagte ihr einen Schauder über den Rücken, sie konnte nicht anders und erstarrte.

»Man sollte meinen, du seist noch Jungfrau. Hab dich nicht so, ich weiß genau, dass du Señor Fergusson wie ein Wildpferd geritten hast.«

»Kein Wort mehr!« Stella stieß Apida von sich und schlug ihm mit der Faust gegen die Schulter. Er hielt ihre Hand fest und ihr kamen die Tränen.

Apida lockerte seinen Griff nicht. Er tat ihr weh, doch der körperliche Schmerz war nichts gegen ihre Scham.

»Lass mich los«, stieß sie hervor.

Er schüttelte seinen Kopf und berührte mit der anderen Hand ihre Wange.

»Küss mich, na los.«

»Nein!«

Sein Blick bekam etwas Raubtierhaftes, als käme endlich das Dunkle in ihm zum Vorschein. Stella versuchte erneut, ihn wegzustoßen, aber Apida blieb ungerührt. Als er sie an sich zog, bekam sie Panik. Sein Körper war muskulös und fest. Er drückte sie gegen die Stallwand, quetschte ihre Hand ein, als bestünden seine Finger nicht aus Sehnen und Knochen, sondern aus Eisen.

Bevor Stella schreien konnte, presste er schon seinen Mund auf ihren. Der Kuss war hart, die Zähne drückten gegen ihre Lippen, sein Bart kratzte.

»Zavier, Zavier, bitte nicht!«

Er schien ihr Flehen nicht wahrzunehmen. Als hätte eine fremde Macht Besitz von ihm ergriffen, presste er sich noch enger an sie, sodass sie die harte Schwellung in seiner Hose durch die üppigen Lagen ihres Kleides spürte. Gierig küsste er ihren Hals bis hinab zu ihrer Schulter, während er mit der linken Hand ihre Brüste knetete.

Als Stella um Hilfe rufen wollte, gab er ihr eine Ohrfeige.

»Sei still«, zischte Apida, »oder du wirst mich von meiner unangenehmen Seite kennenlernen.« Er hielt Stella den Mund zu, bis sie nickte.

Ihr Widerstand schwand. Obwohl so nah, hatte sie das Gefühl, dass die hell erleuchtete Estanzia unerreichbar war, genauso gut hätten sie am anderen Ende der Welt sein können. Niemand konnte sie hören, und vielleicht wollten sie auch nichts davon wissen. Immerhin war Apida ihr Verlobter. Warum wehrte sie sich überhaupt noch, kämpfte um ihre Ehre, die sie längst nicht mehr besaß? Doch sie brachte es nicht über sich, sich seinem Drängen zu ergeben. Etwas in ihr begehrte unermüdlich auf, wollte bis zum letzten Atemzug kämpfen.

Apida stöhnte lustvoll, als es ihm gelungen war, ihre linke Brust aus dem Korsett zu befreien. Er wollte sich vorbeugen, um sie mit dem Mund zu liebkosen, doch dazu kam es nicht.

Stella versuchte, ihm zwischen die Beine zu treten, was durch das Kleid erschwert wurde, und traf nur sein Knie. Sie verlor den Halt und stürzte. Apida folgte ihr wie ein Raubtier seiner Beute.

Plötzlich lag sie unter ihm auf dem Boden und die gierigen Hände des Vorarbeiters schoben ihren Rocksaum hoch. Stella wollte ihn wegstoßen, ruderte mit den Armen, durchsuchte das Gras nach etwas, mit dem sie sich wehren konnte.

Als die Panik sie schon vollkommen zu überwältigen drohte, schloss sich ihre Hand mit einem Mal um eine primitive Waffe. Es war ein Metallstück. Ein Hufeisen.

»Lass mich!«, bat Stella. »Wir werden bald heiraten, warum, warum …?«

Apida hörte sie nicht. Wahrscheinlich wusste er nicht einmal mehr, wer dort unter ihm lag und um Gnade flehte. Als er gewaltsam ihre Schenkel spreizte, ihr Höschen zerriss und mit den Fingern grob in sie eindrang, war ihr plötzlich alles egal. Sie bäumte sich gegen den Schmerz auf. Mit einem Schrei ließ sie das Hufeisen auf seinen Kopf niedersausen.

Jetzt schrie auch Apida, doch ein Schlag gegen die Schläfe ließ ihn verstummen. Seine Bewegungen wurden unkoordiniert. Er versuchte, sich zu wehren und sie festzuhalten. Doch Stella schlug immer weiter auf ihn ein, auf seine Arme, Schultern, Hände, bis er sich nicht mehr rührte.

Das Hufeisen noch immer in der Hand, schob Stella sich unter Apida hervor und lehnte sich schwer atmend an die Wand.

Sie verspürte eine unbändige Wut. Sie hatte es getan, ihn

bewusstlos geschlagen. Oder war er etwa tot? Hatte sie ihren Verlobten erschlagen? Einen Moment lang war es ihr gleich, ob Apida noch lebte.

Langsam setzte das Zittern ein. Erst schlotterten ihre Beine, dann kroch eine seltsame Kälte bis in ihren Nacken hinauf. Ihr wurde übel. Stella beugte sich hastig zur Seite und würgte, doch es kam nichts.

Keuchend lehnte sie den Kopf wieder an die Stallwand, und der Schwindel ließ nach.

Oh Gott, was war nur geschehen? Es war alles so schnell gegangen.

Stella rieb sich die Schläfen, bemerkte Blut an ihrer Hand und erschrak. Es war Apidas Blut. Panisch wischte sie ihre Finger an ihrem zerfetzten Kleid ab. Sie ekelte sich vor dem Blut und vor sich selbst.

Sie hielt inne und schloss eine Hand um das Elfenbeinamulett. Die Berührung mit der vertrauten Vogelfigur war wie Balsam. Sie beruhigte sich ein wenig, atmete regelmäßiger. Ihr Zeigefinger fuhr die Konturen nach. Flügel, Schnabel, Flügel, Schwanzfedern und wieder von vorn.

Stella zuckte zusammen. Waren da nicht Schritte? Mit einem Mal fühlte sie sich beobachtet.

»Hallo? Ist da je ...«, sie verschluckte das letzte Wort. Wollte sie überhaupt, dass jemand sie fand? Apida rührte sich noch immer nicht. Sie hörte ihn auch nicht atmen.

Ich muss hier weg, schoss es Stella durch den Kopf. Niemand wird mir glauben. Erst jage ich alle Bewerber zum Teufel und dann bringe ich meinen zukünftigen Ehemann um. Nein, alle würden denken, sie hätte den Verstand verloren.

Eine Gestalt schälte sich aus der Dunkelheit. Ein Mann, hinter ihm ein Pferd. Stella hielt den Atem an. Der Fremde hielt genau auf sie zu. Fast als hätte er unter den ausladenden Scheinbuchen gestanden und nun beschlossen, sein Versteckspiel aufzugeben. Wie lange er wohl schon dort ausgeharrt und sie beobachtet hatte?

Stella stützte sich an der Mauer ab und kam auf die Beine. Unter keinen Umständen durfte er Apidas Leiche sehen! Schnell holte sie die Laterne, die sie vor dem Stall abgestellt hatte. Es konnte keine halbe Stunde vergangen sein, und doch kam es ihr vor, als hätte sie den Stall vor einer Ewigkeit verlassen.

Das Licht fiel auf Apida. Er regte sich immer noch nicht. Stella beugte sich vor. Atmete er? Nein, die Brust hob sich nicht. Das Gesicht des Vorarbeiters war über und über mit Blut beschmiert, es tropfte auch aus seinem Haar. Seine Augen blickten starr zum Himmel.

Oh Gott, was habe ich getan! Für einen Augenblick wäre Stella am liebsten neben dem Körper auf die Knie gesunken und hätte dort ausgeharrt, bis man sie fand, doch ihr Überlebenswille war stärker. Lieber war sie für den Rest ihres Lebens auf der Flucht, als eingesperrt zu werden.

Mit der Laterne in der Hand ging sie auf den Fremden zu. Wenn sie Glück hatte, würde er den leblosen Körper nicht bemerken.

»Guten Abend«, sagte sie.

»Señorita Newville?«

»Navarino?«

Stella hob ihr Kleid an und rannte die letzten Schritte auf den *Yag'han* zu. Er konnte sich kaum noch auf den Beinen halten, um sein Pferd stand es nicht viel besser.

In Stella regte sich ein schrecklicher Verdacht.

»Warum bist du nicht bei Constantin?«, fragte sie mit bebender Stimme.

»Señorita, es tut mir leid.«

»Was tut dir leid?« Sie fasste ihn an den Schultern. »Was?!«

Navarino seufzte.

»Es war furchtbar. Der alte Mann, Professor Holton, er ist tot. Wir wurden angegriffen und dann getrennt.«

»Wann?«

»Vor vier Tagen. Ich bin so schnell hergekommen, wie ich konnte. Um Bescheid zu geben, dass ein Unglück geschehen ist, und um Hilfe zu holen.«

»Wo ist Constantin?«

»Wie ich sagte: Wir wurden getrennt.«

Constantin lebte, vermutlich. Daran klammerte sie sich, während ihre Lungen schmerzten, als drücke eine unsichtbare Kraft darauf.

»Getrennt? Was soll das heißen, wo ist Constantin jetzt?«

»Ich weiß es nicht. Ich wurde niedergeschlagen. Als ich zu mir kam, waren sie fort. Naviol weiß, wie man Fährten verwischt. Besser, als ich sie lesen kann. Er hat wohl auch die Weißen abgehängt. Der junge Forscher muss bei ihm sein, doch er ist verletzt. Womöglich braucht er die Medizin von seinem eigenen Volk.«

»Navarino, du reitest sofort wieder zurück und ich werde dich begleiten. Ich gebe dir alles, was ich besitze, nur bring mich zu ihm.«

»Was? Nur Sie? Aber Señorita, das ist keine Reise für eine Frau. Wir sprechen mit Señor Fergusson, er wird eine Gruppe zusammenstellen. Vielleicht können Sie mitkommen.«

»Denk an unser Geheimnis, Navarino, hilf mir, hier wegzukommen und Constantin zu finden, es muss sein! Ich werde die Arzneien mitnehmen, die wir brauchen, aber wir gehen allein, nur du und ich, und wir müssen sofort los!«

Navarino sah sie ungläubig an. Dass sie die Kiste mit den beiden Totenköpfen überhaupt erwähnte, zeigte ihm, wie ernst es ihr war.

»Warum?«, fragte er.

Stella holte tief Luft.

»Ich habe einen Mann erschlagen, ich bin eine Mörderin.«

Überrascht riss der Indio die Augen auf und wischte sich über die Stirn, als sei ihm plötzlich kalter Schweiß ausgebrochen.

»Wen und warum?«

Es wunderte sie, dass er ihr sofort Glauben schenkte. Warum brachten ihn ihre Worte nicht aus der Fassung?

»Den Vorarbeiter, Zavier Apida. Wir waren verlobt, aber er hatte es nicht erwarten können. Er hat …«

Über das Gesicht des *Yag'han* huschte ein dunkler Schatten. Vielleicht hatte die Laterne auch nur geflackert, doch Stella glaubte, etwas wie Genugtuung in seiner Miene zu erkennen.

»Die Geister haben uns erhört«, murmelte Navarino. »Er war einer der Männer, die Naviols Frau und Ajam Gewalt angetan haben. Naviol hat es herausgefunden und geschworen, alle drei umzubringen. Apida war als Einziger noch übrig.«

»Dann … dann bringst du mich fort?«

»Mein Pferd ist erschöpft …«

»Wir werden ein frisches Pferd nehmen. Ich bezahle mit dem Schmuck, den ich noch besitze, und den Rest gebe ich dir. Wir müssen leise sein. Ich gehe hinein und suche alles zusammen, was nötig ist. Weißt du, wo Apidas Kammer ist?«

Der Indio nickte.

»Neben der Sattelkammer.«

»Ja, richtig. Geh und nimm alles mit, was wir brauchen können. Wir treffen uns hier.«

»In Ordnung, Señorita.«

Stella wunderte sich, wie ruhig sie blieb.

Doch sie ahnte, dass der Zusammenbruch kommen würde, er lauerte wie ein Schatten hinter einem Vorhang. Mit der Laterne in der Hand betrat sie die Estanzia durch den seitlichen Dienstboteneingang.

Aus dem Salon drangen Stimmen, doch das Treppenhaus war leer. Nachdem sie einen Moment gelauscht hatte, eilte sie die Treppe hinauf in ihr Zimmer und schloss hinter sich die Tür ab.

Auf einmal gaben ihre Beine nach und die Erinnerungen stürmten auf sie ein. Apidas glühende Augen, seine Hände, die sie überall begrapschten, ihr wehtaten. Dann das kühle Hufeisen. Stella sah auf ihre rechte Hand, an der Blut und Haare klebten, und schluchzte auf. Ja, es ließ sich nicht leugnen. Sie hatte einen Mann getötet. Sie musste das Blut abwaschen, sich von diesem schrecklichen metallischen Geruch befreien. Doch sie fand nicht die Kraft aufzustehen. Noch immer hatte sie weiche Knie und ihr war übel. Mein Gott, was sollte jetzt nur geschehen? Schlimmer konnte man sich nicht versündigen: Sie war eine Mörderin!

Sie musste hier fort und würde ihre Schwester nie wiedersehen. Fortan würde sie ein Leben auf der Flucht führen. Vielleicht konnte sie, wenn sie weit genug weg war, eine Stelle als Magd annehmen oder mit einem Schiff Feuerland verlassen. Doch darüber machte sie sich später Gedanken. Erst einmal musste sie Vorbereitungen für ihre Flucht treffen. Die blutverschmierte Hand weit von sich gestreckt, kam Stella mühsam auf die Beine. Sie klammerte sich an Navarinos Worte: Apida hatte die Indiofrauen missbraucht und gefoltert, er war ein Ungeheuer gewesen. Wenn sie sich nicht gewehrt hätte, wäre ihr womöglich das Gleiche passiert. Doch das änderte nichts an den schrecklichen Bildern in ihrem Kopf, an den tiefen Schuldgefühlen.

»Reiß dich zusammen«, flüsterte sie energisch.

Sie goss Wasser in die Waschschüssel und tauchte die Hände hinein. Das kalte Nass war auf seltsame Art belebend. Sie nahm eine Bürste und Seife und schrubbte, bis ihre Finger gerötet, aber sauber waren. Ein Schauder lief durch ihren Körper. Sie musste sich beeilen.

Hastig zog sie ihr zerrissenes Kleid aus und eines ihrer alten Reisekleider an. Zwei weitere verstaute sie in einer Tasche, ebenso alles, was ihr brauchbar erschien oder einen sentimentalen Wert besaß, wie eine kleine Schachtel mit Glasmurmeln aus Kindertagen, die bereits die lange Reise aus Buenos Aires hinter sich hatte.

Schließlich setzte sie sich an den Schreibtisch, nahm Feder und Papier und verfasste einen schlichten Abschiedsbrief. Nachmittags hatte sie noch davon geträumt, den Rest ihres Lebens auf diesem wunderschönen Fleckchen Erde zu verbringen, aber mit einem Schlag war alles anders. Sie hatte einen Mord begangen und musste fliehen wie eine Verbrecherin. Sie war vogelfrei.

Stella sah sich noch ein letztes Mal in ihrem Zimmer um, das in den letzten Monaten ihr Zuhause gewesen war.

Nachdenklich berührte sie die Kette mit dem kleinen beinernen Anhänger an ihrem Hals. Er hatte noch nie so eine große Bedeutung für sie gehabt wie in diesem Augenblick. Als könne sie seine Präsenz fühlen. Vielleicht war es kein Zufall, dass ausgerechnet der Indio, mit dem sie ihr größtes Geheimnis teilte, ihr nun zur Flucht verhalf.

Sie schulterte die eine Satteltasche, nahm die andere in die Hand und ging leise zur Tür. Vor einer Weile waren Claire und Shawn in eine Unterhaltung vertieft die Treppe hinaufgestiegen, sicher hatten sie sich schlafen gelegt. Im Haus war es still. Stella entschied sich, kein Licht mitzunehmen. Sie fand sich auch im Dunkeln zurecht.

Bläulich schimmerte der Mond durch die Fenster, blasse Streifen fielen auf die Stufen und die Dielen. Eine große Standuhr tickte, und als sie schlug, hörte es sich an wie der herabfallende Hammer eines Richters nach dem Urteilsspruch.

Stella erschauerte und schlich weiter zum Badezimmer, wo sie einige von Claires Heilkräutern einpackte. Während sie zum Dienstboteneingang zurückging, überlegte sie, sich in der Küche mit Proviant einzudecken, doch sie verwarf den Gedanken sofort wieder. Die Köchin schlief manchmal auf der Bank am Ofen. Sie mussten mit dem auskommen, was sie unterwegs auftreiben konnten.

Unbemerkt erreichte Stella den Stall, wo der Indio bereits auf sie wartete. Er hatte zwei Pferde gesattelt, Guera und Apidas bestes Pferd, das der Tote nun ohnehin nicht mehr gebrauchen konnte.

»Ich habe alles Nötige mitgenommen, wie Sie gesagt haben.« Er wies mit dem Kopf auf ein fest zusammengerolltes

Bündel, das er auf seinem Pferd befestigt hatte. Der Wallach stand mit hängendem Kopf da, er hatte nur kurz Zeit gehabt, sich von dem Gewaltritt zu erholen.

»Los, vergeuden wir keine Zeit.«

Stella zurrte ihre Taschen fest und schwang sich auf Gueras Rücken. Die Stute zuckte nervös mit den Ohren. Dass nachts jemand mit ihr ausritt, war sie nicht gewöhnt.

Solange sie noch in Sichtweite der Estanzia waren, ritten Stella und Navarino Schritt. Dann trabten sie auf einem sandigen Bachbett westwärts.

Bevor es hell wurde, mussten sie Baja Cardenas und die bewohnte Region am Ufer des Lago Ciencia hinter sich gelassen haben. In der weiten, fast baumlosen Landschaft wären sie leicht auszumachen. Da nutzte es auch nichts, wenn das Wasser ihre Hufspuren wegspülte.

Stella starrte hinab in das Moorwasser, das unter den Hufen aufspritzte. Bei Tag war es braunrot, von den ausgewaschenen Mineralien, wie Constantin ihr einst erklärt hatte. Braunrot wie altes Blut.

Es dämmerte. Irgendwann mündete der Bachlauf in einen moorigen Tümpel, und sie mussten den Pfad verlassen. Ein aufgedunsener Schafskadaver war Mahnung genug. Sie lenkten die Pferde nordwärts, wo sich erste Ausläufer der Berge wie wulstige Narben in die Moor- und Graslandschaft schoben. Stella sah sich um. Der Lago Ciencia schimmerte im rötlichen Dämmerlicht, die Estanzia war ein winziger weißer Fleck am Ufer.

Wie würden sie reagieren, wenn sie Apidas Leiche entdeckten und ihr Verschwinden bemerkten?

Sie sah auf ihre Hand. Das Blut war fort, aber sie hatte das Gefühl, als klebe es noch immer an ihren Fingern, unsichtbar wie eine Mahnung. Wie Apida dagelegen hatte, so starr.

Ihr wurde wieder schlecht. Sie zwang sich, an Ajam zu denken, an ihren geschundenen Leib und ihre Augen, die genauso leer gewesen waren wie die des Toten. Das half. Stella stieß ihrer Stute die Fersen in die Flanken. Was hinter ihr lag, ließ sich nicht mehr ändern. Guera trabte vorwärts und sie ritten durch ein Dickicht aus Bartgras und Sauerdorn. Die Sträucher kratzten, aber Stella merkte es kaum.

»Wie lange wird es dauern, bis wir die Stelle erreichen, wo du die anderen verloren hast?«, rief sie Navarino zu.

Er wandte sich im Sattel zu ihr um. Im stärker werdenden Tageslicht sah sie zum ersten Mal wirklich, wie verhärmt er war. Unter seinen Augen waren tiefe Schatten, die Wangen eingefallen. Kurz fühlte sie sich schuldig. In ihrer Panik in der Nacht hatte sie keine Sekunde darüber nachgedacht, dass Navarino die ganze Strecke zurückgelegt und womöglich kaum geschlafen hatte, und sie ihn nun drängte, ohne Pause wieder zurückzureiten.

»Vier Tage, Señorita, wenn wir Glück mit dem Wetter haben und die Tiere durchhalten.«

»Vier Tage …«, wiederholte sie enttäuscht. Navarinos Wallach konnte schon jetzt kaum mithalten. Der Strick, mit dem er an den Sattel des Vorderpferdes festgebunden war, spannte sich. Navarino hätte ihn zurücklassen sollen. Doch nicht auszudenken, wenn jemand das Tier erkannt und womöglich dem *Yag'han* den Mord in die Schuhe geschoben hätte.

»Ich fürchte, dein Pferd wird nicht durchhalten.«

»Möglich, dann essen wir ihn.«

Stella riss vor Entsetzen die Augen auf.

»Was? Das geht doch nicht.«

Navarino seufzte und strich dem Tier, das nun neben ihm hertrottete, über den Mähnenkamm.

»Es geht alles. Er ist in den letzten Jahren wie ein Bruder für mich gewesen ... trotzdem ist es besser, wenn wir sein Fleisch essen, als dass wir unser Ziel nicht erreichen.«

Stella nickte langsam. Sie wusste, wie sehr der Indio an dem Tier hing. Er ging immer so respektvoll und freundlich mit ihm um. Dennoch wusste er, wie man sich in einer Notsituation zu verhalten hatte, Umstände, die Stella bislang erspart geblieben waren.

Kapitel 20

Scharfkantig wie zersplittertes Glas ragte der Bergkamm vor ihnen in den Himmel und riss die vorbeiziehenden Wolken in Fetzen. Was für eine unwirkliche Welt, dachte Stella mit einer Mischung aus Faszination und Grauen.

Die letzten beiden Tage waren wie ein Traum an ihr vorbeigezogen. Sie war Gefangene ihrer eigenen Entscheidung.

Nachdem Navarino lange mit ihr darüber gesprochen hatte, was Apida und seine beiden Helfer den Indiofrauen angetan hatten, beruhigte Stella sich ein wenig. Wenngleich sie ihre Tat aus tiefstem Herzen bereute, so fühlte sie sich auch im Recht. Sie hatte aus Notwehr gehandelt.

Von Zeit zu Zeit jedoch quälten sie Albträume. Und auch tagsüber suchten sie die Erinnerungen heim. Wie Apida sie gegen ihren Willen berührte, wie er mit der einen Hand ihre Brüste zusammenquetschte, die noch immer voller Blutergüsse waren, und mit der anderen das tat, was er später mit seinem Geschlecht wiederholen wollte. Sie erschauerte vor Ekel.

Es kam ihr so vor, als sei Apida zu einem Geist geworden. Immer wieder sah sie sein blutüberstömtes Gesicht mit den starren Augen vor sich.

Navarino war vorsichtig und wusste, wie er mit Stella umgehen musste. Oft sprachen sie stundenlang kein Wort, und Stella überkam eine Ruhe wie schon lange nicht mehr.

Die Nächte in den Bergen waren eisig, obwohl es Sommer war und das Wetter es gut mit ihnen meinte. Abends machten sie ein kleines prasselndes Feuer, das kaum genug Wärme spendete, und redeten.

Mittlerweile wusste Stella alles über die Forschungsreise von Constantin und Professor Holton, und auch von deren überraschendem Ende.

Navarino schilderte den Kampf. Er war ein guter Erzähler, und Stella wurde schon bei der Vorstellung angst und bange.

Zwar wusste er nicht, ob Constantin lebte, doch Stella spürte in ihrem Herzen, dass er noch am Leben war. Sie konnte beinahe fühlen, wie sich die Distanz zwischen ihnen verringerte.

Am Morgen des vierten Tages hatten sie die Bergkette hinter sich gelassen. Eine dichte weiche Nebelschicht hing über dem Tal vor ihnen. Als sie sich hob, war Stella von dem Anblick wie verzaubert. Sie hatten einen Fjord erreicht. Ein breiter Gletscher funkelte in der Sonne wie ein riesiges blaues Juwel. An den Ufern wuchsen Heidekraut und Kriechweiden und es roch nach Salz und Meer. Der Fjord mündete in die Magellanstraße und diese wiederum in den Pazifik, den Stella noch nie gesehen hatte.

Sie atmete tief ein und schloss die Augen.

Die Hufe von Navarinos Pferd waren auf dem felsigen Grund gut zu hören, als er näher kam und neben ihr anhielt.

»Es ist nicht mehr weit«, sagte er ruhig und weckte in Stella wieder eine Anspannung, die sie immer befiel, wenn sie Orte passierten, an denen die Expedition entlanggekommen war. Sie stellte sich dann vor, wie Constantin über das weiche Moos lief, sie womöglich in seine Fußstapfen trat oder an Feuerstellen saß, wo er zuvor gesessen und vielleicht an sie gedacht hatte. An die Stelle jedoch, wo der Kampf stattgefunden hatte, wollte sie lieber nicht denken, denn dort war er verwundet worden und rang nun womöglich mit dem Tod.

Sie ritten eine Weile am Ufer entlang, bis sie zu einem Wäldchen windgebeugter Südbuchen kamen. Die Hütten der Indios ergänzten sich so harmonisch mit der Vegetation, dass Stella sie erst nicht wahrnahm.

Die Wände bestanden aus Flechtwerk, die Dächer aus dichten Zweigen, deren Blätter langsam vergilbten.

»Ich habe Professor Holton gleich dort drüben begraben«, sagte Navarino bedächtig und wies auf eine kleine Kuppe. »Er hat in den Tagen, die wir bei dieser Sippe zu Gast waren, oft dort gesessen und etwas in sein kleines Buch notiert oder in die Ferne gesehen. Ich glaube, er hatte Heimweh. Vielleicht hat er es schon gewusst und die Stimmen seiner Ahnen gehört, die ihn riefen.«

Stella stieg aus dem Sattel, band Guera an einem jungen Baum an und betrat mit Navarino die kleine Siedlung.

»Sie haben uns auf dem Heimweg ein Stück weiter südlich angegriffen. Als ich wieder zu Bewusstsein gekommen bin, ging ich hierher. Die Weißen hatten zuerst die Alten in der Siedlung umgebracht, bevor sie auf uns trafen.«

»Wie furchtbar«, sagte Stella leise. Erst auf den zweiten

Blick war zu sehen, dass ein Kampf stattgefunden hatte. Gewehrkugeln waren in die Holzbalken eingedrungen. Manche Balken waren so frisch, dass intensiver Harzgeruch in der Luft hing.

Zerschmetterte Gefäße und vergammelte Nahrungsmittel lagen verstreut in den Hütten. Feuerlandfüchse hatten sich bereits darüber hergemacht. Hier und da waren dunkle Flecken auf dem festgestampften Boden. Zweifellos geronnenes Blut.

Stella schauderte. Was war nur mit den Toten geschehen?

Als könnte Navarino Gedanken lesen, sagte er:

»Sie müssen noch einmal hier gewesen sein, nachdem die Weißen abgezogen sind und ihre Verwandten bestattet haben.«

»Das heißt, sie sind in der Nähe?«

Der Indio sah sich um.

»Ich kann es nicht genau sagen. Kommen Sie, suchen wir die Gräber, dann wissen wir, ob Señor Moss noch lebt.«

Stella nickte nur. Sie brachte die Frage nicht über sich, wie sie anhand der Gräber erkennen sollten, ob Constantin unter den Toten war. Das Grab eines *Selk'nam* hatte sie noch nie gesehen.

Sie ritten ein Stück weiter. Navarino lenkte sein Pferd auf einige baumlose Erhebungen zu, die sich wie weiche Stofffalten aus der Landschaft erhoben. Anscheinend wusste er genau, wo er suchen musste. Hier fegte der Wind durch die niedrige Vegetation, die sich an den darunterliegenden Felsen drückte. Stella duckte sich in den Sattel und zog ihren Mantel fester um die Schultern, als ihre Stute plötzlich scheute und den Kopf hochriss.

»Guera, was ist denn? Vorwärts!«

Sie drückte ihr die Fersen in die Flanken und die Stute ging widerwillig weiter. Auch Navarino musste sein nervöses Pferd energisch vorwärtstreiben.

»Sie wittern die Toten«, rief er ihr über die Schulter zu, und Stella lief ein Schauer über den Rücken.

Die Pferde wollten nicht zur Hügelkuppe. Schließlich hielten sie an und machten die Tiere an einigen roten Beerensträuchern fest, die im Windschatten eines Felsens wuchsen, und gingen den Rest der Strecke zu Fuß. Jetzt roch auch Stella den Tod. Beißend und süß vermischte er sich mit der frischen Meeresluft.

»Da vorn«, sagte Navarino und wies auf einige Haufen aus Steinen und Ästen, die sich aus einer schmalen Vertiefung erhoben. »Sie können ruhig hier warten, ich werde nachsehen.«

»Danke, ich gehe so weit mit, wie ich kann.«

»In Ordnung, Señorita.«

Stella verschränkte die Arme und ging hinter dem Indio her. Ihre Schritte wurden immer schwerer. Vielleicht irrte sie sich, und Constantin war doch nicht mehr am Leben. Aber nein, sie wollte die Hoffnung nicht aufgeben. Der Verwesungsgeruch war überwältigend, und sie musste würgen. Navarino trat an das erste Grab, das diese Bezeichnung eigentlich nicht verdiente. Stella wagte es, hinzusehen.

Umfriedet von einem halbhohen Kreis aus Findlingen lag ein kleiner Körper, eingewickelt in eine Decke aus Guanakofell. Die Leiche hatte die Statur eines Kindes, eine kleine Hand ragte hervor, wo der Wind die Decke zur Seite geweht hatte. Stella traten Tränen in die Augen. Ob diese Unmenschen selbst einem Kind die Ohren abgeschnitten hatten, um Kopfgeld zu kassieren?

Die anderen Toten waren zusätzlich mit knorrigen Ästen abgedeckt, an denen noch das Grün hing. Das hatte wohl vor allem symbolische Bedeutung. Langsam schritt Navarino an ihnen vorbei, nur bei einem blieb er stehen und beugte sich hinunter. Stella wandte sich ab, während er die Decke anhob. Als sie wieder aufblickte, schüttelte Navarino den Kopf.

»Er ist nicht hier.«

Constantin lebte! Vor Erleichterung wusste Stella nicht, wie ihr geschah, und als der Indio zu ihr trat, fiel sie ihm in die Arme. Erstaunt hielt Navarino sie fest.

Es war, als sei eine zentnerschwere Last von ihren Schultern gefallen.

»Danke«, sagte sie schluchzend und trat beschämt einen Schritt zurück.

»Wir sollten gehen«, entgegnete der Indio. »Es ist nicht sicher hier.«

Stella sah ihn erschrocken an. Waren die Menschenjäger etwa noch in der Nähe und lauerten ihnen auf?

»Ein Puma war hier, er ist nicht weit, Señorita Newville.«

»Ein Puma?«

»Nicht alle Toten sind unversehrt. Die Tiere werden sich ihrer Körper annehmen. Pumas, Füchse, später Vögel. Gehen wir und überlassen ihnen diesen heiligen Ort.«

Stella nickte gefasst und machte sich an den Abstieg. Die Vorstellung, nach ihrem Tod von wilden Tieren gefressen zu werden, gefiel ihr nicht.

Der Felsen war glatt und nass. Obwohl die Neigung nur gering war, stellte sich der Abstieg als Herausforderung heraus. Stella rutschte mit ihren Stiefeln mehrfach aus und wäre beinahe gefallen, wenn Navarino, dessen Mokassins am Stein zu haften schienen, sie nicht gestützt hätte. Erst im letzten

Augenblick bemerkten beide den Mann, der bei den Pferden stand.

»Oh Gott!«, stieß Stella hervor und hätte sich beinahe vor Schreck bekreuzigt.

Navarino war ebenfalls stehen geblieben und rief dem Mann nach kurzem Zögern eine Begrüßung zu, die viele Klicklaute enthielt. Der Fremde antwortete, und Stella hatte den Eindruck, die seltsamen Laute fänden einen Widerhall in ihrem Körper.

»Ist er friedlich?«, flüsterte sie ihrem Begleiter zu.

»Ja, aber er hat noch nie eine weiße Frau gesehen. Geben Sie ihm ein wenig Zeit. Sie brauchen keine Angst zu haben.«

Stella nickte und versuchte zu lächeln. Sie wollte ihn nicht anstarren, doch der Anblick des Ureinwohners war über alle Maße erstaunlich. Er war nicht allzu groß, von kräftiger Statur und nackt. Sein Körper war vollständig mit einer dicken Paste bemalt. Während seine linke Hälfte weiß war, hatte die andere einen dunklen Ockerton. Die trennende Linie verlief genau in der Körpermitte. Auf der dunklen Seite befanden sich faustgroße weiße Kreise, Unterarm und Hand waren ebenfalls weiß. Das Alter des Mannes ließ sich unmöglich schätzen.

Navarino schien den Eindruck zu haben, dass sie lange genug gewartet hatten. Er hob die Arme mit den Handflächen nach oben und ging langsam auf den Fremden zu. Der verstand offenbar die Geste der Friedfertigkeit und machte nicht von dem Speer Gebrauch, den er mit der Rechten umklammert hielt.

Stella wartete, bis die Männer ihre leise Unterhaltung beendet hatten und Navarino sie heranwinkte. Aus der Nähe wirkte das Gesicht des Fremden unter den Schichten farbiger Paste freundlich. Er musterte sie neugierig, nickte immer wieder und berührte den Saum ihres Ärmels, der mit feinen Stickereien verziert war, als sehe er in den verschlungenen Mustern etwas, das ihr verborgen blieb.

»Windlinien«, erklärte Navarino. »Es ähnelt den Symbolen, die sie in ihren Ritualen für Windgeister verwenden.«

»Oh«, brachte Stella hervor, »bei uns sind es einfach Muster.«

»So etwas gibt es weder bei den *Selk'nam* noch den *Yag'han*. Jedes Zeichen hat eine Bedeutung, sonst wäre es sinnlos, es zu tragen«, antwortete Navarino und lächelte entschuldigend, als schäme er sich für den Mann neben ihm, der noch immer fasziniert über den Stoff strich.

»Frag ihn, ob er weiß, wo die Überlebenden sind und ob Constantin …«

»Sicher, Señorita.«

Er übersetzte und bekam sogleich Antwort.

»Er sagt, der gute weiße Mann sei bei ihnen, aber er ist krank. Fieber. Die Überlebenden haben sich an einen abgelegenen Ort zurückgezogen, wo sie hoffentlich vor den Jägern sicher sind. Sie wollen ein Ritual abhalten, bei dem die Jungen zu Männern werden. Dunil, so heißt er, ist nur noch einmal hergekommen, um etwas aus einer Hütte zu holen.«

»Danke, Dunil«, sagte Stella erleichtert und wies auf sich. »Ich bin Stella Newville.«

Navarino übersetzte. Der Indio versuchte, ihren Namen auszusprechen. Nach mehreren Versuchen schien er zu beschließen, nur ihren Vornamen zu benutzen.

Dunil ging zu den Hütten und verstaute alles, was die Sippe noch benötigte, in einer ledernen Umhängetasche. Dann brachen sie auf.

Stella kam es seltsam vor zu reiten, während der Indio vor

ihr hertrabte. Obwohl er barfuß war, kam er auf dem steinigen Ufersaum fast schneller voran als die Pferde, die immer wieder stolperten, wenn sich Steine in die weichen Stellen in der Hufmitte bohrten.

Sie folgten einem kaum sichtbaren Pfad entlang des Fjords, auf dem Eisberge langsam wie riesige Kreaturen dem Meer entgegentrieben. Flache Wellen schlugen gegen das Ufer und sorgten für ein stetes gläsernes Knistern, das durch die kleinen im Wasser treibenden Eisstückchen hervorgerufen wurde. Der Gletscher rumorte beinahe ohne Unterlass. Stella ertappte sich immer wieder dabei, wie sie auf die blaugraue Abbruchkante starrte, in der Hoffnung zu sehen, wie sich ein Stück löste. Doch im Grunde hatte sie nur einen einzigen Gedanken. Constantin! Wenn sie gut vorankamen, würde sie ihn noch heute Abend wiedersehen.

Ob er sie freundlich aufnehmen würde?

Ein Zurück zur Estanzia gab es für sie nicht mehr. Was würde Constantin bloß sagen, wenn er erfuhr, dass sie Apida erschlagen hatte? Sie hatte sich nicht nur mit einem Mann versündigt, sondern war zur Mörderin geworden. Was sollte sie nur tun, wenn er ihr nicht verzieh?

Stella schob das Problem weit fort. Darum würde sie sich kümmern, wenn es so weit war. Im schlimmsten Fall musste sie versuchen, auf einer der weit verstreuten Estanzias Arbeit zu bekommen. Doch nun freute sie sich erst einmal darauf, Constantin wiederzusehen, und wäre schon überglücklich, wenn es ihm gut ginge.

Dunil führte sie durch unwegsames Gelände. Mal über weite, vom Gletscher glatt geschliffene Felsen, mal durch Wasserläufe und dichtes Gebüsch. Als sich schließlich die Dämmerung über das Land senkte und rot glühende Wolken am Himmel aufzogen, erreichten sie einen Talkessel, der nur durch einen schmalen Eingang zugänglich war. Es sah aus, als hätte sich vor Urzeiten ein Fluss einen Weg gegraben.

Dunil stieß einen Ruf aus, und ein Pfiff erklang gleich darauf als Antwort.

Die Sippe hatte sich in eine natürliche Festung zurückgezogen, die von einem einzelnen Mann bewacht werden konnte.

»Bleiben Sie einfach ruhig«, riet Navarino. »Die anderen werden nicht minder überrascht sein als Dunil, wenn sie die erste weiße Frau sehen.«

Stella nickte. Ihr Herz schlug immer schneller. Nun konnte es nicht mehr lange dauern. Was sie sich seit Monaten erträumte, würde geschehen.

Unter einer senkrecht abfallenden und mit Flechten und Moos bewachsenen Felswand befand sich das Lager der kleinen Sippe.

Dort standen zwei Hütten und mehrere kegelförmige Zelte, die aus dem Fell von Seehunden gefertigt waren.

Frauen saßen zusammen und bereiteten Nahrung zu. Sobald sie die Reiter bemerkten, sprangen sie auf. Kinder versteckten sich ängstlich hinter ihnen oder suchten Deckung in einem nahen Gebüsch.

Wo waren die Männer? Waren sie alle den Gewehren der Weißen zum Opfer gefallen?

Guera wieherte in die angespannte Stille hinein und erhielt prompt Antwort von mehreren Tieren. Dunil rief den Frauen etwas zu, und Navarino hob grüßend die Hand. Plötzlich trat ein halbes Dutzend Männer aus ihren Verstecken. Sie hatten sich hinter Bäumen und Felsen, in einem Zelt und hinter einem Brennholzstapel verborgen.

Stella erschrak, als ein alter Krieger auf sie zuging und einen Pfeil auf sie richtete.

»Ich .. ich bin nicht wie die Mörder ...«, stotterte sie.

Der Mann ließ sich nicht beirren. Seine Arme waren dünn wie Streichhölzer. Unter der schlaffen Haut spannten sich sehnige Muskeln. Wie lange vermochte er den Bogen noch zu halten, bevor ihn die Kraft verließ?, bangte Stella, als auf einmal eine vertraute Stimme erklang.

Naviol trat zu dem Alten und legte ihm die Hand auf die Schulter. Naviol, ihr Retter! Natürlich war auch er hier, daran hatte sie gar nicht gedacht.

Der alte Krieger ließ sich besänftigen. Sobald die Gefahr gebannt war, stieg Stella vom Pferd.

»Señorita Newville, was machen Sie hier?«, fragte Naviol und strahlte vor Freude. Kurz überlegte sie, den *Selk'nam* zu umarmen, aber das schickte sich wohl nicht.

»Das ist eine lange Geschichte, Naviol. Ich erzähle sie vielleicht später. Geht es euch gut?«

»Ja, Señorita. Das Versteck ist sicher.«

»Und Señor Moss, ist er hier?«

Naviol nickte und wies auf ein kleines, etwas abseits gelegenes Zelt aus Robbenfell.

Stella merkte kaum, wie er ihr die Zügel aus der Hand nahm und versprach, sich um Guera zu kümmern. Mit schlafwandlerischen Schritten ging sie an den Indios vorbei, die noch immer ganz fasziniert von ihr und ihrer Kleidung waren. Dort, gleich war sie bei Constantin. Nun hatte all ihr Sehnen ein Ende und sie würde bald wissen, ob ihre Gefühle für ihn nur ein Produkt ihrer Fantasie waren.

Sie dachte wieder an ihre erste Begegnung. Wie er auf dem Dach des Gästehauses gekniet hatte, die Hände und das Gesicht voller Ruß, um ein altes Vogelnest aus dem Kamin zu entfernen, und hinuntergefallen war, direkt vor ihre Füße. Schon damals hatte er ihr gefallen, aber sie war zu blind gewesen, um ihrer aufkeimenden Zuneigung Beachtung zu schenken.

Plötzlich bewegte sich jemand im Zelt. Eine Hand, seine Hand, teilte die Zelttür.

Als sein dunkelblonder Schopf auftauchte, hielt Stella den Atem an. Der Zelteingang war schmal und Constantin brauchte eine Weile, um sich herauszuwinden und aufzustehen. Seine Bewegungen waren langsam, unsicher, ohne Vertrauen in den eigenen Körper. Er war verletzt, wie Navarino gesagt hatte.

Als er sich schließlich aufrichtete und sie entdeckte, hielt er inne. Seine grauen Augen weiteten sich ungläubig. Er konnte es nicht fassen, dass sie plötzlich vor ihm stand.

»Ich bin es, Constantin«, sagte Stella leise. »Jage mich nicht fort, ich bitte dich.«

»Das kann nicht sein. Stella?«

»Es tut mir leid. Es tut mir alles so leid!«

Sie blieb vor ihm stehen. So nah, dass sie sich hätten berühren können. Constantin musterte sie unbewegt und sie fühlte, wie sich eine Kluft zwischen ihnen auftat, die größer und größer wurde und sie beide zu verschlingen drohte. War es ihr gerade noch selbstverständlich erschienen, ihn zu umarmen, glich es nun einer Unmöglichkeit, fast, als halte sie innerlich etwas zurück. Sie fühlte sich wie gelähmt.

»Was machst du hier, Stella?«, fragte Constantin und sah weiterhin auf sie hinab.

»Ich ... ich wünschte, ich hätte den Mut gefunden, dir eher nachzureisen. Aber ich habe es nicht gewagt. Dann ist etwas

Furchtbares passiert. Als Navarino zur Estanzia kam, wusste ich nur noch einen Ausweg. Er war gekommen, um für dich Hilfe zu holen, und ich habe ihn gedrängt, mich zu dir zu führen.«

»Und jetzt bist du hier.«

»Ja.«

Seine Miene wurde weicher.

»Ich war mir sicher, dich nie wiederzusehen.«

Stella schluckte und sah zu Boden.

»Ich reise morgen weiter, wenn du es wünschst. Ich wollte dich nur gerne sehen, bevor …«

»Nein, nein, was redest du denn da, bitte bleib.«

»Danke.«

»Die Reise muss sehr anstrengend gewesen sein, möchtest du dich ausruhen?«

Sie schüttelte den Kopf.

»Nein, so schlimm war es nicht. Ich habe fast den ganzen Tag im Sattel verbracht und bin froh, auf meinen eigenen Beinen zu stehen.«

Constantin schwieg. Als Stella aufsah und ihn musterte, bemerkte sie, dass er von ihrem Zusammentreffen genauso überwältigt war wie sie. Seine Nähe gab ihr ein Gefühl von Geborgenheit und machte sie zugleich auf eine furchteinflößende Weise hilflos, dass sie sich am liebsten entweder in seine Arme geworfen hätte oder davongelaufen wäre.

»Wir haben einander viel zu erzählen, denke ich«, sagte er schließlich. Wollen wir ein Stück gemeinsam gehen?«

Stella nickte.

»Gerne, das ist eine gute Idee.«

»Komm, das Tal hier ist wirklich sehenswert. Beim Gehen fällt mir sicher auch das Reden leichter«, sagte Constantin.

Direkt neben seiner Unterkunft begann ein Pfad. Stella sah

sich nach den anderen um, doch weder die fremden Indios noch Naviol und Navarino schenkten ihnen Beachtung.

Constantin bog einen dornigen Ast zur Seite. »Gleich wird es besser, geh nur voraus.«

Sie ging durch das Dickicht, hob die Arme, um sich vor den kratzenden, dornenbewehrten Zweigen der Berberitzen zu schützen. Der Weg weitete sich und sie liefen nebeneinander. Stella war zum ersten Mal seit Tagen wieder froh. Neben Constantin zu gehen und ihn hin und wieder zufällig zu berühren, wenn der Pfad schmaler wurde, kam ihr vor wie im Traum. Vielleicht wurde doch noch alles gut. An den Mord wollte sie jetzt nicht denken.

»Wie ist es dir ergangen?«, fragte sie vorsichtig und Constantin begann zu erzählen. Stockend berichtete er von den ersten Wochen der Reise, und immer wenn er den Namen seines verstorbenen Mentors erwähnte, huschte ein Schatten über sein Gesicht.

Was Holton ihm wohl bedeutet hatte? Er musste wie ein zweiter Vater für ihn gewesen sein. Stella fühlte mit ihm, musste kurz an ihren eigenen Vater denken und hätte am liebsten Constantins Hand ergriffen. Als ihr Begleiter schließlich seinen Bericht beendete, hatten sie auch das Ende des Pfades erreicht. Vor ihnen lag ein Weiher.

Stella setzte sich auf einen flachen Felsen und umschlang ihre Knie. Eigentlich war es jetzt an ihr, von den vergangenen Wochen und Monaten zu erzählen, doch sie wusste nicht, wie sie beginnen sollte. Sie wollte diesen einmalig schönen Augenblick nicht zerstören, es konnte ja ihre letzte Begegnung sein.

In dem kleinen See schwammen einige Silbersturmvögel und putzten sich das Gefieder. Stella beobachtete die Tiere und bemerkte nicht, wie sie den kleinen Anhänger hervorzog. Wenn sie und Constantin sich doch nur in Vögel verwandeln und die Meere Feuerlands erkunden könnten! Vergessen und Freiheit.

Etwas schreckte die Tiere auf, und sie erhoben sich mühelos in die Lüfte. Ihre rauen Schreie klangen in Stellas Ohren wie schöne Musik, die ihr direkt aus der Seele sprach.

Als sie eine Berührung an der Schulter spürte, zuckte sie zusammen, drehte sich aber nicht um. Ihr Herz wollte ihr vor Angst und Freude schier aus der Brust zu springen.

Seine Hand auf ihrer Schulter war wie ein Versprechen.

»Stella«, sagte er weich und mit einem Beben in der Stimme, die ahnen ließ, dass er noch immer Gefühle für sie hegte.

»Du weißt, ich kann mich nicht gut ausdrücken.«

»Mir geht es ebenso.«

»Mag sein. Ich kann nicht glauben, dass du jetzt hier bist, nach allem, was geschehen ist, und ich glaube, es gibt etwas, das ich dir sagen sollte.«

Sie hielt still, ließ ihn reden und konzentrierte sich auf das unbeschreiblich schöne Gefühl, als er ihr Strähnen aus dem Nacken strich, die sich gelöst hatten. Jede Faser ihres Körpers schien mitzuschwingen, mitzufühlen und die verschlungenen Pfade zu verfolgen, die seine Finger auf ihre Haut malten.

»Als wir angegriffen wurden und ich verwundet wurde und kurz davor war, das Bewusstsein zu verlieren, dachte ich, ich müsse sterben. Ich hatte keine Angst vor dem Tod, aber in jenem Augenblick wünschte ich mir, dich noch einmal sehen zu dürfen.«

Stella schluckte, sein Geständnis berührte sie zutiefst. Vorsichtig legte sie ihre Hand auf seine, die nun wieder auf ihrer Schulter ruhte.

»Und nun bist du hier«, sagte er sanft. »Als wäre mein Wunsch erhört worden.« Er war jetzt so nah, dass sie seinen Atem auf ihrer Wange spürte und sie nur noch einen Wunsch hatte.

»Seit dem Tag, als du aufgebrochen bist, wünsche ich mir nur zwei Dinge, Constantin. Dass du mich anhörst und mich nicht hasst, weil ich dumm und blind war.«

»Ich hasse dich nicht, Stella, das habe ich nie getan.« Er räusperte sich. »Vielleicht ein bisschen.«

»Und jetzt?«

»Wie könnte ich?«

Er kniete sich neben sie, und sie wagte es, den Kopf zu drehen. Er sah verhärmt aus. Die letzten Wochen mussten an ihm gezehrt haben, doch seine blaugrauen Augen funkelten lebendig. Wie hatte sie seinen Blick vermisst. Constantin legte die Hand an ihre Wange, sie schmiegte sich an sie, als hätte sie nie etwas anderes getan. Als er ihr Kinn anhob und sich zu ihr beugte, schloss sie erwartungsvoll die Augen.

Seine Lippen berührten zaghaft die ihren. Bartstoppeln kratzten über ihr Kinn. Sein Kuss war beinahe keusch, und Stella fragte sich, ob der Mann, dem sie über so viele Umwege ihr Herz geschenkt hatte, in seinem Leben überhaupt schon einmal mit einer Frau zusammen gewesen war.

Darauf bedacht, keinen falschen Eindruck zu erwecken, legte sie ihm vorsichtig die Hände in den Nacken.

Doch die Sorge war unbegründet. Als würde Constantin aus einem Traum erwachen, küsste er sie plötzlich mit aller Leidenschaft, presste sie an sich und sie fühlte das wilde Schlagen seines Herzens bis tief in ihre Brust.

»Du darfst mich nie wieder loslassen, mich nie wieder alleinlassen«, flüsterte sie ihm ins Ohr.

»Ich verspreche es.«

In diesem Moment gab es nur noch sie und ihn, das Hier und Jetzt, und Stella dachte nicht daran, dass Constantin bald nach England zurückkehren würde, dass sie für eine Heirat oder um das Land zu verlassen, die Erlaubnis ihres Onkels brauchte.

Als Stella ihre Hände über Constantins Schulter wandern ließ, stöhnte er mit einem Mal auf. Sein Körper versteifte sich. Hatte er Schmerzen?

»Was ist?«

»Die Stichverletzung, aber es wird mit jedem Tag besser.«

Stella wich zurück.

»Oh Gott. Es tut mir leid ...«

Constantin lächelte, als er bemerkte, wie sehr sie sich sorgte, und streichelte ihre Wange.

»Keine Sorge. In den ersten Tagen hatte ich starkes Fieber, doch Mesemikens Sippe hat einen guten *Yehamus*, einen Medizinmann. Er hat mir allerlei widerliches Zeug verabreicht und ich habe keinen Wundbrand bekommen. Aber die Heilung braucht Zeit.«

»Wo genau bist du verwundet worden?«

Constantin wies auf seine rechte Schulter.

»An der Schulter. Aber ich hatte Glück. Der Knochen wurde nur gestreift.«

Behutsam legte Stella die Hand auf die Stelle und ertastete den Verband.

»Wenn ich mir vorstelle, nur ein Stückchen weiter ...«

Er hielt ihre Hand fest und küsste sie.

»Dann wäre keiner von uns von der Forschungsreise nach London zurückgekehrt.«

Stella schluckte.

»Es tut mir leid. Ich war an Professor Holtons Grab. Navarino hat ihm einen würdigen Platz ausgesucht.«

Constantin atmete tief durch und wandte den Blick ab.

»Er war wie ein Vater für mich, Stella. Ich habe mir und ihm geschworen, seine Arbeit hier so zu Ende zu bringen, dass er darauf stolz sein kann.«

»Und das wirst du.« Stella drückte seine Hand. »Ich werde dich unterstützen, so gut ich kann.«

»Danke.« Constantin räusperte sich. »Lass uns nicht weiter darüber reden. Du bist hier, damit hätte ich nicht in meinen kühnsten Träumen gerechnet.« Er setzte sich neben sie, streckte die Beine auf dem sonnengewärmten Felsen aus und sah sie an. Stella wusste, worauf er wartete. Sie schuldete ihm noch ihren Teil der Geschichte. Jetzt gab es kein Zurück mehr.

»Ich habe deinen Brief an meinen Onkel gefunden«, begann sie, und Constantin blickte sie aufmerksam an. »Ich war so dumm. Du warst immer so lieb zu mir, und ich habe dir die kalte Schulter gezeigt. Aber nicht, weil ich dich nicht mochte, ganz im Gegenteil. Ich hatte Angst, mich in einen Mann zu verlieben, den mein Onkel und meine Mutter ablehnen würden, Angst, verletzt zu werden. Schließlich habe ich mit meiner Schwester gesprochen, und sie hat mir klargemacht, dass ich dich nicht hätte gehen lassen sollen, doch da war es schon zu spät.«

Constantin nickte langsam.

»Und Fergusson?«

»Das mit Shawn war ein Fehler. Aber ich will mich nicht herausreden. Ich war schwach und leichtsinnig. Es lässt sich nicht rückgängig machen, aber es ist vorbei. Glaube mir, wenn ich die Zeit zurückdrehen könnte, es wäre nie geschehen.«

»Das muss ich wohl akzeptieren. Jeder Mensch macht Fehler. Aber du bist mir nicht hinterhergereist, nachdem du den Brief gefunden hast.«

»Nein. Ich habe darüber nachgedacht, es aber nicht gewagt. Nachdem ihr weg wart, habe ich mich auf der Estanzia immer unwohler gefühlt. Shawn und ich haben uns nicht mehr getroffen, und das war gut so, doch er hatte sich in den Kopf gesetzt, mich bis zur Geburt seines Kindes zu verheiraten. Jede Woche kam ein Bewerber, manchmal sogar zwei.«

»Und du hast sie alle abgelehnt.«

Stella verzog den Mund zu einem Lächeln, auch wenn ihr nicht danach zumute war.

»Ja, und damit habe ich die ganze Familie gegen mich aufgebracht. Schließlich gab es keine Bewerber mehr.«

»Keinen?«

Stella schluckte.

»Nur einen. Zavier Apida.«

Constantin sah sie ungläubig an.

»Der Vorarbeiter der Fergussons? Das kann doch nicht wahr sein!«

»Doch, sie haben mich mit ihm verlobt … was hätte ich denn tun sollen?«

»Oh, Stella. Bist du … seid ihr jetzt …?«

Sie schüttelte den Kopf. Ihr fiel es immer schwerer, weiterzusprechen.

»Wusstest du, dass Apida einer der Männer war, die die Indiofrauen vergewaltigt haben?«

Entsetzt riss Constantin die Augen auf. Nein, natürlich wusste er es nicht.

»Nachdem er sich zuerst wie ein Gentleman verhalten hat, lauerte er mir vor fünf Tagen auf. Er konnte scheinbar nicht mehr bis zur Hochzeitsnacht warten.«

Stella beobachtete Constantin. An seinem Hals trat deutlich eine Ader hervor. Wahrscheinlich war er wütend und hätte sich am liebsten auf Apida gestürzt. Doch das brauchte er nicht mehr.

»Er ... er hat mir wehgetan. Draußen vor dem Stall. Ich wollte schreien, aber ich konnte nicht.« Stella verlor die Fassung. Plötzlich war ihr Gesicht nass vor Tränen, und sie brachte kaum noch ein Wort heraus. Stockend berichtete sie, wie sie versucht hatte, sich loszumachen und ihn zu treten. Wie sie schließlich mit dem Hufeisen auf ihn einschlug. »Ich habe immer wieder nach ihm geschlagen, bis er sich nicht mehr bewegte. Ich ... ich bin eine Mörderin, Constantin. Eine Mörderin.«

Stella zitterte am ganzen Körper. Die ganze Zeit hatte sie sich beherrscht, um nicht zusammenzubrechen. Jetzt konnte sie nicht mehr. Etwas in ihrem Inneren zerbrach, wie ein Balken, der unter zu großem Druck zersplitterte. Nun würde Constantin, der ihr eben noch verziehen hatte, sich angewidert von ihr abwenden. Er schwieg und musterte sie ungläubig. Dann nahm er sie in die Arme. Seine Reaktion überraschte sie und gab ihr zugleich ein wenig von dem zurück, was sie am nötigsten brauchte: Halt.

Zärtlich streichelte Constantin über ihren Rücken, bis sie sich wieder gefasst hatte. Schließlich wischte sie sich die Tränen von der Wange und lehnte sich wieder an seine Schulter. Sie schwiegen, und Stella hatte das Gefühl, als setze eine innere Heilung ein.

Als es dämmerte, brach Constantin die Stille.

»Du hast das einzig Richtige getan, Stella.«

»Du weißt nicht, wie es in mir aussieht.«

»Ich verstehe dich vielleicht besser, als du glaubst. Als wir angegriffen wurden, habe ich einen Mann getötet. Dass ich das je tun würde, hätte ich nie gedacht. Aber sie haben unschuldige Frauen und Kinder erschossen. Ich würde wieder so handeln. Trotzdem sehe ich das Gesicht des Toten dauernd vor mir.«

»Aber was soll ich jetzt tun? Navarino hat mich gefunden, und ich habe ihn dazu gedrängt, mir bei der Flucht zu helfen und mich herzubringen. Ich kann nie wieder zurück.«

»Doch. Du brauchst keine Angst zu haben. Niemand wird dich verurteilen.«

Das sagte sich so leicht.

»Du kennst meine Schwester nicht. Ich habe eine Todsünde begangen. Wenn sie erfährt ...«

»Sie erfährt es so oder so. Meine Arbeit hier ist fast abgeschlossen. Wenn du möchtest, begleite ich dich zurück nach Baja Cardenas.«

»Das würdest du tun?«

»Für dich, natürlich.«

Er erhob sich und half ihr auf. Die Sonne war mittlerweile untergegangen. »Komm, gehen wir zurück, bevor der Pfad nicht mehr zu erkennen ist.«

Bald erreichten sie das Lager. Die *Selk'nam* saßen an einem Feuer und beachteten sie kaum, als sie auf die Lichtung traten.

Auf einem flachen Stein wurde Fleisch gebraten. Stella lief das Wasser im Mund zusammen und sie merkte, wie hungrig sie eigentlich war. Constantin, der nicht mehr ihre Hand hielt, beugte sich zu ihr.

»Das Essen ist gewöhnungsbedürftig. Es ist ein Wunder, dass ich nicht schon längst Skorbut bekommen habe.«

Sie traten näher an das Feuer, und ein seltsamer Essensgeruch, eine Mischung aus Fisch und Fleisch, stieg Stella in die

Nase. Fett rann den Stein herunter ins Feuer. Sie überlegte, was sie noch an Vorräten von der Reise besaßen, doch sie hatten alles aufgegessen.

»Was ist das?«, fragte sie und konnte ihren Ekel nicht verbergen.

»Ich weiß es nicht genau, aber das könnte eine Robbe sein. Sie haben heute Morgen auch einige Seevögel getötet, aber die schmecken nicht viel besser. Die *Selk'nam* von der Küste leben fast ausschließlich vom Meer. Ich würde alles für ein Stück Gans geben, oder Kammratte.«

Stella schmunzelte.

»Kammratte?«

»Ja. Schlimm, oder? So weit ist es schon gekommen.«

Sie setzten sich zu den Indios ans Feuer. Zu Stellas Erleichterung gab es auch gedämpfte Muscheln und getrocknete Beeren. Während die Eingeborenen sich in ihrer seltsamen Sprache unterhielten, schwiegen Constantin und Stella. Das Glück, das sie empfanden, stand im krassen Gegensatz zur Trauer der anderen, die Freunde und Verwandte im Gewehrfeuer der Kopfgeldjäger verloren hatten.

Die Nacht war dunkel, kalt und sternenlos.

Als das Feuer heruntergebrannt war, löste sich die kleine Gruppe nach und nach auf, und Stella und Constantin blieben allein zurück.

Schließlich räusperte sich der junge Forscher.

»In meinem Zelt ist noch Platz, ich habe es mit Holton geteilt, also, wenn du möchtest?«

Sie antwortete nicht. Gemeinsam gingen sie zum Zelt. Constantin hielt ihr die Zelttür auf, und sie ging mit einer kleinen Tranlampe hinein. Der warme Lichtschein fiel auf die

Transportkisten, das Kunsthandwerk und die Alltagsgegenstände der Indios, die Constantin zusammengetragen hatte.

»Ich weiß gar nicht, wo mein Gepäck ist«, sagte Stella leise. Vor lauter Aufregung hatte sie sich nach ihrer Ankunft nicht weiter darum gekümmert. Navarino hatte es wahrscheinlich irgendwo hingebracht, doch jetzt war es in der Dunkelheit kaum zu finden.

»Es ist alles hier, was wir brauchen, Stella«, sagte Constantin, schloss den Zelteingang und stellte die Lampe auf den Boden. »Hier.«

Er gab Stella eine aufgerollte Filzdecke. Unschlüssig sah sie sich im Dämmerschein der Lampe um. Sollte sie sich neben Constantin oder lieber in eine andere Ecke des Zeltes legen? Was schicklich war, wusste sie. Doch wen interessierte das noch? Ihn neben sich zu spüren, wäre einfach wundervoll!

Schließlich half Constantin ihr, die Decke neben seiner auszubreiten. Dabei lächelte er derart schüchtern, dass es ihr beinahe den Atem verschlug. Dann löschte er das Licht. Stella zog Jacke und Rock aus und legte sich im Unterkleid hin.

»Gute Nacht, Constantin.«

»Gute Nacht, Stella«, antwortete er leise.

Sie hörte ihn heftig atmen. Eine besondere Spannung lag in der Luft, und sie wagte kaum sich zu bewegen. Nach einer Weile seufzte Constantin.

»Stella?«

»Ja?«

»Ich würde dich gerne im Arm halten. Erlaubst du es mir?«

Sie lächelte in der Dunkelheit und rutschte ein Stückchen näher. Constantin schlang seinen Arm um ihre Mitte.

Lange lagen sie einfach da, lauschten den Nachtgeräuschen und dem Atem des anderen. Stella hatte sich noch nie so geborgen gefühlt. Am liebsten wäre sie die ganze Nacht wach geblieben, um dieses unbeschreibliche Gefühl zu genießen. Doch schließlich schlief sie ein und träumte zum ersten Mal nicht mehr von Apidas blutüberströmtem Gesicht.

Kapitel 21

Wenngleich Stella und Constantin sehr spartanisch in einem Zelt lebten und sich von ranzig schmeckendem Robbenfleisch ernährten, hatte Stella an ihrer Situation nichts auszusetzen. Sie fühlte sich heimisch. Wo sie war, spielte keine Rolle, Hauptsache, Constantin war bei ihr.

Wie selbstverständlich übernahm sie wieder die Aufgaben, die sie auch auf der Estanzia für die Forscher erledigt hatte. Sorgfältig reinigte sie alles, was Constantin für bewahrenswert hielt, zeichnete Artefakte, vermaß sie und packte sie für den weiteren Transport ein.

Sie sprachen nicht viel miteinander. Es reichte ihnen aus, in der Nähe des anderen zu sein, und Stella wusste, dass Constantin am Abend zurückkehren würde, wenn er mit den Männern der *Selk'nam* einem geheimen Ritual beiwohnte.

Doch ihre Zeit an diesem abgelegenen Ort würde nicht ewig dauern. Bald konnten sie sich der Realität nicht mehr verschließen, und Stella fürchtete sich vor diesem Augenblick.

Schließlich war es die kleine Sippe der Indios, die das Signal zum Aufbruch gab. Die Ältesten und der Medizinmann hatten nur auf die richtigen Zeichen und einen Wetterumschwung gewartet. Sie wollten weiterziehen.

Für Constantin und Stella kam die Nachricht plötzlich.

Binnen eines Tages hatten die Küstennomaden all ihr Hab und Gut, Zelte, Vorräte, Kinder und Hunde auf Boote verladen und nahmen Abschied.

Naviol umarmte seinen Freund Yako und versprach, im nächsten Jahr zurückzukehren und einen Kupferkessel mitzubringen. Constantin, der ein paar Worte in der Sprache der Indios gelernt hatte, verabschiedete sich von jedem persönlich und dankte ihnen. Stella beobachtete ihren Geliebten und dachte, wie sehr er doch hierher passte. Doch wenn er zurück nach London musste, würde sie ihm folgen, wenngleich sie die lange Schiffsreise und die riesige, fremde Stadt ängstigten.

Die Boote legten ab. Sie blieben zu viert am Strand zurück und sahen den Küstennomaden nach, bis die Gefährte nur noch kleine Punkte waren, die durch die Wogen schnitten.

Stella schob ihre Hand in Constantins, er drückte sie geistesabwesend, den Blick auf das Wasser gerichtet.

»Zeit für Abschied ... immer traurig«, durchbrach Naviol die Stille.

»Ich bin mir sicher, du wirst sie nächstes Jahr wiedersehen«, sagte Stella.

»Ich hoffe«, entgegnete er und lächelte wehmütig.

Ja, für die Indios ist es vermutlich Glückssache, das nächste Jahr zu erleben, seitdem überall auf sie Jagd gemacht wird, dachte Stella. Es gab kaum noch Rückzugsorte für sie, und die Krankheiten der Weißen forderten hohen Tribot.

»Ich denke, wir sollten unseren Aufbruch nicht länger herauszögern, wenn wir die Estanzia Fergusson in fünf Tagen erreichen wollen«, sagte Navarino schließlich.

Stella wurde bei der Erwähnung der Estanzia mulmig. Indes machte es ihr Mut, dass sie Constantins Unterstützung hatte und er an sie glaubte. Sie hatte ihr Leben verteidigt, das war etwas anderes als eiskalter Mord.

»Woran denkst du?«, fragte Constantin und legte seine Hand auf ihren Rücken. Stella riss ihren Blick von der Weite des Fjords los.

»An die Estanzia.«

»Du brauchst keine Angst zu haben.«

Stella blickte in seine warmen blaugrauen Augen, und die Spannung fiel von ihr ab.

»Habe ich nicht, nicht, wenn du zu mir hältst.«

»Darauf kannst du dich verlassen.« Er küsste sie auf die Schläfe, dann gingen sie zu ihren Pferden, die bereits gesattelt bereitstanden. Jeder führte zusätzlich ein Lasttier, das mit Ausrüstung und Präparaten beladen war.

Ihr Weg ging südostwärts. Sie wollten nicht auf der gleichen Route zurückreiten, damit Constantin Gelegenheit bekam, einen weiteren Teil des Landes zu erkunden. Zunächst ritten sie schier endlose verlassene Strände entlang. Der Sand war grau, wie auch der Himmel, doch Stellas Laune konnte das nicht trüben. Es vergingen noch mehrere Tage, bevor sie wieder um ihre Zukunft und ihr Glück bangen musste.

Zwei Tage lang folgten sie der Küste, mal ging es am Strand entlang, mal über welliges, baumloses Heideland, wo zahlreiche Möwen und Gänse brüteten und Pinguine ihre Jungen aufzogen. Die Magellanstraße war ihr beständiger Begleiter. Auf der Wasserstraße kämpften große Segelboote mit dem Wind und transportieren Waren und Passagiere nordwärts bis ins ferne Kalifornien, wo Goldfunde schnellen Reichtum versprachen.

An den Schiffen hatte sich Stella bald sattgesehen, nicht jedoch an den Walen, die riesige Fontänen aus Wasser und Nebel ausstießen. Es waren beeindruckende Tiere, länger als ein Haus, schwerer als ein Dutzend Pferde.

Je weiter südlich sie gelangten, desto weniger Wale sahen sie, dafür mehr Schiffe, die den gewaltigen Ozeanbewohnern nachstellten.

»Bitte, ich möchte nicht dorthin«, hatte sie leise gesagt, als Navarino vorschlug, an einem kleinen Ort zu übernachten, wo die Tiere geschlachtet wurden, und sie ließen Lindquist Whaling Bay links liegen.

Ab dem nächsten Tag ritten sie landeinwärts, nach Nordosten in Richtung des Lago Ciencia und der Estanzia, wo sie drei Tage später eintrafen.

Unvorstellbar viel war geschehen seit jenem Morgen, an dem Stella mit Claire durch Baja Cardenas zum Anwesen der Fergussons geritten war.

Nun war Constantin an ihrer Seite. Wie mochte das aussehen? Eine junge Frau, die einen Mann erschlagen hatte und in wilder Ehe mit einem beinahe mittellosen britischen Forscher lebte.

Als Stella die strahlend weiße Estanzia, umgeben von grünen Wiesen, erblickte, schnürte sich ihre Kehle zu und sie bekam kaum mit, wie sich Naviol von ihnen verabschiedete, um so schnell wie möglich zu seiner Frau zurückzukehren. Navarino übernahm die restlichen Packpferde von ihm. Um diese Uhrzeit war Hof verlassen.

»Dort ... dort ist es geschehen«, sagte Stella mit bebender Stimme und wies auf eine Stelle neben dem Stall. Ihren Magen schien eine eiserne Faust zusammenzudrücken. Wäre nicht Constantin neben ihr geritten und hätte ihre Hand genommen, hätte sie womöglich die Flucht ergriffen.

Sie stiegen im Hof ab.

»Gehen Sie, ich kümmere mich um alles«, sagte Navarino.

Sie trat an Constantins Seite und hoffte, ihre Beine würden ihr nicht den Dienst versagen. Er bot ihr seinen Arm, und erleichtert hakte sie sich unter.

»Wenn du willst, übernehme ich das Reden«, sagte er.

»Ich ... ich weiß nicht.«

Als sie am Fuß der Treppe angelangt waren, wurde die Tür geöffnet. Es war die Haushälterin Emilia. Voller Erstaunen öffnete sie den Mund und brachte keinen Ton heraus.

»Señorita Newville?«, stieß sie schließlich hervor. »Wir dachten, Sie seien entführt oder tot. Mein Gott! Was wird sich Ihre Schwester freuen.« Sie verschwand wieder im Haus.

Stella sah Constantin an, der schüttelte kaum merklich den Kopf. Der Empfang für eine Mörderin sah anders aus. Was war nur geschehen?

Als sie die Diele betraten, kam Claire aus der Küche geeilt, gefolgt von Emilia und der Köchin. Sie starrte ihre Schwester ebenso fassungslos an wie die Haushälterin. Anscheinend hatten sie Apidas gewaltsamen Tod und ihr Verschwinden anders ausgelegt.

»Oh Gott, ich danke dir. Du bist wieder da!«, rief Claire aus. Tränen strömten ihr über die Wangen, während sie Stella stürmisch umarmte. Diese erwiderte die Umarmung erst zögernd, doch dann drückte sie Claire fest an sich. Sie war so froh, ihre geliebte Schwester wiederzusehen, hatte sie sie doch für immer verloren geglaubt!

»Du bist wieder da«, wiederholte Claire ungläubig. »Was ist nur passiert? Bist du wirklich entführt worden?«

»Entführt? Nein, nein, natürlich nicht.«

Stella trat einen Schritt zurück. Hastig wischte Claire sich über die Augen und bemerkte erst jetzt Constantin Moss, der sich im Hintergrund gehalten hatte, sobald klar war, dass Stella kein Ungemach drohte.

»Señor Moss, habe ich es etwa Ihnen zu verdanken? Haben Sie Stella heimgebracht?«

Constantin begrüßte sie und schüttelte den Kopf.

»Nein, es war nicht mein Verdienst.«

Stella trat an seine Seite. Jeder durfte und sollte sehen, zu wem sie gehörte. Und Claire verstand sofort.

»Du bist ihm nachgereist?«

»Ja.«

»Aber wie ... Ich verstehe nicht ...«

»Das ist doch jetzt unwichtig«, sagte Constantin. »Stella und ich gehören zusammen.«

»Ihr habt euch verlobt?« Claires Miene wechselte zwischen Freude und ungläubigem Staunen.

Stella sah zu Constantin auf. Förmlich um ihre Hand angehalten hatte er nicht. Aber sie las die Antwort in seinen Augen.

»Ja«, antworteten sie wie aus einem Munde und lachten. Claire strahlte und umarmte sie.

»Ich freue mich so für euch.«

»Was gibt es denn hier für einen Tumult?«, ertönte plötzlich Shawns wohlvertraute Stimme. Er war soeben aus seinem Arbeitszimmer getreten, dicht gefolgt von einem Mann, den Stella geglaubt hatte, in diesem Leben nicht wiederzusehen. Apida! Sein Gesicht war von frischen Narben übersät, und er hatte einen Bluterguss auf der Wange.

Stella stolperte ein paar Schritte zurück. Es war, als erlebe sie den Albtraum noch einmal, spürte erneut seine Hände auf ihrem Körper und seine gewaltsamen Küsse. Schützend legte Constantin den Arm um ihre Schulter.

Sobald der Vorarbeiter sie erblickte, erstarrte er für einen Moment, dann stieß er Shawn weg und rannte los. Stella schrie. Der Totgeglaubte kam direkt auf sie zu. Constantin riss sie zur Seite, doch Apida wollte sie gar nicht angreifen, sondern nutzte den überraschenden Augenblick, um durch die Vordertür zu entkommen.

Mit wild klopfendem Herzen sah Stella ihm nach.

»Das … das kann nicht sein. Er ist doch tot. Er muss tot sein. So viel Blut, ich … ich …«, stotterte sie. Auf einmal begriff sie. Sie war keine Mörderin! Niemand würde sie einsperren! Aber das hieße auch, dass Apida frei herumlief und sie noch immer seine Verlobte war.

»Ich denke, wir haben viel zu besprechen«, sagte Constantin.

»Das denke ich auch«, stimmte Shawn zu und machte eine einladende Geste in Richtung Salon. Constantin und Stella reichten der Haushälterin ihre Jacken und folgten dem Hausherrn.

»Du wirst sehen, es wird alles ein gutes Ende nehmen«, flüsterte Constantin und küsste sie auf die Stirn.

»Und wenn Shawn Nein sagt?«

»Dann behaupte ich, wir hätten in wilder Ehe gelebt, dann hat er keine Wahl.«

»Aber Constantin!« Stella sah ihn ungläubig an und musste grinsen.

»Komm, bringen wir es hinter uns!«

Naviol preschte durch die Bartgrassteppe nordwärts, wo Sturmvögel über dem Seno Skyring dahinschnellten.

Die kleine Ansiedlung sah aus wie zu dem Zeitpunkt, als er sie verlassen hatte. Rauch hing in der Luft. Kinder hüteten eine kleine Schafherde. Frauen mit Flechtkörben gingen den Strand entlang. Eine davon war Ekina. Er hätte sie unter allen Frauen der Welt allein schon an ihrem Gang wiedererkannt. Geschmeidig wie ein Feuerlandfuchs.

Sein Wallach kam auf der abschüssigen Düne kurz ins Straucheln, bevor er weitergaloppierte.

»Ekina!«, rief er. »Ekina, ich bin zurück.«

Überrascht ließ sie den Korb fallen. Naviol sprang vom Pferderücken und rannte die letzten Schritte auf sie zu. Er hob sie hoch und wirbelte sie einmal im Kreis herum. Ekina lachte. Oh, wie sehr er ihr Lachen vermisst hatte!

»Vorsichtig, vorsichtig«, rief sie vergnügt aus. Als er sie daraufhin sanft auf ihre Füße stellte, war da etwas in ihrem Blick.

»Es ist noch sehr früh«, sagte sie und legte eine Hand auf ihre Mitte, »aber wenn die *Yosi* uns wohlgesonnen sind, bekommen wir ein Kind.«

Naviol konnte sein Glück kaum fassen. So lange hatte er geglaubt, seiner Frau und ihm würden eigene Kinder versagt bleiben. Er konnte nicht aufhören zu lächeln.

»Wie ist es dir ergangen, wie war die Reise?«

»Es gibt viel zu berichten, auch viel Trauriges, Ekina. Aber dazu später. Jetzt freue ich mich erst einmal, zu Hause bei dir zu sein, und über die gute Nachricht.«

Als Naviol neben dem Kochfeuer saß und Ekina dabei zusah, wie sie die Meerestiere zubereitete, hörte er auf einmal schnellen Hufschlag. Sofort griff er nach Pfeil und Bogen, die er immer in der Nähe bereitstehen hatte. Doch es war kein anderer als Navarino. Etwas stimmte nicht, das wurde Naviol sofort klar. Der *Yag'han* ritt nicht zu seiner Hütte, sondern direkt zu den Kochfeuern. Statt abzusteigen, ließ er sein Pferd achtlos durch das Lager traben.

Naviol sprang auf.

»Apida lebt!«, rief er aufgebracht. »Die Señorita hat ihn nicht erschlagen. Er lebt und ist geflohen, sobald er sie sah! Komm Naviol, bringen wir es zu Ende!«

Er fühlte das Blut wie Feuer durch seine Adern brennen. Ekinas Einwände hörte er kaum, ignorierte ihre Sorge und die Mahnung, vorsichtig zu sein. Augenblicke später saß er wieder auf seinem Pferd und preschte hinter Navarino her, der wusste, wohin der Vorarbeiter entkommen war. Apida würde sterben, noch in dieser Nacht.

Es war dunkel geworden. Stella hatte sich mit Claire in den Wintergarten zurückgezogen, während Constantin mit Shawn und seinem Vater im Salon geblieben war. Nachdem sich die anfängliche Aufregung gelegt hatte, berichtete Constantin den Männern vom schwierigen Verlauf der Expedition. Holtons Tod traf den alten Fergusson schwer, wenngleich Shawns Vater versuchte, Fassung zu wahren. Er hatte sich zurückgezogen, sobald es die Höflichkeit zuließ und das Thema auf die Verlobung von Constantin und Stella kam. Stella erschien es seltsam, dass nun ausgerechnet Shawn mit Constantin über ihre gemeinsame Zukunft sprechen würde. Doch wer sonst, wenn nicht er, sollte diese Entscheidung treffen? Constantin war seine Eifersucht anzumerken gewesen, doch er hatte sich im Griff und war stets höflich geblieben. Stella hatte die Männer zuerst nicht allein lassen wollen, doch schlussendlich riss sie sich zusammen und folgte Señora Fergussons Aufforderung, diese Unterhaltung Shawn und Constantin zu überlassen.

Claire war in der Zwischenzeit beinahe vor Neugier umgekommen, und so saß sie nun hier um die neugierigen Fragen ihrer Schwester zu beantworten.

Obwohl der Wintergarten auf der windgeschützten Seite des Hauses lag, pfiff der Wind durch die Ritzen und die Glasscheiben klirrten.

Stella und Claire teilten sich eine Decke, die sie sich über die Beine gelegt hatten, und tranken heiße Schokolade.

»Ich kann das alles noch immer nicht glauben. Was für Lügen Apida uns aufgetischt hat«, seufzte Claire. »Er hat behauptet, ein Unbekannter habe dich entführt, ihn ausgeraubt und beinahe erschlagen, als er dich verteidigen wollte.«

Stella fröstelte und versuchte, nicht an die schreckliche Nacht denken.

»Und ihr habt ihm geglaubt?«

»Was hätten wir denn tun sollen? Alles sprach dafür. Wir haben Suchtrupps losgeschickt, doch niemand hat auch nur eine brauchbare Spur gefunden. Du warst wie vom Erdboden verschluckt.«

»Navarino und ich sind fast nur durch Bachläufe geritten.«

»Was musst du für Angst gehabt haben! Glaube mir, ich habe jeden Tag für dich gebetet. Es kam mir so vor, als wollte Gott mich für meine schlechten Gedanken strafen, Stella. Es tut mir so leid.«

Stella horchte auf. Sie ahnte, was Claire meinte, doch sie wollte keine vorschnellen Schlüsse ziehen.

Claire nahm ihre Hand. »Ich wollte, dass du die Estanzia verlässt, Stella, und hier allein mit Shawn und dem Kind leben.«

»Ich weiß. Ich habe gehört, wie ihr darüber gesprochen habt, und ich würde lügen, wenn ich behauptete, dass es mich nicht verletzt hat. Aber jetzt verstehe ich dich, Claire. Seit ich mit Constantin zusammen bin, würde ich am liebsten jeden Augenblick in seiner Nähe sein. Ich möchte ihn nicht teilen, nicht einmal jetzt, während wir hier sitzen und er mit den Männern im Salon ist. Ist das nicht seltsam?«

Claire lächelte und strich über ihren gewölbten Bauch.

»Nein, keineswegs. So ist es, und ich hoffe, du kannst mir verzeihen.«

»Natürlich. Ich habe auch sehr viel falsch gemacht, seitdem wir hergekommen sind. Vergessen wir das alles und versuchen, es ab heute besser zu machen.«

Claire stimmte ihr sofort zu, doch auch wenn sie sich wieder versöhnt hatten, ein Schatten würde nicht verschwinden: Apida.

»Was passiert nun wegen Apida?«, fragte sie.

»Angeblich ist er abgehauen. Ich glaube nicht, dass er wiederkommen wird. Wahrscheinlich wird er weit weg auf einer anderen Estanzia Arbeit finden. Du brauchst keine Angst mehr vor ihm zu haben.«

Das war ein geringer Trost, aber Stella musste sich damit abfinden.

»Ich hoffe, er rennt bis ans Ende der Welt!«, seufzte sie, »und dass ihn seine Missetaten keine einzige Nacht ruhig schlafen lassen.«

»Gott wird über ihn richten. Verbannen wir ihn also aus unseren Gedanken und befassen uns mit etwas Schönerem. Deiner Hochzeit, Schwester.«

Stella fühlte, wie ihr die Röte in die Wangen schoss. Ja, das bevorstehende Ereignis verjagte alle dunklen Erinnerungen!

Apida hatte kein Feuer gemacht. Wohl, weil er fürchtete, entdeckt zu werden.

Naviol brauchte keinen Feuerschein, um ihn aufzuspüren, die Nacht war hell genug. Der Vorarbeiter hatte eine kleine windgeschützte Senke als Lagerplatz gewählt. Eine schlechte Idee, wenn man verfolgt wurde, doch Apida ahnte nicht, dass sein Leben in Gefahr war.

Naviol und Navarino lagen dicht an den Boden gedrückt am Rand der Senke und beobachteten ihn. Das Pferd graste nicht weit entfernt und konnte die Indios gegen den Wind nicht wittern.

Naviol überlegte was er tun sollte. Ihn leiden lassen wie Zack, das erste Opfer? Oder es schnell zu Ende bringen wie bei dem zweiten Mann?

Er ahnte, dass niemand fragen würde, was mit Apida geschehen war, selbst dann nicht, wenn sie seine Leiche fänden. Langsam zog er einen Pfeil aus dem Köcher und legte ihn mit einer fließenden Bewegung auf die Sehne.

Kein Risiko.

Navarino nickte ihm zu. Dann sirrte der Pfeil los und traf Apida mit einem dumpfen Aufschlag in die Nieren. Der Vorarbeiter schrie, stand taumelnd auf, aber seine Schritte trugen ihn nicht weit. Navarino war aufgesprungen und warf seine Bola, die sich um Apidas Knöchel schlang. Er stürzte der Länge nach hin und kam nicht wieder hoch.

Naviol und Navarino stiegen in die kleine Senke hinab, wo sich der Verwundete in seinem Blut wälzte.

War er Tage zuvor noch in der Tracht eines Gauchos nach Baja Cardenas geritten, so war Constantin Moss an diesem Morgen seit Langem wieder ganz der britische Gentleman. Der dunkle Anzug war etwas zu weit, er hatte abgenommen. Nach einem Besuch beim Barbier sah er wie ein anderer Mann aus, der Stella jedoch nicht weniger gut gefiel.

Heute, eine Woche nach ihrer Rückkehr, war ihr Tag gekommen. Stella kam es vor, als seien seitdem Monate ins Land gezogen. Ihre Angst und ihre Schuldgefühle hatte sie überwunden. Alles fühlte sich so leicht an, und heute würde sie den Mann heiraten, den sie liebte. Sie trug das Brautkleid ihrer Schwester. In einer kleinen Kutsche waren sie auf dem Weg zur Kirche von Baja Cardenas. Constantin saß ihr gegenüber und strahlte mindestens so glücklich und stolz, wie sie sich fühlte.

Die steife Korsage schnürte ihr die Luft ab, das weite Kleid war sperrig, und der Blumenkranz auf ihrem Kopf hatte sicher jetzt schon gegen Tierra del Fuegos ewigen Wind verloren, doch was kümmerte sie das, solange sie in Constantins blaugraue Augen schauen konnte?

»Du machst mich glücklich«, flüsterte Constantin ihr zu, als die Kirche in Sichtweite kam, und sie lächelte und lächelte und glaubte nie wieder aufhören zu können.

Im Kirchhof warteten viele Menschen. Fast alle Einwohner des kleinen Ortes waren zusammengekommen, und nicht weit von ihnen standen die *Selk'nam,* die am Seno Skyring ein neues Zuhause gefunden hatten. Über sie freute sich Stella besonders, und auch Constantin hob grüßend eine Hand, als sie an Navarino, Naviol und dessen Frau vorbeifuhren.

Bald waren alle Gäste in der Kirche und Stella stand allein mit Shawn im Hof. Ihr Schwager übernahm die Rolle des Brautvaters. Stella legte ihre Hand auf seinen Unterarm, während sie ungeduldig wartete, endlich in die Kirche geführt zu werden.

Ein kleiner Junge läutete die Glocke, die an einem dreibeinigen Konstrukt aufgehängt war, dass als Ersatz für den Kirchturm herhielt. Sie war neu und zu schwer, um in das alte Gebäude zu passen. Sonnenstrahlen funkelten auf dem Metall, während der Junge durch das Gewicht der Glocke immer wieder von den Füßen gerissen wurde. Er kicherte und klammerte sich an dem Seil fest, als bändige er ein wildes Pferd.

Mein Leben soll ruhig in unberechenbaren Bahnen verlaufen, dachte Stella, solange ich mich genauso freuen kann wie der Junge.

»Komm, Schwägerin«, sagte Shawn Fergusson schmunzelnd. »Gehen wir, dann bin ich die Sorge um dich auch bald los.«

Das musste er ihr nicht zweimal sagen. Stella zog ihren Schleier vor das Gesicht. Als Shawn die Kirchentür öffnete, setzten die scheppernden Klänge eines alten Spinetts ein. Die Hälfte der Bänke war besetzt. Bis auf die Fergussons war kaum jemand da, den Stella kannte, doch selbst die Augen der alten Farmer und Viehtreiber leuchteten auf, als sie die Braut erblickten. Wer eine Frau hatte, ergriff ihre Hand, und wer allein gekommen war, zerrte eine Erinnerung oder einen lang verborgenen Traum hervor, um sich daran zu klammern.

Stella sah nur Constantin.

Stolz und zugleich ein wenig schüchtern stand er da. Er sah so gut aus in dem dunklen Anzug mit der bestickten roten Schärpe, die eigentlich zur Tracht der Gauchos gehörte.

Auf seinem Gesicht breitete sich ein Lächeln aus, das immer breiter wurde, je näher sie kam. Hinter ihm glühte die Sonne durch die schmutzigen Bleiglasfenster und erhellte die primitiven Gemälde auf den Wänden. Heilige waren zu sehen, aber auch Wale und Schiffe, Robben und Viehherden, die zu einem Hafen getrieben wurden.

Der letzte Glockenklang verhallte. Der Priester begann mit der Zeremonie, doch Stella nahm seine Worte nicht wahr. Sie sah nur noch Constantins verschwommene Silhouette durch den feinen Schleier und dachte an ihre erste Begegnung, sein rußverschmiertes Gesicht und das scheue Lächeln.

Dann endlich ergriff er ihre Hand, um ihr den Ring überzustreifen. Nun war er da, der Augenblick, von dem sie immer geträumt hatte, und es fühlte sich noch viel schöner an als in ihrer Vorstellung. Constantin atmete schnell, aufgeregt wie sie. Warm schmiegte sich der Goldring um ihren Finger und dann war sie an der Reihe. Ihre Hand zitterte nur ein wenig, als sie das Schmuckstück auf seinen Finger schob. Sie hielt den Atem an, während Constantin vorsichtig ihren Schleier hob. Seine Augen leuchteten.

»Ich liebe dich«, wisperte Stella und fühlte sich, als wäre jede einzelne Faser ihres Körpers mit diesem Gefühl angefüllt. Als sie sich küssten, wurden ihr für einen Moment die Knie weich.

Bald setzte die Musik ein, und sie schritten durch die kleine Kirche zur Tür. Stellas Blick begegnete dem ihrer Schwester, die sich lächelnd für sie freute, ebenso wie Shawn neben ihr. Kurz darauf hatte sich die Kirche geleert. Stella und Constantin waren überwältigt von den vielen Gratulanten, die wie schon bei Stellas Hochzeit auf die Estanzia Fergusson eingeladen wurden. Schnell verliefen sich die Gäste.

»Wir kommen sofort«, rief Constantin seinem neuen Schwager zu. Die Fergussons warteten in der Kutsche auf sie, während Constantin und Stella den kurzen Weg zum Lago Ciencia hinuntergingen. Einen Moment lang standen sie Arm in Arm am Seeufer und blickten nach Westen, wo die schneebedeckten Berge in der Sonne leuchteten.

»Ich kann es noch immer nicht ganz glauben, dass wir jetzt wirklich zusammengehören«, seufzte Stella. »Ich möchte keinen Moment mehr ohne dich sein.«

»Und ich nicht ohne dich.«

»Ich hoffe du weißt, dass ich dir folge, egal wohin dich deine Forscherneugier treibt. Ich werde nicht einfach zu Hause sitzen und sticken.«

Constantin lachte herzlich, drückte sie und gab ihr einen Kuss. »Ja, aber das hoffe ich doch, eine andere Stella möchte ich auch gar nicht.«

»Es gibt noch so viel zu entdecken«, seufzte sie.

»Oh ja, so unglaublich viel.«

Arm in Arm gingen sie zurück zur wartenden Kutsche. Jetzt würden sie erst einmal feiern. Die folgenden Monate sollten ganz im Zeichen der Erforschung Feuerlands stehen. Im Winter ging dann ihr Schiff. Stella würde mit Constantin nach London reisen, seine Verwandten kennenlernen und gemeinsam die Ergebnisse seiner Reise auswerten. Was dann kam, stand in den Sternen. Nur eins war sicher: Stella würde nicht das langweilige Leben führen müssen, vor dem sie sich immer gefürchtet hatte.

Nachwort

Tierra del Fuego ist ein wunderschönes, karges und wildes Land mit einer traurigen Geschichte. In meinem letzten Roman habe ich nicht erwähnt, welche Elemente erfunden und welche historisch belegt waren und dadurch bei manchem interessierten Leser Fragen offengelassen. Das soll nicht noch einmal passieren. Alle von mir genannten Personen entstammen allein meiner Fantasie, ebenso wie der Ort Baja Cardenas. Punta Arenas war zum Handlungszeitraum noch etwas winziger als beschrieben, besaß dafür allerdings einen Militärstützpunkt.

Wer mir wie oft besonders am Herzen gelegen hat, sind die Ureinwohner. Leider hatten sie nie eine Chance gegen die weißen Siedler, die Jagd auf sie gemacht haben oder Menschenjäger bezahlt haben, um sie zu töten. Der bekannteste dieser gedungenen Schlächter war Julius Popper, der somit Pate stand für Parkland und Morales.

Einhundert Jahre, nachdem die Besiedlung begann, waren die Ureinwohner faktisch ausgestorben. Ungefähr die Hälfte starb durch eingeschleppte Krankheiten, die anderen wurden ermordet oder verhungerten. Charles Darwin verhalf den Stämmen zu der traurigen Berühmtheit, die primitivsten Menschen der Welt zu sein. Präparate sowie lebende Menschen wurden nach Europa verschifft und in kleinen Metallkäfigen ausgestellt. Meist überlebten die Entführten nur wenige Monate.

Die *Yag'han* und *Selk'nam* waren geschickte Jäger, perfekt angepasst an ihre Umwelt und nahezu resistent gegen Kälte. Sie verblüfften die Europäer damit, sogar im eisigen Winter fast nackt herumzulaufen, während die Weißen erfroren. Ihre Sprache war von Klicklauten geprägt und sicher erstaunlich anzuhören. 1973 starb der letzte reinblütige *Selk'nam*.

Ein befreundeter Lakota-Indianer, dem ich von diesem Buch und meinen Bedenken, ein ausgestorbenes Volk richtig darzustellen, erzählte, ermutigte mich mit den Worten: Die Geister der verstorbenen Indios würden mir helfen, es richtig zu machen. Und wirklich, die Passagen über Naviol und Navarino schrieben sich beinahe von allein.

Danksagung

Mein größter Dank gilt wie immer meiner Familie. Meiner Mutter Růžena Pax, sowie meiner Schwester Rafaela und ihrer wachsenden kleinen Familie. Es ist schön, eure Unterstützung zu haben. Was wären die Frühstückspausen ohne endlose Familientelefonate?
Im Heyne Verlag danke ich besonders Anke Göbel, die das Buch und mich wie immer perfekt betreut hat. Barbara Krause hat dem Sturmvogel den letzten Schliff gegeben.

Die Schreiberei ist eine einsame Arbeit und macht hin und wieder auch ein wenig seltsam. Ich danke den Menschen, die es trotzdem mit mir aushalten: Timo Sauer, Melanie Hohmann, Michael Wiedemann, Merle Koch. Melanie Panz, die sich tapfer Feuerlands Wind und Sturm gestellt hat, während ich sie vom Schreibtisch aus beneidete.

Patrick Born für … ach, so viel. Dauergequassel, Rotwein, große und kleine Abenteuer und einen »Navi« beim Bouldern, wenn meine Gedanken mal wieder im Buch waren statt beim Klettern. Wenn der Sturmvogel im Laden steht, ist dein Knie hoffentlich längst wie neu.

Meine lieben Kolleginnen Jennifer Benkau und Andrea Gunschera, was würde ich nur ohne euch, ohne Rat, Tat, Jammerei und gemeinsame Freude machen? Markus Holtz für Messespäße und allerlei Chatterei im virtuellen Büro.

Der Autor ist nichts ohne seine Leser. Vielen, vielen Dank euch! Danke für's lesen, wegträumen, weiterempfehlen, danke für Rezensionen, Blogs und die ein oder andere Mail, die mich breit grinsen lassen ... auch wenn es keiner sieht. Danke.

Zuletzt das Viechzeug: Siri und Maurice – ein Leben ohne Katzen ist kein Leben. Und Grace, andalusische Dame mit großen Ohren, nirgends träumt es sich schöner als auf dem Pferderücken.

Und wenn das eine Oscarrede wäre – hätten sie mich längst von der Bühne gezerrt. Ist es aber nicht.

Nora Roberts

»Die Königin des Liebesromans« *Süddeutsche Zeitung*

978-3-453-40824-1

Der Jahreszeiten-Zyklus:

Frühlingsträume
978-3-453-40472-8

Sommersehnsucht
978-3-453-40764-0

Herbstmagie
978-3-453-40765-7

Winterwunder
978-3-453-40766-4

Die Quinn-Familiensaga:

Tief im Herzen
978-3-453-15228-1

Gezeiten der Liebe
978-3-453-16129-0

Hafen der Träume
978-3-453-17162-6

Ufer der Hoffnung
978-3-453-84686-3

Die Garten-Eden-Trilogie:

Blüte der Tage
978-3-453-40034-4

Dunkle Rosen
978-3-453-49015-4

Rote Lilien
978-3-453-49014-7

Eine Auswahl:

Im Strum des Lebens
978-3-453-87025-3

Ruf der Wellen
978-3-453-21093-6

Rückkehr nach River's End
978-3-453-40850-0

Lilien im Sommerwind
978-3-453-40993-4

Verlorene Liebe
978-3-453-40945-3

Leseproben unter: **www.heyne.de**

Jean M. Auel

**Der krönende Abschluss
von Jean M. Auels Steinzeitsaga**

»Auels Romane sind excellent recherchiert«
STERN

978-3-453-47005-7

Leseprobe unter **www.heyne.de**